W0181207

Von dieser Autorin erschien außerdem bei BASTEI-LÜBBE:

10 677   In der Nacht des siebten Mondes

JEAN PLAIDY
bekannt auch als
VICTORIA HOLT

Die Frau aus dem Dunkel

Aus dem Englischen von
Concordia Bikel

BASTEI
LÜBBE

BASTEI-LÜBBE-TASCHENBUCH
Band 11 689

Titel der englischen Originalausgabe:
IT BEGAN IN VAUXHALL GARDENS
© Jean Plaidy 1955 und 1968
First published 1955 under the pseudonym of Kathleen Kellow
© der deutschsprachigen Ausgabe 1988
by Paul Neff Verlag KG, Wien
Lizenzausgabe: Gustav Lübbe Verlag GmbH, Bergisch Gladbach
Printed in Germany April 1991
Einbandgestaltung: Adolf Bachmann
Titelfoto: PINO DAENI / Schlück
Satz: KCS GmbH, 2110 Buchholz/Hamburg
Druck und Bindung: Ebner Ulm
ISBN 3-404-11689-5

INHALT

1. Teil
DAS KLOSTER
Seite 7

2. Teil
TREVENNING
Seite 93

3. Teil
FENELLAS SALON
Seite 285

4. Teil
DIE LAVENDERS
Seite 381

5. Teil
DIE TODESZELLE
Seite 449

Der Roman »Die Frau aus dem Dunkel« beruht auf einem wahren Kriminalfall, der in der ersten Hälfte des 19. Jahrhunderts großes Aufsehen erregte.

1. TEIL

Das Kloster

1

Das Kloster Notre Dame Marie thronte auf einem Abhang über der Stadt − ein Teil von ihr und doch von ihr getrennt. Einer schützenden Festung gleich bot es eine herrliche Aussicht über den sich dahinschlängelnden Fluß. Es schien, als ob die Granitmauern jedem das Eindringen unmöglich machten und auf das verfallene Schloß, das ihnen gegenüber, auf der anderen Seite des Flusses, eine ähnliche Stellung einnahm, mit spöttischer Verachtung hinübersahen.

Man erzählte sich, sowohl das Kloster als auch das Schloß seien schon lange vor den Tagen des fröhlichen Königs François gebaut worden. François aber habe eine Zeitlang hier verweilt, als er bei einem Ritt den Fluß entlang darauf gestoßen sei. Schöne Bauten zogen ihn an wie schöne Frauen. Er hatte sich in das Schloß und die Mädchen der Stadt verliebt und ließ das Schloß ausbauen. Dann tändelte er mit den Frauen der Stadt, bis er, von beiden gelangweilt, weiterzog.

Die Oberin des Klosters wies öfter darauf hin, daß es im Schloß nur Vergnügen und Sünde gegeben habe − und nun wäre es eine Ruine, ein Haufen Steine hier und die Reste einer Mauer dort, ein Platz, auf den die Leute hinaufkletterten, um da oben ein Picknick zu genießen. Im vergangenen Jahr hatte sich ein Engländer beim Klettern über die Trümmer ein Bein gebrochen und mußte zu seinem großen Kummer, aber zum beträchtlichen Nutzen der Lefèvres, viele Wochen in der *Auberge Levèvre* verbringen. Jawohl, das

Schloß stellte die Sünde und das Kloster die Tugend dar. Dies, so sagte die Oberin den Kleinen in ihrer Obhut, sei eine bedeutsame Lektion für alle, die von den Ruinen zu den soliden Mauern des Klosters Notre Dame Marie blickten. Das eine war ein Haus auf Fels gebaut, das andere ein Haus auf Sand.

Die Bauern richteten ihr Leben nach dem Läuten der Klosterglocken. Glocken rissen sie morgens aus dem Schlaf und riefen sie abends zu Bett. Ständig sah man die schwarzgekleideten Gestalten jener Nonnen, die noch nicht den Schleier genommen hatten, auf dem Marktplatz, wo sie Obst und Gemüse aus ihrem Garten und die feinen Arbeiten ihrer Nähstube feilboten. Schwester Thérèse war dort so gut bekannt wie jeder der alten Männer, die draußen vor dem Gasthof saßen und von vergangenen Tagen redeten, als Revolution in Frankreich war und Blut die Straßen von Paris hinunterfloß.

»Bonjour, Sœur Thérèse!« riefen sogar die Kinder, kaum daß sie laufen konnten, hinter ihr her. Gewöhnlich drehte sie sich um und blickte sie mit ihren sanften, kurzsichtigen Augen an. Sie war nicht sehr schön. Die lange Arbeit im Garten hatte ihr den Rücken gebeugt, ihre Haut war trocken und runzelig und hatte die bräunliche Tönung der Erde angenommen, mit der sie sich abmühte. Die Leute in der Stadt behaupteten, sie sähe ihnen deshalb so forschend ins Gesicht, weil sie noch in den Jahren, in denen ihre Jugend dahinschwand und sie ins mittlere Alter kam, nach ihrem Liebsten Ausschau gehalten hätte. Sie hatte stets gehofft, er würde eines Tages auf der Suche nach ihr in die Stadt kommen, und wollte daher auch ihre Gelübde nicht leisten, so sagte sie, für den Fall, daß er doch käme. Und wenn es auch kaum wahrscheinlich sein mochte, daß ihr Jean-Pierre sich jetzt noch nach ihr umschaute, war dieses genaue Hinsehen mittlerweile schon zur Gewohnheit geworden. Und dennoch wollte sie ihre ewigen Gelübde nicht ablegen.

Sie führte die Novizinnen mit ihren frischen Gesichtern, so ernst und ihrer Berufung so sehr bewußt, in der Stadt umher wie ein gütiger Hirte. Ihre Schafe zur Schlachtbank führend, die ihr nie bestimmt sein sollte! So wenigstens äußerte sich Armand Lefèvre. Aber der war ja ein sehr weltlicher Mann, ein fauler Tunichtgut, der draußen tagaus, tagein vor seiner Auberge hockte und mit jedem trank, der Zeit für ihn übrig hatte, und Madame das Geschäft überließ, für das Dach über ihrer beider Köpfe zu sorgen.

Kurz vor Mittag pflegten die Kinder in einer Zweierreihe den steilen Abhang hinunter zur Stadt zu spazieren, den Fluß entlang und wieder zurück, geführt von Schwester Eugenie oder Schwester Marie oder der alten Thérèse. Man sah die Kleinen nie trödeln oder auch nur die Holzschuhe abstreifen, um einmal ihre Zehen in den Fluß zu tauchen, denn das war verboten. Den Müttern in der Stadt taten die Kinder leid, und sie sprachen von ihnen als die *pauvres petites*.

Der im Gasthof wohnende Engländer versäumte nie, mit Armand neben ihm, zu dieser Stunde bei einem Glas Wein vor der Tür zu sitzen und ihnen mit seinen Blicken zu folgen. Er war groß und distinguiert, dieser Engländer, ein richtiger Lord, sagte man, obwohl er sich nur einfach Charles Adam nannte. Madame und Monsieur Lefèvre schüttelten bei diesem schlichten Namen den Kopf. Es handelte sich bestimmt um eine Tarnung, ein kleines Geheimnis, dessen waren sie sicher. Sie hatten eines seiner Taschentücher gefunden, das ein ganz anderes Monogramm trug: C. T. statt C. A. Er war ein Lord, davon waren sie fest überzeugt, ein Adliger von der Art, wie man sie vor den Tagen des Terrors kannte und selten seitdem gesehen hatte, obwohl Frankreich mit Louis-Philippe wieder einen König besaß. Madame erklärte, sie erkenne einen Aristokraten, wenn sie einem begegnete. Und zu Marie, ihrer Köchin, sagte sie, wenn Monsieur Mylord ein Geheimnis habe, dann sei er um so interessanter, denn es wäre ein romantisches Geheimnis, da könne Marie Gift drauf nehmen.

Madame schaute von einem Fenster im ersten Stock auf ihren Mann und den Engländer hinunter. Armand macht sich nichts aus Arbeit, dachte sie; aber er ist dennoch gut fürs Geschäft. Das stimmte, denn nur wenige konnten seinem Geplauder widerstehen. Er war ein neugieriger alter Mann, der immer als erster erfuhr, wer ein Kind erwartete und wann es geboren werden sollte. Er pflegte über das Leben der Städter mit solch augenzwinkerndem Vergnügen zu wachen, daß es schier unmöglich war, ihm seine Neugier und Sensationslust übelzunehmen.

Die Klosterglocke läutete, und schon kamen die *pauvres petites* daher. Thérèse führte die Reihe an, begleitet von Schwester Eugenie. Ihre schwarzen Gewänder flatterten ihnen voran wie gebrochene Flügel – zwei schwarze alte Krähen, und hinter ihnen die Jungen.

Madame sah den Kindern gedankenverloren nach, die so hübsch hätten sein können, wenn nicht die schwarzen Kleider gewesen wären. Die Nonnen mochten ja fleißig sein und geschickt mit der Nadel umgehen können, aber – ach! – die lieben Heiligen hatten so gar keine Ahnung von der Mode für die Kleinen.

Madame seufzte und dachte an ihre eigenen Kinder, zwei Söhne und eine Tochter – alle verheiratet und alle weit weg.

Den Schluß der Zweierreihe bildete das kleine nichtsnutzige Ding, dieses reizende Kind, dessen kleines, ovales Gesicht mit den blitzenden grünen Augen immer Madames Herz erwärmte. Wie alt wohl die kleine Melisande war? Dreizehn Jahre, hieß es, obgleich sie in mancherlei Hinsicht älter und in anderer jünger schien, manchmal fast wie eine junge Frau wirkte und dann wieder wie ein bezauberndes Kind war.

Melisande trödelte am Ende der Schlange. Einmal war sie

stehengeblieben, um mit einem Jungen in einem kleinem Boot zu reden, und Schwester Marie war sehr zornig darüber mit ihr geworden. Hatte das Kind leiden müssen? Madame hoffte, daß die Kinder nicht dafür geschlagen wurden, weil sie in der Sonne bleiben und wie die anderen Kinder spielen wollten. Nonnen neigten dazu, Sünde zu vermuten, wo eine weniger heilige Frau lediglich kindliche Ungezogenheit sehen würde.

Jetzt gingen die *pauvres petites* dicht am Gasthof vorbei, und als sie mit dem Tisch, an dem Armand neben dem Engländer saß, auf gleicher Höhe waren, fiel etwas krachend zu Boden. Madame erstarrte. Die kleine Melisande hatte ihre Holzschuhe in der Hand getragen, und nun war ihr einer aus der Hand gefallen und direkt vor den Füßen des Engländers gelandet.

Er bückte sich danach. Melisande hatte sich aus der Reihe gelöst, um ihren *sabot* wiederzuholen. Der Engländer stand auf, nahm den Holzschuh und reichte ihn dem Kind.

Madame konnte der Versuchung nicht widerstehen, sich aus dem Fenster zu lehnen und zu horchen.

Melisande hatte ihren reizenden Kopf gehoben und sah den Engländer mit offener Freude an. »Es war heiß«, sagte sie, »und ich habe meine *sabots* ausgezogen.«

Madame dachte bei sich, daß Melisandes Augen einem kühlen klaren Wasser glichen, in dem sich das Sommerlaub spiegelte.

»Ich danke Ihnen, Monsieur«, sagte Melisande. »Es tut mir leid, daß ich Ihnen die Mühe gemacht habe, ihn aufzuheben.«

In seinem steifen Englisch-Französisch sagte er: »Das war keine Mühe, Mademoiselle.«

»Oh, Sie sind Engländer«, rief Melisande. »Ich kann Englisch. Die Nonnen geben mir darin Unterricht.« Dann fuhr sie in seiner Sprache fort: »Guten Tag! Wie geht es Ihnen?

Heute ist es so heiß. Haben Sie mein Buch gesehen? Hier ist ein Bild meiner Großmutter.« Dann lachte sie in dieser hellen fröhlichen Art, über die, dessen war sich Madame sicher, das Kloster die Stirn runzeln würde.

Der Engländer lächelte. Es war das erste Mal, daß Madame ihn hatte lächeln sehen.

Melisande stand da, barfuß, mit gespreizten Beinen und genoß, was in ihren Augen ein Abenteuer sein mußte. Doch plötzlich warf sie einen Blick zurück, denn das Unvermeidliche war geschehen. Die ganze Schlange hindurch, vom Ende bis zum Kopf, war ein Tuscheln und Flüstern gelaufen, und den Kopf bildeten die beiden Schwestern Eugenie und Thérèse. Nun hatten sie angehalten und es gesehen. Zumindest Eugenie, Thérèse spähte in ängstlicher Sorge umher.

Melisande gab ihr Englisch auf und ließ einen Wortschwall auf französisch los: »Ich habe Sie schon früher gesehen, Monsieur. Sie sitzen immer an diesem Tisch. Ich habe Sie angelächelt, als ich gestern an Ihnen vorbeikam, aber Sie haben nicht zurückgelächelt. Ich wohne im Kloster. Ich wünschte, ich könnte in der Auberge wohnen. Im Kloster muß man immer nur lernen und wieder lernen.« Sie zog das Näschen kraus. »Und beten . . . beten . . . beten . . . Mir tun die Knie weh!«

Eugenie rief: »Melisande!«

»Ja, *ma sœur*.« Sie war jetzt ernst und hatte die Lider gesenkt. Sie waren es, die ihre Augen so überraschend und auffallend grün erscheinen ließen. Mittlerweile hatte sie sich wieder gefaßt und die Augen aufgeschlagen. Verwundert und voller Unschuld schienen sie zu fragen: »Was habe ich denn getan, *ma sœur*?«

»Ziehe sofort deine Schuhe an.«

»Ja, *ma sœur*.«

»Und schließe zu den anderen auf.«

»Es war so heiß. Ich hatte eine Blase am Fuß. Sehen Sie doch. Ich konnte nicht länger mithalten, deshalb . . .«

»Bitte, schließ auf«, sagte Schwester Eugenie. »Sofort.«

Melisande verweilte lange genug, um dem Engländer noch einen Armand mit einschließenden bezaubernden Blick zuzuwerfen. Armand war, das wußte Madame, für weiblichen Charme, ob alt oder jung, stets empfänglich gewesen.

»Monsieur«, sagte Eugenie, »ich hoffe, Sie werden diese Zurschaustellung schlechter Manieren verzeihen.«

Der Engländer begann in seinem mühsamen Französisch zu widersprechen. Er halte das nicht für schlechte Manieren. Das kleine Mädchen habe seinen Schuh verloren, und er habe ihn aufgehoben. Sie hätte ihm ganz reizend gedankt. Nein, es waren gewiß keine schlechten Manieren, es waren die besten.

»Wir bedauern, daß Monsieur behelligt wurde«, beharrte Eugenie.

Sie hielt dabei ihren Blick gesenkt. Sie hatte die Ewigen Gelübde zwar noch nicht abgelegt und lebte auch nicht so zurückgezogen wie einige ihrer Mitschwestern, sondern konnte hinaus in die Welt gehen, aber dennoch wollte sie Männern nicht ins Gesicht sehen.

Sie führte Melisande weg, und Madame beobachtete vom Fenster aus, wie das Kind zum Kopf der Schlange marschieren mußte, wo sie nun zwischen Eugenie und der alten Thérèse zu gehen hatte.

Madame schickte ein Gebet an die Heiligen für die Kinder des Klosters, als sie den Kopf zurückzog. Diese guten Menschen konnten solche Lebhaftigkeit so leicht für Sünde halten.

*

Armand, der jede Einzelheit des kleinen Zwischenfalls genau beobachtet hatte, kam sich sehr klug vor. Der Engländer war offensichtlich aus seiner Ruhe aufgeschreckt worden. Das Ganze hatte sich so plötzlich abgespielt. Das Kind hatte seinen Holzschuh absichtlich fallen gelassen, damit er ihn aufheben, sie ihn sich genauer ansehen und mit ihrem lustigen Reden bezaubern konnte. Nun gut, warum sollte sie auch nicht? Dieser würdevolle Engländer hatte ein Monogramm auf einigen seiner Kleidungsstücke, das nicht mit dem genannten Namen übereinstimmte; er hatte die Angewohnheit, auf Melisande zu starren, wenn sie vorbeiging. Melisande war dazu geboren zu bezaubern, und sie wußte es, wenn sie auch nur wenige Menschen im Kloster hatte, an denen sie ihren Charme üben konnte! Es war klar, daß Thérèse und Eugenie dagegen immun waren, und das gleiche galt gewiß für die Schwester Oberin. Doch sollte ein Charme, so wie ihn dieses Kind besaß, nicht verborgen bleiben. Er sollte sich entfalten können und war in Armands Augen ein Vermögen wert.

Es war zweifellos dieser Charme, der den Engländer so anzog. Deshalb war er auch immer zur Stelle, wenn die Kinder vorbeigingen, und deshalb verweilte auch sein Blick auf der kleinen Gestalt von Melisande. Melisande war englischer Herkunft, wie Armand gehört hatte. Man hatte sie nach Frankreich gebracht, als sie noch ein Baby war, und den Nonnen für ihre Unterkunft und Erziehung Geld gegeben. Und man hatte sie Englisch sprechen gelehrt.

Wieso wußte Armand solche Dinge? Er sammelte Auskünfte wie eine Elster glänzende Steine und Glasscherben. Er nahm einen Faden hier und dort auf, und Fäden waren dazu da, zusammengewoben zu werden, und beim Weben entstand ein Muster. Was sollte er denn sonst tun, wenn er da draußen vor seiner Auberge saß, wenn nicht die aufregenden Muster weben, die das Leben ausmachten.

Seine Frau und er sprachen über das Interesse des Engländers an Melisande, als sie beieinander in dem großen Bett lagen und sorgfältig darauf achteten, leise zu sprechen, denn der Engländer schlief gleich nebenan, nur durch eine dünne Wand von ihnen getrennt.

»Eine Unbesonnenheit«, hatte Armand erklärt. »Verlaß dich drauf.«

»Dieser Engländer war niemals unbesonnen.«

»Alle Männer sind unbesonnen, Marie.«

»Das mag schon sein. Aber er ist so . . . englisch.«

»Sogar ein Engländer hat seine kleinen Geheimnisse. Jedes Land muß bevölkert werden, mein Schätzchen. Selbst die Engländer, nehme ich an, haben bis jetzt noch kein anderes Mittel gefunden, um diese notwendige Pflicht zu erfüllen.«

Dann krachte das Bett von Armands Lachen. Sosehr er jeden Witz liebte, amüsierte ihn sein eigener Humor doch am besten.

»Wie könnte man sonst sein Interesse an der kleinen Melisande erklären?« hatte er gefragt.

»Vielleicht findet er ja an allen Kindern Gefallen.«

»Willst du damit sagen, daß sie alle seine Kinder sind!«

Armand machte schon wieder seine Witze. Er war so fett, daß ihm sein Gelächter noch eines Tages schaden würde. Madame hatte ihn oft gewarnt.

»Ich werde schon nicht vor Lachen sterben«, hatte er leise hinzugefügt, »jedenfalls nicht, bevor ich das Geheimnis des Engländers und der kleinen Melisande herausgefunden habe.«

Er war fest dazu entschlossen, und so schien ihm der Zwischenfall am Morgen, als Melisande den Engländer angesprochen hatte, geradezu vom Himmel gesandt. Armand war außer sich vor Aufregung gewesen. Er hatte versucht, seinen Blick von dem lieblichen jungen Gesicht abzuwenden und sich nicht von dem Charme des Kindes überwältigen zu lassen, damit er seine ganze Aufmerksamkeit dem Engländer widmen konnte. Denn durch ihn würde das Geheimnis aufgedeckt werden. Die junge Melisande würde davon keine Ahnung haben.

»Ach ja!« murmelte er nun, als er dem Engländer gegenübersaß. »Monsieur erfreut sich an unserer kleinen Stadt. Monsieur hat unser tägliches Leben und Treiben gern. So ist es doch? Unsere Glocken... unser Wein... unsere Nonnen... unsere armen kleinen Waisen... und jene Kleine! Sehr hübsch, nicht wahr, Monsieur?«

»Ich finde den Ort geruhsam«, sagte der Engländer. Seine Redeweise entzückte Armand beinahe ebenso sehr wie das ihn umgebende Geheimnis. So korrekt sie war, blieb sie doch hartnäckig englisch. Und er sprach das Französische, als sei es eher ein törichter Scherz, auf den er einzugehen gezwungen war.

»Es ist traurig... traurig, die kleinen unerwünschten Wesen«, setzte Armand hinterhältig hinzu.

Der Ausdruck des Engländers verriet nichts. Doch schien es Armand, als säße er zu still und reglos da, und seine Hände hätten sich fester um das Glas geklammert.

»Dennoch«, fuhr Armand in der langsamen, sorgfältigen Sprechweise fort, die er dem Engländer gegenüber anwandte, »vielleicht sind sie glücklich, diese Kleinen. Es hätte sie auch ein schlimmeres Los treffen können. Die Nonnen sind gut zu ihnen.«

Der Engländer nickte.

»Ja, das sind sie wohl.«

»Und«, sagte Armand weiter, »es mag für solche Kleinen gut sein, unter einer strengen Regel zu leben.«

»Für solche?« fragte der Engländer.

Armand lehnte sich vor und ließ seinen boshaften Blick, auf dem Gesicht des Engländers ruhen. »Diese Kinder, Monsieur, ... einige haben ihre Eltern verloren, und einige... hätten niemals das Licht dieser Welt erblicken sollen. Die Folge einer Unvorsichtigkeit, Sie verstehen? Die Liebe zwischen zwei Menschen, die nicht heiraten konnten.«

Der Engländer erwiderte Armands Blick ohne eine Spur von Betroffenheit.

»Das mag schon sein«, erwiderte er. »Ja, möchte ich sagen, das wird wohl der Fall sein.«

»Und für solche Kinder könnte ein wenig Strenge angebracht sein.«

Sie schwiegen, während Armand erneut die Gläser füllte.

»Monsieur«, sagte er listig. »Ich frage mich manchmal ... denken eigentlich die Eltern dieser Kinder jemals an ihre Kleinen? Ich frage mich, denn ich bin ein phantasievoller Mensch — ob die Eltern wohl manchmal in unsere Stadt kommen? Wir haben Besucher ... viele Besucher. Unsere Stadt hat ihre Schönheiten. Der Fluß ... die alten Ruinen ... und viele Leute lieben Ruinen. Ihr Anblick ist nicht ohne Schönheit, erzählen mir die Leute. Aber ich frage mich, kommen die Eltern dieser Kleinen jemals hierher, um ihre Kinder zu sehen? Wie würde Ihnen, Monsieur, zumute sein, wenn Sie einen kleinen Sohn — oder eine kleine Tochter — hätten, bei der es notwendig gewesen wäre — und der liebe Gott weiß, wie leicht das geschehen kann —, bei der es notwendig war, Monsieur, sie den würdigen Nonnen zu bringen, um sie aufzuziehen? Ich zum Beispiel, o ja, ich käme hierher. Ich würde oft hierherkommen, um die Kleinen anzuschauen ... und mein Kleines auch dabei.«

»Das mag schon sein«, sagte der Engländer und schnippte eine Fliege von seinem schönen blauen Rock. Er war äußerst anspruchsvoll in seiner Kleidung. Der vollendete Aristokrat! dachte Armand. War er vielleicht zu weit gegangen?

Von dem Engländer kam kein Zeichen, daß er Armands nicht sehr geschickte Anspielungen übelnahm. Er fuhr fort zu nicken, seinen Wein zu trinken und hin und wieder ein Wort in seinem Schulfranzösisch einzuwerfen.

*

Melisande ging nun an der Spitze der Prozession zusammen mit den Schwestern. Die anderen Kinder beobachteten sie;

also mußte sie vorgeben, keine Angst zu haben. Sie hatte vor nichts Angst, beruhigte sie sich selbst, sie fürchtete sich nur davor, Angst zu haben. Sie wollte jetzt nicht an die Strafe denken, die ihr sicherlich bevorstand. Sie wollte das Abenteuer noch ein wenig genießen. Es blieben ihr mindestens noch fünf Minuten Sonnenschein, ehe sich die Tore hinter ihnen schlossen. Sie erinnerte sich der Geschichte des jungen Mädchens, das, so hieß es, eingemauert worden war, als das Kloster gebaut wurde. Das war in der Kapelle gewesen, und in der Dämmerung glaubte Melisande, ihr Geist spuke an diesem Ort. Sie hatte das Gespenst nie gesehen, aber sie bildete sich ein, seine Gegenwart gefühlt zu haben. Sie glaubte, daß der Geist zu ihr sagte: »Sei glücklich. Genieße alles, wie ich es tat, ehe sie mich einmauerten.« Aber vielleicht neigte sie nur dazu zu glauben, was sie gerne glauben wollte. Sie wollte glücklich sein. Sie hatte vor, soviel vom Leben zu genießen, wie sie nur konnte. Daher war es angenehm zu glauben, daß etwas Übernatürliches ihr riet, genau das zu tun, was sie sich schon vorgenommen hatte.

Sie dachte an die Nonne, die einen Liebsten gehabt hatte. Eines der älteren Kinder hatte ihr die Geschichte vor langer Zeit einmal erzählt. Die Nonne und der Mann waren entdeckt worden. Der Geliebte wurde getötet! Aber sie, so urteilten ihre Richter, sei sehr viel schlechter gewesen, weil sie eine Nonne und »Braut Christi« war. Sie sei Christus untreu geworden. Das sei eine furchtbare Sünde, und um sie zu betrafen, habe man eine Mauer um und über sie gebaut, so daß weder Licht noch Luft zu ihr drang, und sie dem Tod überlassen.

Melisande hatte an die Nonne gedacht, als sie ihren Holzschuh fallen ließ. Sie hatte gewußt, daß es nicht richtig war, ihre Holzschuhe auszuziehen, genau wie die Nonne gewußt hatte, daß es schlecht war, einen Geliebten zu haben. Aber manchmal waren Sünden unwiderstehlich – sie hatte sich so sehr gewünscht, mit dem Engländer zu sprechen. Sie war sich völlig dessen bewußt, daß er sie beobachtete. Die Leute sahen sie immer an. Wenn sie an der Bäckerei vorbeikam, trat der Bäcker vor die Ladentür und gab ihr ein Stück Kuchen, bis es Schwester Emilie einmal gesehen und verboten hatte. »Es tut mir sehr leid, wenn ich Anstoß erregt habe«, hatte der Bäcker gesagt. »So ein hübsches Kind ... so ein reizendes Mädchen.« Auch andere lächelten sie an, und so war sie nicht von der Aufmerksamkeit des Engländers überrascht. Sie war selbst sehr interessiert an ihm, weil er groß war, gut aussah und so schöne Kleider trug. Wieviel schöner waren doch dieser blaue Rock, diese gestrickte Weste und diese wundervolle, zu einer Schleife geschlungene Krawatte im Vergleich zu Monsieur Lefèvres Anzug, der immer schlampig, zerrissen und mit Flecken von Essen und Wein übersät war.

Melisande glättete ihre eigenen schwarzen Kleider mit Abscheu. Sie waren ihr viel zu groß. »Platz lassen zum Wachsen«, hatte die alte Thérèse gemeint. »Es ist besser, ein zu großes statt ein zu kleines Gewand zu tragen. Es ist besser, zuviel statt zuwenig von den guten Dingen des Lebens zu haben.« Melisande hatte geantwortet: »Aber es ist besser, weniger von den schlechten Dingen des Lebens zu haben statt zuviel, und dieses schwarze Kleid ist keines der guten Dinge, sondern eines der schlechten.« Schwester Thérèse hatte darauf mit der Zunge geschnalzt. »Undankbares Kind!« hatte sie laut gerufen. »Warum?« hatte Melisande gefragt, denn sie konnte nie gut Ruhe geben, wie Schwester Emilie schon darauf hingewiesen hatte. »Der Stoff von meinem Kleid ist rauh. Er kratzt mich. Soll ich für ein härenes Büßerhemd dankbar sein ... denn so ähnlich ist mein Kleid.«

Ihre Kleider waren häßlich, und so sehnte sie sich danach, aus schönen Stoffen gearbeitete Kleider zu tragen wie der Engländer. Er hatte gelächelt und sich anscheinend gefreut, daß sie ihren Holzschuh hatte fallen lassen. Seine Augen waren graubraun wie der Fluß nach sehr starken Regenfällen, wenn er Schlamm und Erde mit sich führte.Er sah aus, als lächle er selten. Aber für sie hatte er gelächelt. Daran würde sie denken, wenn sie nun ihre Strafe erhielt.

Sie durchschritten das Tor und überquerten den Pfad zwischen den gepflegten Rasenflächen. Wie kalt es doch drinnen im Kloster war! Die Glocke rief. Es war Zeit zum Mittagessen. Melisandes Herz schlug rasch, denn ihr war der Gedanke gekommen, ihre Strafe könne darin bestehen, vom Mittagessen ausgeschlossen zu werden, und sie war sehr hungrig. Sie hatte oft Hunger, aber zu dieser Stunde des Tages mehr als sonst, denn das Frühstück − bitterer Kaffee und ein Stück Brot − hielt nie lange vor. Aber, wie immer auch die Strafe ausfallen sollte, sagte sie sich, ich werde daran denken, wie er mich angelächelt hat und daß er nicht für jeden zu lächeln bereit ist. Sie dachte daran, was wohl die junge Nonne empfunden haben mochte, als sie in die Dunkelheit der Mauern um sie herum − in ihr kaltes dunkles Grab − hineingestoßen wurde.

Schwester Eugenie stand neben ihr. »Nach dem Mittagessen gehst du in die Nähstube, und Schwester Emilie sagt dir dann, welche Strafe du bekommst.«

Nach dem Mittagessen! Melisande fühlte sich beinahe überwältigt von Glück. Reichlich Zeit, um nicht mehr an die Strafe zu denken! Zeit, um sich noch einmal an das Lächeln des Engländers zu erinnern. Als sie dann aber am Tisch stand, die Hände gefaltet, während Schwester Thérèse das Tischgebet sprach, waren ihre Augen und Gedanken nur auf die dampfenden Schüsseln vor ihr gerichtet. Nachdem sich alle gesetzt hatte, blickte sie schnell zu Schwester Thérèse am Kopf des Tisches und zu Schwester Eugenie am gegenüberliegenden Ende hin und schaute dann rasch weg vor lauter Furcht, man könnte den Triumph in ihren blitzenden grünen Augen sehen.

Die Mahlzeit war nur allzu rasch vorbei. Klöße, die sie so gerne mochte, folgten auf die Kohlsuppe. Und erst, als sie den letzten Bissen hinunterschluckte, kehrte die Angst zurück.

Schwester Thérèse beobachtete sie. »Vergiß es nicht, ab zur Nähstube.«

Melisande haßte die Nähstube. Auf dem Weg dorthin dachte sie an die mühseligen Stunden, an die wunden Finger, wund vom Nähen rauher Stoffe für die Kinder wie ihresgleichen und der Hemden, die später auf dem Marktplatz verkauft wurden. Auf einem Podium stand ein großer Tisch, und darauf lag das Altartuch ausgebreitet, an dem nur die besten Näherinnen arbeiten durften. Es war eine Ehre, an diesem Tisch zu sitzen und mit Gold und scharlachroten Fäden zu sticken, statt an den Bänken zu arbeiten und häßliche Gewänder zu nähen.

Schwester Emilie sagte immer, die Arbeit auf dem Podium sei für Gott und die Heiligen, die Arbeit am Tisch aber sei für die Menschheit.

Melisande hatte sie einmal mit der Feststellung entsetzt, sie arbeite weder für die einen noch für die anderen gerne. Sie liebte gewiß die Farben auf dem Altartuch, aber damit bestickte Kleider zu tragen, statt für Gott und die Heiligen nähen zu müssen, würde ihr noch besser gefallen.

»Manchmal meine ich«, hatte Schwester Emilie darauf gesagt, »du mußt ein sehr törichtes oder ein sehr böses Mädchen sein.«

»Vielleicht bin ich beides«, war Melisandes rasche Antwort, »denn die Mutter Oberin sagt, wir seien alle böse und alle töricht... alle armselige Sünder... sogar die Schwestern und die Ehrwürdige Mutter selbst...«

Schwester Emilie fehlten die Worte, wie es auch ihren Mitschwestern oft mit Melisande erging. »Möchtest du denn nicht auf dem Podium sitzen und an dem schönen Altartuch arbeiten?« hatte sie schließlich gefragt.

»Die Nadeln piksen mich deshalb genauso in die Finger«, hatte Melisande geantwortet.

Jetzt aber würde von einer Arbeit an dem Altartuch keine Rede mehr sein. Sie würde nur häßliche Stoffe bekommen und am Tisch sitzen müssen und arbeiten und arbeiten, bis ihr der Rücken schmerzte und die Finger wund waren, um wiedergutzumachen, daß sie sich aus der Reihe gelöst und mit dem Engländer gesprochen hatte.

»Komm her«, sagte Schwester Emilie.

Melisande gehorchte. Sie hielt den Blick gesenkt. Es wäre zwecklos, Schwester Emilie anzulächeln.

»Du hast dich wieder einmal schlecht benommen, habe ich leider hören müssen. Du setzt dich jetzt an diesen Tisch und nimmst das oberste Hemd von dem Stapel. Und du bleibst so lange hier, bis es fertig ist.«

Melisande nahm das Hemd. Es war aus dem steifen Stoff, den sie so haßte. Sie saß und nähte. Ihre Stiche waren groß und ungleich. Auf das Hemd tropfte Blut, denn sie hatte sich natürlich in die Finger gestochen. Sie führte ihren Plan aus und dachte immer und immer von neuem an die köstliche Szene vor der Auberge.

Bald sprach sie ihre Gedanken laut aus. »Wenigstens ist es nicht so schlimm, wie in der Kapelle eingemauert zu werden.«

»Was soll denn das heißen?« fragte Schwester Emilie.

»Es tut mir leid, *ma sœur*. Ich dachte an die Nonne, die einen Liebsten hatte und in der Kapelle eingemauert wurde.«

Emilie war verstört. Dann sagte sie: »Das ist nicht die richtige Art, deine Reue zu zeigen. Du darfst von solchen Dingen hier nicht reden . . . nicht in einem heiligen Kloster.«

»Nein, *ma sœur*.«

Schweigen. Melisande nähte weiter und dachte dabei immer noch an die Nonne und ihren Liebsten. Was machte es schon aus, dies gräßliche Hemd als Strafe für das heutige

Abenteuer nähen zu müssen. Vielleicht war es noch viel wunderbarer, einen Liebsten zu haben. Waren es denn nicht gerade die aufregenden Dinge des Lebens, die verboten waren, und von denen man nicht sprechen durfte? Vielleicht waren sie es wert, nachher in einer Kapelle, in Kälte und Dunkelheit, eingemauert zu werden und dort über die Jahrhunderte hinweg zu bleiben.

*

In dem kahlen und kalten Raum standen Thérèse und Eugenie vor dem Tisch, an dem die Ehrwürdige Mutter saß.

Ihre Hände hielt sie über der Brust gefaltet, eine charakteristische Geste, wenn sie sich beunruhigt und verstört fühlte. Sie war 63 Jahre alt, sah aber älter aus. Ihr Gesicht war faltig und beinahe farblos. Sie ließ sich nicht so leicht aus ihrer heiteren Gemütsruhe wegen irgendwelcher Dinge bringen, es sei denn, es betraf jene, die sie ihre Kinder nannte, die Kleinen, die man in ihre Obhut gegeben hatte. Eugenie ergriff das Wort. »Ehrwürdige Mutter, es ist höchst beunruhigend. Das Kind hat dies absichtlich getan. Ihre Holzschuhe auszuziehen — das war schon der Anfang des Bösen, aber einen vor die Füße dieses Mannes fallen zu lassen ... absichtlich! Wir wissen nicht, wie wir in dieser Angelegenheit vorgehen sollen.«

»Er wohnt im Gasthof«, sagte die Oberin und schüttelte den Kopf. »Das ist unklug.«

»Ehrwürdige Mutter, Sie glauben, er ist es?«

»Ich glaube, Schwester Thérèse, daß es wohl so sein muß.«

»Aber es war doch das Kind, das die Begegnung herbeiführte.«

»Ja, schon. Aber er muß ihr doch sein Interesse in irgendeiner Weise gezeigt haben.«

»An diesem Kind ist etwas«, sagte Thérèse. »Da ist etwas.«

»Leichtfertigkeit«, warf Eugenie ein.

»Sie ist ganz und gar von dieser Welt«, sagte die Ehrwürdige Mutter, und obgleich sie eine Weile schwieg, bewegten sich ihre Lippen. Sie sprach zu den Heiligen, wie die Schwestern wußten. Man war den Anblick gewohnt, wie sie durch das Kloster zu wandeln pflegte und immerfort ihre Lippen bewegte. Alle wußten, daß sie dann zu den Heiligen betete. Zu wem betete sie jetzt? fragte sich Thérèse. Zum heiligen Christophorus? Wie der Mann, der Christus getragen hatte, so versuchte nun die Ehrwürdige Mutter, ein Kind durch einen Fluß zu tragen, und wie der Heilige fand sie die Bürde zu schwer.

Plötzlich sah sie auf und sagte: »Nehmen Sie Platz.«

Die beiden Schwestern setzten sich, und es herrschte wieder Schweigen, während alle drei weiterhin an Melisande dachten. Sie war dreizehn. Ein für Eindrücke empfängliches Alter, dachte Schwester Thérèse und blickte zurück auf ihr Leben. Sie erinnerte sich an eine Zeit, in der man leicht auf jene Pfade geraten konnte, die sich der Wollust öffneten, dem Genuß und der Sünde und die sich fort und immer weiter fort von Tugend und Frömmigkeit entfernten. Schwester Eugenie hingegen, die ihr ganzes Leben im Kloster verbracht hatte, meinte, die einfachste Lösung sei, das Kind mit der Peitsche zu traktieren und es in Einzelhaft zu setzen, bis der Engländer die Stadt verlassen hatte.

Dreizehn! dachte die Ehrwürdige Mutter. Ich war dreizehn vor fünfzig Jahren. Damals schien es noch Sicherheit und Frieden zu geben. Sie sah sich in dem Herrenhaus ihrer Eltern nahe bei St. Germain. Sie sah das Schulzimmer und die Gouvernante. Sie sah die Diener, die plötzliche Furcht in deren Augen. Sie hatten nachts das Haus sehr sorgfältig abgeschlossen und einander zugeflüstert: »Hast du gestern abend das Schreien gehört? Was wird, wenn sie kommen... Pst, die Kleine lauscht.« Sie dachte zurück an die Gärten, die Bäume in ihrer Blütenpracht und die wasserspeienden

Springbrunnen. Sie erinnerte sich des Tages, als ihre Eltern in großer Eile angeritten kamen »Jeanne . . . oben im ersten Stock, . . . nimm deinen Mantel . . . es ist keine Zeit zu verlieren.« Das Flüstern der Dienerschaft, die ängstlichen Blicke, die Hast ihrer Eltern . . . Zeichen von Gefahr wie das unheildrohende Schlagen von Trommeln in der Nacht. Sie hatte es damals noch nicht verstanden. Sie war die Treppe hinaufgerannt, spürte nur, daß das Unheil, vor dem sie alle zitterten, kurz bevorstand. Wir werden davor weglaufen, dachte sie. Dann werden wir sicher sein. Aber sie hatte sich geirrt. Sie waren nicht fortgelaufen. Noch ehe sie zu ihnen zurückkehren konnte, ertönten Schreie in der Halle, und jene, an die sie noch Jahre später als die »häßlichen Menschen« dachte, standen in der Halle. Sie hatte durch das Treppengeländer gespäht und gesehen, wie sie ihren Vater und ihre Mutter ergriffen. Sie waren überall im Haus. Nirgendwo war Sicherheit. Nichts blieb verschont. Sie hörte, wie Glas zerschlagen wurde, die Rufe, die Schreie, die betrunkenen Stimmen, die das Lied sangen, das sie nie vergessen würde.

>»Allons, enfants de la patrie,
le jour de gloire est arrivé.
Contre nous, de la tyrannie
Le counteau sanglant est levé . . .«

Sie hatten ihre geliebten Eltern fort zum Place de Grève gebracht, wo viele Köpfe durch dieses Messer fielen. Sie war mit ihrer Gouvernante geflüchtet, die sie durch die Gärten zu dem Wäldchen brachte. Und die häßlichen, schreienden Menschen hatten diese Richtung nicht verfolgt. Durch die Dunkelheit waren die kleine Jeanne und ihre Erzieherin zu dem Kloster Notre Dame Marie geritten. Und dort war sie geblieben und hatte seitdem im Kloster gelebt, fern von

Schrecken, fern von Furcht. Das hatte sich vor nahezu fünfzig Jahren abgespielt, und zu dieser Zeit war sie genauso alt gewesen wie jetzt die kleine Melisande.

In diesem Alter muß man ein Kind vor allem beschützen. Die Ehrwürdige Mutter wußte sogar jetzt noch, wie es war, in der Nacht aufzuwachen und die häßlichen Gesichter zu sehen. Sie erinnerte sich an das Blut auf einem geliebten Antlitz, das Zerreißen des Seidenkleides einer Frau und an die verzweifelten Schreie um Barmherzigkeit. In ihren Träumen hörte sie – wie Trommelschläge – die Klänge der Marseillaise. Sie haßte die Welt, weil sie sich vor ihr fürchtete. Sie wollte alle kleinen Kinder aufnehmen und in die Sicherheit des Klosters bringen. Sie wollte deren Leben – so wie ihres jetzt – dem Gebet und dem Dienst an anderen widmen. Sie würde sie alle wie ein schützender, mütterlicher Engel um sich sammeln und sie vor den Gefahren draußen in der Welt bewahren.

Aber sie war klug genug zu wissen, daß es junge Menschen gab, die nicht beschützt zu werden wünschten. Melisande war eine von ihnen, und sie glaubte, sie bedurften besonderer Pflege.

Thérèse dachte an die Arbeit auf den Feldern und daran, wie sich die Muskeln von Jean-Pierre auf und ab bewegten. Er hatte ihr seine Arme gezeigt und gesagt: »Sieh mal, wie stark ich bin, meine kleine Thérèse. Ich könnte dich hochheben, dich davontragen ... und du könntest mich nicht daran hindern.« Sie war damals dreizehn gewesen.

Die Oberin war zu einem Entschluß gekommen. »Man muß es ihm erklären«, sagte sie. »Morgen werden Sie, Schwester Thérèse, und Sie, Schwester Eugenie, zu dem Gasthof gehen und darum bitten, ihn zu sprechen. Sie müssen mit größter Offenheit mit ihm reden. Fragen Sie ihn, ob er ein besonderes Interesse an dem Kind hat. Wenn er der Mann ist, wird er wissen, was wir meinen. Sagen Sie ihm, daß es unklug ist, hierherzukommen. Das Kind hat eine schnelle Auffassungsgabe. Wenn er Interesse an ihm zeigt, mag es etwas vermuten, das der Wahrheit ziemlich nahekommt. Man muß ihn ersuchen, nicht hierherzukommen und es nicht zu beunruhigen, es sei denn, er hätte uns einen Vorschlag zu unterbreiten.«

Die Schwestern neigten ihr Haupt.

»Man muß hoffen, daß er den nicht hat«, fuhr die Oberin fort. »Das Kind braucht Sicherheit! Ein ruhiges und friedvolles Leben. Ich hatte gehofft, es könnte eine der unsrigen werden.«

Schwester Eugenie sah zweifelnd drein, und Thérèse schüttelte den Kopf.

»Ah, das habe ich befürchtet«, fuhr die Ehrwürdige Mutter fort. »Aber sie muß wohl behütet werden, bis sie älter ist. Jemandem wie ihr Ideen in den Kopf zu setzen, könnte bedeuten, ihr auch die Sünde in den Kopf setzen.«

»Wie gewöhnlich haben Sie recht, Ehrwürdige Mutter«, pflichtete Thérèse bei.

»Aber ... sehen Sie zu, daß sie nicht ausgeht, solange er hier ist, und morgen gehen Sie zu ihm und teilen ihm mit, was ich Ihnen gesagt habe. Das ist der beste Weg.«

Die beiden Schwestern gingen hinaus und überließen die Oberin ihren Erinnerungen, dem Revolutionsgeschrei und den Klängen der Marseillaise in den Straßen, die nach all den Jahren erneut in ihr lebendig wurden.

*

Die Uhr tickte dahin. Die Säume waren lang. Melisande teilte sie in Gedanken auf. Der Stoff wurde zur Stadt, und sie wanderte als Nadel hindurch. Hier war die Kirche, hier der Bootshafen und dort der Bücherladen, die Hütten, der Gasthof, der Fluß und die Ruinen des Schlosses. Sie stellte sich den Bäcker an der Tür vor, als sie vorüberging. »Einen

Kuchen für die Kleine?« Er schmeckte köstlich nach den Gewürzen, die der Bäcker so gut in sein herrliches Zuckerwerk zu mischen wußte. Schwester Thérèse und Schwester Eugenie hatten nichts bemerkt. Der Bäcker zwinkerte ihr zu. Wir schlagen ihnen ein Schnippchen, sagte dieses Zwinkern. Du sollst Kuchen haben, weil du das hübscheste, das reizendste von den Kindern bist und ihn dir zu schenken mir Freude macht.

Sie lachte still in sich hinein. Sie war weit weg von der Nähstube. Sie ging an den kleinen Häusern vorbei zur Auberge, wo *er* saß und sie anlächelte, ohne darauf zu warten, daß sie ihren Holzschuh fallen ließ. Er sagte: »Du sprichst so schön englisch. Ich hätte mir denken können, daß du Engländerin bist. Du sollst das Kloster verlassen und mit mir weggehen.« Melisande dachte daran, wie letztes Jahr eine Frau ins Kloster gekommen war und Anne-Marie weggeholt hatte. Die Kinder schauten zu, als sie in einem schönen Wagen davonfuhren. »Das ist ihre Tante«, sagten die Kinder. »Sie wird bei ihrer reichen Tante leben und ein pelzbesetztes Seidenkleid tragen.« Seitdem hatte Melisande auf eine reiche Frau gewartet, die kommen und sie mitnehmen würde. Aber ein Mann täte es genausogut.

Die Tür ging auf, und Schwester Eugenie kam herein. Sie trat an den Tisch und flüsterte Schwester Emilie ein paar Worte zu. Dann ging Schwester Emilie hinaus und ließ Melisande mit Schwester Eugenie zurück.

Schwester Eugenie besah sich das Hemd, an dem Melisande genäht hatte. Mit ihrem dünnen Zeigefinger wies sie auf die Stiche, die zu lang und krumm geraten waren.

»Nimm dieses Buch und lies laut vor. Gib mir das Hemd. Ich mache es fertig, während du liest«, sagte sie.

Melisande nahm das Buch. Es war *Pilgrim's Progress* in englisch. Sie las langsam und genoß die Geschichte von dem schwer an seiner Bürde tragenden Mann. Lieber jedoch hätte sie die Geschichte von Melisande gehört, wie sie zum Kloster kam, als sie ein Baby war, und wie eines Tages eine reiche Frau – oder ein Mann – kam, und sie weg zu einem schönen Haus zu holen, wo sie den Rest ihres Lebens damit verbrachte, Zuckerwerk zu naschen und ein blaues, pelzverbrämtes Kleid zu tragen.

*

Madame Lefèvre sah die beiden Schwestern auf die Auberge zugehen. Sie hielt in der Arbeit inne und schaute aus dem Fenster. Armand, der am Tisch saß, erhob sich, um die Schwestern zu begrüßen. Madame hörte sein lautes *Bonjour* und das leise der Schwestern. Armand verhielt sich galant und zuvorkommend, wie er zu allen Frauen war. »Ich freue mich, Sie hier zu sehen. Unser kleiner Gasthof steht Ihnen zu Diensten.«

Madame wartete ihre Antwort nicht ab. Sie ging hinunter, um sie selbst zu sehen. Sie begrüßte sie herzlich, wie es Armand getan hatte.

»Sie kommen, um den englischen Herrn zu sprechen«, erklärte Armand.

»Ach ja!« sagte Madame.

»Ich habe den Schwestern bereits gesagt, daß er heute morgen abgereist ist.«

Madame nickte. Es war in der Tat traurig. Schwermut überkam sie bei dem Gedanken. »Gestern abend hat er sich dazu entschlossen«, erklärte sie. »Er kam zu mir und sagte: ›Madame, ich muß morgen abreisen.‹ Er fuhr schon früh in der Kutsche davon.«

Die Schwestern nickten. Insgeheim waren sie froh. Das war deutlich zu merken. Sie dankten den Lefèvres und gingen langsam fort.

Armand hob die Schultern. Er traute sich nicht, Madame in die Augen zu sehen, denn er fürchtete, für die Abreise des

30

Engländers verantwortlich zu sein. Er würde Madame nichts von ihrer kleinen Unterhaltung erzählen.

Aber er würde wiederkommen, beschwichtigte Armand sich selbst. Er würde dasitzen und die Kinder beobachten, und seine Blicke würden auf der kleinen Melisande ruhen. Sie war Engländerin; er war Engländer. Das war Grund genug für Armand.

Madame stand noch eine Weile da und stellte Vermutungen darüber an, weshalb die Schwestern wohl gekommen waren. Dann wandte sie sich um und ging in den Gasthof zurück, denn sie hatte sich um ihre Pflichten zu kümmern.

Armand kehrte zu seinem Stuhl und seinem Wein zurück. Einer der Budenbesitzer auf dem Weg zum Marktplatz kam mit einem Korb voll Ware, die er dort verkaufen wollte, vorbei. Er rief Armand ein Hallo! zu und setzte sich eine Weile hin, um ein Glas Wein zu trinken.

Die Klosterglocke begann zu läuten. Bald würde es Mittag sein. Er hörte die Holzschuhe der Kinder auf dem Pflaster. Schwester Thérèse erschien mit ihrer Schar. Sie spähte umher und rief einen Gruß. »Bonjour Madame.« »Bonjour, Monsieur.« »Bonjour, mes enfants.«

Die Kinderschlange wand sich den Weg am Fluß entlang, ihre Schritte hallten in geräuschvollem Protest, denn der Tag war heiß, und vielleicht erinnerten sich manche daran, wie die kleine Melisande gestern ihre Holzschuhe ausgezogen und barfuß gegangen war.

Und da war sie nun und schaute gespannt zur Auberge hin – nach dem Vogel sehen, der davongeflogen ist, dachte Armand. Ach ja, er ist fort, meine Kleine. Du und ich haben ihn weggetrieben.

Die Kinder marschierten weiter. Armand plauderte mit seinem Gefährten über die Angelegenheiten der Stadt. Das Leben ging weiter, so wie gestern.

2

Während die Kutsche nach Paris dahinzockelte, bedrückten den Engländer die gleichen, ihn immer wieder beunruhigenden Gedanken, sobald er diese Reise unternahm. Jedesmal hatte er sich versichert, es wäre das letzte Mal. Doch er kam immer wieder. Er fühlte sich dort hingezogen von der merkwürdigen Gestalt eines kleinen Mädchens in schlechtsitzenden schwarzen Kleidern mit wunderbaren grünen Augen, die Erinnerungen in ihm weckten.

Welch einen Sinn hatte es, diese Reisen zu unternehmen? Keinen. Was brachten sie ihm außer der Qual der Erinnerungen, die Mahnung an eine Episode, die am besten vergessen war und die er leichten Gewissens hätte für immer abtun können? Er war reich und klug genug zu wissen, daß das Geld das zuverlässigste Beruhigungsmittel für ein schlechtes Gewissen ist, dessen sich die Welt bedienen konnte. Er hätte sich selbst nie wieder mit Melisande befassen müssen. Er hätte als erstes dem Impuls widerstehen sollen, sie zu sehen. Wäre er diesem nicht gefolgt, hätte es keine dieser zwecklosen Reisen mehr gegeben. Und nun hatte er sich verraten. Das war beunruhigend. Ein neugieriger alter Gastwirt, den er als eine nützliche Nachrichtenquelle angesehen hatte, war in sein Geheimnis eingedrungen. Nicht das, was ein Mann tat, konnte Schwierigkeiten bringen, sondern was andere von seinen Taten entdeckten, jagte einem Angst ein.

Sir Charles Trevenning war ein Mann, der sich selten verriet. Er führte ein zufriedenes Leben, entbehrte nichts, wonach ihn verlangte, und wenn das, was er sich wünschte, zufällig etwas war, von dem die Welt besser nichts wußte, erfuhr es diese eben nicht. Aber einem einfachen Gastwirt gegenüber hatte er sich verraten.

Das weckte in ihm unbehagliche Gedanken. Schon einmal hatte er sich unbedacht einfangen lassen, und wohin hatte es geführt? Vergnügen, ja, Entzücken könnte er sogar sagen, wenn ihm ein so phantastischer Ausdruck gelegen hätte. Zweifellos mußte man für solch ein Vergnügen, solch ein Entzücken immer bezahlen. Er hatte allerhand Schmerz, einiges Unbehagen und einen Augenblick der Panik erlitten. Aber Sir Charles war nicht der Mann, der mehr für eine Sache bezahlte, als diese wert war.

Er hatte so gerade, so beherrscht an dem Tisch vor dem Gasthof der Lefèvres gesessen. Sein äußeres Bild bot keinerlei Hinweis auf die innere Erregung, in die ihn jenes kleine Mädchen aus dem Kloster versetzt hatte. Als ihre grünen Augen in die seinen blickten, fühlte er die Ruhe seines Ausdrucks zerbrechen wie eine berstende Schale. Es war höchst beunruhigend. Der kurze Augenblick vor dem bescheidenen Gasthof hatte einen anderen unter den Bäumen im Park von Vauxhall wachgerufen. Ein bedürftiges Kind hatte ihn angesehen, wie ihn einst eine Frau angesehen hatte. Und Sir Charles war sich seiner inneren Schwäche bewußt.

Er, der Edelmann und Grundherr aus Cornwall, der Richter war und aus einer der angesehensten Familien des Herzogtums stammte, dieser Mann bedeutender finanzieller Geschäfte in der City von London, dessen Freunde auf dem Lande und in der Stadt einen hohen gesellschaftlichen Rang einnahmen, hatte kein Recht, vor einem Gasthof in einer ruhigen französischen Kleinstadt zu sitzen und sich mit einem Gastwirt zu unterhalten. Er hätte nie unter den Bäumen von Vauxhall sitzen dürfen. Wollte er in einen Vergnügungspark gehen, hätte es Ranelagh sein müssen, das er in der eigenen Kutsche mit einer Gruppe Freunde hätte besuchen können. Rückblickend kam es ihm vor, als habe ihn irgendein unberechenbarer Impuls nach Vauxhall geführt. Es war ein Ort, den Personen von hohem Rang nicht aufzusuchen pflegten, wo, wie es hieß, man kein Geschöpf über den Stand des Käsehändlers hinaus traf. Und wäre er nicht nach Vauxhall gegangen, hätte er nie draußen vor einer miesen kleinen Auberge gesessen und mit einem dem Trunk ergebenen, schwatzhaften Gastwirt geredet.

Da saß er nun in einer Kutsche zwischen niederem Volk, Leute, die schwatzten, gestikulierten und schwitzten. Er, so wählerisch und eigen, war all dem ausgesetzt, das sein anspruchsvolles Wesen verletzte und doch irgendwie unwiderstehlich blieb. Es war äußerst beunruhigend, denn es schien, als ob er sich selbst nicht kennen würde.

Er schloß die Augen, um den Anblick der gewöhnlichen Frau in der Ecke nicht mehr ertragen zu müssen. Ihr Musselinkleid mit den ordinären Keulenärmeln und dem Blütenmuster war nicht gerade sauber. Ihr Mieder hatte sie hochgeschnürt, um ihren Busen hervorzuheben. Ihr ungeheuer großer Hut beanspruchte zuviel Raum in der Kutsche, und außerdem mißfielen ihm die Blicke, die sie ihm zuwarf.

Im nächsten Augenblick hatte er sie vergessen. Wieder dachte er an jenen Abend in Vauxhall, an dem alles begann.

Es war an einem Sommertag vor sechzehn Jahren gewesen. Er sah sich als jüngeren Mann, stolz wie eh und je, aber ohne Kenntnis dieser Schwäche in ihm. Er hatte den Fluß in Richtung Lambeth überquert. Warum? Welch verrückter Impuls hatte ihn getrieben?

Vauxhall im Frühsommer! Er sah es vor sich liegen, als ob er dort wäre: die breiten, mit Bäumen gesäumten Straßen, die Tische unter den Bäumen, die Kieswege, die Pavillons, die Grotten und die Rasenflächen, die albernen kleinen Tempel, die aber von den gewöhnlichen Leuten so bewundert wurden, die Säulenhalle, die Rotunden und Kolonnaden, die Musik, die Lampen, die funkeln würden, sobald es dunkel war, das Feuerwerk, die schaumigen Becher mit Sahne und Wein und die Schinkenscheiben, das fade Bier und den schalen Champagner und die Menschen in ihrer Freizeit, wie sie die Höhergestellten nachäfften.

Im Dämmerlicht trippelten die Mädchen in ihren geflammten Moiré- und halbleinenen Kleidern, die wie die Seide der Damen raschelten, an ihm vorbei. Da gab es Mädchen in kardinalsroten Capes und fröhlichen Hüten, schwingenden Röcken und schmeichelnden Pelerinen. Auch junge Männer waren dabei – Lehrlinge mit flatternden Krawatten, glänzenden Westen – prunkhaft, lauter Kopien von Beau Brummel und Count d'Orsay . . . in diesem dämmrigen Licht.

So hatte er Millie das erste Mal gesehen, doch war sie jung und reizend genug, um das Tageslicht nicht scheuen zu müssen.

Wie war es überhaupt dazu gekommen, daß er dort war? Es hatte mit seinem periodisch auftretenden Wunsch angefangen, Maud und der ländlichen Ruhe zu entkommen und sich den Vergnügungen der Stadt zu widmen. Er wollte alte Freunde wiedersehen und den unvergleichlichen Salon von Fenella besuchen. Ihre Freundschaft würde sich vielleicht wieder in so etwas Aufregendes, Unterhaltsames verwandeln, wie es schon einmal geschehen war und sich so leicht wiederholen konnte.

Vielleicht hatte auch die alte Wenna etwas damit zu tun. Seltsam, aus dem eigenen Haus von einem der eigenen Dienstboten vertrieben zu werden. Er hatte Wenna nie gemocht und hätte sie entlassen, wenn es nach ihm gegangen wäre. Aber Maud – in den meisten Dingen nachgiebig – würde dem nie zustimmen. Die alte Morwenna Pengelly war Mauds Kindermädchen gewesen, als sie fünf (wie oft hatte er die Geschichte gehört?) und Wenna gerade vierzehn Jahre alt gewesen waren. Maud war Wennas »Miß Maud«, und das würde sie bis zu beider Tod bleiben. Warum nannte er sie alt? Sie war neun Jahre älter als Maud und fünf Jahre älter als er selbst. Das war doch wirklich nicht alt. Aber Wenna verbreitete das Gefühl von Alter. Es war unmöglich, sich vorzustellen, daß sie jemals jung gewesen war. Mit fünfzehn Jahren mußte sie ein kleines verwelktes Ding gewesen sein, das über ihre Miß Maud wachte und nie einen Gedanken an jene Dinge verschwendete, die andere Mädchen ihres Alters beschäftigten. Er sollte froh darüber sein. Sie war eine gute Dienerin. Aber er konnte ihre Feindseligkeit nicht vertragen. Es gab kein anderes Wort dafür. Und sofort, nachdem ihre Miß Maud schwanger geworden war, hatte Wennas Feindseligkeit zugenommen. Närrisches Weib! Aber ein gutes Dienstmädchen. Nein, Wenna hatte gewiß keine Schuld daran, daß er gerade zu dieser Zeit weggefahren war. Die Atmosphäre des Hauses drohte ihn ganz einfach zu ersticken. Maud, die in drei Monaten ein Kind erwartete, war die wichtigste Person im Haus geworden, und er, der Herr des Hauses, war gezwungen, den zweiten Platz einzunehmen. Er konnte natürlich zu seinem Leben außerhalb des Hauses entfliehen, zu seinen Freunden und einem gelegentlichen Glücksspiel mit ihnen, zu ein paar Abendgesellschaften und zu einem Ritt über seine Ländereien, zum Parlament oder zur Jagd. Aber dieses Mal tat ihm nur ein vollständiger Wechsel gut. Außerdem war da die Taufe von Bruce Hollands Sohn gewesen.

Er hatte zu Maud gesagt: »Meine Liebe, ich glaube, ich werde nach London fahren müssen. Es geht nicht anders, die Geschäfte zwingen mich dazu.«

Sie hatte versucht, ihre Freude bei seinen Worten zu verbergen, und hatte geantwortet: »O Charles, wie lästig!« Dabei war sie kaum fähig gewesen, ihre Ungeduld in ihrer

Stimme zu unterdrücken: »Wann reist du ab?« Und sie hatte gedacht: Ich werde meine Mahlzeiten mit Wenna teilen können. Wir werden es gemütlich haben. Ich brauche mich nicht länger fragen, was er als nächstes sagen wird und wie ich ihm darauf antworten soll.

Er hatte leichthin gesagt: »Ach, in ein oder zwei Wochen«, und beobachtete, wie sie sich wohlig in ihr Kissen zurückfallen ließ.

Er ging zu ihr hin und küßte sie flüchtig auf die Stirn. Er war sehr zufrieden mit ihr. Maud, als seine Frau, stellte keine irritierenden Fragen. Kam es ihr nicht in den Sinn, daß ihn neben Geschäften noch etwas anderes in London zurückhalten könnte? Solche Gedanken kamen Maud nicht. Sie war zu rein und unschuldig. Ihre liebe Frau Mama hatte sie nie gelehrt, auf etwa mangelnde Moral bei einem Ehemann zu achten. Der einzige Grund zur Aufregung wäre ein Mangel an Geld und Vermögen gewesen.

Daher brauchte er, während Maud mit der nahenden Mutterschaft beschäftigt war, die Anregungen, die London ihm bieten konnte.

Er sagte: »Bruce erwartet von mir, daß ich zur Taufe komme.«

»Das mußt du natürlich.«

Er sah sie lächelnd an, und er dachte für sich: Wenn es ein Mädchen wird, wollen wir es mit diesem Sohn von Bruce verloben. Er wünschte beinahe, um den Sohn betrogen zu werden, den er sich erhoffte. Es wäre so passend und ordentlich, wenn es ein Mädchen wäre und mit Bruces Sohn verbunden werden könnte. Er liebte ordentliche Verhältnisse. Nein! Darauf hoffte er doch nicht. Maud und er waren schon fünf Jahre verheiratet, und dies war das erste Zeichen von Fruchtbarkeit. Sein Erstgeborener mußte ein Sohn sein. Es hatte immer einen Sohn und Erben auf Trevenning gegeben. Er hatte befürchtet, Maud sei unfruchtbar, und geglaubt, der

Fehler hätte an ihr gelegen. Sie war bar jeder Leidenschaft. Am Anfang hatte sie Angst vor der körperlichen Liebe gehabt, und das einzige Gefühl, daß sie schließlich dabei empfunden hatte, war Gleichgültigkeit und Geistesabwesenheit gewesen. War solche Gefühlskälte für die Fortpflanzung günstig? Er glaubte es nicht. Doch Fenella, in deren Salon die Konversation sehr fortschrittlich war, meinte, das hätte nichts zu sagen.

Als Wenna eintrat und ihn noch bei Maud sitzen sah, wollte sie sich hastig wieder entfernen. Er schob jedoch ihre Entschuldigungen beiseite und erklärte, er sei im Begriff abzureisen.

Eine Woche später nahm er die Postkutsche nach London. Die Reise verlief mit weniger Zwischenfällen als üblich. Es gab nur einen unbehaglichen Augenblick, als die Postillions entschieden, es sei ratsam, Bagshot Heath im Galopp zu durchqueren. Aber sie waren sicher im Gasthof angekommen, wo Bruce ihn erwartete, und dort hatte er so köstlich gespeist, Fisch, gebratenes Huhn, Käse und Salat, wie es nur in der Poststation und nur begüterten Reisenden möglich war.

Bruce und er hatten die nächsten Tage zusammen verbracht, aber sein Freund hatte sich als weniger guter Gesellschafter als sonst erwiesen. Er war völlig gefangengenommen von Fermor Danby, seinem jüngsten Sohn. Es mochte wohl sein, daß Bruces Zustand zu dem verhängnisvollen Besuch in Vauxhall beitrug.

Er hatte Fenella zum frühestmöglichen Zeitpunkt aufgesucht. Fenella war großartig wie immer. Es fiel schwer zu glauben, daß es einen Menschen wie sie gab, bis man sie gesehen, gehört und Teil dieser Gemeinschaft seltsamer und glänzender Persönlichkeiten, die sie um sich versammelte, geworden war. Nichts konnte einen größeren Gegensatz zu dem Wohnzimmer in Trevenning darstellen als ihr Salon am

London Square. Fenellas Mann hatte noch vor seinem Tod ihr großes Vermögen durchgebracht, und so war Fenella in ihren frühen zwanziger Jahren plötzlich ohne Mann und ohne Vermögen dagestanden. Daraufhin hatte sie begonnen, sich dieses Vermögen zurückzuholen, und sie machte deutlich, daß kein Ehemann es ihr je wieder nehmen werde. Liebhaber, so erklärte Fenella charakteristischerweise, seien nützlicher. Eine Frau müsse für sich selbst sorgen, und sie brauche Liebhaber, um sich gegen mögliche Ehemänner zu schützen. Sie war außerordentlich amüsant, und ihre Freunde und Bewunderer behaupteten, daß sie den Zeiten voraus sei. Hochgewachsen und der Gestalt einer Juno gleich, besaß sie eine Vorliebe für ausgefallene Kleider. Kleider entzückten sie, und sie hatte allen Konventionen getrotzt, als sie ihren eigenen Modesalon für die Damen der feinen Gesellschaft eröffnete. Fenellas Modesalon war mit keinem anderen zu vergleichen, denn alles, was Fenella unternahm, geschah in einem bisher unbekannten Rahmen.

Sie nannte das entzückende Haus am London Square ihr eigen. Sie hatte ihre Mädchen, die ihre Gewänder vorführten und sich unter die Gäste mischten — Adelige und Staatsmänner und deren Frauen und Freunde, Whigs und Tories. Die politischen Überzeugungen ihrer Gäste interessierten Fenella nicht. Sie war, wie sie sagte, eine Frau, die gerne beide Seiten eines Problems hören wollte. Die schöne Caroline Norton war ihre Freundin, und unter den ihren Salon aufsuchenden Gästen waren Männer wie Wellington, Melbourne und Peel.

Es hieß, daß viele ihrer jungen Damen reiche Beschützer fanden. Es gab aber auch einige Leute, die munkelten, daß Fenellas Institution auch ein Ort sein, wo man noch etwas anderes als Pelzkragen, seidene Gewänder und Pelerinen kaufen konnte. Man sagte, daß sie von vermögenden und mächtigen Herren beträchtliche Zuwendungen dank der

Dienste erhielt, die sie ihnen mit Hilfe der jungen Damen erwies. Um eine Frau wie Fenella mußte zwangsläufig müßiges Geschwätz aufkommen.

Sie nahm das Gerede hin, als ob es ihr ebenso Vergnügen bereitete wie den Lästermäulern und Klatschbasen. Sie wurde reicher, während sie sorgfältig ihr Schäfchen ins trockene brachte. Ihre Moral war elastisch. Sie war warmherzig, großzügig und wohlwollend, aber wenn es ums Geschäft ging, war sie hart und gerissen. Alle, die für sie arbeiteten, mochten sie gern. Sie hatte mehr als genug Freunde und Liebhaber. In ihrer Halbwelt war sie Königin. Vielen Leuten blieb es unbegreiflich, wie eine Frau — im Grunde wenig mehr als eine Händlerin — solchen Einfluß ausüben und als gute Freundin von so vielen angesehenen Männern und Frauen akzeptiert werden konnte. Zwar stimmte es, daß sie in den Häusern der höchsten Gesellschaft nicht empfangen wurde, aber Fenella wünschte gar nicht empfangen zu werden. Sie wollte selbst empfangen.

Bruce Holland, ein schwerer Lebemann, typisch für seine Generation und von den neuen Sitten gänzlich unberührt, fühlte sich in Almacks, dem vornehmsten Klub, ebenso zu Hause wie bei einem vulgären Hahnenkampf im Londoner East End. Er führte Charles in das Nachtleben der Stadt ein, schleppte ihn zum Bärentratzen und zu Hundekämpfen, zu Boxkämpfen zwischen Männern ihrer Klasse oder jenen Besuchern der Hafenspelunken an der Themse.

Er war es gewesen, der Charles zu Fenellas Salon gebracht hatte.

Einmal war Charles allein zurückgeblieben, um sie in einigen Geldanlagen zu beraten, über die er besonders gut unterrichtet war. Er hatte die Nacht in Fenellas Gesellschaft verbracht, in jenem großartigen Schlafzimmer mit weichen Teppichen und schweren Vorhängen, schönen Möbeln und Schmuckgegenständen, die Fenella von ihren vielen Verehrern erhalten hatte.

Es war ein aufregendes Erlebnis gewesen, das bei späterer Gelegenheit wiederholt wurde. Es hätte ihn sehr erfreut, wenn es häufiger geschehen wäre, aber Fenella hatte viele Liebhaber und erlaubte es nicht, eine tiefergehende Beziehung mit einem von ihnen zu knüpfen. Ein angenehmer Gedanke, hatte er gemeint, und die ideale Geliebte, mit einer Einstellung zum Leben, die man als männlich bezeichnen konnte. Mit Fenella würde es nie zu unangenehmen Komplikationen kommen, keine Tränen bei der Trennung und kein Bedauern. Für sie war die Liebe ein vorübergehendes Vergnügen, so köstlich wie Champagner; man genoß sie zusammen und ging dann auseinander, ohne Reue oder Tränen. Und in der Liebe war sie nie berechnend, nie gewinnsüchtig! Welch eine Freude war es doch, zu lieben und von Fenella geliebt zu werden, insbesondere wenn man immer nur das zweifelhafte Vergnügen der Praktiken erlebte, auf die man sich mit einem gleichgültigen und geistesabwesenden, aber legalen Partner einließ.

Doch Fenella hatte sich ihm damals, als er sie besuchen wollte, versagt. Sie hatte ihm versichert, wie erfreut sie sei, ihn zu sehen, und daß er ihr sehr guter Freund wäre. Ihre glänzenden Augen erinnerten an die letzte Begegnung in ihrem parfümierten Schlafzimmer, aber in ihrem Lächeln lag eine gewisse Zerstreutheit, denn Fenellas Interesse war voll und ganz von einem jungen Mann beansprucht, einem der Protegés von Premierminister Melbourne. Infolgedessen hatte Charles, tief enttäuscht, das Haus am Platz verlassen und ziellos seine Schritte zum Fluß gelenkt.

Er hatte überhaupt nicht gemerkt, wie weit er schon gegangen war, als er eine piepsige Cockneystimme hörte: »Ein Boot, Sir? Über den Fluß, Sir? Vauxhall ist heute abend schön, Sir.«

Und so kam er nach Vauxhall.

Wie er dann die Allee entlangschlenderte, hatte er weder

die Gewöhnlichkeit des Ortes noch den Lärm der Menschen um ihn her wahrgenommen. Es herrschte schon Dämmerung, und die Menge wartete ungeduldig auf das Feuerwerk. Irgendwo in der Ferne spielte eine Kapelle Händels »Wassermusik«.

Millie saß auf einer Bank unter einem Baum, die Hände in ihrem Schoß gefaltet. Er wäre weiter und an ihr vorbeigegangen, hätte es diesen Rohling nicht gegeben. Der Kerl hatte sich neben sie gesetzt. Charles hielt an und blieb stehen, als er beobachtete, wie das Mädchen auf das Ende der Bank zurückwich und aufzustehen versuchte. Aber der Mann hielt sie am Arm fest, und Millie sah sich verzweifelt um. Ihre Blicke fielen auf Charles, der nichts anderes tun konnte als auf sie und ihren unerwünschten Begleiter zuzugehen.

»Was wollen Sie von dieser Dame?« fragte er. Es war die unverkennbare Stimme der Autorität, die da sprach, und sie erschreckte den Burschen, der das Mädchen losließ und sich ängstlich erhob, als er die Eleganz, den guten Schnitt des prachtvollen Rocks und die kalte Arroganz eines Mannes erfaßte, der gewohnt war, daß man ihm gehorchte.

»Ich will gar nichts . . .«, fing er an.

Charles hob die Augenbrauen und sah die junge Frau an, deren Augen ihn anflehten, sie nicht zu verlassen.

»Mach, daß du wegkommst«, drohte Charles, indem er seinen Stock hob. »Und wenn ich dich noch einmal erwische, wie du junge Damen belästigst, dann gnade dir Gott.«

Zuerst ging der Kerl einen Schritt zurück, dann rannte er davon. Charles sah ihm nach. Das hätte das Ende sein sollen. Aber Millie war aufgestanden. Sie war klein – nicht größer als einen Meter fünfzig. Er war sofort von ihrer sanften Schüchternheit beeindruckt und auch ein wenig davon berührt.

»Ich . . . danke Ihnen . . ., Sir«, stammelte sie.

Er wollte freundlich ihren Dank entgegennehmen und weitergehen. Als er jedoch von neuem ihre Hilflosigkeit und die Traurigkeit in ihrem hübschen Gesicht bemerkte, sagte er etwas brüsk: »Was tun Sie hier ... allein?«

»Ich sollte eigentlich nicht hier sein, Sir«, sagte sie. »Ich kam ... weil ... ich kommen mußte.« Ihre Augen füllten sich mit Tränen. So sahen sie größer und grüner aus. Aber vor allem waren es die dunklen Wimpern, die sie so reizvoll machten. »Es war der letzte Ort, an dem wir zusammengewesen sind, Sir.«

»Das ist kein Ort für eine junge Frau allein und zu dieser Tageszeit«, sagte er und schnitt damit jede Vertraulichkeit ab, die sie, wie er befürchtete, begehen könnte.

»Nein, Sir.«

Er war verlegen. »Meine gute Frau«, sagte er, um den gesellschaftlichen Unterschied zu betonen, »kein Gentleman könnte an einer jungen Person in solch einer Bedrängnis, in der Sie sich offensichtlich befanden, vorübergehen. Kommen Sie, erzählen Sie mir, weshalb Sie sich hier aufhalten.«

»Es erinnert mich an ihn ... an Jim ... meinen Mann.«

»Und er ist nicht mehr bei Ihnen?«

Sie schüttelte den Kopf und zog ein Taschentuch aus der Falte ihres Leinenkleides.

Er sah sie durchdringend an und fragte: »Haben Sie Hunger?«

Sie verneinte mit einer Kopfbewegung.

»Nun kommen Sie schon und sagen Sie die Wahrheit, wann haben Sie das letzte Mal gegessen?«

»Ich ... ich weiß nicht.«

»Unsinn.«

»Es war gestern.«

»Also haben Sie kein Geld.«

Sie drehte das Taschentuch in ihren Händen und sah es hilflos an.

»Wenn Sie nicht mit mir reden wollen, kann ich nichts für Sie tun«, äußerte er ungeduldig, »Vielleicht hätten Sie es lieber, wenn ich wegginge und Sie nicht weiter störe.«

Sie warf ihm wieder einen dieser bittenden Blicke zu. »Sie sind so freundlich.«

Er bemerkte, daß ihr Mund weich war und zitterte. Sie war eine so kleine Person. Er spürte Mitleid, aber auch Interesse. »Ich . . . ich fühle mich hier wohler, Sir«, fuhr sie fort. »Das heißt, wenn ich nicht belästigt werde.«

Er lächelte schwach: »Wenn Sie hier weiter alleine sitzen, werden Sie wieder belästigt werden.«

Sie lächelte: »Ja, Sir.«

»Gehen Sie nach Hause. Das ist sicher das beste.« Ihre Lippen begannen wieder zu zittern, und er fuhr fort: »Sie sind in irgendwelchen Schwierigkeiten.« Es war das schlimmste, das er hatte sagen können, denn sie setzte sich wieder auf die Bank und schlug die Hände vors Gesicht. Er sah die Handschuhe — schwarz und sorgfältig gestopft —, und wie dünn sie war. Er hatte das Gefühl, wenn er sie jetzt verließe, würde er sich das nie vergeben, noch sie je vergessen. Es wäre, als hätte er einen Hilferuf gehört und abgelehnt, ihn zu hören, so als wäre er rasch auf der anderen Straßenseite vorbeigegangen. Er suchte in seiner Tasche nach Geld. Nein, er konnte ihr kein Geld anbieten, zumindest nicht, ohne sich über den Grund ihrer Bedrängnis zu vergewissern.

Er setzte sich neben sie. Mit jeder Minute wurde es dunkler, so daß es unwahrscheinlich war, daß er von einem Bekannten gesehen wurde. Seine Sicherheit war nicht gefährdet. Er entdeckte erstaunt, daß er stark genug interessiert war, um ein Risiko auf sich zu nehmen.

»Sie sind in ernsten Schwierigkeiten«, stellte er fest, »und ich bin ein Fremder. Aber ich könnte Ihnen vielleicht helfen.«

»Sie sind so freundlich«, sagte sie wieder. »Das habe ich sofort gesehen, als Sie stehenblieben.« Ihr Respekt vor ihm war offensichtlich, und daß sie seine gesellschaftliche Stellung erkannte, berührte ihn angenehm.

»Das wichtigste ist, erst einmal etwas zu essen und zu trinken. Ich glaube, das haben Sie mehr als alles andere nötig.«

Sie stand gehorsam auf.

In einem Eßlokal mit immergrünen Pflanzen in dekorativen Töpfen und einer Musikkapelle führte er sie zu einem abgelegenen Tisch, und dort, mit dem Rücken zur Menge, widmete er ihr seine volle Aufmerksamkeit. Er sah ihr zu, wie sie hungrig ein gebratenes Hühnerbein verschlang und an dem faden Champagner nippte, der etwas Farbe in ihre Wangen brachte und ihre Augen wie durchsichtige Jade leuchten ließ. Er fühlte sich gütig und großherzig und dachte an Cophelia und das Bettlermädchen oder an einen kleinen Jungen, der seine Zehen in einen köstlich kühlen Bach tauchte. Er genoß ein Vergnügen, von dem er wußte, daß er sich, wenn er es wollte, jederzeit zurückziehen konnte. Doch fragte er sich, weshalb er gerade Vergnügen an der Gesellschaft eines ungebildeten Mädchens fand.

Dann, als sie gegessen hatte und sie sich beide zurücklehnten und der Musik zuhörten, erzählte sie ihm ihre traurige Geschichte. Er konnte jetzt noch ihre Stimme hören — ein wenig heiser und zitternd, mit dieser merkwürdigen Aussprache, die er vor kurzem noch als vulgär empfunden hätte.

»Das kam so, Sir«, sagte sie. »Ich bin vom Land — von Hertfordshire, wo ich daheim bin. Wir waren viele Kinder, und sie, der Vater und die Mutter, waren froh, uns ältere loszuwerden... Ich sollte in einer Damenschneiderei in London arbeiten und nähen lernen. Ein Mädchen aus unserem Dorf war schon dort, und als sie einmal auf Besuch nach Hause kam, sagte sie, sie würde mich mitnehmen, weil da eine freie Stelle war, wo sie arbeitete. So bin ich dann von zu Hause . . .«

Sie erzählte so lebhaft, daß er es vor sich sah: die Frau mit ihren jungen Mädchen, die in einem großen Raum arbeiteten, frühmorgens aufstanden und lange Stunden hindurch Stich für Stich nähten, einfach lebten und kein Vergnügen außer ihrer gegenseitigen Gesellschaft hatten. Mistreß Rickards, die Schneiderin, war streng. Sie würde den Mädchen nie erlauben, alleine auszugehen. Sie durften nie zu irgendwelchen Unterhaltungen gehen − nicht einmal, wenn vor dem Newgate-Gefängnis einer gehängt wurde. Mistreß Rickards war hart. Sie schlug ihre Mädchen mit einem Stock, wenn sie glaubte, sie hätten es nötig. Und sie ernährte sie mit Magermilch und Texten aus der Bibel. Sie wären bei ihr zum Arbeiten, impfte sie ihnen ständig ein, und nicht um ihre Zeit zu verplempern. Wenn sie hart arbeiteten, könnten sie eines Tages gut nähen und damit ihren Lebensunterhalt verdienen. Dann würden sie auch nicht in der Gosse verhungern, wie so manche andere. Bei den seltenen Gelegenheiten, wenn sie die Mädchen außer Haus führte, pflegte sie auf die Bettler mit ihren Kindern zu zeigen, die an den Straßenecken saßen und ihre Gebrechen zur Schau stellten, ihre Blindheit, ihren zerlumpten Zustand, ihre Wunden. »Habt Mitleid mit den Bettlern«, riefen die Armen in einem kläglichen Singsang. Mistreß Rickards drohte dann den Mädchen: »So wird's auch dir gehen, Agnes, du faule Schlampe. Dir auch, Rosie, du Faulpelz. Und glaube ja nicht, daß du davonkommst, Millie, du ungeschicktes Ding. Das wird aus euch werden, wenn ihr nicht euer Handwerk lernt.«

Sie hatten hart gearbeitet und waren in ihrem eng begrenzten Leben glücklich gewesen. Sie pflegten auf einer Bank beim Fenster zu sitzen, und die vorübergehenden Lehrlinge schauten hinein und winkten. Jedes Mädchen hatte seinen Lehrling, mit dem es aufgezogen wurde, während es stichelte und stichelte, um den grausamen Prophezeiungen von Mistreß Rickards, der Schneiderin, zu entgehen.

»Und eines Tages«, sagte Millie mit ihrer rauhen, jedoch kindlichen Stimme, »mußte ich zu Mr. Latter, dem Stoffhändler, wegen einem Stück Seide gehen, das eine Dame für einen Mantel haben wollte. In der Regel ging Mistreß Rickards selbst, aber sie hatte am Abend vorher Austern gegessen, die ihr nicht bekommen waren. Sie schickte mich, und Jim war im Laden.«

Sie wurde weich, wenn sie von Jim sprach. Er war kein Lehrling mehr, erklärte sie voller Stolz. »Der Seidenhändler hatte ihn zu nützlich gefunden, um ihn gehen zu lassen. Deshalb bezahlte er ihm einen Lohn, damit er blieb, und Jim sagte oft, er sei derjenige, der in Wirklichkeit den Laden führe.«

Sie waren zehn Monate miteinander gegangen. Jim hatte keine Angst vor Mistreß Rickards, er war ein Mann mit Geld. Er würde für sie sorgen, sagte er, und sie brauche sich nicht mehr darum zu kümmern, ein Handwerk zu lernen. Er wollte, daß sie die Mäntel und die langen weiten Capes für sich selbst und nicht für andere nähte. Sie würde Mrs. Sand sein, und sie wurde es.

Sie strahlte beinahe, als sie ihm von dem Abend erzählte, an dem sie nach Vauxhall gingen.

»Es gab ein Feuerwerk, und wir tanzten. Ich mußte immerzu daran denken, was Mistreß Rickards sagen würde, wenn ich nach Hause kam. Und als wir zurückkamen, stand sie schon da und wartete auf uns, und ihr Rohrstock lehnte an der Tür. Aber Jim machte sich nichts daraus. Er ging mit mir hinein. Er sagte: ›Ich werde Millie heiraten, und wagen Sie es nicht, ihr ein Haar zu krümmen.‹«

Und so hatten sie geheiratet. Sie hatte Mistreß Rickards Mantelschneiderei verlassen und wohnte mit Jim in einem Zimmer, das er in St. Martin's Lane gefunden hatte. Dort waren sie ein ganzes Jahr glücklich gewesen.

Ihr Gesicht wurde dunkel. »Wir waren ein Jahr verheiratet, ein Jahr genau auf den Tag. Jim sagte: ›Laß uns doch nach Vauxhall gehen.‹ Und so gingen wir hin. Wir tanzten und sahen dem Feuerwerk zu. Jim sagte: ›Laß uns was trinken.‹ Das war, als wir gerade den Fluß überqueren wollten. Wir gingen also in eine der Schenken. Wir waren vorher nie dort gewesen. Wenn wir es nur gewußt hätten, hätten wir den Ort nie betreten. Ich wollte das Getränk schon gar nicht haben . . . und Jim auch nicht so recht. Es war eigentlich mehr, um den Tag zum Abschluß zu bringen. Das macht alles um so schlimmer.« Sie schwieg einen Augenblick, ehe sie fortfuhr: »Wir saßen lachend da . . . so glücklich, wie man sich nur denken kann. Es war ein wunderschöner Tag gewesen. Dann kamen diese Männer herein. Ich wußte nicht, wer sie waren. Wir wußten auch nicht, welche Art von Kneipe es war. Aber sie waren schlecht, diese Männer. Zuerst fingen sie an zu trinken, und dann legten sie Juwelen und ähnliches auf den Tisch. Jim sah mich an: ›Komm‹, sagte er, ›gehen wir.‹ Aber als wir zu Tür gingen, stand einer von ihnen auf, ein großer Mann in einem roten Rock . . . Er schwankte vom Trinken. Er riß mich an sich . . . es war furchtbar. Ich kann es nicht ertragen, daran zu denken . . .«

Er füllte ihr Glas und sagte, sie solle trinken. Sie gehorchte. Er wußte, daß sie immer gehorcht hatte, ihren Eltern, Mistreß Rickards und dann Jim.

»Erzählen Sie mir den Rest schnell. Verweilen Sie nicht dabei, das macht Sie nur unglücklich.«

Sie nickte. »Es gab einen Kampf. Ich erinnere mich an das Zerbrechen von Glas . . . und die Schreie . . . Einer von ihnen hatte einen Revolver. Es waren Straßenräuber, und sie hatten schon manchen umgebracht. Einer mehr machte für sie kaum einen Unterschied . . . und dieser eine war Jim.«

Tiefes Schweigen hatte sie beide befallen. Er wußte, daß sie nun alles noch einmal durchlebte, und er war wütend auf sich selbst, weil er es war, der ihre traurigen Erinnerungen wieder wachrief. Aber Schweigen würde ihr jetzt nicht helfen. »Sicherlich hätte Recht und Gesetz . . .«, begann er.

»Das Gesetz«, sagte sie traurig. »Das gilt für Sie und Ihresgleichen. Sie konnten die Männer nicht finden, und es war auch nicht der Mühe wert . . . nicht für einen armen Menschen.«

Er fühlte sich gedemütigt. Eifrig suchte er nach einem Mittel, sie zu trösten. Ihm fiel nichts ein. Er stellte fest, daß er hilflos die auf dem Tisch liegende Hand streichelte.

Der Rest der traurigen Geschichte war schnell erzählt. Was konnte sie tun? Die Miete war im voraus bezahlt worden, und etwas Geld war noch übriggeblieben. Aber das hatte nicht lange gereicht. Sie hatte ihre letzten Pfennige für eine Fahrt nach Vauxhall geopfert. Und danach? Sie wußte es nicht. Sie wußte es ganz einfach nicht. Sie dachte, sie würde zu dieser Kneipe zurückkehren, wo er gestorben war. Vielleicht waren diese Kerle dort. Vielleicht würden die sie umbringen, wie sie wünschte, es wäre an jenem Abend geschehen.

»Ich weiß nicht, warum ich heute abend hierhergekommen bin«, gestand sie. »Ich weiß es wahrhaftig nicht.«

Er sagte zu ihrer Überraschung: »Ich weiß es auch nicht, weshalb ich gekommen bin.«

Danach brachte er sie zu ihrem Zimmer und gab ihr Geld für Essen und Miete. Vielleicht, so sagte er sich immer wieder von neuem, ist sie nur eine gerissene Bettlerin. Davon gab es viele in London. Einige »mieteten« Babys, je mehr mißgestaltet, desto besser! Manche verstümmelten sogar ihre Kinder und sich selbst, um sie almosenwürdiger zu machen. Warum sollte nicht ein Mädchen mit großen grünen Augen eine tragische Geschichte für einen einfachen Mann vom Lande zusammenbrauen? Wer weiß — der Rüpel im Garten hätte ein Komplize sein können.

Es wäre besser gewesen, er hätte dies geglaubt, das Geld gegeben, das sein Gewissen beschwichtigen würde, und dann den Zwischenfall vergessen. Es hätte so leicht da enden können. Das Geld würde ihre Sorgen für einige Wochen beheben. Was mehr konnte man von einer zufälligen Begegnung erwarten? Aber sie hatte seine Gedanken weiterhin verfolgt. Es hatte viele Begegnungen und manch inneren Kampf gegeben, ehe das Unvermeidliche geschah.

Kurz nach diesem ersten Treffen war er nach Cornwall zurückgerufen worden, wo seine Tochter zu früh auf die Welt gekommen war. Er fand Wenna völlig verwirrt und den Haushalt schon beinahe in Trauer vor. Wennas dunkle Augen schienen Blitze der Rache auf ihn zu richten. Aber beide, das Kind und Maud, hatten überlebt.

Es dauerte nicht lange, und er kehrte nach London zurück. Er konnte das Mädchen nicht vergessen, das er in Vauxhall getroffen hatte. Er sagte zu sich selbst, daß er versuchen wollte, irgendeine Arbeit für sie zu finden, in der Zwischenzeit wollte er sie dazu überreden, etwas Geld von ihm anzunehmen.

Sie war zuerst zurückhaltend. »Wie kann ich das annehmen?« hatte sie gefragt.

Seine Antwort war: »Weil das Leben manchen Menschen gegenüber unfair und wohlwollend gegen andere ist. Betrachten Sie mich als Onkel, der in einem wichtigen Augenblick in Ihr Leben getreten ist.«

»Sie sind zu jung für einen Onkel«, war ihre Antwort. Sie konnte lustig und traurig sein und schnell von einer Stimmung zur anderen wechseln. Er bewunderte ihre Fähigkeit zum Glücklichsein.

In seiner überlegenen und geschäftsmäßigen Art hatte er schnell geeignete Maßnahmen getroffen. Millies Vermieterin war eine mütterliche Frau mit großem Verständnis für Liebespaare, von denen ihrer Meinung nach Millie und ihr

Wohltäter eines sein mußten. Sie war stolz auf ihre Kenntnis der besseren Stände, und sie erkannte in Charles einen wahren Gentleman, dem man vertrauen konnte, seinen Verbindlichkeiten nachzukommen. Dafür war sie bereit, Konzessionen zu machen. Also wurden Konzessionen gemacht, und eines Abends, nach einem Besuch in Vauxhall, blieb er bei ihr, denn sie war so einsam wie er selbst.

Wie lange hatte es gedauert? Waren es nur drei Jahre gewesen? Manchmal schien es viel mehr und manches Mal viel weniger zu sein. In dieser Zeit hatte er neue Gefühle, neue Leidenschaften in sich entdeckt. Wie viele Male hatten sie Roubillacs Statuen von Händel und Orpheus mit seiner Lyra besucht? Er fand Freude an dem Park. Glücklichsein war ansteckend. Sie nahmen die Ausflugskutsche zu dem hübschen Dorf Hampstead und wanderten über die Heide. Sie pflückten Heidekraut, das Millie zur Erinnerung an glückliche Tage, wie sie sagte, in der Bibel pressen würde, die sie aus Hertfordshire mitgebracht hatte. Die Vergnügungsparks waren für beide ein Quell großer Freude. Dort konnten sie lange Tage fern von den Straßen verbringen. Sie besuchten Marylebone, Bagnigge Wells, und sie spazierten fröhlich durch den Florida Park.

Es war ein neues Leben für ihn. Wenn er zu ihr kam, versuchte er wie ein erfolgreicher Kaufmann auszusehen, zumal da er das Vergnügen des Bürgers genoß. Es erstaunte ihn, daß es in einem solch bescheidenen Leben so viel Freude gab. Millie hingegen wunderte es, daß sie an einem Leben ohne Jim überhaupt Freude haben konnte. Er war glücklich mit dem, was ihm als zwar armselig, aber pittoresk erschien, und sie war von dem entzückt, was ihr als Luxus vorkam. Die sich nie erschöpfende Überraschung des anderen war es, die sie beide entzückte.

Aber es mußte Schluß sein. Ein Kind war unterwegs. Sie vertraute ihm völlig, denn sie hatte die Weichheit in seinem

Wesen bloßgelegt. Bei ihr war er nicht derselbe Mann, den Maud kannte. Er lebte zwei Leben. Nie zuvor hatte er die wahre Bedeutung des Doppellebens begriffen. Der fröhliche junge Mann, der Genießer in den Vergnügungsparks, der zärtliche Liebhaber von Millie Sand — Charles Adam: er schien wenig mit Sir Charles Trevenning gemein zu haben.

Einmal in Hampstead, während der ersten Monate der Schwangerschaft, hatte sie von dem Kind gesprochen. Ein kleines Mädchen wünschte sie sich, ein liebes, kleines Mädchen. »Ich möchte, daß sie eine Lady wird«, sagte sie.

Dann begann sie die Dinge aufzuzählen, die sie sich für das Kind wünschte. »Ich hätte gerne, daß sie ein Kleid aus Gros de Naples, der gerippten italienischen Seide, hätte und einen langen Mantel aus dem gleichen Material und eine große Pelerine ganz aus Seide und einen großen, mit Blumen und Bändern geschmückten Florentiner Hut. Wir mußten ein Kleid aus dieser italienischen Seide nähen, als ich noch bei Mistreß Rickards war. Wir haben zu sechst eine ganze Woche dazu gebraucht, und wir mußten es so schnell fertig haben, daß wir beinahe überhaupt keine Zeit zum Schlafen hatten.«

»Du denkst an das Kind, als ob es schon erwachsen wäre«, erinnerte er sie.

»Ja, so denke ich an sie . . . als an eine Dame.«

»Hast du Angst?« fragte er.

»Angst?«

»So viele Mädchen hätten Angst.«

»Ach ja, wenn sie alleine sind. Aber ich habe ja dich.«

Sie war so vertrauensvoll, fühlte sich seiner so sicher. Hätte er gewollt, hätte er sie leicht verlassen können. Aber er wollte gar nicht. Gab man Vergnügen oder Freude auf? Ließ man Glück und all die wahren Freuden des Lebens fahren?

Er hatte sich stark verändert, seit er sie kannte. Es war ironisch, daß es ein Wandel zum Besseren wurde. Er war sanfter mit Maud, und er ließ sich nicht mehr von ihr irritieren. Er war rücksichtsvoll und wollte frühere Gleichgültigkeit wiedergutmachen. Wie seltsam, daß Zufriedenheit aus Sünde kommen konnte, und noch seltsamer, daß ein Wort wie Sünde der Liebe zu Millie Sand anhaften sollte.

Sie war gestorben, die kleine Millie Sand, zwei Tage nach der Geburt des Kindes. Wie trostlos er gewesen war! Wie traurig und einsam! Er konnte sich heute nicht mehr vorstellen, was er ohne Fenella getan hätte, denn er war mit seiner traurigen Geschichte zu ihr gegangen.

Fenella hatte die Sache in die Hand genommen. Die Wirtin war eine mütterliche Frau. Laß sie sich um das Kind kümmern, bis es zwei Jahre alt ist. Dann könnte man es zu einem Fenella bekannten Kloster bringen.

Fenella war es auch, die dem Kind einen Namen gegeben hatte.

»Wenn Millie von ihm sprach, nannte sie es Millie. Sie nannte es ihre kleine Millie Sand . . . Das war Millies eigener Name.«

Fenella schnitt eine Grimasse. »Millie Sand. Das hört sich genauso an wie der Name eines Lehrmädchens einer Mantelschneiderei. Vergiß nicht, Charles, daß dieses Kind deine Tochter ist. Millicent. Wir könnten sie Millicent nennen. Aber ich habe diesen Namen nie besonders gemocht. Er hört sich für mich ein wenig affektiert an, und Affektiertheit kann ich nicht leiden. Millicent. Melisande! Ach ja, das ist reizend. Wir müssen sie Melisande heißen und werden sie nach der Straße nennen, in der sie geboren wurde. Melisande St. Martin. Das klingt schön. Das wird zu ihr passen. Sie soll Melisande St. Martin heißen.«

Und das war alles, denn Melisande überquerte schließlich den Ärmelkanal und begann ihr Leben mit den Nonnen von Notre Dame Marie. Dort würde sie gut erzogen werden, und er brauchte jahrelang nicht an sie zu denken; und es könnte sehr wohl sein, daß sie — wie so viele in ähnlicher Situation — nie wünschen würde, das Kloster zu verlassen. Dann würde seine Verantwortung für Millie Sand ein Ende haben.

Aber er war nicht fähig gewesen, seiner Sehnsucht zu widerstehen. Er mußte seine Tochter sehen und herausfinden, was für ein Kind er und Millie gezeugt hatten.

Also sah er sie, die bezaubernde Melisande. Und immer und immer wieder war er zurückgekommen. Über eines war er sich sicher. Sie würde nicht im Kloster bleiben.

Als er nun in der Kutsche saß, die ihn nach Paris brachte, fragte er sich einmal mehr, was wohl die Zukunft für ihn und für Melisande bereithielt.

3

Aufregung erfüllte das ganze Haus, und die Dinnerschaft war emsig mit Staubwischen und Saubermachen beschäftigt. Alles, was sich waschen ließ, kam in die Waschzuber. Die Gärtner überwachten sorgfältig die Treibhausblumen, damit sie voll erblüht für das große Fest am Abend in den Ballsaal gebracht werden konnten. Die Dorfbewohner sprachen von nichts anderem als dem bevorstehenden Ereignis. Am Abend des Balles würden sie die lange Einfahrt hinaufdrängen und so nahe wie möglich an das Haus herankommen, um einen Blick auf die feinen Damen und Herren zu erhaschen, die im Ballsaal tanzten und den Geburtstag und die Verlobung von Miß Caroline feierten.

Miß Pennifield nähte sämtliche Kleider und hatte überall von den schönen Stoffen erzählt, die sie für Lady Trevennings und Miß Carolines Ballkleid verarbeitete. Lavendelfarbige Seide für Lady Trevenning und weißen Satin für Miß Caroline – der weiße Satin sollte mit rosa Rosen bestickt werden. »Bei meiner Seele«, rief Miß Pennifield, wenn sie von diesen Rosen sprach, und das tat sie zwanzigmal am Tag. »Solche Kleider habe ich meiner Lebtag nicht zu Gesicht bekommen.«

In Lady Trevennings Wohnzimmer war Miß Pennifield eifrig damit beschäftigt, Miß Carolines Kleid anzupassen. Ihre Hände zitterten ein wenig, weil an diesem Tag die Gäste aus London eintreffen und das Kleid jetzt fertig sein sollte. Lady

Trevenning hatte sich entzückt über das lavendelblaue Seidenkleid geäußert. Aber mit Miß Caroline gab es dauernd Probleme, und sie änderte ständig ihre Meinung über den Faltenwurf des Rockes oder den Sitz der Ärmel.

Äußerlich sah Caroline ihrem Vater ähnlich, aber sie hatte nichts von seiner Gelassenheit geerbt. Sie schien tagein, tagaus zu grübeln und war nie zufrieden. Das kommt davon, wenn man soviel der guten Dinge des Lebens hat, dachte Miß Pennifield bei sich, die selbst sehr wenig hatte.

»Der Sitz an den Schultern ist nicht richtig«, rief Caroline und schüttelte ihre Locken, die sie nach der von der jungen Königin eingeführten Mode trug. »Er macht die Ärmel zu kurz.«

»Aber mir scheint er richtig zu sein, Liebes«, sagte Lady Trevenning. »Sind Sie nicht auch der Ansicht, Pennifield?«

»Ja, gewiß, gnädige Frau.« In Gegenwart ihrer Arbeitgeberin war Miß Pennifield ein anderer Mensch als die selbstbewußte kleine Frau, die das Dorf kannte.

»Aber nein«, entgegnete Caroline barsch. »Hier ist es zu gerafft, sage ich. Das entspricht nicht der Londoner Mode.«

Miß Pennifield stiegen die Tränen in die Augen. Sie suchte nach den Stecknadeln in ihrem Mieder, wo diese in der Aufregung achtlos gelandet waren, und änderte den Sitz der Ärmel.

Wenna, Lady Trevenning umsorgend, weil sie sicher sein wollte, daß sie ihr Tuch um die Schultern gelegt hatte, sah Caroline an und verstand all die Ängste und Befürchtungen die das Mädchen quälten.

Caroline war an diesem Morgen besonders gereizt. Kein noch so häufiges Neueinsetzen der Ärmel würde sie zufriedenstellen. Wenna wußte das. Ihre Unzufriedenheit mit dem Kleid war nur das äußere Zeichen ihrer Furcht, sie könne Mister Fermor vielleicht nicht gefallen. Meine arme kleine Prinzessin! dachte Wenna. Du bist ganz in Ordnung. Du bist hübsch genug. Du bist das hübscheste Wesen auf der Welt... wenigstens in Wennas Welt... Und wenn du nicht wie die flotten Damen in London bist, nun, das ist kein Schaden. Ich habe von jungen Männern gehört, die einem solchen Wechsel sehr geneigt sind.

Wenna ging zu Miß Pennifield hinüber.

»Lassen Sie mich mal sehen«, sagte sie in ihrer autoritären Art. »Was ist denn daran verkehrt, mein Schatz? Ich finde, es sieht wunderschön aus. Du willst doch wohl die Ärmel nicht so lang haben, daß sie deine hübschen Hände verdecken.«

Wenna erinnerte sich an alles, was ihre Miß Caroline betraf; das gleiche galt für ihre Miß Maud. Sie waren ihr Leben, ihre Leidenschaft. Caroline war aufgeregt von ihrer Reise nach London zurückgekehrt. Sie war damals vierzehn Jahre alt und hatte die Hochzeitsfeierlichkeiten für die Königin sehen wollen. Sie war ganz durcheinander zurückgekommen – aber nicht, weil sie die Königin und ihren Prinzgemahl gesehen hatte, sondern weil sie Fermor begegnet war. Wenna hatte damals gleich gewußt, daß ihre Miß Caroline eines Tages Fermor heiraten würde.

Caroline hatte Wenna ihr Herz ausgeschüttet, wie sie es seit ihren Kindertagen zu tun pflegte. »Komm, sag's Wenna.« So hatte es zu allen Zeiten geheißen, ob sie nun glücklich war oder voller Angst. Als Caroline noch ein kleines Mädchen war und schlechte Träume gehabt hatte, kam sie immer an Wennas Bett und flüsterte: »Sag's Wenna.« Wenna hütete diese Erinnerungen wie einen Schatz. Während der London-Reise hatte Caroline diesen gutaussehenden, dominierenden Jungen kennengelernt, der nur ein paar Monate älter war als sie. Er hatte an Caroline schließlich Gefallen gefunden, aber in einer gönnerhaften Weise, und ihr sogar gesagt, sie habe hübsche Hände.

Wenna hatte sie daran erinnert und sah nun die besänftigende Wirkung ihrer Worte.

»Das stimmt doch, nicht wahr?« fragte sie die Näherin.

»Gewiß«, hatte die arme Miß Pennifield geantwortet.

»Nun zieh es aus und laß es Miß Pennifield fertignähen. Und ich würde es nicht wieder anprobieren. Sonst ist's wahrhaftig schon verdorben, ehe du es trägst. Komm ... so ist's recht. Du siehst ein wenig erhitzt aus. Ich sorg' dafür, daß du dich hinlegst und ausruhst, ehe die Gäste eintreffen.«

»Sie werden noch lange nicht hier sein, Wenna.«

»Das weiß man nie so genau. Master Fermor wird doch so gespannt sein. Mich würde nichts wundern.«

Das freute sie nun wieder, das süße liebe Ding, dachte Wenna. Sie ist so hübsch, wenn sie lächelt.

Zielbewußt half Wenna ihr ins Kleid.

»Ich lege mich nicht hin«, erklärte Caroline. »Du närrische Frau. Meinst du, ich bin aus Zucker?«

»Na gut. Aber dann bleibe nicht länger hier. Geh und zieh das geflammte Seidenkleid an ... für den Fall, daß die Gäste früher kommen. Dann nimm dir ein Buch, setz dich in die Hängematte und warte dort.«

»Wenna, kommandier mich nicht herum«, sagte Caroline. Aber sie ging trotzdem.

Miß Pennifield, sichtlich erleichtert, nahm den weißen Satin mit ins Nebenzimmer, und Wenna blieb allein mit Lady Trevenning zurück.

»Wenna, ich weiß nicht, was wir ohne dich anfangen würden«, sagte Maud ein wenig weinerlich.

Sie war jetzt bei jeder Gelegenheit weinerlich, schien es Wenna. Tränenvoll, wenn sie glücklich war, tränenvoll, wenn sie traurig war, tränenvoll, wenn sie dankbar war. Ein Zeichen von Schwäche, glaubte Wenna, und sie wußte, daß es Sir Charles irritierte. Wenna waren alle Männer zuwider, aber Sir Charles haßte sie. Es war ihm nicht gelungen, ihre Herrin glücklich zu machen. Wenna wußte nicht, weshalb. Er war immer höflich und sanft. Er brachte viel Zeit in London zu, und Wenna glaubte, den Zweck dieser Besuche zu kennen. »Eine andere Frau«, pflegte sie zu sich selbst zu sagen. »Nichts würde mich überraschen. Er mag diese arme Frau ebenso täuschen, wer weiß. Ich schwöre, er hat irgendwo ein heimliches Liebesnest.« Manchmal hatte Wenna Mitleid mit dieser anderen Frau, zu anderen Zeiten haßte Wenna sie mit einer Verachtung, die beinahe so groß war wie ihr Haß auf den Herrn des Hauses.

»Arme Miß Caroline!« sagte Wenna zärtlich. »Sie ist ein wenig aufgeregt. Welches Mädchen würde das nicht sein! Es ist ihre Verlobung, die jetzt gefeiert werden soll. Und da ist ein hübscher junger Mann, der den ganzen Weg von London kommt, und all das andere.«

»Ein hübscher junger Mann, den sie nur wenige Male gesehen hat, Wenna. Ich hoffe sehr, daß sie glücklich wird.«

»Sie scheint ihn sehr gern zu haben, Miß Maud, mein Herz.«

»Aber was weiß sie schon von der Ehe? Es erinnert mich . . .«

Wenna nickte. Auch sie erinnerte sich daran, wie ihre unschuldige Miß Maud vor zweiundzwanzig Jahren in die Ehe ging, mit einem Mann, den ihre Eltern für sie ausgewählt hatten.

»Nun«, sagte Wenna, »jetzt legen Sie sich zurück und machen die Augen zu. Hier ist Ihr Hirschhornsalz. Ich bleibe bei Ihnen sitzen und nähe Ihren weißen Unterrock fertig. Wenn Sie dann irgend etwas wünschen, bin ich da.«

Maud nickte. Sie war sehr fügsam, und Wenna wußte, wie sie mit ihren beiden Lieblingen — Maud und Caroline — umzugehen hatte.

Jetzt sah sie ihrer Herrin ins Gesicht und dachte an das junge Mädchen von vor zweiundzwanzig Jahren — jung, wie Caroline, das sich so geschmeichelt gefühlt hatte. Wie aufgeregt sie gewesen war, und doch voller Angst.

Wenn sie nur wüßten! dachte Wenna zornig.

Kein Mann hatte je um sie angehalten, und sie war sehr froh darüber. Die Männer hatten Verstand genug zu wissen, wenn sie auf eine trafen, die zu gewitzt für sie war.

Sie dachte an Sir Charles, der heute in einer seiner geistesabwesenden Stimmungen war. Wenna erriet, daß etwas im Gange sein mußte. Sie wußte noch nicht so recht, was, nur, daß es etwas mit dem heimlichen, bösen Leben zu tun hatte, das er führte. Heute morgen hatte sie einen Brief auf seinem Tisch liegen sehen. Er trug eine dünne fremde Schrift und war mit Unterlagen von seinen Anwälten in London gekommen. Miß Maud hatte er nichts davon gesagt. Sie würde es Wenna erzählt haben, wenn er es getan hätte. Als ob Wenna nicht wüßte, wie man Maud und Caroline ihre Geheimnisse entlocken konnte!

Maud lag mit geschlossenen Augen da und hielt das Hirschhornsalz leicht zwischen ihren zarten Fingern. Sie sah sehr klein und blaß aus. Sir Charles hatte gemeint: »Maud, wenn du nur ein wenig mehr Bewegung hättest, das würde dir wunder wie gut tun.« Und die arme Miß Maud hatte an der Parforcejagd teilgenommen und war so erschöpft nach Hause zurückgekehrt, daß Wenna sie mit ihren heißen Würzgetränken und Arzneien pflegen mußte.

Wenn sie an den dicken Wollstrümpfen für sich selbst strickte oder an den Hemden für ihre Herrin nähte — sie erlaubte Miß Pennifield nicht, die Wäsche für ihre gnädige Frau anzufertigen —, sann Wenna auf Rache. Sie stach dann die Nähnadel in das feine Leinen, als sei es ein Rapier, mit dem man den Herrn angreifen könnte, oder sie ließ ihre Stricknadeln blitzen, als seien es aufeinanderschlagende Schwerter.

Sie stellte sich die schamlosen Dinge vor, die er zweifellos mit jener »heimlichen Frau« in London trieb. Ihr Haß auf Sir Charles nahm proportional mit ihrer Liebe für Miß Maud zu.

Als sie jung war — eines von vielen Kindern, die in einer der Hütten am Kai lebten —, hatten ihre Eltern, froh, sie in einem der großen Häuser unterbringen zu können, gesagt: »Wir würden Wenna gerne fest untergebracht sehen, denn sie wird nie einen Mann finden.« Und wird nie einen haben wollen! dachte Wenna grimmig. Ich komme ganz prima ohne aus.

Maud schlug die Augen auf, und Wenna sagte: »Der gnädige Herr schien heute morgen aus der Fassung gebracht. Ich hoffe, es ist alles in Ordnung.«

»Was meinst du damit?« fragte Maud.

»Da war ein Brief, er kam mit seinen Akten. Ich glaube, es ist ein Brief aus dem Ausland, und er schien beunruhigt, nachdem er ihn erhalten hatte.«

»Aus dem Ausland«, echote Maud. »Das muß etwas Geschäftliches sein, vermute ich. Ich glaube, Sir Charles hat Interessen im Ausland.«

Sie sprach leichthin. Geschäfte waren in ihren Augen etwas, das nur Männer betraf. Sie waren notwendig und wurden geduldet, aber gingen doch weit über das Verständnis von Damen hinaus. Wenna lächelte zynisch. Sie hatte keine schmeichelhafte Meinung von den Geschäften der Männer.

*

Caroline schaukelte in der Hängematte hin und her und dachte an Fermor. Sie sah sich in ihrem weißen glänzenden Seidenkleid. Es war schön, aber würde auch er es schön finden? Als sie in London gewesen war, kam sie sich in ihrem grünen, gestreiften Kleid mit der passenden Pelerine sehr schick vor, bis sie die jungen Londoner Mädchen gesehen hatte.

Sie und ihr Vater hatten Fermors Eltern einen Besuch abgestattet. Ihre Mutter war zu krank gewesen, um sie zu begleiten. Sie erinnerte sich jetzt an das erste Mal, daß sie Fermor gesehen hatte. Es war im Wohnzimmer seiner Mutter. Er hatte sich ein wenig verdrossen darüber gezeigt, daß ihre Eltern die Absicht hegten, sie eines Tages miteinander zu verheiraten. Er hatte seinen Ärger deutlich zu erkennen gegeben, indem er nur soviel Notiz von ihr nahm, wie er eben mußte. Er sprach zu ihr über ihres Vaters Landhaus, als ob er das Land für das einzige hielt, über das sie überhaupt etwas wissen konnte. Die Eltern flüsterten über sie.

»Wie reizend junge Leute sind«, hatte seine Mutter gesagt. »Das Erwachen der Liebe ist so rührend.« Das machte Caroline verlegen, und Fermor wurde nur noch schroffer.

Als sie zusammen in der Row ritten, schien er sie besser leiden zu können, denn sie war eine gute Reiterin. Sie nahm an, daß es ihm gefiel, wenn die Menschen, die zu ihm gehörten, vollkommen waren.

Er versuchte vorzutäuschen, er sei viel älter als sie, aber sie erinnerte ihn daran, daß es nur ein paar Monate waren, und er hielt dem entgegen: »Aber du bist bis jetzt immer auf dem Land und nie fort gewesen. Das macht den Unterschied aus.«

»Ein paar Monate können nur ein paar Monate sein, wo immer man auch lebt«, hatte sie mit Feuer geantwortet.

Er tat sehr schockiert. »Was! Einem Gentleman widersprechen! Das sind schlechte Manieren.«

»Wie nennt man es, einer Dame zu widersprechen? Auf dem Lande erwartet man, daß Gentlemen höflich zu Damen sind!«

»Gelten sie deshalb als solche Flaschen?« hatte er gefragt und zu diesem Thema das letzte Wort behalten. Sie war überzeugt, daß er immer das letzte Wort haben würde.

Aber während des Balles, der im Hause seiner Eltern stattfand, hatte er sich doch ein wenig geändert. Sie und er wurden als zu jung erachtet, um am Ball teilzunehmen, und hatten auf der Galerie mit seinen Großeltern und einigen älteren Tanten gesessen und den Tänzern zugeschaut. Sie war der Meinung, recht hübsch in ihrem blauseidenen Partykleid auszusehen. Dann hatte er gesagt: »Du hast hübsche Hände. Sie sehen nicht aus, als ob sie mit einem Pferd so fertig werden könnten, wie du es tust.«

Das war ein Zeichen der Anerkennung. Er war dabei, sich mit der Tatsache abzufinden, daß er sie eines Tages heiraten sollte.

Danach hatte er zu prahlen angefangen. Er erzählte ihr von unglaublichen Abenteuern in den Straßen von London. Wie er eine Zeitlang Straßenräuber gewesen sei und die Reichen um der Armen willen beraubte. In einigen Geschichten war er ein leibhaftiger Schrecken, in anderen ein Held. Sie hörte seine Geschichten gerne, wenn sie ihnen auch keinen Glauben schenkte. Aber es war tröstlich anzunehmen, er mache sich die Mühe, sie zu ihrer Unterhaltung zu erfinden. Man hatte ihnen erlaubt, im Wagen durch die Straßen Londons zu fahren. Er wies sie auf die Peeler hin, die von Sir Robert Peel gegründete Polizeitruppe, mit ihren Zylinderhüten, blauen Rockschößen und weißen Hosen. Er zeigte insbesondere auf die Knüppel und erklärte ihr, daß die Straßen Londons voll von gefährlichen Verbrechern seien. Es war ihm ein großes Vergnügen gewesen, sie hier und da auf jemanden in der Menge aufmerksam zu machen. »Das ist ein Mörder! Oh, und sieh mal, da ist ein Taschendieb.« Und um ihm eine Freude zu bereiten, hatte sie in angeblicher Furcht aufgeschrien.

In jenen Tagen war er bereit gewesen, sie gern zu haben. Man hatte sie zum Hyde Park fahren lassen, damit sie dort den zur Feier der Hochzeit aufgestellten Jahrmarkt besuchen konnten. Sie war von flatternden Fahnen, den Musikkapellen und den überall tanzenden Leuten sowie den Booten auf der Serpentine hingerissen. Das Feuerwerk hatte sie ganz besonders entzückt. Man hatte sie einem Diener anvertraut und erlaubte ihnen, Eis in einem der Zelte zu essen, denn jeder behauptete, Eis sei ein ganz besonderer Luxus.

Auf dem Rückweg hatte er ihr von einer Hinrichtung vor dem Newgate-Gefängnis erzählt, die er gesehen hatte, und auch von den Taschendieben, die zur Strafe unters Wasser getaucht wurden.

London war ihr als ein entzückender und reizender Ort vorgekommen und Fermor als der entzückendste Mensch darin. Sie wünschte nur, sie hätte ihn nicht an jenem letzten Abend das Stubenmädchen küssen gesehen. Die beiden wußten nichts davon. Er war noch keine fünfzehn, aber groß genug für einen Zwanzigjährigen, und das Stubenmädchen war ein aufgeplustertes, kicherndes Ding von sechzehn Jahren. Sie hatte ihm einen Klaps versetzt, wie es Caroline nie gewagt hätte. »Sie . . . Master Fermor . . . wieder bei Ihren Streichen!« Caroline war fröstelnd auf ihr Zimmer gegangen und ziemlich froh darüber gewesen, daß ihr Vater sie am nächsten Tag nach Hause bringen wollte.

Seitdem hatte sie ihn nicht mehr gesehen. Das war vor drei Jahren gewesen. Die Reise von London nach Cornwall war mühselig, besonders auf der kornischen Seite des Tamar, wo es keine Eisenbahn ab. Dauernd blieben die Räder in den Furchen stecken, Wagen kippten um, und die Reisenden waren dem Wetter und Schlimmerem ausgesetzt. Es war eine Reise, die man nur wegen dringlicher Angelegenheiten unternahm.

Und nun war sie beinahe achtzehn, und ihre Verlobung sollte an ihrem Geburtstag stattfinden. Sie wollte gerne verheiratet sein und auch gerne Fermors Frau werden, aber in ihre Gedanken an ihn schlich sich immer ein Fermor, den ein Stubenmädchen geohrfeigt und beschuldigt hatte, wieder bei seinen Streichen zu sein . . . Wieder! Deshalb . . . hatte sie Angst.

*

Er fand sie in der Hängematte. Sie hatte seine Ankunft gehört und erwartete ihn.

»Caroline . . . Caroline!« hatte er gerufen.

Sie sah ihn aufgeregt an. Er war sehr groß und blauäugig, braungebrannt und der gleiche Angeber, dem sie in London begegnet war, jedoch dreieinhalb Jahre älter. Und er schien auch sehr, sehr viel klüger, seiner völlig sicher und bereits ein Mann von großer Erfahrung zu sein.

Lächelnd nahm er ihre Hand und küßte sie. Sie beobachtete ihn feierlich. Plötzlich lachte er laut auf und kippte sie aus der Hängematte.

»Einfach und ohne Umstände«, sagte er in der kurzen, knappen Sprechweise, die er sich in der Zwischenzeit zugelegt hatte, »aber notwendig. Wie groß bist du, Caroline? Ach, du reichst mir ja kaum bis zur Schulter. Laß mich dich anschauen. Du bist hübscher als früher.« Er drückte ihr rasch einen Kuß auf die Wange. »Nun, hast du mir nichts zu sagen? Keine Begrüßung? Wie begrüßt denn eine junge Dame ihren zukünftigen Gatten?«

Sie versuchte, an etwas zu denken, das sie sagen könnte, aber es gelang ihr nicht.

»Man hat mir gesagt, ich würde dich hier finden«, sagte er, um ihr aus der Verlegenheit herauszuhelfen.

Sie fragte scheu: »Erinnerst du dich noch an das letzte Mal? Es ist über drei Jahre her, nicht wahr? Man sorgte dafür, daß wir miteinander redeten, und flüsterte über uns.«

»Ach ja, ich erinnere mich.«

»Und wir haßten uns, weil sie haben wollten, daß wir einmal heirateten.«

»Unsinn! Ich war im gleichen Augenblick entzückt, in dem ich dich erblickte.«

»Das ist nicht die Wahrheit gesprochen.«

»Aber es ist etwas sehr Nettes.«

Sie lachte, und er nahm ihren Arm.

»Ich will dir den Park zeigen.«

Als sie gingen, erzählte er ihr, wie er die vergangene Zeit verbracht hatte. Er redete, als ob er kaum fähig gewesen wäre, die trübsinnigen Tage zwischen der letzten Begegnung und dieser zu ertragen. Man habe verzweifelt versucht, ihn zu einem gebildeten Mann zu machen. Er hätte sich deshalb auf die Grand Tour begeben. Er sei gerade erst zurückgekehrt. Die Sonne in Italien war heiß gewesen – daher sein sonnengebräuntes Aussehen.

»Es gefällt mir«, meinte sie schüchtern.

Sie waren fest entschlossen, aneinander Gefallen zu finden. Alle waren erfreut, außer Wenna. Ihr, dachte Caroline, wäre es lieb, wenn ich ihn hassen würde, damit sie mich trösten könnte.

Sie führte ihn ins Haus, denn sie wußte, daß sie ohne Begleitung nicht zu lange mit ihm alleine sein durfte. Während des Essens saß sie neben ihm. Anschließend unterhielten sie sich. Und in der Nacht konnte sie vor lauter Gedanken an ihn kaum schlafen. Aber immer wieder tauchte die Szene vor ihr auf, wie er mit dem Dienstmädchen auf der Treppe gestanden hatte.

Sie ermahnte sich, daß sie nichts zu fürchten habe. Ihre Eltern hatten diese Heirat arrangiert. Es war eine passende Heirat. Vermutlich sollten Liebesheiraten ohne die Hilfe der Eltern zustande kommen. Aber ihre Heirat sollte dennoch eine Heirat aus Liebe sein, auch wenn sie arrangiert worden war. Caroline konnte nicht ertragen, daß es anders wäre.

*

Alles kam plötzlich, so unerwartet. Der Tag des großen Balles war gekommen, und jeder war vergnügt und glücklich gewesen. Caroline hatte ihr weißes Satinkleid getragen, und Fermor hatte gesagt, sie sähe aus wie ein Engel oder eine Fee. Sie hatten zusammen getanzt, und der Landadel aus der

Umgebung hatte mit Champagner auf ihr Wohl getrunken. Sie waren wahrhaft verlobt, und sie trug einen Diamantring zum Beweis.

Die Dörfler hatten zu den großen Fenstern hereingeschaut. Einige, sehr wagemutige, waren ganz dicht herangekommen und mußten von Meaker, dem Butler, weggeschickt werden. Die Nacht war sehr warm. Wer hatte noch vorgeschlagen, sie sollten hinausgehen und auf dem Rasen tanzen? Warum auch nicht? Der Mond schien, und es war so romantisch. Die jungen Leute hatten um Erlaubnis gebeten. Ihre Eltern hatten ein wenig protestiert, aber mit jenem Zögern, das Einverständnis bedeutete. Die Mamas und Papas hatten auf der Terrasse gesessen und zugeschaut.

Tau begann niederzufallen. Lady Trevenning war empfindlich gegen Kälte und die erste, die es feststellte. Sie sah sich nach einem Diener um, den sie anweisen konnte, ihr einen Umhang zu bringen. Sir Charles stand in ihrer Nähe.

»Was hast du, Maud?« fragte er.

Sie zog ihren Spitzenschal über den Schultern zurecht: »Es ist ein bißchen kühl. Ich brauche ejnen Umhang.«

»Ich hole ihn dir.«

Er ging in die Vorhalle. Dort daß ein junges Mädchen auf einer Bank und neben ihr ein junger Mann. Ihr Kleid war schwarz, und sie war sehr klein. Er sah ihre grünen Augen, als sie den Kopf hob und ihn anlächelte.

Sie war natürlich ganz anders. Er erkannte sie sofort als Jane Collings, die Tochter seines alten Freundes James, des obersten Jagdleiters. Aber für einen Augenblick hatte sie sein Herz schneller schlagen lassen. Er dachte an den Brief in seiner Tasche, und als er ins Haus ging, vergaß er, weshalb er gekommen war. Er zog sich in die Ruhe der Bibliothek zurück, nahm den Brief und las ihn noch einmal durch. Er war von der Schwester Oberin des Klosters Notre Dame Marie. Sie war wegen Melisande besorgt. Das Kind war jetzt fünfzehn Jahre alt und hatte alles gelernt, was ihr die Schwestern beibringen konnten. Sie war intelligent, aber nicht *sérieuse*. Die Oberin hatte ein langes Gespräch mit dem Kind und den Nonnen geführt, die sie unterrichtet hatten, und keine von ihnen hielt das Kloster weiterhin für einen idealen Ort für Melisande. Das Mädchen war wild und nicht zu bändigen. Sie war erwischt worden, als sie versuchte, das Kloster ohne Erlaubnis zu verlassen. Sie liebte es, die Auberge aufzusuchen und wenn möglich mit dort wohnenden Fremden zu sprechen. Es war beunruhigend, und die Ehrwürdige Mutter war auch beunruhigt. Würde Monsieur ihnen seine Wünsche bekanntgeben? Es sei ihr eigener und der Rat der Schwestern, die Melisande so gut kannten, daß das Kind aus dem Kloster geholt werde — so sehr sie Melisande und das Geld missen würden, das Monsieur ihnen so regelmäßig gesandt hatte. Es sei ihre wohlüberlegte Meinung, daß Melisande einer nützlichen Tätigkeit zugeführt werden sollte. Sie wäre genügend gebildet, um eine Gouvernante zu werden. Sie könnte im Nähen nicht schlecht sein, wenn sie mehr Fleiß darauf verwenden würde. Die Ehrwürdige Mutter schloß mit ihren besten Wünschen und unterzeichnete als seine aufrichtige Freundin Jeanne de l'Isle Goroncourt.

Er hatte seit Erhalt des Briefes ständig an Melisande gedacht. Er konnte sich nicht entscheiden, was er tun sollte. Vielleicht würde er Fenella aufsuchen. Sie hatte ihn schon einmal beraten, und ihr Rat war gut gewesen. Außerdem hatte sie mit den Jahren an Weisheit zugenommen. Er war sicher, daß sie nur zu gern bereit war, ihm bei der Lösung des Problems zu helfen.

Wie er so dasaß, ging die Tür auf, und Wenna kam herein. Sie sah ihn einigermaßen überrascht an, und ihre scharfen Augen wanderten zu dem Brief in seiner Hand.

Er sagte: »Ach, Wenna, die gnädige Frau wünscht einen Umhang.«

Sie war dicht an den Tisch herangetreten, und er bemerkte, daß sie fortfuhr, auf den Brief zu schauen. Er fühlte sich unbehaglich. Er legte ihn hin und wünschte sofort, er hätte es nicht getan. Schnell sagte er: »Draußen wird es sehr kühl.«

»Ich hole ihn . . . sofort«, antwortete sie.

Als Wenna damit zu ihr kam, meinte Maud: »Ich dachte schon, er hätte es vergessen. Es ist bereits ein Weile her, daß ich darum gebeten habe.«

»Männer«, erklärte Wenna grimmig, »denken nur an sich selbst. O ja, Sie sind kalt bis in die Knochen. Sie müssen sofort hineingehen, und ich bringe Ihnen etwas Heißes zu trinken.«

»Wenna, Wenna, was sollen meine Gäste denken? Du vergißt, daß ich jetzt nicht dein Schoßkind bin, sondern die Gastgeberin.«

»Sie holen sich den Tod«, prophezeite Wenna, wie sie es schon tausendmal getan hatte. Aber dieses Mal hatte sie recht.

Am nächsten Morgen zitterte ihre Herrin und fieberte, als sie zu ihr ins Zimmer trat, und zwei Tage später war sie tot.

*

In der Auberge Lefèvre herrschte große Aufregung.

»Monsieur selbst«, rief Madame. »Ach, Monsieur, es ist ja schon so lange her, seit wir Sie zuletzt gesehen haben. Treten Sie ein. Kommen Sie herein. Ihr Zimmer wird für Sie gerichtet. Sie trinken doch ein Glas Wein mit meinem Mann, oder nicht? Dann werden wir uns um das Essen für Sie kümmern. Ragout — ein wenig von den Seezungenfilets, die Sie so gerne mögen? Oder vielleicht das Roastbeef aus Ihrem eigenen Land?«

»Danke sehr, danke sehr«, hatte er gesagt.

»Wir werden es Ihnen hier gemütlich machen.«

»Ich weiß nicht, wie lange ich bleiben werde.«

Aber Madame war schon auf dem Weg, rief ihr Personal zusammen, bereitete die Wärmepfannen vor und sorgte dafür, daß ihm heißes Wasser aufs Zimmer gebracht wurde, weil er immer so versessen auf ein Bad war.

Madame würde sich selbst um das Essen kümmern. Sie würde niemand anderem trauen.

Der Engländer trank ein Glas Wein mit Armand.

Er ist gealtert, dachte Armand. Sein Haar hat jetzt silberne Strähnen.

Sie sprachen von der Stadt und ihren Bewohnern. Armand wußte jetzt auch über den Kleinstadttratsch hinaus Bescheid. Er schüttelte den Kopf. »Man munkelt allerhand in den großen Städten, Monsieur. Wir hören es sogar hier auf dem Land. Es ist wie ein Sturm in der Ferne, verstehen Sie, Monsieur? Dieser Louis Philippe und seine Marie Amelie — werden sie den gleichen Weg gehen wie Louis XVI. und Marie Antoinette? Einige Leute behaupten, sie seien weder für den Adel noch für das Volk. Sie setzen sich über die Staatsminister hinweg, sie bestechen Geschworene und zensieren die Presse. Franzosen mögen so etwas nicht, Monsieur, und sie sind nicht so ruhig wie die Menschen in Monsieurs Heimat. Ihre Landsleute sind glücklich. Sie haben eine gute Königin, nicht wahr, die von ihrem frommen deutschen Gemahl im Zaum gehalten wird?«

Der Engländer hätte antworten können, daß England seine eigenen Sorgen habe. Er hätte die Ludditen, die rebellierenden, um ihre Existenz bangenden Handwerker, und die Männer von Tolpuddle erwähnen können, die versucht hatten, eine Gewerkschaft zu gründen. Und er hätte den wachsenden Kampf um das Kornzollgesetz nennen und den schrecklichen Unterschied zwischen Reich und Arm anführen können. Auf eine bestimmte Weise betrachtet, wie er es allerdings nicht tat, war das eine beschämende Schande für jede Nation.

Natürlich waren die Ungleichheiten in Frankreich noch größer. Aber der Engländer äußerte nichts dergleichen. Er zog es vor, dem Franzosen zuzuhören, den Kopf zu schütteln und bedauernd zu nicken.

Überdies dachte er an den Grund seines Besuches.

Aber es eilte ihm nicht. Er war von Natur aus bedächtig. Er hatte sich darauf vorbereitet, was er sagen würde, wenn er dem Mädchen gegenüberstand, das er, seit sie ihren Holzschuh vor seine Füße fallen ließ, nicht mehr gesehen hatte.

Er aß den ausgezeichneten Fisch, den Madame ihm servierte. Er schmeckte zwar kaum etwas, aber er versicherte Madame, alles sei köstlich. Dann zog er sich bald zurück, um für die Aufgabe am nächsten Morgen frisch zu sein.

*

Melisande stand vor den Kleinen ihrer Klasse. Draußen schien die Sonne. Ein Schmetterling versuchte, durch das Fenster zu entkommen, ein weißer Schmetterling mit grünen Tupfen auf den Flügeln. Sie dachte mehr an den Schmetterling als an die Kinder.

Armer kleiner Schmetterling. Er war in dem Zimmer gefangen wie sie im Kloster. Sie wußte nichts von der Welt. Sie kannte nur ein von Glockengeläut bestimmtes Leben. Geläut zum Aufstehen, für die Gebete, das Frühstück, ihre erste Unterrichtsstunde, für die zweite, für den Gang durch die Stadt und so fort, alle Tage. Und jeder Tag glich dem anderen, ausgenommen Schutzheiligen gewidmete Tage und Sonntage. Aber von diesen Feiertagen verlief auch einer wie der andere; und jeder Sonntag wie der nächste.

Was waren die Ereignisse dieser Tage? Die kleine Jeanne-Marie hatte eine Kolik, die kleine Yvette hatte lesen gelernt. Melisande liebte die kleine Jeanne-Marie. Sie war über den Triumph der kleinen Yvette entzückt. Aber das war doch kein Leben.

Sie verbrachte viel Zeit damit, von wundervollen Dingen zu träumen, die sie erleben würde, von Rittern, die zum Kloster kämen und sie entführten. Sie malte sich aus, wie sie mit einem von ihnen zu einem verzauberten Schloß ritt und nach Paris, Rom, London, Ägypten – alle die wundervollen Länder, von denen sie im Geographieunterricht gehört hatte. Wenn sie mit den älteren Kindern Landkarten zeichnete, sah sie sich im Geiste diesen Fluß hinaufsegeln und jenen Berg besteigen.

Manchmal, wenn sie mit den Kleidungsstücken oder den Gartenfrüchten zum Verkauf auf den Markt geschickt wurde, pflegte sie zu bummeln und mit den Standinhabern zu plaudern. Die Augen des alten Henri leuchteten auf, wenn er sie erblickte, und in den Augen seines jungen Enkels sah sie, daß sie ein zu hübsches Mädchen war, um ihr ganzes Leben in einem Kloster zu verbringen. Sie pflegte an der Auberge zu verweilen und ein Stück von Madames üppigem Kuchen zu kosten. Armand ließ sie merken, wie er sie bewunderte. Und immer wieder stellte er mit brennender Neugier seine Fragen: »Und wie lange werden Sie im Kloster bleiben, Miß Melisande? Hören Sie nie von irgendwelchen Verwandten draußen in der Welt?«

Nun ging sie zum Fenster und öffnete es, aber der dumme Schmetterling schien nicht einmal jetzt zu wissen, wie er ins Freie finden konnte. Sie faßte ihn sanft und ließ ihn dann los.

»Er fliegt fort, heim zu seinen Kindern«, sagte die junge Louise.

»Zu seinem kleinen Haus mit den Babyschmetterlingen«, meinte Yvette.

Sie schaute auf die Kinder, und plötzlich wurden ihre Augen traurig. Diese Kinder waren von dem Gedanken an ein Zuhause, an eine Familie besessen, wo es einen Vater und eine Mutter gab. Sie sehnten sich nach einem wirklichen Heim, so bescheiden es auch sein mochte. Sie sehnten sich

nach Brüdern und Schwestern. Melisande hatte es aufgegeben, sich nach etwas so Unmöglichem zu sehnen. Sie wollte
hinaus in die Welt entfliehen, weil sie sich als Gefangene
empfand.

Als der Schmetterling davonflog, ging die Türe auf, und
Schwester Eugenie trat ein.

Melisande seufzte. Die Klasse in lärmender Unruhe wegen
eines Schmetterlings. Dafür würde sie getadelt werden. Wie
kam es nur, daß ihre kleinsten Verfehlungen immer wieder
gleich allen bekannt wurden? Aber Schwester Eugenie
schien die Unruhe nicht zu bemerken. Sie schaute geradewegs auf Melisande, und ihre Wangen zeigten eine leichte
Röte. Ihre Augen unter der strengen Haube sahen aufgeregt
aus.

»Ich werde die Klasse übernehmen. Du sollst sofort zur
Ehrwürdigen Mutter gehen.«

Melisande war erstaunt. Sie öffnete den Mund und wollte
etwas sagen, aber Eugenie redete weiter: »Geh sofort. Aber
bring zuerst dein Haar in Ordnung. Die Ehrwürdige Mutter
wartet.«

Melisande lief aus dem Klassenzimmer und die Flure entlang bis zum Schlafsaal. Nun schon beinahe sechzehn Jahre
alt, war es ihre Pflicht, mit den kleinen Kindern im Schlafsaal zu schlafen. Über ihrem Bett, das etwas größer war als
das der anderen, hing ein Spiegel.

Ihr Haar hatte sich wie so oft aus den Flechten gelöst, die
über ihre Schultern hingen. Kein Wunder, daß Schwester
Eugenie es bemerkt hatte! Hastig flocht sie es von neuem.
Was wollte nur die Ehrwürdige Mutter von ihr? Sie hatte erst
gestern auf dem Marktplatz getrödelt und mit Henri
getratscht, gelacht und geplaudert. War das der Grund? »Na,
na!« hatte Henris Enkel gesagt: »Flirte nicht mit der jungen
Dame, Großpapa!«

Sie hatte vergnügt dazu gelacht. Aber wenn die Nonnen

das gehört hätten? Welch eine Sünde! Und wie groß würde die Strafe dafür sein?

In Gedanken begann sie nach Entschuldigungen zu suchen, als sie zum Zimmer der Oberin ging.

»Herein«, rief die Ehrwürdige Mutter, als das Mädchen klopfte.

Am Tisch saß ein Mann. Melisande hielt überrascht den Atem an und fühlte, wie ihr das Blut zu Kopf stieg. Sie kannte diesen Mann. Sie hätte ihn überall erkannt. Es war der Engländer, der vor der Auberge gesessen hatte.

»Melisande«, sagte die Oberin. »Komm her, mein Kind.« Als Melisande sich dem Tisch näherte, fuhr sie fort: »Das ist Mister Charles Adam.«

Melisande knickste vor dem Fremden.

»Sprich englisch mit ihm! Das wäre ihm lieber. Mister Adam wollte dich besuchen. Er hat dir etwas zu sagen, und er meint, es wäre besser, wenn er es dir selbst sagen würde. Ich will euch allein lassen, damit du mit ihm sprechen kannst.«

»Ja, *ma Mère.*«

»Er ist dein Vormund, Melisande. Denke dran . . . auf englisch. Er möchte gerne wissen, wie gut du diese Sprache gelernt hast.«

Die Oberin stand auf und legte eine Hand auf Melisandes Schulter. Sie gab ihr einen kleinen Schubs auf Mr. Adam zu, der sich erhoben hatte und ihr seine Hand entgegenhielt, um ihre zu schütteln.

Die Türe schloß sich hinter der Oberin.

»Das ist eine Überraschung für dich«, sagte er.

»Mein . . . Vormund?«

»Ja . . . ja.«

»Aber Sie haben nichts gesagt. Ich meine . . . draußen vor dem Gasthof, als ich meinen Holzschuh fallen ließ. Sie haben es mir damals nicht gesagt. Ich wäre so aufgeregt gewesen. Ich wußte nicht . . .«

Sie hielt inne. Sie war dabei, den Zusammenhang zu verlieren, was immer geschah, wenn sie erregt war, wie Schwester Emilie behauptete. Nur die Tatsache, daß es ihr nicht so leichtfiel, ihre Gedanken ins Englische zu übertragen, ließ den Wortschwall versiegen.

»Es tut mir leid«, sagte er. »Ich konnte es damals nicht erklären. Es ist sogar jetzt noch schwierig . . .«

»Natürlich, Monsieur.« Sie sah ihn freudig an und nahm jede Einzelheit in sich auf: die elegante Kleidung, das an den Schläfen leicht ergraute Haar, die eher kalten grauen Augen und den strengen Mund. Sie fand, daß er etwas furchterregend war, jedoch so, wie ein Vormund sein sollte. Er war die Art von Mann, bei dem Thérèse keinerlei Bedenken haben müßte – und auch nicht die Ehrwürdige Mutter, schien es. Wie seltsam! Hier war sie nun zum ersten Mal in ihrem Leben mit einem Mann allein in einem Zimmer. Ihre Lippen kräuselten sich.

»Nun, Monsieur. Sie sind also mein Vormund.«

»Ich . . . ich kannte deinen Vater.«

»Oh, bitte erzählen Sie. Ich habe mich so oft gefragt: Wie war mein Vater? Wo ist er jetzt? Warum wurde ich ins Kloster gebracht? Lebt er noch?«

»Dein Vater war ein Herr.«

»Und meine Mutter?«

»Sie starb sehr bald nach deiner Geburt.«

»Und mein Vater auch?«

»Du . . . hast ihn auch verloren. Er bat mich, für dich zu sorgen.«

»Und Sie sind es gewesen, der mich ins Kloster geschickt hat?«

»Die Erziehung, welche dir hier zuteil wurde, ist so gut wie jede andere, die man bekommen kann . . . Ich habe mich erkundigt.«

Sie lachte, und weil er überrascht aussah, so erklärte sie:

»Ich lache nur, weil ich so glücklich bin. Niemand hat sich je wirklich für mich interessiert.«

»Ich hatte gedacht, du würdest vielleicht immer im Kloster bleiben wollen.«

Sie machte ein langes Gesicht. Ihr war zumute, wie es wohl dem Schmetterling gewesen wäre, wenn sie ihm die frische Luft und Freiheit gezeigt und ihn dann zurück ins Klassenzimmer gebracht hätte.

»Ich bin nicht gut genug, um eine Nonne zu sein«, sagte sie. Plötzlich war sie traurig, und ihre Lider verbargen den Glanz ihrer Augen. Alle Freude schien aus ihrem Gesicht gewichen. »Ich empfand nicht die Ekstase des Gebets und des Fastens. Die kleine Louise erzählte, bei der Arbeit an dem Engelsflügel auf dem Altartuch sei ihr gewesen, als ob sie Flügel hätte und gen Himmel flöge. Als ich an dem Gewand des Engels stickte, fühlte ich lediglich, daß es ermüdend war und meinen Augen weh tat. Sehen Sie . . .« Natürlich interessierten ihn weder die kleine Louise und ihre Gefühle noch die Schwächen von Melisande.

Sie bemerkte, daß er gar nicht zugehört hatte und in seiner Rede fortfuhr, als wäre er überhaupt nicht unterbrochen worden. Sie mußte still sein und diese schmerzliche Neugier in ihr im Zaum halten, denn nur wenn sie ihn reden ließ, konnte sie erfahren, was er gern sagen wollte.

»Aber«, fuhr er fort, »es scheint, daß du für das Klosterleben ungeeignet bist. Deshalb bin ich gekommen, um dich von hier wegzubringen, wenn du es möchtest.«

Sie verschränkte ihre Hände, die vor Aufregung zitterten, fest ineinander.

»Ich habe dir ein oder zwei Vorschläge zu mache.« Er sah in ihr gespanntes, lebhaftes Gesicht. »Man hat mir gesagt, daß du etwas vom Unterrichten verstehst. Das bedeutet, du könntest deinen Lebensunterhalt als Erzieherin verdienen. Man hat mir auch gesagt, daß du eine gute Näherin wärst, wenn du dich einer solchen Arbeit widmen möchtest. Es ist möglich, daß ich eine Stelle für dich finden könnte.«

Sie war nachdenklich. Vielleicht sieht sie sich aus einem Gefängnis in ein anderes geraten, dachte er.

Da faßte er plötzlich einen Entschluß. Bis zu dieser Minute war er sich nicht ganz sicher gewesen, ob er es wagen könnte. Dies wäre einer der tollkühnsten Augenblicke seines Lebens. Es wäre so einfach, sie zu Fenella zu bringen. Fenella würde ihm auch jetzt bereitwillig helfen, wie sie es schon einmal getan hatte.

Aber Melisande war so reizend – diese formlosen, häßlichen Kleider konnten das nicht verbergen. Sie war die wiedergeborene Millie – Millie in Melisande verwandelt. Millie war hübsch und anziehend gewesen, aber dieses Mädchen besaß echte Schönheit. Millie war ungebildet. Die Intelligenz dieses Mädchens schien durch ihre Schönheit hindurch. Dieser wache Blick hätte auf Neugier deuten können, er war jedoch bezaubernd. Wie konnte er der Versuchung widerstehen, seine eigene Tochter in sein Heim zu bringen, sie Tag für Tag um sich zu haben. Wie könnte er es auch nur zulassen, daß sie einen niedrigen Posten in einem ganz fremden Haushalt annähme. Er schien Millies Stimme zu hören: »Ich möchte, daß sie ein Kleid aus Seide und einen Mantel aus Samt hat . . .«

Sie soll es haben! beschloß er. Er würde dieses eine Mal vergessen, vorsichtig zu sein, und alle Schwierigkeiten beiseite schieben.

»Ich habe eine Stellung für dich«, sagte er langsam.

»Oh . . . wirklich?«

Er sprach schnell weiter: »Meine Frau ist kürzlich gestorben. Ich habe eine Tochter, ein paar Jahre älter als du. Sie braucht eine Gefährtin. Würdest du gerne in meinem Hause leben und helfen, meine Tochter aufzuheitern? Die Arbeit würde nicht schwer sein. Ich möchte gerne, daß du glücklich

in meinem Hause bist. Du würdest alle Bequemlichkei-
ten ... alle Vorrechte ... wie eine Tochter haben.«

Ihre Augen leuchteten, denn er hatte sich verändert. Einen
Augenblick lang hatte sie gedacht, er würde ihr die Hände
auf die Schultern legen und sie küssen.

»Ja, bitte«, sagte sie. »Bitte.«

»Wann kannst du abreisen?«

»Sofort!« rief sie.

»Ich meine, in ein paar Tagen wäre wohl passender. Du
brauchst Zeit, um alles vorzubereiten.«

Sie lächelte, und sie sprach wie gewöhnlich, ohne nachzudenken: »Ich glaube, sie haben meinen Vater sehr gern
gehabt.«

Er wandte sich heftig um. Dann drehte er jedoch plötzlich
den Kopf und fragte über die Schulter hinweg: »Wie kommst
du darauf?«

»Sich so sehr um mich gekümmert zu haben, mich ... die
Sie gar nicht kannten ... so froh darüber zu sein, weil ich
in Ihrem Hause leben werde.«

Als er sich wieder umwandte, war sein Gesicht ausdrucks-
los.

»Wollen wir hoffen, daß sich jeder freut.«

*

Das Geheimnis zu hüten, war unmöglich. Die Auberge
summte von Gerüchten.

»Was habe ich dir gesagt«, rief Armand hocherfreut. »Nun
siehst du mal, Madame, daß ich jemand bin, der zwei und
zwei zusammenzählen kann.«

Madame war traurig. »Er wird nie wieder zu uns kommen.
Und Melisande verlieren wir auch.«

»Du hast sie liebgewonnen«, meinte Armand nachdenklich. »Sie ist ein wunderschönes Mädchen. Du solltest dich
freuen, daß sie in ihres Vaters Haus zurückkehrt. Sie wird

Samt und Seide, einen gutaussehenden Mann und eine schöne Mitgift haben.«

»Aber wir werden sie nicht in Samt und Seide sehen. Wir werden auch ihren gutaussehenden Mann nicht zu Gesicht bekommen, und von der Mitgift wird unser Gasthof keinen Pfennig haben.«

Armand tröstete sie: »Andere werden kommen, andere Herren, die ihre Töchter sehen wollen, andere Herren, die bei mir sitzen und die Kinder beobachten.«

»Das wär zuviel des Zufalls«, entgegnete seine Frau.

»Durchaus nicht«, murmelte Armand. »Es wäre der Lauf der Welt.«

Sie sahen den beiden nach, als die Kutsche sie nach Paris entführte − dieses ungleiche Paar. Der Engländer mit seinem melancholischen Ausdruck und das lebhafte junge Mädchen in seiner dunklen Klostertracht.

Madame weinte ungeniert, und Armand wischte sich eine Träne aus dem Augenwinkel, bevor er zu seiner Flasche Wein zurückkehrte.

*

Erst als sie in Paris waren, bekannte sich Charles zu seinem wahren Namen. Das wäre jetzt gefahrlos, meinte er, und er mußte es ihr sagen, bevor sie nach England kamen.

»Für die Nonnen war ich immer Charles Adam«, erklärte er, »aber das ist nicht mein wahrer Name. Er ist Charles Trevenning.«

»Trevenning«, wiederholte sie mit ihrem französischen Akzent. »So ist es also?« Wie sehr stimmte es doch, daß sie zuerst sprach und dann erst nachdachte. »Das ... es war ...«, sie rang um das Wort, » ...es war eine notwendige ...?«

»Die Lage war ein wenig schwierig. Meine Freunde ... konnten sich nicht selbst um diese Sachen kümmern ...«

»Sie meinen meine Eltern?«

»Ja, und ich . . . mit einem Kind am Hals.«

Sie nickte. »Das war eine Mißlichkeit«, sagte sie in ihrem drolligen Englisch. »Eine große Mißlichkeit«, wiederholte sie mit Vergnügen an dem Wort. Ihre Augen glänzten. Sie hatte verbotene Bücher gelesen. Eine Dame hatte in der Auberge gewohnt, mit ihr gesprochen, Interesse an ihr gezeigt und ihr mehrere Bücher gegeben. Sie hatte sie ins Kloster geschmuggelt. Man wurde *Pilgrim's Progress* und die Bibel leid. Wie fesselnd diese Bücher waren! Welche Aufregung, von der Welt draußen zu lesen, wo es Liebe, Tod und Geburt gab — alles, so schien es oft, das nie hätte stattfinden sollen.

Sie war nicht so unwissend über das Leben außerhalb des Klosters, wie die Leute glaubten. Sie sah sein Problem. Ihre Eltern waren gestorben und hatten ihm ein Baby zurückgelassen. Das war in der Tat eine heikle Angelegenheit. Es würde einen Skandal geben, und Skandal war ein häufiges Problem in den verbotenen Büchern. Sie verstand vollkommen, warum er Charles Adam hatte sein müssen. »Aber die Nonnen hätten sicher geschwiegen«, sprach sie ihre Gedanken aus.

»Es schien klüger so. Denk also daran, daß ich Charles Trevenning bin, Sir Charles Trevenning. Und da ist noch eine Sache, du mußt bemerkt haben, daß du und ich etwas Aufmerksamkeit erregen. Das ist so, weil die Leute gern wissen möchten, wie unsere Beziehung ist. Es dürfte zu diesem Zeitpunkt der Reise klüger sein, wenn ich dich . . . als meine Tochter ausgebe.«

Sie nickte lebhaft und sehr erfreut. »Es ist eine Ehre. Es macht mir Spaß.«

Er war erleichtert, sie so intelligent zu finden. Er fühlte sich mit jedem Augenblick mehr und mehr zu ihr hingezogen.

»Und«, fuhr er fort, »da ist noch die Kleiderfrage. Während wir in Paris sind, wollen wir versuchen, etwas Passendes für dich zu finden.«

Sie war von der Vorstellung, neue Kleider zu kaufen, begeistert. Sie mußten einige Tage in der französischen Hauptstadt bleiben, und er war entschlossen, sie präsentabel zu machen, ehe sie Paris verließen. Er wollte gerne, daß sie wie ein englisches Schulmädchen aussah, das am Ende der Pensionatsjahre von seinem Vater abgeholt wurde und nun nach Hause kommen sollte.

Er war überzeugt, daß sie wegen ihrer unpassenden Kleider auffallen würde, und auch, weil sie zuviel sprach und sich über alles, was sie sah, aufregte. Er glaubte, daß sie sich mit der Zeit beruhigen würde. Aber er fand auch heraus, daß er sie nicht in das Mädchen verwandeln konnte, als das er sie gern gesehen hätte. Sie war vor allen Dingen sie selbst. Er malte sie sich vage in einem einfachen Kleid aus dunklem Schottenstoff mit einem kleinen Cape um die Schultern aus. Er sah sie in einem netten Hut vor sich, der helfen würde, den Glanz ihrer Augen zu dämpfen.

Als sie den Laden betraten, sagte er in seinem steifen Französisch zu der Verkäuferin: »Das ist meine Tochter, ich möchte gerne eine einfache, aber gute Ausstattung für sie haben.«

Aber er hatte weder mit der Verkäuferin... noch mit Melisande gerechnet. Melisande hatte bereits ein wunderschönes Kleid mit Rüschen und Volants, mit einem tief ausgeschnittenen Mieder und Keulenärmeln entdeckt.

Sie stand davor, die Arme über die Brust gekreuzt.

»Aber das ist zu alt für das gnädige Fräulein«, sagte die Verkäuferin liebevoll.

»Aber es ist so schön«, sagte Melisande.

Die Verkäuferin lachte verständnisvoll, und Melisande stimmte aufgeregt ein. Sie sprachen in einem so schnellen

Französisch, daß er ihrer Unterhaltung unmöglich folgen konnte.

»Es sollte ein Reisekleid sein«, begann er.

»Monsieur?«

»Ein Reisekleid . . .«

»Ich will ein scharlachrotes Kleid haben«, rief Melisande. »Rot und blau und gold. Ich möchte die herrlichsten Farben in der Welt haben, weil ich in einem Kloster gelebt und nie etwas anderes als Schwarz getragen habe . . . Schwarz . . . Schwarz . . . und nochmals Schwarz.«

»Schwarz ist schön, wenn Sie ein wenig älter sind«, meinte die Verkäuferin. »Mit diesen Augen wird es wunderschön sein. Schwarz, ich sehe es vor mir, mit tief ausgeschnittenem Mieder und Rüschen aus Chiffon.«

»Wir wollen ein Reisekleid«, insistierte er.

Aber die Verkäuferin hatte Melisande mitgenommen, und als er die entzückten, von Lachen unterbrochenen Ausrufe des Kindes hörte und auf dem Stuhl saß, den sie ihm gebracht hatten, dachte er an Millie Sand in Hampstead und an all das, was sie sich für ihr Kind gewünscht hatte. Damals hatte er bei ihren lebhaften Worten lächeln können. Würde Millie jetzt ihre Tochter sehen? Natürlich. War es nicht ein Grundsatz seines Glaubens, das diejenigen, die von dannen gingen, auf jene hinunterschauten, die zurückgeblieben waren? Dann würde sie auch jetzt hinunterblicken und sagen: »Ich wußte, daß ich mich auf ihn verlassen konnte.«

Er bemerkte nicht, wie die Zeit verging, denn er erlebte alles noch einmal – die Romanze vor langer Zeit, an die das Mädchen, das ihn in so arge Verlegenheit gestürzt hatte und ihm noch mehr bescheren würde, die lebendige Erinnerung war.

Und als sie schließlich kam und vor ihm stand, erkannte er sie kaum mehr.

Sie trug ein Reisekleid in Schwarz und Grün gehalten, mit

enger Taille. Es verlieh ihr eine leichte und bezaubernde Reife, die vorher nicht zu sehen war. Sie trug dazu einen grünen Hut aus der gleichen Seide, mit der das schwarze Kleid eingefaßt war. Dazu gab es Unterröcke, wie sie ihm vergnügt erzählte, und außerdem noch andere Unterkleider. Sie lüftete den Rock, um sie vorzuführen, aber die Verkäuferin hielt sie zurück.

»So eine Lebendigkeit! Es ist ein Vergnügen, Monsieur, jemand mit so viel Leben in sich anzuziehen. Da ist auch noch ein kleines Kleid mit einem weiten Rock und einem Krinolinenunterrock dazu, das so nützlich für die besondere Gelegenheit wäre, Sie verstehen?«

Als er Melisande ansah, dachte er an den Stolz, den Millie empfinden würde, könnte sie jetzt ihre Tochter sehen. Sie war so gut wie Töchter der reichsten Familien erzogen worden, und nun wurde sie von einem Pariser Haus ausgestattet, einem der elegantesten auf der ganzen Welt.

Er sagte lächelnd: »Das Ergebnis ist reizend. Und das kleine Kleid. Ja, das muß sie auch haben. Und vielleicht noch ein anderes, wenn es schon sein muß.«

Die Verkäuferin war hingerissen. Melisande war hingerissen. Die Kleider sollten ins Hotel geschickt werden.

»Du gibst zuviel Geld aus«, sagte Melisande.

»Du brauchst die Sachen.«

Sie sprang auf, legte die Arme um seinen Hals und küßte ihn. Die Verkäuferin lachte. »Es ist verständlich, Mademoiselles Dankbarkeit für ihren lieben Vater.«

»Der beste von allen«, rief Melisande. Ihre Augen funkelten vor Freude über das Geheimnis, das sie miteinander teilten. Wir müssen unsere Rollen während der Reise überzeugend spielen, dachte er, als er sie ansah. Wenn die Leute nicht glauben, wir seien Vater und Tochter, gibt es einen Skandal.

Als sie auf der Straße waren, drehte sich schon bald mancher nach ihr um und sah ihr nach.

Vielleicht, dachte er, wäre es doch besser gewesen, sie in ihren Klosterkleidern zu lassen.

*

Reisen mit Melisande war, als ob man alles zum ersten Mal sehen und erleben würde. Wie begeisterungsfähig sie war! Die kleinsten Ereignisse wurden zum größten Spaß. Mit der Eisenbahn zu fahren! Sie hatte nie geglaubt, ein solches Abenteuer erleben zu können. Wie freute sie sich über ihren Platz in dem Wagen der ersten Klasse. Und wie traurig sie für jene war, die in der dritten Klasse reisen mußten! Ihre Stimmungen wechselten. Sie überstürzte sich beinahe. Jetzt genoß sie den Trubel von Vauxhall – denn er hatte dem Wunsch nicht widerstehen können, sie dorthin zu führen. Dann weinte sie wieder über das Elend der Bettler, der Straßenkehrer und der alten Apfelweiblein.

Er war teils traurig, teils erleichtert, als sie schließlich in einem westwärts fahrenden Zug saßen.

»Nun ist es Zeit für uns«, sagte er, »unsere kleine Komödie aufzugeben.«

»Ich darf nicht mehr länger Ihre Tochter sein?« fragte sie.

»Ich meine, wir sollten klug sein und unsere Beziehung anders darstellen.«

»Ja?«

»Wir wollen sagen, daß du mir von einem Freund vorgestellt worden bist, weil du eine Stellung suchst, und da meine Tochter einsam sein wird, habe ich die Gelegenheit ergriffen, für sie eine Gesellschafterin zu besorgen.«

»Ich verstehe, daß man nicht wissen soll, wie gut Sie zu der Tochter Ihres Freundes gewesen sind. Sie mögen es nicht, wenn man Ihnen dankt.«

»O doch! Das habe ich sehr gern.«

Sie schüttelte den Kopf und sah ihn mit einem warmen Lächeln an.

»Nein, wenn ich Ihnen für meine Kleider danke, für das Glück, das Sie mir gebracht haben, mögen Sie das nicht. Sie versuchen, das Thema zu wechseln.«

»Du dankst mir zu oft. Einmal reicht. Und jetzt sollten wir auch nicht mehr so vertraut miteinander sprechen. Sie, Melisande, sind in Frankreich erzogen worden, suchen eine Stellung, und ich dachte, es sei eine ausgezeichnete Idee, für Sie, zu kommen und bei meiner Tochter als ihre Gesellschafterin zu bleiben. Wie ich Ihnen schon sagte, hat sie gerade ihre Mutter verloren. Sie hätte bald heiraten sollen, aber das muß nun natürlich um mindestens ein Jahr verschoben werden. In der Zwischenzeit könnten Sie ihr beim An- und Auskleiden helfen. Sie können gemeinsam spazierengehen, stricken, Klavierspielen und ihr ein gutes Französisch beibringen.«

»Es soll sein, wie Sie es wünschen«, erklärte Melisande feierlich. »Ich werde alles tun, was Sie sagen. Ich rede manchmal zu viel, aber in Zukunft will ich besser aufpassen. Ich werde mich immer an all das erinnern, was Sie für mich getan haben, an all das Glück, das Sie mir gebracht haben, der Pariser Schneiderin, den Schwestern und Monsieur und Madame Lefèvre.«

»Nun hören Sie auf, ich bin kein so allgemeiner Wohltäter!«

»O doch, das sind Sie. Für mich — das ist klar, für die Schneiderin, weil Sie soviel kaufen und ein gutes Geschäft für sie sind, für Monsieur und Madame Lefèvre, weil Sie reich sind, und Armand Geschichten über Sie erfinden kann. Außerdem sind Sie Madames ganz besonderer Gast. Und den Nonnen haben Sie viel Kummer erspart, denn ich wäre weggelaufen, wenn Sie mich nicht geholt hätten.«

»Sie sehen in allem die rosige Seite des Lebens.«

»Ich liebe alles Rosige«, antwortete sie ihr. »Deshalb, weil ich in der langen Klosterzeit nur Schwarz tragen mußte.«

Dann plötzlich küßte sie ihn noch einmal.

»Das ist das letzte Mal gewesen. Von diesem Augenblick an sind Sie nicht mehr mein Vater, der mich vom Pensionat geholt und mir schöne Kleider in Paris gekauft hat. Nun sind Sie der kluge Mann, der die Gelegenheit ergreift, mich als Gesellschafterin zu seiner Tochter zu bringen.«

Dann setzte sie sich sehr gerade hin und schaute ernst und sittsam drein — das Bild einer jungen Dame, die ihre erste Stelle antritt.

*

In Devon nahmen sie die Postkutsche, da die Eisenbahn noch nicht bis Cornwall fuhr.

Melisande war jetzt nachdenklich. Bald schon würde für sie ein neues Leben beginnen. Sie dachte mit einiger Befürchtung an die Tochter, die nur wenig älter war als sie selbst.

Sie rollten so langsam die Straße dahin, daß es ihr möglich war, die Gegend zu bewundern, eine Landschaft, die viel hügeliger war als alles, was sie bisher gesehen hatte. Die Straßen dagegen waren so schlecht, daß die Räder immer wieder in den Furchen steckenblieben und Kutscher und Postillion wiederholt absteigen mußten, um anzuschieben.

Melisande beobachtete, daß Charles immer unruhiger wurde, je weiter sie kamen. Er war unruhig ihretwegen, das wußte sie. Vielleicht fragte er sich, wie seine Tochter die Gesellschafterin empfangen würde, die er für sie besorgt hatte.

Er erzählte ihr Geschichten vom Herzogtum Cornwall, während sie darauf warten mußten, bis wieder einmal ein Rad geflickt war. Er sprach zu ihr von den *little people* in ihren roten Röcken und zuckerhutförmigen Mützen, die in diesem wilden Land ihr Wesen trieben, und von den *knackers*, die in den Zinngruben lebten. Sie waren nicht größer als Puppen, aber erfahren wie alte Grubenarbeiter. Um sich ihr Wohlwollen zu erhalten, ließen ihnen die Bergleute eine *didjan* zurück, einen Teil der Vesper, die sie für sich mit in die Grube nahmen. Wenn sie den *knackers* keine *didjans* opferten, würde sie schreckliches Unglück befallen, glaubten sie.

Melisandes Augen wurden rund und feierlich. Über diese Dinge mußte sie mehr erfahren. »Aber, wer waren denn diese *knackers*? Sie waren wohl sehr böse, oder nicht?«

»Sie konnten boshaft sein«, gab er zu. »Aber man konnte sie auch freundlich stimmen, wenn man ihnen ihren Anteil einer Mahlzeit überließ. Es heißt, sie seien die Geister der Juden, die Christus gekreuzigt hätten.«

»Wie soll ich sie und die *little people* erkennen, wenn ich ihnen begegne?«

»Ich zweifle, daß sie Ihnen begegnen werden.«

»Und was ist, wenn ich nichts zu essen für sie habe? Ich könnte ihnen mein Taschentuch geben oder meinen Hut.« Ihre Augen wurden traurig bei dem Gedanken, ihren schönen neuen Hut zu verlieren.

»Sie hätten keine Verwendung dafür«, sagte er rasch. »Er wäre viel zu groß. Und Sie werden ihnen vielleicht nie begegnen. Ich bin es auch nicht.«

»Aber ich möchte es gern.«

»Die Menschen haben schreckliche Angst davor, ihnen zu begegnen. Manche Leute fürchten sich so, daß sie abends nicht mehr aus dem Haus gehen.«

Sie sagte: »Ich hätte schreckliche Angst.« Sie schauderte und lachte. »Trotzdem möchte ich es.«

Er lächelte, als er sie ängstlich aus dem Fenster spähen sah.

»Das sind doch nur Märchen. So sagen die Leute wenigstens heute. Aber es ist ein seltsames Land. Ich hoffe, Sie werden sich hier wohl fühlen.«

»Ich bin glücklich. Ich glaube, das ist die glücklichste Zeit meines Lebens.«

»Wollen wir hoffen, daß es der Anfang eines glücklichen Lebens ist.«

»Ich war durchaus nicht unglücklich im Kloster, aber ich wünschte mir, daß etwas geschah ... etwas Wunderbares ... wie ... Ihr Kommen, um mich abzuholen und mich mit sich zu nehmen.«

»Ist das denn so wunderbar?«

Sie sah ihn erstaunt an. »Das Wunderbarste, das einem je in einem Kloster geschehen kann.«

Er war plötzlich beunruhigt. Er lehnte sich vor und legte seine Hand auf die ihre. »Wir können nicht wissen, ob etwas gut oder schlecht ist, solange wir nicht die Wirkung sehen, die es auf uns hat. Ich frage mich, ob ich das Richtige tue. Ich glaube es jedoch, mein Kind.«

»Es ist das Richtige. Ich weiß es. Es ist das, was ich mir immer gewünscht habe. Ich wünschte und wünschte, daß es geschehen möge ... und siehe da, es ist geschehen.«

»Ach«, sagte er leichthin, »vielleicht gehören Sie zu den glücklichen Menschen, denen ihre Wünsche erfüllt werden.«

»Das muß wohl so sein.«

»Vielleicht bringt Sie meine Tochter zu einem unserer Zauberbrunnen. Dort können Sie Ihre Wünsche sagen, und wir wollen hoffen, daß die *piskies*, wie wir die Elementargeister hierzulande nennen, sie erfüllen.«

Sie sagte: »Ich will mir jetzt schon etwas wünschen.« Sie schloß die Augen.

»Ich wünsche mir, daß ...«

»Nein«, unterbrach er sie lachend, »verraten Sie es mir nicht. Das würde den Zauber brechen.«

»Was für eine wunderbare Gegend dies doch ist! Da gibt es Little People, Piskies und Knackers. Ich werde hier glücklich sein. Ich werde Ihrer Tochter eine so gute Gesellschafterin sein, daß Sie sehr froh über den Entschluß sein werden, mich hierhergebracht zu haben.«

Sie verstummte und dachte an all das, was sie für sich und andere Menschen wünschen würde.

Und schließlich setzten sie ihre Reise fort.

*

Es war schon dunkel, als sie in die Auffahrt zu Trevenning einbogen. Die Frau an der Pforte trat heraus, knickste und öffnete das Tor. Melisande hätte gerne viele Fragen über die Frau gestellt, aber sie saß still, ihre Hände im Schoß gefaltet. Sie durfte nicht vergessen, daß sich ihre Beziehung geändert hatte. Sir Charles wurde zunehmend reservierter und strenger. Sie mußte sich ständig daran erinnern, daß sie von nun an nur die Gesellschafterin seiner Tochter war.

Sie konnte die hügelige Landschaft erkennen, die großen knorrigen Baumstämme, die vielen Rhododendronbüsche, den Teich, die riesige Rasenfläche und dann das Haus.

Sie hielt den Atem an. Es war viel größer, als sie es sich vorgestellt hatte, beinahe so groß wie das Kloster, dachte sie bei sich. Aber es war ein Heim und ein Zuhause. Wie reich mußte er sein, um in einem solchen Haus leben zu können. Kein Wunder, daß er die Kleiderrechnung der Französin bezahlt hatte, ohne mit der Wimper zu zucken.

Der Wagen hielt auf dem Kies vor dem Vordereingang. Als sie ausstieg, gewahrte sie die stattliche Größe der grauen Granitmauern und der durch Längspfosten geteilten Fenster. Ein Diener wartete in der Vorhalle. Er nahm seinem Herrn Hut und Mantel ab.

»Ist Miß Caroline zu Hause«, fragte Sir Charles.

»Ja, Sir Charles. Sie ist in der Bibliothek mit Miß Holland und Mr. Fermor.«

»Sagen Sie ihr, daß ich da bin... Ach nein, wir werden gleich selbst hingehen.«

Sie befanden sich in einer hohen Halle, deren Wände Portraits und Jagdtrophäen schmückten. Von dieser Halle führte eine breite Treppe nach oben, und links und rechts waren Türen. Sir Charles öffnete eine, und als sie ihm folgte, spürte Melisande die beobachtenden Augen des Dieners auf sich gerichtet.

Jetzt kamen sie in einen kerzenbeleuchteten Raum. Bücherregale säumten eine ganze Wand. In der Mitte lag ein dicker Teppich, und Vorhänge aus Samt hingen an den Fenstern. Alles machte einen Eindruck von großer Pracht.

»Ah, Miß Holland... Caroline... Fermor«, Sir Charles ging auf die drei Personen zu, die sich von ihren Stühlen erhoben hatten und auf ihn zukamen. Melisande erblickte eine ältere Dame in Perlgrau, einen großen jungen Mann und ein hübsches blondes, in tiefes Schwarz gekleidetes Mädchen. Ihr Haar, in Ringellöckchen herabfallend, wirkte wie gesponnenes Silber über dem schwarzen Kleid.

Sir Charles begrüßte die drei förmlich, ehe er sich umwandte und Melisande heranwinkte.

»Das ist Miß St. Martin, deine Gesellschafterin, Caroline. Miß St. Martin, Miß Holland, die Tante von Mr. Fermor Holland, dem Verlobten meiner Tochter. Und Mr. Fermor Holland... und meine Tochter, Miß Trevenning.«

Caroline trat einen Schritt vor. »Guten Tag, Miß St. Martin.«

Melisande lächelte, und der junge Mann erwiderte ihr Lächeln.

»Willkommen, Miß St. Martin«, sagte er.

»Ich bin sicher, Miß Trevenning wird über Ihre Gesellschaft erfreut sein«, bemerkte Miß Holland.

»Ich danke Ihnen, danke«, antwortete Melisande. »Sie sind alle so freundlich.«

»Miß St. Martin ist in Frankreich erzogen worden«, erklärte Sir Charles. »Es wird dir guttun, Caroline, dein Französisch aufzubessern.«

»Sie sprechen perfekt englisch«, sagte der junge Mann,

während der Blick seiner blauen Augen noch immer auf Melisande ruhte.

»Nicht perfekt, fürchte ich. Doch hoffe ich, es bald zu sein. Jetzt, da ich in England bin, wird mir klar, daß an meinem Sprechen etwas Falsches ist.«

»Nicht etwas Falsches«, widersprach der junge Mann, »etwas Reizendes.«

Melisande meinte: »Ich bin sehr glücklich, als wäre ich nach Hause gekommen. Sie sind hier alle so gut zu mir ... alle.«

Caroline sagte: »Sie müssen doch müde nach der Reise sein, Miß St. Martin ... oder würden Sie es vorziehen, wenn wir Sie Mademoiselle nennen?«

»Es ist mir gleich. Miß ... oder Mademoiselle ... bitte ... sagen Sie, was leichter für Sie ist.«

»Vermutlich sind Sie gewohnt, Mademoiselle genannt zu werden. Ich will daran denken. Ich habe ein Zimmer für Sie herrichten lassen. Vielleicht möchten Sie sich sofort hinaufbegeben?«

Ehe noch Melisande antworten konnte, klopfte es an der Tür, und eine Frau trat ein, eine kleine Frau mit schwarzen Augen und Wangen, die wie Stechpalmenbeeren im Winter glühten.

»Ah, da sind Sie ja, Wenna«, rief Charles.

»Hatten Sie eine gute Reise, Sir Charles?« fragte Wenna, und Melisande war von dem seltsamen Ausdruck ihres Gesichts betroffen. Sie lächelte nicht. In ihrem Gesicht war kein Willkommen. Sie sah aus, als hoffte sie, er hätte eine ganz und gar schlechte Reise gehabt.

»Recht gut«, antwortete Sir Charles.

Caroline sagte: »Wenna, dies ist die junge Dame, die mein Vater als meine Gesellschafterin mitgebracht hat.«

»Ihr Zimmer ist fertig«, erklärte die Frau.

In diesem Augenblick war Melisande tief bestürzt. Sie

fühlte das Unbehagen ihres Wohltäters, und Caroline, sah sie, hatte sofort bei Wennas Eintritt ein starres eingefrorenes Lächeln aufgesetzt. Die ältere Dame war sanft und mild. Sie würde ihr freundlich gesonnen sein. Wie auch der junge Mann, Fermor. Er bot ihr die Art Freundschaft, die sie erwartet hatte. Sie hatte sie in den Augen des alten Henri gelesen, in den Augen seines Enkels, in denen von Armand Lefèvre und in denen vieler Männer, die sie während der Reise angelächelt, Fenster für sie geöffnet oder ihr etwas gereicht hatten, das ihren Händen entglitten war. Sie alle hatten gelächelt, als sei Melisande jemand, mit dem sie gerne befreundet sein würden. Und so lächelte auch Fermor.

Aber nun hatte sie die Augen Wennas auf sich gerichtet gesehen. Sie erschreckten sie, denn sie waren beinahe drohend.

2. TEIL

Trevenning

1

Nun war Melisande also in Trevenning.

Sir Charles zog die Vorhänge um sein Bett und legte sich nieder. Er vergaß das Haus und das Zimmer mit den tausend Erinnerungen an Maud.

Habe ich richtig gehandelt? fragte er sich wieder und wieder. Wie hätte ich sie zur Arbeit in einen anderen Haushalt schicken können? Sie wäre dort weder bei der Dienerschaft noch als ein Mitglied der Familie willkommen gewesen, sondern hätte in dieser unglücklichen Stellung dazwischen leben müssen.

Aber er mußte mit äußerster Vorsicht handeln. Er hatte sehr viel gewagt, als er sie hierherbrachte. Er mußte sich davor hüten, ihr gegenüber zu freundlich zu sein. Während der Reise war er ziemlich unbesonnen gewesen. Ihr Charme hatte ihn entwaffnet. Er hatte es genossen, die Leute glauben zu lassen, sie seien Vater und Tochter. In Trevenning durfte auch nicht der Hauch eines Skandals entstehen. Er mußte mit Caroline reden. Er mußte seine Tochter bitten, Melisande gut zu behandeln. Vielleicht konnte er eine tragische Geschichte andeuten. Er begann sich eine plausible Geschichte auszudenken. Wenig später ließ er den Gedanken wieder fallen, er durfte das Melisande umgebende Geheimnis nicht noch nähren.

Er machte die Augen zu und versuchte zu schlafen. Von neuem kämpfte er mit dem körperlichen Unbehagen, das ihn stets nach einer langen Reise überfiel. Immer noch schien er mit den Bewegungen des Gefährts zu schaukeln, und wenn er die Augen schloß, schien die Landschaft noch weiter an ihm vorbeizurollen. Er fuhr fort, an Melisande zu denken, ihr plötzliches Lachen, ihre Freude an allem, was ihr neu war, ihr Mitleid für jene, die unglücklich schienen. Sie war ein reizendes Mädchen. Wäre es irgendwie möglich gewesen, hätte er sich sehr gefreut, Anspruch auf sie als seine Tochter erheben zu können. Jedoch war da etwas, das er mehr fürchtete als alles andere: daß ein Skandal seinen Namen berühren könnte. So waren die Trevennings immer gewesen.

Wenn er daran dachte, wußte er, es wäre klüger gewesen, sie gleich zu Fenella zu bringen. Er hätte nie eine Verbindung zwischen Trevenning und dem Kloster Notre Dame Marie herstellen dürfen. Seine beiden Töchter hätten sich nie begegnen sollen.

Aber obgleich er seinen überstürzten Entschluß bedauerte, war er sich doch sicher, daß er, könnte er die Zeit zurückdrehen, wieder genauso handeln würde.

Aber keine weiteren Wagnisse mehr, versprach er sich selbst.

'

*

Caroline lag in ihrem Bett und dachte an den Ankömmling. Sie hatte die Vorhänge nicht zugezogen. Unruhig strich sie über die Decke. Sie hatte Fermors Blicke auf das Mädchen nicht übersehen können, und sie glaubte, die Bedeutung dieser Blicke zu kennen.

Das Mädchen besaß sowohl Schönheit als auch Charme. Sie hatte das gewisse Etwas, und Caroline war sich genügend der Tatsache bewußt, es nicht zu besitzen. Sie selbst war hübsch, hatte ein Vermögen und war in jeder Hinsicht eine gute Partie. Aber Fermor war unfähig gewesen, seine Bewunderung für das Mädchen zu verbergen.

Ihr Vater hatte von Melisande St. Martin geschrieben, als sei sie eine Frau von Vierzig, gouvernantenhaft und jemand, für den sie Mitleid haben sollte. Wie konnte man aber für ein Mädchen wie Mademoiselle St. Martin Mitleid empfinden?

Es hatte schon so ausgesehen, als ob sie wissende Blicke auf Fermor geworfen und sich in seiner Bewunderung gesonnt hätte. Caroline sah sie bereits als eine kokette Unruhestifterin, die mit aller Macht danach trachten würde, ihre Stellung zu festigen. Sie war froh, daß Fermor Cornwall bald verlassen würde. Er war geblieben – mit seiner Tante Miß Tabitha Holland als Anstandsdame, um die Rückkehr ihres Vaters abzuwarten und sie zu trösten, weil sie über den Verlust ihrer Mutter so betrübt war. Er hatte sie getröstet, und sie war glücklich gewesen. Obwohl Fermor eher zärtlich als leidenschaftlich gewesen war. Es schien, als hätte er die ständige Gesellschaft seiner Tante begrüßt. Das war seltsam, wenn sie an die Blicke dachte, die sie ihn auf Peg und Bet, die beiden Dienstmädchen, hatte werfen sehen, und sich der längst vergangenen Szene mit dem Stubenmädchen erinnerte. Sie hatte sich über seine Zurückhaltung gefreut und sie als Zeichen der Achtung angesehen, die er für sie empfand.

Er hatte allerdings auch gesagt, daß er nicht einsähe, weshalb sie ein ganzes Jahr warten sollten, und erklärt, er würde mit ihrem Vater und seiner Familie sprechen. »Vielleicht könnten wir eine stillere Hochzeit haben, wenn das die Konventionen weniger verletzen würde.« Er konnte Konventionen nicht ertragen. Von Natur aus war er eigenwillig und leidenschaftlich. Wahrscheinlich fand sie ihn deshalb hinreißend. Für eine kurze Zeit hatte sie sich seiner sicher gefühlt, bis zu dem Augenblick, als sie seinen Blick auf die Fremde und sein Gefallen an ihr gesehen hatte.

Aber bald wird er nicht mehr hier sein, beruhigte Caroline

sich. Und wer weiß, vielleicht finde ich einen Weg, sie fort-
zuschicken, ehe er wiederkommt.

*

In der Dienerhalle saß Meaker oben am Tisch. Das Abendessen, wenn sie sich alle zusammensetzten, um miteinander zu
schwätzen und die Angelegenheiten des Haushalts zu besprechen, war der Höhepunkt ihres Tages. Bei Mrs. Soady, der
Köchin, konnte man sich darauf verlassen, einen reich
gedeckten Tisch vorzufinden. Es gab Aufläufe und Fleischpasteten, die einen bei Kräften hielten. Mrs. Soady hatte ihren
Spaß daran, sie nie wissen zu lassen, was sich unter der Teig-
kruste verbarg. Manchmal war es eine mit köstlichem Spanferkel gefüllte Pastete, ein anderes Mal Taubenpastete mit
Lagen von Äpfeln, Schinken, Zwiebeln und Hammelfett über
einer jungen Taube auf dem Boden der Schüssel. Daneben
gab es Pasteten mit Gänseklein, Lamm oder anderen Fleisch-
resten und solche mit vielen Kräutern. Bei den üblichen
Pasteten gab es kein Geheimnis und auch nicht bei dem
besonders beliebten »Sternenblick«, weil sich zum einen die
Form nicht verbergen ließ und zum anderen die aus dem Teig
lugenden Sardinenköpfe verrieten, was Mrs. Soady diesmal
bereithielt. Immer stand eine Schüssel Sahne auf dem Tisch,
und dazu gab es noch reichlich Met und Apfelwein, damit die
Speisen besser »rutschten«. Mit Mr. Meaker an dem einen
Tischende und Mrs. Soady am anderen bildeten sie eine
glückliche Familie in der Dienerhalle von Trevenning.

Die Abwesenheit Wennas fiel an diesem Abend auf, wenn
sie auch nicht immer bei Tisch erschien. Als Lady Trevenning noch lebte und Wenna sich stets um ihre Herrin kümmerte, pflegte sie ihre Mahlzeiten unregelmäßig einzunehmen. Nun hatte sie diese Gewohnheit im Dienst von Miß
Caroline fortgesetzt. Wenna war eine besonders begünstigte
Dienerin.

An diesem Tag wurde über Angelegenheiten außerhalb des Hauses nicht gesprochen. Mrs. Soady redete nicht, wie sie es so oft zu tun pflegte, von ihrer Schwester, der weisen Frau, und den Mitgliedern ihrer wunderbaren Familie. Mrs. Soady gehörte zu einer Pellar-Familie, und in solchen Familien wurden übernatürliche Kräfte von Generation zu Generation von einem Vorfahren her weitergereicht, der einst einer Seejungfrau zurück ins Meer geholfen hatte. Mrs. Soadys Schwester gehörte nicht nur einer solchen Familie als siebentes Kind an, sondern war überdies auch noch ein »Füßling« (sie war mit den Füßen zuerst auf die Welt gekommen), und jeder am Tisch war daran erinnert worden, daß mit den Füßen zuerst geboren zu sein ein Zeichen für spätere große Kräfte war. Daher war die Familie Soady gewöhnlich ein bevorzugter Gesprächsstoff.

Mr. Meaker konnte es natürlich nicht dulden, daß seine Familie völlig in den Schatten geriet. Zwar waren sie keine Pellars, aber sie waren gebrechliche Menschen und hatten an all den fürchterlichsten Krankheiten gelitten, von denen man je gehört hatte. Mr. Meaker war noch nicht so lange auf Trevenning wie einige aus der Dienerschaft. Er hatte anderen Familien gedient, und nach seinen Berichten waren die Häuser, in denen er gelebt hatte, nicht nur viel grandioser als Trevenning, sondern alle Bewohner waren Märtyrer ihrer verschiedenen Leiden gewesen. Solche von Mrs. Soady geförderten und von Mr. Meaker vermehrten Unterhaltungen paßten gut zu den Süßspeisen, Torten und vor allem zu Mrs. Soadys geheimnisvollen Pasten.

Aber heute wurde natürlich von nichts anderem als der neuen Gesellschafterin für Miß Caroline gesprochen.

Von Peg, die sie zu ihrem Schlafzimmer geführt hatte, wurden besondere Auskünfte erwartet, weil sie ihr tatsächlich beim Auspacken geholfen hatte. Der Kummer mit Peg war, daß sie sich ziemlich albern benahm, vor lauter

Lachen zu ersticken drohte, man ihr dauernd auf den Rücken klopfen und ihr Wasser und Met zu trinken geben mußte, um einem drohenden hysterischen Anfall entgegenzuwirken. Mr. Meaker hatte sie schon früher vor Schluckauf gewarnt. Jemand aus seiner Familie hatte einen Anfall genau wie Peg bekommen. Es dauerte sechs Wochen, ehe er dann starb.

»Also, Peg«, erklärte Mrs. Soady mit einer Spur Ungeduld in der Stimme, »jetzt ist es genug. Hör zu kichern auf. Was war denn nun in der Reisetasche?«

»Ach, nicht viel, Mrs. Soady . . . aber was sie hatte, war furchtbar seltsam. Und sie hatte ein schwarzes Kleid und einen grünen Hut . . . *grün*, sag ich euch!«

»Nun, das sagt uns nichts. Soviel sah auch Mr. Meaker.«

Mr. Meaker war froh, die Gelegenheit ergreifen zu können. »Und eine hübsche Person ist sie, sage ich Ihnen, Mrs. Soady. Gesund und gut gebaut.« Er formte die Hände, um Melisandes Rundungen anzudeuten, und lächelte dabei.

»Geben Sie's auf«, sagte Mrs. Soady. »Ich wette, Mr. Fermor hat sie sich schon genau betrachtet.«

»Das hat er in der Tat, Mrs. Soady«, warf Bet ein. Sie sah listig zu Peg hinüber. Bet fehlten Pegs mollige Reize, daher freute sie sich, daß die Fremde Mr. Fermor aufgefallen war, denn das würde Peg den Wind aus den Segeln nehmen. Bet wußte, wenn andere es nicht wissen sollten, was Peg war. Sie kam von West Looe und Bet von East Looe. Sie waren geborene Rivalinnen. Peg trug jeden Morgen das heiße Wasser für Mr. Fermor hinauf, und manchmal blieb sie recht lange und kam hochrot und kichernd wieder aus dem Zimmer. Bet wußte Bescheid, und es geschähe Peg recht, wenn andere auch Bescheid wüßten und man sie mit Sack und Pack in die Hütte am Kai zurückschicken würde, von wo sie gekommen war.

»Und was hast du gesehen, Bet?«

»Nun« begann Bet mit einem Kichern, »ich kann mir nicht

recht denken, daß Miß Caroline sich sehr über die Gesellschafterin freut, die ihr Vater von London mitgebracht hat.«

Mr. Meaker meinte: »Master Fermor ist eben ein richtiger Gentleman. Es gibt viele wie ihn. Ich denke dabei an Mr. Leigh von Leigh House. Nicht der jetzige Mr. Leigh, sondern sein Vater. Er war ein Frauenheld. Manche behaupten, das hätte sein Ende bewirkt... vorzeitig.« Alle sahen respektvoll auf Mr. Meaker, der die Manieren und die Sprechweise eines Gentlemans hatte und sie gerne mit ihnen unbekannten Wörtern verblüffte. Mr. Meaker sah sich in der Runde um und lachte. »Ich kann mich noch auf die alte Lil Tremorney besinnen. Sie war in seinem Bett... regelmäßig, wie ich hörte, als sie in Leigh House beschäftigt war.«

»Na, na, Mr. Meaker, wir haben junge Leute dabei«, mahnte Mrs. Soady, »und junge Leute, die mir anvertraut sind.«

»Ich bitte ergebenst um Verzeihung, Mrs. Soady, ich bitte ergebenst... aber Tatsachen bleiben Tatsachen, und man sieht ihnen am besten ins Auge.«

Mrs. Soady wollte gern zu dem sie interessierenden Thema zurück.

»Und sie kommt aus dem Ausland, sagt man.«

»Sie spricht wirklich so, daß man vor Lachen sterben könnte«, warf Peg dazwischen, »und andere, die sie sprechen hörten, meinen das auch.«

»Sie ist Französin, habe ich gehört«, ergänzte Mrs. Soady.

»Mr. Meaker wird es uns wahrscheinlich sagen können, wie man eine junge Frau, die Französin ist, korrekt anspricht. Miß heißt es bestimmt nicht, das weiß ich genau.«

Mr. Meaker, entzückt, daß man ihn um Rat fragte, erklärte, daß französische Damen – wenn unverheiratet –, und sie dürften sicher sein, diese junge Dame war es, Mamasell genannt würden.

»Na, so was!« rief Mrs. Soady aus und bewunderte Mr. Meakers Kenntnis von der Welt. »Denk mal an!«

»Als ich den Tee servierte«, sagte Annie, das Stubenmädchen, »nach dem Dinner, es war... im Wohnzimmer...«

»Wir wissen, wann du den Tee servierst, Annie«, sagte Mrs. Soady scharf.

»Also, da hörte ich Mr. Fermor zu ihr sagen: ›Sie sind sehr reizend...‹ Ich glaube, so sagte er... und den Rest habe ich vergessen.«

»Du solltest besser aufpassen«, rügte Mrs. Soady. »Und was sagte Miß Caroline?«

»Sie war völlig verstört, das konnte man sehen.«

»Ich versteh' nicht, was mit dem Herrn los ist«, klagte Mr. Meaker. »Wenn es ein Mann wie der alte Leigh wäre, könnte ich noch verstehen, ihn ein weibliches Wesen ins Haus bringen zu sehen. Aber wir wissen doch alle, wie unser Herr ist, und ich kann beileibe nicht sehen, warum Miß Caroline eine junge Gesellschafterin braucht.«

»Und eine so hübsche noch dazu«, sagte der Hausdiener.

»Ja«, sagte Mrs. Soady, nahm sich ein zweites Stück von der Spanferkelpastete und reichte die Schüssel für Mr. Meaker weiter. »Ich möchte gern unsere Miß Caroline verheiratet sehen, o ja, und das bald.«

»Aber was ist mit dem kürzlichen Todesfall in der Familie, Mrs. Soady?« fragte Mr. Meaker.

»Das weiß ich wirklich nicht. Aber ich weiß eines, daß die Hochzeit nicht zu lange aufgeschoben werden sollte. Man weiß nicht, was noch geschehen wird, und jetzt haben wir noch dieses junge Weibsbild im Haus...«

Sie hielt inne, um einen Happen zu nehmen. Alle waren mit Essen beschäftigt, aber während sie das köstliche Essen genossen, dachten sie alle an Mr. Fermor und seinen wandernden Blick, der Mr. Meaker an den alten Mr. Leigh erinnerte. Miß Caroline tat ihnen leid – und sie dachten an die Neue, die nach Ansicht des Dieners das hübscheste, bezau berndste kleine Ding zwischen Torpoint und Land's End war.

*

Melisande lag in dem großen Himmelbett. Peg hatte ihre Kleider ausgepackt, sie in den Schrank gehängt und heißes Wasser für die Sitzwanne gebracht, in der Melisande gebadet hatte. Sie lebte jetzt im Luxus, sagte sie sich.

Das Zimmer war reizend. Im Kamin brannte trotz der Sommertage ein Feuer, das seinen flackernden Schein über die Samtvorhänge und den Teppich in der Farbe reifer Pflaumen warf. Sie hatte alle Kerzen gelöscht, ehe sie ins Bett ging, denn mit dem Feuer war es ihr hell genug. Sie hatte die Fenstervorhänge zurückgezogen und spähte hinaus, konnte aber in der Dunkelheit draußen nichts erkennen.

Welch ein Unterschied zwischen dem Bett im Kloster und jetzt! Dies war ein sehr altes Bett. Die meisten Dinge in diesem Haus schienen alt zu sein. Es war ein richtiges Himmelbett mit einem reich geschmückten Baldachin und Seidenvorhängen drum herum.

Als sie sich wohlig ausstreckte, ermahnte sie sich, daß sie in Wirklichkeit ja nur eine Art Dienstbote in diesem Haus war. Sie mußte unbedingt Miß Caroline als Gesellschafterin zufriedenstellen, und das würde nicht leicht werden. Ach, wenn sie doch *seine* Gesellschafterin sein dürfte, um wieviel leichter wäre das!

Sie lachte bei dem Gedanken. Er hatte in ihrer Nähe gesessen, als sie den ihr unbekannten Tee im Wohnzimmer getrunken hatte. Sie war redselig gewesen, hatte zuviel geredet. »Wir haben nie Tee im Kloster getrunken«, hatte sie ihm erzählt. »Er hat ein eigenartiges Aroma, ich mag ihn . . . o ja. Ich mag alles, was englisch ist. Alles ist eine Aufregung . . .«

Und er hatte gelacht, sich ihr zugewandt und Fragen über das Kloster gestellt. Sie, die nicht wußte, wie sich zurückhalten, und es nicht einmal für nötig gehalten hatte, plauderte einfach weiter und verfiel gelegentlich ins Französische.

»Ja, ich habe Englisch gelernt. Aber es ist leichter . . . zu schreiben. Beim Sprechen . . . muß man schnell denken . . . und die Wörter wollen einem nicht immer gleich kommen . . .« Was für leuchtend blaue Augen er hatte! Sie mochte ihn gern. Ja, sie hatte ihn gleich sehr gemocht. Er ließ sie sich glücklicher fühlen als jeder andere, seit sie ihren Fuß auf englischen Boden gesetzt hatte, mehr als Sir Charles, nachdem er doch so gut zu ihr gewesen war. Sie wußte nicht genau, weshalb. War es nicht so, daß er ihr die ganze Zeit über zu sagen schien, wie sehr er ihr Freund zu sein wünschte?

»Sie haben einen ungewöhnlichen Namen«, hatte er festgestellt, »Melisande. Er ist reizend. Ich möchte wissen, weshalb Sie Melisande genannt wurden.«

»Wie kann man die Gründe für einen Namen wissen, wenn wir unsere Eltern nicht kennen!« war ihre Antwort. Und irgendwie hatte sie das alles bestürzt . . . alle mit Ausnahme des jungen Mannes.

»Mein Name ist Familientradition, von Generation zu Generation weitergegeben. Fermor. So ungewöhnlich wie der Ihre.« Das knüpfte ein Band zwischen ihnen. Er war sehr freundlich und meinte, man müßte es gesehen haben, als sie noch in der Wiege lag, wie reizend sie einmal sein würde, und hatte ihr deshalb den charmantesten Namen gegeben, der sich denken ließ.

»Sie sind es, der charmant ist, so charmante Dinge zu mir zu sagen und mich so froh zu machen.«

Sie hatte falsch gehandelt. Sie erkannte es. Sir Charles war nicht erfreut und Miß Caroline auch nicht. Die beiden waren seltsame Menschen, nicht wie sie selbst und Fermor. Das war ein weiteres Band zwischen ihnen. Sie sagten stets geradeheraus, was sie dachten.

Vielleicht war sie allzu kühn gewesen. Sie hatte zuviel geredet und vergessen, daß sie in diesem Haus nur ein Dienstbote war.

»Sei bescheiden«, hatte Schwester Eugenie sie stets ermahnt. »Denke daran, es sind die Demütigen, denen die Erde gehören wird.«

Caroline hatte sie beide die ganze Zeit beobachtet und schließlich gesagt: »Ich bin sicher, Mademoiselle ist sehr müde.« Und die Art, wie sie Mademoiselle sagte, ließ Melisande fühlen, daß sie in der Tat ein Dienstbote in diesem Hause war. Caroline hatte noch hinzugefügt: »Ich dulde nicht, daß sie von deinem Geplapper erschöpft wird.«

Da hatte sie einen zweiten Fehler begangen: »Aber ich bin gar nicht erschöpft. Ich freue mich so sehr, hier zu plaudern.«

Caroline hatte energisch nach der Glocke gegriffen, und die kleine Peg war erschienen.

»Bring uns Kerzen«, befahl Caroline. »Mademoiselle St. Martin ist sehr müde. Du kannst ihr zu ihrem Zimmer hinaufleuchten.«

Das Dienstmädchen führte sie die Treppe hoch, nachdem Melisande Sir Charles und Fermor gute Nacht gesagt hatte. Caroline ging neben ihr.

»Was für ein großes Haus«, rief Melisande. »Ich hatte keine Ahnung, daß es so groß sein würde.«

»Es ist das Heim meiner Familie seit vielen Generationen«, erklärte Caroline und schien jetzt freundlicher zu sein, nachdem sie den jungen Mann im Wohnzimmer zurückgelassen hatten.

»Das muß sehr aufregend sein, wenn man sagen kann: Mein Großvater, mein Urgroßvater, mein Ururgroßvater hat hier gelebt ... und ich habe weder meinen Vater ... noch meine Mutter je gekannt.«

Caroline hatte offensichtlich gelernt, nicht zur Kenntnis zu nehmen, was zu Verlegenheit führen könnte. Sie zeigte auf die in das Nußbaumholz des Geländers geschnitzten Bildnisse. »Sie stellen Familienmitglieder dar. Aber man braucht Tageslicht, um sie zu sehen.«

»Ich freue mich schon auf morgen. Es tut mir leid, daß ich in der Dunkelheit ankomme. Ich werde heute nacht in einem Haus schlafen, das ich nicht sehe. Es wird merkwürdig sein.«

Caroline schwieg. Sie dachte daran, daß Peg, die sicher lauschen würde, mit ihnen ging. Sie war dankbar für Pegs beschränktes Wesen − denn man wünschte keine Wiederholung einer solchen Unterhaltung in den Dienstbotenzimmern − und war froh, endlich im Schlafzimmer zu sein, wo Peg ihre Kerze abgestellt und die anderen in den Wandleuchtern angezündet hatte.

»Hole heißes Wasser für Mademoiselle St. Martin«, hatte Caroline sie angewiesen. »Oder möchten Sie, daß Peg Ihnen erst hilft auszupacken?«

»Es gibt so wenig zum Auspacken.«

»Peg«, hatte Caroline befohlen, »packe die Reisetasche bitte aus.«

»Ja, Miß Caroline.«

Währenddessen war Caroline zum Fenster gegangen. Melisande folgte ihr.

»Man kann überhaupt nichts sehen. Es ist so dunkel wie in einem Schacht, wie die Bergleute sagen.« Sie zog die Vorhänge zu. »So, das ist besser. Ich hoffe, Sie werden hier glücklich sein. Wir sind gerade jetzt ein düsterer Haushalt. Meine Mutter . . .«

»Ja, ich hörte es . . . von Ihrem Vater. Es tut mir so leid. Es muß sehr traurig sein. Ich weiß, wie traurig. Meine eigene Mutter habe ich nie gekannt, aber das heißt nicht, ich könnte kein Mitgefühl haben. Als Ihr Vater es mir erzählte . . .«

Caroline hatte ihr das Wort abgeschnitten. »Es war so

unerwartet. Sie war nicht kräftig, aber als es geschah ...
waren wir unvorbereitet.«

In Melisandes Augen standen Tränen. Sie, die nie eine
Mutter gekannt hatte, die alle Mütter wie idealisierte Heilige – eine Mischung aus Ehrwürdiger Mutter und Madame
Lefèvre – ansah, hielt den Verlust einer Mutter für die
größte Tragödie der Welt.

Caroline hatte beinahe ärgerlich gesagt: »Aber wenn sie
nicht gestorben wäre ... wären Sie vermutlich nicht hier.«

Darauf folgte ein kurzes Schweigen, während dem Melisande dachte: Sie ist böse auf mich. Wie schade: Sie kann
mich nicht leiden.

Peg hatte die Tasche ausgepackt und war gegangen, heißes
Wasser zu holen. Caroline drehte sich zu Melisande um und
sagte rasch: »Meine Hochzeit mußte verschoben werden.«

»Das tut mir leid. Das muß Sie sehr unglücklich machen.«

»Wir sind enttäuscht ... beide.«

»Ich verstehe.«

»Mr. Holland hat versucht, seine Familie und meinen Vater
zu überreden, daß wir nicht warten sollten. Aber da sind ...
Konventionen, verstehen Sie. Es bereitet uns beiden großen
Kummer.«

»Konventionen?«

»Ja, die Notwendigkeit, sich so zu verhalten, wie die Leute
es erwarten ... in einer Art und Weise, die unserer Stellung
zukommt.«

Melisande wollte etwas sagen, aber Caroline war rasch
fortgefahren: »Als mein Vater uns schrieb, daß er Sie mit-
brächte, gab er uns zu verstehen, daß Sie eine ganz andere
Art von Person seien.«

»Was für eine Art von Person?«

»Er schrieb, er hätte eine arme Person gefunden, die ein
Heim brauche, und da Mama gerade gestorben und meine
Hochzeit aufgeschoben worden war, wüßte er, daß ich ein-

sam sei, und so hätte er sie auf der Stelle engagiert. Er ließ sie als ungefähr Vierzig, sehr arm, grauhaarig, sehr gouvernantenhaft und ... dankbar erscheinen. Wenigstens ist dies das Bild, das ich mir von ihr machte.«

»Aber ich bin arm!« hatte Melisande mit einem Lächeln gerufen. »Und wenn ich jetzt noch nicht vierzig Jahre alt bin, werde ich das eines Tages sein. Gouvernantenhaft könnte ich auch sein. Dankbar bin ich. Ich hoffe, ich werde Sie nicht immer enttäuschen.«

»O nein ... nein. Ich bin sicher, Sie werden uns schnell verstehen ... und sich eingewöhnen. Ihr Englisch ist ein wenig seltsam ... aber ich bin überzeugt, daß Sie bald wie eine von uns sein werden.«

Als Peg kurz darauf mit dem heißen Wasser zurückkehrte, erklärte Caroline noch, Melisande müsse läuten, wenn sie irgend etwas wünsche. Es würde dann jemand kommen und sich darum kümmern. Dann hatte sie gute Nacht gesagt und war gegangen.

Melisande hatte sich ausgezogen und in der Sitzwanne gewaschen, das vom Kloster mitgebrachte baumwollene Nachthemd übergestreift und sich zu Bett gelegt. Nun fand sie, daß sie viel zu aufgeregt war, um Schlaf zu finden. Sie mußte an die Menschen denken, denen sie begegnet war, vor allem an Fermor und Caroline, an den einen, der deutlich ihr Freund sein wollte, und an die anderen, über die sie unsicher war.

Das Leben war aufregend. Morgen würde sie das Haus sehen. Sie würde es kennenlernen und alle Menschen, die darin lebten.

Als das Kaminfeuer sein flackerndes Licht über den Raum warf, dachte sie an die kalten Schlafzimmer im Kloster. Selbst im Winter hatte es dort kein Feuer gegeben.

Sie war schon fast eingeschlafen, als es an die Tür klopfte. Sie fuhr zusammen. Es klopfte erneut.

»Bitte, treten Sie ein«, rief sie, und herein kam die Frau, die sie bei der Ankunft im Haus gesehen hatte und die alle Wenna nannten.

Sie blieb an der Tür stehen, und aus einem unerklärlichen Grund beunruhigte sie Melisande, vielleicht weil sie so grimmig und zornig aussah.

Melisande richtete sich auf.

»Ich wollte nur wissen, ob Sie alles haben, was Sie brauchen«, äußerte die Frau.

»Das ist so gut . . . so freundlich.«

Wenna näherte sich langsam dem Bett und blickte auf Melisande hinunter. »Eigentlich hätte ich Sie nicht mehr stören dürfen. Ich dachte nicht, daß Sie schon im Bett liegen.«

»Aber ich bin froh, daß Sie gekommen sind. Es ist sehr freundlich.«

»Nun, fühlen Sie sich auch wohl? Es muß doch vermutlich ein wenig fremd sein . . . nach dem Ort, von dem Sie gekommen sind?«

»Es ist ganz anders.«

»Hat sich Peg um Sie gekümmert? Sie träumt immer so. Ich habe mich gefragt, ob sie alles gebracht hat, was Sie brauchen. Sie scheint die meiste Zeit von Piskies verwirrt zu sein.«

Melisande lachte leise. Warum hatte sie geglaubt, die Frau sei wütend? Offensichtlich bemühte sie sich, freundlich zu sein.

»Peg war sehr gut . . . Alle sind sehr gut.«

»Dann hatte ich also keinen Grund, Sie zu belästigen.«

»Das war keine Belästigung. Es war sehr gütig.«

»Sie kommen von jenseits des Wassers . . .?«

»Ja.«

»Und haben in der Fremde Ihr ganzes Leben lang gelebt?«

»Ich bin in einem Kloster aufgewachsen.«

»Ach herrje, das muß ein seltsamer Ort zum Leben gewesen sein.«

»Das kam mir nicht so vor. Es war ... einfach der Ort, wo ich lebte.«

»Ich vermute, Ihr Vater ... oder Ihre Mutter haben Sie dort untergebracht.«

»Ich ... vermutlich.«

»Scheint mir eine seltsame Art und Weise zu sein. Ist das so Brauch dort?«

»Sie starben, wissen Sie. Und ich hatte einen Vormund, der meinte, ich sei besser in einem Kloster aufgehoben als irgendwo anders. Ich glaube, das ist der Grund.«

»Meiner Treu. Man stelle sich vor! Und Sie haben Ihren Vater nie gekannt?«

»Nein.«

»Auch nicht Ihre Mutter?«

»Nein.«

»Aber dieser Vormund ... Sie hatten ihn. Er war wenigstens etwas, nicht wahr?«

»O ja, er war etwas.«

»Arme junge Dame! Hat er Sie oft besucht, dieser Vormund?«

»Nein. Er hat nur die Dinge für mich geordnet.«

»Und ich vermute, er war wohl ein Freund von unserem Herrn?«

»Ich ... das weiß ich nicht. Ich weiß nicht viel.«

»Es war doch recht seltsam, Sie so im dunkeln zu lassen.«

Melisande fühlte sich unbehaglich. Sie wünschte, die Frau würde gehen. Ihr war der Gedanke gekommen, daß Wenna mit all ihren Fragen versuchte, ihr eine Falle zu stellen, damit sie ihren gütigen Wohltäter verriet. Aber das, hatte Melisande sich fest vorgenommen, würde sie niemals tun. Ihr ganzes Leben lang wollte sie ihm dankbar bleiben.

»Ich weiß nur, daß man sich um mich gekümmert ... mich

versorgt und erzogen hat. Und jetzt, da ich alt genug bin, hat man diese Stelle für mich gefunden.«

»Ich meine, Sie müßten doch recht neugierig deswegen sein. Ich weiß, ich wäre es bestimmt. Ich glaube, ich ließe nichts unversucht.«

»Ich lebte mit Kindern zusammen, von denen die meisten ihre Eltern nicht kannten. Ich danke Ihnen. Es war lieb von Ihnen zu fragen. Peg ist sehr gut und hilfreich gewesen. Ich genieße all die Behaglichkeit hier.«

Wenna ließ sich jedoch nicht so leicht abschütteln.

»Schade, daß Sie nicht eher gekommen sind. Vor gar nicht langer Zeit war dies ein glückliches Haus, als meine Herrin noch lebte.«

»Es war eine große Tragödie. Ich habe davon gehört.«

»Sie war ein Engel. Ich habe mich die meiste Zeit meines Lebens um sie gekümmert.«

»Das tut mir sehr leid für Sie. Es ist sehr tragisch.«

»Und dann zu sterben! Sie war immer gut gewesen. Ich wußte, sie würde sich den Tod holen, als sie da draußen in der Kälte saß. Sie hätte ihren Umhang haben müssen. Ich werd' es nie vergessen. Sie glich einem Eisblock, als ich zu ihr hinauskam. Es hätte nicht geschehen müssen. Das ist das Traurige daran. Ich weiß, es hätte nicht geschehen müssen.«

Melisande spürte die Erregtheit dieser Frau, ihren leidenschaftlichen inneren Zorn. »Daher«, fuhr Wenna langsam fort, »vermute ich, wenn es nicht geschehen wäre, würden Sie nicht hier sein . . . nicht wahr? Sie lägen nicht in diesem netten bequemen Bett mit einem Feuer im Kamin. Sie wären in diesem Kloster, wo Sie erzogen worden sind. So würde es gekommen sein, wenn die Herrin nicht gestorben wäre.«

Melisande wußte nicht recht, was sie sagen sollte. Sie hatte die unsinnige Vorstellung, die Frau bezichtigte sie, auf obskure Weise am Tod ihrer Herrin schuld zu sein.

Sie stammelte: »Ich vermute, Miß Caroline hätte keine

Gesellschafterin gebraucht, wenn ihre Mutter am Leben geblieben wäre. Sie hätte sehr bald geheiratet und . . .«

»Ja, sie hätte geheiratet, und dann wäre ich mit ihr gegangen. Ich werde mit ihr gehen, wenn sie heiratet.«

»Sie hängen sehr an ihr«, sagte Melisande.

Die Frau schwieg. Nach einer Weile meinte sie: »Sie brauchen also nichts. Alles in Ordnung?«

»Ja, danke.«

Sie ging hinaus. Melisande legte sich zurück und starrte auf die Tür.

Was für eine seltsame Frau! Melisande konnte den Gedanken nicht loswerden, daß Wenna etwas ganz anderes hatte sagen wollen . . . und irgendeinen seltsamen Zweck verfolgte, als sie in ihr Zimmer kam.

Lange Zeit fand sie keinen Schlaf, und dann nickte sie ein, um erschreckt wieder hochzufahren und festzustellen, daß sie nach der Tür sah. Es war beinahe, als ob sie erwartete, daß diese aufging und Wenna einträte – aber zu welchem Zweck? Sie wußte nur, daß ihr dieser Gedanke unbehaglich war.

*

Die Wochen gingen dahin, aufregende, wundervolle Wochen für Melisande, erfüllt von hundert neuen Erfahrungen.

Es galt, eine neue Welt zu erforschen.

Eine aufregende Entdeckung war der Blick aus ihrem Fenster auf die eine Meile vom Haus entfernte See gewesen. Sie hatte an jenem ersten Morgen entzückt am Fenster gestanden und hinaus über die Bucht auf den großen Streifen Land geschaut, der einem ins Wasser geschleuderten Sturmbock glich. Sie sah die über der Landzunge zusammengezogenen Wolken, und weil es noch früh am Morgen war und die Sonne gerade aufging, färbten die rosig getönten Wolken die See korallenrot.

Nun lebte sie also an einem wunderschönen Ort in einem großen luxuriösen Haus. Sie mußte noch mit so vielen Menschen bekannt werden. Das Haus schien voll von Dienern, und es bedurfte all ihrer Unbekümmertheit gegenüber englischen Konventionen, um ihre Bekanntschaft zu machen. Zuerst neigte die Dienerschaft dazu, zurückhaltend, sich der sozialen Unterschiede sehr stark bewußt zu sein. Es stimmte zwar, daß Melisande nicht auf gleicher Ebene mit dem Herrn und der Herrin stand, aber andererseits gehörte sie auch nicht zu ihnen. Melisande jedoch, unlogischerweise, sah diese Unterschiede nicht. Die Diener waren Menschen, sie lebten alle im gleichen Haus, und Melisande wartete ungeduldig darauf, sie kennenzulernen. Zunächst bezauberte sie Mr. Meaker und den Hausdiener, und ihr entzücktes Staunen über Mrs. Soadys Pasteten und Torten gewann ihr das Wohlwollen dieser ausgezeichneten Köchin. Die Dienstmädchen hatten Spaß an ihr und waren erfreut über sie. Sie war nie hochmütig und immer hilfsbereit. Man konnte sich auf sie verlassen. Die Diener fanden sie ausnahmslos zauberhaft. Sie war unzweifelhaft ein großer Erfolg.

Ihre fremdländische Art begeisterte jeden. Ihre seltsame Ausdrucksweise fand man amüsant, weil es den Zuhörern ein angenehmes Gefühl der Überlegenheit gab. Sie lachte dann mit ihnen. »Ach, ich habe etwas Komisches gesagt. Erklären Sie mir doch, was Sie gesagt haben würden.« Sie pflegte aufmerksam zuzuhören und ihnen anmutig zu danken. Ach ja, sie war schon eine Nummer für sich, darin waren sich alle einige. Sie mußte dies und jenes genau wissen. Sie war voller Tatkraft, und nichts war zu unbedeutend, um ihrer Aufmerksamkeit zu entgehen. Hätte sie sich doch bloß ihres Erfolges im Wohnzimmer so sicher sein können wie bei der Dienerschaft, Melisande wäre zufrieden gewesen. Aber die Familie brachte sie in mancher Weise in Verlegenheit.

Sir Charles hatte so viele Verpflichtungen, daß sie ihn nur selten zu Gesicht bekam. Caroline schien sich in ihrer Gegenwart nie wohl zu fühlen. Caroline war die Herrin des Hauses und wünschte, daß dies klargestellt blieb.

Am Anfang hatte Caroline zu Melisande gesagt: »Ich habe vorher nie eine Gesellschafterin gehabt, nur Erzieherinnen. Ich vermute, eine Gesellschafterin hat den gleichen Rang. Meine Gouvernanten nahmen ihre Mahlzeiten immer in dem kleinen Raum neben dem Schlafzimmer ein. Ich meine, es wäre besser, wenn Sie dort essen würden. Sie möchten doch wohl nicht zusammen mit der Familie essen wollen? Ausgenommen vielleicht bei besonderen Gelegenheiten. Ich erinnere mich, daß meine Erzieherinnen einmal die Woche mit uns zu Mittag aßen. Auf diese Weise konnten sich Papa und Mama über meine Fortschritte unterrichten. Manchmal brauchten sie zusätzlich eine Dame für eine Abendgesellschaft. Dann wurde eine der Gouvernanten aufgefordert. Aber bei allen anderen Gelegenheiten nahmen sie ihre Mahlzeiten in diesem kleinen Zimmer ein. Es ist schwierig. Man kann ja von Ihnen nicht erwarten, mit der Dienerschaft zu essen.«

Melisande hatte laut gelacht. »Wieso nicht? Mir macht das nichts aus. Sie sind meine sehr guten Freunde, Mrs. Soady und Mr. Meaker...«

Caroline preßte die Lippen ein wenig zusammen, wie sie immer tat, wenn sie es für notwendig hielt, die neue Gesellschafterin zu dämpfen.

»Die meisten Erzieherinnen wären beleidigt gewesen, hätte man sie aufgefordert, mit den niederen Dienstboten zu essen. Und natürlich wäre das völlig unpassend gewesen. Deshalb meine ich, es wäre ein guter Gedanke, wenn Sie Ihre Mahlzeiten in diesem Zimmer einnehmen würden...«

Also aß Melisande ihre Mahlzeiten allein für sich in dem Zimmer. Es war unwichtig, obwohl sie die Gesellschaft von

Sir Charles und Mr. Holland oder der Dienerschaft begrüßt hätte. Sie mochte Gesellschaft, und es machte ihr Spaß, zu lachen und zu plaudern.

Caroline sagte an diesem ersten Morgen: »Ich weiß nicht, wie Papa sich Ihre *Tätigkeit* vorgestellt hat. Lady Gover hat eine Gesellschafterin, die ihr jeden Nachmittag vorliest. Aber Lady Gover ist fast blind, und ich möchte keinesfalls, daß mir jemand vorliest. Sie näht auch Lady Govers Kleider. Da ist natürlich auch noch Pennifield . . . und Wenna näht für mich sehr viel.«

»Da bin ich schon sehr froh. Ich nähe nicht gerne.«

Carolines Lächeln war eisig. »Wir nähen jeden Tag für die Armen. Meine Mutter pflegte laut aus einem guten Buch vorzulesen, während ich arbeitete. Vielleicht können wir uns beim Lesen und Nähen abwechseln.« Sie ließ durchblicken, daß es nicht bei Melisande läge zu sagen, was sie gerne tat. Wenn es Teil ihrer Pflicht war, so etwas zu tun, hätte sie es zu machen.

Melisande sah sie bittend an und preßte die Lippen fest zusammen, um einen unvorsichtigen Kommentar zu unterdrücken. Sie hätte so gerne gesagt: »Bitte, mag mich, denn ich kann es nicht ertragen, wenn man mich nicht mag. Bitte, sag mir, was du nicht an mir leiden kannst, und ich will versuchen, es zu ändern!«

Aber sie sah einfach nur noch hübscher aus, und das war genau das, was Caroline ärgerte. Wenn sie häßlich gewesen wäre, vierzig, reserviert und dankbar, Caroline hätte sich Mittel und Wege einfallen lassen, um ihr gut zu sein. Caroline mochte nicht unfreundlich sein und war das nur gegenüber jenen, die sie fürchtete. Und sie fürchtete dieses Mädchen trotz all seiner Armut und Abhängigkeit.

Sie hatte noch am gleichen Morgen mit ihrem Vater gesprochen und war in sein Arbeitszimmer gekommen, obwohl sie wußte, daß er dort ungern gestört wurde.

»Papa«, hatte sie erklärt, »ich kann nicht verstehen, weshalb du dieses Mädchen hierhergebracht hast. Ich will keine Gesellschafterin. Ich habe genug mit den Vorbereitungen für meine Hochzeit zu tun.«

»Ich meine, du solltest eine Gesellschafterin für ein Jahr oder so haben, bis du verheiratet bist«, hatte er geantwortet. »Ich möchte, daß du deine Französischkenntnisse vervollkommnest. Du brauchst eine junge weibliche Begleiterin, wenn du Besuche machst.«

»Die Leute werden sie nicht empfangen.«

»Sie werden sie als deine Gesellschafterin durchaus empfangen. Sie ist eine Dame und gut erzogen — besser erzogen, fürchte ich, als du es bist. Sie ist ruhig und bescheiden und würde, davon bin ich überzeugt, überall empfangen werden.«

»Ruhig! Bescheiden! So würde ich sie gewiß nicht beschreiben!«

»Du bist äußerst selbstsüchtig, Caroline. Dieses Mädchen braucht eine Stellung. Kannst du das nicht verstehen?«

»Mir tut jeder leid, der arbeiten muß, aber ich brauche keine Gesellschafterin. Warum nicht jemanden finden, der gerne eine hätte... wie zum Beispiel Lady Gover?«

»Lady Gover ist mit ihrer Gesellschafterin sehr zufrieden. Wenn du die Dienste von Miß St. Martin nicht mehr nötig hast, bin ich verpflichtet, eine andere Stellung für sie zu finden. In der Zwischenzeit würde ich mich freuen, wenn du sie als deine Gesellschafterin annimmst und so handelst, wie man es von einer wohlerzogenen jungen Dame erwartet — ein wenig an andere zu denken, die weniger vom Glück begünstigt sind als sie selbst.«

Fermor zeigte ebensowenig Verständnis für sie. Als er erklärte, es sei eine Schande, daß das arme Mädchen alleine essen müßte, hatte Caroline scharf entgegnet: »Du scheinst sehr interessiert an ihr zu sein.«

»Interessiert! Nun, sie ist schon ein bißchen ein Original.

Das macht die Art, wie sie spricht. Ich finde das amüsant.«

»Sie würde es nicht schicklich finden, mit uns zu speisen, und ich zweifle nicht, daß sie sich für zu gut hält, um mit der Dienerschaft zu essen. Das tun sie alle. Ich weiß noch genau, welche Verlegenheit es dauernd wegen der Erzieherinnen gab. Man läuft immer Gefahr, ihre Empfindlichkeit zu verletzen. Ich vermute, mit Gesellschafterinnen ist es das gleiche. Vornehme Armut bringt Ärger.«

»Warum fragst du sie nicht, was ihr lieber ist«, schlug Fermor vor. »Ich bin sicher, daß ihre Vorstellungen über diese Angelegenheit originell sind.«

»Du vergißt, daß sie nur ein Dienstbote ist — wenngleich sie als eines höheren Ranges angesehen wird.«

Er zuckte die Schultern. Sie fühlte, er würde die Angelegenheit weiter verfolgt haben. Aber er war sich bewußt, daß sie sein Interesse an dem Mädchen bemerkt hatte.

Caroline hatte bestimmt, daß jeden Morgen eine Stunde französische Konversation stattfinden sollte.

Während der ersten Stunde, als die Konversation im Gang war, kam Fermor in die Bibliothek.

»Hast du mich sprechen wollen?« fragte Caroline.

»Nein. Ich dachte nur, ich könnte auch ein wenig vom Unterricht profitieren, das heißt, wenn Mademoiselle nichts dagegen einzuwenden hat.«

Melisande lächelte warm. Immer bereit, dachte Caroline bei sich, Bewunderung entgegenzunehmen. »Kein Einwand!« rief Melisande. »Da ist nur ein großes Willkommen.«

»Dann setz dich«, sagte Caroline. »Aber denke dran, daß während dieser Stunde nur französisch gesprochen wird.«

»*Mon dieu*«, rief Fermor und hob die Schultern in dem Versuch, eine passende Geste anzudeuten.

Melisande lachte sehr belustigt, und es folgte ein Redeschwall auf französisch. Sie fragte ihn, ob er in Frankreich gewesen wäre, und wenn ja, in welchem Teil, und ob er irgendwelche Schwierigkeiten gehabt hätte, sich verständlich zu machen.

»Haben Sie Mitleid!« rief er. »Haben Sie Mitleid mit einem armen Engländer.«

Caroline sagte scharf: »Wirklich, Fermor, das war nicht die Absicht von Papa.«

»Ich bitte tausendmal um Entschuldigung.« Er begann, Melisandes Fragen auf französisch zu beantworten, so langsam und so mühselig und mit einem so schrecklichen Akzent – von dem Caroline vermutete, daß er weitaus übertrieben war – daß Melisande ihn nicht verstehen konnte, bis er einige Wörter nochmals wiederholt hatte. Dann lehrte sie ihn, wie er diese Wörter aussprechen mußte, und sie lachten beide unangemessen vergnügt über seine Bemühungen.

Caroline beobachtete sie gespannt vor Eifersucht. Sie dachte: So wird es immer sein. Ich werde ihm niemals bei einer attraktiven Frau trauen können. Er wird sich auch nicht ändern. Er hätte nie an mich gedacht, wenn nicht unsere Eltern diese Heirat arrangiert hätten. Er würde jemanden wie dieses Mädchen bevorzugt haben – wie er sie jetzt schon bevorzugt.

»Monsieur sprechen sehr schlecht französisch«, bemerkte Melisande mit scheinbarer Strenge.

»Es ist Zeit, daß Sie mich fest in die Hand nehmen«, sagte er auf englisch. »Das soll nicht nur für eine Stunde am Tag gelten. Sie müssen oft mit mir sprechen, denn ich kann mich gewiß nicht mit solchen Kenntnislücken der Welt zeigen.«

Wie kann er es nur wagen! dachte Caroline. Er weiß, daß ich ihn beobachte, und es ist ihm gleich!

»Aber auf französisch, Monsieur!« rief Melisande. »Das haben Sie vergessen.«

»Monsieur ist ein sehr schlechter Schüler, nicht?« sagte er nun in gebrochenem Englisch. »Er verdient viel Bestrafung?«

»Fermor«, sagte Caroline scharf. »Papa würde sagen, du vergeudest die Zeit. Papa ist sehr darum besorgt, daß ich französische Stunden habe. Deshalb ist Mademoiselle engagiert worden.«

»Ich werde brav sein«, sagte er und lächelte von Melisande zu Caroline. »Ich will dasitzen, sittsam und sanft und nur sprechen, wenn ich angeredet werde . . . und dann soll es auf französisch sein . . . wenn ich es schaffe.«

»Nur durch Sprechen können Sie besser werden«, erklärte Melisande. »Sie sind sehr, sehr schlecht, das ist wahr, aber ich meine, Sie sind begierig darauf zu lernen, und das ist schon eine gute Sache.«

»Ich bin sehr begierig«, sagte er und legte die Hand aufs Herz. »Ich bin sehr darauf bedacht, Ihnen Freude zu machen.«

Die Stunde rann dahin, höchst unglücklich für Caroline. Sie war froh, als sie den Unterricht beenden konnte.

»Wollen wir ausreiten?« fragte sie Fermor.

»Genau das richtige! Nach all der Kopfarbeit brauche ich ein wenig Bewegung.«

»Na, dann komm.«

»Was ist mit Mademoiselle St. Martin?«

Caroline war entsetzt. Wie konnte er so etwas vorschlagen! Er behandelte sie nicht wie eine Angestellte; er verhielt sich, als sei sie ein Gast des Hauses.

Melisande sagte: »Ach, ich kann nicht reiten. Das hat man mir im Kloster nicht beigebracht.«

Er lachte. »Wahrscheinlich nicht. Aber ich muß doch lachen. Ich stelle mir gerade die Nonnen zu Pferd vor . . . in vollem Galopp, mit dem schwarzen Flügelschlag ihrer Hauben. Sie sähen aus wie Fabelwesen, nicht wahr? Aber ich behaupte, Mademoiselle Melisande, das können wir nicht zulassen. Sie können nicht reiten! Unmöglich! Ich meine natürlich, das müssen wir richtigstellen. Jagen ist der vornehmste Sport. Wußten Sie das nicht? Sie *müssen* reiten. Ich werde es Ihnen zeigen. Sie lehren mich, französisch zu sprechen. Ich bringe Ihnen bei, wie man mit einem Pferd fertig wird.«

»Das wäre wunderbar. Ich möchte gerne eine Reiterin sein. Sie sind sehr gut. Ich bin erfüllt von Glück.«

»Dann ist es abgemacht. Bekräftigen wir's mit einem Handschlag. Wann sind Sie für die erste Lektion bereit?«

Caroline warf schnell ein: »Du hast vergessen, Fermor, daß du nächste Woche nach London zurückkehrst.«

»Ich werde etwas länger bleiben. Es gibt nichts, weshalb ich zurückgehen sollte. Ich will warten, bis Mademoiselle Melisande rund um die Koppel kantern kann, ehe ich abreise.«

»Ich denke, da Mademoiselle St. Martin von meinem Vater angestellt ist und du vorschlägst, sie auf meines Vaters Pferd reiten zu lehren, daß es ratsam wäre, erst seine Erlaubnis einzuholen.«

»Du hast natürlich recht«, stimmte Fermor zu.

Caroline lächelte schwach. »Ich werde ihn fragen, ob er zustimmt.«

»Ich werde ihn fragen«, sagte Fermor. »Vielleicht schon morgen, Mademoiselle Melisande, werden Sie Ihre erste Reitstunde haben.«

»Ich danke Ihnen, aber ich möchte es nicht, wenn es nicht der Wunsch von Sir Charles und Miß Caroline ist.«

»Überlassen Sie das mir. Ich werde mich darum kümmern.«

Dann ging er lächelnd mit Caroline hinaus und ließ sie allein in der Bibliothek zurück, gefangen in ihren durcheinandergeratenen Gefühlen. Sie kam zu dem Schluß, daß das Leben draußen in der Welt viel komplizierter war als in einem Kloster.

*

Als sie aus dem Stall ritten, sagte Fermor: »Was für eine schlechte Laune du heute morgen hast!«

»Ich?«

»Ja, du. Warst du nicht ziemlich grob zu dem armen Mädchen?«

»Ich war der Ansicht, was ich gesagt habe, sei notwendig gewesen.«

»Notwendig, um sie zu verletzen.«

»Ich frage mich, ob du so besorgt wegen ihrer Gefühle wärst, wenn sie schielen würde und eine Hasenscharte hätte.«

»Wärst du so darauf bedacht gewesen, sie zu verletzen, wenn es der Fall gewesen wäre?«

»Das ist nicht der Punkt.«

»Meine liebe Caroline, das ist der Punkt.«

»Du kannst sie nicht reiten lehren.«

»Warum nicht? Ich bin sicher, sie wird eine ausgezeichnete Reiterin.«

»Du vergißt, daß sie hier nur angestellt ist.«

»Ich mag es vergessen haben, aber du hast mich daran erinnert ... und das direkt vor ihren Ohren.«

Ihre Augen füllten sich mit Tränen. »Ich kann nichts dafür. Es macht mich so unglücklich ... derart ... mißachtet ... vor einer Angestellten gedemütigt zu werden.«

Er konnte manchmal sehr kalt sein. Er war es jetzt und sagte: »Du hast dich selbst erniedrigt, so wie du sie behandelt hast.«

Er ritt ihr voraus. Sie starrte auf seinen geraden Rücken und wischte die Tränen fort. Sie dachte: Ich bin so unglücklich. Er liebt mich nicht. Er hat mich nie geliebt. Er heiratet mich, weil die Heirat arrangiert worden ist. Ich würde ihn immer heiraten, und wenn die ganze Welt gegen uns wäre.

Mittlerweile hatten sie den Klippenpfad erreicht. Sie war froh, daß beide sorgfältig auf den Weg achten mußten.

»Laß uns zum Strand hinunterreiten und über den Sand galoppieren.«

»Einverstanden«, antwortete sie.

Sie dachte dabei: Vielleicht wird sie gar keine gute Reiterin. Vielleicht stürzt sie und verliert dadurch ihr gutes Aussehen. Sie könnte sich sogar den Hals brechen. Das war ein furchtbarer Gedanke, und sie bedauerte, ihn gehabt zu haben. Sie wollte nicht unfreundlich sein. Wenn ihr Vater nur eine arme ältliche Person dahergebracht hätte, die Freundlichkeit brauchte, wie freundlich sie dann gewesen wäre!

Sie hatte sich wieder etwas gefaßt, als sie am Strand waren, und brachte ihr Pferd neben ihn. Er wandte den Kopf und war bei ihrem Anblick sehr erleichtert.

»Komm«, rief er, und sie jagten davon, an den großen Felsbrocken vorbei, in denen Streifen von rosa Quarz und Amethyst schimmerten, und scheuchten die Möwen aus ihrem Weg.

Er begann vor lauter Freude zu singen.

»On Richmond Hill there lives a lass . . .«

Sie hörte seine Stimme zwischen dem Dröhnen der Hufe auf dem Sand.

*

Melisande war sechs Wochen im Haus, als ihr der Gedanke kam: Ich darf hier nicht bleiben. Ich muß fort.

Panik überfiel sie bei der Vorstellung, denn wohin sollte sie gehen?

Wie konnte sie fern von hier glücklich sein? Hätte Caroline sie gern gemocht, hätte sie glücklich sein können. Aber Caroline zeigte ihr so deutlich, daß sie kein Recht hatte, hier zu sein. Die Französischstunden gingen weiter — sie waren mehr oder weniger ein Befehl von Sir Charles. Sie spielten Duette auf dem Klavier, doch das konnte Caroline genausogut wie sie, und daher konnte Melisande, was Musik betraf, ihr nichts beibringen. Sie stickten auch ein wenig zusammen, aber hier wiederum war Caroline weit geschickter im Umgang mit der Nadel als sie. Gelegentlich spielten sie am Abend Whist, und sie nahm Miß Hollands Platz ein, wenn diese zu müde war oder an einem Anfall ihrer häufigen Kopfschmerzen litt. Aber selbst das mußte Melisande lernen, da sie es vorher nie gespielt hatte. Bei diesen Gelegenheiten waren Sir Charles und sie Partner; sie hätte sich gewünscht, daß Fermor ihr Partner gewesen wäre. Sir Charles pflegte sie sanft zu ermahnen: »Oh, Mademoiselle, das war ziemlich ungestüm gespielt. Hätten Sie gewartet, hätte ich den Stich nehmen können...« Sie hatte den Eindruck, er war gerne nachsichtig, fürchtete aber, zu eifrig zu erscheinen, wenn es galt, ihre Fehler zu entschuldigen. Fermor hingegen pflegte ihr mutig zu Hilfe zu kommen. Whist trug also nicht dazu bei, die Spannung zu beseitigen. Und sie fragte sich oft, was sie eigentlich für Kost und Logis und für ihren Platz in diesem wunderschönen Haus zu bieten hatte.

Ihr schien es ein so aufregender Ort zu sein, mit seiner großen Halle, die, wie sie gehört hatte, früher als Ballsaal diente und in der in alten Zeiten die ganze Familie einschließlich der Dienerschaft ihre Mahlzeiten einzunehmen pflegte. Sie hätte viele Stunden auf der Galerie mit den Bildnissen längst verstorbener Trevennings verbringen können. Einzelne Teile des Hauses hatten sich seit den Tagen Heinrichs VIII. nicht verändert, wie die prachtvoll geschnitzte Treppe und die weiten hohen Räume mit ihren Gitterfenstern und den rautenförmigen Scheiben und jene faszinierenden tiefen Fenstersitze. Die Unterkünfte und das Reich der Dienerschaft stellten den ältesten Teil des Hauses dar. Und es war wie eine Reise zurück in die Vergangenheit, in die große steingeflieste Küche mit ihrer riesigen Feuerstelle und dem aus Lehm gebauten Backofen hinunterzugehen und die Keller, Anrichten und Speisekammern zu sehen.

Es gab so vieles, das sie liebengelernt hatte. Sie stand gerne früh auf und sprang aus dem Bett, um am Fenster zu stehen und die Sonne zu beobachten, wie sie über dem Meer aufging, das jeden Tag ein anderes Gesicht hatte. Manchmal funkelte es, als habe ein extravaganter Gott Diamanten über seine Fläche gestreut, und manchmal war es von Nebel überschattet. Dann war es wie ein kriechendes Etwas, das sich langsam vorzuschieben schien, aber nie näher kam. Es war aufregend zu sehen, wenn die See zornig war, die Felsen peitschte und voll Verachtung einen Sparren oder den Tang wie eine Mähne hochwarf, oder wenn sie lustig war, den Wellen Schaumkronen aufsetzte und sie wieder auffing wie ein Kind seinen Ball. Oder sie blickte über das Meer zum Leuchtturm von Eddystone hinüber, der sich wie ein dünner Bleistift gegen das klare Morgenlicht zwischen Plymouth im Osten und Looe Island im Westen abhob. Es war ein Vergnügen, über die Felsen zu klettern, allein dazustehen, den mühelosen Flug der Möwen zu beobachten und über die Felder und Wege zu wandern. Es machte ihr großen Spaß, in die Stadt hinunter und den Kai entlangzugehen und den Fischern einen Gruß zuzuwerfen, die vor ihren Hütten saßen und Netze flickten. Dann lief sie weiter hinaus auf die Mole, wo sie die salzige Seeluft auf ihren Lippen schmeckte. Sie liebte es, zurück auf die grauen Häuser der Stadt und die Katen zu beiden Seiten des Flusses zu blicken. Manche waren kaum größer als eine Hütte und andere sehr viel großartiger mit dekorativen Ziegeldächern, die *pisky-pows* genannt wurden, weil sie so angelegt waren, daß die Piskies dort in der Nacht tanzen konnten. Und Piskies waren freundlich zu allen, die ihnen einen Ballsaal im Freien boten.

Es gab so viel, das man wissen und lernen sollte. Sie war mit allen gut Freund, weil man spürte, wie sehr sie darauf bedacht war, mit jedermann befreundet zu sein. Sie riefen ihr zu, hereinzukommen und ein wenig Metheglin, den gewürzten oder mit Kräutern versetzten Honigwein oder Met, Brombeer- oder Levkojenwein zu trinken. Manchmal bekam sie auch ein Stück Rosinenkuchen, den sie *fuggan* nannten, zu kosten — aber der wurde nur für besondere Gelegenheiten gebacken. Immer jedoch gab es ein Stück Kuchen aus schwerem Teig oder Safrankuchen für die fremde junge Dame.

Sie hatte genauso viele Freunde in West Looe wie in East Looe. Die Leute freuten sich, wenn sie Melisande erblickten, die sie die kleine Mamasell nannten. Und wenn es auch einige Menschen in West Looe gab, die ihr die Freundschaft mit den Leuten auf der anderen Seite des Flusses übelnahmen, und andere in East Looe, die glaubten, sie schulde ihnen Treue, denn die beiden Orte hielten auf Abstand, so vergaben sie der Mamasell das, was ihnen bei anderen als Doppelzüngigkeit erschienen wäre.

Melisande wußte von diesem Groll, gab aber vor, nichts davon zu wissen. Sie war nicht willens, jene wundervolle alte Frau, Großmutter Tremorney, um East Looe willen aus ihrer Liste von Freunden zu streichen. Ebensowenig war sie bereit, ihre Freundschaft mit dem alten Poldown wegen der Leute von West Looe aufzugeben. Sie mochte den alten Poldown, und vor allem hätte sie seine Erzählungen nicht missen wollen, von den Gruben und Abenteuern, die er dort erlebt hatte, bis er sich zur Ruhe setzte und sich auf der Ostseite in einem großartigen Haus mit einem Pisky-Boden auf dem Dach niederließ. Genausowenig wollte sie auf Old Lil Tremorney verzichten, die vor ihrer Kate zu sitzen und ihre Pfeife zu rauchen pflegte und dabei von den Männern erzählte, die sie geliebt hatte.

Melisande hatte so viele Freunde, und sie konnte den Gedanken, sie zu verlassen, nicht ertragen. Erst gestern hatte man sie zu Mrs. Pengelly ins Haus gerufen, um ihr das Neugeborene zu zeigen, und sie durfte ein Stück Festtagskuchen probieren. Er war köstlich und extra für die Taufe gebacken worden. Sie fühlte sich geehrt, ihren Anteil daran zu erhalten. Wie sollte sie all das aufgeben können?

Da war noch etwas, das sie aufzugeben hätte, und sie mußte sich eingestehen, daß sie dies mehr als alles andere missen würde.

Fermor hatte ihr seit einigen Wochen Reitunterricht gegeben. Sir Charles war einverstanden gewesen und schien insgeheim froh. Er meinte, es sei eine ausgezeichnete Idee und ganz in Ordnung, Fermor für seine Französischstunden bezahlen zu lassen. Fermor hatte erklärt, sie brauche jeden Tag eine Stunde, und er werde nicht eher nach London zurückkehren, bis er aus Melisande eine tüchtige Reiterin gemacht habe.

Er war gut und freundlich, aber ihr wurde mehr und mehr ein ihm innewohnender Zug von Boshaftigkeit bewußt.

Eines Tages während der Reitstunde wurde ihr klar, daß sie ihre Augen nicht mehr länger vor der Gefahr ihrer Stellung verschließen konnte.

Ihr Pferd ging plötzlich durch und raste geradewegs auf den Rand der Klippen zu. Sofort hörte sie das Dröhnen der Hufe von Fermors Pferd direkt hinter sich. Fast im gleichen Augenblick befand er sich zwischen ihr und dem tödlichen Abgrund.

Die Pferde standen schließlich still. Ein paar Augenblicke lang verharrten Melisande und Fermor in atemlosem Schweigen, den Geruch der See und der Heide in sich aufnehmend, und blickten einander an. Sie war sich der tiefen Gefühle bewußt, die einer im anderen erregte.

Plötzlich wurde er frivol. »Tun Sie das nicht noch einmal«, sagte er. »Das Pferd ist wertvoll.«

Sie zitterte noch immer. »Es ist also egal, was mit mir ist?«

Er kam näher und berührte ihren Arm. »Sie sind kostbarer

als alle Pferde der Welt«, erklärte er in tiefem und feierlichem Ton.

Sie war nicht mehr in der Verfassung, die Reitstunde fortzusetzen.

»Wir wollen zu den Ställen zurückkehren. Sie zittern ja.«

Sie führten die Pferde ernüchtert in die Stallungen zurück. Er half ihr beim Absteigen, und während er das tat, hielt er sie kurz an sich und sah ihr fest in die Augen.

Dann neigte er den Kopf und gab ihr einen Kuß auf die Wange. »Sie werden morgen wieder reiten.« Es war eine Feststellung, keine Frage. »Sie sind ängstlich, Melisande«, fuhr er fort. »Sehr ängstlich. Wenn Sie vor etwas Angst haben, weichen Sie nicht zurück, sehen Sie der Gefahr sofort ins Auge. Laufen Sie nicht davon. Wenn Sie das tun, werden Sie Ihr Leben lang Angst haben. Wenn Sie der Gefahr dagegen ins Auge blicken, werden Sie vielleicht feststellen, daß es etwas ist, das nicht zu erleben Sie bereuen würden.«

Melisande wußte, daß er diese Bemerkung nicht allein auf das Reiten bezog.

Und sie war sich jetzt völlig sicher, daß sie fortgehen sollte.

»Ich muß zurück in Haus. Ich habe noch einiges zu erledigen«, erklärte sie. Er versuchte nicht, sie zurückzuhalten, und sie eilte davon.

Kurz darauf begegnete sie Miß Pennifield auf dem Weg zur Nähstube. Miß Pennifields Gesicht war gerötet und fleckig, und ihre Lippen zitterten. Sie trug ein Kleid über dem Arm.

»Stimmt etwas nicht, Miß Pennifield?« fragte Melisande.

Miß Pennifield war offensichtlich den Tränen nahe. Sie hielt das Kleid hoch und schüttelte nur müde den Kopf. Melisande folgte ihr in die Nähstube. Es war eine Erleichterung für sie, ihre Aufmerksamkeit über die Probleme eines anderen Menschen lenken zu können.

»Es ist das zweite Mal, daß ich es aufgetrennt habe«, sagte Miß Pennifield. »Man kann ihr nichts recht machen.«

»Kann ich Ihnen helfen?«

»Das ist sehr freundlich von Ihnen, Mamasell. Ich weiß nicht mehr, was ich tun soll, muß ich gestehen.«

Sie setzte sich und breitete das Kleid auf dem Tisch aus.

»Es ist der Ärmel. Sie behauptet, er sitzt nicht. Sie behauptet immer, die Ärmel säßen nicht. Heute morgen hat sie eine ihrer Launen. Ich sage Ihnen, die werden schlimmer und schlimmer. Wenn es sich nur um ein Aufbrausen handelte, könnte ich es aushalten, aber es ist so eine stille Art von Wut... irgendwie grüblerisch und grausam.«

»Arme Miß Pennifield! Was stimmt denn mit dem Ärmel nicht?«

»Zuerst waren sie hier zu füllig und dann dort. Man kann's ihr nicht recht machen. Ich weiß nicht, wie ich es schaffen soll.«

»Ich könnte den Rocksaum fertigmachen, während Sie sich die Ärmel vornehmen.«

»Würden Sie das wirklich tun? Das ist lieb von Ihnen und eine Erleichterung, mit jemand zu reden. Manchmal sage ich zu mir selbst, ich werde froh sein, wenn Miß Caroline endlich heiratet und nach London geht, obwohl ich dann die Arbeit verliere. Sie war nicht immer so... wenn ich zurückdenke. Ich weiß wirklich nicht. Ich glaube, sie sehnt sich nach der Heirat. Es gibt Frauen, die sind so. Warum das so ist, kann ich als alte Jungfer nicht sagen.«

»Sind die Stiche so in Ordnung? Ich war nie sehr geschickt im Umgang mit Nadel und Faden.«

»Machen Sie die Stiche ein wenig kleiner, meine Liebe, und noch ein kleines bißchen gleichmäßiger. Es fehlt noch, daß sie sich über die Stiche und den Sitz beklagt. Mrs. Soady ist überzeugt, daß Miß Caroline schnell verheiratet sein sollte. Aber ich vermute, sie ist dann nicht besser dran, denn er ist nicht von der Art, die nach der Heirat liebevoller sind . . . wie Mr. Soady behauptet. Ich weiß es nicht . . . eine Jungfer, wie ich nun einmal bin.«

»Sie haben Ihren Unterhalt immer mit Nähen verdient, Miß Pennifield?«

»Aber ja, meine Liebe. Mit Nähen und auch Spitzenklöppeln. Meine Schwester Jane und ich.«

»Sie haben Freude daran?«

»Ach, es ist ein hartes Leben. Wenn auch besser hier auf dem Land beim Landadel als in der Stadt, wie ich gehört habe. Es gab einmal eine Zeit, als Jane und ich Spitzen in Plymouth klöppeln mußten. Wir reisten dahin durch Crafthole und Millbrook und Cremyll Passage in der Postkutsche und dann über den Tamar! Meine Güte! Was für eine Fahrt! Und sie gaben uns zu einer Dame in Plymouth. Wir waren zu acht oder neunt . . . alle noch ganz kleine Dinger — einige waren erst fünf Jahre alt. Wenn ich mal ein wenig verärgert bin wegen bauschiger Ärmel und so, dann denke ich ans Spitzenklöppeln in Plymouth. Dann bin ich wieder mit meinem Los zufrieden. Deshalb erinnere ich mich wohl gerade jetzt daran. Man saß da wie in einem Schrank . . . mehr war's nicht . . . ein winziger Raum, nicht größer als ein Schrank . . . zu neunt, und die Klöppel sausten die ganze Zeit . . . und wir wagten nicht einmal aufzusehen, vor lauter Angst, eine Sekunde Zeit zu verlieren. Soviel hatten wir zu arbeiten, oder wir bekamen kein Abendbrot — und das war nicht viel . . . aber es kam uns schrecklich vor, ohne Essen schlafen gehen zu müssen.«

»Arme Miß Pennifield!« Melisande sah sich im Geiste Hemden im Arbeitszimmer des Klosters nähen. Wie sie es gehaßt hatte! Und doch, wie gut es ihr vergleichsweise gegangen war!

Tränen des Mitgefühls füllten ihre Augen, und Miß Pennifield sagte: »Was für eine liebe, gute Seele Sie sind!«

»Ich wünschte nur, ich könnte besser nähen. Ich würde gerne so schnell und ordentlich nähen können wie Sie.«

»Mit der Zeit können Sie das auch.«

»Meinen Sie? Glauben Sie, ich könnte eine Schneiderin werden? Vielleicht, ja. Sehen Sie, Miß Pennifield, ich kann nicht nähen, aber ich weiß genau, wie man eine Schleife oder eine Blume an einem Kleid anbringt . . . oder wie ein Rock fallen sollte . . . obwohl ich das Nähen selbst nicht kann. Vielleicht könnte ich eine solche Schneiderin werden.«

»Wer weiß denn schon, was kommt? Aber warum wollen Sie eine Schneiderin werden, meine Liebe? Eine junge Dame, die so gut französisch spricht und englisch nicht so übel . . . Sie sind doch eine gebildete junge Dame. Sie werden eine Gesellschafterin sein. Das ist wie eine Erzieherin und einer Schneiderin ein gut Teil überlegen.«

»Miß Pennifield, erzählen Sie mir mehr von sich und Ihrer Schwester . . .« Melisande hielt inne, um über sich selbst nachzudenken. Sie hatte sich, seitdem sie das Kloster verlassen hatte, verändert und pausenlos geplaudert. Sie hatte über sich selbst, ihre Träume und Wünsche reden wollen. Sie war nicht daran interessiert gewesen, anderen zuzuhören. Sie sagte rasch: »Erzählen Sie mir nicht von der Frau in Plymouth. Das stimmt mich traurig. Ich möchte gerne lachen. Erzählen Sie mir von den glücklichen Zeiten. Es muß doch auch glückliche Zeiten gegeben haben.«

»O ja«, sagte Miß Pennifield. »Die gab es auch. Weihnachten war die schönste Zeit, zum Beispiel die Kirche schmücken. Mr. Danesborough war ein lustiger Herr. Aber wir zogen weg aus seiner Gemeinde, als ich noch klein war, und wir wohnten dann in der Nähe von St. Martin's. Mr. Forord Michell . . . er war damals dort Vikar. Wir pflegten die Kirche mit Stechpalmen und Lorbeer zu schmücken und sammeln zu gehen, was, da Sie nicht von hier sind, nichts anderes war, als in der Nachbarschaft um eine Gabe für unser Weihnachtsessen zu betteln. Wir gingen zu all den großen Häusern zu beiden Seiten des Flusses . . . dieses Haus

129

hier und Leigh, Keverel und Morval und Bray . . . und weiter
zu Trenant Park, Treworgey und West North. Dann wollten
wir auch etwas trinken. Wir baten einen der Männer, uns
eine Schale zu schnitzen. Wir schmückten sie mit Ginster-
blüten und bettelten um eine Münze, damit wir die Schale
füllen und trinken und auf das Fest anstoßen konnten.«

Miß Pennifield begann, mit einer dünnen, etwas piepsigen
Stimme zu singen:

»Der Herr und die Herrin unser Trinkfest beginnen,
So wollt uns doch öffnen die Tür und laßt uns herein
Mit unserem Trunk . . . unserem Trunk . . . unserem
Trunk . . .
Und Freude soll kommen zu unserem fröhlichen Trunk.«

»Ach ja, das war schon lustig, kann ich Ihnen sagen. Wir
schwärzten unsere Gesichter, verkleideten uns und tanzten
auf den Feldern. Und einige von uns waren so sehr fröhlich
– wahrscheinlich von zuviel Met und Apfelwein –, daß wir
nach den Piskies riefen, sie sollen sich uns anschließen. Ach,
das waren wohl vergnügte Zeiten. Dann war da der Karfrei-
tag. Ich weiß noch, wie wir alle mit Messern zum Strand
hinuntergingen, um die Ziegen von den Felsen zu stoßen.
Wir hatten Säcke bei uns, in die wir sie steckten, und dann
schleppten wir sie heim für ein richtiges großes Fest. Aber
der erste Mai war der beste Tag . . . wenn es nicht der Vorabend zur Sonnenwende war, an dem wir aufs Moor hinaus-
zogen für die Freudenfeuer. Doch ja, der erste Mai war am
schönsten. Wir kamen alle zusammen und warteten bis Mitternacht, und Fiedler waren auch dabei. Wir gingen alle zu
den Bauernhöfen in der Nähe, und man gab uns Dickmilch
und Sahne oder schwere Kuchen und *Safron* oder sogar *fuggan*, den dicken Rosinenkuchen. Sie hätten nicht gewagt, uns
nichts zu geben. Sehen Sie, es war ja eine alte Sitte. Dann

tanzten wir auf den Feldern. Wir tanzten die alten Rundtänze, die so schön zum Anschauen waren. Aber es war nicht alles Festefeiern und Tanzen und Spiele – oh, ganz gewiß nicht. Den Weißdorn heimzubringen war eine feierliche Angelegenheit. Das hatte man schon seit vielen Jahren getan, noch ehe Christen in diese Gegend waren, so sagte Mr. Danesborough. Er war nämlich schrecklich klug und wußte viel über diesen Landstrich. Wenn wir den Weißdorn heimbrachten, hatten einige Pfeifen dabei, und wir pfiffen ihn sozusagen heim. Das waren wunderschöne Zeiten... aber es war auch viel Schlechtigkeit mit dabei, wenn sie die Dunkelheit ausnutzten, wenn ich auch nichts davon weiß... weil ich ja eine alte Jungfer bin.«

Und wie sie so miteinander sprachen, lachte Miß Pennifield und war wieder heiter. Sie hatte vergessen, daß Miß Caroline sie in Ängste versetzt hatte. Selbst als sie ihr das Kleid zurückbrachte und Caroline widerwillig zugab, daß es jetzt in Ordnung sei, umgab sie noch jener Hauch von Glück.

Melisande war niedergedrückt, nachdem Miß Pennifield gegangen war. Was für ein trauriges Leben! dachte sie. Eine Schneiderin zu sein! Sie versuchte, sich selbst zu sehen, alt wie Miß Pennifield, und mit vor lauter Nähen tief eingesunkenen Augen. Aber wenn sie dieses Haus verließ, wohin könnte sie dann gehen?

Über Unerfreuliches lange zu grübeln, lag Melisande jedoch nicht. Sie ging in die Küche und fragte, ob sie hier ihr Abendbrot essen könnte statt ein Tablett auf ihr Zimmer zu bekommen.

Mr. Meaker hatte seine Zweifel. Er war nicht sicher, ob es richtig wäre, und er hatte doch in einigen sehr großen Häusern gedient. Mrs. Soady jedoch, geschmeichelt und hocherfreut, sagte: »Wer soll's denn schon erfahren?« Schließlich sei es eine Angelegenheit, die Mamasell selbst zu entscheiden habe. Sie machte sich daran, eine besondere

Ochsenmaulpastete zu backen. Wie sie Mr. Meaker anvertraute, hatte sie nämlich gehört, daß man überall ungeheuer viel von französischer Küche hielt, und sie würde der kleinen Mamasell beweisen, daß Cornwall da mithalten konnte. Diese Pastete würde das bestimmt schaffen, und es gäbe *fair-maids* als Beilage und dann noch einen Schweinefleischpudding dazu.

Für Melisande wurde ein Platz rechter Hand von Mrs. Soady gefunden. »Heute abend haben wir einen Gast«, erklärte Mrs. Soady voll stolzer Freude. »Wir müssen uns heute alle von unserer besten Seite zeigen.«

»Nein, nein, o nein«, rief Melisande. »Das möchte ich nicht. Wir wollen uns so geben, wie wir sind. Ich werde sehr gefräßig sein, und ich möchte, daß Sie reden, als ob ich nicht da wäre, weil es mir solche Freude macht zuzuhören.«

Darauf gab es ein großes Gelächter, und jeder war glücklich. Freudenschreie ertönten, als Mrs. Soady auch noch eine Flasche ihres besten Pastinakweins aus dem Keller holte.

»Ich hab' gehört, die Franzosen seien ganz große Weintrinker«, sagte Mrs. Soady, »und wir dürfen nicht vergessen, daß wir eine französische Mamasell heute bei Tisch haben. Nun, meine Liebe, möchten Sie nicht mit einem Happen von dieser *fair-maid* beginnen? Es sind kleine Sardinen, die ich in Öl und Zitrone eingelegt habe, und hierzulande sagen wir immer, das sei eine Speise, die eines spanischen Dons würdig sei. Jetzt, Mr. Meaker, reichen Sie die Teller herum, bitte. Ich bin sicher, Mamasell möchte gerne sehen, wie wir uns und der Tafel gerecht werden.«

»Aber das ist ja köstlich«, rief Melisande.

Zuerst schienen sie alle durch ihre Gegenwart bei Tisch ein wenig eingeschüchtert zu sein, aber nach einer Weile akzeptierten sie Melisande als eine der ihren. Die Unterhaltung kam schließlich auf die junge Peg zu sprechen, die sich in einen der Fischer unten am Westkai verliebt hatte und es nicht fertigbrachte, daß sich der junge Mann nach ihr umsah. Bet drängte sie, doch die weiße Hexe in den Wäldern aufzusuchen, und fügte hinzu, daß Mrs. Soady, die zu einer »Seher«-Familie gehöre, sicherlich die geeignetste sei, darüber Auskunft zu geben.

»Eine weiße Hexe«, unterbrach Melisande. »Was ist das denn?«

Jeder hoffte auf Mrs. Soadys Erklärung, die nicht lange auf sich warten ließ. »Nun, meine Liebe, das ist eine Hexe und doch keine Hexe. Keines von diesen furchtbaren Geschöpfen, die auf Besenstielen reiten und es mit dem Teufel treiben . . . nein, keine von denen. Das ist eine gute Hexe, die zum Beispiel die Warzen wegschwört. Man braucht nicht Feuerhaken und Zange zu kreuzen, um eine weiße Hexe fernzuhalten. Die kommen nicht einfach daher und mischen sich ein. Sie helfen nur, wenn man zu ihnen kommt. Sie sagen auch, wie man jene finden kann, die einem Böses wünschen, oder können Keuchhusten heilen. Auch einen Liebestrank geben sie, und das ist bei meiner Seele etwas, um einigen Mädchen Freude zu bringen.«

»Ein Liebestrank!« rief Melisande mit funkelnden Augen. »Sie meinen also, daß man jemanden in sich verliebt machen kann! Aber das ist gut. Also, eine weiße Hexe kann das? Ich frage mich, weshalb Miß Caroline . . .« Sie verstummte plötzlich.

Rund um den Tisch herrschte Schweigen. Sie waren es gewohnt, die Angelegenheit ihrer Herrschaft zu besprechen, aber sie waren unsicher, ob sie das tun sollten, wenn jemand dabei war, der seinen Platz weder so ganz im Salon noch bei den Dienstboten hatte. Peg, Bet und die übrigen warteten auf ein rechtes Wort von Mrs. Soady oder Mr. Meaker.

Mr. Meaker neigte zu Diskretion, aber Mrs. Soady, Mitglied einer Pellar-Familie, war bei ihrem Lieblingsthema angelangt, und dieses Thema, von einem großzügigen Quantum ihres eigenen Pastinakweins begleitet, hatte sie aufgeregt. »Das würde ihr bestimmt nicht schaden«, kommentierte sie.

Melisandes Wangen hatten sich gerötet. Wenn Caroline Fermor nur in sie verliebt machen könnte, wie er sollte, dann wäre es für sie nicht nötig, daran zu denken, Trevenning zu verlassen. Sie könnte bleiben und viele dieser zwanglosen Abendessen genießen.

»Es ist meine Ansicht«, meinte Mr. Meaker, »daß die vornehmen Leute mit diesen Dingen nicht recht umgehen können. Zauber wirkt nicht für ihresgleichen, wie er es für andere tut.«

»Und das ist einfach zu erklären«, sagte Mrs. Soady scharf. »Sie gehen an die Sache schon irgendwie ungläubig heran, und wenn das nicht reicht, um die Piskies zu verscheuchen, dann weiß ich nicht, was sonst.«

»Mrs. Soady«, rief Melisande. »Sie glauben wirklich an die Piskies?«

»O ja, das tue ich, meine Liebe. Und sie sind meine sehr guten Freunde. Sie kennen mich gut, weil ich aus einer Pellar-Familie komme. Als ich einmal kurze Zeit bei meiner Schwester im Moor weilte, ging ich eines Tages spazieren, und der Nebel kam, und ich wußte nicht mehr, wo ich war. Und es ist wahrhaftig kein Spaß, sich in unserem Moor zu verirren. Es war nicht weit von Caradon, und ich will gern zugeben, daß ich mich zu Tode ängstigte. Da fielen mir plötzlich die Piskies ein, und ich sang:

>O Irrlichtmann und du Nebelfrau,
Wer zwickt und zwackt dich, jagt dich rauh –
Oh, leucht mir heim! Ringsum ist's grau!<

Und wissen Sie, plötzlich klarte es sich auf, aber nur da, wo ich mich befand, und ich brauchte nicht lange, um meinen Weg wieder nach Hause zu finden.«

»Ach, bitte, singen Sie es noch einmal«, bat Melisande. »O Irrlichtmann, was ist das?«

Und Mrs. Soady sang die Strophe noch einmal, dann sang es die ganze Runde, und die kleine Mamasell mit ihnen, während sie versuchte, ihre Aussprache nachzumachen. Das löste bei ihnen solche Lachanfälle aus, daß die arme Peg beinahe erstickt wäre. Peg wurde so rot im Gesicht, daß einer der Diener sie auf den Rücken klopfen mußte. Was Mr. Meaker betraf, so mußte er noch ein zusätzliches Glas Wein haben; er brauchte es nach der Erschöpfung vom vielen Lachen.

Alle freuten sich darüber, einen so charmanten Gast bei sich zu haben, und gaben sich große Mühe, so unterhaltend wie möglich zu sein.

Peg erklärte, sie müsse unbedingt zur weißen Hexe gehen, denn sie sei sicher, daß der junge Jim Poldare sie sonst nie beachten würde. Dann verkündete Mrs. Soady, daß Tamson Trequint, die in einer kleinen Hütte in den Wäldern von Trevinning hauste, eine der besten weißen Hexen wäre, die ihr je begegnet seien. »Erinnert ihr euch noch an meine Warzen? Wegen ihnen bin ich zu Tamson gegangen. Und wo sind sie jetzt? Da könnt ihr lange suchen, bis ihr eine findet. Sie sagte zu mir: ›Man braucht eine Erbsenschote mit neun Erbsen. Hol die Erbsen heraus und wirf sie fort . . . eine nach der anderen, und dabei sprichst du: Warze, Warze, trockne ein! Und wie die Erbsen verfaulen, so werden die Warzen vergehen.‹«

»Und sind sie's?« fragte Melisande.

»Keine Spur mehr von ihnen seit dem Tag. Und wenn das keine weiße Magie ist, dann sagt mir, was es ist.«

»Ja«, meine Peg, »aber was ist mit dem Liebestrank, Mrs. Soady?«

»Mein Kind, geh hin und sprich mit Tamson. Denk daran, es muß schon dunkel sein. Tammy stellt bei Tag keinen Zauber her.«

»Ach, das ist wunderbar«, murmelte Melisande. »Es ist eine . . . Aufregung. Würde Tamson für jeden einen Zauber machen? Würde sie einen für . . . mich machen?«

»Tamson könnte einen Zauber für die Königin machen. Und ein Wort von mir, meine Liebe, wo ich zu einer Pellar-Familie gehöre und einen Füßling als Schwester habe . . . aber ja, meine Liebe, natürlich würde sie einen Zauber für Sie bereiten!«

»Für wen wollen Sie denn einen Zauber haben wollen, Mamasell?« fragte Peg.

Alle schauten sie erwartungsvoll an, und der Hausdiener sagte: »Ich denke, Mamasells Gesicht und Art ist so gut wie jeder Liebestrank.«

»Nun, da haben Sie aber etwas sehr Nettes gesagt bekommen, Mamasell«, meinte Mrs. Soady.

»Sie sind alle so lieb zu mir . . . alle. Hier und in der Stadt, auf den Klippen und Wegen . . . jeder hat für mich eine Freundlichkeit.« Melisande streckte die Arme aus, als wolle sie alle umarmen. Ihre Augen glänzten von Freundschaft und Pastinakwein. »Sie laden mich an Ihren Tisch ein. Sie geben mir diesen Met und diese köstlichen *fair-maids* . . . Sie geben mir Ihren Pastinakwein.. und nun Ihre weiße Hexe, damit, wenn ich es möchte, ich einen Liebestrank bekommen kann.«

Peg, die jedesmal lachte, wenn Melisande sprach, krümmte sich erneut vor Lachen. Als sie ihr genügend den Rücken geklopft hatten, sagte Mrs. Soady: »Wir wollen noch die andere Flasche Pastinakwein aufmachen, meine ich, Mr. Meaker. Wir wollen auf die Gesundheit von Mamasell trinken und hoffen, daß der Liebestrank, den sie von Tamson Trequint bekommt, ihr denjenigen bringt, an den sie ihr Herz gehängt hat. Und Peg soll auch ihren Fischer haben. Darauf wollen wir trinken.«

Plötzlich herrschte Schweigen am Tisch. Bei dem Lärm

hatten sie das Öffnen der Tür nicht bemerkt. Wenna war in den Raum getreten. Sie mußte schon einige Sekunden gegen die grüne Friestür gelehnt haben, ehe man sich ihrer bewußt geworden war.

Melisande fühlte das Brennen der schwarzen Augen, als sie auf ihr ruhten. Sie glichen zwei heftigen Feuern, die ihren Verstand versengen und herausfinden würden, was Wenna von ihr wissen wollte.

»Es war so laut, und da wunderte ich mich, was los sein könnte.«

In Gegenwart von Wenna war ihnen allen — auch Mrs. Soady und Mr. Meaker — unbehaglich.

Mrs. Soady gewann ihre Haltung am schnellstens zurück. »Warum setzen Sie sich nicht und versuchen ein wenig von meiner Ochsenmaulpastete? Die Kruste ist pflaumenweich. Peg, hol noch ein Gedeck, Mädchen, und vergiß das Glas nicht.«

»Pastinakwein!« sagte Wenna, beinahe vorwurfsvoll.

»Man könnte es eine Weinprobe nennen«, erklärte Mrs. Soady. »Ich dachte, mein selbstgemachter Pastinakwein sei jetzt gerade richtig gereift, und wir haben ein wenig davon versucht.«

Wenna war der Spion. Sie würde Miß Caroline jede Kleinigkeit berichten, die sie nicht billigte. Der Haushalt war nicht mehr das, was er in den Tagen der verstorbenen Herrin gewesen war. Mrs. Soady fühlte sich sicher genug — obwohl Miß Caroline gehässig sein konnte. Sie war fünfundvierzig Jahre alt, geformt wie ein Katenbrotlaib und bestimmt nicht von der Art, die Master Fermor zu einer Knutscherei in einer dunklen Ecke verführen konnte. Peg sollte sich besser vorsehen — und sogar Bet. Beide waren kecke Dinger, und Mrs. Soady hätte ungern gewußt — das hieß, sie würde es erfahren — wie weit jede von ihnen, im Haus und außerhalb gegangen war. Manche waren eben so beschaffen, Peg war so eine, und Master Fermor war auch nicht anders. Über die kleine Mamasell war sie sich im unklaren. Aber an ihr war etwas, das diese Dinge provozierte — das war so klar wie der helle Tag. Und Wenna hatte den Teil über den Liebeskrank mitgehört, und Wenna war eine sattsam bekannte Unruhestifterin. Vielleicht sollte man die kleine Mamasell besser warnen.

Wenna setzte sich an den Tisch und fragte: »Hat man denn Mamasell nicht ihr Tablett gebracht?«

Melisande selbst ergriff das Wort. »Ich bat darum, hierherkommen zu dürfen. Wir haben eine vergnügte Zeit gehabt. Es ist angenehmer, mit anderen zusammenzusein, als alleine zu essen. Ich bin keine, die große Freude an der eigenen Gesellschaft findet, verstehen Sie? Ich mag es gern, das Reden und das Lachen zu hören . . . zu wissen, was vor sich geht. Es ist ein großes Vergnügen.«

Wenna erklärte: »Keine von den Erzieherinnen ist jemals hinuntergekommen, um mit der Dienerschaft zu essen. Das stimmt, wie Sie wohl wissen, Mrs. Soady.«

»Das ist richtig«, pflichtete Mrs. Soady bei. »Aber wir fanden es so furchtbar freundlich, und da Mamasell so fremd ist, haben wir es nicht für einen Fehler angesehen.«

Melisande fühlte eine Woge der Angst über sich hinweggleiten, als sie Wenna ansah. Wenna war der steinerne Gast bei diesem Fest. Wenna mochte sie nicht. Sie würde Caroline erzählen, daß sie ihre Gesellschafterin hier gefunden hätte und daß es wenig damenhaft für Melisande sei, in der Küche zu sitzen. Damit könnte Caroline einen Grund haben, sie loszuwerden. Eine Gesellschafterin hatte damenhaft zu sein. Das war überaus notwendig.

Es gab nur eins, das Caroline glücklich machen konnte. Wenn sie glücklich wäre, würde sie nicht mehr versuchen, allen in ihrer Umgebung Schwierigkeiten zu bereiten. Könnte sie sicher sein, daß Fermor sie liebte, würde sie vollkommen glücklich sein. Caroline brauchte dringend einen

Liebestrank. Aber wie die Diener erklärten, waren dem Adel dessen Wirkungen versagt, denn man mußte fest daran glauben.

Ein Liebestrank für Caroline, ja. Aber was mit Wenna machen? Was brauchte sie?

Melisande vermochte es nicht zu erraten. Sie wußte nur, daß Wenna sie mit Furcht erfüllte.

*

Wenna klopfte an die Tür des Arbeitszimmers. Sie wußte, daß Sir Charles es haßte, unterbrochen zu werden. Und sie wußte auch, daß sie der letzte Mensch war, den er zu sehen wünschte, denn er empfand ihr gegenüber ebensowenig Zuneigung wie sie für ihn. Aber das war ihr gleich.

Er rief: »Herein.«

Sir Charles saß auf seinem Stuhl am Schreibtisch, der unmittelbar vor dem Fenster stand. Von seinem Platz aus konnte er den Park überblicken. Er konnte Melisande auf ihrem Pferd reiten sehen, das Pferd, das sie in Wennas Augen kein Recht zu reiten hatte. Seit wann lernten Dienstboten reiten? Warum sollte diese Mamasell besonders bevorzugt werden? Wenna wußte die Antwort. Sie sah, wie tolerant und geduldig er war, wenn seine Blicke auf Melisande weilten – eine gewisse geheime Freude, weil das Mädchen in seinem Hause lebte. Sie sollte eine Dienerin sein, aber sie genoß viel zu viele Privilegien, um als eine solche betrachtet zu werden. Und bald würden das auch andere neben Wenna bemerken.

»Ich muß mit Ihnen sprechen, Herr. Das geht über einen Scherz hinaus. Es betrifft das Mädchen, das Sie als Miß Carolines Gesellschafterin hierhergebracht haben.«

Seine Augen wurden plötzlich kalt und sehr zornig, aber sie gab nicht nach und dachte nur: Lieber Gott, Miß Caroline wird bald verheiratet sein, und ich werde mit ihr gehen.

Ich werde zwischen ihr und der Schlechtigkeit des Mannes stehen, den sie heiratet. Liebe kleine Kinder werden kommen, und sie werden genauso mein sein, wie es einmal Miß Caroline war.

»Miß St. Martin?« fragte er.

»Ja, von ihr habe ich gesprochen, Sir Charles. Ich denke, Sie sollten wissen, daß sie keine geeignete Gesellschafterin für Ihre Tochter, Miß Caroline, ist.«

»Das glaube ich nicht. Miß St. Martin ist höchst geeignet . . . höchst . . .!«

»Sie geht hinunter zur Dienerschaft und trinkt mit ihnen. Ich bin gestern abend dort gewesen und fand sie alle ziemlich beschwipst vor . . . und daran war sie schuld. So etwas hat bisher nie stattgefunden. Sie hat sie angestachelt. Sie tranken auf die Gesundheit der kleinen Mamasell, jawohl.«

Ein schwaches Lächeln berührte seine Lippen, als ob er ihrem Betragen Beifall zollte und dachte, wie klug sie war! Diese Schande! dachte Wenna. Er mußte seine Schande in sein eigenes Haus bringen und hielt das noch für recht und billig.

»Sie hat ein sehr freundliches Wesen und ist nicht nach unserer englischen Art erzogen worden. Ich zweifle, daß da irgend etwas Böses dran war, als sie ihre Mahlzeit mit der Dienerschaft einnahm. Sie bekommt keine im Eßzimmer und fühlt sich wahrscheinlich manchmal einsam. Sie scheint sehr beliebt zu sein . . . und nicht nur bei den Hausangestellten . . . Ich meine, das müßten Sie verstehen, wo sie doch nicht ganz eine Engländerin ist.«

»In der einen Stunde reitet sie mit Master Fermor und Miß Caroline und in der anderen trinkt sie Pastinakwein mit den Dienstboten. Das ist nicht richtig, Herr.«

»Sie müssen verstehen, daß sie in einem Kloster erzogen wurde. Dort, stelle ich mir vor, gab es keine Dienstboten. Die Nonnen waren Dienerinnen und Freunde. Daher sieht sie keine Unterschiede, wie wir es tun.«

»Darüber weiß ich nichts. Ich weiß nur, daß Miß Caroline sie nicht ... wie eine Schwester ... sollte behandeln müssen.«

Der Pfeil saß. Er sah verstört drein. Jetzt hatte Wenna keine Zweifel mehr. Sie fühlte sich wie ein Racheengel. Er sollte für das Unglücklichsein büßen, das er ihrem Liebling, Miß Maud, gebracht hatte ... er sollte für den *Mord* an Miß Maud bezahlen, denn Mord war es. Wenn er daran gedacht hätte, daß sie sich eine Erkältung holen könnte, anstatt an das, was da in fremden Lettern über dieses Mädchen geschrieben stand, würde Miß Maud noch unter ihnen sein.

Der Kummer über ihren Verlust überfiel sie mit all seiner ganzen Bitterkeit. Wie sie ihn und seine Schlechtigkeit haßte! Sie würde nicht eher ruhen, bis das Mädchen aus dem Haus war. Daß sie hier sein konnte, kam einer Beleidigung der Erinnerung an Miß Maud gleich. Vielleicht hatte er sie sich absichtlich erkälten lassen, damit er das Mädchen ins Haus bringen und von niemand gefragt werden konnte, der ein Recht dazu gehabt hätte.

Kaum war ihr der Gedanke gekommen, als sie sich auch schon sicher war, die Wahrheit erraten zu haben.

»Ich denke«, sagte er nach einer winzigen Pause, »daß ich am besten beurteilen kann, was für meine Tochter richtig ist.«

Für Ihre Töchter, meinen Sie! dachte Wenna. Ja, das sind sie, Schwestern, eine das Kind meiner geliebten Miß Maud und die andere die Ausgeburt der Hure Babylon.

Miß Maud, meine rechte Hand soll mir verdorren, wenn ich je das Unrecht vergesse, das er dir angetan hat!

»Ich glaube, das Mädchen bringt Unglück ins Haus«, sagte sie laut. »Ich habe das im Gefühl. Es ist das gleiche, das ich empfand, ehe Miß Maud verschied. Ich weiß es. Ich habe solche Dinge immer gewußt.«

Seine Kälte ließ ein wenig nach, als er an ihre Ergebenheit

gegenüber Maud dachte. Man konnte ihn durch Erinnerungen an Maud weichmachen. Er fühlte sich schuldig, weil er vergessen hatte, ihr den Umhang zu bringen, obgleich er sich versicherte, daß dies nichts mit ihrem Tod zu tun hatte. Sie war immer kränklich gewesen, und die Ärzte hatten ihm schon seit Jahren gesagt, daß sie früh sterben würde.

»Schicken Sie sie fort, Herr. Schicken Sie sie fort, ehe etwas geschieht . . . etwas Schreckliches.«

Ihre Heftigkeit erschütterte ihn. Dann dachte er jedoch: Sie ist ein abergläubisches altes Weib. Sind nicht alle hier in dieser Gegend abergläubisch? Sie bilden sich ständig ein, von einem bösen Zauber verfolgt zu werden, und träumen immerzu, die Little People stünden neben ihnen.

Er sagte scharf: »Sie reden Unsinn, Wenna. Ganz bestimmt werde ich das Mädchen nicht wegschicken. Seien Sie nicht so unbarmherzig. Sie ist jung und lebhaft. Ich bin froh, daß man sie reiten lehrt. Sie hat Mr. Holland Französischunterricht gegeben, und es ist nur schicklich, daß er sich ihr gegenüber revanchiert. Sie sind gegen sie voreingenommen, weil Caroline so viel Zeit mit ihr verbringt.«

Wenna wandte sich zum Gehen und murmelte vor sich hin.

»Wenna!« rief er beinahe bittend. »Seien Sie nett zu ihr. Nehmen Sie ihre Anwesenheit nicht übel, weil Sie fürchten, daß Caroline sie liebgewinnt. Denken Sie daran, daß sie ein armseliges Leben haben würde, wenn ich sie von hier wegschicken würde.«

Wenna antwortete: »Ich habe meine Meinung gesagt, Herr. Ich habe ein ungutes Gefühl.«

Dann ging sie hinaus und dachte verächtlich: Caroline sie gern haben! Sie gern haben, wenn sie versucht, ihr Fermor wegzunehmen, wie ihre Mutter dich meiner Miß Maud gestohlen hat! Es wird keinen zweiten Diebstahl geben, wenn ich's verhindern kann. Und verhindern werd ich's. Und sei's über ihre Leiche — mag sie auch deine Tochter sein, und der lebendige Beweis deiner Sünde und Schande.

*

Sie waren zu viert nach Liskeard geritten: John Collings, der Sohn des obersten Jagdleiters, der sich mit Fermor angefreundet hatte, Fermor selbst, Caroline und Melisande.

Caroline war wütend. Es war ihrer Meinung nach absurd, daß sie Melisande dabei haben sollten. Fermor hatte das so eingerichtet. Auf Trevenning schienen zwei Menschen entschlossen zu sein, Melisande als eine Tochter des Hauses zu behandeln — ihr Vater und Fermor.

Da saß nun Melisande auf ihrem Pferd — zierlich und reizend. Sir Charles hatte ihr das Reitkostüm gegeben. Wenn sie Caroline begleiten sollte, mußte sie ordentlich angezogen sein, hatte er darauf bestanden. John Collings, wie übrigens viele in der Nachbarschaft, hielt Melisande für eine entfernte arme Verwandte von Sir Charles. Was konnten sie auch anderes glauben, wenn das Mädchen in dieser Form behandelt wurde? Eine gewöhnliche Gesellschafterin würde solche Privilegien nicht erhalten. Es schien klüger zu sein, die Leute bei diesem Glauben zu lassen. Glücklicherweise gab es wenig gesellschaftliche Anlässe, dachte Caroline, weil sie noch in Halbtrauer für ihre Mutter war. Sonst könnte Melisande vielleicht Einladungen erhalten haben, die unangenehme Erklärungen mit sich gebracht hätten.

Es war September, und Nebel lag in der Luft, der dichter wurde, als sie auf die Höhe kamen. Er hing wie glänzende Tropfen an den Hecken und verlieh dem wilden Schneeball einen frischen Blütenzauber und den Schlehdornbeeren einen Samtmantel. Spinnweben hingen wie Girlanden über den Glocken der wilden Fuchsien, die in den Hecken am Wegrand blühten. Das Schweigen wurde nur von dem Klippklapp der Hufe ihrer Pferde oder dem Schrei der Möwen unterbrochen, der wie immer an solchen Tagen traurig klang.

Caroline warf einen kurzen Blick nach hinten zu Melisande, die sich an allem immer mehr zu freuen schien als normale Menschen. Jetzt ergötzte sie sich am Nebel, den andere beklagten.

Sie ritten zu zweit hintereinander, Fermor neben Melisande und John Collings mit Caroline. Caroline hörte, wie Fermor Melisande neckte und dieses plötzliche, fröhliche Lachen bei ihr hervorrief.

John Collings sagte, er hoffe, daß Caroline bald wieder zu Gesellschaften kommen könne und er sie bei der Jagd treffen werde.

Sie würden sie alle vermissen.

Caroline fühlte wütend, daß sie ihm leid tat, daß er genau wie sie die Freude bemerkte, welche die beiden hinter ihnen an ihrer gegenseitigen Gesellschaft fanden. Sie hörte John Collings nicht zu. Ihre Aufmerksamkeit war auf Melisande und Fermor gerichtet.

»Der Nebel wird dichter«, meinte Melisande.

»Im Moor wird er ganz dick sein«, sagte Fermor.

»Was ist, wenn wir uns in ihm verirren?«

»Die Piskies tragen Sie davon. Sie bilden einen Ring um Sie, und husch, erscheinen sie zu Hunderten. Schnick, schnack, schnull! Ich rieche das Blut einer englischen... nein doch, nein, einer kleinen Mamasell, wie man Sie hier in der Gegend nennt...«

Caroline konnte sich nicht enthalten zu unterbrechen. »Er versteht nichts davon, Mademoiselle St. Martin. Er ist nicht in Cornwall zu Hause und verspottet unsere Legenden. Und sein Versuch, unseren Dialekt nachzuahmen, ist wirklich sehr kläglich.«

»Das stimmt nicht ganz, Caroline. Ich spotte nicht. Ich habe Angst vor den Piskies, den Knackers und der ganzen

Brut. Wenn ich an der Hütte der alten Tammy Trequint vorbeigehe, senke ich den Kopf aus Furcht, sie könnte mich verwünschen.«

»Das würde sie nicht tun!« rief Melisande. »Sie ist eine gute Hexe. Man nennt sie eine weiße Hexe, und sie verwünscht niemand. Sie zaubert Warzen weg und heilt Keuchhusten ... oder mischt einen Liebestrank.«

»Interessant«, meinte er. »Ich habe aber keine Warzen, keinen Keuchhusten ...«

Melisande sagte schnell: »Mrs. Soady hat mir von ihr erzählt. Mrs. Soady kommt aus einer Pellar-Familie und ist die Schwester eines Füßlings.«

»Was für einen Unsinn Dienstboten reden!« unterbrach Caroline. »Sie sollten Ihnen solche Dinge nicht erzählen.«

»Aber ich höre das gerne. Es ist eine Aufregung. Ich fühle eine Freude. So nahe bei uns zu leben! Eine weiße Hexe! Es gibt so viele interessante Dinge zu lernen in der Welt.«

Fermor neigte sich leicht zu Melisande hinüber: »Es gibt viele interessante Dinge, die eine junge Dame lernen kann, aber Caroline meint — und ich pflichte ihr bei —, daß Mrs. Soady wohl nicht die richtige sei, um Ihnen diese Dinge beizubringen, mag sie auch eine Pellar-Familie haben und was immer diese merkwürdige Schwester von ihr sein mag.«

»Aber ich möchte doch von ihnen allen lernen. Von jedem kann man etwas lernen. Das ist doch so? Von verschiedenen Menschen lernen wir verschiedenartige Dinge.«

»Siehst du, Caro«, meinte Fermor. »Sie ist klüger als wir. In ihrem Wissensdurst läßt sie keinen Becher unberührt.«

John Collings ergänzte: »Hier herrscht viel Aberglauben, Mademoiselle St. Martin, insbesondere bei der Bedienstetenklasse. Sie dürfen uns nicht alle danach beurteilen.«

»Tatsächlich sind die Einheimischen alle abergläubisch ... jeder einzelne«, sagte Fermor. »Sie und ich, Mademoiselle, gehören nicht hierher. Ich bin genauso ein Fremder wie Sie.

Wir können uns über die Piskies lustig machen. Sie wagen nicht, uns anzurühren.«

Er begann, in einem kräftigen, melodischen Tenor Tennysons Lied von der Müllerstochter zu singen, die sich im Frühling verliebt hatte, von ihrem Liebsten verlassen wurde und im Winter in dem eisigen Wasser des Flusses den Tod suchte:

> On the banks of Allan Water,
> When the sweet spring time did fall,
> Was the miller's lovely daughter,
> Fairest of them all . . .

Und seine lustigen Augen suchten Melisandes Blicke, während er sang.

Caroline zog die Lippen fest zusammen und dachte: Warum tut er das? Sagt er mir deutlich, daß er nach unserer Hochzeit nicht daran denkt, treu zu sein?

Sie begann ein Gespräch mit John Collings. Um wieviel leichter hätte ihr Leben sein können, wenn sie mit jemand wie John verlobt gewesen wäre. Er besaß weder städtische Art noch städtische Manieren und auch nicht die Anziehungskraft Fermors. Doch um wieviel glücklicher hätte sie sein können.

Fermor sang noch immer, und er war am Schluß des Liedes angelangt, als sie sich den Häusern von Liskeard näherten.

> On the banks of Allan Water,
> When the winter snow fell fast,
> Still was seen the miller's daughter,
> Chilling blew the blast.

But the miller's lovely daughter,
Both from cold an care was free,
On the banks of Allan Water
There a corpse lay she.

Melisande konnte bei dem falschen Pathos seiner Stimme das Lachen nicht zurückhalten. »Aber es ist doch so traurig«, protestierte sie.

»Und ich kann mir nicht verzeihen, Sie traurig zu stimmen!« erklärte Fermor. »Es ist doch nur ein Lied. Es gibt gar keine Müllerstochter, wissen Sie.«

»Aber es gibt viele Müllerstöchter«, erwiderte Melisande. »Die eine in dem Lied ... sie ist nur in einem Lied ... und im Geist des Dichters. Aber viele haben geliebt und sind an der Liebe gestorben, und das Lied sang von einer davon.«

Caroline sagte: »Das Mädchen war auf jeden Fall eine Törin. Sie hätte wissen müssen, daß der Soldat es falsch mit ihr meinte. Sie hätte nicht an seine schmeichelnden Worte glauben dürfen.«

»Aber wie sollte sie das wissen?« fragte Melisande.

»Das merkt man doch.«

»Sie konnte es nicht.«

»Dann war sie töricht, wie gesagt.«

»Meiner Meinung nach«, sagte John Collings, »hätte sie auf eine bessere Zeit des Jahres warten können. Ich wollte sagen ... sich zu ertränken, wenn es schneit! Weshalb konnte sie nicht bis zum Frühjahr warten!«

»Sie war unglücklich. Sie wollte nicht mehr bis zum Frühjahr leben. Bis dahin war noch eine lange Zeit. Sie war so traurig, daß ihr der Schnee nichts ausmachte.«

»Was für eine Auseinandersetzung mein kleines Lied hervorgebracht hat!« bemerkte Fermor.

»Wenn es nur als eine Warnung an törichte junge Frauen

gedacht ist«, warf Caroline ein, »die auf die honigsüßen Zungen der Verführer hören!«

»Alle Liebenden besitzen honigsüße Zungen«, stellte Melisande fest.

»Eine Vorkehrung der Natur!« stimmte Fermor bei. »Wie das Lied der Drossel oder das Rad des Pfaus.«

»Aber wie soll denn eine junge Frau zwischen wahr und falsch unterscheiden können?«

»Wenn sie das nicht kann, muß sie die Folgen tragen«, entschied Caroline.

»Ich will Ihnen ein anderes Lied singen«, erklärte Fermor, »um Ihnen zu zeigen, daß es nicht immer die jungen Frauen sind, die sich in acht nehmen müssen.«

Er begann sogleich:

> »There came seven gipsies on a day
> Oh, but they sang bonny, o!
> And they sang so sweet and they sang so clear,
> Down came the earl's lady, o.
>
> They gave to her the nutmeg,
> And they gave to her the ginger;
> But she gave to them a far better thing,
> The seven gold rings off her fingers.«

Und er sang weiter davon, wie der Graf nach Hause kam und erfuhr, daß seine Frau mit den Zigeunern auf und davon gegangen war. Er sang mit scheinbarem Gefühl von des Grafen Bitten und der Weigerung der Frau, zu ihm zurückzukehren.

> »The Earl of Cashan is lying sick;
> Not one hair I'm sorry;
> I'd rather have a kiss from his fair lady's lips
> Than all his gold and his money.«

Sie lachten alle, selbst Caroline, als sie in die Stadt kamen.

»Ein dreifaches Hoch auf den liebeskranken Earl of Cashan, der das düstere Bild dieser Toten verscheucht hat, dieser langweiligen Müllerstochter«, rief Fermor.

Sie ritten in einen Gasthof, wo die Pferde ausruhen konnten und gefüttert wurden, während sie sich erfrischten, ehe sie zum Roßmarkt gingen, denn Fermor wollte sich Pferde ansehen und John Collings vielleicht eines kaufen.

Sie saßen in der Gaststube mit dem Sägemehl auf dem Boden. Ein Mädchen in einem hübschen Schürzenkleid kam herbei, um ihnen Krüge kornischen Biers zu bringen. Zum Bier wurden heiße Pasteten serviert – frisch aus dem Ofen und nach Zwiebeln schmeckend.

»Heute scheint's in der Stadt lustig zuzugehen«, meinte Fermor zu dem Mädchen, denn sie war hübsch, und Fermor hatte immer ein Wort und ein Lächeln für ein hübsches Mädchen übrig, egal, wie sehr er in eine andere verliebt war.

»Ja, nun, der Herr, heute wird jemand öffentlich ausgepeitscht. Sie kommen gerade rechtzeitig. Es ist der alte Tom Matthews, auf frischer Tat ertappt, als er eines von Farmer Tregerthas Hühnern stehlen wollte. Die ganze Stadt ist auf den Beinen, um dabeizusein.«

»Welch ein Vergnügen!« rief Fermor. »Bring uns noch einige dieser Pasteten, bitte. Die sind gut.«

Das Mädchen machte einen Knicks und ging fort.

»Was soll das heißen?« fragte Melisande.

John Collings sagte: »Ach, diese Leute regen sich wegen eines Nichts auf. Nur wieder einmal ein Verbrecher, weiter nichts.«

»Und er wird auf offener Straße geprügelt?« fragte Melisande.

»Er hat ein Huhn gestohlen und wurde erwischt«, sagte Caroline.

»Aber . . . auf der Straße geprügelt zu werden, wo es jeder

sehen kann! Das ist eine große Unwürdigkeit... und auch ein Schmerz für den Körper.«

»Nun, laßt uns hoffen, es lehrt ihn, nicht wieder zu stehlen«, meinte Fermor.

»Aber öffentlich auf der Straße... daß Leute zusehen können.« Melisande schauderte. »Hinter verschlossenen Türen geschlagen werden... das ist schon schlimm. Aber in der Öffentlichkeit...«

»Es ist eine Warnung für andere Leute, Mademoiselle«, erklärte Caroline. »Es gibt Menschen, denen man zeigen muß, daß sie die Folgen zu tragen haben, wenn sie stehlen.«

Melisande schwieg, und als die Magd frische Pasteten brachte, hatte sie ihren Appetit verloren.

Bald darauf verließen sie den Gasthof und kamen gerade rechtzeitig, um die schreckliche Szene zu sehen. Das Opfer, den Oberkörper entblößt, war an das Ende eines Karrens gebunden, der langsam durch die Straßen gezogen wurde. Hinter ihnen gingen zwei Männer mit Peitschen. Abwechselnd versetzten sie dem blutigen Rücken des Mannes einen Schlag.

Caroline, Fermor und John sahen gleichgültig zu. Nur Melisande wandte schaudernd den Blick. Vielleicht war er hungrig gewesen. Vielleicht hungerte seine Familie. Wie können wir wissen, daß er eine solche Strafte verdient?

Sie war unglücklich, wie sie vor kurzem noch fröhlich war, als sie die in Nebel gehüllte Straße entlangritten.

Fermor war neben ihr. »Was ist los?«

Sie schüttelte den Kopf, aber er kam näher, eine Antwort fordernd. Sie versuchte es zu erklären, obwohl sie nicht glaubte, daß er sie verstehen würde. »Die Hecken und die Blumen und der Nebel... sie sind so schön. Und dann das... es ist so häßlich.«

»Diebe müssen bestraft werden, würden sie das nicht,

zögerten sie keinen Augenblick, uns die Kleider vom Leib zu stehlen.«

Sie ritten fort zu Ställen, und während Fermor und John ein Pferd aussuchten, sagte Caroline zu Melisande: »Sie sind so leicht aus der Fassung zu bringen, Mademoiselle St. Martin. Ihnen tun die Verbrecher ... und die Müllerstochter allzu leid. Dumme Menschen und Verbrecher müssen aber wegen ihrer Fehler leiden.«

»Ich weiß«, erwiderte Melisande. »Aber das kann mich nicht daran hindern, traurig zu sein.«

»Es ist nicht klug zu stehlen ... gleich was. Die Menschen müssen daran erinnert werden.«

Es traf sich unglücklich, daß sie auf ihrem Weg zurück durch die Stadt die irrsinnige Anna Quale sahen, denn Melisande schien es, als sei das Auspeitschen von Tom Matthews nur eine kleine Tragödie im Vergleich zu der von Anna Quale.

Anna hatte an diesem Tag viele Besucher. Manche waren zum Markt gekommen und manche, um das Auspeitschen vom Tom Matthews zu sehen. Und sie konnten die Stadt nicht verlassen, ohne auf Anna einen Blick geworfen zu haben.

Draußen vor der winzigen Hütte, in der Anna hauste, hatte sich eine große Menschenmenge versammelt. Annas traurige Berühmtheit war weithin bekannt, und es bot sich nicht immer eine Gelegenheit, sie zu sehen. Sie war verrückt. Und ihr Irrsinn war von der Art, die eine unwissende Menge faszinierte. Annas Irrsin war nicht still und nach innen gewandt, er war auch nicht melancholisch. Annas wirre Anfälle äußerten sich in plötzlichen Wutausbrüchen, in denen sie sich wie ein wildes Tier aufführte, spuckte und nach jedem krallte, der ihr nahe kam, sich gegen Wände warf, versuchte, sich die Kleider vom Leib zu reißen und Schimpfkanonaden loszulassen. Ihre Anfälle erfolgten jetzt in immer kürzer werdenden Abständen, und man fand es ungemein unterhaltend, dabei zuzusehen. Oft genug warf sie sich auf den Boden, schlug mit Armen und Beinen um sich und biß sich dabei in die Zunge. Ihr Gesicht wurde purpurrot, wenn sie Schreie und seltsame Laute ausstieß. Es hieß, der Teufel stecke in ihr. Aber die Teufel boten nicht immer so viel Unterhaltung. Manchmal trotzten sie und zeigten ihre Anwesenheit nicht. Jedermann hoffte auf einen Auftritt der Teufel, wenn sie zu Anna gingen, und taten ihr Bestes, um sie dazu zu reizen. Denn schon bald sollte Anna nach Bodmin gebracht werden, wo sie in einen Käfig gesteckt und den Leuten in der Stadt zur Schau gestellt würde.

Es sei eine furchtbare Schande, erklärten die Einwohner von Liskeard, daß Bodmin den ganzen Spaß allein haben sollte. In Bodmin gab es viele Verrückte. Man konnte ihre Käfige an jedem beliebigen Tag sehen. Es war unfair, Liskeard diese Attraktion wegzunehmen und sie den Bodminern zu überlassen. Auf jeden Fall waren Liskeard und Annas Besucher entschlossen, soviel Spaß wie möglich aus Anna herauszuholen — solange sie noch konnten. Zur Zeit war sie in der Hütte angekettet, in der noch vor kurzem ihre Eltern und ihre große Familie gewohnt hatten.

Das Geschrei und die Rufe waren schon von weitem zu hören.

»Was ist da los?« fragte Fermor einen Mann im Kittel und mit Ledergamaschen.

»Ja, wissen Sie das denn nicht?« rief der Mann aus.

»Deshalb frage ich ja gerade.«

»Es handelt sich um die alte Anna Quale, Herr. Ein regelrechtes Spektakel. Und es sind doch gerade so viele Menschen hier wegen der Auspeitscherei. Haben Sie das gesehen, Herr?«

»Ja. Aber was ist mit Anna Quale?«

»Sie bringen sie bald nach Bodmin. Es ist eine Affenschande.«

Zwei andere Männer waren zu ihnen gestoßen, alte Männer, deren Gesichter vor Eifer und Spannung leuchteten. Mit Fremden zu reden stellte für sie die größte Freude dar, denn Wissen weiterzugeben, das nur sie besaßen und den Fremden unbekannt war, gab ihrer Selbstachtung ungeheuren Auftrieb. Sie strichen sich die Stirnlocken aus dem Gesicht, als sie John Collings und Miß Caroline Trevenning erkannten, wenn auch eine Dame und der andere Herr ihnen fremd waren.

»Also, Herr, es geht hier um . . .« begann einer.

»Nein, Harry, laß mich das erzählen. Du brauchst zu lange . . .«

»Na, hör mal, Tom Trewinny, du hältst dich da heraus.«

»Wie wär's, wenn Sie sich den Preis teilen würden?« fragte Fermor. »Jeder einen Satz, wie wär's?«

Sie sahen ihn mißtrauisch an. Adel, natürlich. Aber ein Fremder mit einer komischen Art zu reden. Versucht auch noch, witzig zu sein. Und Fremde konnten sie sowieso nicht leiden.

John Collings half aus: »Worum geht's denn, guter Mann? Wir sind in Eile.«

»Nun, Sir, es ist Anna Quale, da drüben in der Hütte, und sie wollen sie bald nach Bodmin bringen. Wir haben Anna immer als unser Eigentum angesehen. Sie war schon immer eine Nummer für sich. Man konnte sie auf dem Marktplatz liegen sehen, wie sie strampelte und schrie und ausschlug . . . mit allen Teufeln aus ihrem Mund rufend. Dann wurde sie plötzlich ganz still . . . als wären alle Teufel aus ihr herausgekommen. Und sie konnten auch nur durch den Mund heraus. Manche Leute in unserer Stadt haben sie auch herausfahren sehen. Danach wurde sie wieder ganz ruhig und ging.«

»Man bringt sie also fort, und die Leute wollen das nicht?«

»So ist es, Sir. Sie werfen heute einen letzten Blick auf sie, könnte man sagen. Sehen Sie, sie ist jetzt angekettet, wie schon seit einigen Tagen, seitdem die übrigen Quales aus der Stadt gejagt wurden. Sie sind eine schlechte Sippschaft, die Quales. Zwei von den Mädchen schwanger, und die Mutter und der Vater nicht besser als zu erwarten... die Damen mögen bitte entschuldigen. Wir kriegten eine Gruppe zusammen, mit Trillerpfeifen und ähnlichem... und jagten sie im Galopp aus der Stadt. Anna blieb zurück, Sir. Jetzt, da sie allein ist, hat man sie in Ketten gelegt und angeordnet, sie nach Bodmin zu schicken.«

Die Menge vor der Hütte hatte sich zu den vier Reitern umgedreht. Da einige dabei von der Hüttentür zurückgewichen waren, bot sich Melisande kurz einer der schrecklichsten Anblicke, den sie je in ihrem Leben gehabt hatte.

In der Mitte des Raumes, in den man unmittelbar von der Straße aus eintreten konnte, stand ein Geschöpf, das mehr einem wilden Tier als einem menschlichen Wesen glich.

Melisande nahm die nackten Arme voll roter Flecken wahr, die an den Seiten herabbaumelten. Sie sah die schmutzige Haut, die durch noch schmutzigere Lumpen schien, die wirr ins Gesicht hängenden Haare, den sabbernden Mund, aus dem ein gräßlicher, knurrender Laut kam. Aber es waren die Augen, die Melisande, solange sie lebte, nicht vergessen würde. Es waren verstörte, gequälte Augen, wild, trotzig und dennoch irgendwie um Hilfe flehend.

Und in diesem kurzen Augenblick lehnte sich ein Bursche aus der Menge dicht am Eingang zur Hütte vor. Er hielt einen langen Ast in der Hand, mit dem er die Irre immer wieder anstieß. Sie versuchte, den Ast zu fassen, aber als es ihr beinahe gelang, zog er ihn zurück. Sie warf sich vor, so weit es die Kette erlaubte. Der Ring um ihre Taille mußte ihr beträchtlichen Schmerz zugefügt haben. Und als der Bursche wieder nach ihr stieß und sie versuchte, den Ast zu erwischen, schrie sie ein zweites Mal in unterdrückter Wut auf.

Es war klar, daß man dieses Spiel schon eine ganze Weile mit ihr getrieben hatte.

Die Menge johlte vor Vergnügen, und der Adel sah gleichgültig auf die Belustigungen der Armen herab. Nur ein Mensch in dieser Gesellschaft fühlte ein ebenso großes Leid wie das der Gepeinigten. Ohne auch nur einen Augenblick zu zögern oder auch nur an irgend etwas anderes als an die Qual des irren Geschöpfs zu denken, glitt Melisande vom Pferd. Sie drückte John Collings die Zügel in die Hand, weil er am nächsten stand und zu erstaunt war, um etwas anderes zu tun, als sie zu nehmen, lief vor und riß dem Burschen den Ast aus der Hand.

»Nicht tun!« rief sie. »Das ist böse. So grausam!« In der Anspannung des Augenblicks hatte sie französisch gesprochen.

Der Junge, zuerst erschrocken, hatte den Ast losgelassen. Nach kurzem Zögern versuchte er, ihn sich wieder zu holen. Er trat nach Melisande, als er die Hand nach dem Ast ausstreckte, den sie über ihren Kopf hielt. Und als er das tat, schlug sie ihm damit kräftig ins Gesicht.

Zwei Hände . . . vier Hände griffen nach ihr. Sie nahm zornige, verzerrte Gesichter um sich herum wahr und plötzlich Wutschreie. Sie hörte die Worte: »Ausländerin!« Sie waren drauf und dran, sie anzugreifen.

Aber Fermor war vom Pferd gesprungen, hatte John Collings die Zügel zugeworfen und stand mitten in der Menge.

»Es ist eine Französin«, schrie jemand.

»Diese Franzosen haben Schwänze . . .«

»Jetzt ist Gelegenheit, uns selbst davon zu überzeugen . . .«

»Zurück, ihr Schweine, ihr Esel, ihr Bauerntrottel . . . zurück!«

Es war Fermor, seine Augen funkelten, und seine Arme holten nach allen Seiten aus. Einer stolperte und fiel, dann stand Fermor neben Melisande.

»Zu Ihrem Pferd . . . los, sofort!«

Sie gehorchte. Niemand versuchte, sie aufzuhalten. Fermor hielt die Menge mit jener arroganten Unverschämtheit zurück, die sie so gut kannten und der sie all ihr Lebtag Achtung gezollt und sich gebeugt hatten.

»Wie könnt ihr es wagen!« schrie Fermor sie an. »Was fällt euch ein, eine Dame zu belästigen!«

Er war dabei langsam rückwärts gegangen und etwa eine Sekunde später in den Sattel gesprungen.

Während dieser kurzen Zeit hatte sich die Menge vorwärts bewegt. Sie waren wütend. Fermor gehörte zwar zum Adel, aber er war ein Fremder. Die Leute hatten an diesem Tag das Blut eines Diebes auf der Straße gesehen. Sie waren gestört worden, als sie Anna Quale peinigten. Sie protestierten gegen die Einmischung. Es gab zuviel Einmischung. Bodmin versuchte ihnen wegzunehmen, was von Rechts wegen ihnen gehörte. Sollten sie bei ihren Vergnügungen von Fremden unterbrochen werden . . . selbst wenn diese Fremden von Adel waren! Nur die Anwesenheit ihnen bekannter Adliger — John Collings und Caroline Trenenning — hinderte sie daran, vereint gegen diese arroganten Fremden vorzugehen, die gewagt hatten, sich einzumischen. So, wie es stand, waren manche dafür anzugreifen, und andere dafür, sich zurückzuhalten.

Irgendeiner griff nach Fermors Bein, erhielt aber einen Tritt, der ihn zu Boden schleuderte.

»Halt!« rief John Collings. »Was zum Teufel . . .«

»Teert und federt die Fremden«, rief eine Stimme aus der Menge.

»Kettet sie mit der Verrückten zusammen, wenn sie die so gern haben.«

Unterdessen hatte Fermor die Zügel von Melisandes Pferd ergriffen und erzwang sich einen Weg durch die Menge.

»Los! Rasch!« drängte er. »Wir müssen weg von hier . . . so schnell wie möglich.«

Und als er mit aller Kraft die beiden Pferde gegen das verdrossene Volk zwang, brachen sie durch. Endlich frei vom Gedränge, trabten sie über den Marktplatz und dann im Galopp hinaus und fort.

Nach einigen Minuten rief Melisande: »Halt! Halt! Die beiden anderen sind nicht mit uns gekommen.«

Er lachte, zog aber nicht die Zügel an.

»Ich sagte, die anderen sind nicht bei uns«, wiederholte sie.

Er ritt noch ein paar Minuten weiter. Dann hielt er an. »Sind sie uns nicht gefolgt?« Dann lachte er laut: »Aus Bösem kommt Gutes.«

»Was . . . was meinen Sie?«

Sie hatten die Stadt weit hinter sich gelassen. Er wandte sich um. »Das war ein verdammt häßliches Volk. Ihr Blut kochte. Sie mochten uns nicht, Mademoiselle. Sie mochten weder Sie noch mich. Primitive Tölpel, meinen Sie nicht auch.«

»Es war mein Fehler.«

»Ach, Melisande, Sie haben viel zu verantworten.«

»Was tun wir jetzt?«

»Es gibt Verschiedenes, das wir tun könnten. Zuerst einen Gasthof suchen und unseren Durst löschen. Dann uns nach den anderen umsehen . . . oder uns beglückwünschen.«

»Beglückwünschen?«

»Weil wir endlich einmal allein sind.«

»Ist das denn Grund genug?«

»Ich meine ja, und ich hoffe, Sie würden das auch so sehen. Ich jedenfalls bin den Leuten auch ein wenig dankbar dafür. Lassen Sie uns weiterreiten. Ich möchte nicht, daß man uns einholt.«

»Aber . . . John Collings und Caroline . . . sie werden nach uns suchen.«

»Darüber wollen wir uns nicht beunruhigen. Sie sind

bestimmt außer Gefahr, und John wird sich um Caroline kümmern.«

»Aber wir haben sie da zurückgelassen... bei diesem Volk.«

»Sie waren nur über *uns* wütend, wissen Sie.«

»Aber Sie müssen doch besorgt sein... wegen Caroline.«

»Sie ist nicht gefährdet. Diese Menschen tun ihren eigenen Leuten nichts. Sie hassen nur, wen sie als Fremden ansehen. Wir beide sind ihnen fremd... ich nicht weniger als Sie. Wir sind Fremde in einem fremden Land. Wir sollten einander trösten.« Er nahm ihre Hand und küßte sie. »Ich bitte Sie, lächeln Sie doch. Seien Sie fröhlich. Das sehe ich so gerne an Ihnen. Nun tun Sie es schon. Wir sind entkommen. Lassen Sie uns fröhlich sein.«

»Es tut mir leid. Ich habe Angst bei dem Gedanken, was sie Caroline antun könnten.«

»Weshalb? Sie ist außer Gefahr und wird froh sein, daß wir davongekommen sind. Es wäre sehr unangenehm gewesen, wenn wir geblieben wären... sehr schwierig. Und Caroline mag keine schwierigen Situationen. Wir wollen uns einen Gasthof suchen. Kommen Sie.«

»Nein. Wir müssen zurück.«

»Was! Zurück zu diesen johlenden Rowdys? Im übrigen haben Sie sich nicht bedankt. Es ist so üblich, wissen Sie, wenn jemand Ihr Leben rettet.«

»Ich danke Ihnen auch.«

»Sind Sie wirklich dankbar?«

»Ich fürchte, ich habe viel Anlaß zur Unruhe gegeben.«

»Sie können nicht anders, Melisande. Allein durch Ihr Dasein schaffen Sie schon Unruhe. Ein bißchen mehr, so wie heute, macht da kaum einen Unterschied aus.«

»Sie meinen das nicht sehr ernst, glaube ich. Wir sollten versuchen, die anderen zu finden. Davon bin ich überzeugt.«

»Würde Sie das glücklich machen?«

»Ja, bitte.«

»Wie immer stehe ich zu Ihren Diensten. Reiten wir los.«

»Ist das der richtige Weg?«

»Dies ist der richtige Weg.«

Sie ritten weiter. Nach einer Weile rief Melisande: »Sind Sie sicher, daß dies der richtige Weg ist?«

»Dies ist der richtige Weg«, versicherte er ihr nochmals.

Der Nebel hatte sich beträchtlich aufgeklart, und sie sahen rings um sich das Moor. Die Heide leuchtete, und die Kiesel in den kleinen Bächen glitzerten hell. Die grauen Torfhaufen erinnerten Melisande an die arme Anna Quale, denn sie glichen gepeinigten Wesen.

»Ich habe mir schon so lange gewünscht, mit Ihnen allein zu sprechen.«

»Worüber wollten Sie mit mir reden?«

»Ich glaube, das wissen Sie. Das müssen Sie wissen. Sie müssen doch erkennen, daß von dem Augenblick an, da ich Ihnen begegnete, ich gewünscht habe... Ihr Freund zu sein.«

»Sie sind sehr freundlich gewesen, sehr gütig. Ich danke Ihnen.«

»Ich würde gütiger sein, als irgend jemand je gewesen ist. Ich würde der beste Freund sein, den Sie je gehabt haben. Sollen wir anhalten und den Pferden eine Rast gönnen?«

»Haben sie diese denn nötig? Sie sind in dem Gasthof, wo wir die Pasteten gegessen haben, getränkt und gefüttert worden. Und ich meine, wir sollten zurück nach Trevenning. Caroline wird sehr besorgt sein, wenn wir bei ihrer Rückkehr nicht dort sind.«

»Aber ich möchte doch mit Ihnen sprechen, und es ist schwierig, während des Reitens miteinander zu reden.«

»Dann sollten wir vielleicht ein anderes Mal reden.«

»Wann denn? Es geschieht so selten, daß wir von ihnen allen loskommen. Hier ist niemand da. Sehen Sie sich um.

Sie und ich . . . sind hier allein. Wir könnten gar nicht mehr allein sein als hier, nicht wahr?«

Er brachte sein Pferd dicht an ihres heran, streckte plötzlich einen Arm aus, umfing sie und küßte sie heftig. Ihr Pferd bewegte sich unruhig, und sie konnte sich freimachen.

Atemlos sagte sie: »Bitte, tun Sie das nicht. Ich möchte sofort nach Hause. Das darf nicht sein. Ich glaube nicht, daß wir auf dem richtigen Weg sind.«

»Sie und ich sind auf dem rechten Weg, Melisande. Was zählt sonst schon?«

»Ich verstehe Sie nicht.«

»Sie wissen, daß das nicht wahr ist. Ich dachte, Sie seien eine wahrheitsliebende Dame.«

»Ich kann nicht glauben . . . daß Sie meinen, was . . .«

»Was denken Sie, was ich meine? Sie müssen doch wissen, wie verteufelt anziehend Sie sind.«

Sie zitterte und hätte ihn gerne gehaßt. Sie dachte daran, wie sehr dies alles Caroline kränken würde. Aber sie konnte ihn nicht hassen. Der Gedanke an seine Unfreundlichkeit gegen Caroline und seine sorglose Gleichgültigkeit gegenüber den Leiden anderer trat in den Hintergrund. Sie konnte nur daran denken, wie er auf dem Herweg das traurige Lied von der Müllerstochter und das lustige von der Zigeunerin und dem Grafen gesungen hatte. Sie konnte nur an das Feuer in seinen blauen Augen denken, als er ihr Pferd am Zügel ergriff und für sie beide einen Weg durch die Menschenmenge erzwang.

»Liebe kleine Melisande«, sagte er nun und versuchte, wieder den Arm um ihre Schultern zu legen. Als sie ihm auswich, lachte er, und es wurde ihr klar, daß es gerade dieses plötzliche Lachen war, das sie weich werden ließ. »Welch ungünstige Position«, rief er aus. »Hol mich der Teufel, wenn ich je in einer so mißlichen Position gewesen bin . . . und nie hat es mich mehr verlangt, auf meinen eigenen zwei

Beinen zu stehen. Wenn ich nun absitze? Ich glaube, Sie würden davongaloppieren und mich da stehenlassen. Soll ich es riskieren? Soll ich absitzen? Soll ich Sie zwingen, das gleiche zu tun? Soll ich Sie zum Gras tragen und dort im Farn ein Lager für uns bereiten?«

»Sie reden zu schnell. Ich verstehe nicht.«

»Suchen Sie keine Deckung hinter ihrer mangelnden Vertrautheit mit der Sprache. Sie verstehen sehr wohl, was ich sage. Sie lieben mich, und ich liebe Sie. Weshalb ein großes Getue darum machen. Das Leben ist zu kompliziert, um über das Offensichtliche zu streiten.«

»Das Offensichtliche?«

»Meine süße Melisande, Sie können es nicht verbergen, ebensowenig wie ich es kann!«

»Und was ist mit Caroline?«

»Ich werde mich um Caroline kümmern.«

»Indem Sie ihr Leid zufügen... wie der Müllerstochter Leid angetan wurde. Was ist, wenn sie...«

»Dies ist kein Lied. Es ist das Leben. Caroline ist keine Müllerstochter. Wenn sie es wäre, würde ich nicht mit ihr verlobt sein. Wenn Caroline herausfindet, daß ich eine andere liebe... aber warum sollte sie? Sie und ich sind nicht so töricht, um derartige Schwierigkeiten haben zu wollen. Sie können sicher sein, daß sie nicht im kalten Fluß gefunden wird. Caroline wird verstehen, daß wir um unserer Familien willen heiraten müssen. Und bis weit in die Zukunft hinein ist alles für uns geregelt worden. Was Sie und mich anbelangt, das ist Liebe... Das ist etwas anderes.«

Sie wich zurück. Ihre grünen Augen funkelten. »Sie sind ein sehr schlechter Mensch, glaube ich.«

»Ach was! Sie würden mich nicht mögen, wenn ich ein Heiliger wäre.«

Sie dachte nur: Ich muß weg von hier — schnell. Er ist schlecht. Er ist einer von diesen Männern, an die Schwester

Thérèse dachte und an die Schwester Emilie und Schwester Eugenie dachten, als sie Männern nicht ins Gesicht sehen wollten. Es wäre besser gewesen, wenn *ich* nie in *sein* Gesicht geschaut hätte. Plötzlich erinnerte sie sich der Nonne, die man vor so vielen Jahren im Kloster eingemauert hatte. Sie fragte sich flüchtig, ob der Mann, den die Nonne geliebt hatte, so wie dieser war, und sie glaubte, er müsse so gewesen sein. Rasch wandte sie ihr Pferd und ritt den Weg zurück, den sie gekommen waren. Sie hörte ihn hinter ihr herrufen, als sie in Galopp überging.

»Melisande! Sie Närrin! Sie Dummchen! Halt! Wollen Sie sich den Hals brechen?«

»Ich hoffe, Sie brechen sich den Ihren«, warf sie über die Schulter zurück. »Das wäre eine Wohltat . . . für Caroline . . . für mich . . .«

»Ich breche mir nicht den Hals. Ich kann reiten.«

Schon bald hatte er sie eingeholt, griff nach ihrem Zügel und verlangsamte das Tempo der Pferde.

»Da, sehen Sie, Sie können von mir nicht loskommen. Das wird Ihnen nie gelingen, Melisande. O ja, zuerst werden Sie sehr tugendhaft sein. Sie werden sagen: Weiche von mir, Satan! Ich bin eine tugendhafte junge Frau mit sehr hohen Idealen. Ich bin in einem Kloster erzogen worden und weiß, was ich von allem zu halten habe! Aber sind Sie sicher, Melisande, daß dem so ist? Sind Sie Ihrer Tugend sicher?«

»Ich bin mir einer Sache sicher. Sie sind verachtenswert. Sie wußten, daß wir nicht den richtigen Weg eingeschlagen hatten. Absichtlich haben Sie uns hierhergebracht. Mir tut es leid um Caroline.«

»Das ist nicht wahr! Sie beneiden Sie!«

»Sie beneiden? Eine Ehe mit Ihnen?«

»O ja, das tun Sie, meine Liebe! Noch vor einer Minute, als Sie von Ihren Klosterideen erfüllt waren und dachten, ich schlage einen Bruch mit Caroline und eine Heirat mit Ihnen vor, konnten Sie Ihre Freude nicht verbergen. Aber warten Sie ... warten Sie, bis Sie frei zu denken beginnen. Warten Sie, bis Sie gelernt haben, ehrlich mit sich selbst zu sein.«

»Sie ... ausgerechnet Sie wollen von Ehrlichkeit sprechen! Sie ... der dies arrangiert hat! Wer hat uns hierhergebracht?«

»Wer hat es angefangen? Wer brachte die Menge gegen sich auf? Ist Ihnen klar, daß es nur mir zu verdanken ist, wenn Sie jetzt nicht mit einer Irren zusammengekettet sind?«

»Das ist nicht wahr.«

»Sie haben nie zuvor einen wütenden Mob erlebt, stimmt's? Sie müssen noch eine ganze Menge lernen, meine liebe Mademoiselle. Es hätte sehr schlecht für Sie ausgehen können, wenn ich nicht dagewesen wäre.«

»John Collings würde mich gerettet haben.«

»Aber es war ich, der die Katastrophe verhinderte, nicht wahr?«

»Es ist wahr, und ich habe Ihnen bereits gedankt.«

»Endlich einmal ein wenig Dankbarkeit Ihrerseits. Mitleid ist der Liebe Schwester, heißt es. Und was ist Dankbarkeit?«

»Ich habe Ihnen dafür gedankt, mich vor der Menge gerettet zu haben. Nun lassen Sie uns umkehren.«

»Seien Sie vernünftig, Melisande. Überlegen Sie. Was wollen Sie anfangen, wenn Caroline Ihren Dienst nicht mehr länger benötigt? Haben Sie schon daran gedacht?«

»Sie meinen, wenn Sie Caroline heiraten?«

»Sie mag sich vielleicht schon vorher entschließen, daß sie Ihrer nicht mehr bedarf.«

»Ja, das ist wahr.«

»In der Tat! Sie sollten auf die Zukunft schauen. Geben Sie es zu, meine Liebe, das ist, wie Sie so reizend sagen, ebenfalls wahr.«

»Auf die Zukunft schauen! Ihr Vorschlag ist eine Zukunft in Sünde.«

»Das ist ein häßliches Wort. Ich mag keine häßlichen Dinge.«

»Aber für häßliche Dinge stehen häßliche Wörter, nicht wahr?«

»Sie sind zu ernst. Liebe sollte Freude geben. Die Menschen sind dazu bestimmt, glücklich zu sein. Selbst Gesellschafterinnen sollten glücklich sein. Ich würde Sie glücklich machen. Ich würde Sie nie unglücklich werden lassen. Ich werde Ihnen ein Haus in London schenken, und dort werden wir zusammensein. Wie können Sie nur hierbleiben... auf dem Land begraben... in einer Stellung, die im günstigsten Fall ungewiß ist?« Er begann ein Lied:

> »Ich würd dich lieben an allen Tagen,
> Des Abends küssen, scherzen und dich fragen:
> Willst du mit mir zu streifen wagen
> Über die Berge, so weit die Füße tragen...«

»Lassen Sie uns bitte zurückkehren... auf dem schnellsten Weg.«

»Mögen Sie es nicht, wenn ich singe? O doch, das weiß ich. Es zieht Sie zu mir. Glauben Sie vielleicht, ich wüßte das nicht?«

»Sollten Sie nicht an die Wirkung Ihres Gesangs auf Caroline denken?«

»Nein. Caroline biete ich die Heirat. Darüber hinaus habe ich nichts für sie übrig.«

»Sie sind zynisch.«

»Sie meinen, ich bin wahrheitsliebend. Zynismus ist ein Wort, das die Sentimentalen auf die Wahrheit anwenden. Ich hätte Ihnen alle möglichen falschen Versprechungen machen können... wie es der Liebhaber der Müllerstochter tat. Aber das wollte ich nicht. Denken Sie daran, in welche Worte ich meinen Vorschlag hätte fassen können. Ich hätte sagen können, Melisande, lassen Sie sich von mir nach London entführen. Ich gehe zuerst, und ein paar Tage später folgen Sie mir nach. Das hätte den Verdacht von mir abgelenkt, sehen Sie? Dann hätte ich Sie getroffen und eine Trauungszeremonie mit Ihnen durchgestanden... keine richtige, wohlgemerkt... so etwas gibt es. Scheintrauungen. Das läuft schon seit Jahren so. Alles würde dann gut und schön gewesen sein, bis man dahintergekommen wäre, und Sie hätten entdecken müssen, einen Schurken zu lieben. Natürlich bin ich einer, aber wenigstens ein ehrlicher. Deshalb sage ich zu Ihnen: Ich liebe Sie. Ich liebe alles an Ihnen, selbst Ihre Prüderie, weil es für mich etwas bedeutet, das ich überwinden muß, und, bei Gott, ich werd's überwinden. Ich sage Ihnen die Wahrheit. Ich werde nie ein Schurke in der Maske eines Heiligen sein. Und das möchte ich Ihnen noch sagen, Melisande: Sehen Sie sich die Heiligen, die Ihnen im Leben begegnen, ganz genau an. Ich wette, daß Sie immer ein wenig vom Schurken in ihnen finden werden. Und sehen Sie, ich bin lieber ein ehrlicher schlechter Mensch als ein unehrlicher guter.«

»Bitte, schweigen Sie. Ich habe genug gehört... zuviel...«

Seltsamerweise gehorchte er sofort, und bald sahen sie die Stadt vor sich liegen.

»Besser, wir reiten drum herum«, meinte er. »Man würde uns erkennen, und wir möchten keine weiteren Unannehmlichkeiten erleben, nicht wahr? Wir könnten dieses Mal nicht so leicht entkommen, und wenn ich auch bereit bin, es mit jedem um meiner Dame willen allein aufzunehmen, möchte ich doch nicht gerne einem viele hundert Köpfe zählenden Mob gegenüberstehen.«

Sie erkannte, daß sie jetzt auf dem richtigen Wege waren. Wie verändert jedoch alles schien! Das Leben hatte aufgehört, einfach zu sein. Sie mußte so vieles fürchten: Caroline,

Wenna, einen grausamen und wütenden Mob und . . . Fermor.

Sie warf ihm einen raschen Blick zu. Er war nicht im geringsten beunruhigt. Sie kam sich unerfahren und furchtsam vor. An wen konnte sie sich um Rat wenden? An Caroline? Unmöglich. An Sir Charles, er war gütig gewesen, war es noch, aber er schien so zurückgezogen. Wenn sie einmal beisammen waren, spürte sie, daß er sich unbehaglich fühlte. Sie glaubte, daß er ihr aus dem Wege ging, daß er bemüht war zu verhindern, je mit ihr allein zu sein. Nein, sie konnte ihn nicht um Rat fragen. Und was war mit ihren Freunden unter der Dienerschaft? Sie waren zu schwatzhaft und klatschten zu gerne. Es war ja nicht nur ihr Kummer. Es betraf ja auch Caroline.

Sie dachte an die Nonne, wie sie ihr früher so oft ins Gedächtnis kam. Sie sah in der Nonne sich selbst und Fermor als deren Liebsten. Sie fürchtete, so schwach wie die Nonne zu sein. Sicherlich hatte der Geliebte mit Fermor sehr viel Ähnlichkeit gehabt.

Sie sollte weggehen – nicht nur um ihretwillen, sondern auch wegen Caroline. Aber wohin konnte sie gehen?

Er beobachtete sie, und er lachte leise. Sie glaubte, er sei klug genug, ihre Gedanken lesen zu können, und böse genug, um darüber zu lachen. Er war ein schlechter Mensch. Er war genau die Sorte Mann, von der die Nonnen dachten, alle wären so. Männer wie er waren schuld daran, daß sie sich vor der Welt verschließen wollten.

Sie verließen die obere Straße und waren nur noch eine knappe Meile von Trevenning entfernt. Er begann ein neues Lied zu singen:

>   »Soll Verzweiflung mich verzehren
>   Und ich die schöne Maid begehren . . .«

Sie versuchte, ihr Pferd anzutreiben, wollte ihm vorausreiten, aber er duldete es nicht. Er blieb mit ihr auf gleicher Höhe und sang weiter:

> »Wo sie mein Werben nicht erhören will!
> Ich kann sie lassen und bleib still.
> Wenn's nicht für mich bestimmt gewesen ist —
> was kümmert's mich, wie schön sie ist.«

Und so kamen sie in Trevenning an.

*

Wenna saß an Carolines Bett und strich ihr mit ihren kühlen Fingern über die Stirn.

»Was ist, mein Herz? Sag's Wenna.«

Sie war anders als Miß Maud. Sie ängstigte Wenna. Miß Maud konnte bei allen Gelegenheiten Tränen vergießen. Caroline weinte fast nie. Es gab Zeiten, in denen Wenna dachte, Tränen könnten Trost und Erleichterung bringen.

Wenna konnte nur raten, was sich zugetragen hatte. Die vier waren zusammen weggeritten. Caroline und John Collings kehrten zuerst zurück, und Fermor traf mit Melisande nach ihnen ein.

Carolines Gesicht glich einer Maske. Sie wollte ihren Kummer verbergen, eine Maske konnte jedoch Wenna nicht täuschen. Gott verfluche alle Männer. Ach, wenn bloß mein Herzblatt nichts von ihnen wissen wollte! Hätte sie ihm nur seinen Ring ins Gesicht geworfen und ihrem Vater gesagt, daß sie lieber sterben wollte, als ihn zu heiraten. Und was tat er überhaupt noch hier? Er hätte schon vor Wochen nach London zurückkehren sollen. Es war klar, was er wollte. Gedanken kamen und gingen durch Wennas Kopf. Wenn nur endlich beide zum Haus hinausreiten würden. Sie würde dazu pfeifen und tanzen und die erste sein, die ihnen Schmährufe nachsandte.

Als sie zurückgekehrt waren — jene Schamlosen —, machte er einen vergnügten und fröhlichen Eindruck, aber sie hatte Angst. Sie konnte ihre Gefühle nicht verbergen, mit ihren hochroten Wangen und den mehr als glänzenden grünen Augen. Irgend etwas war geschehen. Wenna konnte sich denken, was. O Schande, Schande! Auf freiem Feld, höchstwahrscheinlich. Dort, die gute grüne Erde beschmutzend, zwischen den Blumen und dem Gras. So war es doppelt schlecht.

Caroline hatte an diesem Abend eines ihrer hübschesten Kleider angezogen. Sie hatte mit ihrem Vater — dem alten Sünder — und dem Mann, den sie heiraten sollte, diesem noch größeren Sünder, gelacht und gescherzt. O tapfere Miß Caroline, zu lachen, während ihr das Herz fast brach!

Diese Ausgeburt des Satans war jedoch außer Fassung gewesen. Sie hatte sich von Peg ein Tablett aufs Zimmer bringen lassen, und Wenna bemerkte zufällig, daß das Mädchen noch kauend und mit fettigen Lippen das Tablett wieder abholte. Es sah so aus, als hätte Peg alles aufessen müssen. Jeder tanzte eben nach ihrer Pfeife, Mrs. Soady, Mr. Meaker, Peg und die übrigen ... ein jeder Narr ...

Verwünscht soll sie sein! Ich wollte, sie wäre tot. Ich würde zu einer Hexe gehen, wenn ich eine wüßte, die das heute noch tut, und ich würde mir ein Wachsbild von ihr beschaffen und jeden Abend Nadeln hineinstechen, o ja. Und ich hoffe, sie wird schwanger, und er schwört, er sei es nicht gewesen. O ja, und ich hoffe, sie stirbt ...

»Sag mir's, meine Hübsche. Sag's Wenna. Caroline, mein Schatz, sag's Wenna!«

»Du weißt alles, Wenna, nicht wahr?«

»Alles, was mein Herzblatt betrifft.«

»Wenna, ich könnte mit niemand anderem als mit dir darüber sprechen.«

»Natürlich nicht. Aber Wenna ist ja da. Wenna ist immer da. Es wird dir guttun zu reden. Was ist geschehen, Liebes? Was ist passiert, mein Goldstück?«

»Sie möchte ihn haben, Wenna. Sie tut alles, was sie kann, um ihn zu kriegen, und er . . .«

»Nun, mein Herzblatt, ich könnte schon Dinge über ihn erzählen, aber geben wir's doch unter uns zu, er ist wie alle Männer, vielleicht nicht besser . . . aber auch nicht schlechter.«

»Und sie, Wenna, sie ist sehr hübsch. Sie ist mehr als das.«

»In ihr steckt der Teufel.«

»Wir wollen fair sein. Ich glaube nicht, daß sie will . . .«

»Nicht wollen! Sie hat darauf hingearbeitet. Sie sieht nach jedem, der sich hinters Licht führen läßt, mit diesen großen grünen Augen. Ich habe grüne Augen nie gemocht. In grünen Augen steckt was vom Teufel. Bis jetzt ist mir noch keine grünäugige Person begegnet, die nicht Schlechtigkeit in sich trug . . .«

»Nein, Wenna. Das stimmt nicht.«

»Du bist zu weich, mein Juwel. Du bist zu gut und zu freundlich. Du bist wie deine Mutter.«

»Ich weiß nicht, ob sie es geplant hat, aber er bestimmt . . . von dem Augenblick an, als er erkannte, daß sie uns auskommen konnten.«

»Was ist geschehen? Sag's Wenna.«

»In Liskeard gab's einen Zwischenfall. Vor Anna Quales Hütte. Der Mob war da, und sie setzte es sich in den Kopf, einzugreifen.«

»Das sieht ihr ähnlich.«

»Das mochten die Leute ganz und gar nicht, sie als Fremde noch dazu.«

»Diese Unverschämtheit! Ich wundere mich, daß man sie nicht in Stücke gerissen hat.«

»Es hätte leicht dazu kommen können. Aber er behielt sie

im Auge, und ich beobachtete ihn. Er war vom Pferd, noch ehe irgendeiner von uns hätte etwas tun können... und es sah aus, als ob er jeden umbringen könnte, der Hand an sie legte. Er hob sie auf ihr Pferd, und sie galoppierten davon. Es dauerte eine Weile, ehe John und ich erkannten, was geschehen war. Es konnte nur eine Sekunde oder zwei gewesen sein. Dann sagte John: ›Wir sollten besser gehen...‹ Und die Menschen machten uns einfach Platz... und schämten sich. Das war natürlich, weil sie wußten, wer wir waren, nehme ich an. Auf jeden Fall bestand nie Gefahr, daß sie *uns* angreifen würden. Wir konnten die beiden nicht finden, Wenna. Wir wußten nicht, wohin sie geritten waren.«

»Sie sind euch also entkommen. Das haben sie mit Absicht getan.«

»Das war seine Absicht.«

»Auch die ihre. Verlaß dich drauf.«

»Dann kamen wir nach Hause und sie auch. Wenigstens kamen sie kaum mehr als eine halbe Stunde später heim als wir.«

»Eine halbe Stunde reicht, um Unheil anzurichten, und sie wollten keine Aufmerksamkeit auf sich ziehen.«

»Ach, Wenna, ich bin so unglücklich.«

»Nun, nun, meine Liebe. Weshalb sagst du ihm nicht, daß du mit ihm fertig bist?«

»Das kann ich nicht, Wenna, ich werde nie mit ihm fertig sein.«

»Aber du könntest doch hierbleiben, und Wenna wäre immer da, um nach dir zu sehen und dich zu trösten.«

»Wo immer ich auch hingehe, du wirst dasein, um nach mir zu sehen und mich zu trösten.«

»Ich weiß. Gott segne dich dafür. Wir wollen nie voneinander scheiden, mein Liebchen. Aber er ist nicht der richtige Mann für dich.«

»O doch, Wenna, ganz gewiß. Da ist nur eins, was mir

angst macht. Was ist, wenn er so sehr in sie verliebt ist, daß er sie heiraten möchte?«

»Er doch nicht! Was ist sie denn? Irgend jemands Bastard! Ja, meine Kleine, du magst schockiert sein, aber genau das ist sie. Ich weiß es. Irgendein leichtes Mädchen bekam ein Baby, das niemand haben wollte, und das ist sie. Master Fermor ist ein stolzer Mann, und genauso stolz ist seine Familie. Sie heiraten nicht solche wie sie, wie grün auch immer ihre Augen sein mögen.«

»Solche Heiraten hat es aber gegeben.«

»Da bräuchte sie den Teufel und all seine Zauberkraft, um das zustande zu bringen. Es gibt doch keinen Hinweis dafür, daß er daran denkt, das Verlöbnis mit dir aufzulösen.«

»Nein, Wenna.«

»Nun, dann reg dich auch nicht darüber auf. Du wirst ihn heiraten, mein Goldstück. Und in meinen Augen ist kein Mann schlimmer als ein anderer. Du wirst Kummer mit ihm haben... genau wie heute. Diese Art Kummer wirst du immer mit ihm haben. Aber dagegen werden wir angehen, wenn er auf uns zukommt. Wir werden gemeinsam kämpfen. Wenna würde für dich sterben, mein Herzblatt. Wenna würde für dich töten. Wenn ich sie jetzt vor mir hätte, würde ich ihren Hals mit meinen beiden Händen fassen und ihn umdrehen, wie ich den Hals eines Huhns für den Kochtopf umdrehen würde.«

»Ach, Wenna, du bist mir ein Trost.«

»Reg dich nicht auf, mein Liebes. Wenna ist bei dir.«

Caroline wurde ruhiger. Sie lag still mit geschlossenen Augen, während Wenna an den schlanken Hals zwischen ihren starken Händen dachte und an die grünen, vor Entsetzen geweiteten Augen, wie sie verständnislos dreinschauten und um Gnade baten, die nicht gewährt werden würde.

*

Stille herrschte im Haus. In einer halben Stunde war es Mitternacht. Melisande, im Mantel und die Schuhe in der Hand, wartete auf ihrem Zimmer.

Im Flur knarrte eine Diele. Melisande lauschte angespannt. Vorsichtig öffnete sie die Tür, und eine kleine, pummelige Gestalt glitt ins Zimmer.

Peg sagte: »Sind Sie bereit, Mamasell?«

»Ja, Peg.«

Peg wisperte: »Die Hintertür ist nicht verriegelt. Mrs. Soady bat, es nicht zu vergessen, sie nach unserer Rückkehr zu verriegeln. Wir nehmen das Essen beim Hinausgehen mit. Alles ist fertig. Kommen Sie.«

Auf Zehenspitzen schlichen sie die Treppe hinunter und hielten hin und wieder an, um sicherzugehen, daß sich niemand im Haus rührte, dann die Hintertreppe hinunter und durch den Aufenthaltsraum des Personals, wo sie freier atmen konnten. Wenn sie einen der Diener weckten, wäre das nicht schlimm, denn das Abenteuer hatte den Segen von Mrs. Soady.

Sie betraten die große Steinküche, wo zwei ordentlich geschnürte Päckchen auf dem Tisch lagen.

»Es ist gebratenes Huhn«, flüstert Peg. »Das mag Tamson Trequint ganz besonders gern. Mrs. Soady meint, daß sie einen schönen Zauber für einen Flügel oder ein Brustück geben würde. Nun denn, sind Sie bereit?«

»Ja«, antwortete Melisande.

»Na, dann los.«

Sie gingen durch die Hintertür.

»Halten Sie sich dicht ans Haus«, flüsterte Peg, »für den Fall, daß doch jemand etwas gehört hat und aus dem Fenster schaut.«

Aber sie mußten durch den Park.

»Beeilen Sie sich«, riet Peg. »Wir müssen um Mitternacht dort sein. Das ist ganz furchtbar wichtig. Ein Mitternachtszauber ist der beste und wirkt schneller ... so sagt wenigstens Mrs. Soady, und die muß es wissen, wo sie doch eine Pellar ist.«

Als sie die Landstraße erreichten, sah sich Melisande um. Das weiße Licht des Monds lag über dem Land und warf einen hellen Streifen auf das Wasser. Die Felsen glichen kauernden Riesen, und auf dem Wasser glänzte ab und zu ein phosphoreszierendes Licht, geisterhaft und faszinierend.

»Wo sehen Sie hin?« frage Peg. »Was gibt's denn da drüben am Meer?«

»Es ist so schön.«

»Oh, das ist nur das alte Meer.«

»Aber, sieh doch da drüben die Schatten!«

»Nur die alten Felsen.«

»Und die Lichter! Sieh mal! Sie kommen und gehen.«

»Das sind Makrelen ... nichts weiter. Die Lichter bedeuten, daß wir die nächsten paar Tage Makrelen haben werden ... höchstwahrscheinlich. Kommen Sie! Los! Wollen Sie einen Mitternachtszauber, Mamasell, oder sind Sie hergekommen, um nach Makrelen zu sehen?«

Im Wald war es unheimlich. Manche Bäume glänzten silbrig wie Geister auf einer anderen Welt, manche waren schwarz und drohend wie groteske menschliche Formen. Hin und wieder raschelte es im Dickicht.

»Was kann das sein?« rief Peg.

»Eine Ratte? Ein Kaninchen?«

»Ich hab' gehört, daß Leute, die nachts alleine hierherkommen, verschleppt werden.«

»Wir sind doch nicht allein.«

»Nein! Allein wäre ich auch nicht gegangen ... nicht für einen ganzen Bauernhof oder mein Leben lang jeden Tag gebratenes Huhn. Nein, das hätte ich nicht gemacht. Die Little People tragen niemals zwei auf einmal fort, sagt man. Trotzdem hab' ich Angst. Wir rufen besser den Irrlichtmann.«

Peg begann mit zitternder Stimme zu singen:

>O Irrlichtmann und du, Nebelfrau,
Wer zwickt und zwackt dich, jagt dich rauh —
Oh, leucht mir heim! Ringsum ist's grau!«

»Aber wir wollen nicht heim, und das Wetter ist nicht schlecht«, stellte Melisande fest.

»Nun, wir können ja schließlich nicht singen: ›Leucht mir zur Höhle der Hexen.‹ Ich wüßte nicht, daß Piskies Hexen so sehr gerne mögen. Ich glaube, die Piskies würden uns mitnehmen, wenn wir allein wären. Ich bin schon sehr froh, daß wir zu zweit sind.«

Sie eilten weiter, und Peg schrie auf, als sich ein niedriger Zweig in ihrem Haar verfing und sie sich nicht sofort losmachen konnte. Sie hatten beide ein Gefühl, als ob sie jeden Augenblick Hunderte kleiner Gestalten sehen müßten, die sie einkreisten und kitzelten, bis sie verrückt wurden, und sie dann irgendwohin tief unter die Erde führen würden. Aber Melisande gelang es, Peg freizubekommen, und dann begannen sie zu laufen. Sie hielten nicht eher an, bis sie Tamsons Hütte erreicht hatten.

*

Wenna hörte das Knarren der Stufen. Ihr Schlaf war leicht. Jemand schlich im Haus umher, stellte sie fest.

Wenna hatte so ihre eigenen Vorstellungen. Sie glaubte zu wissen, was sich tat. Sah es ihm nicht ähnlich? Sie vermutete, daß die schlechte Mamasell, diese Tochter Babylons, zu seinem Zimmer hinaufschlich. Sie sah die furchtbaren Dinge vor sich, die beide anstellen würden.

Was wäre, wenn sie die beiden zusammen erwischte? Doch das ging nicht. Das würde Miß Caroline nur Kummer bringen. Nein, aber sie könnte mit ihrer Geschichte zum Herrn gehen.

Sie ging zur Tür ihres Zimmers. Sie schlief in dem Raum neben Carolines Schlafgemach.

Möge Gott verhüten, daß Miß Caroline wach wird, das arme Lamm! dachte sie.

Sie wartete. Sie hörte nichts mehr. Hatte sie sich geirrt? Hatte sie geträumt? Aber sie würde scharf aufpassen, o ja. Der kleinste Hinweis, und sofort ging sie zum Herrn! Er könnte keine Schlampe in seinem Haus dulden ... keine, die seiner legitimen Tochter den Mann rauben wollte. Aber vielleicht war er schamlos genug dafür. Hatte er nicht die Tochter jener Frau ins Haus gebracht und sie neben Miß Caroline gestellt?

Sie kehrte in ihr Zimmer zurück, aber in dem Augenblick, in dem sie sich ins Bett legen wollte, hörte sie draußen ein Geräusch. Also trafen sie sich draußen! Weshalb hatte sie daran nicht gedacht!

Sofort stand sie am Fenster. Mondlicht erhellte den Rasen. Sie lauschte. Ja. Bestimmt Fußtritte! Wenn sie nur da unten wäre. Aber sie hielten sich dicht am Haus. Wohin wollten sie, um ihrer Schlechtigkeit zu frönen? Auf dem schönen, reinen Gras! Sollen sie sich doch den Tod holen und sterben.

Jetzt erkannte sie etwas — zwei Gestalten, die eine war Mamasell, die andere klein und gedrungen. Peg!

Was taten sie, und wohin gingen sie? Sie nahmen den Weg zum Wald.

Plötzlich wußte sie es, und der Gedanke erfüllte sie mit Unbehagen.

Sie wußte, weshalb Mädchen zu zweien gen Mitternacht fortgingen. Sie wußte, weshalb sie auf die Hütte im Forst zusteuerten. Sie ließ sich am Fenster nieder und wartete.

*

Melisande schauderte, als sie die Hütte betrat, die schwach von einer an der Decke aufgehängten und stark nach Öl riechenden Lampe erhellt wurde. In der einen Ecke der Hütte brannte ein Feuer in einer Höhlung. Zwei schwarze Katzen lagen ausgestreckt auf dem gestampften Erdboden. Die eine erhob sich und machte beim Anblick der Besucher einen Buckel, die andere blieb still liegen, ließ sie aber nicht aus ihren wachen grünen Augen.

»Sei still, Samuel«, mahnte eine sanfte Stimme. »Es sind nur zwei junge Damen, die uns einen Besuch abstatten.«

Die schwarze Katze legte sich wieder auf den Boden und beobachtete sie.

Auf dem Tisch lagen einige Gegenstände in wilder Unordnung herum. Wachsbrocken, hölzerne Herzen und Flaschen mit einer roten Flüssigkeit, die nach Blut aussah, Amulette aus Holz und Metall, eine Himmelskarte und eine große Kristallkugel. An den Lehmwänden hingen Kräuter. Von einem hölzernen Querbalken baumelten dunkle Gegenstände in verschiedenen Stadien der Verwesung. Zwei lebende Kröten hockten beim Feuer, auf dem etwas leise kochte. Der aufsteigende Dampf roch nach Erde und faulenden Pflanzen.

Tamson Trequint hatte sich erhoben. Sie war eine sehr alte Frau, mit unordentlichem grauem Haar, das ihr um die Schultern fiel, und einer von Sonne und Wind gebräunten Haut. Sie war sehr dünn, und ihre Augen waren schwarz und glänzend. Die schweren Augenlider erinnerten an einen Adler.

»Kommt nur herein. Habt keine Angst. Samuel tut euch nichts und Joshua auch nicht. Was habt ihr mir mitgebracht?«

Peg hatte es vor Angst die Stimme verschlagen. Melisande zwang sich zu einer Antwort. »Wir haben Ihnen gebratenes Huhn mitgebracht.«

»Du bist also die hübsche Fremde. Komm her, meine Liebe, daß ich dich ansehen kann. Du hast doch keine Angst, nicht wahr? Es ist immer das gleiche mit den Dienstmädchen. Sie wollen meine Talismane. Sie wollen ihre Ackerknechte und Fischer. Aber sie haben Angst davor, zu mir zu kommen und um Hilfe zu bitten. Was willst du haben, meine Liebe? Laß hören. Du glaubst nicht so ganz an uns, nicht wahr? Aber du bist trotzdem gekommen.«

»Ist es wahr, daß Sie Amulette und Tränke geben können, um jemand verliebt zu machen?« fragte Melisande. »Können Sie Menschen dazu bringen, jemanden zu lieben, der gut für sie ist... selbst wenn sie es nicht wollen?«

»Ich kann einen Zauber geben, der ein junges Mädchen erblühen läßt. Ich kann sie sozusagen mit Marmelade beschmieren... so daß die Wespen um sie herumschwirren. Gibt es dort Hexen, wo du herkommst? Gibt es dort schwarze Hexen wie gewisse... und weiße Hexen wie die alte Tammy Trequint?«

»Ich weiß nichts davon. Ich habe in einem Kloster gelebt... fern von solchen Dingen.«

»Ich verstehe dich, mein Liebe. Du bist wie ein Vogel, dem man die Freiheit gegeben hat. Gib acht, daß dich niemand fängt und dir die hübschen Flügel beschneidet. Warum bist du hierhergekommen?«

»Ich möchte einen Talisman... einen Zauber... einen Trank, wenn Sie so gut sein wollen und mir einen geben.«

»Du willst einen Liebsten. Du solltest schön genug sein ohne einen Zauber.«

Melisande blickte in die halbgeschlossenen Augen und sah, daß sie trotz all ihrer Eigenartigkeit freundlich waren. Sie sagte rasch: »Ich habe Angst vor... jemand. Ich möchte seine Aufmerksamkeit von mir abgewandt haben. Ich möchte, daß sie dahin geht... wo sie hingehört. Kann man das machen?«

»Es ist also ein umgekehrter Liebeszauber, sozusagen.«

»Können Sie mir einen solchen geben?«

»Das wird nicht leicht sein. Bei manchen, die kommen und so etwas verlangen, wüßte ich, da wäre nichts weiter dabei als ein paar Zweige zu brechen. Aber mit dir ist es nicht so, meine Liebe. Wir werden sehen. Was will das andere Mädchen?«

Peg trat vor. Ihre Wünsche waren einfach. Sie wollte einen Liebeszauber, um den jungen Fischer einzufangen, den sie, so sehr sie sich auch mühte, einfach nicht kriegen konnte.

»Laß mich mal sehen, was du gebracht hast.« Sie machte das Paket auf und roch daran. »Das ist gut«, stellte sie fest. »Mrs. Soady hat dich geschickt, und Mrs. Soady ist meine gute Freundin.«

Sie legte die Speisen auf den Tisch und nahm ein Stück Wachs, das sie mit geschickten Fingern in eine Metallform zwang und ins Feuer legte.

Darauf sagte sie zu Peg: »Denk an sein Gesicht, Mädchen. Denk an ihn. Beschwör sein Bild herauf. Er steht hinter dir ... ein hübscher Bursche. Schließ die Augen und sage seinen Namen. Kannst du ihn sehen?« Peg nickte. Die Form wurde aus dem Feuer gezogen und zum Abkühlen stehengelassen.

»Setz dich da auf den Stuhl, mein Kind. Halte die Augen geschlossen und hör keine Minute auf, an ihn zu denken. Wenn es abgekühlt ist, sollst du ihn haben. Jetzt bleib erst mal still sitzen.« Peg gehorchte.

»Nun zu dir, meine Liebe. Für dich ist es nicht das gleiche. Du brauchst einen doppelten Zauber. Zuerst müssen wir seine Zuneigung von dir abwenden. Ich habe hier eine Zwiebel, und du sollst diese Nadeln hineinstecken. In früheren Zeiten haben wir nur ein Schaf- oder Ochsenherz dazu hergenommen. Aber Zwiebeln tun's auch, und sie sind leicht zu bekommen. Jetzt nimm diese Nadeln, und während du damit in die Zwiebel stichst, mußt du sein Bild heraufbeschwören. Du mußt ihn dicht hinter dir stehen sehen.«

»Das wird ihm doch kein Unglück bringen?« fragte Melisande ängstlich. »Da ist doch kein Übel für ihn drin?«

Tamson lachte plötzlich. »Was heißt Übel. Übel für den einen ist gut für den anderen. Wenn er dich wahrhaft lieben soll, erfährt er vielleicht doch Leid. Das wäre dann ein solches Übel. Ob also nun Böses oder Gutes dabei herauskommt, kann ich dir nicht sagen. Ich bin eine Hexe, aber eine weiße. Und das möchte ich dir sagen, weil ich dich gut leiden kann. Sich ins Schicksal einmischen ist nicht immer eine gute Sache. Es steht in den Sternen geschrieben, was sein soll. Schicksal ist Schicksal, und daran läßt sich nichts ändern. Es ist Teufelswerk, das Schicksal zu ändern. Du willst es nun mit Magie versuchen. In der Richtung liegt wahrscheinlich mehr Übel als Gutes.«

»Ich weiß, daß ich seine Gedanken von mir ablenken muß. Ich weiß, es wäre ein Gutes, das zu tun.«

»Dann stich deine Nadeln hinein.«

Melisandes Augen füllten sich mit Tränen.

»Das ist die dumme Zwiebel. Aber Tränen sind gut. Sie haben nie Schaden angerichtet. Ist sie fertig, ganz mit Nadeln durchlöchert? Er ist da. Er ist hinter dir. Er ist groß, gutaussehend und fröhlich. Er liebt viele, aber niemand so sehr wie sich selbst. Jetzt wollen wir sein Herz rösten, und während wir es rösten, mußt du mit mir sprechen:

›Nicht dieses Herz will ich verbrennen,
Doch wenden möcht ich dieses Menschen Herz...‹

Dann, meine Liebe, flüsterst du zu dir selbst den Namen derjenigen, der seine Liebe gelten sollte, und du mußt sie zusammen sehen, und sie müssen sich die Hände geben, während du diese Worte sagst. Sag seinen Namen und ihren Namen... und sieh sie zusammen in Liebe verbunden.«

Melisande schloß die Augen und sprach die Worte der Hexe nach. Sie versuchte, sich Caroline und Fermor vorzustellen, sie sich umarmen zu sehen. Statt dessen erfüllte sie der leidenschaftliche Wunsch, daß sie die Tochter von Sir

Charles und diejenige hätte sein können, die für ihn gewählt worden war. Caroline glitt immer wieder aus dem Bild. Er war da, wie er auf seinem Pferd saß und sang und sich hinüberlehnte, um Melisande einen Kuß zu geben, sie neckte und anlachte. Und sie war auch da, wie sie von ihm wegritt, wenn auch zögernd, weil sie wußte,' daß er sie einholen würde. Dann dachte sie an die Nonne, die ihre Gelübde vor all den vielen Jahren gebrochen hatte und in ihrem Grab aus Stein gestorben war.

»So!« erklärte Tamson Trequint. »Das genügt für euch beide.«

»Nun« wandte sie sich an Peg. »Hier ist dein Bild. Du steckst jeden Abend Nadeln hinein, genau dort, wo sein Herz ist. Wenn du ihn richtig gesehen und alles getan hast, was ich dir sage, wird er noch vor dem Neumond dein Liebster sein. Jetzt macht, daß ihr rasch nach Hause kommt.«

Peg sagte atemlos: »Ach, Mrs. Soady sagte, ein Gerstenkorn wäre im Kommen. Und was sie tun solle?«

»Sag ihr, sie soll es mit dem Schwanz einer Katze berühren.«

»Und Mr. Meaker hat Angst, sein Asthma kommt wieder.«

»Er soll Spinnweben sammeln, sie zwischen den Händen rollen und dann verschlucken.«

»Ich danke Ihnen, Mistreß Trequint. Mrs. Soady sagte, sie würde etwas für Sie zurücklassen.«

»Sag Mrs. Soady, es ist willkommen.«

Sie gingen hinaus in den Wald, und der Rückweg war nicht so furchterregend wie der Hinweg. Sie waren viel zu sehr mit dem beschäftigt, was sie gesehen hatte, als daß sie an die übernatürlichen Bewohner des Waldes dachten. Peg drückte das Bild an sich und dachte an ihren Fischer. Melisande war weniger glücklich.

Sie überquerten den Rasen vorm Haus.

»Leise«, mahnte Peg.

Aber Wenna, die zum Fenster hinausspähte, hatte sie bereits entdeckt.

*

Wenna hatte sich entschlossen. Sie würde nicht mehr länger untätig bleiben. Jetzt war keine Zeit mehr für Passivität.

Dieses böse Mädchen war nicht fortgegangen, um ihn zu treffen. Dafür war sie zu schlau. Überraschenderweise hatte sie ihn abgewiesen. Sie war mehr als verantwortungslos. Sie war gerissen.

Wenna stellte sich Melisande vor, wie sie ihm erklärte, sie sei ein zu braves Mädchen, um eine seiner Geliebten zu werden. Sicherlich war sie zu der Hexe im Wald wegen eines Zaubers gegangen, der ihn nach ihrer Pfeife tanzen ließ, tanzen zu jedweder Melodie, die sie spielte, und ihre hieß Heirat.

Daher duldete die Sache keinen Aufschub.

Wenna ging hinunter in die Küche.

Mrs. Soady saß am Tisch und behandelte ihr Auge mit dem Katzenschwanz. Der dicke Kater stand auf dem Tisch, und Mrs. Soady versuchte, ihn zum Stillhalten zu bewegen, so daß sie seinen Schwanz über ihr Augenlid wischen konnte.

»Was machen Sie da?« fragte Wenna.

»Es ist wieder das verflixte Gerstenkorn. Mein Bruder muß ständig unter ihnen leiden, und mich quälen sie auch ab und zu. Ich versuche, das Ding wegzukriegen, ehe es zu dick wird und mir das Auge schließt.«

»Wer hat Ihnen denn gesagt, Sie sollten das tun?«

»Die alte Tammy Trequint. Sie ist sehr gut. Ich erinnere mich noch, wie die drei von Jane Pengelly die Masern hatten und sie ihr riet, das linke Ohr einer Katze abzuschneiden und drei Tropfen Blut davon in einem Glas Quellwasser zu schlucken. Sie waren doch wahrhaftig am nächsten Tag gesund. So ist Tam Trequint.«

Wenna dachte nur: Du wußtest also, daß sie zu Tamson gingen? Du hast ihnen gesagt, sie sollten zu ihr gehen. Ihr haltet doch wie die Schmuggler zusammen, ihr beide . . . du und die Mamasell.

Sie sah Mrs. Soady an, die so fett war, daß sie vom Stuhl zu gleiten schien, auf dem sie saß. Mrs. Soadys kleine wohlwollende Augen lächelten durch ihr aufgedunsenes Fleisch die Welt an. Es gab eine ganze Menge von Mrs. Soadys. Das kam davon, wenn man sich den ganzen Tag über mit Leckerbissen vollstopfte. Nicht, daß sie deswegen bei ihren Mahlzeiten an sich hielt. Keineswegs. Mrs. Soady aß gerne, und sie mochte gerne ein bißchen Klatsch — je würziger, desto besser. Was liebte sie am meisten, Schweinefleischpudding oder Nachrichten von der neuesten Verführung, Sardinen in Rahm, oder was Annie Polgard Sam angetan hatte? Es war schwer zu sagen. Es mochte genügen, daß beides für sie unwiderstehlich war.

Mrs. Soady hatte aber noch etwas an sich. Sie war die großzügigste Person auf der Welt. Sie konnte ihr Essen nicht richtig genießen, wenn sie es nicht mit anderen teilen durfte. Sie hatte keine Freude an ihren Skandalen, wenn sie diese nicht auch mit jemand teilen konnte. Es spielte keine Rolle, daß es die Lebensmittel ihres Herrn waren, die sie verteilte. Und ebensowenig war es von Bedeutung, wenn sie hoch und heilig schwor, den Klatsch geheimzuhalten. So war es halt mit ihr.

»Sie haben also Tamson besucht?« fragte Wenna.

»Nein, das ist zu weit für mich, und der Weg durch die Wälder gar zu beschwerlich. Ich schicke Tam ab und zu etwas, eines der Mädchen bringt es zu ihr hin.«

»Sie waren heute dort, nicht wahr?«

»Nicht so lange her.«

»Worum geht's denn diesmal?«

»Die junge Peg, sie ist auf einen der Fischer aus.«

»Das Mädchen taugt nichts.«

»Ach nein, das würde ich nicht sagen. Sie ist, was man eine liebebedürftige Natur nennen könnte. Manche sind's, manche nicht. Das kommt hin und wieder bei den Menschen vor, Wenna, meine Liebe.«

»Ist die kleine Peg allein gegangen, oder zeigte sich dieses Liebesbedürfnis noch bei jemand anderen?«

Mrs. Soady fühlte, daß sie nichts sagen durfte, aber es kam ihr hart an. Wenna war zu ungeduldig, das Geheimnis aus ihr herauszuholen wie eine Schnecke aus ihrem Haus. So sagte sie Mrs. Soady auf den Kopf zu: »Ich hab' sie hereinkommen sehen. Nach Mitternacht. Das ist nicht in Ordnung, Mrs. Soady, Sie wissen das genau. Junge Mädchen haben um Mitternacht nicht außer Haus zu sein.«

»Aber der Zauber wirkt doch nur bei Mitternacht, und wenn sie zusammen gehen, kann ihnen nichts passieren.«

»Also mußte Mamasell auch ein Zaubermittel haben, nicht wahr?«

»Warum auch nicht? Es macht doch auch ein bißchen Spaß, und wie Mr. Meaker sagte, ein so hübsches Mädchen wie sie sollte gar kein Zaubermittel haben wollen. Genau das hat er gesagt.«

»Es geht leicht, Fliegen zu fangen, meine Liebe, aber man braucht ein Netz, um einen seltenen Schmetterling zu fangen.«

»Meine Güte!« Mrs. Soady war von soviel Klugheit überwältigt. »Glauben Sie denn ... ach, ich weiß nicht. Es war nur ein bißchen Spaß. Ich denke dran, wie ich als junges Mädchen war.« Mrs. Soady lachte leise in der Erinnerung.

Wenna preßte die Hände zusammen. Sie muß weg. Sie darf nicht hierbleiben, dachte Wenna. Und es war ihr gleich, wie sie es anstellte. Sie würde Melisande aus dem Haus treiben.

Wenn sie zum Herrn ging und ihm alles erzählte, was sie von ihr wußte, würde er nur alles, was sie vorbrachte, beiseite schieben. Natürlich würde er das tun. Was kümmerte es ihn, wenn sie sich Master Fermor angelte und das Herz seiner legitimen Tochter brach? Was hatte er um Maud gegeben? Hatte er sie nicht absichtlich sterben lassen, weil er so völlig mit diesem Mädchen beschäftigt war?

Nun denn. Sie wußte, wie und wo sie angreifen mußte, daß es am härtesten traf. Er war ein würdevoller Mann und sehr stolz auf seine Stellung in der Grafschaft. Er mochte seinen Spaß in fremden Gegenden und in London haben, aber seinen Ruf hier in Cornwall durfte kein Makel beflecken. Wenna sagte: »Mrs. Soady, ich weiß etwas über diese Mamasell.«

»Sie wissen etwas!« Mrs. Soadys Augen leuchteten, wie sie auch glänzten, wenn sie Äpfel, Schinken und Zwiebeln hackte und sie mit Hammelfett über eine junge und zarte Taube legte, um eine Taubenpastete zu backen.

»Ich weiß nicht recht, ob ich es sagen sollte.«

»Ach, Sie können mir doch vertrauen, Wenna.«

»Aber dann sagen Sie kein Wort zu niemanden . . . zu keiner Seele. Wollen Sie schwören?«

»Ja. Sie können mir vertrauen.«

Wenna zog ihren Stuhl dicht an Mrs. Soady heran. »Ich weiß zufällig, wessen Tochter sie ist.«

»Oh?«

»Die Tochter vom Herrn.«

»Nein!«

»Doch. Es gab da eine Frau in London.«

»Was Sie nicht sagen!«

»Ja, es stimmt. Er fuhr immerzu hin. Geschäfte nannte er es. Geschäfte? frage ich mich. Ich kenne diese Art von Geschäften. Und dann kam dieses Mädchen, und sie steckten es in ein französisches Kloster. Und als es erwachsen wurde, wollte er es hierhaben. Natürlich konnte er es schlecht hierher holen, solange die gnädige Frau noch lebte. Er ist furchtbar strikt in dem, was recht oder unrecht ist ... wenn es herausgefunden wird.«

»Wie haben Sie das erfahren? Hat die gnädige Frau es gewußt, Wenna?«

»Nein, sie wußte nicht alles. Aber ich will Ihnen sagen, Mrs. Soady, daß, ganz kurz bevor Miß Maud starb, ein Brief gekommen war ... ein Brief aus einem fremden Land. Er war beunruhigt darüber. Ich habe ihn mit diesem Brief gesehen. Er fragte sich, was er tun könne. Er hatte Angst, sie zu Lebzeiten von Miß Maud hierherzubringen. Miß Maud bat ihn, ihr einen Umhang zu holen ... Das war an dem Abend, als die Verlobung gefeiert wurde. Und was tat er? Er ging ins Haus und las statt dessen diesen Brief. Und Miß Maud erkältete sich und starb.«

»Sie meinen, das war, was er wollte ... so daß er Mamasell hierherbringen konnte?«

»Das habe ich nicht gesagt. Sie haben es gesagt, Mrs. Soady.«

»Bei meiner Seel'! Das hab' ich nicht gemeint. Ich kenne den Herrn als einen guten Menschen ... keiner ist besser. Aber Sie glauben wirklich, daß es wahr ist?«

»Ich habe allen Grund dazu, Mrs. Soady. Sie ist seine Tochter. Sie ist seine illegitime Tochter, wie man so sagt.«

»Das ist das gleiche wie ein Bastard«, sagte Mrs. Soady mit gedämpfter Stimme. »Das hätt' ich nie gedacht.«

»Ich vertraue Ihnen, Mrs. Soady. Sie werden keinen Ton davon verlauten lassen. Es ist unser Geheimnis.«

»Aber, Wenna, Liebe. Sie können mir vertrauen. Kein einziges Wort. Bei meiner Treu! Was für Zeiten, in denen wir leben!«

»Vergessen Sie's nicht, Mrs. Soady. Was der Herr tun würde, wenn das bekannt wird, weiß ich nicht.«

»Bei meinem Leben! Meiner Seele! Und ich vergess' dabei das Ferkel fürs Abendessen!« Sie stand vom Tisch auf. Ihre kleinen Augen glänzten. Sie dachte weniger an das zarte Spanferkel, das sie zubereiten wollte, als an das seltsame Treiben des Herrn.

Sie würde eine Zeitlang geistesabwesend sein, und Meaker würde wissen, daß sie etwas auf dem Herzen hatte, und der alte Meaker war beinahe eine ebenso große Klatschbase wie sie. Er würde es ihr nicht lange allein auf dem Herzen lassen, sondern sie dazu bewegen, es mit ihm zu teilen. Es würde nicht lange dauern, überlegte Wenna, bis die ganze Dienerschaft um das Geheimnis wüßte. Sie würden alle über die ungewöhnliche Beziehung zwischen dem Herrn und Mamasell flüstern.

Und bald würde es dem Herrn zu Ohren kommen.

Und dann, Mamasell, meine hübsche Kleine, wirst du etwas sein, das ganz schnell vertuscht werden muß, soweit ich den Herrn kenne. Und Dinge, die man vertuschen muß, werden dahin gesteckt, wo sie niemand finden kann. Ich glaube, ich bin dich ganz gründlich losgeworden, jawohl!

2

Mit dem Oktober kamen die Stürme. Der Regen fegte herein von der See, beugte die Fichten, schlug gegen die Häuser und zwang seinen Weg durch die Fenster und unter die Türen durch. Die See war grau und zornig. Die Fischer konnten nicht hinausfahren, saßen trübselig im *Jolly Sailor* und redeten wie jedes Jahr von den Stürmen, die einen Fischer um den Lebensunterhalt brachten. Der Nebel vom Meer senkte sich wie ein feuchter Vorhang über das Land.

»Alles ist naß und klamm!« erklärte Mrs. Soady. »Meine Schuhe bekommen über Nacht Stockflecken.«

Mr. Meaker klagte über sein Rheuma. Nur Peg war für das Wetter dankbar. Ihr junger Fischer — Tamsons Zauber hatte gewirkt — konnte nicht hinausfahren, und jeder wußte, daß Fischer, die nicht aufs Meer hinauskönnen, schrecklich viel Trost brauchten.

Melisande war es hin und wieder unbehaglich zumute. Sie fragte sich, ob ihre mit Nadeln gespickte Zwiebel so wirkungsvoll gewesen war wie Pegs Wachsbild. Melisande war von Natur aus fröhlich, und der erste Schock darüber, sich in einer bedrohlichen Situation zu befinden, war einer gewissen Heiterkeit gewichen. Sie lebte für den Augenblick. Sie war gerade erst sechzehn Jahre alt, und jede Woche schien ein ganzes Zeitalter für sich zu sein. Sie fand, daß sie nicht ernsthaft an die Zukunft denken konnte. Was Fermor anbetraf, verstand sie seine Gefühle ihr gegenüber, und sie war sicher, daß sie selbst einen Hang zur Sündhaftigkeit besaß. Hatten die Nonnen ihr das nicht immerzu gepredigt? Fermor war schlecht und, wie Satan, führte er sie in Versuchung zu sündigen. An jeder Bosheit im Kloster war Melisande unfehlbar beteiligt, hatten ihr die Nonnen gesagt. Natürlich führte Fermor sie nun in Versuchung, weil er der Meinung war, daß sie sich auch verführen ließ. Man sollte die Heiligen lieben und die Sünder verabscheuen. Aber man konnte nicht umhin, Sünder recht interessant zu finden, und sie, die arme kleine Waise, war aufgeregt gewesen, weil jemand zum ersten Mal zu ihr von Liebe gesprochen hatte.

Niemand im Kloster hatte von Liebe gesprochen. Der Bäcker hatte ihr Kuchen gegeben, und das war Freundschaft. Auch die Zuneigung der Lefèvres bedeutete Freundschaft. Sir Charles hatte sie hierhergebracht, und das war Güte. Aber Liebe war wie Pastinakwein. Sie stieg zu Kopf.

Melisande entschied daher, daß man ihr dafür vergeben müsse, wenn sie an ihn dächte. Fermor versuchte nur, sie so zu verführen, wie einer der auf der Altardecke dargestellten Teufel mit den Heugabeln den heiligen Antonius und den heiligen Franziskus in Versuchung geführt hatte. Sie fragte sich, ob der heilige Antonius und der heilige Franziskus es genossen hatten, in Versuchung geführt zu werden.

Peg pflegte sich oft hinauf zu ihr ins Zimmer zu stehlen, um mit ihr zu plaudern, denn Peg fühlte, daß ein Band zwischen ihnen bestand, seit sie gemeinsam zu Tamson gegangen waren. Peg pflegte das leere Tablett abzusetzen und sich auf den Absätzen zu wiegen, während sie ihre Haare zwirbelte, von ihrem Fischer erzählte und dabei einen weichen Blick bekam.

Peg dachte plötzlich, es sei wegen Mamasell geschehen, daß sie sich in den Fischer verliebt hatte. Ehe Mamasell kam, hatte sie sehr viel von Master Fermor gehalten, und Peg mußte in irgend jemand verliebt sein, und sie war keine

Träumerin. Für sie mußte Liebe erwidert werden. Master Fermor schien neuerdingst geistesabwesend zu sein, wenn sie ihm sein heißes Wasser brachte, und zwar deshalb, weil seine Gedanken bei Mamasell weilten. Also hatte Peg sich prompt umgesehen und ihren Fischer gefunden.

»Ich glaube, mein Zauber hat gewirkt«, erklärte Melisande. »Tamson Trequint ist wunderbar.«

»Sie kann's recht gut, wenn auch Mrs. Soadys Gerstenkorn nicht besser geworden ist. Schuld hat der alte Kater. Er ist ein furchtbarer Kerl und besitzt überhaupt keine Zauberkraft. Mamasell, ich habe noch von niemand gehört, der je gewünscht hat, daß Liebe von ihm abgewendet wird.«

Pegs Gedanken rangen nach einem Ausdruck, konnten aber die Worte nicht finden. Sie fragte sich, was aus Menschen wie Mamasell wurde. Sie kannte wohl Erzieherinnen, wie zum Beispiel die bei den Danesboroughs und den Leighs! Aber die waren nicht von der Art, die Liebe berühren konnten. Es gab auch Gesellschafterinnen. Lady Gover hatte eine. Sie waren alle mittleren Alters, und Peg fühlte wahre Verachtung für sie. Was konnten Erzieherinnen und Gesellschafterinnen tun? Es gab niemand, der sie heiratete. Sie konnten weder Adlige wie Mr. Fermor oder Frith Danesborough heiraten, noch konnten sie Bergleute oder Fischer zum Mann nehmen. Es war eine traurige Sache, Erzieherin oder Gesellschafterin zu sein. Aber eine *junge* Gesellschafterin – da war man schon in einer sehr merkwürdigen Lage.

Sie fragte sich, was wohl mit Melisande geschah, wenn Miß Caroline heiratete. Nahm Miß Caroline sie mit? Das würde sie sehr wundern. Aber konnte Mamasell im Haus bleiben, wenn sie es nicht tat? Für wen konnte sie dann Gesellschafterin sein?

Es war zu kompliziert für Peg, und so ließ sie ihre Gedanken zurück zu ihrem Fischer wandern. Das war einfach. Wenn sich etwas daraus ergäbe, würden sie heiraten, und sie würde in seine Hütte am Kai ziehen. Ihr Leben nahm den vertrauen Weg. Es war Mamasells Weg, der sich nach allen Richtungen drehen und wenden konnte.

»Mamasell«, sagte sie schließlich, »was werden Sie tun, wenn Miß Caroline heiratet?«

Melisande schwieg eine Weile. Dann sagte sie: »Ich . . . ich weiß nicht.«

Peg schaute sie mitfühlend an, aber Melisande wünschte kein Mitleid. Sie sagte beinahe trotzig: »Es ist ein Geheimnis, nicht wahr? Es ist etwas Geheimnisvolles. Wie kann eine von uns wissen, was aus ihr wird? Das ist es, was das Leben . . . aufregend macht. Als ich im Kloster war, wußte ich nicht, was kommen würde. Und dann eines Tages . . . gehe ich fort. Ich verlasse die Nonnen und alles, was ich so viele Jahre lang gekannt habe. Ich habe sie jeden Tag gesehen und dann . . . ich sehe sie nicht mehr. Alles ist verändert, ein neues Land . . . ein neues Haus . . . neue Menschen. Alles ist neu. Es ist, als ob man von einem Leben in ein anderes tritt. Das kann traurig sein. Aber es ist aufregend, sich zu fragen, was als nächstes geschehen wird.«

Peg hörte auf, ihre Haare zu zwirbeln, und sah Melisande gespannt an.

Melisande fuhr fort: »Es mag sein, daß ich von hier weggehe. Es kann sein, daß ich in ein neues Land, in ein neues Haus, zu neuen Leuten gehe.«

Immer noch trotzig, fügte sie hinzu: »So will ich es haben. Das ist aufregend. Du kennst das nicht . . . alles liegt vor dir . . . wartet auf dich . . . aber du weißt es nicht.«

Schweigen herrschte. Melisande hatte Peg vergessen. Sie erinnerte sich ihrer kindlichen Träume. Als die reiche Frau wegen Anne-Marie ins Kloster gekommen war, hatte Melisande geträumt, daß eine reiche Frau zu ihr käme und sie wegholte, um ihr Leben mit dem Naschen von Süßigkeiten und dem Tragen seidener Kleider zu verbringen. Das war ein törichter Traum, aber es war schön gewesen, ihn zu träumen. Er hatte ihr über die eintönigen Tage hinweggeholfen. Nun gab es andere Träume. Vielleicht würde sich Caroline in John Collings verlieben und ihn heiraten wollen. Vielleicht würde Fermor herausfinden, daß er wünschte, Melisande zu heiraten. Vielleicht würde er sich ein wenig ändern. Er würde immer noch er selbst sein, doch könnten Güte, Zärtlichkeit in ihm wachsen. In Träumen konnte etwas geschehen, und Träume ließen sich nicht unterdrücken. Sie waren jetzt so lebhaft wie damals in den Tagen, als sie von Zuckerwerk und seidenen Kleidern träumte. Vielleicht waren diese Träume zu eitel, zu unmöglich, um Wirklichkeit zu werden?

*

Im Hause schien jeder darauf zu warten, daß etwas passierte. Sir Charles hatte sich oft in sein Arbeitszimmer verschlossen. Er saß versteckt am Fenster, um hinauszusehen, aber dabei selbst nicht gesehen zu werden, und beobachtete das Mädchen, das er ins Haus gebracht hatte. Er war sich über den Konflikt zwischen Fermor und Caroline im klaren und wußte, daß die größte Torheit, die er in seinem ganzen Leben begangen hatte, die gewesen war, Millie geliebt, und die zweitgrößte, Millies Tochter in sein Haus geholt zu haben.

Melisande war eine zweite Millie, empfand Sir Charles. Als er sie hierherbrachte, hatte er gegen seine Tochter Caroline gesündigt und in seiner Liebe zu Millie gegen seine Frau Maud. Er erkannte die Leidenschaft, die Melisande in Fermor geweckt hatte. Er verstand es. Aber was sollte er tun? Konnte er Melisande fortschicken? Er glaubte, Fermor würde ihr folgen, wohin auch immer sie ging. Es schien, als ob ihm nichts anderes übrigbliebe, als zu beobachten und abzuwarten.

Wenna wartete auf den Beginn der Gerüchte. Bis jetzt hatte

sich noch nichts verbreitet. Oktober war schon vorbei und der November gekommen, und Wochen waren vergangen, seit sie Mrs. Soady das Geheimnis erzählt hatte. Die Köchin verhielt sich ungewöhnlich diskret. Hatte sie das Geheimnis Mr. Meaker zugeflüstert und er sie zum Schweigen ermahnt?

Caroline wartete ängstlich. Fermor war zärtlich. Er sprach oft von ihrer Heirat. Sie wünschte nur, sie hätte nicht soviel gewußt.

Auch Melisande wartete. Sie konnte nicht glauben, daß das Leben nicht gut war. Träume wurden wahr, wenn man sie so lebhaft träumte, wie Melisande es tat. Sie würden nicht in der Weise wahr werden, von der sie träumte, denn sie war keine Seherin, keine weiße Hexe mit einem Blick in die Zukunft, nichtsdestoweniger würden sie aber wahr werden.

Sie wünschte, sie wäre nicht zu der Hexe im Wald gegangen. sie hatte impulsiv gehandelt, wie gewöhnlich. Sie hätte warten sollen. Sie hätte einen Zauber verlangen sollen, der Caroline John Collings zuwandte und Fermor in einen liebenden Gatten für Melisande verwandelte.

Sicherlich mußte so etwas auch zustande kommen. Das Leben *war* gut, und Melisande Fortunas Liebling.

Fermor wartete ebenfalls. Er war erfahren und wußte, was in Melisandes Kopf vor sich ging. Er glich einem Adler, der seine Beute beobachtete. Seine Gefühle schwankten zwischen einer fast brutalen Leidenschaft und einer ungewohnten Zärtlichkeit. Er hatte Pläne geschmiedet, um sie zu fangen, aber immer wieder kam diese ungewohnte Zärtlichkeit dazwischen, wie eine strenge Mutter, die über ihr widerstrebendes Kind wacht.

Auf dem Moor hatte sie ihre Gefühle noch nicht gekannt. Sie war jung, sogar jünger, als sie an Jahren war. Das lag am Leben im Kloster, wo sie von der Wirklichkeit ferngehalten wurde. Aber sie würde rasch lernen. Zeitweise konnte er sie auf die gleiche kühle Art abschätzen, mit der er ein Pferd wählte. Die Art, wie sie sich gab, verriet sowohl eine gute Erziehung als auch eine Spur von Einfachheit. Er wußte instinktiv, daß sie die Folge einer Liebesaffäre zwischen einem gebildeten Menschen und einer Person aus niedrigerem Stande war − vielleicht eine Dame und ihr Diener, grübelte er. Es gab solche Fälle. Und die Bildung hatte ihr der aristokratische Elternteil bei der Zeugung und Geburt mitgegeben.

Sir Charles kannte das Geheimnis ihrer Geburt, dessen war sich Fermor sicher. Er hatte versucht, es ihm zu entreißen, aber Sir Charles war fest entschlossen, nichts preiszugeben. Mit einem Blick konnte er fühlen lassen, daß er vulgäre Neugier als unverzeihlichen Verstoß gegen gute Manieren betrachtete.

Aber Fermor haßte Untätigkeit. Seine Begierde mußte befriedigt werden, solange sie heiß und erregend war. Er hatte Angst vor seinen eigenen Gefühlen, obwohl er es sich nicht gerne eingestehen wollte. Es gab Zeiten, in denen er an eine Heirat mit Melisande dachte. Das wäre natürlich eine Katastrophe. Selbst in Cornwall wäre es eine. Was könnte er dann noch mit seinem Leben anfangen? Sitz und Stimme im Parlament war, was sein Vater für ihn im Sinn hatte. Es konnte ein interessantes Leben sein, fesselnd und voll Abenteuer. Seine Hand in Regierungsgeschäften zu haben, Geschichte zu machen − das reizte Fermor. Sein Vater besaß Freunde in den Kreisen, die einen Aufstieg sicher machten. Peel, Melbourne und Russell waren seine Freunde. Es gab viele junge Männer, die nach Beförderung strebten. Es war lächerlich, sich den Weg durch eine Heirat mit der falschen Frau zu erschweren, nur um eine kurze Leidenschaft zu befriedigen. Melbourne war in einen geschmacklosen Scheidungsprozeß verwickelt gewesen, aber Melbourne besaß Macht und war zu der Zeit Premierminister gewesen. Er hatte es überstanden − aber nicht ganz makellos − das konnte niemand −, wenn er auch den Skandal überlebt hatte. Immerhin zeichnete sich deutlich ab, daß in einem England, in dem eine junge Königin mehr und mehr unter den Einfluß eines selbstgefälligen deutschen Prinzgemahls geriet, eine Verschärfung der Klassenunterschiede eintreten und eine Mesalliance die Karriere eines Mannes ruinieren würde.

Überdies hatte Fermor Leidenschaft schon früher erfahren. Und Leidenschaft war eben flüchtig. Viele Frauen hatten ihn geliebt − und er viele Frauen. Sollte er wegen einer so töricht sein? Solche Torheit überließ man gedankenlosen jungen Leuten, unerfahrenen jungen Burschen.

Melisande mußte einsehen lernen, daß das, was sie erhoffte, nicht möglich war.

Sein Vater bedrängte ihn mit Fragen, warum er nicht nach London zurückkehrte. Es war wichtig für ihn, an gewissen gesellschaftlichen Verpflichtungen teilzunehmen. Wenn er sich auf dem Land vergrub, schloß er sich von den Gelegenheiten aus, wertvolle Freundschaften zu schließen.

Also beschloß Fermor, das Warten zu beenden.

Er suchte Sir Charles in seinem Studierzimmer auf.

Charles war nervös. Er hatte einen Besuch des jungen Mannes erwartet. Er fragte sich, was er an seiner Stelle getan hätte. Er hätte Millie nie heiraten können, aber Melisande war eine gebildete junge Dame. Er konnte die Versuchung begreifen. Doch war das Leben in seinen jungen Jahren einfacher gewesen. Auf Konventionen wurde zu Königs Georges Zeiten weniger streng geachtet als unter Victoria.

»Ich bin gekommen, Sir, um Ihnen mitzuteilen, daß mein Vater mich drängt, nach London zurückzukehren, und ich dachte, wir sollten einen Tag für die Hochzeit festlegen, ehe ich gehe. Ich weiß, daß Carolines Mutter gerade erst verstorben ist und wir in Trauer um sie sind. Aber angesichts der großen Entfernung zwischen hier und London und der besonderen Umstände – schließlich war unsere Hochzeit schon vor den tragischen Ereignissen geplant – frage ich mich, ob Sie zustimmen, daß wir die Vorbereitungen dafür beschleunigen. Vielleicht wird man es nicht als einen Mangel an Respekt ansehen, wenn die Feierlichkeiten ruhiger gehalten werden als zuerst geplant.«

Charles betrachtete den jungen Mann. Er ist hart, dachte er, härter, als ich es war. Er hätte sich nie unbedacht in eine Mantelnäherin verliebt.

Charles fühlte sich plötzlich müde. Diese jungen Leute mußten ihr eigenes Leben leben. Melisande mußte ihre eigenen Kämpfe ausfechten. Es war töricht, sich Vorwürfe zu machen und zu glauben, er müsse die ganze Verantwortung tragen. So zu denken, wie er es getan hatte, hieß, jeden Vater für das zu tadeln oder zu ehren, was seinen Söhnen oder Töchtern widerfuhr.

»Tun Sie, was Sie für richtig halten. Es sind besondere Umstände, wie Sie sagen«, fügte er dann laut hinzu.

»Dann wollen wir doch die Hochzeit hier an Weihnachten feiern. Ich reise nächste Woche nach London zurück und werde im Dezember wieder hier sein.«

Sir Charles nickte. Als Fermor ihn verließ, lächelte er. Er hatte dem Warten ein Ende gesetzt.

*

Melisande wäre gern allein gewesen.

Ihr Zauber hatte schließlich doch gewirkt. Endlich war Caroline glücklich.

Sie arbeiteten an den Kleidern für die Armen, als Caroline sagte: »Heute morgen wollen wir einmal nicht lesen. Ich bin so aufgeregt. Das Datum für meine Hochzeit liegt jetzt fest.«

Melisande beugte sich tiefer über den Flanellunterrock, an dem sie gerade nähte.

»Es ist der erste Weihnachtstag«, fuhr Caroline fort. »Wir

195

haben nicht viel Zeit, nicht einmal zwei Monate... sechs Wochen. Das ist wenig. Sie sollten Pennifield heute nachmittag eine Nachricht bringen. Sagen Sie ihr, sie soll alles stehen- und liegenlassen und sofort zu mir kommen. Sie wird in den nächsten paar Wochen sehr beschäftigt sein. Es gibt so viel zu tun.«

»Ja. Es gibt viel zu tun.«

»Fermor meinte, es sei absurd, länger zu warten. Ich fürchte nur, die Leute werden reden. Eine Hochzeit so kurz nach einem Todesfall. Aber Fermor sagte, dies seien besondere Umstände. Um bei der Wahrheit zu bleiben... ich glaube nicht, daß er etwas auf die Meinung der Leute gibt. Schließlich stand unsere Hochzeit schon fest, ehe Mama starb.«

»Ja, es ist ein besonderer Umstand«, antwortete Melisande. Caroline sah Melisande fast mit so etwas wie Zuneigung an. Sie dachte bei sich: In sechs Wochen werde ich sie nicht mehr sehen. Armes Mädchen! Was wird sie anfangen? Ich vermute, sie wird in ein anderes Haus gehen. Aber sie ist so hübsch, daß es ihr eigentlich gutgehen müßte. Vielleicht findet sie sogar einen Mann in einer guten Position, der sie heiratet.

Caroline war an diesem Morgen in die ganze Welt verliebt. Melisande nähte stumm vor sich hin.

Sie beneidet mich, eilten Carolines Gedanken weiter. Sie war sicher, daß er in sie verliebt war. Sie kennt ihn nicht. Er sah Mädchen immer mit einem gewissen Blick nach, und sie bedeutet ihm nicht mehr als das Stubenmädchen, das er mit fünfzehn Jahren küßte. Als seine Frau würde sie ihre Eifersucht im Zaum halten und daran denken müssen, daß solche Affären von geringer Bedeutung sind. Manche Männer tranken mehr, als gut für sie war. Vermutlich tat das Fermor auch. Andere spielten. Er war zweifellos ein Spieler. Und er liebte Frauen. Man mußte die Augen vor seinen Fehlern verschließen, denn mit ihnen war so viel Charme verbunden, mit ihnen verband sich alles, was Caroline sich vom Leben wünschte.

Melisande war froh, als sie der Nähstube und Carolines Redeschwall entkommen konnte, froh, in ihr Zimmer flüchten zu können, und froh, daß Peg ihr das Mittagessen dorthin brachte.

»Oje!« rief Peg. »Sie haben ja gar keinen Appetit!«

»Ich habe keinen Hunger heute, das ist alles«, erklärte sie.

Sobald wie möglich verließ sie das Haus und nahm den Weg zu der kleinen, auf den Klippen kauernden Hütte, in der Miß Pennifield mit ihrer Schwester lebte. Es war ein winziges Häuschen mit Fachwerkmauern und sehr kleinen Fenstern. Die fleißigen Schwestern Pennifield hatten aus dem abfallenden Grundstück am Hang ein Bild von einem Garten mit Mauerblumen, süß duftenden Zentifolien und Lavendel gemacht. Viele Hütten in der näheren Umgebung glichen ihrer Behausung, die nur aus einem einzigen, durch Trennwände unterteilten Raum bestand. Sie reichten nicht bis zur Decke, damit die Luft zirkulieren konnte. An den Fenstern hingen niedliche Vorhänge aus feinem Baumwollstoff, und die Kokosmatte auf dem Fußboden war sehr sauber und an manchen Stellen sorgfältig geflickt. Sie besaßen ein paar hübsche Möbelstücke, die ihren Großeltern gehört hatten. An der Wand war auf halber Höhe ein kleiner Hängeschrank mit Glastüren angebracht, der ihr kostbares Porzellan enthielt. Zwei Sessel standen bei einem Tisch, an dem sie arbeiteten. Den Sims über dem winzigen Kamin zierten Messingleuchter, Erinnerungen an die Zeit, als ihre Familie bessere Tage gesehen hatte, zwei Porzellanhündchen und noch einige Geräte, ebenfalls aus Messing. Ihr Heim war ihre ganze Wonne und ihre ganze Sorge. Sie lebten ständig in der Angst, daß sie einmal nicht genügend Geld haben könnten, um all ihren Besitz zu halten. In schweren Zeiten hatten sie schon das eine oder andere Stück ihrer Schätze verkauft. Beide Schwestern litten unter dem Alptraum, eines Tages zu alt zu sein, um noch arbeiten zu können, und ihr geliebtes Heim, Stück für Stück, zu verlieren.

Aber heute war davon keine Rede. Mamasell war gekommen, um ihnen Arbeit anzukündigen.

Melisande saß am Tisch und lauschte ihrem zwitschernden Geplauder.

»Ja, da wird's Kleider zu nähen geben, schwör' ich, und Unterröcke und alles, was sich eine junge Dame für ihre Heirat wünscht. Aber es ist nicht viel Zeit. Sechs Wochen, haben Sie gesagt! Sechs Wochen!«

Miß Janet Pennifield, die nicht eine so geschickte Näherin wie ihre Schwester war und nur bei Gelegenheit mithalf, wusch für andere Leute, um ihr Einkommen aufzubessern. Ständig waren Kleider und Wäsche auf den Felsen und Büschen hinter der Hütte zum Trocknen ausgelegt.

Jetzt schwenkte sie ein Paar italienischer Plätteisen, die sie »Jinny Quicks« nannte und dazu benutzte, die Rüschen an den Hauben der Damen und ähnlichem zu bügeln.

»Hm, ja, ich kann bestimmt Arbeit mit nach Hause nehmen, und du kannst mir dabei helfen, Janet. Ach je, eine Hochzeit so bald nach einem Trauerfall, aber wenn Sir Charles einverstanden ist, wird es schon seine Richtigkeit haben.«

Melisande spürte die Erleichterung hinter dem lustigen Gerede und ihrer Fröhlichkeit. Sie hatten sechs Wochen harter Arbeit vor sich – sechs Wochen Sicherheit.

»Ich hätte Angst, wenn ich das Hochzeitskleid machen sollte«, sagte Miß Pennifield plötzlich.

»Du kannst das. Du bist die beste Näherin diesseits vom Tamar«, versicherte ihr Janet.

Miß Pennifield wandte sich an Melisande: »Sie nehmen doch ein Glas von Janets Holunderwein?«

»Das ist so freundlich, aber ich habe noch viel im Haus zu tun.«

»Ach, aber Janets Holunder . . . er ist vom besten.«

Sie wußte, es würde sie verletzen, wenn sie ablehnte. Sie wußte, daß sie Janet loben und ihr sagen mußte, es sei der beste, den sie je gekostet habe, und sie bitten, es nicht Jane Pengelly zu erzählen, denn sie hätte schon manches Glas Holunderwein bei Jane getrunken und ihr jedesmal versichert, daß er der feinste auf der Welt sei.

»Da! Probieren Sie ihn mal. Nur einen Fingerhut voll für mich, meine Liebe, weil du gerade dabei bist.«

Miß Pennifield starrte Melisande plötzlich an. Das Glas in ihrer Hand zitterte so sehr, daß sie etwas von dem kostbaren Getränk verschüttete. »Ach, meine Liebe, jetzt verstehe ich, warum Sie so still sind!«

Melisande errötete leicht. Hatte sie etwa ihr Mitleid für diese beiden mit ihrer wenigen Habe und ihrem verzweifelten Verlangen nach Sicherheit durchblicken lassen? »Ich . . . ich«, begann sie stotternd.

Miß Pennifield fuhr fort: »Was werden Sie anfangen . . . wenn Miß Caroline heiratet? Ich meine, das bedeutet für Sie dann eine neue Stellung. Oh, meine Liebe, das war gedankenlos von mir. Ich habe nicht überlegt . . . hier sitzen wir, lachen und trinken Holunderwein, wenn Sie . . .«

»Es wird mir schon recht gutgehen, danke sehr«, erwiderte Melisande. »Aber es ist so freundlich von Ihnen, an mich zu denken.«

»Ich nehme an, Sie finden etwas Angenehmes«, meinte Miß Pennifield. »Es gibt sicher viele, die sich freuen würden, Sie bei sich zu haben, daran zweifle ich keinen Augenblick. Und bei Miß Caroline zu sein . . . das war nicht nur Kuchen und Honigschlecken, nicht wahr?«

»Nein«, antwortete Melisande mit einem kleinen Lachen, »das war es nicht.«

»Doch geht es ihr jetzt sicher besser. Sir Charles ist ein guter und freundlicher Mann. Er wird Sie nicht vor die Tür setzen, ehe Sie nichts Neues haben. Es ist ein Jammer, daß Lady Gover schon eine Gesellschafterin hat. Ich frage mich, ob vielleicht Miß Danesborough eine Gesellschafterin brauchen könnte. Miß Robinson ist in Leigh House. Da würden Sie recht glücklich sein, Miß Amanda als Schülerin zu haben... wenn Miß Robinson weggehen sollte.«

»Sie sind sehr freundlich, diese Stellen für mich zu finden. Wollen wir doch trinken. Dies ist eine Köstlichkeit.« Miß Pennifield bestand darauf, ihr nochmals einzuschenken, und Janet nickte im Einverständnis dazu. Sie waren verlegen, alle beide, weil sie sich über ein Glück gefreut hatten, das sich für die kleine Mamasell so leicht ins Unglück verkehren konnte.

Auf ihre Bemerkung, sie müsse jetzt gehen, versuchten sie nicht, Melisande zurückzuhalten, die froh war, in die feuchte Wärme des Novembernachmittags enteilen zu können.

Am höchsten Punkt der Klippe angelangt, zögerte sie und blickte auf die sandige Bucht hinunter, eingebettet zwischen Felsbrocken und der kurzen steinernen Mole.

Die See im Dämmerlicht lag heute ruhig da und glich einem Stück stumpfer, grauer Seide. Ohne groß nachzudenken, wohin sie ging, begann sie die Klippe hinabzuklettern.

Ein schmaler Fußpfad, sehr steil und steinig, führte hinunter. Ab und zu hielt sie inne, um sich an einem Strauch festzuhalten. Der Pfad hörte plötzlich auf und verlor sich zwischen einer Gruppe dicker Büsche. Sie rutschte aus, bekam einen dornigen Strauch zu fassen und stieß einen kleinen Schmerzenslaut aus. Reumütig betrachtete sie ihre Hand und schaute den Weg zurück, den sie gekommen war. Sie sah den schmalen, sich aufwärts windenden Fußpfad, der steiler als je zu sein schien. Sie beschloß, den Abstieg fortzusetzen. Es war Ebbe, und sie würde den Strand entlanggehen, vorbei an Plaidy und Milendreath. Es war ein großer Umweg, aber sie wollte gern allein sein.

Sie blickte hinaus auf die See. Möwen stießen herab und flogen wieder davon. Ihre Schreie klangen traurig, und es überkam sie der Gedanke, daß sie Abschied von ihr nahmen. Der Besuch bei den Schwestern Pennifield hatte sie bedrückt. Natürlich mußte sie weggehen. Es gab keine Ausrede für sie zu bleiben. Sie mußte in ein anderes Haus gehen − als Gesellschafterin oder Erzieherin. Alles würde so ganz anders sein. Sie dachte traurig an Sir Charles, wie er zum Kloster kam, und an die glückliche Zeit in Paris. Aber Sir Charles in Trevenning war ein ganz anderer Mann als der, den sie in jener ersten Woche ihrer Bekanntschaft erlebt hatte. Je näher sie Trevenning kamen, desto in sich gekehrter schien er zu werden.

Vielleicht könnte sie Caroline oder Sir Charles fragen, was mit ihr geschehen würde, wenn Caroline heiratete. Und wie sie so auf den Klippen stand, fühlte sie einen wachsenden Zorn in sich aufsteigen. Warum sollte sie ihre Angelegenheiten nicht selbst in die Hand nehmen? Aber wie könnte es anders sein? Sie hatte ein wenig von dem entdeckt, was Leuten geschah, die allein in der Welt standen. Sie erinnerte sich an einige der Armen, die sie in Paris und London gesehen hatte. Sie dachte an den Mann, der in den Straßen von Liskeard ausgepeitscht worden war, und sie würde die irre, in ihrer Hütte angekettete Frau ihr Leben lang nicht vergessen.

»Was soll aus Ihnen werden?« hatte Fermor sie herausgefordert. Und er hatte ihr eine Lösung anzubieten.

Sie konnte seine Stimme hören:

>»I will love you all the day,
>Every night would kiss and play,
>If with me you'll fondly stray
>Over the hills and far away . . .«

Aber wo war das »Über die Berge und weit fort«? Wohin würde er sie bringen, wenn sie ihre Hand in die seine legte und ihm gestattete, sie zu führen?

Sie hatte Angst... Angst vor ihrem inneren Stolz, dem Wunsch, ihr Schicksal selbst zu gestalten. Die Schwestern Pennifield hatten den Kopf über sie geschüttelt und sich ausgemalt, wie sie eifrig versuchte, es ihren neuen Arbeitgebern recht zu machen, und ihr Mitleid war nicht zu verkennen. *Sie* wußten Bescheid, während sie unwissend war. Sie befand sich in der Lebenslage, die auch ihnen beschieden war. Aber sie hatte eine Erziehung bekommen, und vielleicht fand sie es deshalb schwerer, ihr Los anzunehmen. Sie hatte die Gesellschafterin von Lady Gover gesehen, eine traurige, ältere Dame, deren Gesichtszüge weder von einem lebhaften Gemüt noch von Liebe zum Leben zeugten. Melisande hatte den gleichen stumpfen, mißbilligenden Ausdruck im Gesicht der Erzieherin auf Leigh House wahrgenommen.

Das war das tugendhafte Leben. Fermor bot ihr ein anderes Leben — das Leben der Sünde. Und jetzt, hier so ganz allein und niemand in Sicht, erkannte sie, daß die Nonnen recht gehabt hatten, Angst um sie zu haben.

Als sie so still dastand und erwog, welchen Weg sie einschlagen sollte, ertönte plötzlich eine hohe Stimme in vollendetem Französisch: »Mademoiselle, hier können Sie nicht herunter.«

»Wer ist das?« fragte sie auf französisch und blickte um sich.

»Sie können mich nicht sehen, nicht wahr? Ich bin ein Bandit. Sie sollten große Angst haben, Mademoiselle. Wenn ich wollte, könnte ich Sie umbringen und Ihr Blut zum Abendessen trinken.«

Es war die Stimme eines Kindes, und sie sagte lachend; »Warum zeigst du dich nicht?«

»Sie sprechen sehr gut französisch, Mademoiselle. Niemand sonst spricht es hier . . . außer mir und Léon.«

»Das sollte ich auch. Ich bin in Frankreich erzogen worden. Aber wo steckst du denn? Und ist Léon bei dir?«

»Nein, er ist nicht hier. Wenn Sie mich finden können, bringe ich Sie in Sicherheit.«

»Aber ich kann dich doch nicht sehen.«

»Suchen Sie mich. Sie können nichts finden, wenn Sie nicht danach suchen.«

»Steckst du in dieser Gruppe von Sträuchern?«

»Kommen Sie und sehen Sie nach.«

»Das ist mir zu hoch hinauf.«

Rechts von ihr bewegte sich etwas, und ein Junge tauchte auf. Er war klein und schien ungefähr sechs Jahre alt zu sein. Glänzende, dunkle Augen glühten in einem olivfarbenen Gesicht. Er trug einen Kranz aus Seetang um den Kopf und kam einher mit einem Ausdruck äußerster Arroganz.

»Du bist doch kein Pisky, nicht wahr?« fragte Melisande.

Er antwortete mit größtmöglicher Würde: »Nein. Ich bin Raoul de la Roche, zu Ihren Diensten, Mademoiselle.«

»Da bin ich aber froh. Ich brauche deine Dienste. Ich wäre froh, wenn du mir einen leichten Weg hinunter zeigtest.«

»Ich kenne einen guten Weg hinunter. Ich habe ihn entdeckt. Ich führe Sie, wenn Sie wollen.«

»Das ist nett von dir.«

»Gehen Sie hier lang.«

Man glaubte kaum, daß er so jung war, wie er aussah. Sein Ausdruck war so ernst. Er bemerkte ihren Blick auf den Algenkranz und nahm ihn ab.

»Das war eine Verkleidung. Ich hielt mich hier in meiner Höhle verborgen, und ich habe ihn getragen, um Leute zu erschrecken . . . falls welche gekommen wären. *Ich* will hier allein sein. *Ich* habe Sie beobachtet. Sie sahen ängstlich aus. Nur *ich* kann hier hinaufklettern.«

Seine Betonung des Personalpronomens amüsierte sie. Es verriet eine gewisse Verachtung für den Rest der Welt und große Achtung vor Monsieur Raoul de la Roche.

»Lebst du hier?«

Er ging den Weg voran und antwortete: »Wir halten uns hier wegen *meiner* Gesundheit auf. Léon und ich. *Meine* Gesundheit ist nicht gut, sagt man. Sind Sie auch wegen Ihrer Gesundheit hier?«

»Nein. Ich bin hier als Gesellschafterin, was bedeutet...«

»Ich weiß«, sagte er rasch. »Léon ist *mein* Gesellschafter.«

»Oh, aber weißt du, ich bin eine bezahlte Gesellschafterin.«

»Léon auch, und dazu ist er noch *mein* Onkel. Man nennt mich altmodisch. Die Leute lächeln über mich. Ich habe immer nur mit Erwachsenen zusammengelebt, und ich lese lieber als Sport zu treiben, ehrlich.«

»Du bist sicherlich ungewöhnlich«, sagte Melisande mit einem Lächeln, denn seine Arroganz war unterhaltend.

»Ja, ich weiß. Sie versuchen, mich gewöhnlicher zu machen... nicht ganz gewöhnlich, natürlich, aber etwas gewöhnlicher. Deshalb bin ich hier und mit Léon.«

»Wo ist Léon jetzt?«

»Da unten.«

»Und er hat nichts dagegen, wenn du so herumkletterst?«

»O nein. Das ist gut für mich. Ich tue es Léon zuliebe. Ich spiele Räuber und verkleide mich mit Seetang, um ihm Freude zu machen. Es ist gut für mich, sagen die Ärzte.«

»Aber du hast sicher deinen Spaß daran. Es hört sich wenigstens so an, als du aus dem Busch gerufen hast, du wolltest mein Blut trinken.«

»Ein bißchen vielleicht. Sonst würde ich es nicht tun. Sie sind auch Französin?«

»Ich vermute... ich habe in Frankreich gelebt... in

204

einem Kloster. Ich weiß nicht, ob meine Eltern Franzosen waren oder nicht.«

»Sie sind eine Waise. *Ich* bin auch eine Waise.«

»Dann sind wir von der gleichen Art.«

»Das ist ein steiles Stück. *Sie* könnten ausrutschen.«

»Ich werde in deinen Fußstapfen folgen.«

»Wenn ich stark genug bin, werde ich schwimmen. Das ist gut für meine Gesundheit. Sie sollten mir Ihren Namen sagen. Ich muß Sie Léon vorstellen.«

»Ich heiße St. Martin. Melisande St. Martin.«

Er nickte und fuhr fort: »Da drüben ist Léon. Er hat uns gesehen.«

Ein hochgewachsener, dünner Mann kam auf sie zu. Er hielt ein Buch in der Hand; zwischen ihm und dem Jungen bestand eine leichte Ähnlichkeit.

»Léon!« rief er. »Das ist Mademoiselle St. Martin. Vielleicht ist sie Französin. Sie weiß es nicht. Sie ist eine Waise wie ich auch. Sie wußte nicht mehr weiter, und ich habe ihr den Weg hinunter gezeigt.«

»Guten Tag«, grüßte Melisande.

Wenn er lächelte, wirkte er sehr angenehm. »Guten Tag«, erwiderte er. »Mein Neffe hat also Ihre Bekanntschaft gemacht.«

»Er war so freundlich, mich hinunterzubringen.«

»Ich freue mich, daß er nützlich sein konnte.«

»Für *mich* war es leicht«, prahlte der Junge.

»Raoul, Raoul!« ermahnte der Mann leise, lächelte aber nachsichtig dabei. Er wandte sich an Melisande. »Vergeben Sie ihm seine Überschwenglichkeit. In Wahrheit ist er hoch erfreut, geholfen zu haben.«

»Davon bin ich überzeugt. Sie leben hier den Winter über, hat er mir erzählt.«

»Ja, wir haben ein Haus gemietet. Es ist ein großer Trost, jemanden zu treffen, mit dem man ohne Schwierigkeiten reden kann.«

»Ich finde es sehr angenehm«, erklärte der Junge. »Ich habe Mademoiselle St. Martin gesagt, daß die Menschen hier entweder sehr schlechtes oder gar kein Französisch sprechen.«

»Nun, das ist gut für dich. Es wird dir helfen, um so schneller Englisch zu lernen«, meinte Melisande.

»Und wenn sie sprechen, können wir sie nicht verstehen«, sagte der Mann. »Ich bildete mir ein, einigermaßen Englisch zu können, aber das Englisch, das hier gesprochen wird, ist mir unverständlich.«

»Es ist eine Mischung aus Kornisch und Englisch«, erklärte Melisande.

»Ich werde Mademoiselle als *meine* Dolmetscherin engagieren«, rief der Junge.

Der Mann sagte rasch: »Ich möchte sehr bezweifeln, daß sie damit einverstanden wäre. Sie müssen Raoul verzeihen, Mademoiselle St. Martin. Er ist zehn Jahre alt, und wir haben ihn hierhergebracht, um ihn mit Sahne und Fleischpasteten zu kräftigen. Wir sind wegen des Klimas gekommen, das angeblich wärmer als im Osten Englands sein soll. Vergangenen Winter waren wir in Kent. Da war es sehr kalt. Wie ich darauflos rede! Sie müssen mir vergeben. Das kommt daher, weil ich so lange meine Worte habe suchen und stottern müssen.«

»Sind Sie beide allein hier?«

»Wir haben unsere Dienstboten mitgebracht. Sie sind keine Franzosen.«

»Sie sind aus Kent und einige aus London«, ergänzte Raoul, der es offensichtlich nicht mochte, von der Unterhaltung ausgeschlossen zu sein. »*Ich* habe gedacht, sie wären schwer zu verstehen, bis wir hierhergekommen sind. Die Leute hier sprechen noch viel schlechter.«

»Ich danke dir noch einmal, daß du mich heruntergeholt hast«, wandte sich Melisande an Raoul.

»Aber Sie dürfen noch nicht gehen«, rief der Junge, und es klang wie ein Befehl.

»Aber ich muß nach Hause. Ich arbeite hier. Ich war fortgegangen, um eine Nachricht zu überbringen. Und der Weg hier an der Küste entlang ist länger, als ich gedacht hatte. Ich muß mich also verabschieden.«

»Laß uns doch Mademoiselle begleiten«, schlug Raoul vor.

»Laß uns zuerst einmal fragen, ob wir das dürfen.«

»Es würde mich sehr freuen«, sagte Melisande.

»*Ich* werde nicht müde sein«, erklärte Raoul. »Ich habe meinen Nachmittagsschlaf gehabt.«

Sie gingen über die Felsen zu den Sandflächen.

»Ich hoffe, wir haben Gelegenheit, Sie irgendwann einmal wiederzusehen«, sagte der Mann. »Könnten Sie uns besuchen?«

Einige Käfer in einer Lache zwischen den Felsen hatten den aufmerksam herumwandernden Blick des Jungen gefangen, und er bückte sich, um sie zu beobachten.

»Ich bin nur eine Gesellschafterin, verstehen Sie?«

»Ich bin auch irgendwie ein Gesellschafter.«

»Der Junge hat es mir erklärt.«

»Er ist zart«, sagte der Mann ruhig. »Er ist klug, phantasievoll und munter, aber körperlich schwach. Ich fürchte, er ist deswegen . . . und wegen anderer Dinge ziemlich verwöhnt. Es ist meine Aufgabe, mich um ihn zu kümmern. Ich nehme an, daß Sie — eine arme junge Dame — die Gesellschafterin einer reichen Frau sind. Ich — ein armer Mann — leiste einem reichen kleinen Jungen Gesellschaft.«

»Er sagte, Sie seien sein Onkel.«

»Die Verwandtschaft ist nicht ganz so eng. Er nennt mich nur seinen Onkel. In Wirklichkeit bin ich ein Vetter zweiten Grades. Sie sehen, Sie und ich sind in der gleichen Situation. Ich sorge für ihn. Ich unterrichte ihn. Ich achte auf seine Gesundheit. Das ist meine Aufgabe.«

»Das muß recht angenehm sein.«

»Ich habe ihn gern, obgleich die Dinge manchmal ein wenig schwierig sind. Wie Sie bemerkt haben, ist er ein wenig verzogen. Aber im Grunde seines Herzens ist er der beste kleine Bursche auf der Welt. Sagen Sie mir, Mademoiselle, rechnen Sie damit, hier noch lange zu leben?«

»Das weiß ich nicht. Ich kam erst vor kurzem als Gesellschafterin für Miß Trevenning hierher. Trevenning ist der Name des Hauses. Vielleicht kennen Sie es. Sie wird bald heiraten ... und dann ... ich bin nicht sicher.«

»Und wann heiratet sie?«

»Zu Weihnachten.«

»Bis dahin sind es noch einige Wochen.«

»Ja, doch.«

»Das freut mich. Wir müssen uns in dieser Zeit noch oft sehen. Landsleute in einem fremden Land müssen Freunde sein.«

Der Junge war wieder zu ihnen gestoßen und erzählte aufgeregt von den Käfern, die er in der Lache beobachtet hatte. Sein Gesicht war rosig und er selbst außer Atem. Die Knie seiner Hose waren feucht.

Der Mann sagte: »Aber du bist naß geworden. Wir müssen sofort nach Hause.«

»Ich will nicht nach Hause. *Ich* will bleiben und mich mit Mademoiselle unterhalten.«

»Aber du mußt sofort zurück ins Haus. Du mußt dich umziehen. Mrs. Clark wird böse, wenn du mit nasser Kleidung draußen bleibst.«

Das Gesicht des Jungen wurde störrisch. »Mrs. Clark hat nur das zu tun, was *ich* wünsche.«

Der Mann wandte sich an Melisande, als hätte er die Bemerkung des Jungen nicht gehört. »Mrs. Clark ist unsere Haushälterin. Eine prachtvolle Person. Wir mögen Mrs. Clark sehr gern.«

»Trotzdem«, meinte der Junge, »steht es ihr nicht zu, zu bestimmen, wann ich ins Haus kommen muß und ob ich draußen bleiben darf.«

»Komm«, sagte der Mann. »Sicher wird uns Mademoiselle St. Martin verzeihen, wenn wir jetzt schnell nach Hause gehen.

»Bestimmt. Und ich habe es selbst eilig. Ich muß mich verabschieden... Auf Wiedersehen.«

»*Au revoir!*« erwiderte der Mann. »Wir sind morgen wieder am Strand.«

»Wenn es möglich ist, sehe ich Sie dann vielleicht.«

Sie schaute auf das mürrische Gesicht des Jungen. Sie empfand plötzlich Mitleid für den Mann, der arm war und für diesen verzogenen, reichen Jungen sorgen mußte. Alle taten ihr leid, die arm waren und Handlanger der Reichen sein mußten.

»Ich danke dir«, sagte sie zu Raoul gewandt, »daß du mir den Weg nach unten gezeigt hast.«

Sein Gesicht hellte sich auf. Er schien seinen Trotz vergessen zu haben. »*Au revoir*, Mademoiselle. *Ich* werde morgen nach Ihnen Ausschau halten«

»Dann auf Wiedersehen. *Au revoir.*«

Sie eilte davon und gelangte schnell zum Strand von Plaidy, wo sie die Küste verließ und den steilen Pfad hinaufkletterte, der sie von der See wegführte.

Sie hörte ein Lachen und ihren Namen rufen.

Sie erkannte Fermors Stimme.

*

»Wer war der Freund?« rief Fermor und schlenderte auf sie zu.

»Freund?«

»Ich sage es lieber gleich. Ich sah die Begegnung. Ich erfuhr, daß Sie zu den Pennifields gingen, und kam hierher, um Sie zu treffen. Ich war oben auf den Klippen und sah Sie mit Ihren Freunden.«

Sie fühlte wieder die Mischung aus Freude und ahnungsvoller Besorgnis, die ein Alleinsein mit ihm unweigerlich verursachte. Er war sehr nahe gekommen. »Sie sehen aus, als ob Sie mich für eine der Gorgonen halten, die Sie gleich in Stein verwandeln.«

Sie trat zurück und sagte rasch: »Es ist so eigenartig, daß es gerade Franzosen sind und ich sie auf diese Weise getroffen habe.«

»Wie kam es dazu?«

»Ich kletterte die Klippe hinunter und fand es ziemlich schwierig. Der kleine Junge kam aus einer Höhle, in der er Räuber gespielt hatte. Er hat mir hinuntergeholfen.«

»Und brachte sie zu Papa?«

»Er ist nicht sein Vater − ein Vetter zweiten Grades.«

»Sie sind rasch mit dem Stammbaum vertraut geworden. Sie haben die Gesellschaft des zweitgradigen Vetters genossen.«

»Sie haben gute Augen.«

»Augen wie ein Falke ... wenn es Sie betrifft.«

»Dann soll ich wohl die Feldmaus sein, auf die Sie hinunterstoßen. Sie sollten solche Ideen nicht haben. Ich lasse mich nicht von einem Falken ergreifen und davontragen. Jetzt muß ich schnell nach Hause. Ich habe mich verspätet.«

»Sie haben zuviel Zeit mit Ihren neuen Freunden verbracht, kleine Feldmaus. Vielleicht sollte ich Spitzmaus sagen. Sie werden spitz und boshaft.«

»Es ist gut, daß Sie so denken. Feldmäuse sind arme hübsche Wesen, aber Spitzmäuse sind nicht so hübsch. Vielleicht mögen Falken sie nicht so gern.«

»Sie sind sogar noch beliebter. Und wissen Sie auch, daß die beste Falkenart wegen ihrer Geduld gerühmt wird?«

»Denken Sie noch immer an das Angebot, das Sie mir gemacht haben?«

»Ich habe es nie aufgegeben.«

»Was ... sogar jetzt ... wo Ihr Hochzeitstag festliegt?«

»Das ist eine Sache, die mit Hochzeiten nichts zu tun hat.«

»Das haben Sie mir wirklich klargemacht. Ich frage mich nur, ob Sie es auch Caroline erklärt haben.«

»Sie sollen keine kleine, dumme Spitzmaus sein. Sie sollen erwachsen sein. Natürlich weiß Caroline nichts davon.«

»Was wäre, wenn ich es ihr sagen würde? Wenn Sie jemals wieder versuchen sollten, mich allein zu treffen, werde ich es ihr sagen.«

»Was?« sagte er leichthin. »Erpressung?«

»Sie sind der schlechteste Mensch, dem ich je in meinem Leben begegnet bin. Ich hatte keine Ahnung, daß jemand so schlecht sein kann.«

»Dann ist es Zeit, daß Sie es lernen. Sie könnten mich ändern, wissen Sie das? Das wäre doch eine Aufgabe für Sie. Wenn Sie mich lieben und es zugeben wollen − denn natürlich lieben Sie mich −, werden Sie erleben, wie reizend ich bin ... wie gut, wie zärtlich, wie ergeben.«

»Ich möchte schleunigst nach Hause.«

»Glauben Sie, ich könnte mit Ihnen Schritt halten?«

»Ich wäre lieber allein.«

»Aber ich wäre lieber bei Ihnen.«

»Tun Sie nie, was andere möchten? Gilt immer, was Sie wollen?«

»Nun, wie steht's mit Ihnen? Tun Sie vielleicht, was andere wünschen? Wenn Sie so selbstlos wären, wie Sie mich haben möchten, würden Sie sagen: ›Gut, ich weiß, ich sollte nicht, aber weil er so sehr nach mir verlangt, muß ich ihm die Freude machen. Das wäre selbstlos, und ich bin so gut, so freundlich ... in Wahrheit eine kleine Märtyrerin, daß ich mich opfern muß, da meine eigenen Wünsche nichts gelten.‹«

»Sie drehen alles herum. Sie sind frivol. Wenn Caroline wüßte, wie Sie wirklich sind, würde sie Sie nicht lieben.«

»Aber Sie lieben mich, trotz allem, was Sie von mir wissen?«

Sie ging rasch, aber er beschleunigte seinen Schritt. Sie begann zu laufen.

»Das Tempo können Sie nicht lange halten... nicht auf diesen steilen Wegen.«

Er faßte nach ihrem Arm.

»Bitte, rühren Sie mich nicht an.«

»Sie haben schon zu lange befohlen.« Er lachte, als sie sich losreißen wollte. »Sie sehen, es hat keinen Zweck. Wenn Sie sich wehren, werden Sie nur erschöpft, und wir sind hier allein. Sie können um Hilfe rufen, aber wer wird kommen? Ihr tapferer kleiner Bandit und der gutaussehende zweitgradige Vetter sind weit weg. Und selbst wenn die beiden Sie hörten, wäre es doch etwas anderes, Sie vor mir zu retten als vor dem Klippenpfad. Sie sind mir ausgeliefert.«

»Sie erzählen so viele Lügen.«

»Nein, Sie sind es, die etwas anderes vorgeben. Sie können nicht zwischen dem unterscheiden, was Sie wünschen, und dem, was Sie glauben, wünschen zu müssen. Als ich sagte ›Sie sind mir ausgeliefert!‹ strahlten Ihre Augen bei dem Gedanken. Glauben Sie vielleicht, ich verstehe Sie nicht? Sie könnten dann sagen: Es war nicht meine Schuld! Welche Freude! Zu etwas gezwungen zu werden, was man nicht zu tun wagt, wonach man sich aber sehnt. Was könnte besser sein? Soll ich Ihnen diese Befriedigung gewähren? Ich liebe Sie so sehr, daß ich stark versucht bin, Ihnen diesen Gefallen zu tun.«

»Sie sagen die grausamsten und zynischsten Dinge, die ich je gehört habe. Ich habe nicht gewußt, daß es Menschen wie Sie gibt.«

»Wie sollten Sie auch? Wie lange sind Sie schon draußen

in der Welt? Wir jagen schließlich nicht auf Klostergrund, um die heiligen Nonnen zu verführen.«

Er ließ sie frei, und sie setzte ihren Weg rasch fort.

»Ich möchte ernst mit Ihnen sein«, sagte er, als er sie einholte und ihren Arm ergriff. »Wir haben so wenig Gelegenheit, miteinander zu sprechen. Ich fahre Ende der Woche nach London. Aha, das stimmt Sie traurig.«

»Nein, Ich freue mich. Das ist die beste Neuigkeit, die ich seit langer Zeit erfahren habe.«

»Der Feigling in Ihnen ist hocherfreut, aber ist es die wahre Melisande? Nein! Ich glaube es nicht. In Wahrheit sind Sie traurig. Es liegt jedoch kein Grund vor, traurig zu sein, sondern nur vernünftig. Sagen Sie mir, was werden Sie tun, wenn Sie von hier fortgehen?«

»Das ist meine Angelegenheit.«

»Wollen wir vernünftig sein und es auch meine Angelegenheit sein lassen.«

»Ich sehe nicht, wieso es Ihre sein kann.«

»Man muß Sie beschützen.«

»Ich kann selbst auf mich aufpassen.«

»Wenn ich behaupte, Sie brauchen einen Beschützer, benütze ich das Wort im modernen Sinn. Sie mögen sich mit Ihrem Verstand schützen, aber er wird Ihnen sagen, daß er Sie ohne Hilfe nicht mit den Bedürfnissen des Lebens versorgen kann. Dafür brauchen Sie einen Beschützer.«

»Begreifen Sie bitte, daß ich selbst für mich sorgen will.«

»Wie denn? Im Hause irgendeines widerwärtigen Weibsbilds?«

»Sind alle Frauen, die Gouvernanten und Gesellschafterinnen beschäftigen, widerwärtig?«

»Die meisten schon − zu ihren Gouvernanten und Gesellschafterinnen.«

»Nun, es scheint mein Los in der Welt zu sein, und ich muß es tragen.«

»Sie wollen sich also mit diesem Los abfinden, das Gott Ihnen auferlegt hat?«

»So gut ich kann.«

»Aber es wird nicht gutgehen. Für ein Mädchen mit Ihrem lebhaften Geist wird es unausstehlich sein. Es ist so würdelos. Ich wünschte, ich könnte Sie heiraten. Warum sind Sie nicht Caroline und Caroline nicht Sie? Wie tugendhaft ich dann gewesen wäre! Ich wäre ein idealer Werber gewesen. Gut zu sein ist das Ergebnis von Umständen. Ist Ihnen der Gedanke schon einmal gekommen? Ich glaube, ich wäre ein treuer Gatte gewesen, wenn man eine Heirat zwischen uns vereinbart hätte.«

»Die Menschen werden gut, indem sie sich ihren Umständen anpassen, und nicht dadurch, daß sie die Umstände arrangieren, daß sie ihnen passen. Das ist sicherlich der Unterschied zwischen Gut und Böse.«

»Nun hören Sie mal, Mademoiselle, Sie sind nicht die Oberin von diesem Kloster und halten einem Missetäter eine Strafpredigt. Wenn die Welt mir nicht paßt, muß ich sie mir passend machen. Sehen Sie, meine Liebe, Sie sind jung und unerfahren. Sie haben dogmatische Vorstellungen vom Leben. Ich bin jetzt wirklich ganz ernst. Lassen Sie mich ein Haus für Sie finden, wo Sie in Ruhe leben können. Es soll so sicher wie eine Ehe sein. Alles, was Sie sich von der Welt wünschen, wird Ihnen gehören.«

»Das ist wie Satan und seine Versuchungen. Sie glauben, mir die Reiche dieser Welt zu zeigen.«

»Die Reiche dieser Welt zu besitzen ist nicht das Schlechteste.«

»Auf Kosten dessen, was recht ist?«

»Wenn Sie die Unwürdigkeiten erduldet haben, die Ihre gleichgültigen Arbeitgeber nicht zögern werden, Ihnen zuzufügen, wenn Sie von seiten dieser Menschen gelitten haben, dann werden Sie diese Reiche vielleicht nicht mehr verachten, die Reiche der Annehmlichkeit ... und mehr als nur der Annehmlichkeit ... der Zuneigung und Freundschaft sowohl als auch der Leidenschaft und all der Liebe, die ich Ihnen geben würde.«

»Sie sprechen mit großer Überzeugungskraft, aber Sie können Ihre Schlechtigkeit nicht bemänteln. Wenn Sie unglücklich verheiratet wären und so zu mir sprechen würden, läge die Sache anders. Aber während Sie beabsichtigen zu heiraten, schmieden Sie diese Pläne ... kaltblütig ... am Vorabend Ihrer Hochzeit.«

»An mir ist nichts Kaltblütiges. Sie werden das bald herausfinden, das prophezeihe ich Ihnen.«

Sie schwieg, und er fuhr sanft fort »Melisande, woran denken Sie?«

»An Sie.«

»Ich wußte es doch. Jetzt, wo Sie in einer wahrheitsliebenden Stimmung sind, geben Sie doch zu, daß Sie ständig an mich denken.«

»Ich denke sehr viel an Sie ... und Caroline. Ich wünschte, ich hätte mehr in der Welt gelebt. Ich wünschte, ich könnte Sie besser verstehen.«

Er legte seinen Arm um sie. »Nehmen Sie sich Zeit, mich zu verstehen. Versuchen Sie, das meiste von dem, was diese Nonnen Sie von der Welt gelehrt haben, beiseite zu werfen. Für sie mag das alles ganz gut sein bei ihrem weltabgeschiedenen Leben. Was war denn Ihr Leben, lebender Tod, bloßes Dasein. Sie wissen nicht, was man in der Welt finden kann – was für eine Freude, was für ein Vergnügen. Ich werde es Ihnen zeigen. Ja, ich biete Ihnen die Reiche dieser Welt. Aber sehen Sie, meine liebste Melisande, das Leben ist nicht einfach schwarzweiß, wie die Nonnen es Ihnen gemalt haben. Sie glaubten, Sie die Wahrheit zu lehren. Sie kennen keine andere. Arme kleine Feiglinge ... Angst vor der Welt! Menschen wie Sie und ich sollten vor nichts Angst haben.«

»Aber wir haben beide Angst. Ich habe Angst vor dem, was, wie man mich gelehrt hat, Sünde ist. Sie sagen, daß Sie wünschen, man hätte mich gewählt, Sie zu heiraten. Wenn Sie also keine Angst haben, weshalb sollten Sie dann nicht Ihre eigene Wahl treffen? Sie haben Angst . . . genau wie ich. Sie haben Angst vor der allgemeinen Meinung . . . vor der Konvention. Sie haben Angst, außerhalb Ihrer eigenen gesellschaftlichen Klasse zu heiraten. Das, scheint mir, ist feiger, als vor dem Angst haben, was einem als sündhaft gelehrt worden ist.«

Er war für eine Weile verblüfft. Dann sagte er: »Es ist nicht Furcht. Es ist die sichere Kenntnis, daß eine Heirat zwischen uns unmöglich wäre.«

»Sie mögen es in Worte kleiden, wie Sie wollen. Sie können es Lebenserfahrung nennen. Ich nenne es Furcht, und ich heiße Sie einen Feigling. Sie haben keine Angst davor, jedwedem Mann allein entgegenzutreten. Sie haben keine Angst vor einem aufgebrachten Mob. Weil Sie groß und stark sind . . . in Ihrem Körper. Aber in Ihrer Seele sind Sie nicht stark. Und in Ihrer Seele haben Sie Angst. Sie haben Angst vor dem, was die Leute sagen oder tun könnten. Sie haben Angst, daß sie Ihnen nicht zu der gewünschten Position verhelfen. Das ist Furcht. Es ist eine schlimmere Furcht als Angst zu haben, weil der Körper nicht stark genug für einen Kampf ist.«

»Sie verwechseln Weisheit mit Furcht.«

»Tue ich das? Dann bleiben Sie gefälligst dabei, weise zu sein . . . und ich werde es auch!«

Er sagte: »Ich habe Sie verletzt. Ich war zu offen. Mit anderen Worten, ich war ein Narr. Ich habe Ihnen zuviel von mir selbst gezeigt. Ich weiß nicht, warum ich es getan habe. Ich hätte warten sollen . . . Sie überraschen sollen.«

»Sie sind zu sehr an sich selbst interessiert, Monsieur. Sie halten sich für unwiderstehlich. Das ist nicht der Fall, soweit es mich betrifft.«

Er ergriff sie zornig und küßte sie. Sie konnte ihn nicht abwehren, aber sie wußte auch, daß sie es nicht wünschte. Sie war erschüttert, sich selbst zugeben zu müssen, daß sie vielleicht nicht fähig gewesen wäre, ihm zu widerstehen, hätte er seinen Vorschlag zu einer anderen Zeit und nicht gerade jetzt gemacht, wo er seine Heirat mir Caroline plante.

Sie mußte gegen ihn kämpfen. Er durfte nie wissen, wie nahe sie dem Erliegen war. Sie mußte ihn ständig so sehen, wie er wirklich war, und nicht so, wie sie sich einzureden versuchte, daß er sein müsse.

»Glauben Sie, ich verstehe Sie nicht«, sagte er, als ob er ihre Gedanken lesen könnte.

»Sie sind zweifellos geschickt in der Selbsttäuschung.«

»Sie greifen mich mit Worten an, aber Sie verraten sich auf andere Weise.«

»Sie haben eine hohe Meinung von sich selbst. Wenn's Ihnen gefällt, behalten Sie sie, Monsieur.«

»Nennen Sie mich nicht Monsieur, als ob ich einer Ihrer geschniegelten Franzosen wäre.«

»Wenn ich so irregeführt wäre zu tun, was Sie wollen, würden wir unser Leben im Streit verbringen.«

»Unsere Art von Streit kann anregender sein als Einverständnis.«

»Ich finde Sie nicht anregend . . . nur ärgerlich.«

»Deshalb werden Ihre Wangen rot und Ihre Augen funkeln, und Sie sind hundertmal attraktiver, wenn Sie mit mir zusammen sind als mit irgend jemand anderem.«

»Ich muß nach Hause. Caroline wird sich fragen, was mit mir geschehen ist. Es sollte nicht einen ganzen Tag beanspruchen, Miß Pennifield zu besuchen und sie zu bitten, die Kleider für Carolines Heirat mit Ihnen zu nähen.« Sie eilte davon.

»Melisande!« rief er. »Gehen Sie doch noch nicht.«

Sie antwortete ihm über die Schulter »Es ist besser, wenn

Sie nicht weiter mit mir mitkommen. Sie möchten doch gewiß nicht, daß Caroline uns zusammen sieht, Sie mutiger Mann.«

Sie hörte sich selbst lachen, aber es klang schrill. Sie hoffte, er würde den Ton von Hysterie darin nicht bemerken.

»Melisande«, wiederholte er. »Melisande.«

Aber er folgte ihr nicht mehr. Wir sind zu nahe am Haus, dachte sie. Und er besitzt zuviel Weisheit. Arme Caroline! Und arme Melisande!

*

Fermor war nach London gegangen und Trevenning ohne ihn ein anderer Ort geworden. Es ist, als sei ein böser Geist davongefahren, dachte Melisande, aber wie trübselig war das Haus ohne ihn!

Das Leben schien einfacher. Jeder machte einen glücklichen Eindruck. Caroline und Miß Pennifield verbrachten Stunden mit dem Anprobieren der Kleider und Wäsche für ihre Aussteuer. Sie hatten entdeckt, daß Melisande, wenn auch eine schlechte Näherin, sehr wohl ein Auge für Kleider hatte − sie gab eine Verzierung hier hinzu, nahm dort eine weg und veränderte so die Wirkung aufs schönste.

»Das liegt an Ihrer französischen Herkunft«, meine Caroline, jetzt sanft und freundlich. »Die Franzosen sind wunderbar geschickt in solchen Dingen.«

»Mamasell hat gewiß einen Sinn dafür«, rief Miß Pennifield. »O Miß Caroline, wenn Sie verheiratet sind, werden Sie Mamasell gewiß mit sich nehmen wollen, damit sie Ihnen bei Ihren Kleidern helfen kann.«

Die arme blinde Miß Pennifield! dachte Melisande bei sich. Ahnungslos hatte sie den Frieden zerstört.

Doch ging der Schatten rasch vorüber, und Caroline vergaß ihre Ängste. Als Miß Pennifield sich ins Nähzimmer zurückzog und Caroline vorschlug, mit Melisande laut aus einem französischen Buch vorzulesen, meinte sie: »Im übrigen habe ich gehört, daß sich ein paar Franzosen in der Nähe aufhalten. Alle sind neugierig. Man findet sie amüsant.«

»Ich weiß. Ich habe sie getroffen.«

»Tatsächlich?«

»Ja, es ergab sich, als ich letzte Woche zu Miß Pennifield ging. Ich wollte die Klippen hinunter, aber es war sehr steil. Der kleine Junge spielte gerade da und half mir weiter. Sein Vormund, der gleichzeitig sein Vetter ist, hielt sich am Strand auf. Das Kind machte uns miteinander bekannt.«

»Das muß Spaß gemacht haben.«

»Ja, das hat es auch. Wir freuten uns, französisch sprechen zu können. Sie beklagten sich darüber, daß sie das Englisch der hiesigen Bevölkerung nicht verstehen könnten, und ich erklärte ihnen, es sei Kornisch... nicht Englisch.«

»Es ist sicher schön, Landsleuten zu begegnen.«

»Ja, sehr schön.«

»Ich vermute, Sie haben alle in großer Aufregung losgeredet.«

»Vielleicht. Ich habe sie seitdem wiedergesehen. Die beiden waren einsam, und, wie Sie sagen, tat es gut, französisch zu sprechen. Ich habe sie ein- oder zweimal seitdem getroffen...«

»Dann müssen Sie mehr über sie wissen als jeder andere.« Caroline lächelte. »Ich habe gehört, der Junge sei reich und gewohnt, seinen eigenen Willen bei allem zu haben. Er ist der Herr im Haus und weiß es. Mrs. Clark ist eine rechte Plaudertasche. Hier sagt man dazu, sie sei eine regelrechte Sherborne.«

»Eine Sherborne? Was ist denn das?«

»Ach, es ist eine alte Redensart und bezieht sich auf die Zeit, als es nur eine einzige Zeitung gab, und die kam aus dem entfernten Sherborne. Es war der Sherborner Merkur, glaube ich. Und man sagt hier, wenn jemand geschwätzig ist, er oder sie sei eine regelrechte Sherborne.«

Melisande lachte. Sie hatte sich bisher nie so gut mit Caroline verstanden.

»Mrs. Clark erzählt, daß sie zu einer alten französischen Familie — Aristokraten — gehören. Ein Zweig verlor seinen Besitz in der Revolution, der andere überlebte und entkam. Der Junge gehört zu den reichen de la Roches und der Mann zum armen Zweig der Familie. Sollte das Kind sterben, geht das Vermögen an den Mann. Mrs. Clark hat sehr viel Mitleid mit ihm, weil, wie sie sagte, der Junge ungezogen ist.«

»Ihre Sherborne hat ganz recht, meine ich. Der Junge ist unterhaltend, aber es ist nicht gut, wenn jemand, der noch so jung ist, seine Macht kennt. Der Mann ist sehr gütig und tolerant.«

»Haben Sie die beiden oft getroffen?«

»Ein- oder zweimal.«

Caroline lächelte in sich hinein. Sie war sehr an den Fremden und insbesondere an dem Mann interessiert. Es gefiel ihr, daß er und Melisande sich angefreundet hatten. Es schien ihr, als ob dieser Mann eine Lösung bieten könnte, die alle Betroffenen zufriedenstellte.

*

Es war ein großes Ereignis. Jeder im Haus sprach davon. Sir Charles, Miß Caroline und die Mamasell waren alle drei zu einem Essen im Pfarrhaus bei den Danesboroughs eingeladen.

»Es ist das erste Mal«, stellte Mr. Meaker fest, »daß ich von einer Gesellschafterin gehört habe, die gemeinsam mit der Familie auf Besuche geht ... es sei denn, natürlich, sie wäre eine arme Verwandte.«

Mrs. Soady führte den Vorsitz bei Tisch und schnitt gerade die Fleischpasteten an. Der aufsteigende Duft der Zwiebeln machte allen den Mund wäßrig. Mrs. Soady sagte nichts, aber ihre gekräuselten Lippen verrieten deutlich, daß sie, hätte sie gewollt, alle überraschen könnte.

Mr. Meaker schien leicht irritiert. Schließlich gehörte es sich für die Dienstboten, ihr Wissen mitzuteilen – wenigstens Mr. Meaker.

»Nun, Mrs. Soady, Sie finden das also nicht seltsam?«

Mrs. Soady hielt inne, Messer und Gabel schwebten über der Pastete. »Mr. Meaker, ich weiß nicht. Ich bin so überrascht wie Sie. Mehr kann ich dazu nicht sagen.«

»Ich bin in einigen großen Häusern gewesen«, erklärte Mr. Meaker, »und ich wiederhole: Ich hab' es nie vorher erlebt, es sei denn, es handelte sich um eine arme Verwandte.«

»Normalerweise mögen Sie recht haben, Mr. Meaker.«

»Natürlich ist sie sehr hübsch«, fügte Peg hinzu.

»Und gebildeter als eine Dame«, warf Bet ein. »Obgleich das auch gegen sie sprechen könnte, manche Leute sind der Ansicht, daß Bildung nicht so sehr damenhaft ist.«

»Mr. Danesborough«, mischte sich der Hausdiener ein, »hat nie auf Förmlichkeiten bestanden . . . obgleich er Pfarrer ist.«

»Und mit einem Lord verwandt«, ergänzte Mr. Meaker.

Alle sahen auf Mrs. Soady, die geheimnisvoll vor sich hin lächelte, während sie die Pasteten verteilte.

»Es verführt einen zu dem Gedanken«, meine Peg, »daß diese Mamasell . . . jemand ist.«

Worauf Mrs. Soady Grübchen bekam.

Sie weiß bestimmt etwas, dachte Mr. Meaker. Es hat mit Mamasell zu tun.

Von nun an sollte es Mr. Meakers besondere Aufgabe werden, dieses Geheimnis Mrs. Soady zu entlocken.

*

Auch für Melisande war es ein großes Ereignis. Sie konnte zum ersten Mal das in Paris gerade für eine solche Gelegenheit gekaufte Kleid mit dem gekräuselten Rock und Krinolinenunterrock tragen. Aus Seiden- und Samtresten, die ihr Miß Pennifield überließ, hatte sie eine Rose gefertigt, die sie in ihr Mieder steckte. Sie verlieh dem Pariser Kleid einen Hauch von Jugendlichkeit, und das Grün des Stengels und der Blätter paßte zu ihren Augen.

Caroline betrat das Zimmer. Sie trug ein blaues Seidenkleid, ein reizendes Kleid, wie sie dachte, und eines, das ihr am besten stand. Sobald sie jedoch Melisande anschaute, empfand sie es als unelegant. Wie konnte sich Melisande ein solches Kleid leisten? Und warum war ein einfaches Kleid so viel wirkungsvoller als all die blauen Seidenrüschen und Biesen, deren Fältelung so viel von Miß Pennifields Zeit beansprucht hatte?

Caroline fühlte, daß sie Melisande gehaßt hätte, wäre Fermor im Haus gewesen.

»Was für ein wunderschönes Kleid. Es ist ganz einfach... abgesehen von der Blume. Ach, sie ist wunderschön!«

»Sie gehört Ihnen«, antwortete Melisande.

»Nein, o nein. Sie gehört zu Ihrem Kleid. Das sieht man doch.« Caroline zwang sich zu einem Lächeln. »Mr. Danesborough hat einen besonderen Grund, Sie einzuladen.«

»Einen besonderen Grund?«

»Warten Sie es ab. Eine Überraschung. Eine recht nette, denke ich.«

Melisande sah sehr aufgeregt aus, und Caroline dachte: Sie ist so jung, so frisch und bezaubernd. Kein Wunder, daß sie ihn so anzieht. Wenn er nicht wäre, würde ich mich freuen, sie als meine Gesellschafterin behalten zu können.

Und Melisande dachte: Was für ein Jammer. Es ist Fermor, der die Schwierigkeiten schafft. Sie freut sich, weil es eine nette Überraschung für mich gibt. Was ist es? Was kann es sein? Welch schöne stille Zufriedenheit herrscht hier ohne ihn!

Später, als sie mit Sir Charles und Caroline im Wagen saß, war es, als ob sie zu ihnen gehörte, und das machte sie sehr glücklich.

Sir Charles unterhielt sich mit ihnen beiden. Er wollte gern wissen, welche Fortschritte Caroline mit ihren Französischstunden machte.

»Sie macht gute Fortschritte«, erklärte Melisande.

»Und Sie haben Spaß an Ihren Reitstunden?«

»Das ist eine große Freude gewesen«, antwortete sie.

Melisande wartete gespannt. Sicherlich müßten sie es ihr bald mitteilen, und jetzt war gewiß ein günstiger Augenblick, während sie so vertraulich miteinander redeten.

Doch weder er noch Caroline erwähnten dergleichen.

»Ich schätze, Caroline hält Sie und Miß Pennifield mit der Näherei für Ihre Hochzeit in Atem.«

»Ja, Papa. Mademoiselle St. Martin hat einen sehr guten Geschmack.«

»Das hat sie zweifelsohne.«

Er schloß die Augen, um anzudeuten, daß er die Unterhaltung nicht fortzusetzen wünschte. Er war verstört, mit beiden in dieser Form zu reisen. Es brachte ihm Erinnerungen an Maud und Millie, denn jede glich ihrer Mutter genügend, um sie wachzurufen. Er war durch dieses schöne Mädchen überaus beunruhigt. Er fragte sich, was er mit ihr anfangen würde, wenn Caroline fortging. Er hatte einen gewagten Plan. Er dachte daran, sie als Hausdame anzustellen. Was würde die Dienerschaft dazu sagen? Sie war beliebt bei ihnen, aber ein junges Mädchen in eine solche Stellung zu versetzen, so daß sie gleich mit Mrs. Soady und Mr. Meaker war! Das konnte Schwierigkeiten geben und sogar Schlimmeres bewirken. Es konnte zu Vermutungen Anlaß geben. Der Gedanke war ihm entsetzlich.

Zunächst hatte er gehofft, Caroline würde sie mitnehmen, wenn sie heiratete. Es wäre die beste Lösung gewesen. Schließlich würde man einen passenden Mann für sie gefunden haben. Aber natürlich konnte sie nicht mit Caroline gehen. Er hatte nicht mit Fermor gerechnet.

Es war wirklich ein riskanter Plan — sie im Haus zu behalten und eine Stellung für sie zu schaffen. Er mußte sehr behutsam vorgehen, denn eines konnte er ganz gewiß nicht vertragen: einen Skandal, der ihn bloßstellen würde.

Er war froh, daß Wenna mit Caroline gehen würde. Er war gewiß froh, dieses Weib endgültig aus den Augen zu haben.

Caroline hatte ihm von Melisandes Begegnung mit dem Franzosen erzählt. Danesborough hatte wie gewöhnlich schnell die Bekanntschaft des jungen Mannes und seines kostbaren Mündels gemacht. Sir Charles war es, der vorgeschlagen hatte, daß Carolines Gesellschafterin eingeladen werden sollte, um den jungen Franzosen zu treffen. Danesborough, der de la Roche zum Essen eingeladen hatte, dehnte ohne Zögern die Einladung auf Melisande aus. Danesborough war ein toleranter Mann. Sir Charles hatte darauf hingewiesen, daß Melisande ein Mädchen von guter Erziehung trotz ihrer bescheidenen Verhältnisse war.

Sie kamen bei den Danesborough an, und im Wohnzimmer begrüßten der Hausherr und seine Schwester, die ihm seit dem Tod seiner Frau den Haushalt führte, die Gäste herzlich.

Andere Gäste waren schon da, und unter ihnen erblickte Melisande, freudig überrascht, Léon de la Roche.

»Ah, Mademoiselle St. Martin!« rief der joviale Mr. Danesborough. »Ich freue mich so, daß Sie gekommen sind. Monsieur de la Roche hat mir erzählt, wie Sie beide durch den jungen Raoul bekannt gemacht wurden.«

»So ist es«, sagte Melisande. »Er rettete mich und stellte mich vor. Es war eine doppelte Freundlichkeit.«

»Mr. Danesborough war deutlich von ihr entzückt. Sir

Charles, erklärte er, hätte ihm von ihren Talenten erzählt, ihn aber nicht auf ihre Schönheit vorbereitet. Er hatte Monsieur de la Roche versprochen, sie zu Tisch zu führen. Mr. Danesborough ließ durchblicken, daß er Monsieur de la Roche beneidete.

Und hier war Léon de la Roche selbst. In Melisandes Augen sah er in diesem neuen Rahmen anders aus, zurückgezogener, weniger freundlich, ein blasser Fremder, aber an seiner Freude, sie wiederzusehen, bestand kein Zweifel.

»Ich bin entzückt«, sagte er in seiner Muttersprache.

Sie antwortete ihm ebenfalls auf französisch: »Ich hatte keine Ahnung, daß Sie hier sein würden. Sie müssen die Überraschung sein. Caroline hatte mir gesagt, es gäbe eine Überraschung für mich. Eine nette, hat sie gesagt.« Sie lachte. Sie fühlte sich sorgenfrei. Dieses Haus beschwor keine Erinnerungen an Fermor herauf, und in der Unterhaltung mit Léon konnte sie ihn völlig vergessen. Sie begann davon zu plaudern, wie aufgeregt sie war, als sie die Einladung bekam. »Ich war noch nie zu einem Dinner eingeladen. Es ist meine erste Dinnerparty. Natürlich habe ich schon mit der Dienerschaft in ihrem Speisesaal zu Abend gegessen. Was es da alles zu essen gab! Und es ist ein großer Spaß. Aber dies hier ist großartig . . . und wie anders Sie aussehen! Und ich auch, darf ich wohl sagen.«

»Sie sehen bezaubernd aus. Sie sehen immer bezaubernd aus. Aber heute abend sind Sie sehr schön.«

»Das macht das Kleid. Es ist schön. Ich habe mich danach gesehnt, es tragen zu können, aber dies ist bis jetzt die einzige passende Gelegenheit gewesen. Ich hoffe, daß es weitere passende Gelegenheiten gibt, viele, viele.«

»Das hoffe ich auch. Es ist ein entzückendes Kleid.«

»Es ist aus Frankreich. Deshalb mögen Sie es. Die Blüte allerdings ist englisch. Selbstgemacht aus Resten, die mir Miß Pennifield gegeben hat. So ist es vielleicht halb französisch. Sie gab mir das Material, ich machte die Blüte. Ich habe mich schon gefragt, ob ich meinen Lebensunterhalt mit der Anfertigung von Blumen verdienen könnte?«

»Sie springen so schnell von einem Thema zum anderen. Warum sollten Sie Ihren Lebensunterhalt durch das Anfertigen von Blumen verdienen müssen?«

»Wenn es nötig sein sollte«, erklärte sie. »Wer weiß? Es wäre eine Möglichkeit.«

»Aber Sie besitzen viele andere Talente.«

»Ich kenne sie nicht. Sie werden mich zu Tisch führen, hat mir Mr. Danesborough gesagt.«

»Ich bin entzückt.«

»Macht es nicht Spaß . . . sich so zu begegnen, wie es sich gehört . . . nicht nur eine Zufallsbekanntschaft an der Meeresküste. Ich verspreche Ihnen dort zu sein, wenn wir es arrangieren können und es nicht regnet.«

»Gewiß. Aber es war auch vergnüglich am Strand . . . sehr sogar.«

»Und französisch zu sprechen, soviel wir Lust haben. Wenige Menschen, wenn überhaupt, verstehen, was wir sagen.«

»Es scheint uns aber ein wenig abseits zu stellen. Ich kann Ihnen gar nicht sagen, wie froh ich bin, Sie hier gefunden zu haben. Mr. Danesborough ist ein interessanter Mann. Er stattete uns einen Besuch ab und erzählte mir eine ganze Menge über die Nachbarschaft . . . vergangene und gegenwärtige. Raoul hat sich mit seinem Sohn Frith befreundet, der mit ihm gekommen war.«

»Sein Sohn?«

»Er ist heute abend nicht hier. Er kommt nur in den Ferien nach Hause, glaube ich. Noch zu jung für Dinnerpartys. Wenn ich auch zweifle, daß er viel jünger als Sie ist.«

»Es ist ein Vorteil, draußen in der Welt zu sein. Dann besucht man Dinnerpartys und kann die Bekanntschaft mit interessanten Leuten erneuern, die man am Strand trifft.«

Sie gingen zusammen ins Speisezimmer. Es war köstlich, dachte Melisande, in einer Art Zweierreihe zu gehen und den Arm leicht auf dem eines Gentleman ruhen zu lassen. Es erinnerte sie an eine andere Zweierreihe – gerade durch den Unterschied.

Für Melisande war die Tafel mit ihrem Mittelstück aus Blumen und den Silberbestecken ein großartiger Anblick. Alles war heute abend wunderschön, beschloß sie bei sich. Sie wollte nicht an Fermor denken. Sie wollte nicht über diesen Abend hinausdenken. Sie saß zwischen Léon und Sir Charles und fühlte sich sofort zu Hause.

Sir Charles unterhielt sich mit einer Dame zu seiner Rechten, aber sie bemerkte schnell, daß er mehr auf ihr Gespräch mit Léon achtete, wenn sie auch zweifelte, daß er ihrem schnellen Französisch folgen konnte.

»Wie geht es Raoul?«

»Ganz gut. Dieser Ort sagt ihm zu. Es gefällt ihm, also bleiben wir hier.«

Sie lächelte. »Es scheint seltsam . . . ein kleiner Junge, der die Entscheidungen fällt.«

»Es ist eine ungewöhnliche Situation. Manchmal denke ich, er wäre besser von Kindern seines Alters umgeben.«

»Solchen Kindern vielleicht, die ihm nicht so viel seinen eigenen Willen ließen. Ist er schon lange in Ihrer Obhut?«

»Seit seinem fünften Lebensjahr. Damals starb seine Mutter. Armer Raoul! Er stammt aus einer tragischen Familie. Zur Zeit der Revolution war seine Großmutter eine junge Frau. Sie war bei Hofe – eine enge Freundin von Marie Antoinette. Sie wurde gefangengenommen und mußte viel erleiden. Das zerstörte ihre Gesundheit. Aber durch irgendeinen außergewöhnlichen glücklichen Umstand wurde sie freigelassen. Sie ist eine von denen, die der Guillotine entronnen sind. Aber es gab viele, die durch die Revolution gelitten haben.«

Er sah traurig aus, und sie dachte, wie gerne sie ihn lächeln sähe. Das Lächeln eines traurigen Menschen, meinte sie, sei etwas Bezauberndes, weil es so selten erscheint. Sie dachte wieder an Fermor mit seiner unverschämten Fröhlichkeit. Wie anders war doch dieser Mann! Léons sanfte Schwermut zog sie noch mehr an, wenn sie ihn mit Fermor verglich.

»Raoul ist auch ein Opfer«, sagte er.

»Raoul, nach all den Jahren?«

»Seine Großmutter entkam, aber die Monate im Kerker hatten ihre Gesundheit ruiniert. Sie war erst siebzehn Jahre alt, als sie frei kam, und dann heiratete sie. Sie starb gleich nach der Geburt ihrer Tochter. Diese Tochter war Raouls Mutter. Sie war nie richtig gesund. Sie sehen, das gleiche Leiden, die Krankheit aus dem Kerker, wurde an sie weitergegeben. Sie heiratete, Raoul wurde geboren, sie starb wie ihre Mutter, und ihre Leiden begannen sich bei Raoul zu zeigen.«

»Das ist furchtbar«, sagte Melisande. »Eine Krankheit so weiterzugeben. Es scheint, als ob etwas Böses ewig weiterleben würde.«

»Für Raoul besteht Hoffnung. Man weiß heute mehr von diesen Dingen. Als sein Vater — mein Vetter — starb, vertraute er mir Raoul an. Er bat mich, für ihn zu sorgen, ihn zu erziehen und über seine Gesundheit zu wachen. Das habe ich seit vier Jahren getan.«

»Sie sind ein guter Mensch.«

»Ich möchte nicht unter falscher Flagge segeln. Ich war arm... sehr arm. Meine Familie hatte während des Terrors alles verloren. Ländereien... Vermögen... alles war weg. Ich besaß nichts mehr. Mein reicher Vetter hatte auch für mich gesorgt, indem er mir seinen Sohn anvertraute.«

»Nun, vielleicht haben Sie Glück gehabt. Sie haben den kleinen Jungen, und Sie sind gesund.«

»Sie wollen mich trösten«, sagte er und lächelte sein sanftes, melancholisches Lächeln.

»Sehnen Sie sich nach einem anderen Leben?«

»Wir haben viel verloren. Aber wie Sie sagten, ich habe eine gute Gesundheit, und sie ist das wichtigste aller Güter. Das hat die *canaille* meiner Familie gelassen — was mehr ist, als sie des armen Raouls Familie ließen. Sie essen ja gar nichts. Ich lenke Sie von Ihren Speisen ab.«

Sie lächelte. »Und dabei ist alles so gut! Dieser köstliche Fisch. Dieser funkelnde Wein. Morgen und übermorgen... sind Essen und Trinken vergessen. Aber ich werde Ihre Geschichte behalten, solange ich lebe.«

»Erinnern Sie sich denn so lebhaft an die Geschichten anderer Leute?«

»Ja.«

»Und warum?«

»Vielleicht, weil ich so wenig erlebt habe? Vielleicht. Ich erinnere mich noch immer an die alte Thérèse im Kloster, die jeden genau anzusehen pflegte, und von der es in der Stadt hieß, daß sie in Wirklichkeit nach ihrem Jean-Pierre Ausschau hielt, den sie vor vielen Jahren geliebt hatte... Ich kann mich auf Anne-Marie besinnen, die mit einer reichen Frau wegging, die in einer Kutsche kam. Ja, ich denke doch, ich erinnere mich an jede Einzelheit, die andere Menschen erlebten. Vielleicht, weil ich so fühle, als wäre ich die Person, der all das geschieht, wenn ich diese Geschichten höre. *Ich* war die alte Thérèse, die auf ihren Jean-Pierre wartete, und ich war Anne-Marie, die in einer Kutsche davonfuhr. Ich war des armen Raouls Großmutter, die im Kerker lag. Wenn solche Dinge passieren, kann man sie nicht vergessen... selbst wenn sie einem nur in der Vorstellung passieren.«

»Sie interessieren sich für das Leben anderer Leute, weil Sie mitfühlen können.«

»Das ist vielleicht Schmeichelei. Schwester Thérèse behauptete, ich sei neugierig... das neugierigste Kind, das ihr je begegnet sei, und Neugier ist eine Sünde — oder beinahe eine Sünde.«

»Ich finde, bei Ihnen ist es eine reizende Sünde.«

»Wie kann eine Sünde reizend sein?«

»Die meisten Sünden bezaubern, nicht wahr? Vielleicht gerade deshalb, weil die Menschen es so schwer finden, ihnen zu widerstehen?«

Flüchtig dachte sie an diesen charmanten Sünder, den sie vergebens aus ihren Gedanken zu verdrängen suchte. Doch da war er nun — heraufbeschworen mit ein paar Worten.

»Ich glaube«, meinte sie, »dies entspricht nicht ganz unseren religiösen Grundsätzen.« Sie lachte. Der Wein ließ ihre Augen funkeln, und Sir Charles wandte sich zu ihr um und fragte: »Darf ich wissen, worüber Sie lachen?«

»Ich habe gerade Monsieur de la Roche gesagt, daß ich sehr neugierig bin, und daß dies eine Sünde oder beinahe eine Sünde ist, und er behauptete, daß Sünden meist bezaubern und ihnen daher schwer zu widerstehen ist.«

»Und sind Sie so sehr neugierig?«

»Ich fürchte schon.« In der Unterhaltung trat eine Pause ein, und man hörte Mr. Danesborough von Joseph Smith, dem Gründer dieser seltsamen, Mormonen genannten Sekte sprechen, der in diesem Jahr ermordet worden war.

Alle fanden die Mormonen einen faszinierenden Gesprächsstoff, und das Thema wurde lebhaft rund um den Tisch aufgegriffen.

»Worum geht es«, fragte Léon de la Roche.

»Ach, um die Mormonen — eine religiöse Sekte in Amerika. Ich weiß wenig von ihnen, außer daß ihre Religion ihnen gestattet, mehrere Frauen zu haben.«

»Ich zweifle nicht«, sagte Mr. Danesborough gerade, »daß Brigham Young in die Fußstapfen von Smith treten wird.«

»Es heißt, er habe bereits zehn Frauen«, sagte die Dame zu Mr. Danesboroughs Rechten.

»Widerlich!« rief Miß Danesborough.

Mr. Danesborough erklärte, er sei nicht so sicher, daß man eine Sache verurteilen könne, ehe nicht alle Tatsachen bekannt seien, worauf jeder den Pfarrer mit milder Entrüstung und doch voller Sympathie ansah. Er war ein höchst ungewöhnlicher Geistlicher. Und man fragte sich, ob seine seltsamen Ansichten ihn ohne seinen Reichtum und seine verwandtschaftlichen Verbindungen nicht in Schwierigkeiten gebracht hätten.

»Aber sicher steht es irgendwo in der Bibel, daß ein Mann nur eine Frau haben sollte«, protestierte die Dame zu seiner Rechten.

Sir Charles sagte unerwartet »Hatte nicht Salomon eine ganze Menge und David auch?«

Der junge Mann neben Caroline erklärte: »Männer haben ihre Frauen umgebracht, weil sie eine andere haben wollten. Wenn sie nun, wie bei den Anhängern von Brigham Young, so viele haben dürften, wie sie sich leisten können, ließen sich solche Morde vielleicht vermeiden.«

Melisande fing Carolines Blick auf, und sie wußte sofort, daß die Unterhaltung sie beide an Fermor denken ließ. Dachten sie das gleiche, daß sie sich jetzt vielleicht beide auf eine Hochzeit vorbereiten würden, wenn sie Mormonen wären?

Melisande sprach ihre Gedanken laut aus. »Aber ich vermute doch, daß selbst Mormonen zu gleicher Zeit immer nur jeweils eine Frau heiraten.«

Sie hatte englisch gesprochen, und man warf ihr schockierte Blicke zu. Eine höchst ungehörige Unterhaltung am Tische eines Geistlichen! Und Mr. Danesborough war genauso schuld daran wie alle anderen. Aber selbst wenn

Männer gerne kühne Kommentare von sich gaben, erwartete man das noch keineswegs von den Damen.

Miß Danesborough wechselte rasch das Thema. Léon de la Roche beugte sich zu Melisande und sagte: »Da wir uns jetzt offiziell begegnet sind, müssen Sie uns bald einmal besuchen. Mrs. Clark würde sich freuen, Sie mit einem Mittag- oder Abendessen zu verwöhnen. Wenn Sie zum Lunch kämen, wäre Raoul sicher begeistert.«

»Danke sehr. Ich werde Caroline fragen. Wenn sie mich entbehren kann, würde ich sehr gerne kommen.«

»Wir werden auch Miß Trevenning bitten. Vielleicht besteht dann eine bessere Aussicht auf Ihr Erscheinen.«

»Ich freue mich darauf.«

Als sie im Wohnzimmer saßen und die Herren noch an der Tafel, berichtete Melisande Caroline von Léons Vorschlag.

»Würden Sie gerne hingehen?«

»Aber natürlich«, antwortete Caroline.

»Ich bin froh.«

»Komme ich vielleicht als Anstandsdame mit?« grinste Caroline freundlich.

»Das hat er nicht gesagt.«

»Aber ich habe nichts dagegen. Sie können natürlich nicht einen Herrn allein besuchen.«

Wie reizend sie ist! dachte Melisande. Wie freundlich! Weil Fermor nicht hier ist.

Im Laufe des Abends wurde die Einladung ausgesprochen und angenommen. Caroline und Melisande würden zwei Tage später bei den la Roches zu Mittag essen.

Während der Heimfahrt in der Kutsche schwiegen sie. Als sie ins Haus traten, wandte sich Caroline zu Melisande: »Kommen Sie mit und helfen Sie mir. Ich möchte Wenna so spät nicht mehr wecken.«

Also ging Melisande mit in Carolines Schlafzimmer, hakte ihr Kleid auf und bürstete ihr Haar.

»Es war ein gelungener Abend«, sagte Caroline und sah auf Melisandes Bild im Spiegel. »Jeder hat Sie bewundert. Wußten Sie das... Melisande?«

Melisande errötete vor Freude, nicht wegen Carolines Bemerkung, sondern weil sie zum ersten Mal ihren Vornamen gebrauchte. »Nein«, sagte sie.

»Bitte, nennen Sie mich jetzt Caroline. Wir wollen doch nicht auf zuviel Förmlichkeit bestehen, nicht wahr? Man hat Sie bewundert, Melisande. Ich glaube, jeder dachte, Sie seien eine Verwandte der Familie.«

»Glauben Sie... Caroline?«

»Ich bin sicher. Ich frage mich, ob Monsieur de la Roche es auch denkt.«

»Nein. Ich habe ihm gesagt, daß ich aus dem Kloster komme.«

»Offensichtlich machte es keinen Unterschied für ihn aus. Er ist sehr interessant, nicht wahr?«

»Sehr interessant.«

»Und gewiß von Ihnen begeistert.« Caroline lachte leicht, und Melisande wußte, daß sie sogar jetzt an Fermor dachte. Sie sähe gern Léon an Melisande und Melisande an Léon interessiert... und das wegen Fermor.

Die Tür ging auf und Wenna schaute herein.

»Warum hast du mich nicht gerufen?« begann sie und schwieg, als sie Melisande erblickte.

»Ach, Wenna, ich wollte dich nicht stören. Mademoiselle hilft mir.«

»Du hättest rufen sollen. Möchtest du nicht, daß ich dir...«

»Nein, nein«, sagte Caroline ungeduldig. »Leg dich sofort wieder ins Bett, Wenna.«

»Schon gut, schon gut. Dann gute Nacht.«

Beide Mädchen sagten gute Nacht, und die Tür schloß sich in Schweigen.

Dann sagte Melisande »Sie kann mich nicht leiden. Ich wünschte, es wäre anders. Sie beobachtet mich... manchmal voller Haß.«

»Das ist Wennas Art, und natürlich ist es nicht wirklich Haß.«

»Aber gegen mich schon.«

»Melisande... machen Sie sich keine Sorgen wegen Wenna. Es wird schon alles gut werden.«

Caroline, in den Spiegel lächelnd, sah zwei Hochzeiten − ihre eigene mit Fermor und die von Melisande mit Léon de la Roche. Nach der Hochzeit würden sie und Fermor Melisande nie wiedersehen.

»Ja«, wiederholte sie, »alles wird gut werden.«

*

Am Abendtisch in der Dienerhalle wurde die Beziehung zwischen der französischen Mamasell und dem französischen Mosjö eifrig erörtert. Mrs. Soady saß mit gespitzten Lippen da, wie immer, wenn dieses Thema behandelt wurde, und lächelte in sich hinein, als sie dem Geschnatter um sie herum zuhörte.

Ab und zu warf Mr. Meaker ihr einen raschen Blick zu. Es war nicht ihre Art, ein Geheimnis so lange zu bewahren. Es mußte ein ganz besonderes Geheimnis sein. Man mußte sie gewarnt haben. Die Notwendigkeit zu schweigen mußte ihr sehr tief eingeprägt worden sein.

»Das ist ein klarer Fall von Liebe«, sagte der Hausdiener.

»Es ist ein schönes Märchen«, meinte Peg. »Und Mamasell ist so hübsch, sie könnte eine heimliche Prinzessin sein.«

Diese Bemerkung ließ Mrs. Soadys Lippen zucken. Das Geheimnis mußte etwas mit der Mamasell zu tun haben, hatte Mr. Meaker schon erraten.

»Wenn man auch diesen Mosjö kaum einen Prinzen nennen könnte, nicht wahr?«

»Na ja«, gab Peg zu und dachte dabei liebevoll an ihren Fischer, »er mag nicht jedermanns Flamme sein, aber auf jeden Fall ist er ein sehr netter Herr.«

Bet äußerte, daß sie an jemand wie Mr. Fermor bei der Vorstellung eines heimlichen Prinzen dachte. »Jemand, der immer singt und lacht, groß und stark ist und gut aussieht.«

»Gutes Aussehen«, erklärte der Hausdiener, der selbst keinen Anspruch darauf erheben konnte, »ist eine Sache der Auffassung ... Für Schnecken sehen andere Schnecken gut aus. Über Geschmack läßt sich nicht streiten.«

»Aber sie sind keine Schnecken«, wies Peg darauf hin. »Und Mr. Fermor sieht sehr gut aus. Die meisten anderen sehen neben ihm gewöhnlich aus ... schrecklich gewöhnlich.«

»Vielleicht«, meinte das Stubenmädchen, »wenn zwei Schnecken einander hübsch finden, tun das zwei Franzosen auch. Ich vermute, daß sie sich deshalb so gern mögen, weil sie eine Mamasell und er ein Mosjö ist.«

Mr. Meaker sagte, als er seinen Teller für eine zweite Portion Kartoffelpastete hinüberreichte: »Ich habe gehört, der Junge ist nicht gerade besonders erbaut von dieser Freundschaft zwischen unserer Mamasell und seinem Onkel.«

Alle Augen waren auf Mr. Meaker gerichtet, der bedächtig langsam Sahne auf seine Kartoffeln häufte.

Er füllte sich den Mund und kaute langsam. »Diese *painted ladies*«, meinte er, während er die Kartoffeln auf seinen Teller genau betrachtete, »sind gar nicht so viel besser als die *painted lords*.«

»Doch, das sind sie wohl«, entgegnete Mrs. Soady scharf. »*Painted ladies* sind die besten Kartoffeln, die mir je untergekommen sind. Und wie haben Sie das von dem Kleinen und unserer Mamasell erfahren, Mr. Meaker?«

»Na ja, ich hatte in der Stadt zu tun, und während ich kurz im *Jolly Sailor* war, kam doch wahrhaftig Mr. Fitt herein, der Kutscher von Mosjö . . . oder von dem Kleinen, sollte ich sagen. Das ist ein eigenartiger Haushalt, wenn man bedenkt, daß dieser Junge der Herr ist und all das Geld hat und Mosjö nichts weiter ist als einer dieser Hauslehrer, wenn er auch ein Verwandter ist. Der Kleine ist ein Herzog oder ein Graf oder so etwas . . . wenn das auch auf französisch anders heißen mag. Dieser Mosjö ist sein Vormund, aber er hat wenig eigene Mittel, wie ich gehört habe.«

»Und was hat Mr. Fitt über den kleinen Jungen und unsere Mamasell gesagt?« beharrte Mrs. Soady.

Mr. Meaker ergriff sein Glas und nahm einen kräftigen Schluck Met, ehe er fortfuhr: »Es scheint, daß der Junge verzogen ist . . . sehr verzogen. Es scheint, daß, wenn er Mamasell auch zuerst entdeckte und sie recht gern mochte, er es nicht leiden kann, wenn jemand anders als er selbst die Szene beherrscht — sozusagen. Und der Mosjö hat viel mehr Zeit mit Mamasell verbracht, als Seiner kleinen Lordschaft gefällt.«

»Verwöhnter Balg!« bestätigte Mrs. Soady. »Was bildet er sich ein? Ach, eine so schöne Liebesgeschichte, möcht' ich schwören, und genau, was Mamasell verdient.«

»Aber ja, Mrs. Soady, das stimmt schon, aber der Junge ist der Herr . . . wie mir Mr. Fitt erzählte. Wenn er so lange lebt, bis er einundzwanzig Jahre alt wird, erbt er ein Vermögen, und Mosjö bekommt auch etwas Geld. Wenn der Kleine stirbt, ist es der Mosjö, an den das Vermögen geht.«

Bet sagte kichernd: »Es ist ein Wunder, daß er sich derart um den Kleinen kümmert.«

»Aber Bet!« sagte Mrs. Soady scharf.

»So sind eben die Fremden«, warf der Hausdiener ein.

»Was die fertigbringen! Der Gedanke, einem kleinen Jungen wie ihm ein Vermögen zu hinterlassen«, kommentierte Mrs. Soady.

»Es ist schon eine recht verquere Wirtschaft« pflichtete Mr.

Meaker bei. »Es war eine recht interessante Unterhaltung, die ich mit Mr. Fitt hatte.«

Mrs. Soady beobachtete Mr. Meaker. Da saß er nun, freute sich über all die Aufmerksamkeit, die sich auf ihn richtete, und hielt sich für so klug, so wissend. Wenn er wüßte, was ich weiß, dachte Mrs. Soady. Er und sein Mr. Fitt.

Und als sie mit ihm allein war, sagte sie zu ihm: »Sie und Ihr Mr. Fitt!«

Dann setzte sie sich in einen Stuhl und lachte.

»Was ist so komisch an Mr. Fitt?«

»Ich könnte Ihnen etwas erzählen, Mr. Meaker, da würden Ihnen die Augen aus dem Kopf springen.«

»Ich glaub's Ihnen, Mrs. Soady.«

Mrs. Soady, in Versuchung geführt, stand an der Schwelle der Enthüllung. Mr. Meaker neigte sich zu ihr, seine Augen glänzten, schmeichelten und baten um das Geheimnis.

»Ja, nun, ich bin der Meinung, Sie sollten es wissen. Sie stehen den männlichen Bediensteten vor, und es ist nicht richtig, daß Sie nicht Bescheid wissen. Aber denken Sie daran, Mr. Meaker, es muß unter uns bleiben.«

»Aber ja, Mrs. Soady, ich sag' bestimmt nichts weiter.«

»Sie haben sich gewundert, weshalb Mamasell so behandelt wird, wie es geschieht. Sie haben mich gefragt, wieso sie wie jemand, der zur Familie gehört, behandelt wird. Nun, ich sag's Ihnen. Sie gehört zur Familie.«

»Zur Familie, Mrs. Soady?«

Mrs. Soady lachte in sich hinein. »Ein Mitglied der Familie, ganz recht. Sie ist des Herrn eigene Tochter.«

»Mr. Meakers Augen wurden rund vor Staunen und Verständnis.

»Obgleich«, fügte Mrs. Soady hinzu, »das, was man unehelich nennt. Mit anderen Worten . . .«

»Ein Bastard!« flüsterte Mr. Meaker.

*

Das Wetter war den ganzen November hindurch und bis in den Dezember hinein mild. Im Hause herrschte ein lebhaftes Treiben. Die Vorbereitungen für die Hochzeit an Weihnachten gingen gut voran. Es hatte zwar ursprünglich eine stille Hochzeit stattfinden sollen, aber inzwischen waren so viele Gäste eingeladen worden, daß es doch noch eine großartige Angelegenheit werden würde.

Briefe von Fermor an Caroline trafen ein. Melisande beobachtete Caroline dabei, wenn sie die Briefe erhielt, sie mit auf ihr Zimmer nahm und strahlend wieder herauskam.

Er mußte ein guter Briefeschreiber sein. Das war nicht anders zu erwarten. Aber glauben konnte man ihm nichts. Melisande hatte er nur einmal in diesen Briefen erwähnt. Caroline las ihr vor, was er geschrieben hatte: »Glückwünsche an deinen Vater, an Wenna und alle Männer und Maiden, die auf Trevenning leben, die ›kleine Mamasell‹ nicht zu vergessen.« Das war alles.

Manchmal war es ein Vergnügen, manchmal war es mehr als erholsam, dem Haus und der Geschäftigkeit der Vorbereitungen für kurze Zeit entfliehen zu können. Was werde ich empfinden, wenn er wiederkommt? fragte sich Melisande. Was werde ich an dem Tag fühlen, an dem er Caroline heiratet?

Es war ein Trost, Léon wartend am Strand an der Stelle zu finden, an der sie sich das erste Mal gesehen hatten und die nun ein fester Treffpunkt geworden war. Wenn sie nichts im Haus zurückhielt, lenkte sie ihre Schritte oft dorthin. Hatte der Junge Lust, draußen zu sein, waren sie beide da, wenn nicht, kam Léon allein. Melisande atmete manchmal sogar erleichtert auf, wenn Raoul nicht erschien. Er war aufgeweckt und intelligent, oft auch unterhaltend, aber hin und wieder zeigte sich ein gewisser Groll in seinem Benehmen. Er mochte Melisande gut leiden, aber er sah es nicht gern, daß sie so viel von Léons Aufmerksamkeit beanspruchte.

Wenn er sich vernachlässigt glaubte, wurde sein Benehmen etwas überheblich. Léon war gewiß der geduldigste Mann auf der Welt. Raoul war wißbegierig, und oft gelang es ihr, den Groll in Interesse für die Krabbelwesen in den Felsentümpeln umzuwandeln. Indem sie ihm ihre Aufmerksamkeit widmete, konnte sie seine Eitelkeit und Arroganz dämpfen, und sie verbrachte Stunden in der Bibliothek von Trevenning, um interessante Geschichten zu finden, die sie dem Jungen erzählen konnte. Er hätte ein bezauberndes Kind sein können, dachte sie häufig, aber das riesige Vermögen, das ihn erwartete, und die Macht, die es ihm über die Menschen seiner Umgebung verlieh, hatten ihn völlig verdorben.

Melisande war daher eines Tages in der zweiten Dezemberwoche froh, Léon allein am Strand zu finden. Er lag ausgestreckt am Strand, mit dem Rücken gegen einen Fels gelehnt. Als er sie erblickte, sprang er auf. Über die Freude in seinem Gesicht gab es keinen Zweifel.

»Ich habe so gehofft, daß Sie kommen würden.«

»Nur für eine halbe Stunde. Ich kann nicht länger bleiben. Es wird so früh dunkel.«

»Ich werde Sie begleiten, dann brauchen Sie die Dunkelheit nicht fürchten.«

»Danke. Aber ich werde sehr bald zurück erwartet. Es gibt eine Menge zu tun. Ist Ihnen klar, daß es nur noch zwei Wochen bis Weihnachten sind?«

»Und bis zur Hochzeit. Ich vermute, der Bräutigam wird bald eintreffen.«

»Wir erwarten ihn nicht früher als ein oder zwei Tage vor dem Fest.«

»Melisande . . . darf ich Sie so nennen? So nannte ich Sie wenigstens in meinen Gedanken.«

»Bitte, ja.«

»Dann darf ich für Sie Léon sein?«

»Ja, wenn wir so wie jetzt zusammen sind. Ich meine,

wenn andere Leute dabei sind, sollte es Monsieur de la Roche und Mademoiselle St. Martin sein.«

»Ja, gut. So wollen wir es halten. Was werden Sie nach der Hochzeit tun, Melisande?«

»Sir Charles hat mit mir gesprochen. Er hat angedeutet, daß ich bleiben könnte.«

»Nachdem Miß Trevenning gegangen ist?«

»Ja. Ich kann mich im Haus nützlich machen. Es gibt vieles, das ich tun könnte, meint er. Seine Tochter wird nicht mehr da sein und Wenna — eine der Dienerinnen — mitnehmen. Sie werden im Haus fehlen, meint Sir Charles, denn Caroline und Wenna hatten bestimmte Pflichten. Er schlägt vor, daß ich die Pflichten übernehme. Ich glaube, es wird mir Freude machen, und es ist ein großes Glück.«

»Er scheint ein sehr guter Mensch zu sein.«

»Er ist ein guter Mensch. Wenige wissen, wie gut. Aber ich weiß es. Ich habe diese Güte erlebt. Er sagt, daß es Pflichten für mich gäbe, und daß ich mich hier zu Hause zu fühlen scheine. Er sagte, die Danesborough haben mich gern . . . und auch andere. Er erwähnte Sie. Er meinte, da ich hier jetzt Freunde hätte, würde ich bestimmt nicht gerne fortgehen wollen.«

»Das ist die beste Nachricht, die ich seit langem gehört habe.«

»Für Sie?«

»Für mich. Ich habe mich gefragt, wie es hier sein wird, wenn Sie weggehen.«

»Sind Sie nicht gerne hier?«

»Ich bin es, seit wir uns begegnet sind. Unsere Freundschaft hat einen großen Unterschied für mich gemacht.«

Er hob einen Stein auf und warf ihn ins Meer. Sie sahen zu, wie er auf dem Wasser aufschlug, hochhüpfte und wieder fiel.

»Also, unsere Freundschaft geht weiter.«

»Ich hoffe, sie wird noch lange Zeit weitergehen. Aber Sie werden hier nicht über den Sommer bleiben.«

»Im Sommer müssen wir uns in ein anderes Klima begeben, nehme ich an. Wir sollten in die Schweiz . . . hoch in die Berge gehen.«

»Das hört sich sehr angenehm an.«

Er lächelte sein melancholisches Lächeln. »Sie denken, ich sei undankbar. Ich bin nur unzufrieden. Manchmal hadere ich mit dem Schicksal. Ich sage mir: Warum sind die einen so reich, die anderen so arm geboren?«

»Ich bin überrascht, daß Sie solche Gedanken haben.«

»Alle armen Menschen haben sie. Nur die Armen ärgern sich über Ungleichheit und Ungerechtigkeit.«

»Sie möchten gerne reich sein?«

»Ich möchte frei sein.«

»Frei? Sie meinen von Raoul?«

»Meine Stellung ist schwierig. Ich frage mich oft, ob ich für den Jungen gut bin. Ich frage mich: Ist das dein Leben? Was bist du? Ein Kindermädchen? Ein Lehrer? Eine Frau könnte ersteres besser erfüllen, und es gibt Gelehrte, die viel geeignetere Lehrer sein könnten als du.«

»Aber es war doch der Wunsch von Raouls Eltern, daß Sie Erzieher und Lehrer sein sollten. Er ist doch jemand von Ihrem eigenen Blut. Niemand könnte ihn mehr lieben als Sie.«

»Sie haben recht, und ich bin undankbar, wie ich gesagt habe. Es ist nur, weil Sie so mitfühlend sind, daß ich meine Kümmernisse vor Ihnen ausbreite.«

»Was würden Sie tun, wenn Sie reich und frei wären? Erzählen Sie mir davon. Ich möchte es gerne hören. Würden Sie nach Frankreich zurückkehren?«

»Nach Frankreich? Nein. Mein altes Zuhause ist jetzt ein Regierungsgebäude. Es steht in Orléans. Ich bin dort gewesen . . . es ist noch nicht so lange her. Ich bin durch die Straßen mit diesen alten Holzhäusern gegangen, habe am Ufer der Loire gestanden und gedacht: Wenn ich reich wäre, würde ich nach Orléans zurückkehren und ein Haus bauen, heiraten, eine Familie gründen und leben, wie meine Familie vor dem Terror gelebt hat! So habe ich einmal gedacht. Aber jetzt weiß ich, daß ich nicht mehr nach Orléans zurückkehre. Ich würde meilenweit fortgehen . . . in eine neue Welt. Vielleicht nach New Orleans. Der Fluß, den ich dann anschauen würde, wäre nicht die Loire, sondern der Mississippi, und anstatt ein großartiges Haus zu bauen und wie ein Aristokrat zu leben, würde ich eine Plantage haben und Baumwolle, Zucker oder Tabak anbauen . . .«

»Das ist viel aufregender als das große Haus. Was würden Sie denn darin anfangen?«

»Ich würde der Vergangenheit nachtrauern, einer jener langweiligen Menschen werden, die stets rückwärts schauen.«

»Und in der Neuen Welt ist es notwendig, vorwärts zu schauen . . . auf die nächste Zucker-, Tabak- oder Baumwollernte. Wie sieht das aus, wenn es wächst? Zucker hört sich am nettesten an, vielleicht weil man ihn essen kann.«

Er lachte plötzlich.

»Was würden Sie pflanzen, wenn Sie die Wahl hätten?« fragte sie.

»Sie haben mich darauf gebracht, daß ich gerne Zucker anpflanzen möchte.« Er lächelte sie an. »Melisande, Sie sind so ganz anders als ich. Ich bin ein ziemlich melancholischer Mensch.«

»Was macht Sie so melancholisch?«

»Die schreckliche Angewohnheit, zurückzublicken. Ich habe immer meine Eltern sagen gehört, daß die guten alten Tage hinter uns liegen und wir nie wieder den Glanz der alten Zeiten erleben werden. Sie ließen die Vergangenheit wunderbar und großartig erscheinen, als das einzige lebenswerte Leben. Ich vermute, Sie hörten das gleiche von Ihren Eltern.«

»Die Melancholie ist Ihr Erbe.«

Er nahm ihre Hände und sagte: »Ich möchte dem entkommen. Ich sehne mich danach, ihm zu entrinnen.«

»Das können Sie. Sofort. Jetzt haben wir die guten Zeiten. Damals waren es die schlechten. Wunderbare Zeiten liegen vor Ihnen und warten auf Sie.«

»Tun sie das?«

»Ich bin dessen sicher. Würde nicht auch Raoul gern Zucker pflanzen?«

»Das Klima würde ihn umbringen.«

»Ach so. Sie können also erst dann gehen, wenn Sie nicht mehr für ihn sorgen müssen.«

»Ja. Aber wenn er einundzwanzig ist, erbe ich ein wenig Geld. Dann wird er mich nicht mehr länger brauchen. Ich werde dann frei sein.«

»Das ist eine lange Zeit, um vorwärts zu blicken. Dennoch, in der Zwischenzeit haben Sie für Raoul zu sorgen, und Sie wissen, wenn er auch manchmal ein ziemlich schwieriger kleiner Bursche ist, daß er ein Waise ist, und Sie... Sie allein... ihn lieben, ihm helfen und nach ihm sehen können, wie es seine Eltern wünschten.«

Nach einer Weile begann er von der Neuen Welt mit einer Begeisterung zu sprechen, die sie verwunderte, denn sie hatte ihn bisher noch nie so lebhaft gesehen. Er hätte von dem Augenblick an hinübergehen wollen, erklärte er, in dem er erkannt hatte, daß Frankreich niemals mehr das Frankreich sein würde, das seine Eltern so geliebt hatten.

»Das alte Frankreich ist dahin. Zwar hat es einen König, aber was für einen! Der Sohn der Égalité, ein Mann, der seine Titel aufgab, um sich der Garde Nationale anzuschließen. Was läßt sich von einem solchen König erwarten? Nein! Es wird nicht Frankreich für mich sein.«

»Erzählen Sie mir von der Plantage. Lassen Sie uns denken, das Klima wäre gut für Raoul und daß Sie jetzt Pläne schmieden, um wegzugehen.«

»Das Klima könnte nie gut für Raoul sein.«

»Aber ich sagte doch, tun Sie als ob. Sie erklären, Sie seien melancholisch und ich heiter. Wenn ich traurig bin, dann stelle ich mir immer etwas Schönes vor, ob es nun Wirklichkeit werden kann oder nicht. Es ist besser, sich vorzustellen, daß etwas Gutes geschieht, als darüber zu grübeln, was schlecht ist und sich nicht ändern läßt. Also... wie müßten wir reisen?«

»Zunächst müßten wir den Atlantik überqueren. Sind Sie seefest?«

»Ich werde überhaupt nicht seekrank!«

»Das habe ich mir gedacht. Ich habe einige Freunde in New Orleans. Dorthin sollten wir fahren. Sie müßten sich um Raoul kümmern, während ich hart arbeite und alles über Zucker und Plantagen lerne.«

»Das wäre nicht schwer. Ich glaube, wir fänden viel zu unserer Unterhaltung, und Raoul interessiert sich für alles.«

»Wir würden Neger beschäftigen, die für uns arbeiten. Und ich nehme an, wenn ich erst einmal Erfahrungen gesammelt habe, daß es dann das richtige wäre, die Plantage in Schwung zu bringen und... das Haus zu bauen.«

Sie lächelte verträumt und sah weder die Felsen noch die See, sondern eine imaginäre Plantage, eine Zuckerplantage. Sie stellte sich Reihen und Reihen von Zuckerrohr vor, lächelnde Menschen in fröhlichen Farben mit dunklen, glänzenden Gesichtern. Sie sah sie alle auf Fastnacht tanzen.

Er unterbrach sie in ihren Träumen. »Wenn ich je gehen sollte, würden Sie dann wirklich mit mir kommen? Würden Sie mich heiraten wollen, Melisande?«

»Aber...«

»Vergessen Sie, daß ich gefragt habe. Es war zu früh. Ich

244

sehe es ein. Es war ein Fehler. Ihre Begeisterung hatte mich mitgerissen.«

Ein kurzes Schweigen herrschte, ehe er fortfuhr: »Habe ich recht? Ist es zu früh?«

»Ja, ich halte es für zu früh.«

»Wie meinen Sie das, Melisande?«

»Das Sie gleichwohl mein Freund sind und ich sehr glücklich gewesen bin . . . und mich sehr wohl dabei fühle . . . Sie zu kennen. Aber es ist zu früh für große Entscheidungen. Wir kennen uns noch nicht sehr gut.«

»Ich weiß genug.«

»Sie wissen nicht einmal, wer meine Eltern waren.«

»Ich habe dabei nicht an sie gedacht. Aber Sie zu kennen, dessen bin ich sicher.«

»Sie sind ein großer Trost für mich, und das ist eine sehr schöne Sache.«

»Ich werde Sie alle Tage Ihres Lebens trösten.«

»Das glaube ich Ihnen. Sie sind sanft und nur traurig, wenn Sie zurückblicken.«

»Wenn Sie mich heiraten würden, gäbe es so viel, auf das man sich freuen könnte, daß ich gar nicht mehr den Wunsch hätte, zurückzublicken.«

»Ein neues Leben«, sagte sie träumerisch, »in einer neuen Welt.«

»Das würde noch Jahre dauern. Sie vergessen . . . Raoul.«

»Was würde Raoul empfinden, wenn Sie mich heirateten?«

»Zuerst vielleicht ein wenig Schmerz. Er genoß meine ungeteilte Aufmerksamkeit so lange Zeit. Aber er mag Sie und würde Sie noch lieber gewinnen. Sie haben ihn bezaubert, wie Sie alle anderen bezaubert haben. Im Augenblick ist er noch zu sehr mit sich selbst beschäftigt, aber wir sollten bald jeden Widerstand überwinden können.«

»Léon, er ist kein schlechtes Kind. Er hat nur zuviel

Macht . . . und ist noch zu jung, um richtig mit ihr umzugehen. Er könnte sich ändern, meine ich.«

»Es wäre gut für ihn, wenn er uns beide hätte. Mehr . . . normal. Wir könnten Eltern für ihn sein. Es ist so schwierig . . . ein Mann ganz allein.«

»Ja, das sehe ich ein. Aber wir sprechen hier nicht von Raoul, Léon. Wir sprechen von uns selbst.«

»Und ich habe zu früh gesprochen.«

»Ja, das stimmt, Sie haben zu früh gesprochen. Könnten wir das beiseite schieben . . . bis später? Lassen Sie es für ein paar Wochen ruhen, Léon. Das ist das beste. Lassen Sie uns von anderen Dingen reden, und plötzlich . . . bald . . . werde ich es wissen. Das fühle ich. Verstehen Sie?«

»Ja, Melisande, ich verstehe.«

Sie gingen zusammen nach Trevenning zurück, sprachen aber nicht mehr von Heirat. Als er sich verabschiedete, sagte er: »Wir müssen uns oft treffen . . . jeden Tag. Wir müssen dieses Einanderkennenlernen so schnell wie möglich hinter uns bringen. Sie sind sehr schön, und ich bin sehr ungeduldig.«

»Gute Nacht«, antwortete sie.

»Ich habe Sie sehr gerne – und Raoul auch ein bißchen. Ich glaube, es könnte etwas Gutes sein, wenn wir alle zusammen wären.«

Er wollte den Arm um sie legen, aber sie wehrte ihn ab. »Bitte . . . wir müssen warten. Es ist zu wichtig, und bis jetzt können wir noch nicht sicher sein.«

Sie verließ ihn, und schon glaubte sie Fermors spöttisches Lachen zu hören. Zwei Anträge – und wie verschieden!

»Das Leben ist eine Seltsamkeit«, murmelte sie vor sich hin.

Nun standen ihr drei Wege offen. Welchen sollte sie wählen? Nimm den, nach dem du dich sehnst, vermeinte sie eine drängende Stimme zu hören. Sei kühl. Sag dem trübseligen

246

Leben Adieu. Lebe froh und bedenkenlos. Das ist der richtige Weg. Sie konnte im Geiste die melodische Tenorstimme hören:

>»I would love you all the day,
Every night would kiss and play,
If with me you'd fondly stray
Over the hills and far away . . .«

Über die Hügel und weit weg, wo ein sündiges Leben, wo Abenteuer warteten.

Sie dachte: Klar, wenn ich klug wäre, sollte ich Léon heiraten.

*

Der Weihnachtstag war gekommen.

Melisande lag wach, obwohl es noch früh war und sich noch nichts im Haus regte.

Carolines Hochzeitstag!

Fermor war erst gestern zurückgekehrt, weil er, wie er sagte, in London aufgehalten wurde. Sowie sie seine Stimme hörte, fühlte sie die Erregung in sich aufsteigen. Sobald sie aus dem Fenster blickte und ihn lachen sah, als ihn die Reitknechte und Dienstboten begrüßten, erfaßte sie große Unruhe.

Jetzt, am frühen Morgen, würde sie den Tatsachen ins Gesicht schauen und sie sehen, wie sie wirklich waren. Sie hatte geträumt – sie, die so viel in Träumen lebte –, daß etwas geschehen würde, ehe der Tag begann. Ihre romantischen Gedanken, auf einen glücklichen Ausgang gerichtet, hatten John Collings Caroline gegeben und ein reizendes Mädchen für Léon gefunden. Blieben also Melisande und Fermor übrig, der durch einen wunderbaren Glücksfall sein Wesen geändert hatte. Er wurde ernst, ohne seine Fröhlichkeit zu verlieren; er wurde zärtlich, ohne seine Leidenschaft aufzugeben; er war liebevoll, statt lüstern. In ihren Träumen lebte Melisande in einer vollkommenen Welt. Aber nun — an Carolines Hochzeitstag — hatte sich die Wirklichkeit unbestreitbar über die Phantasie erhoben und war dabei, sie erbarmungslos zu vernichten.

Im Schrank hing das grüne Seidenkleid. Es war ihr eigener Entwurf, und nur beim Nähen hatte ihr Miß Pennifield geholfen. Den Hals zierten kleine schwarze Samtschleifen, und an der Taille wollte sie eine große schwarze Rose aus Seide und Samt tragen. »Schwarz!« hatte Miß Pennifield gerufen. »Das sieht doch nach Trauer aus. Schwarz ist für Begräbnisse und nicht für Hochzeiten. Warum machen Sie sich keine hübsche rosa Blüte? Rosen sind rosa, nicht schwarz, meine Liebe. Und ich werd' Ihnen ein paar schöne Stoffreste finden.«

»Da kommt nur Schwarz in Frage«, hatte sie geantwortet. »Es ist eine Notwendigkeit... bei einem grünen Kleid.« Und sie dachte: Für mich auch.

Sie war noch nicht ganz siebzehn, und das war zu jung für Verzweiflung. Sie fragte sich, wie alt wohl die Nonne gewesen sein mochte, als man sie einkerkerte. Sie, Melisande, würde heute eingemauert werden — eingemauert vom Tod der Hoffnung.

Sie war Fermor seit seiner Rückkehr noch nicht begegnet. Er hatte sie nicht gesucht, das wußte sie, denn hätte er sie sehen wollen, hätte er Mittel und Wege gefunden, es zu tun. Er war mit Hochzeitsgeschenken gekommen — für Caroline. Er unterhielt sich mit Caroline, er ritt mit Caroline, und so gehörte es sich auch.

Also hatte Melisande ihm offensichtlich nicht mehr bedeutet als ein leichtes Abenteuer, das er mit ihr zu teilen gedachte. Melisande hatte ihn abgewiesen, und er zuckte mit den Schultern und ging weiter.

Jetzt konnte sie die ersten Geräusche im Haus wahrnehmen. Im Dienstbotentrakt würden sie heute sehr früh auf sein. Mrs. Soady, eine gesetzte Priesterin in ihrem Küchenreich, hatte tagelang zurückgezogen und geistesabwesend gewirkt, während ihr das Wasser im Mund zusammenlief bei den vielen Torten und Pasteten, die sie machte, bei all den Kuchen und den Puddings. Angesichts der kurz bevorstehenden Hochzeit war kaum Zeit für einen Schwatz geblieben.

Melisande stand auf. Sie mußte hinuntergehen und ihnen helfen. Das war besser, als im Bett zu liegen und über verlorene Träume nachzudenken.

*

Caroline war ebenfalls wach. Sie hatte die ganze Nacht kaum geschlafen. Der Tag war gekommen — der Tag, von dem sie gefürchtet hatte, er würde nie kommen. Sie hatte die Schranktüre offengelassen, damit sie das weiße Seidenkleid sehen konnte, das sowohl ihre als auch Miß Pennifields Verzweiflung gewesen war. Auf dem Ankleidetisch lag der weiße Spitzenschleier, den schon ihre Mutter und ihre Großmutter getragen hatten.

Sie versuchte, sich die Zukunft vorzustellen, und konnte nur an die Vergangenheit denken, als sie ihn in London gesehen hatte und sie noch Kinder waren, an seine hänselnde Verachtung für sie, an die geflüsterten Worte eines Hausmädchens auf einer Treppe, an Melisande. Aber sie war töricht, über diese Dinge zu grübeln. Er hatte Melisande gestern kaum angeschaut.

Ursprünglich hatte sie die Absicht, ihm von der Freundschaft zwischen Melisande und Léon de la Roche zu erzählen, als sie allein ausgeritten waren. Und daß sich diese Freundschaft auf einen unvermeidlichen Schluß zubewegte. Doch hatte sie Angst gehabt, es könnte das Glück des Vorabends ihrer Hochzeit zerstören.

Sie konnte nicht mehr im Bett liegen ... und warten. Sie wünschte sich den Tag herbei. Sie wünschte, daß die Trauung vorbei wäre. Zwei Wochen würden sie noch hierbleiben, denn sie hatten beschlossen, auf eine Hochzeitsreise als Konzession an die Konvention zu verzichten. Sir Charles war einverstanden gewesen, daß sie heirateten, noch ehe das Trauerjahr für Carolines Mutter vergangen war. Aber fröhlich auf eine Hochzeitsreise zu gehen, war doch zu frivol und respektlos. Die Angelegenheit war mit mehreren Leuten durchgesprochen worden, und alle hatten zugestimmt, daß das junge Paar still für ein paar Wochen in Trevenning bleiben und dann ruhig nach London gehen sollte.

Caroline war an einer Hochzeitsreise nichts gelegen — für sie war nur wichtig, daß sie und Fermor heirateten. Aber jetzt merkte sie, daß sie weniger Besorgnis fühlen würde, wenn sie das Haus noch heute verlassen könnten ... nach der Trauung und dem Empfang.

Sie und Melisande waren unterdessen Freundinnen geworden, und Caroline wußte, daß Melisande keine Intrigantin war. Sie war impulsiv und eifrig darauf bedacht, beliebt zu sein und Freude zu bereiten — ein freundliches, reizendes Mädchen. Aber um wieviel würde Caroline glücklicher sein, wenn sie ihr Adieu sagen konnte. Mit Fermors Rückkehr war auch ihre Eifersucht zurückgekehrt.

Aber sie wollte sich heute nicht selbst den Tag verderben. Sie stand auf, ging zum Ankleidetisch und setzte den Schleier auf. Im Spiegel sah sie, daß sie blaß war und Schlaflosigkeit Schatten unter ihre Augen geworfen hatte. Sie sah kaum aus wie eine glückliche Braut. Doch alles, was sie sich erhofft hatte, würde nun bald ihr gehören.

Die Tür war aufgegangen, und Wenna schaute herein.

»Um Gottes willen! Aufgestanden! Was tust du denn da? Mein Herzblatt, du siehst so müde aus. Hast du denn nicht geschlafen? Und auch noch das Ding da aufsetzen. Weißt du nicht, daß es Unglück bedeutet?«

»Wenna.«

Wenna lief auf Caroline zu und nahm sie in die Arme.

»Ich habe Angst, Wenna.«

»Vor was denn, meine Kleine? Sag's Wenna, wovor du Angst hast. *Er* ist es, ich weiß schon.«

»Nein, es ist die Zukunft, Wenna. Alles. Nerven. Wenna... Angst vor der Hochzeit. Das kommt vor, sagen die Leute.«

»Es ist noch nicht zu spät, weißt du, mein Schatz. Nur ein Wort...«

»Nein, Wenna, nein! Nie!«

Wenna gab nach. »Ich werde bei dir sein, mein Schatz. Alle Tage meines Lebens werde ich da und bei dir sein.«

*

Die Trauung war vorbei, und im Haus herrschte Fröhlichkeit. Wie hätte es auch anders sein können? Es stimmte zwar, daß noch kein Jahr seit dem Tod der Herrin vergangen und ein Jahr die kürzeste Zeit war, die zwischen einem Todesfall und einer Hochzeit im Haus vergehen sollte – aber es hatte den Gästen gefallen, darüber hinwegzusehen. Die ansteckende Vergnügtheit des Bräutigams verjagte alle Traurigkeit.

Stattlich und elegant schien er all das zu sein, was ein Bräutigam sein sollte.

Caroline hingegen war gedämpft, blaß und offensichtlich nervös – wie nach Meinung der Gäste eine Braut auch sein sollte.

Sir Charles war ernst und offensichtlich über die Heirat seiner Tochter entzückt. Die Eltern des Bräutigams, reiche und elegante Londoner, waren ebenfalls mit dem Zustandekommen dieser Ehe zufrieden. Die besten Familien aus der

Grafschaft waren alle der Einladung nach Trevenning gefolgt; das gleiche galt für die Freunde des Bräutigams, so daß das Haus voll war. Nie zuvor hatte es je eine so glänzende Zeremonie in der großen Halle gegeben, die wie für Weihnachten dekoriert war, mit Stechpalme, Efeu, Buchsbaum und Lorbeer. Weihnachten und der Hochzeitstag der Tochter des Hauses! Was konnte man an Feierlichkeit noch mehr verlangen? Vergessen war die Trauer! Es war so leicht zu sagen: »Ich weiß, daß Ihre Mutter noch nicht so lange unter der Erde ist, aber so hätte sie sich's gewünscht.« Sie konnten glücklich sein, lachen, tanzen, singen, solange sie nur daran dachten, daß sie lediglich den Wunsch der teuren Verstorbenen erfüllten.

Auf dem großen Tisch standen Schalen mit Punsch. Es gab Metheglin, den Honigwein, Met, *dash-an-darras* mit einem Schuß Sahne, und *shenegrum* — jenes Gebräu aus gekochtem Bier, Jamaica-Rum, Zitrone, braunem Zucker und Zimt —, ohne das kein kornisches Weihnachtsfest vollkommen war.

Die Tafel, mit Mrs. Soadys größten Meisterwerken beladen, bot Wildschweinköpfe, alle nur erdenklichen Arten von Pasteten neben den üblichen Fleisch- und Fischpasteten mit Makrelen, Brassen und Sardinen. Die Sardinen wurden in jeder den kornischen Gästen bekannten Form angeboten. Es gab Spanferkel — sowohl vom Spieß als auch im Teigmantel, und natürlich gab es den *hog's pudding*, die kornische Schweinefleischspezialität aus Innereien mit Haferflocken und Nierenfett, von der jedoch die Londoner Gäste nur spärlich nahmen.

Geplagte Diener und Mägde eilten durch das Haus. Aus der Küche kamen in letzter Minute gebackene Kuchen und Torten, die Mrs. Soady als Abschluß des Festessens für unentbehrlich hielt. Und nach dem Bankett stürzten sich die Diener wie ein Heuschreckenschwarm über den Saal und räumten alles weg, damit die Gäste tanzen und sich vergnügen konnten, wie es sich für eine Hochzeit in der Familie an Weihnachten gehörte.

Man tanzte die alten Tänze, und die ganze, von Braut und Bräutigam angeführte Gesellschaft beteiligte sich an der Quadrille und am Sir-Roger-de-Coverley-Rundtanz: Die kornischen Gäste erfüllten den Wunsch nach volkstümlichen Tänzen, stellten sich auf und zeigten den Fremden den *furry dance* (Felltanz), begleitet von den Musikern, die der Gesellschaft lustig aufspielten.

Es war ein fröhliches Fest.

Léon war eingeladen worden. Er hielt sich eng an Melisande, und es war klar, daß er das Schauspiel einer kornischen Weihnacht und Hochzeit genoß.

»Wenn Sie mich heiraten würden, gäbe es keine so große Festlichkeit wie diese, leider.«

»Die Großartigkeit spielt dabei keine Rolle«, antwortete sie.

»Sie sind heute ein wenig traurig.«

»Traurig? An einem solchen Tag! Warum sollte ich?«

»Vielleicht, weil Miß Trevenning jetzt fortgeht, nachdem sie verheiratet ist. Haben Sie auch Angst . . . ihretwegen?«

»Angst, wenn sie verliebt ist? Das ist doch klar. Meinen Sie nicht auch?«

»Ja, das stimmt.«

»Und er hat auch Angst. Sehen Sie das nicht?«

»Er? Ach, er ist nur in sich selbst verliebt.«

Sie sah ihn scharf an.

»Vielleicht bin ich neidisch«, sagte er. »Nicht wegen seines Reichtums oder seiner Braut, o nein. Aber ich möchte die Sicherheit besitzen, die Reichtum verleiht. Ich wünschte, ich hätte eine Braut, die in mich verliebt ist wie Caroline in ihn.«

»Seien Sie vorsichtig!« warnte ihn Melisande. »Wir sind hier in Cornwall, wo seltsame Dinge geschehen. Piskies und

Elfen lauern unbemerkt. Es kann sein, daß Ihre Wünsche erfüllt werden. Sie könnten seinen Reichtum haben, und Sie könnten — wie Sie es von ihm behaupten — in sich selbst verliebt werden.«

»Es würde mir ohne Zweifel weniger leichtfallen als ihm. Zum einen ist er so stattlich, und zum anderen ist er so zufrieden mit sich selbst.«

»Jeder, der wahrhaft verliebt ist, ist von dem Gegenstand seiner Liebe angetan, und wie immer er anderen erscheinen mag, er ist schön in den Augen des Liebenden. Ich hoffe, Caroline wird glücklich.«

»Sie reden, als ob Sie es nicht glaubten.«

»Dann bin ich töricht.«

Fermor spürte, daß sie von ihm sprachen. Er lächelte in ihre Richtung und kam hinüber.

»Genießen Sie das Hochzeitsfest, Mademoiselle St. Martin?« fragte er.

»Sehr. Ich glaube, Sie sind Monsieur de la Roche noch nicht begegnet?«

»Ich habe ihn schon einmal gesehen.«

»Ich kann mich nicht erinnern«, sagte Léon.

»Ich stand oben auf der Klippe, Sie waren unten. Aber ich habe Sie erkannt. Ich habe, wie es heißt, Adleraugen. Damit sieht man eine ganze Menge.«

»Dies ist Mr. Holland, wie Sie wissen«, sagte Melisande zu Léon.

»Natürlich. Wir alle kennen den Bräutigam.«

»Ich habe gehört, Sie und Mademoiselle St. Martin freuen sich, miteinander französisch zu sprechen. Wie angenehm, Landsleuten in einem fremden Land zu begegnen.«

»Es war höchst erfreulich.«

»Ich bin in Wirklichkeit gekommen, um Mademoiselle zu bitten, am Tanz teilzunehmen. Ich habe kaum ein Wort mit ihr seit meiner Ankunft gestern gesprochen. Ich muß mich für meine Unhöflichkeit entschuldigen und Sie um Verzeihung bitten.«

»Ich vergebe nicht nur, sondern beglückwünsche Sie sogar«, entgegnete Melisande. »Es gehört sich doch wohl so, Monsieur de la Roche, daß ein Bräutigam jedermann außer seiner Braut vernachlässigt?«

»Ja, so sagt man.«

»Sind Sie schon einmal Bräutigam gewesen?« fragte Fermor. Und Melisande glaubte, einen Unterton von Überheblichkeit zu entdecken.

»Nein. Aber ich kann es mir vorstellen.«

»Trau einem Franzosen! Aber mir würde nicht so leicht vergeben werden. Jeder Mann — ob verheiratet oder Junggeselle — hat gegenüber der Gemeinschaft eine Verpflichtung. *Toujours la politesse*, heißt es doch in Ihrem Land.«

»In Frankreich«, sagte Melisande, »tritt *la politesse* immer beiseite für *l'amour*. Danke, daß Sie mich aufgefordert haben. Danke für die Entschuldigung. Bitte gehen Sie zu Ihrer Frau mit reinem Gewissen zurück.«

»Oh, aber ich muß mich doch um meine Gäste kümmern«, entgegnete Fermor ungerührt.

»Monsieur de la Roche kümmert sich um mich und ich um ihn.«

Er sah sie hintergründig lächelnd an. »Das dachte ich mir, aber ich habe nicht die Absicht, ihm dieses Vergnügen ganz allein zu überlassen... Kommen Sie... tanzen Sie mit mir.«

Er würde sie in die Mitte des Saales gezogen haben, wo sich die Paare für einen Ländler zusammenfanden, doch klopfte es im gleichen Augenblick an die Türe. Von draußen her ertönten laute Stimmen, und unmittelbar darauf strömten vermummte Gestalten in den Saal.

Fermor sagte: »Eine andere alte Sitte! Wer sind sie?«

Jane Collings, die seine Frage gehört hatte rief ihm zu, daß dies die Mummentänzer wären, die in der Weihnachtszeit immer in die großen Häuser kämen.

»Also ist es eine alte Sitte!«

»Uralt. Älter als das Christentum!« erklärte Jane.

Die Tänzer waren nicht zu erkennen, denn die meisten trugen Masken oder hatten das Gesicht geschwärzt. Einige hatten sich verkleidet, um Persönlichkeiten darzustellen, die bei der kornischen Bevölkerung besonders beliebt waren. Gleich zwei waren als Sir John Trelawny erschienen, ein Charles I. war dabei und Monmouth. Sie spielten ihre Rolle zum Ergötzen der Gäste, und anschließend tanzten sie die alten Tänze, die sie schon seit Wochen geübt hatten.

Noch ehe ihre Vorstellung beendet war, trafen die Wassaillers ein, um Wassail, das kornische Würzbier, zu trinken, und mit ihnen kamen auch gleich die Curl-Sänger. Der Saal war jetzt voll. Überall sangen und tanzten die Leute, und man trank auf das Wohl der Braut und des Bräutigams.

Dabei war es natürlich unerläßlich, daß Fermor neben Caroline stand. Als er an ihre Seite getreten war, blickte er nach Melisande, und es war nicht leicht zu wissen, was er dachte. Melisande überlief es kalt. Die Szene schien ihr seltsam. Die schwarzen Gesichter der Tänzer ließen sie grotesk erscheinen, und einige der Masken waren häßlich, beinahe drohend. Doch wußte sie, daß sich hinter ihnen freundliche, einfache Menschen verbargen. Da stand der Bräutigam, elegant in seiner Hochzeitskleidung aus London, der stattlichste Mann im Saal, über ein Meter achtzig groß, ein idealer Bräutigam, wie sie hatte sagen hören. Doch dachte Melisande, dieses hübsche Gesicht ist eine Maske, weitaus täuschender als alle anderen Masken auf diesem Fest.

Plötzlich wandte sie sich zu Léon.

»Was ist?« fragte er.

»Ich möchte Sie heiraten. Ich denke . . . wir werden glücklich sein zusammen.«

»Melisande . . .«

»Ja, wenn Sie es noch wünschen.«

Er faßte ihre Hand. »Ich weiß nicht, was ich sagen soll. Ich bin so glücklich.«

»Ich glaube, es ist das richtige für uns. Wenn ich es jemand sagen möchte, daß wir heiraten, darf ich das?«

»Von mir aus können es alle wissen. Sollten wir es jetzt bekanntgeben?«

»Nein. Nicht hier. Man wäre nicht daran interessiert. Es würde nur stören. Wer sind wir denn — bedenke doch, *unsere* Verlobung auf einer so großartigen Hochzeit zu verkünden!«

»Wann soll es sein?«

»Noch nicht so schnell. Wir müssen an Raoul denken.«

»Ich will es ihm vorsichtig beibringen. Hast du etwas dagegen, daß Raoul bei uns ist?«

»Aber natürlich nicht. Nur, wie wird er damit fertig werden?«

»Er wird sich daran gewöhnen. Vielleicht könnten wir hier heiraten . . . bevor wir abreisen. Dann könnten wir alle zusammen weggehen. Ach, meine liebe, süße Melisande, nun werden wir doch nicht getrennt werden . . . niemals wieder.«

Fermors Augen ruhten auf ihnen. »Es ist mir ein großer Trost zu wissen, daß du so nahe bist«, sagte sie.

»Ich wünschte, wir könnten irgendwo alleine sein.«

»Wir werden uns vielleicht morgen sehen.«

»Beim üblichen Treffpunkt. Unser Platz am Strand. In den nächsten Jahren werden wir ihn oft besuchen. Ich werde nie vergessen, wie du mit Raoul die Felsen heruntergekommen bis . . . hinunter, dorthin, wo ich auf dem Sand stand.«

Sie konnten nicht mehr länger reden. Wie es Sitte war, wollte Caroline für die Gäste singen.

Ihr Gesicht war leicht gerötet, und sie strahlte vor innerem Glück. Wenna beobachtete sie.

Heute ist sie glücklich, dachte Wenna. Aber ist ein Tag Glückseligkeit ein ganzes Leben lang Kummer wert?

Caroline sagte: »Ich habe keine große Stimme, wie Sie wissen, aber ich will mein Bestes tun. Ich habe ein Lied gewählt, daß Sie alle kennen, und vielleicht helfen Sie mir, indem Sie mit einstimmen.«

Caroline besaß eine süße, aber schwache Stimme. Deshalb mußte absolutes Schweigen herrschen. Sie sang:

> A well there is in the West Country,
> And a clearer one never was seen
> There ist not a wife in the West Country
> But has heard of the well of St. Keyne.

Mehrere der Gäste sangen nun kräftig mit:

> But has heard of the well of St. Keyne.

Und sie fuhren fort, mit Caroline von dem Fremden zu singen, der zum Brunnen kam und ermüdet von dem Wasser trank, und wie er von dem alten Mann, der ihn trinken gesehen hatte, von den magischen Kräften des Wassers erfuhr.

> »Now art thou a bachelor, stranger?« quoth he,
> »For an if thou hast a wife,
> The happiest drought thou hast drunk this day
> That ever thou didst in thy life!«

Fermor war zu Melisande und Léon hinübergewandert. Er flüsterte: »Wir sind Fremde . . . wir alle. Die Leute aus Cornwall sind hier ein bißchen übermächtig.«

»Ich wünschte, daß ich die Worte verstehen könnte. Es ist so schwierig zu folgen . . . für jemand mit meinem nicht sehr guten Englisch.«

»Mademoiselle wird es Ihnen zweifellos erklären. Sie versteht es sicher. Sie ist so geübt in unserem Englisch geworden, daß sie nur ganz wenig nicht versteht.«

»Achten Sie auf die letzten Verse«, unterbrach Melisande. Und sie wandten sich alle Caroline zu.

Als sie geendet hatte, brach Beifall aus, in den sich vergnügtes Lachen mischte. Melisande erklärte Léon den Grund. Die heilige Keyne hatte den Brunnen verzaubert. Schaffte es der Bräutigam, davon zu trinken, blieb er sein Leben lang Herr im Haus. Er war sofort nach der Trauung zum Brunnen geeilt. Aber die Braut war klüger und hatte eine Flasche verzaubertes Wasser bereits in die Kirche mitgenommen.

Viele der Einheimischen begannen, die letzten Worte noch einmal zu singen, und schauten dabei von Caroline zu Fermor, als ob sie sich fragten, wer von den beiden zuerst von dem Wasser des Brunnens trinken würde.

»Das Lied ist ... was man ein passendes nennt?« fragte Melisande.

»Ich vermute, so würde man sagen«, meinte Fermor.

»Und Sie haben von diesem Wasser getrunken? Oder haben Sie es vor?«

»Liebe Mademoiselle, glauben Sie, ich hätte die Hilfe dieser heiligen Keyne oder wie sie auch immer heißt, nötig? Nein. Ich verlasse mich auf mich selbst. Sie brauchen keine Angst zu haben, ich bin durchaus fähig, mich um mich selbst zu kümmern.«

Plötzlich schwieg alles um sie herum. Die Gäste hatten St. Keyne aufgegeben und erklärten, nun sei der Bräutigam an der Reihe.

»Erst die Braut ... dann der Bräutigam. Das ist eine alte kornische Sitte.«

Er schlenderte auf die Musikanten zu.

»Meine Damen und Herren, wie kann ich auf einen so lebendigen Vortrag, wie wir ihn gerade gehört haben, mit

einem meiner kleinen Lieder folgen? Sie werden mich entschuldigen . . .«

»Nein, nein!« riefen alle. »Sie müssen singen. Die Braut
hat gesungen. Der Bräutigam muß auch singen.«

Seine Zurückhaltung war gespielt. Das wußte Melisande.
Alles an ihm ist falsch, dachte sie. Er möchte gern singen.
Er möchte, daß sie seine Stimme bewundern. Er ist ganz
Einbildung und Arroganz. Jetzt, da sie ihn kannte, kannte sie
ihn als den Teufel, wie Thérèse und die Schwestern sich den
Teufel vorstellten.

Er sang zu ihnen mit seiner mächtigen Stimme, und sofort
schwieg alles im Saal — und nur Melisande wußte, daß dieses Lied für sie war.

>»Go, lovely rose!
Tell her, that wastes her time and me,
That now she knows,
When I resemble her to thee,
How sweet and fair she seems to be . . .«

Melisande lauschte und fühlte, wie er sie — trotz allem, was
sie von ihm wußte — immer wieder anzog. Sie wollte seinem
lockenden Ruf widerstehen und spürte doch, daß sie in
Gefahr war, ihm zu erliegen.

Sie wandte sich zu Léon an ihrer Seite.

Sie verließ sich auf ihn, ihr zu helfen, aus dem Treib-
sand herauszukommen, in den sie schon einen Fuß gesetzt
hatte.

*

In der Dienerhalle hing der Weihnachtsstrauß von der Decke.
Jeder von ihnen hatte etwas immergrünes Laub gesammelt,
um damit die Holzreifen zu schmücken. Die Wände waren
so üppig wie im großen Festsaal mit Stechpalmen und

Mistelzweigen und immergrünem Laub verziert, wo es nur irgend möglich war.

Mrs. Soady saß am Kopfende des Tisches, eine zufriedene Frau. Bald war es Mitternacht. Die Gäste wurden allmählich müde, und die Dienstboten, nun endlich frei, konnten sich am Tisch niederlassen. Ab und zu wurde natürlich der eine oder andere noch zu den Gästen gerufen, aber die Rufe wurden weniger.

Mrs. Soady, die reichlich nicht nur von ihren Lieblingsspeisen genossen hatte, sagte gerade, dies sei ein Weihnachten, an das sie sich ihr Leben lang erinnern würden, als Peg kam. Sie berichtete, daß Mamasell und der Franzose noch immer beisammen waren und sie gesehen hätte, wie sie sich an den Händen hielten.

Mrs. Soady nickte. Metheglin machte sie sehr schläfrig, die netteste Art von Schläfrigsein, die es gibt, und in der sie alle Welt liebte und wünschte, ihre Freude mit allen zu teilen.

»Es würde mich nicht wundern, wenn noch eine Hochzeit daherkäme«, meinte Bet.

»Ach, da bin ich nicht so sicher«, sagte der Diener. »Dieser Franzose kümmert sich um den kleinen Jungen, und der kleine Junge ist ein Herzog oder so was — wenn auch nur ein französischer. Nun, dieser Mosjö . . . falls er ein Familienmitglied ist — wenn auch ein armes —, wäre also mit einem Herzog verwandt, das versteht ihr doch.«

»Und was hat das damit zu tun?« fragte Mrs. Soady fast ärgerlich. Der Diener brachte einen Mißklang ins Glücklichsein. Mrs. Soady hatte die kleine Mamasell so gern, als ob sie eines der Kinder wäre, die sie selbst nie gehabt hatte. Mrs. Soady wollte, daß der Mosjö die Mamasell heiratete. Sie liebte Hochzeiten. Was für ein schönes Weihnachten hatten sie durch diese Hochzeit gehabt!

»Nun ja, Mrs. Soady«, machte der Diener geltend. »Sie wissen doch, daß diese Familien furchtbar heikel sind.«

»Ich kann euch sagen, daß Mamasell aus einer genauso guten Familie wie jeder französische Mosjö kommt und dazu taugt, Herzöge zu heiraten ... zumindest französische.«

Mr. Meaker war wachsam. Er warf ihr warnende Blicke zu. Es war durchaus in Ordnung, solch wichtige Geheimnisse dem ältesten Mitglied des männlichen Personals mitzuteilen, aber es solch geschwätzigen Haus- und Stubenmädchen zu verkünden, wäre eine Torheit. Selbst Mrs. Soady würde diese nicht begehen, es sei denn unter dem Einfluß der Weihnachtsfestivitäten und des guten Metheglin.

Mrs. Soady fing Mr. Meakers Blicke auf – und schob sie beiseite. Sie war jetzt zu erregt.

»Sie wissen ja nicht, wer Mamasell ist«, sagte sie zu dem Diener.

»Wer denn, Mrs. Soady?«

Viele Paare wachsamer Augen sahen gespannt auf Mrs. Soady.

Mr. Meaker stöhnte innerlich. Er wußte, Mrs. Soady konnte der Versuchung nicht widerstehen. Sie lehnte sich lächelnd in ihrem Stuhl zurück.

»Nun, es bleibt natürlich alles unter uns. Es ist ein Geheimnis, das nie über diese vier Wände hinauskommen darf. Ich werd's euch jetzt sagen ...«

Und sie tat es.

*

Erst am Morgen hörte das Feiern auf.

Melisande begab sich auf ihr Zimmer. Sie fühlte sich sehr müde. Bilder vom Abend schwirrten ihr durch den Kopf. Sie sah sich neben Léon stehen, hörte seine geflüsterten Worte und sich selbst, wie sie ihm das Versprechen gab, ihn zu heiraten. Sie sah sich draußen in der kalten Nacht stehen und seinem Wagen nachwinken, als er davonfuhr. Am lebhaftesten waren jedoch die Bilder der Braut und des Bräutigams, wie sie nebeneinander standen und den Toast empfingen, von Fermor, der zu ihr herüberschlenderte, um mit ihr zu reden, und von Fermor, wie er lächelnd dastand und für sie ein Lied sang.

Ihr Kopf schmerzte, und sie wollte gerade die Kerzen auslöschen, als sie Panik ergriff. Einer augenblicklichen Eingebung folgend, lief sie zur Tür und drehte den Schlüssel im Schloß um. Sie ließ die Kerzen brennen und legte sich ins Bett, den Blick auf die Tür gerichtet.

Und wie sie so dalag, glaubte sie Geräusche draußen zu hören, langsame, heimliche Schritte.

Fermor konnte das nicht sein. Er würde Caroline in der Hochzeitsnacht nicht allein lassen. Es war jemand, der wegen irgend etwas nach unten ging. Sie sollte daran denken, daß viele Leute im Haus waren.

Aber es schien ihr doch, daß die Schritte vor ihrer Tür anhielten. Sie zitterte. Wie gut war es doch, daß sie die Türe verschlossen hatte.

Dann sah sie etwas Weißes auf dem Teppich liegen. Das schwache Knarren der Dielen vor dem Zimmer verriet ihr, daß derjenige, der den Flur entlanggekommen war, ein Billett unter ihre Tür geschoben hatte.

Sie erhob sich und nahm es auf. Eine kleine Blume fiel heraus. Auf dem Papier, in einer kühnen Handschrift, von der sie sofort wußte, daß es seine war, stand: »Es heißt, diese Blumen heilen Wahnsinn. Sie bringen einen Zustand ruhiger Vernunft. Es ist nur eine Christrose, aber alle Blumen gleichen sich insofern, als sie das gemeinsame Schicksal aller köstlichen Dinge teilen.«

Sie wickelte die Blume in das Papier und verbrannte beides im Kaminfeuer. Er war gefühllos und brutal. Sie war dankbar, daß sie sich Léon zuwenden und ihn vergessen konnte.

*

In den frühen Morgenstunden des nächsten Tages begann der Sturm. Der Regen peitschte die Fenster, und der Wind stöhnte und heulte um das Haus.

Melisande konnte nur kurze Zeit schlafen. Den ganzen Morgen war sie immer nur eingenickt und von den Windstößen wieder aufgeweckt worden, die selbst Trevenning bis in seine Grundfesten erschütterten.

Jedesmal, wenn sie aufschreckte, geschah es wie in Panik.

Als sie sich erhob und am Fenster stand, konnte sie die brüllende, tobende See den Gischt in die Luft schleudern sehen. Sie sah das Wasser um die Felsen schäumen, die wie zornige, düstere Wächter das Land gegen das wütende Ungeheuer verteidigten.

Alle waren nach der Ausgelassenheit am Abend zuvor recht schläfrig. Sir Charles warnte die Gäste, es sei unklug, sich bei diesem Wetter dem Rand der Klippen zu nähern. Schon mancher wäre bei einem derartigen Wind hinunter und ins Meer gefegt worden.

Niemand wagte sich außer Haus, denn den ganzen Vormittag schlug der Regen nieder. Am Nachmittag hörte er auf, wenn auch der Wind so wütend blieb wie zuvor.

Melisande war dabei, fortzugehen und Léon zu treffen, als Sir Charles sie abfing.

»Sie wollen doch sicher nicht in dieses Wetter hinaus?«

»Nur ein kleines Stück.«

»Ich täte es nicht an Ihrer Stelle . . . nur wenn es sehr wichtig wäre.«

»Ach, ich nehme an, so wichtig ist es tatsächlich nicht. Es könnte bis morgen warten.«

Er lächelte sie in der wehmütig nachdenklichen Art an, die er nur zeigte, wenn sie allein waren.

»Dann lassen Sie es. Der Wind bläst fürchterlich auf den Klippen. Aber bis morgen dürfte er sich beruhigt haben. Unsere Stürme erschöpfen sich rasch.«

Melisande dankte ihm und ging auf ihr Zimmer zurück. Sie stand eine Weile am Fenster und sah den tobenden Wellen zu. Der Sturm hielt an, und es wurde zu spät, um an diesem Tag noch fortzugehen. Aber wie sie am nächsten Tag wünschte, sie wäre gegangen, um Léon zu treffen! Vielleicht wäre alles anders verlaufen, hätte sie den Weg gemacht.

Im großen Saal und in der Dienerhalle ging das Feiern am Abend weiter, aber Melisande schloß sich keiner Gruppe an. Sie täuschte Kopfschmerzen vor und blieb in ihrem Zimmer. Sie hätte es nicht ertragen können, irgendein Wort mit Fermor zu diesem Zeitpunkt zu wechseln.

Sie schlief, völlig erschöpft, die ganze folgende Nacht durch. Als sie am anderen Morgen erwachte, schien die Sonne, und die Felder und stämmigen Fichten glänzten in einem frischen Grün. Das Meer war beinahe so ruhig wie ein kleiner See – ein blasser blaugrüner Spiegel.

Als Peg ihr das Frühstück in den kleinen Raum brachte, in dem sie ihre Mahlzeiten einnahm, wußte sie sofort, daß etwas geschehen war. Ihr Gesicht drückte große Aufregung aus. Als Peg ihren Blick auffing, nahm ihr Gesicht traurige Züge an, und Melisande erkannte, daß etwas Tragisches geschehen sein mußte.

Aus Peg brach es heraus: »O Mamasell, eine furchtbare Nachricht! Einer der Männer ist sofort damit hierhergekommen. Mrs. Soady sagte, man soll es Ihnen schonend beibringen.«

»Was ist denn passiert, Peg?«

Wie lange sie sich Zeit zu nehmen schien, ehe sie sprach, und warum dachte Melisande sofort an Fermor und Caroline? Pegs nächste Worte vertrieben das vor ihren Augen aufsteigende Bild.

»Es ist der kleine Junge . . . der kleine Herzog . . . der französische Herzog.«

»Was, Peg?«

»Ein furchtbares Unglück. Es war gestern nachmittag, als der Sturm so heftig tobte. Er war draußen mit Mosjö. Sie befanden sich auf der Mole. Es war töricht, dorthin zu gehen, schließlich weiß jeder, daß es auf der Mole besonders gefährlich ist. Der Sturm hat ihn in die See gerissen.«

»Beide . . . alle beide?«

»Nein, nur den Kleinen. Er ist versunken . . . in den Wellen.«

»Und Monsieur de la Roche?«

»Ach, er konnte nichts tun. Es scheint, er kann nicht schwimmen. Und er hätte nicht einmal viel ausrichten können, selbst wenn er ein so guter Lebensretter gewesen wäre wie Jack Pengelly.«

»Aber . . . sprich weiter, Peg. Sag mir alles.«

»Der kleine Körper wurde in der Nacht ans Ufer gespült.«

»Tot!«

»Das konnte nicht anders sein . . . schließlich war er beinahe zehn Stunden im Wasser.«

»Und . . .«

»Der Mosjö . . . er ist untröstlich, sagen die Leute. Wissen Sie, da er nicht schwimmen kann, konnte er nur um Hilfe rennen. Er erwischte Jack Pengelly, und *der* stürzte sich zweimal ins Meer. Es war wie ein brodelnder Kessel, sagen sie. Auch Mark Giddle versuchte es. Es war vergebens.«

»Ich muß gehen und ihn sehen.«

»Mrs. Soady meinte, sie würden das bestimmt tun wollen.«

Melisande ergriff ihren Umhang und lief die Treppe hinunter. Sie hörte Mrs. Soady sprechen, als sie die Dienerhalle betrat. Mrs. Soady sagte gerade: »Nun, das ist's, was ich gehört habe, und es scheint so zu sein. Draußen auf der Mole an einem solchen Nachmittag! Und der Kleine fällt hinein, und er läuft los, Hilfe zu holen. Natürlich steckt da auch ein großes Glück drin. So vielleicht . . .«

266

Nein! dachte Melisande. Bitte, nein! Es ist nicht wahr.

Mrs. Soady hatte abrupt innegehalten.

»Meine Liebe, Sie haben also die Nachricht erfahren.«

»Peg hat's mir gesagt. Sie dürfen nicht denken... Er würde nicht...«

»Ach, es war eine furchtbare Tragödie. Sie sagen, der Mosjö wäre ganz untröstlich. Wohin gehen Sie, Mamasell?«

»Ich gehe zu ihm. Ich muß ihn sehen.«

»William wird Sie mit dem Wagen hinfahren. Ich bin sicher, Sir Charles würde nichts dagegen haben. Bet, lauf hinüber und sag William Bescheid.«

»Ich danke Ihnen, Mrs. Soady.«

»Nun, meine Liebe, fassen Sie sich. So etwas passiert in diesen schrecklichen Stürmen. Schon viele sind auf der Mole umgekommen. Es ist eine Falle, und der Zugang sollte von Rechts wegen an solchen Tagen mit Tauen versperrt werden.«

»Was haben Sie gemeint, als Sie sagten, da steckt auch ein großes Glück drin?«

»Oh, um Himmels willen! Hab ich das gesagt? Sie müssen mich nicht richtig verstanden haben. Ich sagte nur, was für ein Unglück, denke ich, und wie der Mosjö untröstlich darüber sein muß, was geschehen ist.«

Melisande starrte vor sich hin und dachte: Sie werden grausame Dinge über ihn reden. Selbst so gutartige Menschen wie Mrs. Soady werden diese grausamen Dinge über ihn glauben.

Mrs. Soady blickte zu Mr. Meaker und schüttelte den Kopf. Es gibt Zeiten, dachte Mrs. Soady, in denen Schweigen eine Tugend ist. Mit viel Reden wird hier nicht geholfen. Sie mochte die Sache nicht. Sie mochte sie ganz und gar nicht. Und sie hatte die kleine Mamasell nun mal unter ihre Fittiche genommen und würde sie vor der Schlechtigkeit der Welt schützen.

Bet kam herein, um mitzuteilen, daß der Wagen wartete, und Melisande lief hastig hinaus.

Die Fahrt schien Stunden zu dauern. Sie sah alles vor sich ... die beiden gegen den heftigen Wind ankämpfend. Hatte der Junge gebeten, hinaus auf die Mole zu gehen? Oder hatte es Léon vorgeschlagen? Nein, Léon würde es nicht vorschlagen. Er war überredet worden. Wenn ich gegangen wäre ... wenn ich bloß dort gewesen wäre, dachte sie, vielleicht wäre es nicht geschehen.

Sie sah durch die Wagenscheiben auf die selbstzufrieden lächelnde See. Sie war ein Ungeheuer, das gesättigt war, Unglück gebracht und, nachdem es seine Macht gezeigt hat, zufrieden war, sich für eine Weile ruhig und sanft zu geben. Die Häuser sahen frisch im Morgenlicht aus. Die gründlich gewaschenen Fliesen schimmerten blau und grün im fahlen Sonnenschein, die Feuchtigkeit glänzte noch auf den Tanzböden der Piskies. Als sie beim Haus ankamen, brachte Mrs. Clark sie zu Léons Zimmer und ließ sie dort allein mit ihm. »Trösten Sie ihn«, flüsterte sie. »Er ist ganz traurig dran.«

Also ging Melisande ohne viel zu sagen auf ihn zu, und als sie sein vergrämtes Gesicht sah, breitete sie die Arme aus. Er kam zu ihr, und sie umarmten sich.

»Du hast es also gehört.«

»O Léon ... bitte ... *bitte*, sieh nicht so drein. Es ist furchtbar. Aber wir werden darüber hinwegkommen müssen ... zusammen.«

Er schüttelte den Kopf. »Ich kann niemals davon loskommen.«

»Du wirst es. Natürlich wirst du. Nur, weil es so nah ist, scheint es überwältigend.«

»Ich war dabei, Melisande. Ich war dabei.«

»Ich weiß. Ich habe es gehört.«

Sein Gesicht wurde dunkel und bitter. »Was hast du sonst gehört?«

Sie hielt den Atem an. »Was sonst? Nichts, wieso? Nur, was geschehen ist.«

»Du kannst es nicht verbergen, Melisande, wenn es dir auch ähnlich sieht, es verbergen zu wollen. Du weißt, was sie sagen werden, was sie bereits sagen. Du hast es gehört. Ich sehe es an deinem Gesicht.«

»Ich habe nichts gehört«, log sie.

»Es ist eine tapfere Lüge. Aber du bist tapfer. Im Augenblick tue ich dir leid. Mitleid überwältigt dich. Aber die Mutigen verachten die Feiglinge, und du siehst einen vor dir.«

Sie nahm ihn beim Arm und schaute ihm ins Gesicht. »Es ist furchtbar . . . doppelt furchtbar, weil du dabei warst. Aber du konntest gar nichts tun, Léon. Du konntest gar nichts anderes tun als das, was du getan hast.«

»Ich hätte mich hineinwerfen können«, sagte er trotzig.

»Aber du kannst doch nicht schwimmen.«

»Ich hätte es versuchen sollen. Wer weiß? In solchen Augenblicken kann man übermenschliche Anstrengungen aushalten, nicht wahr? Ich hätte ihn vielleicht retten können.«

»Das konntest du nicht. Du tatest das einzig Mögliche. Du holtest Jack Pengelly. Jack kennt die Küste . . . kennt das Meer. Er ist ein kräftiger Schwimmer. Er hat schon früher Leute gerettet. Was du getan hast — wenn es auch nicht dramatisch gewesen sein mag —, war klug und vernünftig.«

»Du versuchst, mich zu trösten.«

»Natürlich will ich das. Was kann ich sonst tun? Du brauchst Trost. Du hast ein geliebtes Kind verloren.«

Er sagte ironisch: »Und ein Vermögen gewonnen.«

»Das darfst du nicht sagen.«

»Es ist aber die Wahrheit. Du kennst die Bestimmungen im Testament meines Vetters. Ich habe den Eindruck, daß sie allgemein bekannt sind. Glaubst du denn nicht, daß ich es den Leuten vom Gesicht ablesen kann – die Art, wie sie mich anschauen! Raoul ist nicht mehr da . . . und sie sagen, ich habe ihn umgebracht.«

»Das ist Unsinn. Niemand wird das sagen. Es ist dumm. Jeder weiß, wie du dich um ihn gekümmert, wie du ihn mit deiner Ergebenheit und Fürsorge verwöhnt hast.«

»So daß ich ihm erlaubt habe, auf die Mole . . . und in seinen Tod zu gehen.«

»Er war so eigenwillig. Er hat immer getan, was *er* wollte. Ich kann es mir gut vorstellen . . . genau so, wie es passiert ist. Du sagtest, geh nicht, und er sagte: Ich will aber. Ich sehe es so deutlich vor mir. Ich kannte ihn, und ich kenne dich, Léon. Léon, wenn wir glücklich sein wollen, darf es keine Bitternis geben.«

»Wir sollen also glücklich werden?«

»Du hast mich gebeten, dich zu heiraten, denk daran, und ich habe zugestimmt. Willst du deinen Antrag zurückziehen?«

Er sagte ruhig: »Ich habe immer gewußt, daß du loyal bist. Du würdest immer deine Treue den Schwachen geben, die sie brauchen. Und ich bin ein Feigling.«

»Nein, Léon, *nein!* Du bist so unglücklich. Natürlich bist du unglücklich. Aber laß es uns nicht noch mehr verschlimmern.«

»Über mich wird es immer Geschwätz geben, Melisande. Wo immer ich hingehe, werden die Leute, die mich und meine Stellung kennen, neugierig sein. So wird es jedenfalls werden.«

»Das soll uns nicht berühren, selbst wenn dem so ist.«

»Melisande, ich könnte dich nur heiraten, wenn du an mich glaubst.«

»Natürlich glaube ich an dich. Kein Mensch, der dich kennt und mit dem Jungen zusammen gesehen hat, könnte nur einen Augenblick annehmen, daß du zu etwas Grausamem fähig wärst. Wenn jemand so etwas sagt, dann nur, weil er schlecht ist . . .«

Sie dachte dabei an Mrs. Soady, und Mrs. Soady war gewiß eine gutherzige Frau. Sie war erschüttert. Gutmütige Leute neigten oft zu Klatsch.

Aber sie war fest entschlossen, diese Gedanken zu verbergen. Sie würde selbst lächerlichem Klatsch nicht glauben. Sie sah, wie sehr er sie nötig hatte, und war entschlossen, ihn bald zu heiraten.

»So denkst du jetzt«, meinte er. »Aber wenn andere diese Dinge sagen, könntest du anfangen, ihnen zu glauben. Das würde ich nicht aushalten.«

Zärtlichkeit überkam sie. Sie erkannte seine Schwäche. Er sah stets auf das, was schlecht im Leben war, und erwartete jederzeit das Schlimmste. Sie konnte nicht anders, als ihn selbst in diesem Augenblick mit Fermor zu vergleichen. Was hätte Fermor getan? Natürlich hätte er schwimmen können. Er hätte sich hineingestürzt und das Kind gerettet und eine Menge Applaus und ihn bewundernder Zuschauer gehabt. Und wenn er nicht hätte schwimmen können? Wenn er sich – wie Léon – in dieser schrecklichen Lage befunden hätte, dann hätte er gar keine Notwendigkeit verspürt, Angst zu haben. Er würde sich irgendwie als übergroß und darüberstehend gesehen haben. Aber es war ja gerade dieser Unterschied zwischen ihnen, der sie veranlaßt hatte, sich Léon zuzuwenden.

Sie liebte Léon, versicherte sie sich. Sie liebte ihn mit einer ganz neu erwachten Zärtlichkeit. Und da ihm diese schreckliche Sache passiert war, würde sie diese mit ihm teilen.

Sie redete ihm sanft zu und schmiedete Pläne für die Zukunft. Sie würde für ihn sorgen. Bald würden sie von hier weggehen – jedoch nicht zu früh. Es durfte nicht so aussehen, als ob er davonlaufen würde. Wenn es wahr war, daß die Leute Böses sagten, mußte er diesem Bösen gegenübertreten. Sie würden ihm gemeinsam ins Auge sehen.

Sie wußte, daß sie ihm großen Trost gebracht hatte, ehe sie ihn verließ und der Wagen sie nach Trevenning zurückfuhr.

*

Zehn bedrückende Tage folgten.

Es war bekannt, daß Melisande Léon de la Roche heiraten sollte. In ihrer Gegenwart äußerte niemand etwas Abfälliges über Léon, aber sie wußte, daß der Klatsch blühte.

Mrs. Soady schüttelte den Kopf. Jetzt war sie nicht mehr mit der Verlobung zufrieden. »Mord«, meinte sie zu Mr. Meaker »ist wie *shenegrum* − und nichts geht über Shenegrum, um einem Appetit − auf mehr Shenegrum zu machen.«

Auch Mr. Meaker war ernst. Er wußte, daß Geld oft genug das Motiv für Mord beim Adel war. Die Armen besaßen kein Geld, da lohnte es sich nicht. Der Mosjö würde jetzt reich sein, und wenn ein Mann so schnell durch den Tod eines anderen reich wurde, mußte man sich umsehen und den Dingen nachgehen. Und die Dinge betrachten und ihnen nachgehen, ließ einen anfangen, sich einiges zu fragen.

Nein, sie mochten den Gedanken an Mamasells Heirat überhaupt nicht leiden. Er war freilich ein aufregender Gesprächsstoff, er war sogar der einzige. Sie genossen es, davon zu reden, aber man konnte nicht behaupten, daß ihnen der Gedanke an diese Heirat gefiel.

Die ganze Nachbarschaft redete. Ein Tod. Ein Vermögen. Ein Mann, der nicht schwimmen konnte. Die beiden allein auf der Mole... der gefährlichste Ort, der sich finden ließ.

Hier ein Kopfnicken, dort Grimassen und verstohlene Blicke − all das verriet Melisande, was man sich dachte. Und eines Tages kam der Hausdiener in großer Aufregung in die Halle. Er flüsterte zu Mr. Meaker, und Mr. Meaker flüsterte zu Mrs. Soady. Den ganzen Tag über flüsterten sie über das, was der Hausdiener gesehen hatte. Die Spannung wuchs, als Mr. Meaker selbst am nächsten Tag sah, was der Hausdiener sah und andere später auch sahen.

Um den Tisch versammelt, berieten sie sich. Was sollte man tun?

»Etwas warten«, empfahl Mr. Meaker. Also warteten sie. »Aber viel länger warte ich nicht mehr«, erklärte Mrs. Soady.

Melisande hatte keine Ahnung von diesen geheimen Dingen. Über eines waren sich alle in der Dienerhalle einig. Der Mamasell durfte man es nicht sagen... noch nicht. Es war etwas, das man ihr sehr vorsichtig beibringen mußte.

*

Caroline war freundlich zu Melisande, denn auch sie hatte einige Gerüchte gehört. Es war etwas Furchtbares, dessen Léon de la Roche beschuldigt wurde. Caroline war glücklich und wünschte, Melisande versorgt zu sehen. Es hatte sie sehr getröstet zu wissen, daß Melisande mit Léon verlobt war. Es war so passend, so ein gutes Ende für etwas, das eine Zeitlang so bedrohlich für sie war.

Die Vorbereitungen für Carolines Abreise nach London gingen weiter. Sie würde froh sein, wenn sie endlich weggingen. In der Zwischenzeit wollte sie so nett zu Melisande sein wie nur möglich.

»Ich hoffe, Sie werden glücklich«, sagte sie zu Melisande, »so glücklich wie ich bin.«

Melisande konnte ihr nicht in die Augen schauen. Sie dachte immer wieder an das Zusammensein von Fermor und Caroline. Und sie dachte an das Billet, das sie in der Hochzeitsnacht unter ihrer Türe gefunden hatte, und an die Christrose, die dabei gelegen war.

»Wir sind so erfreut über Ihre Verlobung... Fermor und

ich. Sie sehen angespannt aus, Melisande. Sie sind doch nicht von all dem Gerede beunruhigt? Meine Liebe, die Leute reden gern. Sie sind neidisch. Monsieur de la Roche wird jetzt ein reicher Mann sein. Ich bin froh. Es ist so *angenehm*, sich über Geld keine Sorgen machen zu müssen.«

»Es wäre besser, er wäre nicht reich. Wir hätten lieber, die Dinge stünden wie ... zuvor.«

»Ich bin sicher, daß Sie es so empfinden. Ich weiß, daß er den kleinen Jungen ... sehr gern hatte ... und Sie auch. Aber regen Sie sich nicht über die grausamen Dinge auf, welche die Leute sagen, Melisande.«

»Sie sind sehr lieb.« Melisande fühlte die Notwendigkeit, sich jemand zu erklären. Sie fuhr hastig fort: »Raoul ... er war so eigenwillig. Er sagte einfach: Ich wünsche, das zu tun, und er tat es dann auch. Léon war zu nachsichtig mit ihm. Es war eine schwierige Stellung. Léon hat nicht gewollt, daß er auf die Mole geht. Aber, sehen Sie, Raoul war so daran gewöhnt, seinen Willen zu haben.«

»Ich habe gehört, daß er ein sehr eigenwilliger kleiner Junge war. Aber, Melisande, kümmern Sie sich nicht um dummes Geschwätz. Ich an Ihrer Stelle täte es nicht. Nehmen wir an, jemand würde sich eine Geschichte über Fermor zurechtschwindeln ... ich würde sie nicht glauben.«

Arme Caroline, dachte Melisande. Arme Caroline und armer Léon. Wie grausam doch die Welt zu manchen Menschen war.

Sie hoffte, Caroline würde nie erfahren genug sein, um zu begreifen, was für eine Art Mann sie geheiratet hatte.

»Wir wollen uns nicht mit Klatsch befassen«, sagte sie laut. »Wie Sie schon meinten, ist das töricht. Ich werde dafür sorgen, daß wir es nicht tun.«

Als diese zehn Tage zu Ende gingen, teilte ihr Léon mit, daß er geschäftlich nach London reisen müsse. Er rechne damit, eine Woche oder länger fort zu sein.

Melisande war froh. Es würde ihm guttun, wegzukommen. In London wußte niemand, was geschehen war.

Als er fort war, schien es Melisande, als sei eine schwere Bürde von ihr genommen. War sie um ihrer selbst willen genauso froh wie auch um Léons willen?

*

Es war drei Wochen nach der Hochzeit – ein wunderschöner Tag, ein Vorbote des Frühlings mit seinen Schlüsselblumen, deren Goldgelb bereits die Hecken erhellte. Die Vögel sangen in dem Glauben, der Frühling sei bereits gekommen.

Braut und Bräutigam hatten Trevenning noch nicht verlassen. Ihre Abreise nach London war ein- oder zweimal verschoben worden. Fermor schien keine Eile zu haben, und Caroline war darauf bedacht, auf seine kleinsten Wünsche einzugehen.

Melisande ging hinaus, um ein paar frühe Schlüsselblumen an den Wegrändern zu pflücken. In ihre Tätigkeit versunken, merkte sie nicht gleich, daß sie beobachtet wurde. Als sie jedoch plötzlich aufblickte, gewahrte sie, daß sie nahe einer Öffnung in der Hecke und einem Gatter zu einem Feldweg stand. Fermor lehnte über dem Gatter.

»Guten Morgen«, sagte er.

»Wie lange haben Sie schon da gestanden?« fragte sie.

»Was für eine Begrüßung!« spottete er. »Was spielt das für eine Rolle?«

»Ich hab's nicht gerne, wenn man mich heimlich beobachtet.«

»Es waren nicht mehr als zwei Minuten. Vergeben Sie mir? Ich sah Sie hierherkommen. Sie sind mir ständig aus dem Weg gegangen, so daß ich gezwungen war, mich Ihnen unbemerkt zu nähern ... als ob Sie ein wildes Fohlen wären.«

»Ich muß gehen«, sagte sie schnell.

»So bald?«

»Ich habe viel zu erledigen.«

»Wirklich? Sie können doch Monsieur nicht besuchen, denn er ist nicht hier, oder?«

Sie gab keine Antwort.

»Sie wollen ihn also wirklich heiraten?«

Sie wandte sich um und wollte davoneilen, als er über das kleine Gatter sprang und ihren Arm ergriff. »Tun Sie es nicht, Melisande! Tun Sie's nicht.«

»Was nicht tun?«

»Einen Mörder heiraten.«

Glühende Röte stieg ihr ins Gesicht, und mit einem heftigen Ruck riß sie sich los.

»Sie können mir eine runterhauen. Sie glauben, ich verdiene es, nicht wahr?«

»Ich fürchte, es wäre eine große Befriedigung für Sie zu sehen, wie ich meine Beherrschung verliere, und ich wünsche nicht, Sie in irgendeiner Weise zufriedenzustellen.«

»Das ist ein Jammer, denn ich würde alles in der Welt tun, um Sie zufriedenzustellen. Ich denke ständig an Sie. Deshalb wage ich auch, Ihr Mißfallen zu erregen, indem ich Sie bitte, nichts mit ihm zu tun zu haben.«

»Was wissen *Sie* schon von *ihm*?«

»Daß er ein Mörder ist.«

»Und ich weiß, daß Sie ein Lügner sind. Glauben Sie, daß irgend etwas, was Sie sagen, das geringste Gewicht für mich haben könnte?«

»Sie müssen Ihren Groll vergessen. Ich konnte Sie nicht heiraten, Melisande. Es war unmöglich. Seien Sie nicht zornig über das Unvermeidliche. Aber ich muß Sie daran hindern, ihn zu heiraten. Ihr Leben wäre nicht sicher mit solch einem Mann. Ich sage es Ihnen, er hat den Jungen absichtlich umgebracht.«

»Ich will nichts weiter hören.«

»Ich wußte, daß Sie eigensinnig sind. Ich wußte, daß Sie

töricht sind. Aber ich wußte nicht, daß Sie ein Feigling sind und Angst davor haben, der Wahrheit ins Gesicht zu sehen.«

»Sie vergessen etwas. *Ich* zeigte Ihnen deutlich, daß *Sie* ein Feigling sind.«

»Ich habe diese Einschätzung meines Charakters nicht akzeptiert.«

»Und ich akzeptiere die Ihre über meinen nicht. Ich glaube nichts von dem, was Sie sagen. Ich traue Ihnen nicht. Sie sind zynisch und brutal, und ich verachte Sie.«

»Ich möchte lieber Ihre stolze Verachtung haben als das lauwarme Mitleid, das alles ist, was Sie für ihn empfinden. Ihre Gefühle für mich sind wenigstens stärker. Das ist die Hoffnung, an die ich mich klammere.«

»Dann sind Sie sowohl ein Narr als auch ein Rohling, wenn Sie sich an irgendeine Hoffnung klammern, was mich betrifft.«

»Warten Sie, bis ich Ihnen erzähle, was ich weiß. Melisande, Sie müssen mir zuhören. Dieser Mann war arm, und jetzt ist er reich. Das ist wahr? Einverstanden?«

»Ich habe nicht den geringsten Wunsch, mit Ihnen darüber zu reden.«

»Sie laufen immer davon, wenn Sie Angst haben.«

»Ich habe keine Angst.«

»Dann hören Sie zu, und beweisen Sie es. Ich weiß genau, was sich auf der Mole zugetragen hat. Der Wind heulte, und der Regen hatte aufgehört. Alles war günstig für ihn. Er sagte zu dem Jungen: ›Wir wollen einen Spaziergang machen‹, und das Kind war einverstanden. Sie gingen hinaus. ›Komm auf die Mole‹, sagte er, ›es macht Spaß, den Wellen von dort zuzusehen.‹ Der Junge stimmte zu. Wie sollte er wissen können, daß er in seinen Tod ging? Und dann, wie leicht es war ... ein kleiner Stoß ... ein bißchen Händeringen ... und dann zu Jack Pengelly laufen. Welche Chancen hatte das Kind in einer solchen See?«

»Sie waren dabei, vermute ich. Sie sahen alles.«

»Ich war nicht dabei, und trotzdem weiß ich, was geschehen ist. Als der Junge hineinfiel — was wäre die natürliche Reaktion eines Mannes? Sicherlich würde er wenigstens versuchen, ihn zu retten.«

»Ein Mann, der nicht schwimmen kann, wäre ein Narr, wenn er in eine so stürmische See springen würde. Das einzig Vernünftige war, Hilfe zu holen, und das hat er getan.«

»Wenn ein Mann nicht schwimmen kann; das ist das Entscheidende. Aber, meine liebe Melisande, Monsieur Léon kann schwimmen.«

»Das ist nicht wahr.«

»Es ist wahr. Ich habe ihn schwimmen sehen.«

»Wo?«

»Etwa eine Meile oder so die Küste entlang... in einer sehr ruhigen, kleinen Bucht.«

»Ich glaube Ihnen nicht.«

»Das dachte ich mir.«

»Weiter haben Sie nichts zu sagen?«

»O doch. Am nächsten Tag ging ich wieder in die Bucht. Es war kurz vor Mittag. Da war er wieder... und schwamm. Dieses Mal hatte ich vorsichtshalber einen der Reitknechte mitgenommen. Jim Stannard. Ich bat ihn, noch nichts verlauten zu lassen. Aber Sie können hingehen und ihn fragen. Sie werden hören, was er zu sagen hat.«

Sie sah ihn ungläubig an, aber eine furchtbare Angst überkam sie. »Natürlich glaube ich Ihnen nicht.«

»Und Jim Stannard?«

»Ich bezweifle nicht, daß Sie ihn bestochen haben.«

Damit wandte sie sich um und ließ ihn stehen.

*

Sie kehrte zum Haus zurück und ging sofort auf ihr Zimmer. Peg brachte ihr Tablett mit dem Imbiß für den Mittag. Sie schien sie gar nicht zu sehen, und Peg, immer recht neugierig, blieb fragend stehen.

»Ist etwas nicht in Ordnung, Mamasell?«

Melisande sah sie an und dachte nur: Könnte es wahr sein? Aber wie könnte sie ihm trauen?

Konnte es sein, daß das Ganze geplant war? Es hing so viel Geld davon ab. Sie dachte an Léon und seine Pläne für ein neues Leben. Er konnte schwimmen, so behauptete wenigstens Fermor. Dann war er entweder ein Feigling, der Angst davor hatte, Raoul zu retten − oder es war ein abgekartetes Spiel.

Peg beobachtete sie.

»Mamasell, Sie haben einen Schock. Irgend etwas hat Sie erschreckt, Mamasell.«

»Ich bin in Ordnung, Peg.«

Peg starrte auf den Teppich. Sie mochte Mamasell gern. Peg dachte mit Schrecken an all das Geschwätz, das im Dienertrakt zu hören war. Als sie Mamasell in diesem Zustand sah, konnte sie nicht mehr länger schweigen.

»Mamasell, tun Sie ihn nicht heiraten! Bitte, Mamasell, es wäre falsch.«

Melisande stand auf und ging auf Peg zu. Sie sagte: »Peg, was weißt du? Wenn du etwas weißt, solltest du es mir sagen. Du bist meine Freundin, Peg. Du solltest mich nicht im dunkeln lassen.«

»Mrs. Soady meinte, Sie sollten im dunkeln gelassen werden. Mr. Meaker, er ist sich nicht sicher. Er sagt, daß er Sir Charles aufsuchen will, Sir Charles zu bitten . . .«

»Peg, ich habe ein Recht, es zu wissen. Hat es etwas mit . . .«

»Es hat mit dem französischen Herrn zu tun. O Mamasell, Sie dürfen ihn nicht heiraten. Das sagt jeder . . . weil . . . sehen Sie, Mamasell . . . wir haben ihn gesehen. Ich habe ihn selbst gesehen. Bet und ich sind eines Morgens hinausgegangen. Mr. Meaker hat ihn gesehen und auch der Hausdiener. Er schwamm im Meer in dieser kleinen ruhigen Bucht... Mr. Meaker meint, daß er eine Chance gehabt hätte, den Jungen zu retten... und... er gab vor, nicht schwimmen zu können. Das gefällt uns nicht. Mamasell. Es gefällt uns ganz und gar nicht.«

»So... viele von euch haben es gesehen. Warum hab' ich es nicht gesehen?«

»Sie haben es Ihnen nicht gesagt, Mamasell. Sie konnten es doch nicht. Aber jetzt wird es Ihnen jeder sagen. Da war er... und schwamm im Meer. Und erst eine Woche oder so ist es her, seit er gesagt hat, er könne nicht. Es ist seltsam. Es jagt einem Angst ein, Mamasell. Mrs. Soady ist ganz außer sich. Sie sagt, Fremde sind nicht so wie wir. Sie tun furchtbare Dinge.«

»Peg, ich weiß, du meinst es gut mit mir.«

»Wir alle, Mamasell. Wir möchten Sie gern glücklich sehen... Und es ist alles abgemacht, daß Sie hierbleiben sollen... wir hoffen, daß Sie ihn nicht heiraten. Mr. Meaker sagt, man kann nichts beweisen... aber er hofft, daß er weg von hier geht und wir nicht mehr von ihm hören. Später werden Sie einen anderen Mann finden. Es gibt noch mehr Männer in der Welt, sagt Mrs. Soady. Und unser Herr wird sich darum kümmern, daß Sie eine ebenso gute Partie machen wie Miß Caroline, sollt' mich nicht wundern... da Sie doch sein eigen sind... seine Tochter... genauso wie Miß Caroline, nur mit einem Unterschied sozusagen. Mr. Meaker sagt, daß man nicht immer auf diesen Unterschied in den guten Familien achtet. Ich nehme an, Sir Charles wird alles für Sie tun. Aber heiraten Sie nicht den Fremden... nach dem, was vorgefallen ist.«

»Peg! Peg, was sagst du da? Ich... ich bin Sir Charles Tochter?«

»Oh, es ist ein Geheimnis, das weiß ich, aber es muß doch

bedeuten, daß der Herr Sie gern hat. Deshalb hat er Sie hierhergebracht und Sie über die Dienerschaft gestellt. Keine Erzieherin ist jemals so behandelt worden wie Sie, Mamasell. Wir wissen es, aber es macht uns nichts aus . . . weil wir Sie alle so gern haben.«

Melisande zitterte. Zuviel war in dieser knappen Stunde geschehen. Zu erfahren, daß Léon, der erklärt hatte, nicht schwimmen zu können, es doch konnte, und Raouls Leben hätte retten können – und zu erfahren, daß Sir Charles in Wirklichkeit ihr Vater war.

Sie versuchte, Peg nicht merken zu lassen, wie erregt sie war. Sie dankte Peg für ihren Versuch, sie trösten zu wollen. Dann wandte sie sich ihrem Tablett zu, und Peg ging hinaus. Aber sie konnte nichts essen. Sie ging geradewegs zu Sir Charles Arbeitszimmer.

Sie klopfte und stellte erleichtert fest, daß er sich noch nicht hinunter ins Eßzimmer begeben hatte.

Die Art, in der sie ihn anstarrte, schreckte ihn auf.

Sie platzte heraus: »Ich habe gerade etwas Seltsames gehört. Ist es wahr, daß ich Ihre Tochter bin?«

Sie sah, wie die Farbe aus seinem Gesicht schwand: »Wer hat Ihnen das gesagt?«

»Eines der Mädchen.«

Er wiederholte mechanisch: »Eines der Mädchen. Welches?«

»Sie alle wissen es offensichtlich. Es scheint, jeder weiß es . . . außer mir selbst.«

»Das ist absurd.«

»Dann ist es nicht wahr?«

Sie bemerkte, daß er zögerte, und große Traurigkeit überfiel sie. Sie *war* seine Tochter, und er schämte sich, sie anzuerkennen. Er war bestürzt, weil sein Geheimnis entdeckt worden war.

Sie kannte Fermor als einen schlechten Menschen, Léon,

den sie gern gehabt hatte, war erwiesenermaßen ein Feigling oder Schlimmeres. Und Sir Charles, der Mann, zu dem sie in Bewunderung aufgeblickt hatte, war schwach und konnte seine eigene Tochter nicht anerkennen, weil er um seinen Ruf fürchtete.

Die Nonnen hatten recht. Die Welt der Männer war von Übel. Kein Wunder, daß sie sich aus ihr zurückgezogen hatten. Kein Wunder, daß sie ihre Augen von den Männern abwandten.

Sie fühlte jetzt auch den Wunsch, allen Männern zu entfliehen, sich einzuschließen, ihre Vorstellungen neu zu ordnen. Sie standen alle auf tönernen Füßen, jeder einzelne von ihnen, und sie war sich nicht mehr sicher, daß Fermor — so ungeniert böse — schlimmer war als die anderen.

Sir Charles begann, sich von seinem Schock zu erholen. Sie spürte, daß der einzige Gedanke ihres gefallenen Idols darauf gerichtet war, seinen Ruf zu schützen.

»Das ist absurd und lächerlich. So darf das nicht weitergehen.«

»Sie werden es leugnen müssen«, sagte sie, und um ihre Lippen spielte ein schwaches Lächeln. »Da ist so vieles, das zu einem Skandal führt«, fuhr sie grimmig, boshaft fort. »Sie kamen zum Kloster, Sie brachten mich hierher. Sie haben mich nicht ganz wie einen Dienstboten und nicht ganz als Mitglied Ihrer Familie behandelt. Das war eine Torheit, unbedacht, und nun ist der Skandal da.«

Er sah nicht die Verachtung in ihren Augen. Er war zu sehr mit seiner mißlichen Lage beschäftigt. »Es zu leugnen«, meinte er, »könnte heißen zuzugeben, daß so etwas möglich wäre. Nein. Es gibt nur eine Lösung. Sie müssen sofort von hier weggehen.«

»Ja«, sagte sie, »das dachte ich mir.«

Er kam auf sie zu. Das alte Wohlwollen zeigte sich in seinem Gesicht. Er war blind gegen ihre mit Verachtung gepaarte Enttäuschung. »Sorgen Sie sich nicht. Ich werde etwas arrangieren. Ich habe Freunde. Ich will zusehen, daß alles so durchgeführt wird wie . . . es sein sollte. Ich will zusehen, daß gut für Sie gesorgt wird.« Er lächelte, ziemlich verschlagen, wie sie glaubte. Er fuhr fort: »Diese Verlobung von Ihnen . . . und der Tod des Kindes . . . ich fürchte, es ist eine recht unglückselige Sache.«

»Sie haben also davon gehört . . .«

»Mr. Holland hat es mir gesagt, und es wurde von den Dienstboten bestätigt, daß sie Monsieur de la Roche nur kurze Zeit nach dem Unfall schwimmen sahen, daher . . .«

»Ich habe es gehört.«

»So viel Skandal, so viel Klatsch . . .« sagte er. »Es ist so bedauerlich. Und Sie?«

Sie schrie auf: »Ich will fort. Ich will fort von allem . . . von jedem. Ich möchte mich verstecken, wo mich niemand finden kann.«

Er legte ihr seine Hand auf die Schulter. »Ich verstehe. Sie sollen von hier weggehen. Ich werde . . . ihm nicht sagen, wo Sie sind . . . wenn Sie das wünschen. Es ist gut für Sie, weg- zugehen. Sie werden über so vieles nachdenken wollen, und es ist immer möglich, die Dinge klarer zu sehen, wenn man weit von ihnen weg ist.«

Sie lächelte. »Es trifft sich gut . . . diese beiden Dinge zusammen.«

Er antwortete ihr: »Ich werde alles anordnen. Sie brauchen keine Angst um die Zukunft zu haben. Ich will sehen, daß gut für Sie gesorgt wird. Sie können alles mir überlassen.«

»Sie sind sehr gütig«, sagte sie, »zu jemand, der . . . nicht Ihre Tochter ist.«

Mehr konnte sie nicht ertragen. Sie drehte sich um und rannte aus dem Zimmer.

Sie, die doch die ganze Welt lieben wollte, verachtete nun zu viele Leute in ihr. Drei Männer hatte sie lieben wollen:

Sir Charles, den Retter, den Mann von Würde, den Mann von Ehre, der für seinen Ruf zitterte. Léon — so ein großer Gegensatz zu Fermor. Der finstere Léon, der angab, er könne nicht schwimmen, und der einen kleinen Jungen sterben ließ, weil sein Tod ihm Reichtum und alles, was er begehrte, bringen würde — jene Würde, von der er mit Leidenschaft gesprochen hatte, jene Sicherheit, jene Plantage in New Orleans. Und Fermor, der keinen Sinn für Ehre, nichts als seine eigenen heftigen Begierden kannte, der sich zu jeder Gemeinheit, jeder Unfreundlichkeit herablassen würde, um seine fleischlichen Wünsche zu befriedigen.

Ja, sie wollte fort, sich von allem abschließen und diese Welt verlassen, wo Männer wie Helden aussahen und unter ihrer glänzenden Rüstung Feiglinge oder Rohlinge waren.

Lange Zeit lag sie auf ihrem Bett. Caroline kam, um sie zu trösten — Caroline, ihre Schwester. Arme Caroline, sie war so wehrlos wie sie selbst in dieser bösen Welt der Männer.

3. TEIL

Fenellas Salon

1

Als Fenella Cardingly den Brief von ihrem alten Freund Charles Trevenning erhielt, legte sie sich im Bett zurück, fächelte sich sanft und lächelte dabei.

Polly Kendrick, ihre persönliche Dienerin, die ihr treu ergeben war, setzte sich auf die Bettkante und sah sie erwartungsvoll an, wie ein Spaniel, der auf einen Spaziergang oder einen Leckerbissen hofft. Pollys Wonne waren die Brocken Klatsch, die Fenella ihr von Zeit zu Zeit hinwarf. Polly war gutherzig und dankbar, doch Fenella wußte genau, daß Polly nicht einmal ihre privaten Angelegenheiten heilig waren. Polly mußte alles wissen. Sie leistete treue Dienste im Austausch für ihren Anteil an Fenellas vertraulichen Mitteilungen.

Fenella, von Natur aus schalkhaft, liebte es, Polly in Spannung zu halten. Sie fuhr also fort ... sich in ihrem auffällig luxuriösen Schlafzimmer umzusehen, zu lächeln und sich mit dem Brief zu fächeln.

Das Bett war breit. Fenella selbst war groß und füllig und wollte ihre Besitztümer dazu im rechten Verhältnis haben. Es war ein modernes Bett. Fenella war modern. Das Kopfstück zierten Nymphen von Fenellas eigener Statur, und Götter, die Ähnlichkeit mit einigen berühmten Männern der Gegenwart besaßen. Das waren gewiß keine Hirten, sondern gutaussehende, elegante Herren, sehr würdig und gesetzt. Die Laken waren aus Seide − blaßblau oder blaßviolett. Die

Steppdecke war vom gleichen Blau und Violett und mit Goldfäden durchwirkt. Das Bett selbst stand auf einem Podest, und die Stufen waren mit blauem Teppich belegt. Schwere blaue Vorhänge ließen sich zuziehen und trennten die Stufen und das Podest vom übrigen Raum ab. Die Wände des Alkovens, in dem das Bett stand, waren mit Gobelins behangen, auf denen Nymphen und Götter, ähnlich dem Kopfstück, abgebildet waren. Früher hatte es einmal Spiegel gegeben, wo jetzt die Gobelins hingen, aber Fenella hatte sie vor einigen Jahren entfernen lassen. Die Spiegel hatten sich in letzter Zeit als Ablenkung erwiesen, und die Gobelins waren ohnehin viel wirkungsvoller. »Sie werden älter«, hatte Polly nur gesagt, denn ihre ergebene Anhänglichkeit machte ihren Mangel an Respekt wieder wett. »Ihre eigene Figur, Madam dear, hat Sie veranlaßt, die Spiegel wegzunehmen.« Fenella hatte gelacht und es nicht abgestritten. In der Tat, sie wurde alt. Aber es gab noch so viel im Leben, um sie zu erfreuen. Ihr Leben war reich und farbig wie ihr Etablissement.

Im Schlafzimmer standen viele Vasen und Statuen – alles Geschenke von Bewunderern –, und jeder Gegenstand war von großem Wert. Auch auf der bemalten Decke tummelten sich Nymphen und Götter wie auf den Gobelins.

In Pollys Augen – ein Kind aus den Slums von St. Giles – kam das Haus von Fenella Cardingly einem exotischen Palast gleich, in dem Madam als oberster Kalif regierte, und Pollys Leben war daher genauso reich an Vergnügungen und Aufregung wie das von Fenella.

Polly war klein – nur knapp 1,60 Meter groß, und sie war so dünn, daß sie wie ein Kind aussah. Nur die Gesichtszüge verrieten ihr Alter. Ihre dicht beieinanderstehenden, flinken Augen glänzten so lebhaft, daß sie ihr einen Ausdruck von Intelligenz verliehen. Vor allem aber leuchteten sie stets vor Neugier. Für Fenella, fast 1,75 Meter groß, mit ihrem üppigen Busen, den breiten Hüften und dem dunklen Haar — von dem Polly behauptete, es würde mit jedem Jahr dunkler —, den großen runden, braunen Augen, den Juwelen und den farbenfrohen Gewändern von phantastischem Schnitt, war Polly ein idealer Hintergund und Kontrast. Polly Kenrick und Fenella Cardingly lebten in ihrer großartigen Welt, und keine von beiden konnte sich mehr ein Leben ohne die andere vorstellen.

Fenellas Kutsche hatte eines Tages Polly überrollt. Fenella war damals noch die Frau von Ralph Cardingly gewesen. Erst nach seinem Tod hatte sie ihre eigene Persönlichkeit gefunden und dieses Reich der Sinne und der Extravaganz geschaffen, dessen unbestrittene Königin sie war.

Für das arme, verwahrloste Geschöpf der Slums, dessen Leben von Hunger und Grausamkeiten gezeichnet war, war Fenella die einer Göttin gleichende Herrin geworden. Für Fenella hingegen hatte sich die Loyalität dieser armen kleinen Frau als etwas sehr Kostbares erwiesen. Von Anfang an hatte jede im Leben der anderen eine wichtige Rolle gespielt: Polly waren Armut und Elend erspart geblieben, und Fenella war zu kühnen Unternehmungen angespornt worden, damit sie in den Augen ihrer Sklavin noch glänzender scheinen konnte.

Und an welchen Aufregungen nahm Polly durch die Liebesaffären ihrer jungen Damen teil! Sie waren ihre jungen Damen genausogut wie Fenellas. Alle lebten phantastisch in Fenellas Tempel, denn Fennella hatfe, mit Pollys Hilfe, eine phantastische Welt um sie geschaffen.

Fenella wurde reich. Sie verkaufte Schönheitswasser und Mixturen, welche die Virilität der Männer wiederherzustellen versprachen. Jeder, ob Frau oder Mann, konnte Fenella vertrauen. Man konnte diskret in ihren Tempel kommen und ihn — so pflegte sie zu sagen — wie neugeboren wieder verlassen. Daß sie in den oberen Räumen ihres großen Hauses ein Modeatelier besaß, war wohlbekannt. Ihre jungen Damen, die sechs Göttinnen der Anmut, wie Fenella sie nannte, trugen die in ihrem Atelier entworfenen Kleider, wenn sie sich unter die Gäste mischten. Es waren immer andere Mädchen, denn Fenella war ständig dabei, sie zu ersetzen. So viele ihrer Göttinnen verließen sie schon nach einem kurzen Aufenthalt. Ihr Tempel sei nur ein Rastplatz, hörte man sie gern sagen.

Mittlerweile ging sie nur noch selten aus, aber wenn sie unterwegs zufällig ein sehr schönes Mädchen in einem Laden oder sogar auf der Straße sah, bot sie an, es bei sich aufzunehmen und auszubilden. Für diese Mädchen war das eine große Chance. Fenella begegnen hieß, dem Glück begegnen. Diese Mädchen, auf die kaum mehr als lebenslange Armut wartete, fanden unter Fenellas Obhut stets einen Beschützer. Und wenn sie klug waren – und Fenella erzog ihre Mädchen zur Klugheit –, dann lernten sie, auch für den Fall vorzusorgen, daß der Beschützer sie nicht länger mehr beschützte. Es waren auch andere junge Damen da, deren Väter beträchtliche Summen dafür bezahlten, daß Fenella ihnen Haltung, Anmut und Charme beibrachte. Und wenn diese jungen Damen Fenellas Charme-Schule erfolgreich verließen, fanden sie stets die Art von Ehemännern, die ihre Eltern für sie wünschten.

Es war typisch für Fenella, daß sie das Achtbare mit dem weniger Respektablen verknüpfte. Sie konnte eine Duenna für junge vermögende Damen abgeben, deren Eltern keinen Zutritt in die Gesellschaft hatten. Und sie konnte Kupplerin für ihre ärmeren Schönheiten sein. Sie hatte ihren Modesalon, aber auch ihre geheimen Geschäfte mit den Waren, die ihre Kunden im geheimen zu kaufen wünschten. In einem der Zimmer dieses Etablissements stand ihr »Bett der Fruchtbarkeit«. Es kostete sehr viel Geld, das »Bett der Fruchtbarkeit« für eine Nacht zu mieten. Das Zimmer, in dem es stand, war dem sehr ähnlich, in dem Fenella gesessen und den Brief gelesen hatte. Auch dort waren Podeste und schwere Vorhänge. Und die Gobelins an den Wänden stellten das Liebesspiel in vielen Variationen dar. Es gab schöne Statuen und Bilder — alle von Liebenden. Manche, so hieß es, würden gerne den Preis für eine Nacht in diesem Zimmer zahlen, nur um die Bilder anzuschauen. Aber, sagte Fenella dann, das Bett sei nur für Verheiratete, die sich Kinder wünschten und in dieser Hinsicht enttäuscht worden seien. In diesem Bett zu schlafen, bedeutete, daß mit ziemlicher Sicherheit ein Kind empfangen wurde. Fenellas Motiv für das Vermieten des Appartements war also durchaus rechtschaffen.

So stand es also in ihrem Reich, über das sie den Vorsitz führte. Respektabilität war langweilig, Erotik abstoßend. Aber was für eine Kombination hatte Fenella anzubieten: Erotik mit Respektabilität!

Als Polly Fenella betrachtete, schloß sie aus ihrem Lächeln, daß sich ein Ereignis ankündigte. Sie wartete geduldig.

»Nun, warum sitzt du da?« fragte Fenella.

»Madame dear hat Neuigkeiten erhalten?«

»Das wirst du noch früh genug erfahren.«

»Aha, ... es kommt also eine Neue.«

»Wer hat das gesagt?«

»Madam dear, Sie können Polly nicht beschwindeln.«

»Du bist ein neugieriges altes Weib.«

»Zwei Jahre jünger als Sie selbst, Madame dear. Also würde ich an Ihrer Stelle nicht von alten Frauen sprechen.«

»Da irrst du dich aber. Du wurdest alt geboren. Ich wurde geboren, um ewig jung zu sein.«

»Glauben Sie das nur nicht, Madam dear. Sie sehen ganz genau wie ihre fünfundvierzig Jahre aus.«

»Mach, daß du wegkommst, du lästige Fliege.«

»Sagen Sie mir zuerst, was in dem Brief steht?« bat Polly.

»Nur um dich loszuwerden. Gieß mir etwas Kaffee ein.«

»Sahne, Madam dear? Sie werden immer dicker.«

»Ich mag das, und ich mag auch Sahne. Also, Polly, du sollst es wissen. Wir werden eine neue junge Dame bekommen.«

»Madam dear! Wann?«

»Bald, denk' ich.«

»Und wer ist sie?«

»Ein lieber kleiner Bastard.«

»Aha, eine von *denen*.«

»Du erinnerst dich an den Herrn aus Cornwall?«

»O ja.«

»Wir haben eine Verpflichtung ihm gegenüber, Polly. Er kam eines Tages hierher und hoffte, die Nacht über bleiben zu können. Ich war damals gerade in jemand verliebt − ich weiß nicht mehr in wen, aber darauf kommt es nicht an ... abgesehen davon, daß er wegging ... der kornische Herr, meine ich ... und sich mit einer kleinen Näherin einließ. Es kam ein Kind ... dieses Kind.«

Polly schnalzte mit der Zunge.

»Wir sind also sozusagen verantwortlich, nicht wahr?«

»Er schickt sie zu uns. Melisande St. Martin. Es erinnert mich daran, daß ich half, ihr einen Namen zu geben.«

»Es ist ein hübscher Name.«

»Sie hätte genausogut Millie heißen können, wenn ich nicht gewesen wäre. Weiß der Himmel, *was* sie ohne mich gewesen sein könnte.«

»Sie wäre ohne Sie nie geboren worden − nach dem, was Sie sagen.«

»Ich ließ sie in ein französisches Kloster bringen. Sie ist eine gebildete junge Dame.«

»Was werden Sie tun ... einen netten Mann für sie finden?«

»Wir werden unser Bestes tun, Polly. Deshalb schickt er sie zu uns. Sie kommt hierher, um schneidern zu lernen. Wenn sie hübsch ist, haben wir sie bald verheiratet. Wenn Sie's nicht ist, dann kann sie im Atelier arbeiten.«

»Dann sind es sieben. Sie hatten noch nie sieben. Ich hab's nicht mit der Sieben. Sie wohnten auf Nummer sieben . . . in Seven Dials. Es lebten siebzehn Personen in drei Dachkammern, und sieben von ihnen starben am Fieber. Meine Mutter starb, als sie das siebte Kind bekam . . .«

»Sei nicht so abergläubisch, Polly.«

»Wieso, Sie sind doch genauso abergläubisch!«

»Niemals. Es gibt für alles einen Grund. Vergiß das nie.«

Polly zeigte schwungvoll mit dem Daumen nach oben. »Und was ist mit dem Bett da oben?«

»Man geht ins ›Bett der Fruchtbarkeit‹ im Glauben an den Erfolg. Damit ist die halbe Schlacht gewonnen, Polly. Glaub daran, etwas zu bekommen, und du hast es schon halbwegs geschafft. Das habe ich getan. Geh und sag den Mädchen, daß sie eine neue kleine Freundin haben werden. Aber erst bring mir Feder und Papier, und ich will sofort meinem lieben Freund schreiben und ihm mitteilen, daß wir seine kleine Melisande erwarten.«

*

Melisande reiste erster Klasse in dem Zug, der sie quer durchs Land nach Osten und fort von Cornwall führte. Sie fühlte sich verwundet und verwirrt. In ihr wuchs ein Groll gegen diese Menschen, die ihr Leben in ihre Hände zu nehmen schienen und mit ihr machten, was sie wollten. Sollte sie bei ihrem eigenen Leben kein Wort mitreden dürfen?

Ihr war der Gedanke gekommen, bei der Ankunft in London wegzulaufen und nicht nach den Leuten zu suchen, die sie dort treffen sollte. Sie würde den Zettel mit der Anschrift, den sie in der Tasche trug, zerreißen — und damit könnte sie verhindern, daß man wieder einmal in ihr Leben eingriff. Hätte sie ein anderes Naturell gehabt, wäre sie zurück ins Kloster gegangen. Sie glaubte, Sir Charles hätte es gern gesehen. Wie angenehm das für ihn gewesen wäre! Er hätte sich nicht mehr um sie kümmern brauchen – welch eine glatte Lösung das gebracht hätte! Aber diese Befriedigung würde sie ihm nicht geben. Und im übrigen, wie könnte sie wie die Nonnen und die Mutter Oberin leben? Sie hatten einen kurzen Blick auf das Leben geworfen und es als so verwirrend und desillusionierend gefunden wie sie. Sie hatten beschlossen, ihr Leben dem Dienste Gottes zu widmen. Aber Melisande war anders geartet. Das stille Kloster gefiel ihr sogar noch weniger – wie sie zugeben mußte – als ein Leben, in dem sie sich ständig gegen schlechte Männer wehren mußte.

»Aber man lernt«, sagte sie sich. »Man lernt, diese schlechten Männer zu verstehen. Man lernt, wie man sich gegen sie wehren kann. Wäre ich klüger gewesen, hätte ich mich weder von Fermor noch von Léon täuschen lassen. Wäre ich klüger gewesen, hätte ich verstanden, weshalb Sir Charles zum Kloster gekommen war und mich weggeholt hat. Wie er mich nicht als seine Tochter anerkannte, hätte ich wissen sollen, daß er seine Stellung und seinen Ruf mehr liebte als sein eigenes Kind. Wenn ich diese Dinge gewußt hätte, würde es keinen Schock, keine Desillusion gegeben haben.«

Ihre unglückselige Erfahrung brachte die seltsame Tatsache zutage, daß Fermor, eingestandenermaßen ein Schurke, nicht mehr zu verachten war als die übrigen. Diese Männer sind es, entschied sie, diese Geschöpfe, die Klöster notwendig machten, denn wenn Männer wie Heilige wären, bestünde nicht die Notwendigkeit für heilige Frauen, sich zurückzuziehen und einzuschließen.

Fermor war ein schlechter Mann, ein Möchtegern-Verführer. Aber sie erinnerte sich auch daran, daß er gesagt hatte, er wolle lieber ein schlechter Mensch mit etwas Gutem in ihm sein als ein guter Mensch mit Zügen von Schlechtigkeit. Vielleicht zog Fermors Charakter sie doch mehr an als die Heuchler. Und vielleicht war er deshalb immer noch in ihren Gedanken. Jetzt würde sie zugeben, daß die glücklichste Zeit auf Trevenning die gewesen war, in der sie mit ihm zusammen sein konnte. Wenn Schlechtigkeit in ihm war, dann war auch Schlechtigkeit in ihr, denn hatte sie nicht gewußt, daß er mit Caroline verlobt war, während sie sich über seine Gesellschaft freute?

Wie recht er gehabt hatte, als er ihr sagte, daß die Zeit für sie genauso vorüberging wie für die liebliche Rose. Zeit war vergangen. Sie würde ihn nie wiedersehen. Nun, von der Versuchung weit entfernt, würde sie zugeben, daß sie, die nicht gut wie die Nonnen war, gerne in dieser fröhlichen Welt gelebt hätte, die er ihr zu zeigen und deren Freuden und Aufregungen mit ihr zu teilen er versprochen hatte.

Sie konnte auch jetzt noch nicht richtig klar an die Tage zwischen ihrer Entdeckung und der Abreise denken.

Sie war verwirrt gewesen, und wenn sie verwirrt war, handelte sie für gewöhnlich überstürzt. Sie würde Léon nicht für schuldig gehalten haben − ohne die Menschenkenntnis, die sie durch Fermor und Sir Charles erworben hatte. Fermor hatte immer über ihre Einfältigkeit gelacht. Und hatte sie nicht Sir Charles erlebt, wie er sich wand, als er mit der Wahrheit konfrontiert wurde und jede Würde in diesem unwürdigen Kampf verlor, seinen Ruf zu schützen?

Sollte sie selbst einmal unrecht handeln, würde sie es vielleicht auch höchst ungern zugeben. Sie würde gewiß versuchen, sich zu rechtfertigen. Aber sein eigenes Kind zu verleugnen! Dessen würde sie sich nie schuldig machen.

Und Léon? Sie konnte aus ihrem Gedächtnis nicht verbannen, mit welchem Feuer er davon gesprochen hatte, was er sich ersehnte. Und der Junge hatte zwischen ihm und seinen Wünschen gestanden. Sie konnte nicht glauben, daß er den Tod Raouls geplant hatte. Sie glaubte vielmehr, daß er in einem schwachen Augenblick der Versuchung erlegen war. Sie konnte sich alles so deutlich vorstellen: die tosenden Winde, den Sturm und den kleinen Jungen − den verwöhnten kleinen Jungen, der darauf bestanden hatte, zu machen, was er wollte − wie er die Mole entlanglief und hinuntergerissen wurde. Sich in die Fluten zu werfen und versuchen, ihn zu retten, hätte für Léon bedeutet, sein eigenes Leben aufs Spiel zu setzen. Ihn ertrinken zu lassen, bedeutete, alle diese Träume verwirklichen zu können. So viel Geld war im Spiel. Sie konnte sein gequältes Gesicht nicht vergessen. Wie schnell er bereit war zu glauben, daß die Leute über ihn redeten . . . noch bevor er wissen konnte, daß sie es taten. *Qui s'excuse s'accuse*, pflegten die Nonnen zu sagen. Er hat sich entschuldigt und damit gleichzeitig angeklagt.

Eine Woche nach dem Unfall hatte man ihn schwimmen gesehen − mehrere Leute hatten ihn bei verschiedenen Gelegenheiten an einer abgelegenen Stelle beobachtet.

Sie war froh, daß er nicht da war und daß sie ihn nicht noch einmal sehen mußte. Der Brief, den sie ihm geschrieben hatte, war kurz und sachlich.

> *Lieber Léon*, − Ich weiß jetzt, daß Du schwimmen kannst. Einige Leute haben Dich schwimmen sehen. Ich erkenne jetzt, daß ich sehr töricht gewesen bin. Ich hatte Dich nicht verstanden. Nun tue ich es. Die Versuchung war zu groß für Dich. Du wirst verstehen, weshalb ich denke, daß es besser ist, wenn wir uns nicht wiedersehen.
>
> Melisande

Caroline hatte sie alles erklärt. Und sie hatte sowohl sie als auch Sir Charles gebeten, Léon unter keinen Umständen mitzuteilen, wo sie sich aufhielt.

Sie wußte, daß sie sich davor fürchtete, Léon zu sehen, fürchtete, daß er irgendwie an ihr Mitleid appellieren und — wie so viele Menschen es anscheinend taten — ihre Zukunft für sie bestimmen würde. Über eines war sie sich völlig klar. Sie mußte Léon entkommen. Ihr Wunsch, Léon zu entfliehen, war stärker als jeder andere. Sie mußte einen klaren Strich unter die Vergangenheit ziehen.

Dann dachte sie daran, wie seltsam ihr Leben war. Sie hatte eng mit Nonnen zusammengelebt und kannte sie genau. Jeder Tag glich dem nächsten, und dann wurde sie plötzlich fort in ein völlig neues Leben geholt. Jetzt mußte sie wieder in ein anderes neues Leben, zu völlig neuen Menschen gehen. Die verschiedenen Abschnitte im Leben anderer Menschen waren doch sicherlich miteinander verknüpft.

Erst gestern hatte sie sich von Mrs. Soady und Mr. Meaker und den anderen Dienstboten, von Caroline, Fermor und Sir Charles verabschiedet. Sie schienen alle traurig, sie gehen zu sehen, und sie hatte das Gefühl, daß sie nicht daran glaubten, sie jemals wiederzusehen.

Sir Charles hatte sie in sein Arbeitszimmer gebeten, kurz nach der traurigen Begegnung, als sie ihm von dem Geschwätz des Personals berichtete. Er war streng und zurückhaltend gewesen, fast als ob er sie nicht leiden könnte. Er sprach zu ihr von den Anordnungen, die er für sie getroffen hatte. Sie sollte zu einer Schneiderin gehen und das Handwerk lernen. Es würde sehr nützlich für sie sein, und Madam Cardingly wäre eine gescheite Frau, die sich um sie kümmern und ihr nebenbei manches beibringen würde.

Sie stellte keine Fragen. Sie zeigte kein Interesse. Sie wünschte nur, sie hätte davonlaufen können.

Er hatte versucht, ihr Geld vor der Abreise zu geben, und

sie hatte hochmütig abgelehnt. Jetzt wurde ihr klar, daß es töricht gewesen war. Sie hätte es annehmen sollen — das war er ihr doch sicher schuldig —, um sich selbständig machen zu können.

Er drängte sie, wenigstens ein bißchen anzunehmen. »Sie könnten es doch während der Reise nötig haben.«

»Ich habe ein wenig Geld gespart, während ich hier war.«

Er hatte bittend gelächelt. »Bitte, nehmen Sie es doch. Ich wäre so froh darüber.«

Und sie war weich geworden und hatte es genommen.

Der Zug war in den Bahnhof gekrochen, und nun war sie in London.

Sie stieg aus und schaute sich um. Ein Gepäckträger kam, um ihr zu helfen, weil sie aus einem Erste-Klasse-Abteil gekommen war. Sie sah ein Schild: »Trägern ist es nicht erlaubt, für Fahrgäste dritter Klasse Gepäck zu tragen.« Sie schauderte. Wieder wurde ihr klar, was es hieß, arm zu sein.

»Ich werde abgeholt«, erklärte sie dem Gepäckträger. Er tippte an seine Mütze, und als sie weiterging, eilte eine kleine Frau auf sie zu. Sie glich einer Hexe, dachte Melisande, mit ihrem winzigen, verwelkten Gesicht und den flinken Augen.

»Sie sind sicher Mademoiselle St. Martin, wette ich«, sagte die kleine Frau und grinste sie an. Das fragende Grinsen verwandelte das Gesicht in ein freundliches.

»Ja.«

»Dann sind Sie die Gesuchte. Ich bin Polly Kendrick und gekommen, um Sie abzuholen.«

»Polly Kendrik. Von Ihnen hat man mir nichts gesagt.«

»Ich weiß, Sie erwarten Madam Cardingly. Madam geht aber nicht viel außer Haus. Ich bin an ihrer Stelle gekommen.«

»Wie freundlich von Ihnen.«

»Ach, Sie sind eine Ausländerin. Madam hat es mir

erzählt. Eine gebildete junge Dame aus Frankreich. Und hübsch dazu. Heiliger Bimbam. Da werden die jungen Damen aber auf ihre Freier aufpassen müssen!«

»Die jungen Damen?«

»Wir haben eine ganze Menge. Aber wir wollen doch hier nicht herumstehen? Madams Wagen wartet auf uns. He da«, rief sie einem Träger zu, »bring das Gepäck der Dame. Nun kommen Sie. Den ganzen weiten Weg von Cornwall. Und alleine gereist? Ich hoffe, niemand hat Sie uns entführen wollen . . . Das wär' ein Jux . . . ehe Sie bei Madam angekommen sind, nicht wahr?«

Melisande lächelte. An dieser Frau war etwas, das sie lächeln ließ. Ihr eifriges Interesse hatte Melisande das Gefühl gegeben, erwünscht zu sein.

Sie stiegen in den Wagen, und der Kutscher trieb die Pferde mit der Peitsche an.

Polly Kendrick redete in einem fort. »Jetzt kann ich Sie richtig sehen. Auf mein Wort, Sie sind eine Schönheit, wahrhaftig. Das wird Madam freuen. Madam hat eine Schwäche für hübsche Mädchen.« Polly stieß sie vertraulich an.

»Ich auch. Madam behauptet, sie mag sie, weil sie ein Spiegelbild ihrer eigenen Jugend sind. Sie sind, was sie selbst einmal gewesen ist. Ich mag sie − sagte sie −, weil sie das sind, was ich nie gewesen bin. So ist Madam. Redet immer solche Sachen. Gescheit ist sie, unsere Madam. Die gescheiteste, auf die ich je gestoßen bin. Keine kommt ihr gleich, das war früher so und wird auch in Zukunft so bleiben. Madam wird sich um Sie kümmern. Madam wird dafür sorgen, daß es Ihnen gutgeht. Madam wird sich freuen, Sie bei uns zu haben . . . es sind die anderen, die das Nachsehen haben. Ich könnt' schon jetzt lachen. Miß Genevra mit ihren babyblauen Augen. Miß Lucie mit ihren Kurven . . . die werden eine Rivalin bekommen. Aber so ist das Leben. Man kann's nicht immer so haben, wie man's möchte, nicht wahr? Na, wie ist denn Ihr Vorname?«

»Melisande.«

»Hübsch . . . Madam hat Sie so getauft. Man kann sich auf Madame verlassen, den richtigen Namen zu finden.«

»Madam hat mich getauft?«

»O ja, das war Madam.« Polly stieß sie wieder an und rückte näher.

»Es ist ein Geheimnis. Ihr Vater kam zu Madam, aber sie hatte einen anderen Liebhaber bei sich, also ging er fort und traf Ihre Mutter. Sie war eine kleine Schneiderin, und Ihr Vater begegnete ihr in Vauxhall, wo sie belästigt wurde. Nun, Ihr Vater verliebte sich in sie, und sie hatten ein kleines Liebesnest. Ergebnis: Sie.«

»Ich . . . ich verstehe.«

»Haben Sie das nicht gewußt? Heiliger Bimbam! Mein Mundwerk! Machen Sie sich nichts draus. Halten Sie's geheim. Sag' ich Ihnen. Aber ich meine — Sie doch auch, Liebste —, es ist am besten, Bescheid zu wissen. Ich habe ein gutes Leben gehabt, und das kommt nur daher, weil ich meine Augen und Ohren offenhalte. Madam sagt, das sei gut und recht, aber daß ich meinen Mund nicht halten kann, wird mich noch in Schwierigkeiten bringen. Da haben Sie Madam.«

»Und Madam hat mir den Namen gegeben?«

»O ja, denn als Sie geboren waren und Ihre arme, gute Mutter starb, wußte Ihr armer Vater nicht, was er tun sollte. So kam es, daß Madam Sie Melisande nannte und Sie in ein Kloster nach Frankreich bringen ließ. Da haben Sie Madam.«

»Madam ist also eine Art Pflegemutter gewesen . . .«

»Madam ist Pflegemutter für die ganze Welt. Gott segne sie. Aber wie soll ich Sie denn nennen, Liebste? Oh, ich weiß. Melly. Ist doch hübsch, nicht? Melly, die kleine Französin. O Liebste, sind Ihre Augen grün ... wahrhaftig grün! Keine unserer jungen Damen hat richtig grüne Augen. Sie sind die erste.«

»Bitte, erzählen Sie mir von diesen Leuten. Ich habe keine Ahnung, wohin ich gehe. Es ist alles so verwirrend. Ich weiß, daß ich zu Madam Cardingly gehen soll, um schneidern zu lernen − obgleich ich nicht glaube, daß ich sehr gut in dieser Tätigkeit sein werde.«

»Sie ... und Kleider machen! Mit diesen Augen!«

»Mit diesen Händen, dachte ich.«

»Oh, das muß ich Madam erzählen. Das wird Madam gefallen. Sie hat Schlagfertigkeit gern. Die Herren mögen das auch ... solange die Antworten nicht zu scharf sind. Schlagfertigkeit ist so gut wie andere Dinge ... einige andere ...« Polly lachte wieder. »Nein, ich denke, Madam möchte, daß ein hübsches Mädchen wie Sie die Kleider vorführt. Das tun nämlich die Göttinnen. Natürlich wußte sie nicht, wie Sie aussehen. Wenn Sie wie ich gewesen wären ...« Der Gedanke brachte Polly noch mehr zum Lachen. »Dann allerdings, dann müßten Sie mit Ihren Händen arbeiten. Aber so wie Sie sind ... Ihr Gesicht ist alles, was Sie brauchen.«

»Das verstehe ich nicht.«

»Da wir bald da sind, bleibt keine Zeit mehr, es Ihnen zu erklären. Madam wartet darauf, Sie kennenzulernen. Sie wird es mir nicht danken, wenn ich Sie davon abhalte. Sie sagte, ich soll Sie sofort zu ihr bringen, wenn wir angekommen sind. Sie sollen Tee mit ihr trinken. Madam ist sehr modern. Sie trinkt Tee am Nachmittag und auch nach dem Abendessen.«

Die Kutsche hatte auf einem ruhigen Platz gehalten. Als sie ausstiegen, sah Melisande zu einem hohen Haus hinauf. Sechs Stufen führten zu der Vorhalle, auf beiden Seiten standen Säulen mit reichen, verschlungenen Schnitzereien. Die erste und zweite Etage zierten Balkone, und auf diesen Balkonen standen Blumenkästen, die zu dieser Jahreszeit eine Fülle immergrüner Pflanzen trugen.

Ein Mann in Livree öffnete die Tür.

»Eine unserer neuen jungen Damen, Bonson«, sagte Polly mit einem Zwinkern. Bonson verbeugte sich und schenkte ihr ein warmes Lächeln.

»Kommen Sie, Liebste. Madam wartet nicht gerne.«

Den Boden der Halle schmückte ein roter Teppich, der sich auf die breite Treppe hinaufwand. Auf dem Treppenabsatz befand sich ein hohes Fenster mit einem Fenstersitz gegenüber der nächsten Treppenflucht. Dort stand die Statue einer schönen Frau mit langem und lockigem, bis über die Schulter fallendem Haar.

»Ein Herr hat einmal gesagt, sie erinnere ihn an Madam«, sagte Polly. »Deshalb läßt sie die Statue da stehen. Er schenkte sie ihr, natürlich.«

»Sie ist wunderschön. Ist sie auch so schön?«

»Zu ihrer Zeit. Keine kam ihr gleich. Aber die Zeiten gehen vorüber. Das ist ein trauriger Gedanke für euch Schönheiten. Wenn ich an das Vergehen der Zeit denke, muß ich lachen. Mir kann die Zeit nicht viel wegnehmen. Was man nie besessen hat, entbehrt man auch nicht, sagt man. Aber man entbehrt es doch. Was einem erspart bleibt, ist, es zu verlieren.«

Sie hatten die große Halle mit den von der Decke hängenden Kandelabern, den Spiegeln und eleganten Möbeln durchschritten und waren die Treppen hinaufgegangen.

»Madam ist sehr für Spiegel«, flüsterte Polly. »Wenn auch nicht mehr so wie früher. Hier sind wir.«

Sie stieß eine Tür auf.

»Madam«, rief sie. »Sie ist da. Unsere siebente und die Schönste von allen.«

Melisande gewahrte die Pracht und noch mehr dicke Teppiche, sah behäbige Möbel, Statuen und riesige Ornamente und schwere Samtvorhänge. Parfüm schwebte in der Luft. Auf der einen Seite des Zimmers befand sich ein großer Spiegel, der es größer erscheinen ließ. Zwischen den Samtvorhängen erhaschte sie einen Blick auf den Balkon und darüber hinaus auf das Grün unten auf dem Platz.

Fenella Cardingly lag ausgestreckt auf einer Chaiselongue, ihr großer Körper war von blauer Seide umhüllt. Das Kleid stand am Hals offen, um den Ansatz einer großartigen Büste zu zeigen. Eine mit Diamanten und Saphiren besetzte Spange hielt den Stoff zusammen. In ihrem schwarzen, kunstvoll frisierten Haar blitzten Diamanten. Sie streckte eine weiße, von Juwelen funkelnde Hand aus und sagte: »Willkommen, mein liebes Kind! Willkommen, kleine Melisande!«

Polly schob Melisande vorwärts, als sei sie ein Schatz, den sie entdeckt hatte und voll Eifer präsentieren möchte.

»Da«, sagte Polly, »gefällt sie Ihnen?«

»Sie ist reizend«, gab Fenella zu. »Knien Sie sich hin, meine Liebe, damit ich Sie besser sehen kann.«

Melisande hatte das Gefühl, als knie sie vor einer Königin. Fenella nahm ihr Gesicht in beide Hände und gab ihr einen Kuß auf die Stirn.

»Ich hoffe, Sie werden hier glücklich sein, meine Liebe.«

»Sie sind sehr freundlich.«

»Das wollen wir auch sein. Und es ist uns eine Freude, Sie hier zu haben. Polly, geh und sag, man soll uns Tee bringen. Ich möchte ein wenig mit Melisande plaudern.«

Polly schnitt eine Grimasse und zögerte. »Mach, daß du weiterkommst, lästige Fliege!«

Polly ging widerwillig hinaus.

»Ich nehme an, sie hat auf der Fahrt vom Bahnhof bis zu mir nur geschnattert. Hier, meine Liebe, holen Sie sich einen Stuhl, und setzen Sie sich zu mir, so daß wir plaudern können.«

Melisande gehorchte.

»Wie gefällt es Ihnen hier?«

»Es ist eine große Überraschung. Ich dachte, es wäre eine Schneiderwerkstatt.«

Fenella lachte. »Das hat er Ihnen also gesagt? Eine Schneiderei.«

»Nein, das nicht. Er sagte, ich käme zu einer Schneiderin. Ich hab' mir eine Werkstatt vorgestellt.«

»Kleider werden auch an anderen Orten gemacht, meine Liebe, wir nennen das Salons. Ja, Sie sind hübsch. Es wird sich lohnen, wenn Sie die Kleider vorführen. Sie werden hier sehr gut zurechtkommen.«

»Ich danke Ihnen, Mrs. Cardingly.«

»Ich werde Madam Fenella genannt. Es paßt besser als Mrs. Cardingly. Gewöhnlich heißt es kurz Madam. Sie sehen unglücklich aus. Stimmt es? Charles hat mir gesagt, daß es eine traurige Liebesaffäre in Cornwall gegeben habe.«

Fenella wartete. Dann sagte Melisande: »Ich möchte lieber nicht darüber sprechen ... wenn es Ihnen recht ist.«

»Natürlich möchten Sie nicht darüber reden. Das kommt später. Machen Sie sich keine Sorgen deswegen. Was hat Ihnen Ihr Vater von uns erzählt?«

»Mein Vater? Sie meinen Sir Charles? Er hat sich nicht dazu bekannt, daß er mein Vater ist.«

Fenella lachte. »Das sieht ihm ähnlich. Er hatte immer Angst vor Kritik. Das hat seinen Grund. Wenn man so kühn ist wie ich bin, ignoriert man die Meinungen anderer Leute. Wenn nicht, beugt man sich ihnen.«

»Sie wissen also, daß er mein Vater ist?«

»Das ist ja gerade der Grund, weshalb er Sie zu mir geschickt hat. Er will, daß ich mich um Sie kümmere.«

»Und Sie ...?«

»Meine Liebe, ich habe gesagt, ich würde alles in meiner Macht stehende für Charles tun, aber nachdem ich Sie gesehen habe, möchte ich hinzufügen . . . und für Sie. Sie interessieren mich sehr.«

»Ich glaube, ich weiß, warum.«

»Polly?«

»Sie hat mit mir geredet.«

»Polly! Natürlich! Ich drohe ihr oft, daß ich sie eines Tages in einer dunklen Allee überfallen und ihr die Zunge abschneiden lasse. Seien Sie nicht schockiert. Ich würde es in Wirklichkeit nicht tun. Aber ihre Zunge bringt sie und mich in Verlegenheit. Wir leben hier in unserer eigenen, besonderen kleinen Welt. Es ist eine glückliche Welt, und wir sind eine glückliche Familie in ihr. Wir bilden eine große Familie. Bald werden Sie meine anderen Mädchen treffen. Ich habe meine Näherinnen und meine Göttinnen. Sie werden eine der Göttinnen sein. Wir dürfen diese wunderschönen Augen nicht strapazieren und diese hübschen Finger nicht zerstechen lassen. Männer mögen keine zerstochenen Finger, meine Liebe, obwohl es Fleiß bedeutet. Aber Fleiß ist nicht das, was die meisten Männer suchen – mit Ausnahme der Fabrikherren, aber diese Sorte kommt selten zu uns.«

»Aber wenn ich Kleider vorführen soll, sind es nicht die Damen, die sie sehen?«

»Da sind Damen *und* Herren, um sie anzuschauen, meine Liebe. Und die Damen wollen immer Kleider, die sich die Herren am längsten anschauen – obgleich es in Wahrheit nicht die Kleider sind, nach denen die Männer schauen. Das ist etwas, was die Damen anscheinend nie begreifen. Sie werden hier Erfolg haben, das weiß ich.«

»Bitte, sagen Sie mir, welche Aufgaben ich habe.«

»In der Hauptsache, die Kleider vorzuführen. Sie werden auch im Atelier arbeiten, aber nur, wenn Sie dafür eine Begabung haben.«

»Aber werde ich da nützlich sein . . . wenn ich nicht sehr geschickt mit der Nadel umgehen kann?«

»Nähen ist eine schlecht bezahlte Arbeit, meine Liebe. Kleider vorzuführen bedarf größerer Gewandtheit.«

»Ich fürchte, ich bin überhaupt nicht gewandt.«

»Stehen Sie mal auf, meine Liebe, und gehen Sie einmal durchs Zimmer. So ist's recht. Halten Sie den Kopf hoch. Genevra wird Ihnen beibringen, wie man geht. Sie besitzen natürliche Anmut, und das ist gut. Ein paar Tricks sollten Sie noch lernen.«

»Sie meinen, Madam, daß ich meinen Lebensunterhalt damit verdienen könnte, umherzugehen?«

Fenella nickte.

»Das scheint mir aber ein leichter Weg zu sein, seinen Unterhalt zu verdienen.«

»Mein liebes Kind, oft bringt das, was die leichteste Art des Geldverdienens zu sein scheint, den größten Gewinn. Sehen Sie mich an. Ich verbringe einen großen Teil des Tages auf dieser Couch, aber ich verdiene meinen Unterhalt. Der beste Weg, zu Geld in dieser Welt zu kommen, ist, andere für sich arbeiten zu lassen. Das tun die gescheiten Leute. Das können Sie auch lernen. Wer weiß!« Fenella lachte und hielt inne, um zu bemerken: »Da kommt der Tee.«

Bonson rollte ihn herein.

»Wollen Sie einschenken, meine Liebe?« sagte Fenella, »dann können wir *ganz* unter uns bleiben. Sahne für mich, bitte.«

Melisandes Hände waren nicht allzu ruhig, als sie einschenkte und Fenella die Tasse reichte.

Fenella beobachtete sie sehr aufmerksam. Was für eine Anmut! Was für eine Schönheit! dachte sie. Und selbst das Kleid ist reizend.

Fenella fand junge Mädchen bezaubernd. Ihre Zukunft zu planen, war für sie, als ob sie die eigene plante. Durch sie fühlte sie sich wieder jung. Und da war nun ein bezauberndes Mädchen, wahrhaftig das schönste all ihrer schönen

Mädchen, und was für eine interessante Geschichte! Die Tochter eines ziemlich gesetzten, alten kornischen Herrn und das Ergebnis einer kurzen Torheit in seiner Jugend. Es war romantisch und ganz amüsant — beides von Fenella geschätzte Eigenschaften. »Sie sind verwirrt«, meinte sie. »Es ist alles so fremd... und so anders, als Sie erwartet haben. Machen Sie sich nichts daraus. Es ist ein Anlaß zur Freude. Hatten Sie gedacht, ich sei ein furchtbares altes Weib, das Sie jeden Tag Tausende von Stichen machen ließe und mit dem Stock neben Ihnen stünde, falls Sie es nicht schafften?«

»Ich hatte Angst. Ich kann nämlich nicht gut nähen, obwohl ich Blumen sehr gut mache. Ich habe auch die auf meinem Kleid gemacht.«

»Sie paßt gut dazu. Ich kann mir vorstellen, daß Sie auch gut in unser Atelier passen. Sie werden sogar sehr nützlich sein, und Sie werden glücklich sein, das weiß ich. Ich wußte es sofort, als ich Sie sah. Sie erinnern mich an das, was ich in meiner Jugend war. Ich war größer natürlich, und auch unsere Farben sind anders, aber da ist etwas an Ihnen... Ich möchte, daß Sie sich hier heimisch fühlen... behaglich. Eines der Mädchen wird Ihnen alles zeigen. Wir geben oft Gesellschaften, und nachdem ich mit Ihnen gesprochen habe, weiß ich, daß Sie eine Zierde unserer Abende sein werden. Im Vorführraum sollen Sie unsere Kleider anziehen, und wir werden sehen, was Ihnen steht. Wir ziehen Sie an, und Sie mischen sich unter die Gäste. Das Ergebnis wird sein, daß viele Frauen das Kleid kaufen wollen, das Sie tragen. Von Ihnen getragen, werden diese Kleider so schön aussehen, daß sie einfach nicht glauben, daß diese Schönheit von Ihnen ausgeht. Sie denken, daß es in der Hauptsache am Kleid liegt.«

»Das hört sich so an, als sei es gar keine richtige Arbeit.«

»Sie werden sehen, Sie werden ohne Zweifel feststellen,

daß unsere *ménage* ein wenig anders ist als Trevenning.
Wenn es etwas gibt, das Sie nicht verstehen, wenden Sie sich
an mich. Sie werden sich Ihr Zimmer mit noch drei anderen
Mädchen teilen müssen. Es tut mir leid, daß Sie keines für
sich allein haben können. Es ist zwar ein großes Haus, aber
wir sind auch eine große Familie. Genevra, Lucie und Clothilde sind Ihre Zimmergenossinnen − für den Augenblick.
Lucie wird uns bald verlassen. Sie heiratet. Über kurz oder
lang heiraten alle. Ich kann meine Mädchen nicht festhalten.
Verstehen Sie etwas von Politik?«

»Nein . . . oder nur sehr wenig.«

»Dann müssen Sie mehr darüber lernen. Sie müssen auch
über Kunst, Poesie und Musik Bescheid wissen. In meinem
Salon gibt es viel Konversation, und es ist besser für ein
Mädchen, intelligent *und* schön zu sein. Es tut sich dann
leichter. Genevra ist ein schönes Mädchen, aber sie weiß
sehr wenig, und sie will oder kann nicht lernen . . ., was sie
meiner Meinung nach lernen sollte. Aber sie ist von Natur
aus schlau und geschickt, was ihr statt dessen weiterhelfen
kann. Sie vermag für sich selbst zu sorgen.«

»Wissen sie, daß ich die . . . nicht anerkannte Tochter von
Sir Charles Trevenning bin?«

»Sie kennen seinen Namen nicht, meine Liebe. Es ist klüger, es ihnen nicht zu sagen. Man weiß nie, zu wessen Ohren
eine solche Information dringt. Sie können sich denken, daß
Sie unehelich sind. Clothilde ist die uneheliche Tochter einer
Dame von hohem Rang. Ihre Mutter hat mich gebeten, mich
ihrer anzunehmen . . . genau wie Ihr Vater es tat. Lucie ist
ebenfalls unehelich, wenn auch nicht so hoch gestellt, und
die Tochter eines Gentleman und eines Mädchens aus dem
Dorfe. Sie heiratet mit der Einwilligung ihres Vaters. Wir
sind höchst erfreut über Lucie. Meine Mädchen finden in
meinem Etablissement, was sie sich wünschen, und das ist
auch, was ich wünsche.«

»Sie sind sehr gütig, wie ich sehe.«

»Oh, ich habe Glück gehabt. Ich teile gern mein Glück. Ich lehre meine Mädchen, sich auf sich selbst zu verlassen. Als ich ein junges Mädchen in Ihrem Alter war, hatte ich schon geheiratet. Ich besaß ein Vermögen, und vor mir lag, wie ich dachte, eine schöne Zukunft. Mein Mann war mir untreu, und was noch schlimmer war, er brachte mein ganzes Geld durch.«

»Ich kann mir nicht vorstellen, warum Frauen überhaupt heiraten wollen.«

»Die meisten möchten es, meine Liebe, einige, weil sie dumm, und andere, weil sie klug sind. Die Dummen sehnen sich nach einem Mann, der sie beschützt. Die Klugen wollen einen Mann, den sie lenken können. Das ist es, meine Liebe, was ich meinen Mädchen beibringen möchte. Wie man die Welt der Männer beherrscht. Das Wesen der Macht, die wir entfalten, ist unser Geheimnis. Der einzige Weg, männlichen Egoismus zu zähmen, ist, niemals männliche Eitelkeit zu verletzen, indem man sie wissen läßt, daß man sie unter Kontrolle hat. Es ist ein einfaches Verfahren, weil man es mit Dummköpfen zu tun hat. Die eine Hälfte der Welt besteht aus Herrschern, die andere aus Sklaven. Sie müssen selbst entscheiden, zu welcher Hälfte Sie gehören werden.«

»Das ist mir alles sehr fremd. Ich habe noch nie jemand so reden gehört.«

»Sie haben unter Nonnen gelebt.«

»Und sie hassen die Männer. Sie schließen sich vor ihnen ein.«

»Ich hasse Männer nicht. Ich mag sie. Ich verstehe sie. In Wahrheit mag ich sie sogar sehr gern. Aber ich lasse meine Neigung nie blind gegen ihre Schwächen werden. Betrachten wir uns, und betrachten wir sie. Wir erlauben ihnen zu denken, wir seien eitel. Wir seien diejenigen, die ständig in den Spiegel schauen, die sich für Kleider und Schmuck interessieren. Die armen Kerle! Sie nennen das Eitelkeit und halten sich selbst für so vollkommen, daß sie jeglichen Verschönerungsversuch ablehnen. Aber Sie werden lernen. Wenn Sie Ihren Tee ausgetrunken haben, klingele ich nach einem der Mädchen, das Ihnen Ihr Zimmer zeigen soll. Sie werden Ihnen beim Anziehen helfen. Und sofern Sie nicht zu müde sind oder keine Lust haben, können Sie heute abend in den Salon kommen. Was für Kleider haben Sie? Haben Sie ein passendes Kleid für den Abend?«

»Ich habe eines für besondere Gelegenheiten. Mein . . . Sir Charles hat es für mich gekauft, als wir in Paris waren.«

»Steht es Ihnen so gut wie dieses?«

»Es ist schön, aber ich hatte wenig Gelegenheit, es zu tragen.«

»Zeigen Sie es Genevra, und sie wird Ihnen sagen, ob es für den Salon geeignet ist. Sollten Sie es jedoch vorziehen, auf Ihrem Zimmer zu bleiben und sich nach der Reise auszuruhen, dann tun Sie es bitte. Es wird notwendig sein, daß Sie im Salon diskret sind. Wir wollen sagen, daß Sie im Kloster erzogen wurden, was natürlich der Wahrheit entspricht. Sie kommen vom Land, und Ihre Familie ist der Ansicht, daß Sie da nicht bleiben sollten, weil es so wenig Gelegenheiten gibt, Leute kennenzulernen. Was wissen Sie über Literatur?«

»Ich habe *Pilgrim's Progress* und einige Romane von Jane Austen gelesen, während ich im Kloster lebte. Als ich in Cornwall war, las ich von Thomas Carlyle *Sartor Resartus* und die *Last Days of Pompei.*«

Fenella schnitt eine Grimasse. »Keinen Byron?«

»Nein . . . keinen Byron.«

»Sie müssen heute abend sehr still sein . . . falls Sie hinunterkommen. Schließlich sind Sie Französin. Sie können vorgeben, nicht genug von der Sprache zu verstehen, wenn die Unterhaltung über Sie hinausgeht. Genevra benutzt ihre Frechheit, um über die Unwissenheit hinwegzutäuschen.

Morgen werde ich Ihnen einen Lektüreplan aufstellen. Sie sollten über die Werke von Tennyson, Peacock, Macaulay und diesen neuen Mann Dickens diskutieren können. Was Politik anbelangt, sind wir hier meist Whig-Sympathisanten. Die Aufhebung der Sklaverei, die Einkommensteuer und die Chartisten, das sind die Reformer und Anhänger der People's Charta von 1838, sind Dinge, von denen Sie vermutlich sehr wenig wissen?«

»Bestimmt sehr wenig, fürchte ich.«

»Nun, in dem Augenblick, wenn diese Themen auftauchen, werden Sie entzückend französisch sein. Ich vermute, daß sich nicht viele Gäste einer Unterhaltung über solche Themen auf französisch gewachsen fühlen. Ich bin strikt gegen die miserablen Arbeitsbedingungen der Frauen und Kinder in den Gruben und Fabriken. Wir haben ein paar alte Tories, die sehr heftig darüber debattieren. Sie fragen, welche Pflichten Sie haben werden. Sie müssen über die Probleme der Gegenwart auf dem laufenden bleiben. Meine jungen Damen müssen nicht nur schön sein, sie müssen unterhaltend sein. Nun, meine Liebe, ich sehe, ich verwirre Sie. Ich will nach einem der Mädchen läuten, damit es Ihnen Ihr Zimmer zeigt. Man wird Ihnen auch das Haus zeigen und Ihnen alles erzählen, was Sie wissen sollten. Läuten Sie doch bitte die Glocke.«

Melisande gehorchte, und ein Dienstmädchen erschien. Fenella beauftragte sie, entweder Miß Clothilde, Miß Lucie oder Miß Genevra zu suchen und zu ihr zu schicken.

Nach kurzer Zeit klopfte es an der Tür und herein trat eines der schönsten Mädchen, das Melisande je gesehen hatte.

Sie hatte blondes Haar und aufregende blaue Augen, ein kleines pikantes Gesicht und eine niedliche Stupsnase. Obwohl sie schlank war, lag eine Andeutung von Üppigkeit in ihrer Figur, und ihre Miene verriet einen Anflug von unterdrückter Heiterkeit.

»Ah ja«, sagte Fenella. »Genevra!«

»Ja, Madam?« Der Tonfall war unerwartet. Er besaß die unverkennbare Färbung der Straßen von London.

»Genevra, das ist Melisande St. Martin, die bei uns bleiben wird. Ich möchte, daß Sie sich um sie kümmern..., ihr alles zeigen... und darauf achten, daß sie sich wohl fühlt.«

»Aber ja, Madam.« Sie lächelte Melisande an.

»Dann nehmen Sie sie jetzt mit, Genevra.«

Melisande folgte Genevra.

*

Sobald Melisande das Zimmer verlassen hatte, trat Polly ein.

Fenella lächelte ironisch. »Nun?«

»Von einer kleinen Schönheit reden!« rief Polly. »Ich wette, sie erinnerte Sie daran, was Sie einmal waren... wie es alle reizenden Wesen tun.«

»Jetzt keine Unverschämtheiten!«

»Was haben Sie für Pläne mit ihr?«

»Er will, daß ich die richtige Sorte Ehemann für sie finde – ein Jurist wäre seine Wahl.«

»Sehr hoch blickt er aber wahrhaftig nicht«, meinte Polly sarkastisch.

»Vergiß nicht, daß er vom Land kommt. Er hat einen stark entwickelten Sinn für das Schickliche. Sie ist ein Mädchen obskurer Herkunft und daher nur für einen Mann mit einem Beruf geeignet – einen Rechtsanwalt beispielsweise. Eine anständige Mitgift ist auch dabei – eine starke Anziehungskraft.«

»Und ein anständiger Brocken für uns, Madam dear?«

»Wir werden für Kost und Logis bezahlt, solange sie hier ist, und eine ansehnliche Summe erhalten, wenn wir den Ehemann geliefert haben.«

»Ich kann da nicht mehr mit, wie Sie das schaffen«, sagte Polly bewundernd. »Niemand außer Ihnen bringt das fertig.

Schauen Sie sich an. Niemand könnte Sie prüde heißen, Madam dear, und dennoch bringen Herren vom Lande mit bestem Ruf ihre Töchter in Ihre Obhut. Junge Damen aus Klöstern mischen sich mit Huren... denn Kate und Mary Jane sind nichts anderes...«

»Aber Polly, da zeigst du deine Mittelmäßigkeit. Du weißt nichts von der Welt. Stecke Mädchen in ein Kloster, und du wirst finden, daß einige davonlaufen... und Amok. Denk mal nach, aber wie kannst du auch von solchen Sachen wissen? Aber glaub mir, in den Nonnenklöstern gibt es Frauen, die von Liebhabern träumen — und in der Vergangenheit haben dort Orgien stattgefunden, regelrechte Orgien, einfach wegen der Verdrängung. Und in den Puffs sehnen sich die Huren nach dem Singen von Hymnen und der Absolution ihrer Sünden. Nein, nein Polly. Das Leben setzt sich aus zu vielen Ingredienzen zusammen, um einfaches Gebräu zu bieten. Um es zu genießen, müssen wir klug sein... wir müssen alle Zutaten abschmecken. Sieh mich an. Ich habe meine Liebhaber gehabt...«

»Das kann man wohl sagen!« stimmte Polly bewundernd zu.

»Ich habe meine Liebhaber gehabt, und weil ich Männer aller Art in allen Stimmungen kenne, bin ich eher geeignet, für die Tochter eines Gentleman zu sorgen, als die Mutter Oberin, die nichts von der Welt weiß. Wir sollten Mäßigung mit Wollust und Tugend mit Weitherzigkeit mischen.«

»Ach, Madam dear, ich gehöre nicht zu Ihrem Kreis, in dem diese fortschrittlichen Ideen gepflegt werden. Ich bin auch kein Herr, der ein Pulver kauft, damit die Frauen ihn lieben. Noch bin ich eine Dame, die ein Schönheitswasser haben will, um sich ein paar Jahre jünger zu machen. Ich bin kein unfruchtbares altes Paar, das sich eine Nacht in Ihrem Zauberbett wünscht.«

»Sei still, du häßliches altes Weib. Was weißt du schon von

diesen Dingen? Wie könntest du ein Mann sein, der nach Manneskraft verlangt! Und laß dir gesagt sein, daß auch hundert Schönheitswässer bei dir nichts nützen würden. Und welchen Sinn hätte es, dich um Jahre zu verjüngen? Du warst so abstoßend mit vierzehn, wie du mit vierzig bist. Und was eine Nacht in meinem Zauberbett betrifft − wer, der noch alle Sinne beisammen hat, möchte es mit dir teilen?«

Polly ließ sich auf der Chaiselongue nieder. Ihre Augen strahlten vor Zuneigung und Anbetung.

Fenella lächelte zurück.

Sie waren voll und ganz entzückt von der faszinierenden Welt, die sie geschaffen hatten. Sie waren miteinander zufrieden.

*

Melisande hatte nun schon eine Woche in dem Haus am Platz verbracht. Es war die ungewöhnlichste Woche ihres Lebens gewesen und genau das, was sie brauchte, um ihren traurigen Abschied von Cornwall zu vergessen. Nichts hätte verschiedener von Trevenning sein können als das Haus von Fenella Cardingly, gleichsam, als ob Fenella gesagt hätte: Dies und das ist normal, und daher wird mein Haus das Gegenteil tun. Die Folge war eine aufregende, wenn auch verwirrende *ménage*.

Das Zimmer, das Melisande mit den drei Mädchen teilte, war groß und luftig und ging auf den Platz hinaus. Es lag im dritten Stock des hohen Hauses. Darüber befanden sich noch zwei Stockwerke und die Dachstuben, wo die Dienstboten schliefen. In Melisandes Zimmer standen vier Betten mit bunten Laken und einer Steppdecke im Grün der Mauve. An einer Wand befand sich ein hoher Spiegel, und mehrere andere standen auf den Ankleidetischen. Die Stühle und die Kommode stammten aus dem 18. Jahrhundert und wirkten ausgesprochen elegant. Die Teppiche waren ebenfalls in

Grün und Mauve gehalten. Im Zimmer duftete es immer stark nach den verschiedenen Parfüms, die von den jungen Damen verwendet wurden.

Diese jungen Damen akzeptierten Melisande schnell als eine der Ihren. Ihre Zahl verringerte sich ständig und stieg ebenso rasch wieder an, erklärten sie. Nur wenige Mädchen blieben lange bei Madam. Sie heirateten oder gingen aus anderen Gründen weg. Die Mädchen lachten, wenn sie von »anderen Gründen« sprachen. Sie lachten beständig über etwas, das gerade geäußert wurde.

Aufregende und amüsante Dinge passierten diesen Mädchen. Tatsächlich erschien ihnen alles, was geschah, unterhaltend und aufregend. Melisande hatte nicht gewußt, daß es solche Menschen gab. Sie hatten auch keine Scham, wie es schien. Sie spazierten durchs Zimmer, mit nur ein Paar Schuhen an den Füßen und einer Kette um den Hals, bewunderten sich in dem großen Spiegel oder hörten Kommentaren der anderen Zimmergenossinnen zu.

Wenn im Kloster eine von ihnen ein Bad genommen hatte, erinnerte sich Melisande, dann hatte man sie ermahnt, sich nicht selbst anzusehen. Gott und die Heiligen beobachteten sie, hatte man ihnen zu verstehen gegeben, und jeder heimliche Blick würde gegen sie vermerkt werden. Aber diese Mädchen waren ganz offen neugierig auf sich selbst und auf jeden anderen ... und als Melisande ihnen von der Einstellung im Kloster gegenüber Nacktheit erzählte, fanden sie das belustigend und lachten herzhaft.

Nach den verwirrenden Abenden, wenn sich Melisande unter Fenellas Gäste mischte und für sie ausgewählte Kleider trug, lagen die Mädchen in ihren Betten und sprachen über die vergangenen Stunden.

Sie redeten mit einer Offenheit, die Melisande zuerst verwunderte. Sie sprachen ganz ungeniert über sich selbst. Melisande erfuhr, daß Genevra in ihrer frühen Jugend furchtbare Armut erlebt hatte. Genevra machte kein Geheimnis aus ihrer Herkunft. Ihre Mutter hatte als Mädchen in einer Fabrik von den frühen Morgenstunden bis spät in die Nacht gearbeitet. Sie wurde aus dem Schlaf gerüttelt, um wieder zu arbeiten, und geschlagen, während man sie zur Fabrik schleifte, denn sie wäre sonst im Gehen eingeschlafen. Viele Stunden lang mußte sie bei ihrer Arbeit stehen und wurde brutal vom Aufseher behandelt, der ihr zwei Kinder gemacht hatte — Genevra und Genevras jüngeren Bruder.

Eines Morgens war Genevra in der Dachstube wach geworden, die ihr Zuhause war, und hatte ihre Mutter noch im Bett gefunden. Sie hatte die Mutter geschüttelt und nicht wach bekommen können, bis sie erkannte, daß sie tot war. Genevra konnte keine Trauer empfinden. Die Mutter hatte sie mißhandelt. Dem Aufseher, der gelegentlich die Dachstube aufsuchte, war die außergewöhnliche Schönheit Genevras nicht entgangen. Genevra fürchtete sich nicht vor Inzest — sie wußte nicht einmal, was das war —, aber sie hatte schreckliche Angst vor dem Aufseher, von dem sie bisher nichts als Schläge bekommen hatte.

Sie hatte miterlebt, wie ihr Bruder im Alter von drei Jahren an einen Kaminkehrermeister verkauft worden war. Etwas, das Genevra nie vergessen würde, war das herzzerreißende Weinen ihres Bruders, als man ihn wegholte. Seitdem hatte sie ihn nur einmal gesehen — ein Jahr später —, verkrümmt, rußbedeckt und mit Brandwunden an Armen und Beinen. Das war ihr Bruder — ihr kleiner Bruder, der ihr so niedlich vorgekommen war, als er ein Jahr und sie drei Jahre alt war.

»Da ist etwas mit mir geschehen«, bekannte Genevra. »Fragt mich nicht, was. Ich wußte nur, was immer mir auch passierte, daß ich niemals in eine Fabrik arbeiten gehen würde.«

Doch Genevra nahm ihre Tragödie nicht schwer. Ihr Leben

war fröhlich. Andere litten zwar in dieser furchtbaren Welt, zugegeben, aber nicht Genevra.

Und wenn es Genevra jetzt besser als anderen erging, dann beruhte das nicht auf Glück, sondern sie verdankte es sich selbst, ihrer unbändigen Energie und überlegenen Kraft.

Sie redete mehr als die anderen.

»Als wir in der Dachstube hausten, kam ab und zu eine Dame zu uns. Sie brachte uns Suppe und Brot. Wir mußten dann jedesmal aufsagen:

> Mag ich auch arm und niedrig sein,
> Will ich die Reichen doch bewegen, mich zu lieben,
> Wenn ich sittsam, ordentlich und sauber bin
> Und mich füge, wenn sie mich tadeln.

Das habe ich nie vergessen. Ich beschloß, dafür zu sorgen, daß mich die Reichen lieben. Dann ist sogar etwas Sinn darin, aber wie bei den meisten Sachen, die sie einem erzählen, muß man erst einmal alles so drehen und wenden, bis es einem paßt.«

»Du hast den Reichen dazu gekriegt, dich zu lieben!« sagte Clothilde, und sie lachten wieder.

»Ich bin sauber, gewiß«, sagte Genevra. »Aber würdet ihr mich ordentlich angezogen nennen?«

»Nein«, rief Lucie. »Aufgeputzt.«

»Und sittsam?«

»Der, an den wir denken, würde keine Sittsamkeit wollen. Fügst du dich, wenn er dich tadelt?«

»Aber er tadelt mich ja gerade, weil ich mich nicht füge.« Der »Reiche«, auf den sie anspielten, war ein nobler Lord mit einem großen Besitz auf dem Lande. Er hatte einen Blick auf Genevra geworfen und sie bezaubernd gefunden. Seitdem hatte er sie verfolgt. Genvra pflegte die kleine Gesellschaft über den Fortschritt ihrer Liebesaffäre auf dem laufenden zu halten.

Ehe sie Fenella traf, hatte sie Jenny geheißen. Es gab zu viele Jennys, erklärte Fenella, und nannte sie Genevra. Jenny hatte sich einmal an Fenellas Tasche vergriffen, als sie den Laden eines Seidenhändlers aufsuchte. Jenny war in der Nähe der Ladentür gewesen, eine sehr hungrige Jenny, die stehenblieb, um die schöne, gerade aus dem Wagen steigende Dame anzugaffen. Und sie fragte sich, ob da nicht ein Taschentuch wäre, das sie schnell stehlen und zu einem Mann in der Hehlerkolonie bringen könnte, der für solche Sachen bezahlte. Jenny war gefaßt worden, aber Fenella hatte eingegriffen und sie vor sich bringen lassen, während sie im Laden saß. Jenny, nie um Worte verlegen, hatte die ganze Geschichte herausgesprudelt, da sie auf Mitleid hoffen konnte, wie sie sehr schnell erkannte. Fenella erfuhr von dem Aufseher und seinen schändlichen Annäherungsversuchen, von dem Bruder, den seine Meister verkrüppelt hatten, und von Jennys gegenwärtigem Hunger.

Fenella hatte gesagt, man solle das Mädchen laufen lassen, und sie könne sich im Haus am Platz melden. Das hatte Jenny getan und ein Bad und entzückende Kleider zum Anziehen bekommen. Dann hatte Fenella ihren Namen in Genevra verwandelt, und Genevra gab Fenella ihre ganze Liebe und Treue. Fenella verdankte sie alles, einschließlich der Freundschaft mit dem noblen Lord. Sie hatte die Reichen in der Gestalt von Fenella und diesem Lord dazu bringen können, sie zu lieben, und zunächst war das der Tatsache zu verdanken, weder sittsam, ordentlich angezogen noch sauber zu sein. Und man brauchte sich auch nicht zu fügen, wenn man getadelt wurde, denn sie hatte finster vor Fenella in dem Laden gestanden, bis sie erkannte, daß Fenellas Absichten freundlich waren.

Lucies Geschichte war eine ganz andere. Sie war von einer Gouvernante auf dem Lande erzogen worden, hatte zwei Monate bei Fenella verbracht und war hier einem ernsten jungen Mann vorgestellt worden, der sie heiraten wollte.

Clothildes Geschichte lautete wieder anders. Sie war die Tochter einer Dame von hohem Rang und ihres Hausdieners. Sie war in das Haus der Dame geholt worden und hatte dort einen Teil ihrer Kindheit verbracht. Clothilde war sorglos und fröhlich. Sie besaß weder Lucies starken Wunsch, ihr hochgeborenes Erbteil zu betonen, noch Genevras dringendes Bedürfnis, für immer die Armut hinter sich zu lassen. Clothilde verliebte sich oft und wechselte die Liebhaber äußerst geschwind. Sie besaß keine Zurückhaltung. Wäre sie nicht teilweise von vornehmer Geburt gewesen und hätte ihre Mutter nicht regelmäßig eine beträchtliche Summe Geld an Fenella geschickt, würde sie zu Daisy, Kate und Mary Jane in deren Zimmer gekommen sein. Genevra wiederum hatte es ihrer besonderen Ausstrahlung und Charakterstärke zu verdanken, daß ihr dies Schicksal erspart blieb.

Die Mädchen lebten jedoch nicht völlig getrennt voneinander in Fenellas Haus. Zu bestimmten Zeiten trafen sie alle zusammen, aber Daisy, Kate und Mary Jane wußten, daß sie zu Fenella auf andere Weise gekommen waren. Sie beteten Fenella an, die sie vor einem Schicksal bewahrt hatte, das schlimmer als der Tod war. Fenella hatte sie vor Schinderei und Hunger gerettet, vor dem erschreckenden Elend jener Tage der großen Hungersnot, welche die vierziger Jahre heimsuchte. Sie hatte sie gefunden — eine in einem Laden, eine in einer Näherei und die dritte auf der Straße. Sie führten ein armseliges Leben, doch Fenella hatte jene Schönheit in ihnen gesehen, die sie so entzückte. Also brachte sie die Mädchen in ihr Haus, gab ihnen zu essen und vermittelte ihnen etwas Bildung. Sie führten Fenellas Kleider vor. Eine Heirat konnte sie ihnen nicht garantieren. Heirat war nicht für solche Mädchen bestimmt, es sei denn, sie waren außergewöhnlich. Gelegentlich veranstalteten sie Einladungen und wurden von Herren eingeladen, und das war sehr vergnüglich für die Mädchen und die Herren. Fenella kam bei diesen Begegnungen auf ihre Kosten, wie auch die Beteiligten selbst. Es war eine freundschaftliche Abmachung und wurde von allen als ein weitaus besseres Los angesehen, als sich in Fabriken und Werkstätten zu Tode schinden zu lassen. Fenellas Mädchen wurden rund und glücklich. Fenella meinte: »Besser die Tugend verkaufen als die Gesundheit. Besser, was sie haben, an einen Liebhaber verkaufen statt an einen Fabrikherrn. Sie essen, schlafen und leben angenehm, was mehr ist, als sie haben könnten, wenn sie in einer Fabrik arbeiten.«

Genevra gehörte eigentlich zu ihnen. Doch ihr war es gelungen, die Aufmerksamkeit eines vornehmen Lords auf sich zu ziehen. Fenella wiederum beobachtete mit Belustigung, wie es ein Cockney-Mädchen mit der geringen Bildung, die sie ihm hatte vermitteln können, in dem Kampf der Geschlechter fertigbrachte, Punkte für sich zu gewinnen.

Für Melisande waren die Tage in Fenellas Haus bisher angenehm, die Abende allerdings etwas beunruhigend gewesen.

Jeden Tag standen sie spät auf, nachdem ihnen eines der Dienstmädchen eine Tasse Schokolade gebracht hatte. Sie pflegten im Bett zu liegen und sich über die Ereignisse des Abends zuvor mit ihrer üblichen Offenheit zu unterhalten. Dann lasen sie Bücher, die Fenella für sie ausgesucht hatte. Manchmal nahmen sie das Mittagessen zusammen mit Fenella ein, die über Politik und Literatur sprach oder über die Gäste des vergangenen Abends. Am Nachmittag schöpften sie frische Luft im Park, entweder in Fenellas Wagen oder zu Fuß auf den Kieswegen in Begleitung von Polly als ihrer Anstandsdame. Dort trafen sie oft Herren, die an Fenellas Gesellschaftsabenden teilgenommen hatten. Nach ihrer Rückkehr pflegten sie dann ins Atelier zu gehen, wo das

Kleid, das sie am Abend tragen sollten, für sie ausgesucht wurde. Dann zogen sie sich auf ihr Zimmer zurück, und zwei französische Mädchen – Dienstboten von Fenella – halfen ihnen beim Ankleiden. Die Mädchen fühlten sich sofort von Melisande angezogen, widmeten ihr die größte Aufmerksamkeit und freuten sich, mit ihr französisch sprechen zu können.

Melisande erholte sich allmählich von den Schocks, die sie in den letzten Tagen in Cornwall erlitten hatte. Ihre natürliche Munterkeit hatte wieder die Oberhand gewonnen. Sie war anpassungsfähig, und genauso schnell, wie sie die Gefährtin Carolines geworden war, wurde sie rasch die bezaubernde, lebhafte und intelligente junge Frau, als die Fenella sie zu sehen wünschte.

Die Nonnen hätten ihre Hände entsetzt zusammengeschlagen. Melisande selbst fragte sich, ob sie etwa Eigenschaften wie ein Chamäleon hätte, das seine Farbe mit der Umgebung wechselte. Hier war sie nun hell begeistert von den Kleidern, lachte mit den Mädchen und genoß es wie sie, von ihren Eroberungen zu berichten.

Denn sie hatten es natürlich nicht zugelassen, daß sie schwieg. Sie lockten fast alles aus ihr heraus, obwohl Melisande beschlossen hatte, daß diese Dinge ihr Geheimnis bleiben sollten. Sie hatte sich nie in Geheimnisse hüllen können. Aber sie sagte ihnen nicht, daß Sir Charles ihr Vater war. Sie fühlte sich gezwungen, seinen Wunsch nach Geheimhaltung zu respektieren. Doch sprach sie von Léon und Fermor, und sie fühlte, daß die Mädchen ihr mit dem, was ihr als große Lebenserfahrung vorkam, helfen könnten, diese beiden Männer zu verstehen.

»Du mußt einen Liebsten gehabt haben«, insistierten sie eines Morgens, als sie an ihrer Tasse Schokolade nippten.

»Ich stand kurz vor meiner Hochzeit«, erzählte sie ihnen. »Das ist noch nicht lange her.«

Genevra setzte ihre Tasse ab. »Und das hast du uns nicht erzählt! Was war passiert? War er ein Herzog oder so etwas?«

Lucie fragte: »Haben seine Leute es verhindert?«

Nur Clothilde wartete geduldig darauf, mehr zu erfahren.

Melisande erzählte ihnen die Geschichte von der Begegnung mit Léon, von seinem Wunsch nach Freiheit, dem plötzlichen Tod des kleinen Raoul und dem Vermögen, das Léon danach erbte.

Lucie rief: »Ein Vermögen? Und das gabst du auf! Du bist nicht mehr gescheit, Melisande.«

Genevra sagte nur: »Du hättest warten sollen, Melly. Du hättest hören sollen, was er dazu zu sagen hatte.«

Clothilde, mit Augen, die stets und ständig dreinschauten, als denke sie über eine intime Stunde mit einem ihrer Liebhaber nach, meinte: »Wenn du ihn wirklich geliebt hättest, wärst du nicht weggegangen, ohne ihn noch einmal zu sehen. War da vielleicht noch jemand anderer?«

Melisande schwieg. Und so nahmen sie alle im Chor den Refrain auf: »War da jemand? War da wer?«

»Ich weiß es nicht.«

»Aber das mußt du doch wissen«, beharrte Clothilde. »Es mag zwar durchaus sein«, fügte sie hinzu, »daß du es *erst jetzt* weißt.«

Und dann erzählte ihnen Melisande von Fermor, von seiner Schlechtigkeit und seinem Charme, dem Vorschlag, den er ihr gemacht hatte, während er mit Caroline verlobt war. Und sie erzählte von der Christrose, die er mit dem in seiner Hochzeitsnacht geschriebenen Brief unter ihre Tür geschoben hatte.

»Er ist ein Schurke«, sagte Lucie. »Und du warst klug, ihn abzuweisen.«

»War er wirklich so gutaussehend, wie du sagst?« fragte Genevra.

Clothilde antwortete für Melisande: »Nicht ganz. Sie sah ihn mit den Augen der Liebe. Das macht einen Unterschied.«

»Sagt mir«, bat Melisande, »was hätte ich tun sollen?«

»Warten und Léon um eine Erklärung bitten, natürlich«, sagte Lucie.

»Du hättest ihn heiraten und mit ihm auf die Plantage in – wo immer es war – gehen sollen«, sagte Genevra.

»Du hättest nicht vor dem Mann weglaufen dürfen, den du liebtest«, murmelte Clothilde.

Und danach sprachen sie von Léon und Fermor, wie sie von ihren eigenen Verehrern redeten.

»Aber es wird nicht lange dauern«, versprach Genevra, »bevor du andere hast, zwischen denen du wählen kannst.«

*

Der Salon, in dem Fenella ihre Gäste empfing, war an diesem Abend glanzvoll. Die Mädchen sollten sich, wie so oft, nach dem Abendessen der Gesellschaft anschließen. Sie würden sich unter die Gäste mischen und die schönsten Gewänder aus Fenellas Atelier tragen. Fenellas junge Mädchen, zusammen mit den Speisen und den Getränken, stellten eine der Attraktionen ihrer Abende dar.

Nichts warnte Melisande davor, daß dieser Abend anders als andere verlaufen würde. Es stimmte, daß sie ein wunderschönes Kleid trug, das schönste und gewagteste, das sie bis jetzt getragen hatte. Man hatte es für sie wegen seiner Farbe, Smaragdgrün, ausgesucht. Es war aus schwerer, grober Seide, mit einem spitz zulaufenden Mieder, und selbst ihre schmale Taille mußte enger als sonst geschnürt werden, damit sie hineinpaßte. Der Rock setzte sich aus Lagen von sehr feinem schwarzem Tüll zusammen, durch den ein Goldmuster lief und die smaragdgrüne Seide bedeckte. Das Mieder war tief ausgeschnitten, und ihr Rücken war bloß bis zur Taille, nur mit äußerst dünnem schwarzem, golddurchwirktem Tüll bedeckt. Das Kleid war so geschnitten, daß es jede Kurve des weiblichen Körpers betonte.

Genevra trug ein ähnliches Kleid in Blau, das zu ihren Augen paßte. Lucie war zurückhaltend in Grau und Clothilde verführerisch in Rot gekleidet. Daisy, Kate und Mary Jane sollten später herunterkommen, falls man nach ihnen verlangte.

Als sie den Salon betraten, drehten sich die meisten Gäste nach ihnen um. Fenella beobachtete sie von ihrem thronähnlichen Stuhl aus. Sie konnte nicht entscheiden, welches Kleid ihr besser gefiel − das grüne oder das blaue. Es war seltsam, daß das grüne einfacher wirkte als das blaue, oder nahm vielleicht jedes Kleid etwas vom Charakter der Trägerin an? Genevra war ein Mädchen wie tausend andere, sinnierte Fenella. Es war vielleicht gerade noch möglich, daß sie ihren Lord heiraten konnte. Aber war sie geschickt genug dazu? Es war bedauerlich, daß Melisande an einen Rechtsanwalt oder jemand dieser Gesellschaftsschicht verheiratet werden sollte. Sie mußte ihn bald wählen und ihn mit seiner Werbung beginnen lassen. Melisande durfte nicht wissen, daß es arrangiert war. Ihr Kinn besaß einen Schwung nach oben, der vermuten ließ, daß sie sich weigern könnte, eine solche Beziehung aufzunehmen. Nein, das Mädchen war einfach und bezaubernd. Im Augenblick war sie etwas verletzt, und das machte eine vorsichtige Annäherung notwendig. Genevra konnte ohne Gefahr für sich selbst sorgen. Die Slums von London brachten widerstandsfähigere Geschöpfe hervor als ein Kloster.

Ein junger Mann kam auf Fenella zu. Sie erkannte ihn nicht, und sie war sicher, daß er keine Einladung von ihr erhalten hatte. Solche kühnen Eindringlinge ärgerten sie fast nie (obgleich sie manchmal Verärgerung vortäuschte), denn Kühnheit war eine Eigenschaft, die sie sehr bewunderte, und erst recht nicht, wenn sie so gut aussahen wie dieser junge Mann.

Er war weit über 1,80 Meter groß. Und was für eine Arroganz! Welcher Hochmut! Wenn da auch ein Zwinkern in den blauen Augen lag. Es war ein unverschämtes Gesicht, aber die Arroganz wurde von dem Humor ausgeglichen, den sie in ihm erkannte. Ihr Herz erwärmte sich sofort für den jungen Mann.

Sie streckte ihm die Hand entgegen. Er nahm sie und führte sie an die Lippen. »Ihr ergebener Diener!« sagte er.

Sie zog ihre stark betonten Augenbrauen hoch. »Ich hatte noch nicht das Vergnügen, mein Herr, ich bedaure sehr.«

»Sie kennen mich nicht? Aber ich kenne Sie. Wer in London könnte die Priesterin der Mode und Schönheit nicht kennen?«

»Schon gut!« antwortete sie leichthin. »Sagen Sie mir, auf wessen Einladung Sie hierhergekommen sind?«

Er setzte eine Miene falscher Reue auf. »Soll ich denn so schnell demaskiert werden?«

»Was können Sie zu Ihrer Rechtfertigung sagen?«

»Was kann der nicht eingeladene Gast sagen außer, es habe ihn so sehr nach dem Paradies verlangt, daß er beschloß, durch die flammenden Schwerter zu stürmen, die versuchen könnten, ihn fernzuhalten.«

»Ich sehe, daß Sie ein junger Mann sind, der sich recht gut zu verteidigen weiß. Wie heißen Sie?«

»Holland. Ist es zu anmaßend für einen jungen Mann, seines Vaters Freunde zu besuchen? Mein Vater war häufig Gast in Ihrem wundervollen Haus.«

»Bruce Holland«, sagte sie lächelnd.

Er verneigte sich. »Ich bin sein Sohn... sein einziger überlebender Sohn, Fermor Holland, zu Ihren Diensten.«

Fenella begann sich bestens zu unterhalten. Sie liebte nichts mehr als Kühnheit und glaubte zu verstehen, warum er hier war. Es verlangte sie zu wissen, ob ihre Annahme richtig war. Ihre Augen wanderten zu der zauberhaften Gestalt im grünen Kleid.

»Fermor Holland«, wiederholte sie langsam. »Nun, ich glaube, Sie sind kürzlich Ehemann geworden.«

Er verneigte sich als Bestätigung.

»Haben Sie Ihre Frau heute abend mitgebracht?«

»Ach, es war ihr leider unmöglich, mich zu begleiten.«

»Ihre guten Manieren haben sie zweifellos daran gehindert, da sie nicht eingeladen war.«

»Zweifellos«, stimmte er zu.

»Lassen Sie mich überlegen . . . sie ist die Tochter von Sir Charles Trevenning, auch einer meiner Freunde, ein liebenswerter kornischer Landedelmann.«

»Wir sind geschmeichelt, daß Sie so viel Interesse an uns zeigen, Ma'am!«

»Ma'am!« rief sie aus. »Das ist die Anrede für die Königin.«

»Sie sind die Königin. Über alles mächtig, über alles schön, Königin Fenella!«

»Was für ein Schmeichler Sie sind! Sie werden mir nicht erzählen wollen, daß Sie hierherkamen, um mich zu sehen!«

»Aber ich bin es.«

»Und wen noch?«

»Wen könnten die Augen noch wahrnehmen, wenn sie von so übertrefflicher Schönheit geblendet sind?«

»Sie möchten also Ihre Bekanntschaft mit Mademoiselle St. Martin erneuern?«

Er riß die Augen weit auf, blieb aber sprachlos.

»Ich kann Sie verstehen«, fuhr sie fort. »Sie ist bezaubernd. Aber sie ist nicht für Sie, mein lieber junger Mann. Sie können heute abend bleiben, aber Sie dürfen nicht wieder hierherkommen, bis ich mich mit Ihrem Schwiegervater beraten habe. Nun gehen Sie zu ihr und denken Sie daran . . . ich habe Sie nicht eingeladen. Sie sind hier, weil Sie die unverzeihliche Sünde des nicht geladenen Gastes begangen haben. Ich sehe Sie nicht. Und Sie dürfen nicht lange bleiben. Ich glaube, ich sollte Ihnen verbieten, mit Mademoiselle St. Martin zu sprechen. Aber ich weiß, es wäre sinnlos.«

»Dann habe ich also Ihre Erlaubnis?«

Fenella drehte den Kopf weg. »Ich will damit nichts zu tun haben. Sie sind ohne meine Einladung hier. Sie sind ein unverschämter junger Mann. Das sieht man. Ihr Vater war genauso. Und es ist nur allein wegen ihm, daß ich Sie nicht hinauswerfe. Nun, gehen Sie und denken Sie daran ... Sie dürfen nicht lange bleiben.«

Er beugte sich über ihre Hand.

Sie sah ihm nach, ihre Augen glänzten.

Sie dachte: Ein bezaubernder junger Mann! Amüsant ... aufregend. Es gibt heute nicht mehr viele wie ihn ... denn die Männer sind nicht mehr, was sie einmal waren.

*

Er stand vor Melisande, und sie war dankbar dafür, nicht allein zu sein. Sie war mit einem jungen Mann zusammen, der während des Abends ihr Begleiter war. Und auch Genevra und ihr Lord sowie Lucie und ihr Anwalt standen neben ihr.

»Sie schauen drein, als hätten Sie einen Geist gesehen, Mademoiselle St. Martin«, sagte Fermor.

»Ich ... ich hatte nicht erwartet, Sie hier zu treffen«, stotterte Melisande. »Ich hatte keine Ahnung, daß Sie Madam Cardingly kannten.«

»Mein Vater ist ein alter Freund von ihr.«

»Willst du uns nicht vorstellen«, flüsterte Genevra für alle vernehmlich. Melisande versuchte, ihre Gefühle zu meistern. Sie war aufgeregt, voll Freude und Furcht. Sie wußte in diesem Augenblick, warum sie Léon nicht mehr gesehen und nach seinen Erklärungen gefragt hatte. Der Grund war, weil sie Fermor liebte. Sie begann alle einander vorzustellen. Genevras Augen leuchteten. Lucie schlug die Augen nieder.

»Ich habe das Gefühl, Sie gut zu kennen«, äußerte Genevra. »Melly hat von Ihnen gesprochen.«

»Ich bin doppelt entzückt«, meinte er. »Es ist so schmeichelhaft zu erfahren, daß über einen gesprochen wurde.«

»Aber wie wollen Sie wissen, *was* wir von Ihnen gehört haben?« fragte Genevra.

»Es muß etwas Angenehmes gewesen sein, da Sie so erfreut sind, mich kennenzulernen.«

»Es könnte Neugier sein, um zu sehen, ob Sie so schlecht sind wie Ihr Ruf. Teddy«, sagte sie zu ihrem Lord gewandt, »du solltest dich darauf gefaßt machen, eifersüchtig zu werden. Ich mag diesen Mr. Holland.«

Lucie und der Anwalt, Francis Grey, begrüßten ihn höflich, und er war aufgeschlossen und freundlich zu ihnen wie zu Genevra und Teddy, aber gegenüber Melisandes Partner zeigte er entschiedene Kühle.

Melisande fragte: »Und Caroline . . . ist sie auch hier?«

»Sie konnte nicht kommen.«

»Wie schade. Vielleicht das nächste Mal?«

»Wer weiß?«

Er konnte seinen Blick nicht von ihr wenden. Sie schien ganz anders als die Melisande zu sein, die er in Cornwall gekannt hatte. Sie sah älter aus als siebzehn. In Cornwall hatte sie jünger als ihre Jahre ausgesehen.

Sie bildeten eine reizende Gruppe, die drei jungen Mädchen in ihren fröhlichen Kleidern, die vier jungen Männer in ihren Abendanzügen nach der neuesten Mode. Fenella, die sie beobachtete, gewahrte die Spannung zwischen Melisande und Fermor, zuckte mit den Schultern und dachte: Nun ja, ich werde bald einen geeigneten Gatten für sie finden.

Melisandes derzeitiger Partner war ein recht angenehmer junger Mann, aber seine Stellung konnte man kaum als sicher bezeichnen. Er war ein Anhänger von Peel, und Peel würde über die Getreidegesetze stolpern. Fenella durfte nicht mehr zögern. Die Schlange − so eine gutaussehende, charmante Schlange − war ins Paradies eingedrungen.

Der junge Peel-Anhänger sprach jetzt ernst über Politik. »Natürlich hatte Sir Robert recht. Natürlich kommt er wieder. Ich weiß, daß seine Aktion die Partei gespalten hat, aber . . .«

»Wie bezaubernd Sie aussehen«, flüsterte Fermor Melisande zu. »Welch ein Glück . . . Sie hier zu finden!«

»Hat Madam Cardingly Sie eingeladen? Sie muß gewußt haben . . .«

»Nein, Sie hat mich nicht eingeladen. Ich habe herausgefunden, wo Sie sind, und sobald ich es entdeckt hatte, mußte ich kommen. Ich habe nicht abgewartet, eingeladen zu werden. Ich kam, ich sah Madam Fenella, und, wissen Sie, ich glaube, mein Charme hat sie erobert. Oder vielleicht ist es auch meine offensichtliche Ergebenheit. Wer war es noch, der sagte: Alle Welt liebt einen Liebenden? Shakespeare, denke ich. Er hatte recht. Also, da bin ich.«

Sie ignorierte ihn und antwortete dem Mann, der ihr Begleiter gewesen war, ehe Fermor erschien. »Ich glaube nicht, daß er wiederkommen kann. Die Tories werden das nie dulden.«

»Ein Mann wie Sir Robert kann das scheinbar Unmögliche fertigbringen!«

»Wo ein Wille ist, ist auch ein Weg, so sagt man . . . so sagt man . . .« sang Genevra.

»Sie verbinden Klugheit mit Charme«, sagte Fermor und sah Genevra mit einer solchen Wertschätzung an, daß Teddys Bart sich sträubte.

»Vielleicht«, meinte Genevra, »ist es besser, klug als schön geboren zu sein. Schönheit bedarf sehr kluger Handhabung, wenn sie gedeihen soll.«

»Sie gedeiht auf fruchtbarstem Boden, genau wie Blumen«, ergänzte Teddy.

»Ihr seht, wie klug Teddy ist!« sagte Genevra.

Der Politiker wurde allmählich verärgert. Melisande sagte: »Was glauben Sie, wird sich ändern, wenn Lord Russell ans Ruder kommt?«

»Sir Robert wird bald seine alte Position wieder haben«, beharrte der junge Mann.

»Mademoiselle St. Martin, darf ich Sie zu Tisch führen?« fragte Fermor.

»Es ist noch nicht angerichtet.«

»Kann ich dann ein paar Worte mit Ihnen . . . allein reden. Ich bringe wichtige Nachrichten. Sie sind der einzige Grund, weshalb ich hier bin.«

Sie hob den Blick zu seinem Gesicht, und er lächelte kühn.

Genevra rief: »Kommt, geh'n wir. Wir wollen verschwinden. Eine wichtige Nachricht sollte nicht warten müssen. Kommt, alle! Wir sehen euch später, wenn die wichtige Nachricht mitgeteilt ist. Ich hoffe, es ist eine gute?«

»Ich denke schon. Und ich danke für Ihren Takt, der fast so groß ist wie Ihre Klugheit und Ihre Schönheit.«

Genevra knickste aus Spaß und nahm Teddys Arm. Er war sichtlich froh, von diesem arroganten Mann mit den aufregend blauen Augen wegzukommen. Lucié und Francis gingen mit ihnen, und der sich so ernst gebende junge Politiker konnte nichts anderes tun, als ihnen zu folgen.

»Sehr geschickt, nicht wahr?« meinte Fermor, als sie allein waren.

»Das ist von Ihnen auch nicht anders zu erwarten.«

»Ich freue mich, daß Sie eine so hohe Meinung von mir haben.«

»Ich vermute, daß es gar keine Neuigkeit gibt?«

»Warum sollten Sie das?«

»Weil ich auch gelernt habe, Ihre Doppelzüngigkeit zu erkennen.«

»Sie haben gelernt, Englisch fließender zu sprechen.«

»Ich habe eine Menge Dinge gelernt.«

»Das merke ich. Bald wird Ihre Klugheit der Weisheit der reizenden Genevra gleichkommen. Ihre Schönheit und Ihr Charme übertreffen sie bereits.«

»Bitte . . . ich bin kein Kind mehr.«

»Sind Sie so alt geworden?«

»Man wird durch Erfahrung alt . . . nicht durch Jahre.«

»Sie sind hart geworden.«

»Das ist gut. Meinen Sie nicht auch? Ich bin wie eine Schnecke, die sich ein Haus zugelegt hat, oder wie ein Igel mit seinen Stacheln.«

»Ich habe noch niemand getroffen, der weniger einer Schnecke oder einem Igel gleicht.«

»Es ist eine Metapher . . . oder ist es ein Gleichnis?«

»Mir fallen schönere ein, die zu Ihnen passen.«

»Bitte, was haben Sie mir mitzuteilen?«

»Daß ich Sie liebe.«

»Sie sagten, Sie hätten eine wichtige Nachricht.«

»Was könnte wichtiger sein als dies?«

»Für Sie? Ihre Heirat vielleicht.«

Er schnalzte ungeduldig mit den Fingern. »Gibt es hier irgendeinen Ort, wo wir ungestört sprechen können?«

»Nirgendwo.«

»Was ist mit dem Wintergarten?«

»Der steht uns nicht zu.«

»Warum nicht?«

»Sie müssen begreifen, daß ich hier arbeite. Ich führe Kleider vor. Dieses Kleid, das ich trage, gehört mir nicht. Ich trage es, damit es bewundert und von reichen Damen gekauft wird. Ich unterhalte meine Freunde nicht im Wintergarten.«

»Auch nicht, wenn sie hohe Gäste Ihrer Arbeitgeberin sind?«

»Ich habe keine Anweisungen in bezug auf Sie.«

»Warum sind Sie hier?« fragte er.

»Um zu arbeiten ... meinen Unterhalt zu verdienen, natürlich.«

»Arbeit! Sie nennen das Arbeit. Was sind denn alle diese Mädchen? Wissen Sie das nicht? Glauben Sie, ich wüßte es nicht?«

»Wir machen Kleider. Einige arbeiten in den Vorführräumen.«

Er lachte: »Ich dachte, Sie wären erwachsen geworden.«

»Sir Charles hat mich hierhergeschickt«, sagte sie.

»In der Tat! Damit Sie den Fußstapfen Ihrer Mutter folgen?«

Heiße Röte übergoß sie, und sie wandte sich ab. Er ergriff ihren Arm.

»Sie müssen mir verzeihen. Denken Sie daran, daß Sie mich wegen meiner Offenheit ... unter anderem lieben.«

»*Ich Sie* lieben?«

»Natürlich. Ich bin kein Heiliger. Das habe ich Ihnen gesagt. Ich biete Ihnen weder Heirat, noch morde ich kleine Jungen wegen ihres Vermögens.«

»Schweigen Sie!« sagte sie leise. »Und gehen Sie fort. Kommen Sie nicht wieder, um mich zu quälen.«

»Nicht Sie zu quälen ... sondern Ihnen Freude zu bereiten. Sie glücklich zu machen. Wissen Sie wirklich nicht, was das hier ist?«

Sie sah ihn schweigend an.

»Welch eine Ahnungslosigkeit!« rief er aus. »Ist sie echt oder gespielt?«

»Ich verstehe nicht, wovon Sie sprechen. Was meinen Sie damit ... was das hier ist?«

»Es ist kein Kloster, wo heilige Nonnen sich versammeln,

nicht wahr? Wie verbringen die Mädchen ihre Zeit? Auf den Knien, um Gottes Segen zu erbitten? Ihr Gebaren ist nicht das von Nonnen. Das müssen Sie doch wissen! Ach, ich bin plump und roh . . . aber ich weiß, daß Sie mir vergeben werden.«

»Sie verdrehen alles. Ich war glücklich hier. Ich glaube, ich hätte glücklich in Trevenning sein können . . . wenn Sie nicht gewesen wären.«

»Sie könnten Ihren Mörder geheiratet haben. Wären Sie glücklich gewesen, glauben Sie? Wie ein Schaf auf der Weide . . . eingepfercht . . . keine andere Welt zu kennen als die, deren Grenzen vier Hecken sind? Und dann könnte er auf den Gedanken kommen, *Sie* zu töten, nachdem er Geschmack an Mord gefunden hat. Aber Sie haben ihn nicht geliebt. Wenn Sie ihn geliebt hätten, weshalb haben Sie dann nicht seine Rückkehr abgewartet? Warum haben Sie ihm keine Gelegenheit zu einer Erklärung geboten? Soll ich's Ihnen sagen? Weil Sie ihn nicht liebten. Weil Sie wissen, es gibt nur einen Mann für Sie, und dieser Mann bin ich.«

»Wie schade, daß es nicht nur eine Frau für Sie gibt . . . und es wäre Ihre Frau!«

»Das würde das Leben so einfach machen, nicht wahr? Aber können wir erwarten, daß es wirklich so einfach ist?«

»Ich glaube, Caroline denkt das.«

»Ja, Sie sind erwachsen geworden. Sie werden zorniger. Sie haben Temperament, Melisande, meine Schöne. Halten Sie es im Zaum. Temperament kann gefährlich sein. Erinnern Sie sich noch, wie Sie vom Pferd sprangen und dem Burschen den Ast entrissen, mit dem er die irre Frau quälte? Das war Temperament, gerechter Zorn! Sie hätten auf ein Haar den ganzen Mob gegen sich gehabt. Aber Sie haben gar nicht überlegt. Oder vielleicht wußten Sie auch, daß ich da war, um Sie zu beschützen. Was wäre geschehen, wenn ich nicht dagewesen wäre, um Sie dem Mob zu entreißen? Ich werde immer da sein, Melisande, wenn Sie mich brauchen. Mit einem so heftigen Temperament wie dem Ihren, das in helle Wut geraten kann, brauchen Sie jemand, der Sie schützt. Noch einmal biete ich mich an.«

»Das Angebot wird nicht angenommen. Es ist jetzt Dinnerzeit. Guten Abend.«

»Ich führe Sie zu Tisch.«

»Ich bin hier nicht als Gast.«

»Sie sollten überhaupt nicht hier sein. Sie sollten zulassen, daß ich Sie aus der Unwürdigkeit Ihrer Stellung rette.«

»Um mich in eine noch unwürdigere zu versetzen? Ich sehe keine Unwürdigkeit in meiner gegenwärtigen Stellung.«

»Nur deshalb, weil Sie so unschuldig sind.«

»Ich glaube nicht, daß Madame Cardingly weiß, was für eine Sorte Mann Sie sind, sonst würde sie Ihnen nicht erlauben, hierherzukommen.«

»Sie weiß genau, wer und was ich bin, und gerade deshalb heißt sie mich hier willkommen. Kommen Sie, gehen wir zu Tisch.«

Am Büfett trafen sie die anderen, und Melisande war froh darüber. Die Unterhaltung blieb allgemein. Sie reichte von Politik – immer ein bevorzugtes Thema bei Fenellas Zusammenkünften – bis zur Literatur. Melisande hatte schnell gelernt, sich zurückzuhalten. Wenn sie nichts zur Diskussion beitragen konnte, schwieg sie. Fenella sagte oft, es sei besser für ein Mädchen, sich ruhig statt töricht zu verhalten.

Eine der Damen aus der Gesellschaft bewunderte Melisandes Kleid und fragte, ob sie es in Weinrot haben könnte. Es war Melisandes Aufgabe, das weinrote Kleid zu besprechen, das die Dame gerne haben wollte, und kleine Änderungen für deren reifere Figur vorzuschlagen. Melisande war in dieser Tätigkeit ein voller Erfolg, und nichts machte ihr mehr Freude, als Rat zu geben, der zu einem Verkauf führte. Es war ihr Beitrag für das behagliche Leben, das sie in diesem seltsamen Haushalt genoß.

Die Unterhaltung wandte sich den Armen zu. Alle Welt sprach derzeit von den Armen. Es schien, als hätte man sie gerade jetzt erst entdeckt. Es gab immer und bei jeder Zusammenkunft Leute, die ausriefen: »Aber Christus sagte: ›Die Armen werden immer bei euch sein‹, und das heißt doch, es wird immer Arme geben. Warum denn all dieses Getue über etwas, das natürlich und unvermeidlich ist?« Andere hingegen zitierten den *Song of the Shirt* von Thomas Hood und *Oliver Twist*.

Andere Gäste sprachen über Fanny Kembles neueste Darbietung. Aber Melisande blieb still, dieses Mal jedoch nicht, weil sie sich nicht hätte beteiligen können, sondern wegen Fermors Anwesenheit.

Er erhob sein Glas Champagner und trank auf ihre Zukunft.

»Ich sehe nicht ein, welche Zukunft wir gemeinsam haben könnten, es sei denn ...« begann sie.

»Es sei denn, Sie nähmen Vernunft an«, beendete er den Satz für sie. »Meine Liebe, Sie werden es. Ich verspreche es Ihnen.«

»Es sei denn«, fuhr sie fort, »Sie ändern Ihre Lebensweise. Dann könnte ich Sie vielleicht mit Caroline treffen.«

»Änderung ... Reform«, rief er. »Alles spricht von Reform. Jeder möchte jeden reformieren. Das Kornzollgesetz sollte doch genügen. Muß man jetzt auch noch bei den Menschen anfangen?«

Sie sagte ruhig: »Sie denken wohl überhaupt nicht über andere Menschen nach? Sie sind der absolute Egoist. Sie sehen nur eine kleine Welt mit Fermor Holland als Mittelpunkt.«

»Täuschen Sie sich nicht. Wir stehen alle im Mittelpunkt unserer kleinen Welt — selbst Ihre gelehrten Freunde hier mit ihrem Geschnatter über Kunst und Literatur, über Politik und Reform! Hört auf *mich!* rufen sie. Hört, was *ich* zu sagen habe! Ich sage das auch, und nur weil mein Lied anders klingt, ist noch lange nicht gesagt, daß ich egoistischer bin als mein Nachbar.«

»Ich wünschte, Sie wären nicht hierhergekommen.«

»Seien Sie ehrlich. Sie sind sehr erfreut, daß ich gekommen bin.«

Sie schwieg eine Weile, und weil er lächelte, sagte sie: »Es ist bestürzend, jemand wieder aus einem Leben auftauchen zu sehen, von dem man geglaubt hat, es für immer hinter sich zu lassen.«

»Sie haben immer gewußt, daß ich kommen werde, um Sie zu holen, nicht wahr? So wird es immer sein, Melisande, ich werde immer bei Ihnen sein.«

Der Champagner machte ihre Augen funkeln. Sie hatte mehr getrunken, als sie gewohnt war. Hatte sie einen kleinen Schwips? Das wäre eine unverzeihliche Sünde in Fenellas Augen. »Trinken ist eine wahrhaft gute Sache«, war eine ihrer Maximen. »Man soll trinken, um gesellig zu sein. Aber man muß die Kunst des Trinkens beherrschen. Zuwenig zu trinken ist unfreundlich, zuviel zu trinken ist unfein.«

Als Ergebnis ihrer gesteigerten Gemütsbewegung sah Melisande alles mit neuer Klarheit. Was tat sie hier? Was für eine Art von Stelle war es, zu der ihr Vater sie geschickt hatte? War es nur, um Schneidern zu lernen, wie er sagte? Es war gewiß nicht, um Kleider zu nähen. Sie sollte schöne Kleider tragen, um Bewunderung zu erregen. Warum? Daisy geriet gerade in ihr Blickfeld. Daisy trug ein pinkfarbenes Kleid, sehr tief ausgeschnitten, in dem sie aussah wie eine voll erblühte Rose. Sie traf gerade eine Abmachung mit einem untersetzten Mann. In einer kleinen Weile würden sie verschwinden, und Daisy würde erst am nächsten Tag wieder zum Vorschein kommen. »Wissen Sie, was für ein Haus das ist?« hatte Fermor gefragt.

Warum hielt Fenella Mädchen hier? Worum ging es da? War es ein Haus, in das ein gewissenhafter Vater seine Tochter schicken würde? War Fenella Cardingly die gute Wohltäterin, wie sie Melisande hatte glauben lassen? Wie nannte man diese Häuser, wo Mädchen wie Daisy, Kate und Mary Jane lebten und arbeiteten? Welches Etikett haftete an den Frauen, die sich um solche Häuser kümmerten, solche Treffen arrangierten? War dies ein vornehmes Bordell? War Madam Fenella eine Kupplerin? Was war letztlich der Zweck, ein Mädchen hierherzuschicken?

Aber es war dieser Mann, der ihr böse Gedanken in den Kopf gesetzt hatte. Fenella war gut und freundlich. Alle waren glücklich hier. Glaubte sie das, weil sie es glauben wollte, weil sie, wenn sie es nicht glaubte, nicht wüßte, was sie tun sollte?

Nichts konnte ihre Meinung über Fenellas Wohlwollen ändern. Sie war hiergekommen, traurig und verletzt, und Fenellas seltsames Haus hatte sie getröstet, wie sie es nicht für möglich gehalten hatte, getröstet zu werden.

Fermor nahm ihr das Glas weg und stellte es hin. Sie stand auf. »Lassen Sie uns zurück in den Salon gehen«, schlug er vor.

Er nahm ihren Arm und hielt ihn sehr fest. Sie erkannte beim Gehen, daß sie froh über die Stütze war. Sie befanden sich allein im Flur.

»Es ist unmöglich, in diesem Raum mit so vielen Menschen um uns herum zu reden. Können wir nicht allein zusammen sein . . . nur fünf Minuten?« fragte Fermor.

»Wissen Sie«, und ihre Stimme klang vage und nicht wie ihre eigene, »weshalb ich hierher geschickt worden bin?«

Er nickte. »Und ich will, daß Sie von hier weggehen. Es ist nicht gut für Sie hier, in einem solchen Haus.«

»Ich verstehe Sie nicht.«

»Ist es möglich, daß Sie es nicht wissen?«

Er hatte eine Tür geöffnet und in den Raum geschaut. Als er Fenellas kleines Wohnzimmer leer fand, zog er sie hinein. Er schloß die Tür und nahm sie in den Arm.

»Ich kann Sie hier nicht lassen«, sagte er leidenschaftlich.

»Wenn an diesem Ort irgend etwas schlecht ist, dann haben Sie es hergebracht. Bis jetzt . . .«

»Habe ich die Prostituierten, das ›Bett der Fruchtbarkeit‹ mitgebracht? Was geht in diesem Haus vor sich, jetzt . . . in diesem Augenblick? Welche Geheimnisse würden wir entdecken, wenn wir nachsehen würden, frage ich mich.«

»Sie sagten aber doch, daß Ihr Vater und Madam Cardingly Freunde sind, und sie ist auch mit Sir Charles befreundet.«

»Mein Vater gehört seiner Generation an. Ich habe ihn gern. Ich bin auch wie er. Er würde hierherkommen, aber das sicher nicht von meiner Mutter oder meinen Schwestern erwarten. Sir Charles hat Sie hierher gesandt, damit Sie einen Gatten finden, möchte ich schwören. Fenella ist der einzige Markt für Bastarde.«

Sie wand sich aus seinen Armen. »Gute Nacht.«

Er lachte und fing sie wieder ein. »Nachdem ich endlich dieses Versteck gefunden habe, glauben Sie, ich will Sie wieder verlieren? Das Heim, das ich Ihnen bieten würde, wäre die Respektabilität selbst im Vergleich zu diesem Haus.«

»Ich glaube Ihnen nicht.«

»Wir wollen aufhören, uns zu streiten. Lassen Sie uns diese wenigen Augenblicke allein genießen. O Melisande, wenn ich gewußt hätte, wie stark die Leidenschaft ist, die ich für Sie empfinde, hätte ich Caroline nicht geheiratet.«

Sie entgegnete zornig: »Das sagen Sie jetzt, nachdem Ihre Heirat stattgefunden hat. Es ist ungefährlich, das jetzt zu sagen.«

»Ich meine es wirklich. Ich habe ständig an Sie gedacht. Und Sie können Ihre Gefühle auch nicht vor mir verbergen. Wir waren füreinander bestimmt. Leugnen wir es nicht.«

»Aber ich will es leugnen ... ich will.« Ihre Stimme zitterte. Zu ihrem Entsetzen stellte sie fest, daß sie weinte.

Er hob sie auf und trug sie zu einem Sofa. Dort saß er und hielt sie in den Armen. Jetzt war er sanft und zart, und sie wünschte, er wäre es nicht, denn in einer solchen Stimmung war er unwiderstehlich.

Sie schwiegen eine Weile. All ihre Leugnerei war zwecklos, das wußte sie. Sie hatte sich verraten. Sie spürte seinen Triumph. Sie konnte nur ganz still sitzen, mit seinen Armen um sich, und die Augen mit seinem Taschentuch trocknen.

»Es hätte ganz anders sein können«, sagte sie, »wenn Sie es wirklich ernst gemeint hätten.«

»Ich meine es ernst«, sagte er. »Aber was geschehen ist, ist geschehen. Laß uns auf das bauen, was uns geblieben ist.«

»Und Caroline?«

»Caroline braucht es nie zu erfahren.«

Sie stand plötzlich auf. »Ich muß gehen. Man wird mich vermissen.«

»Was spielt das für eine Rolle?«

»Ich bin hier angestellt, um dieses Kleid vorzuführen.«

»Von diesem Augenblick an bist du nicht mehr angestellt. Du bist frei, meine Liebe.«

»Ich fühle, daß ich nie frei sein werde.«

»Wir müssen das regeln. Komm und geh weg mit mir ... heute abend. Morgen werde ich uns ein Haus finden. Dort werden wir zusammensein ... und nichts soll uns trennen.«

»Sie verstehen nicht. Ich sage Adieu.«

Seine Augen funkelten. »Du wechselst deine Launen rasch. Einen Augenblick zuvor hast du mich glauben machen ...«

Sie lief aus dem Zimmer. Es war nicht einfach, ungesehen

in den Salon zurückzukehren. Genevra und Lucie hatten es bemerkt. Genevra kam zu ihr und blieb für den Rest des Abends in ihrer Nähe. Genevra, das Kind von St. Giles, stellte sich schützend vor das Kind aus dem Kloster.

*

Fenella trank eine Tasse Schokolade vor dem Einschlafen. Polly brachte sie, setzte sich auf ihr Bett und sah ihr zu, wie sie trank.

»Sie machen sich Sorgen, Madam dear.«

»Unsinn.«

»Geht es um das Paar in dem Bett? Die kriegen nie Kinder. Hunderte solcher Betten wie unseres wären nutzlos für sie.« Polly kicherte. »Fünfzig Guineen die Nacht! Ein Vermögen! Demnächst wird einer kommen und sein Geld zurückhaben wollen.«

»Es versagt selten, Polly. Das weißt du sehr wohl.«

»Aber heute abend bestimmt. Und was ist, wenn es einem von diesen Reformern einfällt, sich mit *Ihnen* zu beschäftigen, Schätzchen? Was ist, wenn sie anfangen, von Betrug zu reden?«

»Sei nicht dumm, lästige Fliege. Als ob ich nicht mit allen Reformern fertig würde.«

»Nein, wir haben schon mal in Schwierigkeiten gesteckt.«

»Und sind sie losgeworden. Nein, Polly, drei der besten Juristen Englands sind meine sehr engen Freunde. Politiker sind meine Freunde. Jeder, der nur irgendwelche Macht besitzt, ist mein Freund. Sie möchten keinen Skandal haben wollen, der unsere Welt zerstört, nicht wahr? Gäbe es einen Skandal wegen unseres Bettes, könnten sie nicht mehr hierherkommen, stimmt's? Also gibt es keinen Skandal. Das ist es nicht, was mich beunruhigt.«

»Aha, also macht Ihnen etwas Sorge?«

»Ich würd's dir erzählen, wenn ich dir trauen könnte, den Mund zu halten.«

»Regen Sie sich nicht auf. Ich krieg's schon selbst raus. Ist es unsere kleine französische Melly? Ich dachte schon, da wär etwas seltsam an ihr nach diesem Abend. Außerdem hatte sie geweint, und Genevra kümmerte sich um sie, als sei sie der gute Hirte und die andere ihr kleines Lamm.«

»Ein junger Mann kam heute abend hierher. Er hat sie aus der Fassung gebracht. Er darf nicht wieder herkommen. Er hat nichts Gutes vor.«

»Könnte nicht eine von den anderen sich um ihn kümmern? Kates letzter Verehrer ist in letzter Zeit nicht mehr ganz so oft hinter ihr her gewesen. Mit jeder Woche nimmt sein Verlangen nach unserer Katey ab. Die arme Katey, sie wird einen Trostpreis brauchen.«

»Ich wünschte, es wäre möglich. Er ist charmant, aber ich glaube nicht, daß er mit jemand anderem als dem Mädchen zufrieden ist, an das er sein Herz gehängt hat.«

Polly grinste. »Und hat Melly ihr Herz an ihn gehängt?«

»Unsere Melisande ist ein gutes Mädchen, Polly Kendrick, und sie kennt seine Frau. Sonst . . . ich bin da nicht sicher. Aber ich muß sicher sein. Polly, wir haben eine Aufgabe vor uns. Der Vater schickte sie mir, um sie zu verheiraten, und bis jetzt habe ich noch bei keinem versagt, der mir sein Kind anvertraut hat. Wir haben bei diesem Mädchen zu lange gewartet. Ich habe sie gern. Ich wollte sie noch ein wenig bei uns behalten. Aber sie muß verheiratet werden . . . bald. Dann geht mich dieser blauäugige Kavalier nichts mehr an. Ich habe Angst vor ihm — er ist so bezaubernd. Polly, er ist unwiderstehlich!«

Sie sprachen noch weiter über Melisande und den ungebetenen Gast des Abends. Sie lachten und redeten von dem Paar im »Bett der Fruchtbarkeit«. Sie erwogen die Chancen Genevras, ihren Lord zu heiraten, und das Gespräch endete mit dem Aufzählen verschiedener junger Männer, die eifrig darauf bedacht sein würden, Melisande zu heiraten. Denn die angemessene Mitgift, die ihr Vater geben wollte, machte sie, zusammen mit ihrem unbestreitbaren Charme, zu einer ausgezeichneten Partie.

*

Melisande sah Fermor häufig nach jenem Abend. Er kam drei- bis viermal die Woche ins Haus, und obwohl Fenella Polly jedesmal danach erklärte, sie werde ihm befehlen, seine Besuche einzustellen, tat sie es doch nicht. Sie fand junge, gutaussehende Männer bezaubernd, und gutaussehende junge Männer, die hübschen Mädchen nachstellten, unwiderstehlich.

»Wenn wir erst Lucie verheiratet haben«, erklärte sie Polly, »soll unsere nächste Heirat die von Melisande sein.«

»Immer vorausgesetzt«, warf Polly ein, »daß die kleine französische Melly sich nicht vorher von ihrem Liebsten entführen läßt. Selbst Ihnen, Madam dear, würde es dann schwerfallen, sie zu verheiraten.«

»Unsinn!« antwortete Fenella darauf, aber der Gedanke war ihr unangenehm, und sie fügte hinzu: »Ich muß sofort etwas wegen dieses Kindes unternehmen.«

Sie tröstete sich damit, daß es zwecklos wäre, Fermor zu bitten, nicht mehr zu kommen, denn er würde andere Mittel und Wege finden, Melisande zu sehen.

Sie klingelte nach Lucie.

Lucie war ein braves Mädchen, das nie Schwierigkeiten bereitet hatte. Weshalb war es gerade Lucie, die Fenella am wenigsten mochte? Sie konnte sich auf Lucie verlassen. Wenn alle Mädchen wie Lucie wären, hätte sie wenig Grund zur Sorge. Sie hatte sich gerade zu einer Vernunftehe entschlossen, in der richtigen Erkenntnis, daß sie nach der Zeremonie einen ihr bis dahin versagt gebliebenen Status genießen würde. Sie blickte klugerweise nicht zu hoch hinauf — wie es diese absurde und liebenswerte Genevra tat —, sondern wählte den vernünftigen Weg in die Sicherheit. Liebe Lucie! dachte Fenella heuchlerisch.

»Lucie, meine Liebe, ich möchte mich mit Ihnen etwas unterhalten. Es betrifft Melisande.«

»Ja, Madam?«

»Sie gleicht Ihnen sehr, denke ich immer. Ihre Stellung ist ähnlich, und es würde mir eine große Freude sein, wenn Sie Melisande unter Ihre Fittiche nähmen. Ich möchte sie so glücklich versorgt wissen, wie Sie es sein werden. Ich möchte, daß Sie das Mädchen zu Ihrer besonderen Freundin machen und mit ihr über Ihre kommende Hochzeit reden. Polly soll Sie beide zu einer Besichtigung Ihres neuen Hauses führen. Wissen Sie, Lucie, meine Liebe, Mädchen wie Genevra und Clothilde können so leicht falsche Ideen in den Kopf eines beeindruckbaren Mädchens setzen.«

»Ich werde alles tun, was Sie sagen, Madam.«

»Andrew Beddoes ist ein Freund Ihres zukünftigen Gatten, wie ich glaube.«

»Sie kennen sich, weil sie den gleichen Beruf haben.«

»Es wäre recht angenehm, wenn die Freundschaft gefördert würde. Sie und Ihr reizender Francis, Melisande und Andrew.«

»Aber ja, natürlich.«

»Ich möchte, daß sich alles ganz natürlich . . . romantisch entwickelt.«

Lucie lächelte. Sie war Fenella dankbar. Mochten auch einige über die dunklen Seiten der Aktivitäten, die sich in Fenellas Haus abspielten, die Nase rümpfen, es war ein Etablissement wie kein anderes und Fenella eine Frau wie keine andere. Sie half Mädchen, die sich in einer unglücklichen Lage befanden. Natürlich mußten ihre Methoden je nach Art der Mädchen variieren. Wenn Lucie erst einmal sicher verheiratet war, würde sie jegliche Verbindung mit Fenella Cardinglys Etablissement abbrechen. Bis zu diesem glücklichen Tag jedoch war sie bereit, Madam Fenella zu gehorchen.

»Ich werde mein Bestes tun«, erklärte Lucie. »Melisande ist ganz anders als die übrigen Mädchen. Da sie im Kloster erzogen wurde, ist sie völlig unschuldig. Eine Heirat mit Mr. Beddoes wäre gut für sie.«

Als sie gegangen war, sagte Fenella laut: »Liebe Lucie!« Ihr Gewissen war gerettet. Sie brauchte sich keine Sorgen mehr wegen des charmanten jungen Mannes zu machen. Lassen wir ihn ins Haus kommen, wie es schon sein Vater tat. Melisandes Zukunft war jetzt gesichert.

*

Polly, die Anstandsdame, begleitete die beiden Mädchen aus dem Haus. Sie wußte, daß er auf sie warten würde. Er tauchte immer ganz plötzlich irgendwo auf, erzählte sie Madam. Madam lachte nur, wenn sie es ihr sagte. Er wäre so charmant, erklärte sie.

Lucie sagte zu Melisande: »Ich bin so froh, daß du mit mir kommst. Die anderen . . . sie nehmen es nicht ernst. Und in Zeiten wie diesen ist es gut, eine Freundin zu haben.«

»Es ist lieb von dir, daß du mich mitkommen läßt. Ich hoffe, du wirst glücklich, Lucie. Ach, ich hoffe es so sehr.«

»Warum nicht? Ich werde alles haben, was ich möchte. Mr. Grey wird in seinem Beruf aufsteigen. Dafür werde ich sorgen.« Lucies Gesicht unter der großen Haube war heiter. Affektiert nannte es Genevra. Nicht affektiert, sondern zufrieden, dachte Melisande. Sie seufzte. Lucie würde nie etwas tun, was ihr Unheil brächte.

»Legt einen Schritt zu, meine Lieben«, mahnte Polly. »Es ist ein gutes Stück bis zu Lucies neuem Heim, und Madam möchte nicht, daß wir zu lange fort sind. Herr des Himmels, wer ist denn das?«

Er trat vor und verneigte sich. »Drei Damen . . . allein auf der Straße! Sie werden mir gestatten müssen, Ihr Begleiter zu sein.«

Lucie war schockiert. Sie sah ihn kalt an. »Wir brauchen Ihren Schutz nicht, danke, Mr. Holland.«

»Ich kümmere mich schon um die jungen Damen«, erklärte Polly. »Ich bin so gut wie jeder Gentleman.«

»Besser!« sagte er und schenkte ihr eins seiner gewinnenden Lächeln. »Ich weiß es, Sie wissen es, und die jungen Damen wissen es. Aber weiß es die übrige Welt? Meine liebe Polly, Ihre zierliche Statur straft Ihr tapferes Herz Lügen, und ich nehme es auf mich als meine Pflicht, Sie zu begleiten.«

Polly schnalzte mit der Zunge und schüttelte den Kopf. Fermor nahm Lucies Hand und küßte sie. Lucie gab nach. Was kann denn schon Böses auf der Straße dabei herauskommen, dachte sie?

Dann ergriff er Melisandes Hand und küßte sie. Er hielt sie fest und sagte: »Ein Hüter für jede Dame. Was könnte besser sein?«

Lucie blieb nichts anderes übrig, als mit Polly zu gehen.

Melisande sagte zu ihm, als die beiden vor ihnen gingen: »Sie sind nicht erwünscht. Sie wissen es. Haben Sie keinen Stolz?«

»Im Gegenteil, mein Stolz nimmt enorm zu, wenn ich daran denke, wie sehr ich erwünscht bin. Polly schwärmt für mich. Und du auch. Was die steife kleine Lucie angeht, habe ich so viel Vertrauen in meine Überzeugungskraft, daß ich glaube, sogar ihr steinernes Herz schmelzen zu können.«

»Ich wünschte, Sie kämen nicht so oft ins Haus.«

»Du wärst verletzt, wenn ich es nicht tun würde.«

»Ich wäre glücklicher, wenn Sie es nicht tun würden.«

»Aber du denkst oft an mich, gib's zu.«

»Ich denke oft an Caroline. Ist sie sehr unglücklich?«

»Sie ist wohlauf und glücklich, danke.«

»Und ahnt nichts von Ihrem Verhalten?«

»Sie kann bis jetzt keinen Grund zur Klage haben. Melisande, lassen wir doch diese Wortgefechte. Wollen wir nicht lieber wir selbst sein und sagen, was wir denken? Ich liebe dich . . . und du mich.«

»Nein!«

»Ich sagte, wir wollen bei der Wahrheit bleiben. Versprich mir, eine Frage ehrlich zu beantworten. Willst du das, oder hast du Angst davor?«

»Ich habe keine Angst davor, wahrheitsgemäß zu antworten.«

»Wenn ich frei wäre, dich zu heiraten, und fragte dich, würdest du mich heiraten?«

Sie zögerte, und er sagte: »Du versprachst die Wahrheit.«

»Ich versuche, die Wahrheit zu sagen. Ich denke, ich würde es tun, aber es würde mich in große Unruhe versetzen.«

Er lachte zufrieden. »Das ist alles, was ich wissen wollte. Die Unruhe würde mich nicht stören. Unser beider Gemüt würde nicht allzu ruhig sein, nicht wahr? Wir hätten Sorge . . . Sorge, das zu erhalten, was uns beiden so kostbar ist. Melisande, laß uns für dies eine Mal nicht streiten. Laß uns so tun, als sei dies *unser* Heim, das wir besichtigen, unsere Heirat, die stattfinden soll. Kannst du dir das vorstellen?«

»Vielleicht!« gab sie zu.

Er hatte seinen Arm durch ihren geschoben. Es spielte keine Rolle. Polly ging mit Lucie vorweg. Außerdem würde Polly nur gesagt haben: »Dieser verwegene junge Mann!«, und sie hätte es duldend geäußert. Wie ihre Herrin hatte sie eine Schwäche für verwegene junge Männer.

Er sah zu ihr hinunter, sie sah zu ihm hinauf. Sehnsucht und Liebe waren in ihren Blicken. Sie schwiegen. Es war wunderbar, solche Augenblicke wie diese zu haben, dachte Melisande. Geradewegs aus der Welt der Tatsachen in die Welt der Phantasie zu schreiten. In dieser Welt war keine

Caroline. Fermor war er selbst, doch gewinnend anders. Sie waren zwei Liebende auf dem Weg, ihr neues Heim zu sehen. Er sang leise, so daß nur sie es hören konnte, und sein Lied war wehmütig und zart, einfach und bewegend:

>»O, wert thou in the cauld blast,
>On yonder lea, on yonder lea,
>My plaidie to the angry airt,
>I'd shelter thee, I'd shelter thee.
>Or did misfortune's bitter storms
>Around thee blaw, around thee blaw,
>Thy bield should be my bosom,
>To share it a', to share it a'.«

Wenn sie so für immer durch die Straßen Londons hätten gehen können, wie glücklich wäre sie gewesen!

Sie bogen in die Straße ein, in der das reizende kleine Haus stand, das Lucies Zuhause werden sollte, und plötzlich war der Zauber gebrochen.

Es war ein Augenblick des Entsetzens für Melisande. Sie hatte sich in dem Gefühl umgewandt, verfolgt zu werden, und sah die Frau, die hinter ihr herging und ihnen vielleicht schon gefolgt war, seit sie das Haus am Platz verlassen hatten. Einen Augenblick lang trafen Melisandes Augen ein stechendes, bösartiges Augenpaar. Wenna war in London mit Caroline, und Wenna war gekommen, um ihr und Fermor nachzuspionieren.

Sie erzitterte und blickte rasch weg.

»Was ist?« fragte Fermor.

Sie warf einen Blick über die Schulter, aber Wenna war verschwunden. »Ich ... habe Wenna gesehen«, sagte sie. »Sie muß Ihnen gefolgt sein.«

»Das alte Schreckgespenst!«

»Sie wird Caroline berichten, daß sie uns zusammen gesehen hat.«

»Was denn? Wie hätte ich mich weigern können, dich und deine Freundin zu begleiten?«

»Ich mag sie nicht. Sie macht Schwierigkeiten. Sie haßt mich.«

»Mich auch. Sie macht gar kein Geheimnis daraus. Sie klammert sich an Caroline wie ein Blutegel und fletscht die Zähne nach mir wie eine Bulldogge.«

»Ich habe Angst vor ihr.«

»Du? Angst vor einer alten Frau . . . einem Dienstboten!«

»Von morgen ab dürfen Sie nicht mehr kommen, um mich zu treffen.«

»Laß das Von-morgen-Ab sich selbst erledigen.«

Sie traten in die Halle des kleinen Hauses. Es wurde gerade hübsch möbliert, und Lucie ging entzückt von Zimmer zu Zimmer, machte auf den Teppich aufmerksam, der vor kurzem geliefert und im Wohnzimmer ausgebreitet worden war, und bat sie, den Goldbronze-Spiegel zu bewundern – Madam Fenellas vorausgeschicktes Hochzeitsgeschenk.

Als Melisande in den Spiegel schaute, glaubte sie, Wennas grimmiges Gesicht zu erblicken, das sie drohend ansah. Sie fühlte, daß Wenna ihr gefolgt war, und es gesehen hatte, mit welcher Liebe sie auf Carolines Mann blickte und wie sie dabei war, zitternd nachzugeben.

Und sie wußte, daß dies ihre letzte Begegnung mit Fermor gewesen sein mußte.

2

Lucie war verheiratet.

Fenella war erfreut. Lucies reicher Vater war zufrieden. Lucie war ihr Leben lang versorgt, ein weiterer Triumph für Fenella.

Andere Herren und Damen würden ihre unehelichen Kinder in ihre Obhut geben. Denn das diesen Kindern anhaftende Stigma machte es für sie unmöglich, auf dem üblichen Weg einen Ehemann zu finden. Fenella leistete immer so nützliche Dienste.

Fenella, die fabelhafte, unglaubliche und mysteriöse Fenella, mochte wohl das Produkt einer früheren Ära sein, als das Leben noch farbiger war. Aber die neue Ära hatte gerade erst begonnen, und Fenella würde noch auf lange Zeit hinaus gebraucht werden.

Bei der Hochzeit war Andrew Beddoes Trauzeuge des Bräutigams.

Er war ein ernster, ruhiger junger Mann, der sich Melisande aussuchte, um ihr seine Aufmerksamkeit zu schenken, und während des Toasts auf das frisch getraute Paar an ihrer Seite blieb.

Er war angenehm und höflich und schien ein solcher Gegensatz zu Fermor zu sein, daß sie über seine Gesellschaft froh war.

Er sprach von seiner Freundschaft mit dem Bräutigam, von ihrem Beruf, von dem großen Los, das Francis Grey gezogen hatte und der so glücklich war, wie ein Mann nur sein konnte.

Melisande mochte ihn wegen der Wärme und Anerkennung, mit der er von Lucies Bräutigam sprach.

Francis würde vorwärtskommen. Mr. Beddoes war sicher, daß er mit Lucie an seiner Seite und ihrer Unterstützung Erfolg haben würde. In einem solchen Beruf *brauchte* ein Mann eine Frau, und eine Frau wie Lucie konnte so sehr helfen. Man mußte sehr viele Einladungen geben. Lucie war so ausgeglichen, so elegant und so bescheiden, und doch ganz selbstsicher.

»Sie reden, als seien Sie selbst in Lucie verliebt«, meinte Melisande.

»Nein«, antwortete er ernst, »nicht in Lucie.« Er lächelte und sagte, wie freundlich es von Melisande sei, ihm zuzuhören.

»Aber es interessiert mich doch. Ich hoffe, Sie werden soviel Glück haben wie Francis Grey.«

»Das hoffe ich auch.«

Nach der Hochzeit sah sie Andrew Beddoes immer häufiger. Er kam oft ins Haus, wo Fenella ihn mit besonderer Herzlichkeit begrüßte. Sie gestattete ihm, mit Melisande, in Begleitung der Jungvermählten zur Wahrung des Anstands, im Park spazierenzugehen.

Manchmal besuchten sie Lucie und ihren Gatten. Dann sprachen die Männer von der Juristerei, und Lucie plauderte über die Freude, einem Haushalt vorzustehen. Sie hatte ein freundliches Zuhause geschaffen, und Melisande kam es vor, als sei Lucie seit ihrer Heirat anziehender geworden.

Fermor war wütend, als er bemerkte, was geschah.

Fenella verwehrte ihm den Zutritt zu ihrem Hause nicht. Sie sagte sich, daß es ganz gut für Andrew wäre, auf ein wenig Rivalität zu stoßen. Sie und Polly beobachteten seine nüchterne Werbung und Fermors leidenschaftliche mit Belustigung und Freude.

»Es ist gefährlich«, meinte Polly. »Man kann nie wissen, was ein junger Mann wie er tun wird. Ich wäre nicht überrascht, wenn er Melly entführen würde. Dazu ist er durchaus imstande.«

»Ich weiß, ich weiß«, sagte Fenella. »Aber dazu müßte er ihre Einwilligung haben.«

»Das könnte ihm gelingen.«

»Hast du denn nicht bemerkt, daß sie sich geändert hat? Es gab eine Zeit, in der ich dachte, sie würde in seine Falle gehen. Aber jetzt nicht mehr. Irgend etwas ist geschehen. Sie ist wachsam. Es kann sein, daß sie eins seiner Geheimnisse entdeckt hat. Verlaß dich drauf, er hat einige.«

»Glauben Sie, sie wird Andrew heiraten?«

»Sie ist im Grunde ein braves Mädchen, Polly. Ich muß es wissen. Kenne ich denn die jungen Mädchen nicht? Sie sehnt sich nach dem schlechten Menschen, und ich glaube, er würde gewonnen haben, aber sie kennt seine Frau. Ich bin sicher, daß er irgendwo einen Fehler hineingebracht hat. Er muß sich Melisande vor seiner Heirat genähert haben. Es ist alles schön und recht, verrucht zu sein, aber Schlechtigkeit braucht eine Maske. Er ist so offenkundig schlecht. Das liegt an seiner Jugend, nehme ich an. Er ist noch zu arrogant und glaubt, er kommt mit allem durch. Er sollte bis *nach* der Heirat gewartet haben. Dann hätte er sehr traurig und sehr niedergeschlagen daherkommen und ihr erzählen können, daß seine Frau ihn nicht versteht.«

»Die alte Geschichte?«

»Alle Geschichten sind neu für jene, die sie noch nicht gehört haben. Er hätte dafür sorgen müssen, daß er ihr leid tat. Melisande ist großzügig. Sie ist nur Herz. Sie wird immer zuerst handeln und dann erst nachdenken. Aber, indem er sich so verhielt, wie er es tat, ließ er sie erst denken. Sie überlegt jetzt. Sie denkt sehr stark nach. Und Lucie wirbt für Andrew Beddoes. Unsere liebe Lucie besitzt keine Phantasie, und wie alle phantasielosen Menschen sieht sie die anderen nur als einen blassen Abglanz ihrer selbst. Sie ist glücklich. Sie hat ihr Heim und ihren Rechtsanwalt. Sie hat bekommen, was sie wollte. Daher meint sie, das müßte sich auch Melisande wünschen.«

»Aber etwas ist geschehen, was Melly veränderte. Es geschah an dem Tag, von dem ich Ihnen erzählte. Sie gingen hinter Lucie und mir her . . . wie ein Paar Verliebte. Dann, als sie ins Haus trat, bemerkte ich, daß sie weiß war wie eine Wand. Seitdem ist sie anders.«

»Kann sein, daß seine Frau sie zusammen gesehen hat.«

»Was! Ihnen nachgegangen! Damen tun so etwas nicht, Madam dear.«

»Eifersüchtige Frauen tun es. Und Damen können sich in eifersüchtige Frauen verwandeln, Polly, meine Liebe. So etwas muß es gewesen sein, versichere ich dir. Nun, es wird Master Fermor guttun zu lernen, daß nicht alles immer nach seinem Willen geht. Er ist wie sein Vater. Die Männer waren so, als ich jung war. Große Lebemänner, große Trinker, große Liebhaber. Die Zeiten ändern sich, meine lästige Fliege. Wir werden zimperlich. Ich hätte heute nie einen Salon wie den meinen eröffnen können. Dieser junge Gladstone ist überhaupt nicht von unserer Art, und er ist ein Mann der Zukunft. Ich kann die Tugendhaften nicht leiden, Polly. Sie spionieren überall herum. Sie sehen immer nur das Schlechte, nie das Gute. Nein! Die Männer sind nicht mehr das, was sie waren. Aber Fermor ist noch einer vom alten Schlag. Er gehört zu *unserer* Zeit und nicht zur kommenden. Die Zeiten ändern sich, und wir kleben am Alten, Polly. Wir gehören nicht in das Zeitalter, das gerade beginnt.

›Ehe ist ein Schuh, der kneift,
Doch Hurerei trägt sich recht leicht.‹

Ja, vor einigen Jahren stand das ganz beiläufig in einer der
Zeitungen, und gänzlich ohne Absicht zu schockieren. Wir
dachten ganz einfach so in jenen Tagen. Die meisten Menschen denken auch jetzt das gleiche. Sie denken immer das
gleiche. Aber wir gehen in ein neues Zeitalter, Polly. Wir
sind im Begriff, ein Volk zu werden, das sich mit Wohlan-
ständigkeit umgibt und denkt, wenn sie dick genug aufgetra-
gen wird, dann existiert nicht, was darunter liegt. Aber es ist
dennoch da. Es ist da.«

»Er ist also einer von der alten Sorte?« fragte Polly. »Er
hält seine Frau für einen kneifenden Schuh und glaubt,
unsere Melisande sei ein leichter Schuh. Das bezweifle ich
nicht. Ich zweifle daran ganz und gar nicht. Aber unser kleines Mädchen hat Furcht ergriffen, und das wird sie zu Mr.
Beddoes führen. Ich hoffe, daß es richtig ist. Ich hoffe nur,
daß es richtig ist.«

»Er hat dich verhext, wie er Melisande verhext hat. So
waren die Männer früher.«

»Nun, wir werden sehen. Aber ich möchte schon, daß
unsere kleine französische Melly ein glückliches Mädchen
wird. Das möcht' ich ganz gewiß.«

»Das wird sie schon. Sie wird Beddoes heiraten und für
immer glücklich sein, wie es im Märchen heißt. Und wir
werden unsere Pflicht getan haben.«

»Und unser Geld verdient haben.«

»Sei nicht vulgär, Polly. Mit der Zeit wird sie begreifen,
daß eine nüchterne Heirat und ein Bankkonto alle blauäugi-
gen Werber in der Welt aufwiegen... auf die Dauer gesehen, natürlich.«

Aber Polly seufzte, und Fenella seufzte. Im Herzen waren
beide romantisch.

Also fanden weitere Begegnungen zwischen dem Anwalt und Melisande statt, und etwa einen Monat nach Lucies Hochzeit hielt Andrew Beddoes um Melisandes Hand an.

»Ich weiß, das mag Ihnen plötzlich vorkommen, Mademoiselle St. Martin, aber ich glaube, es ist teilweise dem Glück meines Freundes, Francis Grey, zu verdanken. Ich will nicht leugnen, daß ich sehr viel über die Angelegenheit nachgedacht habe. Ich habe sie sogar mit Grey besprochen. Er mag Sie sehr gut leiden, und seine Frau hat Sie herzlich gern. Wir könnten enge Nachbarn sein und wir − er und ich − könnten sogar erwägen, in eine gemeinschaftliche Geschäftsbeziehung zu treten.«

»Ich . . . ich verstehe«, sagte Melisande.

Sie sah in seine klaren, ehrlich blickenden Augen, in sein ernstes Gesicht. Fermor hätte mehr Leidenschaft bei einem Antrag aufgeboten. Aber dies war natürlich ein ganz anderer Vorschlag als der, den Fermor gemacht hatte. Sie dachte an Léon, dessen Antrag noch ganz anderer Art gewesen war. Mochte sie diesen Anwalt so gern wie Léon? Das war schwer zu sagen. Damals war sie noch ahnungslos und unerfahren gewesen. Sie wußte mittlerweile, daß Léon ihr Mitleid erregt und sie sich ihm zugewandt hatte, um Fermor zu entrinnen. Wieder einmal war sie auf der Flucht vor Fermor. Diesen selbstsicheren jungen Mann bemitleidete sie jedoch nicht, sie bewunderte ihn. Er war stets höflich. Er erregte nie ihren Zorn. Er war so energisch in seinem Willen, in seinem Beruf vorwärtszukommen. Wie viele Male hatte sie ihn mit Fermor verglichen − und immer zu Fermors Nachteil! Andrew war entschlossen, seinen Weg in der Welt zu machen. Welche Ambitionen hatte Fermor? Wenige, so schien es, außer sie zu verführen. Es war die Rede davon gewesen, ins Parlament zu kommen. Sie fragte sich, ob er nicht zu faul dazu wäre. Er besaß bereits ein großes Einkommen und würde eines Tages noch mehr erben. Fermor hatte anscheinend keinen anderen

Ehrgeiz, als sich in der Welt umzusehen, zu entscheiden, was er haben wollte, und es sich zu beschaffen.

Andrew war in jeder Weise bewundernswert. In jeder Weise war Fermor schändlich. Ein kluges Mädchen fände keine Schwierigkeit, ihre Entscheidung zu treffen, aber unglücklicherweise war Melisande nicht klug.

Aber sie hatte inzwischen mehr über dieses Etablissement erfahren, in dem sie gelandet war. Sie hörte dem Schwatzen der Mädchen zu. Lucie hatte sie gewarnt, daß es nicht klug wäre, zu lange bei Fenella zu bleiben. Denn man könnte früher oder später wie Daisy, Kate und Mary Jane werden. Sie waren so lustige Geschöpfe – so voll von Spaß und fröhlichem Lachen –, aber was für eine Zukunft erwartete sie? Jane und Hilda, zwei Näherinnen, waren einmal begehrenswert gewesen. Sie redeten gerne mit den drei lustigen Mädchen, während sie wehmütig daran dachten, daß sie einmal genauso waren. Nun saßen sie da und nähten für ihren Unterhalt, und dieses Privileg verdankten sie dem Wohlwollen Fenella Cardinglys.

Sie mußte weg von diesem Haus. Sie war sicher, daß Sir Charles nichts von seinem Charakter wußte. Sie glaubte nicht, daß er sie hierhergeschickt haben würde, hätte er es gewußt. Lucie hatte recht. Ein Mädchen durfte nicht zu lange bei Fenella bleiben. Sie war erst gestern in das Zimmer geraten, das abseits vom übrigen Haus lag und in dem das »Bett der Fruchtbarkeit« stand. Sie hatte die schwüle, parfümierte Luft gerochen und empört und bestürzt die Statuen und Bilder gesehen. Es war eine bedrückende Erfahrung.

Nun bot ihr dieser junge Mann ein Entkommen – nicht nur von Fermor und der Tragödie, die jede Schwäche ihrerseits unweigerlich Caroline bringen würde, sondern auch von Fenella und ihrem mysteriösen Etablissement.

»Wie lautet nun Ihre Antwort, Mademoiselle St. Martin?« fragte Andrew.

354

»Ich ... ich weiß nicht. Ich brauche Zeit zum Nachdenken.«

»Natürlich, natürlich. Ich war vorschnell. Ich habe zu früh gesprochen.«

Sie lächelte ihn an. Er würde nie vorschnell sein. Er würde nie zu früh sprechen. Sie wußte, daß wenigstens von seinem Standpunkt aus kein Zweifel bestand. Sie war nicht überrascht. Jung, wie sie war, war sie doch schon viel bewundert worden.

»Wie lang möchten Sie darüber nachdenken?« fragte er gespannt.

»Ach ... ein paar Tage ... vielleicht eine Woche.«

»Dann werden Sie mir also Ihre Antwort nicht später als in einer Woche von heute an geben?«

»Ja, aber es gibt Dinge, die Sie über mich wissen sollten.«

»Nichts könnte meine Gefühle für Sie ändern.«

»Sie sind sehr gut, Mr. Beddoes. Ich werde immer daran denken, wie gut.«

Er küßte ihre Hand und ging. Und sie entschied, daß sie sehr töricht wäre, wenn sie seinen Heiratsantrag nicht annähme.

*

Fenella rief sie zu sich. Fenella war zufrieden. Sie lag auf ihrer Chaiselongue und streckte ihr die Hand entgegen. Sie nahm Melisandes Hand und tätschelte sie.

»Liebes Kind, Mr. Beddoes hat mit mir gesprochen. Sie wissen, über was.«

»Ich kann's mir denken.«

»Er ist ein anständiger Mensch, meine Liebe.«

»Das weiß ich.«

»Und Sie werden zustimmen, ihn zu heiraten?«

»Ich habe mich noch nicht entschlossen. Er hat mir eine Woche Zeit gelassen.«

»Ich hoffe«, sagte Fenella, als sie ihren Elfenbeinfächer aufnahm, der in Reichweite lag, »daß Sie beschließen, klug zu sein.«

»Manchmal erweist sich, was klug zu sein scheint, als unklug.«

»Nicht mit einem Mann wie Andrew Beddoes, meine Liebe. Er weiß, was er will. In ein paar Jahren wird er ein erfolgreicher Rechtsanwalt sein. Ohne Zweifel wird er sich einen guten Namen machen. Er könnte vielleicht sogar geadelt werden. Das würde mich durchaus nicht überraschen.«

»Ist es denn leichter, mit Menschen zu leben, die einen Titel haben?«

»Ha! Es ist leichter, mit einem erfolgreichen Mann zu leben als mit einem Versager. Lassen Sie sich nicht von Ideen über trocken Brot und Küsse täuschen. Das funktioniert nach den ersten paar Wochen schon nicht mehr, und wir möchten Sie für ein Leben lang gesichert sehen. Ich will nicht abstreiten, daß ich gehofft habe, Sie würden in den Hochadel heiraten. Ein Mädchen mit Ihrem Aussehen hätte das vor zwanzig Jahren noch gekonnt. Aber jetzt, meine Liebe, ändert sich die Gesellschaft. Die Männer, die Ihnen eine großartigere Heirat als diese bieten könnten, würden heute an Heirat überhaupt nicht denken.«

»Ist es nicht eine Frage von Zuneigung?«

»Das gehört auch dazu. Aber Sie mögen ihn doch?«

»Ich bewundere ihn.«

»Bewunderung ist eine ebenso gute Grundlage wie Liebe. Wir versuchen jene, die wir lieben, in die vollkommenen Wesen unserer Vorstellung zu verwandeln. Jene, die wir bewundern, reizen uns zum Nacheifern. Ja, gegenseitige Bewunderung ist eine sehr gute Basis für eine Ehe.«

»Madam, ich bin ziemlich verwirrt. Warum hat mich mein Vater zu Ihnen geschickt? Warum sagte er, ich käme zu einer Schneiderin in die Lehre, wenn . . .«

»Er hätte Ihnen weder mich noch mein Haus erklären können, meine Liebe. Das kann niemand. Ich hoffe, Sie sind hier glücklich gewesen. Vielleicht haben Sie gewisse Dinge gesehen, die Sie besser nicht gesehen hätten. Hier lebt jeder sein eigenes Leben. Was für den einen gut ist, mag schlecht für den anderen sein. Unsere Haupteigenschaft ist Toleranz. Da verurteilt man nicht, da tadelt man nicht. Man sagt einfach: Das ist nicht der Weg, den ich gehen möchte. Nicht mehr als das. Niemand ist hier unglücklich. So wäge ich das Gute und das Schlechte ab. Glücklichsein ist gut. Jammern ist schlecht. Wenn ich Glück geben kann, ist das gut genug für mich.«

»Ich verstehe. Und Sie wären glücklich, wenn ich Mr. Beddoes' Antrag annehmen würde?«

»Es ist das beste, das Ihnen passieren kann. Es würde mich freuen; Ihr Vater würde sich freuen.«

»Mein Vater!«

»Er möchte Sie glücklich versorgt wissen, natürlich.«

»Kümmert er . . . sich denn?«

»Sich kümmern! Natürlich kümmert er sich um Sie! Er schreibt regelmäßig und fragt mich, wie es Ihnen geht.«

»Das wußte ich nicht.«

»Er kann Ihnen nicht schreiben. Das liegt nicht in seiner Natur. Er ist ein stolzer Mann mit starren Konventionen. Sie sind das Ergebnis einer Indiskretion, von der er glaubt, sie würde ihm Schande bringen, wenn es bekannt würde. Sie können ihn einen Feigling nennen. Aber seien Sie tolerant, Melisande. Versuchen Sie immer, die Dinge mit den Augen anderer zu sehen. Das erzeugt das Beste, das die Welt zu bieten hat: Güte, Toleranz, Verständnis und Liebe.«

Melisande kniete nieder und küßte Fenellas Hand.

»Ich glaube«, sagte sie, »daß ich Mr. Beddoes heiraten will.«

*

Nach jenem Abend und dem darauffolgenden Tag dachte Melisande oft, daß so viel Tragisches vermieden werden könnte, hätte man nur Zeit, sich auf Schocks vorzubereiten.

Das französische Dienstmädchen half ihr, Clothilde und Genevra beim Ankleiden.

Genevra plauderte in Gegenwart der Französin munter weiter, da diese Genevras Englisch gewiß nicht verstehen konnte.

Sie stand schon geschnürt in ihren Unterröcken da und wartete darauf, daß ihr das spitzenbesetzte Seidenkleid über den Kopf gestülpt würde. Clothilde lehnte sich träge auf ihrem Stuhl zurück. Melisande stand vor dem Spiegel, während Elise ihr Mieder schnürte. Sie lachte, als sie die Lehne eines Stuhls ergriff, während Elise immer und immer noch enger schnürte.

»Das reicht«, rief Genevra. »*Assez, assez!* Sie lassen das arme Mädchen in Mr. Beddoes Armen ohnmächtig werden. Aber ich wette, ein anderer Herr wäre zuerst zur Stelle, um sie aufzufangen.«

»Stimmt es«, fragte Clothilde, »daß du diesen Mr. Beddoes heiraten willst, Melisande?«

»Es ist noch nicht beschlossen.«

»Es ist ein Fehler«, sagte Clothilde. »Das sehe ich an deinen Augen. Ein großer Fehler.«

»Wie kannst du dessen sicher sein?« fragte Genevra. »Des einen Tod ist des anderen Brot. Eines Mädchens Freude, eines anderen Schmerz.«

»Mademoiselle ist bereit?« fragte Elise.

Melisande nickte, und das elfenbeinfarbige Samtkleid glitt über ihre vielen Unterröcke.

»Ah, *c'est charmant*«, sagte Elise. »Mademoiselle wird die Schönste des Abends sein.«

»Verräterin!« rief Genevra. »Was ist mit Klein Genevra!«

»Ist auch bezaubernd«, sagte Elise. »Aber Mademoiselle Melisande . . . ah, *parfaite!*«

»Ich habe heute das hübschere Kleid«, stellte Melisande fest.

»Ist das fair?« rief Genevra. »Deine Beute ist bereits gefangen. Ich muß meine noch gewinnen. Wißt ihr, daß Teddys Familie versucht, ihn zu einer Heirat mit einer *Lady* zu zwingen?«

»Er wird sie nicht heiraten«, sagte Melisande. »Du wirst dafür sorgen.«

»Armer Teddy!« seufzte Genevra.

Clothilde sagte: »Du bist verliebt, Melisande, aber nicht in den Anwalt.«

»Ich denke«, sagte Melisande, »und jeder denkt das, es wäre eine gute Heirat.«

»Aber eine gute Heirat ist nicht notwendigerweise eine glückliche.«

»Liebe!« meinte Elise. »*L'amour, ma chérie* ... ist das Beste auf der Welt und ... wie sagt man nur, *das Geburtsrecht* von Mademoiselle.«

»Liebe, Liebe, Liebe!« rief Genevra. »Kann man von Liebe leben? Kannst du Liebe essen? Bringt Liebe ein Dach über deinen Kopf?«

»Nichts sonst ist wichtig«, behauptete Clothilde.

»Stimmt«, erklärte Genevra. »*Wenn* du schon das Essen und das Dach hast. Aber was ist, wenn du's nicht hast?«

»Nichts zählt außer Liebe«, beharrte Clothilde.

»Nichts zählt außer einer Kruste Brot, wenn du am Verhungern bist. Du, meine liebe Clo, hast nie Hunger gelitten. Das ist mir völlig klar. Du bist nie in einer Fabrik gewesen, aber ich, und ich sage: Gib mir das Essen, gib mir das Dach, gib mir die Freiheit vom Broterwerb, und dann ... wenn noch etwas zu geben übrig ist ... gib mir Liebe. Ich rate Melly: Heirate deinen Anwalt. Spiel mein Spiel. Es ist das gleiche, weißt du, nur spiele ich um höhere Gewinne. Ich werde eines Tages *my lady* sein. Ich habe tiefer angefangen, aber ich steige höher hinauf. Und doch ist es die gleiche alte Leiter, die wir hinaufklettern. Fermor Holland hat Charme. Ich leugne nicht, daß er eine Versuchung ist. Aber sei nicht dumm, mein Kind. Es würde nicht lange dauern, und was wäre dann? Das beste wäre noch, daß du wie ein altes Kleid weitergereicht wirst. Zunächst für die Dame des Hauses, dann als ihr persönliches Dienstmädchen, dann Stubenmädchen, dann Hausmädchen... dann die alte Schlampe, die den Küchenboden aufwischt... und danach der Mülleimer. Nein, meine Liebe, ich weiß zuviel. Ich habe zuviel gesehen. Laß dich nicht weiterreichen. Die Ehe ist dauerhaft. Die Liebe vergeht. Laß dich nicht von Zucker und süßen Worten täuschen. Der Anwalt ist ein vernünftiger Mann. Würde er dich heiraten, wenn dein Vater es nicht lohnend für ihn machen würde?«

»Mein Vater!« rief Melisande.

»Natürlich, Schatz. Du bist eine der Glücklichen. Du bist wie unsere Lucie. Ihr Vater kaufte ihr einen netten, aussichtsreichen Anwalt. Dein Vater tut das gleiche. Nur die Armen wie ich müssen für sich selbst kämpfen. Deshalb kämpfe ich um Teddy. Teddy will keine Mitgift, also ist Genevra alles, was ihm zu wünschen bleibt. Es ist schwer, aber es ist schon früher gelegentlich gelungen, und was andere tun können, kann ich auch.«

»Eine Mitgift...« wiederholte Melisande.

»Ich hab's gehört. Ich halte Augen und Ohren offen.«

»Deine Manieren sind schockierend«, sagte Clothilde. »Die werden nie besser, fürchte ich. Selbst wenn du die Frau eines Peers wirst, würdest du noch an Schlüssellöchern horchen.«

»Es heißt, der Horcher an der Wand hört seine eigene Schand«, erklärte Genevra grinsend. »Wen kümmert's? Es ist schon gut zu wissen, was die Leute über einen reden — ob gut oder schlecht. Und wer sagt schon Gutes über jemand hinter seinem Rücken? Meine kleinen Angewohnheiten haben mir weitergeholfen. Daher weiß ich auch, was für einen guten Vater Melisande hat. Du hast Glück, liebe Melly. Es ist ein Vater, der dich sehr gern hat. Madam hat Polly erzählt, daß er Herkunft und Werdegang deines Mr. Beddoes gründlich durchleuchtet und sich vergewissert hat, daß der junge Mann ein geeigneter Gatte für sein kleines Lämmchen ist. An dem Tag, an dem du Mrs. Beddoes wirst, wird der Anwalt eine beträchtliche Summe Geldes empfangen, und er wird viele einträgliche Aufträge erhalten. Ich meine, er gewinnt einen doppelten Vorteil. Die liebe kleine Melly *und* ein Vermögen. Ich würde sagen, er schneidet etwas besser ab als Lucies Mr. Grey. Was ist los, Melly?«

»Das habe ich nicht gewußt.«

Clothilde, Genevra und Elise beobachteten sie. Ihr Gesicht war weiß, und ihre Augen funkelten wie grünes Feuer. Aber sie blieb einen Augenblick still.

Clothilde rief: »Genevra . . . du Dummkopf!«

»Nein«, entgegnete Melisande. »Nein, nein! Ich danke dir, Genevra. Du bist die Kluge, die an Türen horcht. Danke dir! Ich sehe ein, Clothilde, ich bin die Dumme, Clothilde, weil ich glaubte, er wollte *mich* heiraten. Ich wußte nichts von dieser Mitgift. Du sagst, ich hätte einen lieben Vater. Ich vermute, das trifft zu. Wieviel bekommt er, wenn er mich heiratet? Eine große Summe, sagst du. Dann bin ich selbst nicht viel wert, nicht wahr? Es ist nicht schmeichelhaft . . . nicht wahr . . . daß so eine große Summe geboten werden muß als . . . eine Bestechung?«

Sie begann zu lachen. Genevra geriet in Unruhe über das, was sie enthüllt hatte. Clothilde war die erste, die sich wieder faßte.

»Melisande«, sagte Clothilde und legte ihren Arm um sie. »Es ist so Brauch, weißt du. Alle jungen Mädchen guter Herkunft haben eine Mitgift. Das gehört dazu.«

»Es ist nicht nötig, mir diese Dinge zu erklären«, entgnete Melisande mit blitzenden Augen. »Jetzt weiß ich Bescheid. Ich habe eine Binde vor den Augen getragen. Jene, die mich angeblich lieben, haben mir die Augen verbunden. Ich danke dir, Genevra, daß du die Binde weggerissen hast. Oh, wie sehr wünschte ich, ich wäre so klug wie du! Wie sehr wünschte ich, ich hätte mit dir in der Dachstube gehaust und von Anfang an erfahren, was Männer wirklich sind. Wir sind verschieden, Genevra. Du hast klar gesehen, und ich war dumm . . . dumm all die ganze Zeit. Jetzt sehe ich. Jetzt verstehe ich. Der Anwalt, der so sehr darauf bedacht ist, mich zu heiraten . . . wegen meiner Mitgift! Er ist auch so einer. Danke, Genevra. Ich danke dir dafür, daß du mir erklärt hast, was ich hätte wissen sollen.«

»Am besten ist, du beruhigst dich erst mal, mein Schatz«, riet Genevra.

»Siehst du«, meinte Clothilde, »sie wollen doch dein Bestes. Tadele sie deswegen nicht. Tadele ihn nicht.«

»Man hätte es mir sagen sollen. Versteht ihr nicht . . . es ist diese Täuschung, diese Heuchelei, die ich nicht ertragen kann. Sie täuschen mich, sie alle, ausgenommen . . .«

»Ich bin ein Narr gewesen«, sagte Genevra. »Ich dachte, du wüßtest es. Du mußt doch über Lucie Bescheid gewußt haben.«

»Ich bin ein Dummkopf. Ich weiß nichts. Ich bin blind . . . blind . . . Und ich sehe die Wahrheit erst, wenn sie mir von guten Menschen wie euch unter die Nase gerieben wird.« Sie legte die Arme um Genevra und Clothilde. »Ach, Genevra, Clothilde, ihr seid meine Freunde. Ihr gebt nicht vor, gut zu sein. Ich hasse alle Männer und Frauen, die so tun, als seien sie gut, denn das sind die schlechten. Jetzt hasse ich diesen Mann. Ich habe ihn nie geliebt, aber ich bewunderte ihn. Ich achtete ihn. Was war ich für ein Idiot!«

Elise sagte scharf: »Hören Sie auf, Mademoiselle. Ich

bitte ... seien Sie ruhig. Sie dürfen nicht so lachen. Das ist nicht gut.«

Genevra legte ihre Arme um Melisande und küßte sie. »Mach dir keine Sorgen, Melly. Wir passen schon auf dich auf. Es tut mir leid, daß ich das alles gesagt habe. Aber ich dachte, du wüßtest es ... ehrlich.«

»Es ist vielleicht zum Besten«, meinte Clothilde. »Sie war falsch, diese Heirat. Ich wußte es.«

»Melly«, rief Genevra, »deine Augen blitzen wie Feuer. Was hast du vor?«

Melisande sah von einer zur anderen. Clothilde wußte es. Der Kampf zwischen Sicherheit und Abenteuer war zugunsten des Abenteuers entschieden worden.

Melisande breitete plötzlich die Arme aus und rief: »Ich bin frei. Jetzt will ich nur noch ich selbst sein. Ich will nicht für eine Mitgift verkauft werden, um das rechte Gewicht zu haben. Ich habe das Gefühl, als sei ich zu eng geschnürt gewesen, und jetzt bin ich frei. Jetzt bin ich, was *ich* sein will ... nicht, was andere für mich wollen!«

»Du siehst wild aus«, meinte Genevra besorgt. »Bist du sicher, daß du heute abend erscheinen willst?«

»Ich habe heute abend etwas zu erledigen, Genevra. Ich bin verliebt ... verliebt in mein neues Leben.«

*

Der elfenbeinfarbene Samt, der Melisandes Figur umschloß, war ein Triumph, fand Fenella. Und noch nie war Melisande so schön gewesen. Was war heute abend mit ihr geschehen? Ihre Augen glichen leuchtenden Smaragden.

Sie schien so selbstsicher zu sein. Sie hatte die so gefällige Bescheidenheit abgelegt, und dennoch war sie anziehender ohne sie.

Der arme Mr. Beddoes sah völlig verdutzt aus, als ob er seine zukünftige Braut kaum wiedererkannte.

Melisande wandte sich an ihn. »Ich muß mit Ihnen sprechen, Mr. Beddoes. Ich habe Ihnen etwas zu sagen.«

»Sie haben Ihre Antwort für mich?«

»Ja.« Sie lächelte ihn an. Ihr Mitleid hatte sie verloren. Es
war nicht bloße Abneigung, die sie gegen ihn empfand. Für
sie stellte er die Heuchelei schlechthin dar, der ihr neuent-
deckter Haß galt. Von nun an würde sie einer der kühnen und
wagemutigen Menschen sein. Sie haßte Heuchler. Sie haßte
den Mann, der sagte: Ich liebe Sie, wenn er meinte: Ich liebe
Ihre Mitgift und den geschäftlichen Erfolg, der auf mich
zukommen wird, wenn ich Sie heirate. Sie liebte den kühnen
Abenteurer, der Liebe und Leidenschaft ohne Lügen versprach.

»Ich kann sehen, wie sie lautet«, sagte er. »O Melisande,
wir werden glücklich sein.«

»Wenn eine beträchtliche Summe Geldes und einflußreiche
Klienten uns glücklich machen könnten, würden wir in der
Tat sehr glücklich sein, nicht wahr?« blitzte sie ihn an.

»Melisande?«

»Sie sehen überrascht aus. Warum? Ich weiß, was diese
Heirat für Sie bedeutet. Was aber habe ich . . . ich selbst
damit zu tun? Es hätte Genevra, Clothilde, Daisy, Kate sein
können . . . jede, die Madam Cardingly Ihnen vorgeschlagen
hätte. Aber es war Melisande St. Martin, die Sie heiraten
wollten, denn ihr Vater hatte so angemessen für sie gesorgt.«

Er stotterte: »Ich verstehe nicht. Ich habe Sie sehr gern,
Melisande.«

»Ich weiß, daß Sie verliebt sind . . . Wie tröstlich muß es
doch wirken, in eine Summe Geldes verliebt zu sein!«

»Sie verwirren mich.«

»Ich bin froh, daß außer mir noch jemand verwirrt ist. Ich
bin so lange verwirrt gewesen. Wenn Sie zu mir gesagt hätten: Lassen Sie uns heiraten. Ihr Vater verspricht mir Geld,
wenn ich Sie ihm abnehme und sein Gewissen in bezug auf

Sie entlaste, hätte ich Sie mehr geachtet. Aber Sie kamen zu mir und redeten von Liebe.«

»Aber ich liebe Sie, Melisande.«

Sie lachte. »Wie sehr würden Sie mich geliebt haben, wenn mein Vater ein armer Mann und nicht in der Lage gewesen wäre, es lohnend für Sie zu machen, mich zu heiraten?«

»Das ist doch sicher eine unnötige Unterhaltung?«

»Für mich ist sie notwendig. Ich genieße sie. Sie dämpft meinen Zorn. Es besänftigt meinen verletzten Stolz, auf diese Weise zu Ihnen sprechen zu können. Sie machten sich Hoffnungen auf eine finanziell attraktive Heirat. Bitte, lassen Sie mir die kleine Befriedigung. Geben Sie mir die Chance, Ihnen zu sagen, daß ich Sie verachte . . . nicht, weil Sie das Geld haben wollten, das mein Vater zu geben bereit war, sondern weil Sie vorgaben, *mich* haben zu wollen.«

»Wollen Sie mir damit sagen, daß Ihre Antwort nein ist?«

»Das sollte doch klar sein. Wenn nicht, seien Sie gewarnt. Sie werden weitaus gewitzter in Ihrem Beruf sein müssen, wenn Sie ohne meine Mitgift Erfolg haben wollen. Aber vielleicht finden Sie andere, Ihnen zur Verfügung stehende Angebote. Ganz gewiß bin ich dabei, Ihnen zu sagen, daß meine Antwort nein ist.«

Fermor, der die Szene beobachtet hatte, trat hinzu und legte die Hand auf ihren Arm. »Guten Abend, Mademoiselle St. Martin. Guten Abend, Mr. Beddoes. Habe ich recht vermutet, daß Sie mich sprechen wollten, Mademoiselle?«

Sie wandte ihm ihre funkelnden Augen zu. »O ja.«

»Ich bin erfreut. Mr. Beddoes wird uns sicher entschuldigen.«

Sie gingen fort und ließen einen Mr. Beddoes zurück, der ihnen verwirrt nachblickte.

»Solche Streitereien zwischen Liebenden sollten nicht in der Öffentlichkeit ausgetragen werden«, kommentierte Fermor.

»Es war kein Krach zwischen Liebenden.«

»Melisande, was ist heute abend mit dir geschehen?«

»Ich bin erwachsen geworden. Ich fange an, klug zu werden . . . wie Genevra und Clothilde klug sind. Ich bin töricht gewesen. Ich wundere mich, daß du nicht schon lange die Geduld mit mir verloren hast.«

»Die verliere ich ständig mit dir. Habe ich dich nicht von dem Augenblick an, da ich dich gesehen habe, begehrt, und bist du nicht spröde zum Verrücktwerden gewesen?«

»Ich bin zu mir selbst gekommen . . . jetzt. Ich liebe die Wahrheit.«

»Und mich auch?«

»Die Wahrheit lieben heißt, meine Liebe zu dir zuzugeben. Vorher war ich immer nur in das, was recht ist, verliebt, und in das, was ich für anständig hielt. Aber nun bin ich in die Wahrheit verliebt, und ich liebe dich, weil du keine Anständigkeit vortäuschst.«

»Ich hoffe, du bist nicht schockiert, wenn du mein Herz aus Gold entdeckst.«

»Es besteht so geringe Aussicht darauf, es zu finden, daß ich den Schock riskieren will. Ich bin auch schlecht. O ja, das bin ich. Ich habe gewünscht, bei dir zu sein. Ich habe gesagt: Caroline? Was geht mich Caroline an. Sie hätte ihn nicht heiraten sollen, wohl wissend, daß er sie nicht liebt. Was geht mich Caroline an? Ich will dieses Haus sofort verlassen.«

»Wir werden noch heute abend gehen.«

»Sofort?«

»Noch in dieser Minute. Nachdem ich dich dazu gebracht habe, die Wahrheit zuzugeben, wollen wir auch keine einzige Stunde mehr warten.«

»Wohin sollen wir gehen?«

»Einstweilen irgendwohin. Morgen werden wir ein Haus finden, und dort werden wir leben.«

»Du meinst, dort werde ich leben. Du wirst dort nur teilweise leben. Du hast dein Zuhause.«

»Willst du mir jetzt endlich glauben, wenn ich sage, wie sehr ich wünschte, es hätte anders sein können? Ich wünschte, ich könnte dort die ganze Zeit leben.«

»Ja, ich glaube dir. Wirst du es Caroline sagen?«

»Caroline sagen? Gewiß nicht.«

»Warum nicht? Es ihr zu sagen, wäre ehrlich.«

»Das mag schon sein, aber es wäre auch der größte Blödsinn.«

»Und was ist, wenn sie es herausfindet?«

»Dann müßten wir ihr klarmachen, Vernunft anzunehmen.«

»Ich habe noch immer Angst, wenn ich an Caroline denke. Dann weiß ich, daß ich das gleiche armselige Ding bin, das so oft getäuscht worden ist... von Léon, von Mr. Beddoes... und vielleicht von dir!«

»Die Meinung der Leute wäre sicher die, daß auch ich dich täusche. Aber das Leben ist manchmal seltsam verdreht. Ich würde dich nie absichtlich enttäuschen, so wie wir das Wort enttäuschen verstehen. Aber Caroline können wir es nicht sagen. Das würde ihr unnötig weh tun. Es gibt keinen Grund, warum sie es wissen sollte. Können wir jetzt gehen?«

»Fermor, ich habe plötzlich Angst. Es ist Caroline, die mir Angst einflößt. Sie würde es erfahren.«

»Sie würde es nicht erfahren.«

»Wenna ist uns an jenem Tag gefolgt. Caroline wird es durch sie erfahren.«

»Ich habe Wenna nicht gesehen. Das hast du dir eingebildet.«

»Wenna ist hier in London mit Caroline. Das weißt du. Was ist natürlicher, als daß sie uns folgt. Ich kann heute abend nicht mit dir gehen.«

»Du wirst gehen. Du hast es versprochen.«

»Ich werde nicht gehen. Ich kann heute abend nicht kommen. Ich muß heute abend an Caroline denken.«

»Du hast gesagt, wir hätten mit all der Vortäuscherei aufgeräumt.«

»Ich täusche nichts vor. Ich bin heute abend berauscht.«

»Du hast nichts getrunken.«

»Von der Freiheit«, sagte sie.

»Ich darf nicht kommen, solange ich in diesem Zustand bin.«

»Du meinst ja nicht, was du sagst.«

»O doch! Ich werde in diesem Haus nur noch die eine Nacht und keinen Tag mehr verbringen. Ich werde frei sein, und meine erste Tat in Freiheit wird sein, zu dir zu kommen. Ich komme morgen. Ich verspreche es, aber nicht mehr heute abend.«

»Warum nicht? Weshalb nicht jetzt?«

»Vielleicht weil ich weiß, daß ich es jetzt nicht sollte. Die Leute schauen schon in unsere Richtung. Madam Cardingly und die Mädchen . . . und einige Männer . . . beobachten uns. Wir wollen natürlich erscheinen. Ich möchte niemand erraten lassen, daß ich morgen fortlaufen werde.«

»Wie ich dich liebe!« sagte er. »Jetzt werde ich dir zeigen, wie sehr.«

»Liebe ist das beste auf der Welt, ich weiß es.«

»Morgen könntest du deine Meinung ändern. Du mußt diesen Ort noch heute verlassen.«

»Nein. Aber ich komme morgen. Ich schwöre es.«

»Ich werde dich hier um 2.30 Uhr treffen. In dieser Zeit geht ihr immer spazieren. Lauf den anderen voraus. Ich warte auf dem Platz. Und ich werde eine Bleibe für dich bereit haben. Später kannst du wählen, was du willst. Oh, Melisande . . . endlich!«

»Endlich!« wiederholte sie.

»Schwör mir jetzt, daß du deinen Sinn nicht änderst.«

»Ich treffe dich morgen auf dem Platz, ganz sicher. Ich schwör' es dir.«

»Wenn die Zeit nur schneller verginge! Es ist noch nicht 10.00 Uhr. Fünfzehn Stunden noch, ehe meine Träume Wirklichkeit werden! Es ist eine Qual, dir nahe und doch nicht mit dir allein zu sein.«

»Manchmal jagst du mir Schrecken ein. Das hast du schon immer getan. Ich komme mir wie ein Kind vor, das einem Feuer zusieht... es möchte die Flammen berühren und weiß, daß es sich verbrennt, wie man es gewarnt hat. Aber es weiß nicht, was sich verbrennen heißt.«

»Ich werde dich nicht verletzen. Manche Menschen haben das Glück, einmal eine Frau... einen Mann im Leben zu treffen, und der ist der eine... die eine. Du bist die eine für mich. Wenn ich es gewußt hätte, als wir uns zuerst begegnet sind, hätten wir nicht so viel versäumt.«

»Aber immer war da Caroline, nicht wahr? Sie war da, ehe wir uns begegneten. Wir hätten sie unglücklich gemacht.«

»Sie würde jemand anderen geheiratet haben.«

»Ich kann sie nicht vergessen. Manchmal denke ich, ich werde sie nicht vergessen, solange wir leben.«

»Du darfst nicht an sie denken. Ich darf nicht an sie denken. Laß uns an uns selbst denken und all das Glück, das wir haben werden. Sollen wir darauf verzichten um eines einzigen Menschen willen, der ein solches Glück sowieso nie erfahren würde?«

»Sie könnte es, wenn du sie liebtest.«

»Wie könnte ich jemand anderen als dich lieben?«

»Vielleicht wird man der Liebe überdrüssig? Was weiß ich schon? Was weiß ich überhaupt? Ich fange an zu verstehen. Vielleicht irre ich mich. Vielleicht werde ich leiden. Es gab einmal eine Nonne vor vielen Jahren im Kloster, die liebte. Ich denke immer an sie. Das tat ich schon als Kind. Sie legte die Gelübde ab und hatte dennoch einen Liebsten. Sie litt fürchterlich. Vielleicht werde ich auch leiden müssen . . . so sehr wie sie. Sie haben sie lebendig eingemauert und in einem Grab aus Granit sterben lassen.«

»Welch ein trauriger Gedanke. Man hätte statt dessen ihre Richter einmauern sollen.«

»Wir müssen alles mit den Augen anderer und unseren eigenen sehen. Sie glaubten, sie wären im Recht. Sie wußte, daß sie bestraft würde. Vielleicht nahm sie die Strafe willig in Kauf. Das würde ich auch, wenn ich etwas getan hätte, das Bestrafung verdient. Ich würde sie in Ergebenheit auf mich nehmen, wie es die Nonne tat. Deshalb muß ich heute abend an Caroline denken.«

»Wenn du morgen versuchen solltest zu kneifen, dann komme ich und hole dich mit Gewalt.«

»Das wäre so leicht für mich. Niemand könnte mich dann verantwortlich machen. Die ganze Sündenlast läge auf dir.«

»Sünde! Was ist Sünde? Sünde ist in den Augen der meisten Leute das, was *sie* nicht billigen. Mein Lieb, hör auf zu reden. Du hast versprochen . . . morgen.«

»Ich werde morgen dasein.«

»Und du machst keinen Rückzieher?«

»Welchen Sinn hätte das? Du hast geschworen, mich zu zwingen, nach deinem Willen zu handeln.«

Er berührte leicht ihre Hand, denn andere Gäste, von Fenella geschickt, stießen zu ihnen.

Man plauderte. Sie war sehr fröhlich, sie schien berauscht. Viele waren an jenem Abend von Melisande entzückt, und sechs Damen beschlossen, sie müßten ein elfenbeinfarbenes Samtkleid haben. Es verlieh der Haut eine solche Wärme und den Augen solchen Glanz.

Und der lange Abend ging vorüber.

*

Am nächsten Morgen war sie zurückhaltend, ruhig und nachdenklich. Genevra und Clothilde beobachteten sie besorgt, aber Melisande verriet nichts.

Fenella sandte Nachricht, daß sie einen Plausch mit Melisande haben möchte, wenn die Mädchen von ihrem Nachmittagsspaziergang zurückkehrten. Fenella sollte diese Unterhaltung nie erleben, denn zu der Zeit würde Melisande das Haus schon für immer verlassen haben. Sie täuschte Schläfrigkeit vor, als sie gemeinsam ihre morgendliche Schokolade tranken. »Armer Liebling!« sagte Genevra. »Der gestrige Abend hat dich fertiggemacht. Mach dir nichts draus, Schatz. Wir müssen uns nun mal mit dem abfinden, was ist.«

»Ja«, antwortete Melisande. »Wir müssen uns abfinden.«

»Und hast du dem guten Beddoes einen Korb gegeben oder beschlossen zu nehmen, was dir geboten wird?«

»Ich werde Mr. Beddoes nie heiraten.«

Clothilde lächelte weise. »Ich wünsche dir das Allerbeste.«

Sie ließen sie nach diesem Gespräch in Ruhe. Sie las mit ihnen den ganzen Morgen hindurch, und als sie sich für den Spaziergang im Park bereitmachten, schlüpfte sie die Treppen hinunter und aus dem Haus.

Clothilde sah sie gehen. Sie stand an der Tür und beobachtete ihr Treffen mit Fermor. Sie lächelte wissend und ging ins Haus zurück, um auf Genevra und Polly zu warten.

Weder Fermor noch Melisande redeten viel während des kurzen Weges zu dem möblierten Haus, das er für sie gefunden hatte. Sie ging von einem Leben in ein anderes. Es war, was sie sich wünschte – mit ihm zusammenzusein, nicht um sich Wortgefechte zu liefern und zu streiten, wie sie bisher immer getan hatten, sondern sich an ihrem Beisammensein zu begeistern. Aber es begleitete sie auch der Schatten einer dritten Person. Melisande würde Caroline nie vergessen können... Caroline in ihrer schwarzen Trauerkleidung, mit den blonden, bis auf die Schultern fallenden Locken. Caroline strahlte etwas aus, das ahnen ließ, wie tief sie Liebe, Leid und Tragik zu empfinden fähig war.

Er hatte ihre Hand ergriffen und hielt sie ganz fest, als ob er fürchtete, sie könne weglaufen.

»Ich kann noch immer nicht glauben, daß es wahr ist, nicht einmal jetzt«, sagte er. Er wandte ihr sein Gesicht zu und begann leise, aber mit einem jubelnden Ton in der Stimme zu singen:

»Horch! Horch! Die Lerche singt am Himmelstor . . .!«

»Bitte nicht!« rief sie. »Bitte nicht. Ich bin so glücklich.« Und sie dachte dabei: oder würde es sein, wenn ich Caroline vergessen könnte.

»Da sind wir.«

Sie standen vor einem kleinen Haus. Sie sah auf die vergitterten Fenster, die zierlichen weißen Spitzenvorhänge, den winzigen Garten, das eiserne Tor und den Pfad, der zur Eingangstür führte.

Er öffnete die Pforte, und sie gingen hinein.

»Gefällt es dir?« fragte er.

Sie nickte.

»Hier ist der Schlüssel.« Er zeigte ihn ihr. »Unser Schlüssel, mein Lieb.«

Er legte den Arm um sie und lachte laut.

Er ließ sie nicht los, während er die Tür aufschloß. Er zog sie in die Diele. Sie bemerkte, wie hell und sauber alles aussah, und sie wunderte sich, wie er einen solchen Platz so schnell hatte finden können. Auf dem Tisch standen frische Blumen.

»Alles bereit«, sagte er. »Alles wartet auf dich.« Er ließ sich von nichts aufhalten, nicht einmal, um die Türe zu schließen, ehe er sie hochhob.

»Fermor . . .« begann sie.

»Leg die Arme um meinen Hals und sag mir, du willst nicht fortlaufen.«

Sie tat es. »Es würde nicht helfen, wenn ich es versuchte. Du würdest mich doch nicht lassen, nicht wahr?«

Er versuchte, die Tür zuzutreten, aber es ging nicht. Im Gegenteil, sie wurde aufgestoßen, und plötzlich standen sie nicht mehr allein in der kleinen Halle.

Zwei Personen waren hereingekommen und hatten die Tür hinter sich geschlossen. Fermor stellte Melisande auf die Füße, und sie stand still, entsetzt und verzweifelt. Wenna war die erste, die sprach. Caroline stand schweigend.

»Da! Da! Da hast du's. Was hab' ich dir gesagt? Da sind sie . . . auf frischer Tat ertappt, könnte man sagen.«

Fermor sagte wütend: »Was tust du hier?« Er sprach nur zu Caroline.

Wenna trat vor. Sie sieht aus wie eine Hexe, die Stadtkleidung angelegt hat, dachte Melisande. Ihr Haar quoll in Strähnen unter dem schwarzen Hut hervor, und ihre dunklen Kleider ließen ihre Haut noch brauner erscheinen. Auf ihrer Nase und der Oberlippe perlte Schweiß. Ihre Backen waren feuerrot, und ihre schwarzen Augen schmal, wütend und haßerfüllt.

»Wir haben Sie richtig erwischt«, fuhr Wenna fort. »Ich wußte, was sich tat. Ich wußte, was Sie von zu Hause fernhielt.«

»Sie unverschämtes Weibsbild!« sagte Fermor. »Sie sind aus meinem Dienst entlassen.«

»Ihr Dienst! In Ihrem Dienst war ich nie! Ich diene Miß Caroline, und bei ihr bleibe ich. Da hast du's, mein Herzblatt, jetzt weißt du, was er ist. Und ich denke, wenn wir klug sind, gehen wir nach Hause, wohin wir gehören, weg von diesem Ort der Sünde und des Lasters.«

»Nichts würde mir besser passen«, sagte Fermor kalt.

»Fermor«, flüsterte Caroline, »wie konntest du das tun?«

»Caroline, du mußt Vernunft annehmen.«

Wenna brach in lautes Gelächter aus. Fermor ging auf sie zu und faßte sie bei den Schultern. Er schüttelte sie: »Halten Sie den Mund, oder ich bring Sie um!«

»Versuchen Sie's«, rief Wenna. »Töten Sie mich. Dann werden Sie wegen Mordes gehängt. Das wär's Sterben wert, wenn ich Sie mitnehmen kann.«

Er schleuderte sie von sich.

»Bring sie weg, Caroline. Ich begreife nicht, wie du dich so benehmen konntest . . . mir zu folgen . . . mir nachzuspionieren. Das dulde ich nicht.«

»Wie ähnlich dir das sieht«, sagte Caroline traurig. »Du bist erwischt worden. Du bist im Unrecht, also versuchst du, den Spieß umzudrehen und die anderen ins Unrecht zu setzen.«

»Du hältst es also für richtig, deinem Mann zu folgen und deine unverschämte Dienerin mitzubringen, um mich zu beschimpfen!«

»O Fermor, das hat doch nichts damit zu tun. Du bist ihr nach London gefolgt. Du hast herausgefunden, wo sie ist. Du . . . du liebst sie, nicht wahr?«

»Ja.«

»Und das soll euer Heim sein?«

»Es ist unser Heim.«

»Und unser Heim? Was ist damit? Was ist mit deinem Leben mit mir?«

»Meine liebe Caroline, dafür kannst du dich nur selbst tadeln. Es ist die Pflicht einer Frau, wegzuschauen, wenn es etwas gibt, das sie nicht sehen sollte.«

Melisande hielt es nicht mehr länger aus. Sie würde nie das Leid vergessen, das sie in Carolines Gesicht erblickte. Sie rief: »Nein, nein! So ist es nicht, Caroline. So ist es nicht. Es sollte so werden . . . aber ich werde fortgehen. Du hast ihn geheiratet, und es ist an mir fortzugehen. Ich habe dich nicht derart verletzen wollen. Ich dachte, du würdest es nicht erfahren.«

»Da siehst du, was für ein anständiges, kleines Mädchen sie ist«, höhnte Wenna.

»Ich habe dir nie trauen können«, wandte sich Caroline an

sie. »Ich habe immer gewußt, daß du Schwierigkeiten machen würdest. Alles änderte sich, als mein Vater dich ins Haus brachte. Früher war ich glücklich.«

»Ich will gehen«, sagte Melisande. »Caroline, ich werde sofort gehen. Er soll zu dir zurückkehren.«

»Wenn ihr damit fertig seid, über meine Zukunft zu bestimmen«, äußerte Fermor mit kalter Wut, »habe ich auch etwas zu sagen.«

»Was kannst du sagen, um das hier zu entschuldigen?« fragte Caroline.

»Ich hatte nicht die Absicht, es zu entschuldigen. Meine Beziehung zu Melisande macht für unsere Ehe keinen Unterschied. Was kannst du mehr verlangen?«

Caroline lachte bitter.

»Du hast zu lange auf dem Land gelebt. Du bist in einer zu engen Welt erzogen worden. Du wirst vernünftig sein müssen, meine Liebe. Du mußt verstehen lernen, und dann wirst du auch sehen, daß alles trefflich geregelt werden kann.«

Melisande sah ihn an und erkannte, daß der zärtliche Liebhaber verschwunden war. Das war Fermor in seiner schlimmsten Form. Er verwundete Caroline, und er schien es nicht zu verstehen — oder war es ihm gleichgültig? Er verhielt sich hart und brutal. Vielleicht kam ihm alles so einfach vor. Er hatte eine Zweckehe geschlossen. Seine Familie freute sich. Ihre Familie freute sich. Was konnte mehr von ihm erwartet werden? Melisande hatte Mr. Beddoes verachtet, weil er eine solche Ehe eingehen wollte. Und Fermor?

Jetzt sah sie ihn als äußerst selbstsüchtigen Menschen, nur von heftigem Verlangen getrieben und niemals des kleinsten Opfers fähig. Hatte sie sich schaudernd von Mr. Beddoes, einem vorsichtigen und praktischen Mann, abgewandt, um sich einem Rohling in die Arme zu werfen? War sie denn immer noch nicht erwacht? Sie war noch immer unsicher. Jetzt, unmittelbar davor, nachzugeben, wandte sie sich ab.

Caroline schwankte leicht und streckte ihre Hand aus, um Halt an der Wand zu finden.

Wenna rief: »Mein Liebling ... mein kleines Herzblatt!«

»Es ist schon gut. Ich werde nicht ohnmächtig. Ich will so ... nicht leben. Lieber will ich sterben.«

»Sprich nicht so, mein kleines Herz«, besänftigte sie Wenna. »Das heißt Böses herausfordern.«

»Soviel Böses ist geschehen«, sagte Caroline. »Was gäbe ich darum, tot zu sein, als in diesem Augenblick in diesem Haus der Sünde zu stehen.«

»In diesem Augenblick ist es lediglich ein Haus ... so untadelig wie jedes andere«, stellte Fermor trocken fest.

»Ich kann es nicht ertragen. Du bist so grausam ... so hart ... so gefühllos ...«

Sie drehte sich um und rannte aus dem Haus.

Wenna rief: »Seien Sie verflucht! Ein Fluch über Sie wegen Ihrer Schlechtigkeit. Sollen Sie beide leiden, wie Sie mein Mädchen haben leiden lassen ... und noch viel mehr!«

Dann ging sie hinter Caroline her und rief: »Warte auf mich. Wart auf Wenna.«

Melisande war gegen die Wand zurückgewichen. Fermor, hochrot und wütend, sagte: »Kein erfreulicher Anfang.«

»Ich kann nicht bleiben«, erklärte Melisande. »Jetzt nicht mehr. Ich kann nicht bleiben. Ich kann sie nicht vergessen ... alle beide nicht.«

Er ging auf sie zu und legte ihr die Hand auf die Schulter. »Du wirst jetzt nicht gehen.«

»Doch, Fermor, ich muß.«

»Wegen diesem billigen bißchen Melodrama?«

»Billig! Melodrama! Konntest du nicht sehen, daß du ihr Herz gebrochen hast? Hast du nicht erkannt, daß sie dich liebt, daß du zu ihr zurückgehen mußt und daß wir uns nie wiedersehen dürfen?«

»Damit spielst du doch ihr Spiel, du Dummchen, du. Das wäre direkt in ihre Hände gespielt. Das erwarten sie doch. Wir pfeifen drauf.«

»Du vielleicht. Ich kann es nicht.«

»O ja! Du kannst. Du bist hierhergekommen, und du bleibst hier. Du hast Fenella eine Nachricht hinterlassen. Sie gilt. Du kannst nicht zurück. Du hast das alles hinter dir gelassen. Du bist jetzt hier bei mir, und da sollst du auch bleiben.«

Er hielt sie in seinen Armen, und sie rief: »Nein, Fermor, nein!«

»Doch«, sagte er, »es soll ja sein. Ich will von deinen Meinungsänderungen nichts mehr wissen.«

»Wie wagst du es, mich zum Bleiben zu zwingen?«

»Du sagtest, du möchtest gezwungen werden.«

»Es hat sich alles geändert.«

»Nichts hat sich geändert. Du kamst hierher, und du wirst hierbleiben.«

»Nein! Ich hasse dich. Ich glaube, ich habe dich immer gehaßt. Du bist grausamer als irgend jemand sonst. Du hast ihr Herz gebrochen, und es berührt dich nicht. Es läßt dich einfach kalt. Du hast über sie gelacht.«

»Du Närrin, Melisande. Hat es dich denn täuschen können?«

»Ich weiß«, sagte sie. »Ich weiß ... ich gehe fort ... irgendwohin ... egal wohin ... aber nicht mit dir.«

An der Haustür klopfte es laut. Melisande öffnete sie, ehe er sie daran hindern konnte. Wenna stand draußen ... nicht die gleiche Wenna, die sie vor wenigen Minuten verlassen hatte. Es war eine gebrochene Frau mit verstörtem Gesicht und schrecklicher Angst in den Augen.

Sie sagte heiser: »Es hat einen Unfall gegeben.«

Das war alles, und sie folgten ihr hinaus auf die Straße. Eine Menschenmenge hatte sich versammelt. Sie wußte, daß die mitten auf der Straße liegende Gestalt Caroline war, und als sie den am Straßenrand stehenden Wagen und die Leute darum sah, wußte sie, was geschehen war.

»Wenna... Wenna...« rief sie. »Ist sie... schwer verletzt?«

Wenna wandte sich ihr wütend zu. »Sie hat es absichtlich getan. Ich hab' sie gesehen. Sie lief direkt vor das Pferd. Sie haben das getan... Sie Mörderin.«

Melisande sagte kein Wort. Sie zitterte am ganzen Körper. Sie hatten den Rand der Menge erreicht, und sie hörte Wenna sagen: »Das ist ihr Mann.«

Irgend jemand sagte: »Ich bin Arzt. Wir müssen sie ins nächste Hospital bringen.«

Selbst Fermor war jetzt erschüttert. »Wie... wie schwer verletzt... ist sie?«

»Das kann ich noch nicht sagen. Mein Wagen steht hier. Wir werden sofort losfahren. Sie und das Dienstmädchen können mitkommen.«

Fermor wandte sich zu Melisande. »Geh zurück ins Haus und warte.« Dann folgte er dem Arzt.

Melisande stand abseits. Sie hörte das Blut in ihren Ohren rauschen. »Mörderin!« schien es zu sagen. »Mörderin!«

Eine Frau mit einem Kopftuch sagte: »Fühlen Sie sich nicht wohl? Da wird einem schlecht, nicht wahr? Das Blut und alles... Ich habe den Anblick von Blut auch nie vertragen.«

Melisande hätte gerne mit jemand gesprochen, sie fühlte sich verlassen, losgerissen von all ihren Freunden. Fermor war für sie verloren. Fermor, der sie schützen wollte.

Sie fragte: »Ist sie schwer verletzt?«

»Mausetot, sagt man. Ist ja klar... ging direkt über sie weg. Genick gebrochen. Wahrscheinlich.«

»Nein... nein!«

»Nun nehmen Sie es doch nicht so! Sehen Sie! Sie bringen sie in den Wagen des Doktors. Das da ist ihr Mann, jawohl. Komisch, wie sie da herausgerannt ist. Gestritten haben sie, denke ich. Armer Kerl. Weiß wie die Wand ist er, nicht? Und was für ein gutaussehender Herr! Aber um sie wird man sich kümmern. Bei Leuten wie ihr tut man das. Leute wie unsereins müssen sich selbst helfen. Und wenn sie tot ist, wird's für Leute wie sie kein Armenbegräbnis geben.«

»Sagen Sie das nicht. Sie wird nicht sterben. Sie kann und darf nicht sterben.«

»Sie wird und sie kann. Oh, Miß, was ist mit Ihnen los? Sie sehen aus, als wären Sie überrollt worden. Da, jetzt fahren sie weg. Das ist die Zofe und der Arzt. Ja, jetzt ist's vorbei. Wieder mal eine der kleinen Tragödien des Lebens, nicht wahr?«

Eine kleine Frau, sehr sauber angezogen, stand in der Nähe.

»So etwas Furchtbares. Ich habe es gesehen«, sagte sie. »Sie lief geradewegs vor den Wagen. Ich kann nicht verstehen, warum sie ihn nicht kommen sah.«

»Ihr Mann war da«, sagte die Frau mit dem Kopftuch. »Vielleicht hatten sie so etwas wie einen Streit . . . und sie in einem Wutanfall . . .«

»Es ist sehr schade«, meinte die andere, »daß manche von diesen Leuten nicht etwas mehr im Kopf haben, das sie beschäftigt.«

»Wie wir arbeitendes Volk«, ergänzte die erste Frau.

»Ich bin auch eine Zofe«, fuhr die kleine Frau fort, »und ich kenne ihre Sorte, recht verzogen, manche . . .«

Sie unterhielten sich weiter über diese ihre Sorte. Melisande entfernte sich. Sie konnte nicht noch mehr vertragen. Sie sah ihnen zu, wie sie noch ein paar belanglose Worte wechselten, ehe sie auseinandergingen. Die Menge löste sich auf, als es nichts mehr zu gaffen gab, und in ganz kurzer Zeit stand nur noch Melisande da. Hinter ihr befand sich das kleine Haus. Sie hatte sich noch nie so verlassen, so elend gefühlt.

Was nun?

Im Augenblick hatte sie nur einen Wunsch, das eine Bedürfnis: sofort weg von diesem Haus, sofort von dem alten Leben wegzukommen. Sie hatte es aufgegeben, als sie Fenellas Haus verließ, und sie würde nicht zurückkehren. Sie konnte nicht zurückgehen, nachdem sie wußte, daß die Mädchen dort nicht zum Arbeiten waren, sondern wie Vieh auf einem Marktplatz vorgeführt wurden — ein vorteilhafter Kauf, mit einer Mitgift aufgewogen. Sie durfte Fermor nie wiedersehen. Falls Caroline tot war, hatte Wenna recht, wenn sie behauptete, sie beide zusammen, sie und Fermor, hätten sie in den Tod getrieben. Wenn Caroline lebte, stünde sie auf immer zwischen Melisande und Fermor.

Sie begann ziellos von dem Haus wegzugehen, das ihr Heim mit Fermor hätte sein sollen.

Sie hatte das bißchen Geld, das sie besaß, bei sich. Es würde helfen, für kurze Zeit ihren Unterhalt zu bestreiten. Sie würde arbeiten ... dieses Mal richtig in einem ehrlichen Beruf arbeiten.

Sie dachte an die Zofe, die mit der Frau mit dem Kopftuch gesprochen hatte. Vielleicht sollte sie auch eine Zofe werden?

Sie ging weiter und weiter und nahm überhaupt nicht wahr, wohin sie der Weg führte, bis sie zu zwei kleinen nebeneinanderstehenden Häusern kam. Sie sahen ordentlich und gemütlich aus. Im Fenster des einen der beiden kleinen Häuser steckte eine Karte mit den Worten: »Zimmer zu vermieten«.

Sie bemerkte, wie sauber die Vorhänge waren, wie blank geputzt das Messing des Klopfers ... als sie ihn ergriff.

Eine Frau mit gestärkter Schürze öffnete die Tür.

»Sie haben ein Zimmer zu vermieten«, sagte Melisande.

»Treten Sie näher«, sagte die Frau.

Und Melisande begann eine neue Phase ihres Lebens.

4. TEIL

Die Lavenders

1

Von dem Augenblick an, in dem ihre Blicke auf die adrette kleine Frau fielen und sie ihr sauberes, kleines Haus betrat, erlebte sie ein Gefühl der Erleichterung. Als sie in der engen Diele mit dem Farnkraut auf dem Tisch und den freundlichen Bildern an den Wänden stand, wußte sie, daß dies ein ganz anderes Haus als das von Fenella sein würde. Und sicherlich war Mrs. Chubb mit ihren hellen, haselnußbraunen Augen und ihrem weißen Haar das Bild einer ehrlichen, hart arbeitenden Frau. Ihr einfaches Leben würde dem Leben Fenellas so wenig ähneln, wie dieses winzige Häuschen dem Haus auf dem Platz glich.

Eine junge Dame, die in einem etwas benommenen Zustand daherkommt und ein Zimmer sucht, das sie sofort zu beziehen wünscht, mußte einem so ordentlichen Gemüt wie dem von Mrs. Chubb Anlaß zu Spekulationen geben. Aber wie Mrs. Chubb Melisande hinterher erzählte, hatte sie sofort ihr Herz gewonnen. Und sie war sich auch sofort darüber im klaren, daß, gleich welchen Grund Melisande hatte, zu ihr in solch einem Zustand zu kommen, Melisande selbst *in Ordnung* war.

Das Zimmer lag im oberen Stock. Es enthielt ein schmales Bett, eine Kommode mit einem Drehspiegel darauf, einen Waschtisch und »Zubehör«, wie sich Mrs. Chubb ausdrückte.

Melisande fragte nach dem Preis. Er schien vernünftig.

»Ich nehme es«, erklärte sie.

Mrs. Chubbs lebhafte haselnußbraune Augen blickten fragend: »Ich nehme an, Ihr Koffer kommt nach, Miß?«

»Nein . . .« erwiderte Melisande. »Ich habe keinen Koffer.«

»Sind Sie eine Fremde?«

»Ja . . . in gewissem Sinne.«

»Aha!« nickte Mrs. Chubb weise, als ob das alles erklären würde. Und es änderte auch nichts an Mrs. Chubbs Meinung über ihre neue Mieterin, denn sie bildete sich etwas darauf ein, Menschen gleich auf den ersten Blick beurteilen zu können. Nichts vermochte ihre Meinung über die eigene Urteilskraft in dieser Hinsicht zu ändern.

Sicher würde eine Liebesgeschichte dahinterstecken. Oder war sie von zu Hause fortgelaufen? Nun, Mrs. Chubb würde es erfahren. Mrs. Chubb konnte − wiederum in ihren eigenen Augen − sehr mitfühlend sein, und nichts überwand Zurückhaltung so wirkungsvoll wie Mitgefühl.

»Wann wollen Sie einziehen, Miß?«

»Ich möchte gleich hierbleiben.«

»Oh! Soll ich Ihnen eine Tasse Kaffee bringen? Verzeihen Sie bitte, Miß, wenn ich das sage, aber Sie sehen aus, als hätten Sie einen Schock erlebt.«

»Ja«, stimmte Melisande zu. »Ich habe tatsächlich einen Schock erlebt. Bitte, ich nehme den Kaffee gerne an.«

»Wollen Sie dann nicht mit runterkommen und ihn in meinem Wohnzimmer trinken? Dann können wir dabei über die Hausregeln sprechen.«

»Danke sehr.«

Das Wohnzimmer, klein und sauber, wurde selten benutzt. Es war Mrs. Chubbs ganzer Stolz. Sie betrat es nie, ohne sich darin selbstgefällig umzusehen und einen schnellen Blick nach hinten zu werfen − wenn sie nicht allein war −, um sich an der Wirkung solcher Pracht auf andere zu erfreuen.

Ein blauer Teppich lag auf dem Fußboden, ein schwerer Spiegel war da, ein reichverzierter Kaminsims und zwei mit Nippes überladene Etageren, von denen jedes Stück seine besondere Bedeutung für Mrs. Chubb besaß. Es gab Stühle und ein Sofa, und nahe beim Fenster stand noch ein Tisch, auf dem sich ein gleicher Topf mit Farnkraut wie in der Diele befand.

»Hier! Nehmen Sie doch Platz!« forderte Mrs. Chubb sie auf. »Und ich bringe Ihnen rasch den Kaffee.«

Melisande sah sich kurz im Zimmer um, während sie auf Mrs. Chubb wartete. Auf den in Pastelltönen gehaltenen Bildern waren Gruppen rundlicher junger Frauen und anmutiger Männer, und eine Daguerreotypie zeigte zwei ziemlich verlegen dreinschauende Personen. Da die eine zweifellos Mrs. Chubb darstellte, nahm Melisande an, die andere müsse Mr. Chubb sein.

Aber ihr Kopf war zu voll von allem, was geschehen war, um ihr zu gestatten, Mr. und Mrs. Chubb lange zu betrachten. Sie hatte einen Hafen — wenn auch nur für kurze Zeit — gefunden, und sie fühlte, daß sie jetzt Zeit hatte, darüber nachzudenken, was sie nun tun müßte.

Sie durfte Fermor nie wiedersehen. Sie konnte niemals mit ihm glücklich werden, denn sie würde nie Carolines Gesicht vergessen, wie sie vor ihr stand. Wenn Caroline sich umgebracht hatte, war sie, Melisande, dafür verantwortlich. Mörderin! Wennas Worte würden sie stets begleiten. Sie würden in ihren Schlaf dringen. Sie würden in jeden glücklichen Augenblick einbrechen.

Zu Fenella konnte sie nicht zurückkehren. Sie haßte das Haus jetzt. Es kam ihr finster vor mit seiner üppigen Möblierung und seiner Atmosphäre von Wollust. Sie würde es nicht mehr dulden, daß man sie abschätzte, wie es geschehen war, um sie auf dem Markt feilzubieten.

Alle Liebe in ihr war erloschen. Sie konnte nur noch Haß

und Verachtung fühlen. Und sie spürte jetzt, daß sie sich selbst am meisten haßte.

Mrs. Chubb kam mit dem Kaffee.

»Da ist er. Gefällt Ihnen mein Zimmer?«

»Sehr. Das ist ein Bild von Ihnen und Ihrem Gatten?«

»Ja. Von mir und meinem lieben Mann selig.«

»Das tut mir leid.«

Mrs. Chubb wischte sich die Augen mit einem Schürzenzipfel. Sie sah zu dem Bild und wiederholte, was sie sicher schon so viele Male gesagt haben mußte: »Einen besseren Mann gibt es nicht. Sein einziges Streben war, mich versorgt zu wissen, wenn er einmal gegangen war.«

Nach einem achtungsvollen Schweigen ließ Mrs. Chubb den Schürzenzipfel los und lächelte heiter. »Schmeckt der Kaffee?« fragte sie dann.

»Er ist sehr gut. Ich danke Ihnen.«

»Oh, bitte, gern geschehen.«

Mrs. Chubbs Taktik, die anderen aus ihrer Zurückhaltung zu locken, bestand darin, zunächst einmal von sich selbst zu sprechen. Vertraulichkeiten waren wie Geschenke zwischen netten Leuten, glaubte sie. Sie müßten ausgetauscht werden.

»Das war kurz vor seinem Tod«, sagte sie mit einem Nicken zu der Daguerreotypie. »Kommenden Juni sind es zwei Jahre her, daß ich ihn begraben habe.«

»Ich . . . ich verstehe.«

»Ein guter Mensch. Wir waren zusammen in Stellung. Auf diese Weise sind wir uns begegnet. Aber Mr. Chubb war der Erfolgstyp. Er hatte nicht die Absicht, sein Leben lang Diener zu bleiben. Er sparte. Er kam zu einer Erbschaft – die Dame und der Herr schätzten ihn über alles –, und er legte das Geld in zwei Häusern an. Er war vorausschauend, ja, das war er. Das ist für dich, Alice, pflegte er zu sagen, für die Zeit, wenn ich nicht mehr da bin. So hatte er das Geld in die zwei Häuser gesteckt – dieses hier und das nächste.

Ich erhalte die Miete vom Nachbarhaus, und bessere Mieter könnte man nicht haben. Mr. Chubb achtete darauf. Und hier bin ich nun, habe ein Dach über dem Kopf und nehme einen Untermieter, um die Finanzen noch ein wenig aufzubessern. Das also hat mein Mann für mich getan.«

»Sie haben viel Glück gehabt.«

»Mein Glück kam, als ich ihm begegnete. Ich sage immer zu den jungen Damen, die noch nicht verheiratet sind . . . ich sage immer: Mögen Sie einen zweiten Mr. Chubb treffen. Das sage ich jetzt auch zu Ihnen . . . falls Sie noch nicht verheiratet sind, Miß.«

»Nein. Ich bin es nicht.«

Mrs. Chubb war erleichtert. Sie mochte keine Zerwürfnisse zwischen Eheleuten.

»Fühlen Sie sich jetzt besser? Sie sehen wenigstens so aus.«

»Ja, danke.«

»Und Sie wollen Ihre Sachen nicht kommen lassen?«

»Nein. Ich habe keine.«

»Nun, es ist sehr hübsch, was Sie anhaben. Aber Sie brauchen doch ein paar Sachen, nicht wahr?«

»Vielleicht kann ich einiges kaufen.«

»Oh, ich verstehe. Dieser Schock . . . Sie haben sich mit Ihren Leuten gestritten, nicht wahr? Ich will meine Nase nicht in Ihre Angelegenheiten stecken. Mr. Chubb pflegte zu sagen: Alice, Mrs. Chubb, meine Liebe, du bist eine von den wenigen Frauen ohne Nase. Das war seine Art zu scherzen. Er hatte immer einen Scherz parat. Es ist nur, um auf Besucher vorbereitet zu scin . . . das ist alles, Miß.«

»Ich glaube nicht, daß Besucher erscheinen werden.«

»Ganz allein also?«

»Ja. Sie . . . hm . . . Sie sind in Stellung gewesen, nicht wahr?«

Mrs. Chubb lachte breit. Jetzt kam es. Vertrauen gegen

Vertrauen. Mitgefühl hatte die gleiche Wirkung auf Zurückhaltung wie heißes Wasser auf den Korken einer Flasche, die sich nicht öffnen lassen will.

»Erstes Hausmädchen, und Mr. Chubb stieg vom Küchenjungen und Hausdiener zum Butler auf. Er war ein Mann, der etwas werden wollte in der Welt.«

»Glauben Sie, ich würde mich zu einer Zofe... oder Gesellschafterin eignen?«

»Ganz bestimmt, Miß. Eine Ausländerin... das haben sie bei Zofen gern. Können Sie Haare kräuseln und solche Sachen? Ich erinnere mich, da war eine fremde Zofe in unserer letzten Stellung. Sie hatte so einen ausländischen Namen. Und sie brachte es zu was.«

»Ich werde meinen Unterhalt verdienen müssen, wissen Sie.«

Mrs. Chubb nickte. Als Zofe würde sie dieses Zimmer nicht mehr benötigen. Also hatte sie es nur genommen, bis sie eine Arbeit fand. Mrs. Chubb war enttäuscht, aber doch nur leicht. Denn sie schätzte, was sie Erfahrungen sammeln nannte, ebenso wie Mieter. Dank der Weisheit ihres Mr. Chubb konnte sie auch ordentlich zurechtkommen, ohne das Zimmer im oberen Stock unterzuvermieten.

Außerdem hatte sie instinktiv gewußt, daß sie dieses Mädchen gern haben würde, und der Instinkt duldete keinen Widerspruch.

»Irgendwelche Erfahrung, Miß? Das erwarten sie alle.«

»Ich bin Gesellschafterin gewesen.«

»Man wird Referenzen sehen wollen.«

Das Mädchen wurde blaß. O je, dachte Mrs. Chubb. Sie hat was angestellt!

Der Instinkt meldete sich, blieb aber fest. Sie ist in Ordnung. Mrs. Chubb schob ihre Verdächtigungen beiseite. Einem Mädchen mit einem solchen Gesicht würde ich immer trauen. Offensichtlich war es ein brutaler Kerl, der, wenig ritterlich und Chubb gänzlich unähnlich, ihr seine Aufmerksamkeiten aufgezwungen hatte. Das erklärte alles. Deshalb war sie davongelaufen.

»Sofern Sie nicht eine sehr gute Empfehlung von jemand haben.«

»Ich... ich verstehe. Wie fängt man es an, sich nach einem solchen Posten umzusehen, Mrs. Chubb?«

»Das also wollen Sie?« Nun, sagte Mrs. Chubb zu sich selbst, ich schätze Ehrlichkeit. Die meisten hätten so getan, als ob sie das Zimmer für immer haben wollten. Das habe ich doch gesagt, meldete sich ihr Instinkt wieder. Sie ist ehrlich.

»Ich... ich möchte gerne. Tatsächlich... muß ich... bald, natürlich.«

»Manche geben eine Anzeige in der Zeitung auf, und manchmal empfiehlt jemand vom Personal eine Freundin. Oder eine Dame setzt sich für ein Mädchen bei einer anderen Dame ein. Es geschieht auf alle mögliche Weise.«

»Ich werde damit anfangen, die Zeitungen durchzusehen.«

Mrs. Chubb traf eine Entscheidung. Sie sagte: »Da ist ja noch unsere Ellen.«

»Wer ist denn das?«

»Unsere Ellen. Unser Kind. Mr. Chubbs Tochter und meine. Sie ist in Stellung... in einem prächtigen Haus in der Nähe vom Hyde Park. Sie hat einen guten Posten, unsere Ellen. Sie ist Wirtschafterin in einem der besten Häuser und steht einem großen Personalstab vor. Ellen hat überall Freunde. Sollte eine Dame eine Zofe suchen, würde Ellen davon erfahren. Ellen hat den Geschäftssinn ihres Vaters geerbt. Ellen kommt recht gut voran!«

»Glauben Sie, sie würde mir helfen?«

»Ellen würde alles tun, worum ihre Mutter sie bittet. Eilt es sehr?«

»Nun, da ist meine Miete und die Verpflegung. Ich habe nur fünf oder sechs Pfund...«

»Das ist ein Vermögen!« rief Mrs. Chubb.

»Es ist alles, was ich habe, und ich muß etwas finden, ehe es verbraucht ist.«

»Ellen kommt am nächsten Mittwochnachmittag zu mir. Das ist ihr freier Tag, und da kommt sie heim zu ihrer Mutter. Versäumt es nie. Wir werden mit Ellen reden.«

»Sie sind sehr gut«, sagte Melisande.

Mrs. Chubb sah die Tränen in den Augen des Mädchens.

Das arme Ding! dachte Mrs. Chubb. Das arme hübsche Ding!

Sie war entschlossen, daß Ellen dieses hübsche Geschöpf auf die Beine stellen mußte. Es ging nicht nur um das Mädchen, es ging auch um die Ehre der Chubbs.

*

Nach und nach erfuhr Mrs. Chubb soviel von der Geschichte, wie Melisande glaubte, ihr erzählen zu können.

Sie erfuhr von Melisandes Leben im Kloster und von dem Vater, der ihr schließlich einen Start in die Welt bieten wollte. Melisande erwähnte keine Namen. »Zuerst brachte er mich in sein Haus, wo ich eine Stelle als Gesellschafterin seiner Tochter bekam. Aber es gab Gerede. Ich wurde zu gut behandelt, und das Personal erriet, daß ich seine Tochter war.«

Mrs. Chubb nickte dazu. Sie war sich des Scharfsinns von Dienern und ihrem nie erlahmenden Interesse an den Angelegenheiten ihrer Herrschaft bewußt.

»Deshalb schickte er mich zu einer befreundeten Dame. Man suchte einen Mann für mich aus, aber ich konnte ihn nicht heiraten.«

»Es ist gut«, meinte Mrs. Chubb, »daß ich die oberen Klassen kenne und weiß, was sie für richtig oder falsch halten. Wenn ich wie meine Mieter nebenan denken würde, dann, oje!, mein liebes Kind, dann wäre ich geneigt zu glauben, Sie hätten die Geschichte erfunden.«

Melisande verzichtete darauf, die Art von Fenellas Etablissement zu beschreiben. Sie fühlte, daß dies etwas war, was Mrs. Chubb nie verstehen würde. Ebensowenig sprach sie von Fermor, denn wenn es einen Menschen auf der ganzen Welt gab, dem die Ritterlichkeit von Mr. Chubb fehlte, dann war dieser Mann Fermor. Melisande konnte es sich nicht leisten, die Sympathie ihrer neuen Freundin – nun ihrer einzigen – zu verlieren, indem sie zu erklären versuchte, daß sie sich trotz aller offensichtlichen Niederträchtigkeiten noch immer nach ihm sehnte. Wie hätte Mrs. Chubb, die von einem Heiligen geliebt und umsorgt wurde, je die Faszination eines Mannes wie Fermor verstehen können? Mrs. Chubb könnte sogar ihre gute Meinung von Melisande verlieren, wenn sie eine Erklärung versuchte.

Ein paar Tage nach Melisandes Ankunft erschien Ellen.

Ellen war eine kräftige Frau, rund und energisch. »Sie hat mehr von ihrem Vater als von mir«, gestand Mrs. Chubb bewundernd.

Ellen, eindeutig an elterliche Bewunderung gewöhnt, saß wie eine Königin mit großem Pomp im Wohnzimmer, so daß es kleiner und überfüllter als sonst erschien. Sie sprach lange von ihrer Gnädigen und *ihm* und Leuten wie Rose, Emily, Jane und Mary. Und Mrs. Chubb, die alle recht gut zu kennen schien, fragte teilnahmsvoll nach Marys krankem Bein, Roses Hang zum Flirt, Emilys Kopfschmerzen und Janes Schlaflosigkeit. Melisande fürchtete schon, sie würden nie damit anfangen, ihr Anliegen zu besprechen, aber Mrs. Chubb hatte sie nicht vergessen.

»Nun, Ellen, Miß St. Martin hier sucht Arbeit, und wir haben uns gefragt, was du für sie tun könntest.«

Ellen unterbrach ihren Redefluß und drehte ihren schweren Körper, um Melisande kritisch zu mustern.

»Sie ist Ausländerin«, sagte Mrs. Chubb wie ein Verteidiger vor Gericht.

»Das sollte doch etwas helfen, nicht wahr, Ellen ... für eine Zofe?«

»Oh ... Zofe!« sagte Ellen und schnitt eine Grimasse.

»Sie ist eine Dame und wurde im Kloster erzogen.«

»Die meisten werden Erzieherinnen«, meinte Ellen. »Aber sie sieht wirklich mehr nach einer Zofe aus als nach einer Gouvernante.«

»Es ist sehr liebenswürdig von Ihnen, Interesse zu zeigen. Ihre Mutter hat das freundlicherweise schon von Ihnen gesagt und auch, daß Sie mehr als jeder andere in London Bescheid wüßten, wenn solche Stellen frei sind.«

Ellen lächelte und wedelte mit der Hand, als wollte sie solche Macht leugnen.

»Wenn Sie einmal erfahren sollten«, fuhr Melisande fort, »daß irgendwo eine Zofe oder Erzieherin gesucht wird, und wenn Sie dann ein gutes Wort für mich einlegen, wäre ich so dankbar.«

»Ja. Sie können sicher sein, daß ich einiges erfahre. Und ich gebe gern zu, daß ein Wort von Ellen Chubb weit reichen würde.«

»Sie sind sehr liebenswürdig. Ihre Mutter hat mir erzählt, über welche Macht und Kenntnis Sie verfügen.«

Mrs. Chubb strahlte. Sie wußte nicht, wer ihr mehr Freude machte — ihre Mieterin und ihr Schützling mit dem hübschen Gesicht und den charmanten Manieren oder ihre allmächtige, allwissende Tochter.

Sie sprachen noch eine halbe Stunde über Melisandes Qualifikationen, ihre klösterliche Erziehung, über ihre paar Monate als Gesellschafterin einer Dame auf dem Lande, wo sie dieser Dame beim Ankleiden geholfen, die Haare gerichtet, ihr vorgelesen und sie beim Aussuchen der Kleider beraten hatte.

»Aber«, sagte Mrs. Chubb mit einem Zwinkern und entsprechenden Grimassen, »Miß St. Martin wünscht keine

Angaben über diese junge Dame machen zu müssen.« Das Zwinkern und die Grimassen hießen, daß gute Gründe dafür vorlägen, die Ellen erfahren sollte, sobald sie beide allein waren.

Ellen sah zuerst ernst, dann selbstsicher aus. Ernst, weil Erfahrung und Referenzen zwei der notwendigen Voraussetzungen darstellten, wenn es um die kitzlige Sache ging, eine Stelle zu bekommen. Jedoch, so groß war die Macht der Ellen Chubb, es konnte auch anders gehen, ohne Referenzen und Erfahrung, die unter allen anderen Umständen gewiß unabdinglich gewesen wären.

Ellen verließ das Haus an diesem Tage, fest entschlossen, ihr möglichstes zu tun.

Und sechs Wochen nach Melisandes Ankunft in Mrs. Chubbs Haus wurde sie als Zofe bei Mrs. Lavender eingestellt.

2

Die Lavenders lebten in einem hohen, schmalen, den Hyde Park überblickenden Haus.

Es war kein großes Haus, aber mit Treppen, denen man mehr Raum als den Zimmern zugeteilt zu haben schien. Es war ein dunkles Haus, und sobald Melisande es betrat, empfand sie, daß es ein armseliger Tausch gegen die saubere Heiterkeit von Mrs. Chubbs bescheidener Häuslichkeit war.

Mrs. Lavender glich ihrem Haus. Sie war hochgewachsen und dünn und eine trübselige, grüblerische Person. Ihr Haar hatte das lebhafte Rot einer jungen Frau, aber ihr Gesicht wirkte vorzeitig gealtert. Es war ein unzufriedenes, mißtrauisches Gesicht. Die Unterredung, die Melisande mit ihr führte, trug nicht dazu bei, ihr Mut zu geben.

An der Tür empfing sie ein Diener, den sie später als Gunter kannte. Gunter und seine Frau lebten im Souterrain. Mrs. Gunter war die Köchin und Wirtschafterin. Mr. Gunter der Butler und Handwerker für das ganze Haus. Es gab noch einen Dienstboten, eine ältliche Frau namens Sarah.

Mrs. Lavender empfing Melisande im Ankleidezimmer, das sie ihr Boudoir nannte. Es war ein sorgfältig ausgestattetes Zimmer, dem jedoch der sofort ins Auge fallende Stil in Fenellas Räumen fehlte und doch irgendwie daran erinnerte. In Mrs. Lavenders Zimmern herrschte eine kleinliche, pedantische Atmosphäre, während Fenellas Räume grandios wirkten. Mrs. Lavender selbst trug ein Neglige mit vielen

Rüschen, die nicht zu ihrem ältlichen Gesicht paßten. Sie lag zurückgelehnt in einem Sessel, als Melisande von Gunter hineingeführt wurde. Sie stand unsicher da, während Mrs. Lavenders Augen sie abschätzten.

»Sie sind noch sehr jung«, sagte Mrs. Lavender.

»O nein ... nicht ... so jung.«

»Sagen Sie Madam, wenn Sie mich anreden.«

»Nicht so jung, Madam. Achtzehn.«

Das schien Mrs. Lavender nicht zu gefallen. Sie sagte mißtrauisch: »Man hat mir gesagt, dies sei Ihre erste Stellung.«

Melisande schwieg.

»Es ist nicht meine Gewohnheit, Dienstboten ohne Referenzen zu nehmen. Aber ich habe von der Wirtschafterin einer Freundin gehört, daß Sie vertrauenswürdig sind, und deshalb bin ich bereit, einen Versuch mit Ihnen zu machen.«

»Ich danke Ihnen, Madam.«

»Sie sind Französin, wie ich höre.«

»Ich bin in Frankreich erzogen worden.«

»Wie heißen Sie ... wie ist Ihr Rufname?«

»Melisande.«

»Ich werde Sie Martin nennen.«

»Oh ...«

»Der Lohn beträgt zehn Pfund im Jahr. Dies ist Ihre erste Stellung. Ich nehme an, ich werde Ihnen noch viel beibringen müssen. Da Sie im Haus leben werden und weiter keine Ausgaben haben, glaube ich, recht generös zu sein.«

»Ja. Ich danke Ihnen ... Madam.«

»Nun, dann können Sie morgen anfangen. Klingeln Sie, und Gunter wird Sie hinausgeleiten.«

Melisande gehorchte.

Gunter war willens, mitfühlend zu sein. Als sie auf der Treppe waren, wandte er sich um und zwinkerte ihr zu: »Haben Sie die Stelle gekriegt?« fragte er.

»Ja, danke sehr.«

Er grinste, als ob er dächte, es könnte sich als ein zweifelhafter Segen erweisen.

Er legte die Hand vor den Mund und flüsterte durch die Finger: »*Tartar!*«

»Ja?« Melisande schaute ihn fragend an.

»Oh ... Sie sind Ausländerin. Wie wär's, wenn Sie mal schnell bei Mrs. Gunter hereinschauten, ehe Sie gehen?«

»Sie sind sehr freundlich.«

Mr. und Mrs. Gunter waren sehr erfreut, sie in ihrem Souterrainzimmer zu begrüßen. Mrs. Gunter holte in einem Ausbruch von Freundlichkeit – oder vielleicht war es Mitgefühl – gleich eine Flasche Ingwerwein hervor, so daß sie auf Melisandes Erfolg in ihrem neuen Zuhause anstoßen konnten.

Melisande war von ihrer Freundlichkeit gerührt und sehr froh darüber, denn sie vertrieb ein wenig die eisige Atmosphäre des Hauses. Vermutlich wäre sie bedrückter angesichts ihrer Zukunft gewesen, wenn sie sich nicht noch so benommen und gleichgültig gegenüber allem gefühlt hätte. In diesem Augenblick kam ihr nichts sehr wirklich vor, nichts schien ihr von großer Bedeutung. Caroline und Fermor, mit Wenna als anklagender Gestalt im Hintergrund, verfolgten sie bei Tag und Nacht.

Mrs. Gunter war einige Zoll größer als ihr Mann und beträchtlich breiter. Sie nahm eine beschützende Haltung ihm gegenüber ein, die sie nun auf Melisande auszudehnen willens war. »Sie setzen sich erst mal, und Gunter holt inzwischen die Gläser«, sagte sie.

Das Zimmer der Gunters war bescheiden eingerichtet. »Unsere eigenen Möbelstücke«, erklärte Mrs. Gunter. »Wir ziehen nicht um, ohne unseren kleinen Haushalt mitzunehmen. Wie ich immer zu Gunter sage, was ist schöner als ein bißchen von einem eigenen Zuhause um sich zu haben. Sie werden also hier arbeiten? Paß auf!« Das war an Gunter gerichtet, der die Gläser zu voll goß. »Ich kann es mir nicht leisten, unseren besten Ingwerwein zu verschütten. So leicht bekommt man den nicht.«

»Ich fange morgen an«, erklärte Melisande.

»Ich möchte nicht in Ihrer Haut stecken«, meinte Gunter.

»Ich möcht' sehen, wie du das anstellen wolltest«, sagte Mrs. Gunter und stieß Melisande an, um dem Scherz Nachdruck zu verleihen.

Melisande lachte.

Die Gunters waren ein lustiges Paar. Gunter fing an, mit winzigen Schritten im Zimmer umherzugehen. »Und wie möchte Madam heute ihre Haare gemacht haben? Hier eine kleine Locke, da eine kleine Locke?«

»Es sieht so aus, als hätte er dem Ingwer schon recht zugesprochen«, meinte Mrs. Gunter mit einem neuen Rippenstoß. »Ihm steigt er in den Kopf . . . mir geht er in die Beine.«

»Ich glaube«, sagte Melisande, »ich werde sehr froh sein, daß Sie hier sind . . . mit mir.«

»Das ist sehr nett, daß Sie das sagen«, meinte Mrs. Gunter. Im Flüsterton fügte sie hinzu: »Sie kommt mit keiner Zofe lange aus.«

»Es ist weniger sie als er«, äußerte Gunter dunkel.

»Er?« fragte Melisande.

Mrs. Gunter sah ausweichend drein. »Oh, er ist viel jünger als sie . . . ein regelrechter kleiner Dandy, das ist er. Sie himmelt ihn an: ›Archibald, mein Lieber!‹« äffte Mrs. Gunter nach.

Mr. Gunter tanzte im Zimmer umher und umarmte seine Frau. »Gunter bringt mich noch um«, erklärte Mrs. Gunter.

Plötzlich waren sie ernst und schauten mit Sorge auf Melisande.

»Was ist?« fragte sie. »Glauben Sie, ich bin dieser Aufgabe nicht gewachsen? Sie glauben, man würde mit mir nicht zufrieden sein?«

»Nun«, sagte Mr. Gunter. »Wie man's nimmt. Ich will sagen, Sie können es schaffen, und Sie können es nicht schaffen.«

»Laß mich reden«, sagte Mrs. Gunter streng. »Sehen Sie, Miß, sie ist ein bißchen ein *tartar*, eine Verrückte, wenn Sie verstehen. Sie ist fast sechzig Jahre alt und will, daß es Ihnen gelingt, sie wie dreißig aussehen zu lassen. Das geht nicht. Und jedesmal, wenn sie in den Spiegel blickt, weiß sie es. Aber sie hat das Geld. Man denkt normalerweise, daß alles, was eine Frau besitzt, auch dem Mann gehört, wenn sie heiratet. So lautet das Gesetz. Aber ihr Vater wußte darüber Bescheid und hat das Geld so festgelegt, daß er nicht ran kann. Etwas, von dem ich nichts verstehe. Aber es bedeutet, daß das Geld nicht an Mr. Lavender geht. Es kommt an sie . . . regelmäßig . . . an sie, verstehen Sie. Mr. Lavender kann seine Hand nicht drauflegen. Es war ein Schock für ihn, als er herausfand, wie man ihn übers Ohr gehauen hatte. Aber es wirkt sich gut aus, findest du nicht auch, Gunter? Es hält ihn zärtlich und scharwenzelnd, wohingegen . . .«

»Wohingegen —« wiederholte Mr. Gunter und brach in Lachen aus.

Mrs. Gunter fuhr fort: »Wenn er an das Geld rankommen könnte, wäre es vermutlich eine ganz andere Geschichte. Wie ich immer zu Gunter sage, sechzig kann sich nicht mit dreißig zusammentun, und alles soll gutgehen. Da kommen unweigerlich Schwierigkeiten. Manchmal ist sie ganz und gar nicht gut gelaunt, und an wem läßt sie's aus, an uns natürlich. Und Sie, meine Liebe, werden mehr für sie springen müssen und ihren Launen ausgeliefert sein als wir alle. Ich halte es für richtig, Sie zu warnen.«

»Ich danke Ihnen«, sagte Melisande.

»Sie scheinen nicht sehr geschockt zu sein«, stellte Mrs. Gunter fest.

»Ich habe nicht erwartet, daß es leicht sein würde.«

Die Gunters sahen sie scharf an, und Melisande fuhr bewegt fort: »Ich werde Ihre Güte nicht vergessen. Es tut so gut, Güte in dieser Welt zu begegnen.«

Unfähig, einem solchen Gefühlsausbruch mit Worten zu begegnen, sahen sich die Gunters scheu an, als ob sie sagen wollten: Ausländische Manieren!

Nachdem Melisande gegangen war, lautete das Urteil, sie sei etwas seltsam, aber nett. Und was gutes Aussehen betraf: viel zu gut aussehend.

»Du hast mein Wort«, sagte Mrs. Gunter. »Sie wird das nicht gern sehen.«

»Nein«, bestätigte Mr. Gunter, »aber er!«

Dann lachten sie beide, waren aber bald wieder ernst. Sie waren ein gutherziges Paar, und die schöne junge Dame hatte ihr Mitgefühl erregt.

*

Wie gelang es ihr, die Tage, die nun folgten, durchzustehen? Nur, so glaubte Melisande, aufgrund ihrer inneren Beklommenheit. Nur, weil sie dachte: Es läßt mich kalt.

Sie haßte die Frau nicht, deren Wunsch es zu sein schien, sie zu verletzen und zu erniedrigen. Es war ihr egal. Wenn Mrs. Lavender sie anschrie: »Martin, Sie ungeschickter Tölpel. Sie zerren an meinem Haar. Eine Zofe, Sie! Sie sind hier unter Vorspiegelung falscher Tatsachen. Ich warne Sie ganz direkt, wenn Sie so weitermachen, sind Sie bald draußen, ohne Heller und Pfennig . . .« Melisande hörte es einfach nicht. Sie dachte an Fermor, der so gefühllos in dieser reizend möblierten Diele gewesen war. Sie dachte an Carolines weißes und verzweifeltes Gesicht. »Mörderin! Mörderin!« hallte es in ihren Ohren.

»Martin, Sie scheinen mir völlig dumm zu sein. Hören Sie mich überhaupt? Sind Sie stumm, blind *und* dämlich?«

»Ja, Madam.«

»Stehen Sie nicht lächelnd da und sehen so zufrieden mit sich selbst drein.«

Ich? dachte Melisande. Zufrieden mit mir selbst? Ich hasse mich. Es ist mir gleich, was mit mir geschieht. Caroline kann tot sein... und wenn... habe ich sie getötet.

Selbst im Unglück liegt etwas Gutes, dachte sie. Wie können Zofen es nur ertragen, solchen Frauen wie der hier zu dienen, wenn sie nicht fühlen wie ich... gleichgültig... ungerührt sind?

Wie schade, daß nicht ich vor das Pferd gelaufen bin. Das hätte unser Problem gelöst.

Fermor? Er wäre eine Zeitlang traurig gewesen... eine so kurze Zeit.

Aber wenn sie eine Blume für Mrs. Lavenders Kleid nähte, war die Frau erfreut. Sie sprach es nicht aus. Sie ließ sich nur die Blume anstecken und betrachtete sie gefällig. »Sie können ein paar mehr machen«, war alles, was sie sagte. Und in den folgenden Tagen beschwerte sie sich dann nicht ganz so oft. Sie wurde sogar mitteilsam. Sie zeigte Melisande ihren Schmuck, den sie in einem kleinen Safe in ihrem Boudoir aufbewahrte. Sie taute auf, wenn sie ihn vorführte. Man hatte ihr gesagt, sie müsse ihn zur Bank bringen, aber sie könne sich nicht von ihm trennen. Sie wollte ihn gern bei sich haben, um ihn anlegen zu können, wenn sie Lust hatte, obwohl sie ihren Schmuck nicht immer trug.

Melisande war der Ansicht, daß ihre Erscheinung immer durch ein Zuviel an Schmuck verdorben wurde und in Verbindung mit dem roten Haar einen zu aufsehenerregenden Anblick bot. Wenn sie die Juwelen sparsam mit weniger auffallenden Kleidern tragen würde und ihr Haar seine natürliche Farbe hätte und vorausgesetzt, daß Mrs. Lavender ein freundlicheres Gesicht machen könnte, dann würde sie vielleicht ihrem Namen gerecht werden. Wie die Dinge lagen, schien der Name wenig passend.

Melisande hatte Vorschläge für die Schmuckstücke gemacht, aber Mrs. Lavender wollte nicht auf sie hören. Sie glaubte, Melisande sei nur eifersüchtig auf ihren Besitz.

Sie zeigte ihr die Pistole mit dem Perlmuttgriff, die in einer Schublade neben dem Bett lag. »Sie ist geladen. Ich halte sie immer schußbereit. Ich bin auf Einbrecher gefaßt. Niemand soll mit meinem Schmuck davonkommen.«

Melisande hörte schweigend zu. Ihre offensichtliche Gleichgültigkeit reizte ihre Arbeitgeberin zum Zorn, doch hielt Melisandes Würde sie zurück. Es war unmöglich, beständig gegen jemanden zu toben, der so gelassen blieb. Mrs. Lavender konnte das Mädchen nicht verstehen. Wenn sie nicht so geschickt darin wäre, ihr Haar zu richten und den kleinen Putz an ihren Kleidern anzubringen, hätte Mrs. Lavender sich entschlossen, sie zu entlassen. Zu ihrem eigenen Erstaunen stellte sie fest, daß sie nahe daran war, ihre Zofe zu mögen. Das war überraschend, denn Mrs. Lavender konnte wenige Menschen gut leiden, und bisher hatte sie nie die geringste Achtung für einen einfachen Dienstboten empfunden. Sie ertappte sich bei der Frage, was wohl hinter diesem seltsamen Ausdruck in dem Gesicht des Mädchens steckte. Von Hause aus schien sie nicht so sanftmütig und ergeben zu sein. Sie gab sich nicht wie ein Dienstmädchen, das unter allen Umständen darauf bedacht war, seine Stellung zu halten. Es lag an dieser fassungslosen Gleichgültigkeit, die so verwirrend war. Es schien fast, als ob es ihr egal wäre, was man zu ihr sagte, denn sie zeigte nie auch nur den geringsten Unmut. Es war, als ob sie in einer anderen Welt lebte, einer für ihre Umgebung unsichtbaren Welt.

Unheimlich! fand Mrs. Lavender. Aber sie war eine Dame ... durchaus eine Dame – was letztlich ein Vorzug war. Sie war ein Mädchen, das man stolz seinen Freunden zeigen konnte ... und Französin noch obendrein. Im ganzen war Mrs. Lavender also nicht unzufrieden mit ihrer neuen Zofe.

Und dann kam Mr. Lavender heim.

Melisande war überrascht, als sie ihn das erste Mal sah, obwohl sie es nicht hätte sein sollen. Es hatte genug obskure Hinweise von den Gunters gegeben, auch wußte sie bereits, daß er sehr viel jünger als seine Frau war.

Sarah, das Hausmädchen, das manchmal zusammen mit dem übrigen Personal eine Tasse Kaffee im Souterrainzimmer der Gunters trank, hatte von Mr. Lavenders Hang zum Trinken und seiner Vorliebe für elegante Westen gesprochen. Sie hatte die parfümierte Pomade erwähnt, die er für seine Haare benutzte. Er schien oft in die Klemme zu geraten und mußte dann Mrs. Lavender gegenüber seinen ganzen Charme aufbieten, um wieder herauszukommen. Melisande war also auf Mr. Lavender keineswegs unvorbereitet. Doch die Wirkung, die sie auf ihn haben sollte, hatte sie sich nicht vorstellen können.

Eines Nachmittags räumte sie im Boudoir auf, während Mrs. Lavender ein Nickerchen im Schlafzimmer machte, als Mr. Lavender hereinkam.

Sie hatte Schritte hinter sich gehört und gedacht, es sei Sarah, die hereingekommen war. Deshalb drehte sie sich auch nicht um und fuhr fort, die Haare aus Mrs. Lavenders Bürste zu kämmen. »O Sarah, ist Mrs. Gunter im Haus?« fragte sie.

Als keine Antwort erfolgte, drehte sie sich um und sah Mr. Lavender, der gegen die Tür lehnte und sie anlächelte.

Im Grunde war nichts wirklich Beunruhigendes an Mr. Lavenders Lächeln. Melisande war oft solchem Lächeln begegnet und wußte, daß es Bewunderung bedeutete. Sie war lediglich überrascht.

»G... guten Tag«, sagte sie.

Mr. Lavender verneigte sich. Sie bemerkte, wie die Stirnlocke seines gelben Haares über die Braue fiel. Sie gewahrte den Glanz einer Brillantnadel auf der Krawatte, den Ring am

Finger, den modisch geschnittenen Rock und die glänzende Weste. Sie konnte die Veilchenpomade riechen.

»Welch ein Vergnügen. Sie müssen das neue Mädchen meiner Frau sein.«

»Ja.«

Zu ihrem Erstaunen kam er näher und streckte ihr die Hand hin. Er nahm die ihre, hielt sie fest und tätschelte sie mit der anderen Hand! »Ich sehe, daß wir dieses Mal Glück haben.«

»Es ist freundlich von Ihnen, das zu sagen.« Melisande zog ihre Hand zurück.

»Bei Gott, Sie sind ein hübsches Mädchen – wenn Ihnen das Kompliment nichts ausmacht.«

»Es macht mir nichts aus. Danke.«

»Sie sind wirklich Französin, wie ich höre. Wir werden sicher wie Feuer und Kohle miteinander auskommen.«

Fenellas Rat fiel ihr ein: Wenn sie keine Antwort wußte, sollte sie am besten so tun, als ob sie die feineren Nuancen der englischen Sprache nicht verstehen könnte.

»Feuer und Kohle? Das hört sich gefährlich an.«

Er lachte und warf dabei seine Haarlocke aus der Stirn. Sie sah das Blitzen der Zähne.

»Gefällt es Ihnen hier?« fragte er besorgt.

»Danke sehr. Es ist freundlich, daß Sie danach fragen.«

»Sie sind ein bezauberndes Mädchen – viel zu hübsch, um für andere Frauen zu arbeiten.«

Sie war froh, als die Tür zum Schlafzimmer aufging.

»Archie!« rief Mrs. Lavender.

»Meine Liebe!«

Er ging zu ihr und umarmte sie. Melisande warf einen Blick über die Schulter und sah, daß Mrs. Lavenders Gesicht weich geworden war. Es hatte einen Ausdruck angenommen, den sie bei ihr gern öfter gesehen hätte.

»Du hättest mich wissen lassen sollen, daß du nach Hause kommst«, sagte Mrs. Lavender.

»Ich wollte dich überraschen. Ich dachte, das würde dich freuen. Warte, bis du siehst, was ich dir mitgebracht habe.«

»Wirklich, Archie! Du bist ein Engel!«

»Nein, Mrs. L. Du bist diejenige, die Flügel haben sollte.«

Mrs. Lavender sagte: »Sie können gehen, Martin.«

»Danke«, erwiderte Melisande sehr erleichtert.

Sie stellte fest, daß Archibald Lavender ihr keinen einzigen Blick schenkte, als sie hinauseilte.

Sie ging in ihr kleines Dachzimmer und schloß die Tür. Sie hatte jetzt das Gefühl, endlich aus ihrer Benommenheit zu erwachen. Was hatte sie getan? fragte sie sich. Sie war von Fenellas Haus fortgelaufen, und was auch immer Fenella sonst sein mochte, sie war gütig gewesen. In Fenellas Haus herrschte Sicherheit, trotz aller Wollust, aller Rätsel. Hier . . . hier war keine Sicherheit. Das wußte sie. Sie spürte Gefahr heraufziehen . . . wie »Feuer und Kohle«. Sie besaß nur wenig Geld. Sie wußte, daß Mr. Lavenders Interesse an ihr Mrs. Lavender mehr als jede Ungeschicklichkeit ihrerseits ärgern würde. Plötzlich hatte sie Angst, denn es schien, daß in der Welt, in die sie geflüchtet war, hundert Gefahren lauerten, vor denen Fenella sie noch geschützt hatte. Sie war erst achtzehn. Das war doch noch so jung. Zuviel war in zu kurzer Zeit geschehen.

Sie sehnte sich nach Mrs. Chubb zurück, um für immer in diesem gemütlichen Häuschen zu leben. Aber wie hätte sie das gekonnt? Um dort zu wohnen, brauchte sie Geld. Außerdem hatte Ellen diese Stelle gefunden, und Ellen und Mrs. Chubb würden von ihr erwarten, daß sie nicht gleich aufgab.

Es verlangte sie nach ihrem Schlafzimmer bei Fenella, nach dem unbeschwerten Geplauder von Genevra, der Weltweisheit Clothildes, der mütterlichen Besorgtheit von Polly und Fenella. Sie sehnte sich nach Fermor.

Sie war fortgelaufen, weil sie Angst hatte, und nun war sie in einer Welt voll neuer Gefahren allein.

Um Trost zu finden, ging sie zu Mrs. Gunter ins Souterrain.

»Er ist also wieder da«, stellte Mrs. Gunter fest. »Jetzt wird sie umgänglicher sein. Ich vermute, er hat ihr ein wunderschönes Schmuckstück mitgebracht. Sie wird sich so freuen, weil er an sie gedacht hat, daß es ihr nichts ausmacht, die Rechnung zu bezahlen, wenn sie kommt. Ich wette, er erzählt ihr irgendeine Geschichte, wie er wegen irgendwelcher Geschäfte hätte fortbleiben müssen, und wie er es hasse, sie allein zu lassen. Nun, es macht ihr Freude, und sie stellt sich gerne vor, daß er eines Tages ein großer Geschäftsmann mit eigenem Geld sein wird. Haben Sie ihn gesehen?«

»Ja«, antwortete Melisande.

Mrs. Gunter sah sie scharf an. »Ich sehe, Sie sind ein vernünftiges Mädchen.«

»Ich wünschte, er wäre nicht zurückgekommen.«

»Ich vermute, er hat gesagt, Sie seien hübsch und sie würden sich so gut wie Feuer und Kohle miteinander vertragen.«

»Wie können Sie das wissen?«

»Er hat so seine stehenden Redensarten, und wir hatten schon früher hübsche Mädchen hier. Ich will Ihnen mal was sagen: Er ist ein Feigling und fürchtet sie wie den Teufel.« Mrs. Gunter gab Melisande einen Schubs. »Drohen Sie ihm einfach mit ihr. Das müssen Sie tun, wenn er Sie belästigt.«

Melisande stand auf, ging zu Mrs. Gunter, legte den Kopf auf ihre Schulter und schlang die Arme um sie. »Es war so lieb und nett«, sagte Mrs. Gunter später, »und dann sah ich, daß sie still vor sich hin weinte. Danach sah sie ganz anders aus. Diese Ruhe schien von ihr gewichen. Als sie zurücktrat, war sie ein anderer Mensch. Ich habe ihre Augen früher nie so blitzen gesehen. Schön sahen sie aus. Und ich dachte: Hallo! Da ist eine Seite an ihr, von der wir noch nichts wissen. Ich denke, Mr. Lavender kriegt eine runtergehauen, wenn er zu weit geht!«

*

»Martin«, fragte Mrs. Lavender, »spielen Sie Whist?«

»Ein wenig, Madam.«

»Dann sollen Sie mit von der Partie sein... nach dem Abendessen. Mrs. Greenacre kann nicht kommen.«

»Oh...« begann Melisande.

»Sie brauchen keine Angst zu haben. Wir erwarten Sie nicht im Abendkleid. Ich werde unserem Gast erklären, wer Sie sind. Es wird nichts weiter von Ihnen erwartet, als daß Sie Ihr Blatt spielen.«

»Aber...«

»Sie werden selbstverständlich tun, was verlangt wird.«

Melisande ging auf ihr Zimmer, um sich zu waschen. Sie schloß jedesmal die Tür ab. Sie hatte es sich angewöhnt, seitdem Mr. Lavender eines Abends an ihre Türe geklopft hatte, um sich nach ihrem Befinden zu erkundigen. Er hätte sich eingebildet, sie sähe müde aus, hatte er gesagt. Es war schwierig gewesen, ihn auf der rechten Außenseite der Tür zu halten. Aber sie hatte es mit ruhiger Würde und großer Entschlossenheit geschafft.

Daraufhin hatte sie stets den Schlüssel im Schloß umgedreht, und, sollte es klopfen, immer gefragt, wer es ist, ehe sie die Tür öffnete.

Sie wusch sich bedächtig und kämmte ihr Haar.

Sie arbeitete nun schon drei Wochen bei den Lavenders, das hieß, es waren neun Wochen seit dem Tag vergangen, an dem sie Fenellas Haus verlassen hatte. Sie fragte sich, ob man versucht hatte, sie zu finden. Fenella würde sehr verletzt sein, genau wie Polly. Was ihren Vater betraf, würde er wahrscheinlich froh sein, denn nun, da sie weggelaufen war, hatte sie sein Problem für ihn gelöst. Er war nicht dafür zu tadeln, wenn einer unehelichen Tochter etwas passierte. Sie hatte seine Fürsorge verschmäht und sich geweigert, den respektablen jungen Anwalt zu heiraten, den er für sie beschafft hatte. Genevra? Clothilde? Sie würden sich keine großen Sorgen machen. Sie war nur die Gefährtin für ein paar Wochen in ihrem ereignisreichen Leben gewesen.

Sie mußte vergessen, was geschehen war. Jeden Tag seit dem Unfall hatte sie die Zeitung durchgeblättert. Wäre Caroline gestorben, hätte sie sicherlich eine Todesanzeige finden müssen. Sie hatte Fermor nie gefragt, wo er und Caroline wohnten, aber sie wäre auch nie zu dem Haus gegangen, um die Dienerschaft zu befragen. Sie hätte Fermor und Caroline treffen können, und das mußte sie unbedingt vermeiden.

Sie hörte eine Kutsche vor dem Haus anhalten. Es war sicherlich der Gast des heutigen Abends. Sie ging zum Fenster und sah hinunter. Man konnte die Person nicht deutlich sehen, die aus dem Wagen stieg, aber sie erkannte, daß es sich um einen Mann ungefähr im Alter von Mr. Lavender handelte.

Sie war froh, daß sie nicht zum Abendessen erscheinen mußte. Sie sah dem Abend sowieso nicht erwartungsvoll entgegen. Mrs. Lavender würde unhöflich zu ihr sein, dessen war sie sicher, und sie fing langsam an, sich über eine solche Behandlung zu empören. Wenn die Frau sie jetzt tyrannisierte, kamen ihr Widerworte. Das war doch gewiß ein Zeichen dafür, daß sie die Alpträume allmählich überwand und sich für ihr neues Leben zu interessieren begann.

Sie trug das schwarz-grüne, in Paris gekaufte Kleid. Es war jetzt nicht mehr ganz so modern; sie hatte es kaum getragen, während sie bei Fenella lebte. Als sie bei Mrs. Chubb wohnte, hatte sie sich zwei billige Kleider für alle Tage gekauft — eines in Lila, das andere in Grau.

Sie kämmte ihr Haar und teilte es in der Mitte, so daß es in Locken auf ihre Schultern fiel.

Sie war nervös, als das Glockenzeichen ertönte und sie zum Wohnzimmer rief.

»Das ist meine Zofe Martin, Mr. Randall. Ich habe sie gerufen, damit wir zu viert beim Whist sind. Zu bedauerlich, daß Mrs. Greenacre nicht kommen konnte.«

Er erhob sich, ergriff Melisandes Hand und beugte sich über sie. Er war groß und gutaussehend mit dunklem Haar und dunklen Augen. Melisande mochte ihn sofort, weil sein Lächeln mitfühlend und ohne eine Spur von Herablassung war.

»Ich fürchte«, äußerte Melisande, »daß ich ein schlechter Spieler bin. Ich habe sehr wenig gespielt.«

Der junge Mann, der jetzt jünger schien als Mr. Lavender, lächelte wieder. »Ich bin sicher, daß Mr. Lavender und ich Ihnen vergeben werden, wenn Sie unsere Asse trumpfen . . . nicht wahr, Archibald?«

Archibald murmelte, daß er sich dessen nicht sicher sei. Unter den wachsamen Augen von Mrs. Lavender war er sehr vorsichtig. Wenn er jedoch überzeugt war, daß sie ihn nicht beobachtete, lächelte er Melisande in einer Weise an, die besagen sollte, daß er nicht meinte, was er sagte.

»Sie können den Spieltisch aufstellen, Martin«, sagte Mrs. Lavender. Mr. Randall half ihr dabei.

»Es besteht keine Veranlassung, sich zu bemühen«, sagte Mrs. Lavender. »Ich bin sicher, Martin kommt damit allein zurecht.«

»Es ist mir ein Vergnügen«, entgegnete Mr. Randall.

Sie saßen um den Tisch, und die Karten wurden ausgeteilt. Melisande beging einen Schnitzer nach dem anderen. In Trevenning hatte sie wenig gespielt. Bei den seltenen Gelegenheiten, wenn in Fenellas Haus die Karten hervorgeholt wurden, handelte es sich gewöhnlich um Wahrsagerei, und wenn einmal Whist gespielt wurde, dann nie ernsthaft.

Sie entschuldigte sich nervös. »Ich fürchte, ich bin nicht sehr gut . . .«

Mrs. Lavender sagte mit einem kurzen Auflachen: »Da haben Sie recht, Martin. Ich bin froh, daß Sie nicht mein Partner sind.«

Mr. Randall, dessen Partnerin sie war, eilte ihr zu Hilfe. »Wer weiß, ob es nicht doch Raffinesse ist, Mrs. Lavender. Wer weiß. Warten Sie's ab.«

Es war sehr nett von ihm, dachte Melisande. Es war ihr bewußt, daß er sie führte und ständig versuchte, ihre Fehler zu decken. Als Sarah Tee und Kekse brachte, was, wie sich Mrs. Lavender brüstete, zur Zeit große Mode war, befahl sie Melisande, den Tee einzugießen.

»Oh«, sagte Mrs. Lavender, das Tablett überprüfend, »Sarah hat vier Tassen gebracht.«

Plötzlich fühlte Melisande Zorn aufsteigen. Mr. Randall mit seiner ruhigen Rücksicht hatte ihre Selbstachtung wiederhergestellt. Sie würde keine weiteren Beleidigungen mehr dulden. Falls notwendig, würde sie Mrs. Lavender verlassen und jemand anders finden, der eine Zofe benötigte.

»Sie brauchen keine Angst zu haben, Mrs. Lavender«, sagte sie ruhig, aber fest. »Ich hatte nicht die Absicht, mir selbst Tee einzugießen. Ich verstehe vollkommen, daß ich nur deswegen eingeladen wurde, weil ein Gast ausgefallen ist. Ich habe ebensowenig den Wunsch, Tee mit Ihnen zu trinken, wie Sie wünschen, mich ihn trinken zu sehen.«

Mrs. Lavender schnappte nach Luft. Melisande goß mit zitternder Hand den Tee ein und reichte allen die Tassen.

Beide Männer beobachteten sie. Mr. Lavender unbehaglich, Mr. Randall bewundernd. Auf Mrs. Lavenders Backen brannten zwei rote Flecken.

Sie wußte nicht, wie sie reagieren sollte. Ihr erster Impuls war, Melisande zu sagen, sie solle ihre Sachen packen. Aber sie wollte sie auch nicht verlieren. Es verlieh ihr solch ein Ansehen, eine französische Zofe zu beschäftigen. Außerdem war sie auf ihre Weise geschickt und würde bei solchen Gelegenheiten wie diesen nützlich sein, denn sie war ohne Zweifel so gut erzogen wie Mrs. Lavenders Gäste. Es war sehr befriedigend, eine so gute Zofe zu besitzen.

Sie sagte: »Mr. Randall, wir müssen Martin vergeben. Sie ist Französin, wie Sie wissen. Das heißt, sie versteht unsere englischen Sitten nicht immer.«

»Ich bin sicher«, äußerte Mr. Lavender, »daß Martin es nicht böse meint. Dessen bin ich sicher.«

Mr. Randall sah sie bewundernd und mitleidig an.

»Na gut«, meinte Mrs. Lavender, »wir wollen Ihr Benehmen übersehen, Martin. Sie können sich Tee eingießen.«

»Danke sehr, Mrs. Lavender. Aber ich möchte nicht.«

Wieder entstand ein kurzes Schweigen. Melisande begann, die Situation zu genießen. Sie hatte ein Gefühl glorioser Gleichgültigkeit gegenüber den Folgen. Ich werde entlassen, dachte sie. Und es ist mir egal. Es gibt doch Arbeitgeber in der Welt, die nicht schlimmer sind als Mrs. Lavender, und sicher auch einige, die viel besser sind.

»Sie mag wohl unsere englischen Sitten nicht«, erklärte Mrs. Lavender. »Man behauptet, die Franzosen trinken nicht Tee, wie wir es gewohnt sind.«

»Es sind nicht die Sitten, die ich nicht mag«, sagte Melisande. »Es sind die Manieren.«

»Martin«, sagte Mrs. Lavender, nun purpurrot im Gesicht, »Es besteht keine Notwendigkeit, daß Sie bleiben.«

»Dann sage ich gute Nacht.«

Mr. Randall war an der Tür, um sie ihr zu öffnen. Sie segelte hindurch. Sie rannte die Treppen zu ihrer Dachstube hinauf, verriegelte die Tür, setzte sich aufs Bett und lachte. Sie dachte: Wie Genevra das genossen hätte! Dann überkam sie eine schreckliche Sehnsucht, wieder mit Genevra zusammenzusein. Sie wollte wieder mit ihr lachen, diese sparsam eingerichtete kleine Dachkammer gegen die luxuriösen Zimmer bei Fenella austauschen, schöne Kleider tragen, in

Fenellas Salon plaudern und, vor allem, dort Fermor begegnen.

Dann warf sie sich aufs Bett und lachte, bis sie heulte. Aber sie mußte sich zusammenreißen. Sie stand auf und wusch ihr Gesicht mit kaltem Wasser. Wenn der Gast gegangen war, würde sie ihrer Herrin helfen müssen, sich auszukleiden. Mrs. Lavender sollte nicht das Vergnügen haben zu sehen, daß sie Tränen vergossen hatte.

Ihr würde natürlich gekündigt werden. Dieses Mal mußte sie sich selbst etwas suchen. Und irgendwie würde sie sich ein neues Leben schaffen. Sie würde wieder richtig leben.

*

Seltsamerweise machte Mrs. Lavender keine Anspielung auf die kleine Szene, die sich im Wohnzimmer ereignet hatte. Sie war entschlossen, den Zwischenfall zu übersehen und auf das fremdländische Temperament ihrer Zofe zu schieben. Da wußte Melisande, daß Mrs. Lavender keineswegs unzufrieden mit ihrer Arbeit war.

Zwei Tage nach der Whistpartie, als sie ihren freien Nachmittag hatte, trat Melisande aus dem Haus und fand Thorold Randall müßig draußen stehen.

Sie war angenehm überrascht. Sie fühlte sich wie neugeboren, hungernd nach Leben und Aufregung. Ihre grünen Augen strahlten.

»Ach, es ist Miß Martin«, sagte er.

»Wollen Sie Mrs. Lavender sprechen? Sie ruht gerade, aber Mr. Lavender ist zu Hause.«

»Ich will keinen von beiden sehen. Ich habe auf jemand gewartet.«

»Oh?«

»Ich möchte Ihnen mein Mitgefühl wegen neulich abends aussprechen. Ich war sehr betrübt.«

»Ich nicht. Ich war froh.«

»Froh darüber, so behandelt zu werden? Eine junge Dame wie Sie?«

»Eine Zofe, Mr. Randall. Das vergessen Sie.«

»Ich vergesse nichts. Es ist bedrückend, eine junge Dame wie Sie so behandelt zu sehen.«

»Das ist sehr nett von Ihnen. Ich danke Ihnen dafür und verabschiede mich.«

»Bitte, tun Sie das nicht. Darf ich Sie ein Stück begleiten?«

»Aber Sie warten doch auf jemand.«

»Auf Sie, natürlich.«

»Aber wie konnten Sie wissen, daß ich heute freihabe?«

»Eine kleine vorsichtige Erkundung.«

Sie lachte. »Dann war es doppelt nett. Erstens zu warten und mir zu sagen, daß es Ihnen leid getan hat, und zweitens, sich so viel Mühe zu machen, um es mir zu sagen.«

Als sie miteinander weitergingen, fragte er: »Gab es unangenehme Folgen? Sie . . . hm . . .«

»Ich bin noch ihre Zofe. Sie hat nichts von dem Vorfall erwähnt. Sie sehen also, ich sollte Ihnen nicht leid tun. Das würde nur dazu führen, daß ich mir selbst leid tue, und es ist nicht gut, sich selbst zu bemitleiden. Wenn man keine Freude mehr am Leben hat . . . muß man nach Mitteln suchen, das zu ändern.«

»Das wird nicht immer möglich sein.«

»Dann muß man es möglich machen.«

»Sie sind eine seltsame junge Dame. Ich dachte zuerst, wie ruhig Sie an diesem Abend waren . . . wie ergeben.«

»Niedergeschmettert!« rief sie. »Mrs. Lavender hätte mich zu Boden gedrückt. Das war es, was Sie dachten. Dem war nicht so. An jenem Abend war mir eben alles egal. Dann plötzlich . . . erhebe ich mich. Ich stehe auf, und hier bin ich, bereit, um meine Würde zu kämpfen . . . um meine Rechte, nicht wie eine Zofe, sondern wie ein Mensch behandelt zu werden.«

»Warum tun Sie diese Arbeit?«

»Warum arbeitet man? Vielleicht ist es Berufung, das ist eine Antwort. Vielleicht will man essen, und das ist eine andere. Sagen Sie mir, Mr. Randall, arbeiten Sie, und aus welchem Grund?«

»Ein wenig von beidem. Auch ich muß essen. Mein Einkommen ist zu klein für meine Bedürfnisse. Ich bin im Garderegiment. Sie können es eine Berufung nennen.«

»Sie sind also bei der Garde? Ich muß diesen Weg nehmen. Ich will eine Freundin besuchen, die in der Nähe von Strand wohnt.«

»Dann nehme ich diesen Weg auch.«

»Sie sind also einer von den Glücklichen. Sie tun die Arbeit, die Sie gerne tun, und damit verdienen Sie Geld.«

»So habe ich bis jetzt noch nicht darüber nachgedacht. Ich danke Ihnen, daß Sie mich darauf hingewiesen haben, Miß Martin.«

»Mein Name ist St. Martin. Mrs. Lavender nennt mich Martin, weil mein Vorname zu lang und ungeeignet ist und keine Zofe könnte ›heilig‹ von ihrer Dienstherrin genannt werden.«

»Miß St. Martin. Und darf ich Ihren Vornamen wissen?«

»Melisande.«

»Er ist schön und paßt zu Ihnen. Melisande St. Martin. Wir haben einen St. Martin im Regiment. Vielleicht sind Sie mit ihm verwandt. Seine Leute haben ein Gut in Berkshire.«

»O nein, nein! St. Martin ist nicht der Name meiner Familie. Ich bin eine Waise . . . in einem Kloster aufgezogen. Ich glaube, daß weder der Name meines Vaters noch der meiner Mutter St. Martin gewesen ist.«

»Ach so. Was für eine geheimnisvolle Person Sie sind! Darf ich Sie Melisande nennen? Oh, glauben Sie mir, das soll nicht unverschämt sein. St. Martin kommt mir irgendwie fremd vor, doch Melisande – das paßt ganz und gar zu Ihnen und ist so reizend.«

»Dann nennen Sie mich so, vorausgesetzt, Sie reden mich nicht so an, wenn wieder einmal eine Partie Whist fällig wird und ich den vierten Partner spielen muß.«

»Ich verspreche es, Melisande.«

»Hier muß ich abbiegen . . . Ich besuche eine Freundin.«

»Lassen Sie mich Sie begleiten.«

»Ihr Name ist Mrs. Chubb, und ich hatte ein Zimmer in ihrem Haus. Sie ist so gut, und ihre Tochter Ellen auch, die in der Welt der Köchinnen und Zofen allmächtig ist. Sie hat die Stelle bei den Lavenders für mich gefunden.«

»Würden Sie es als ungehörig empfinden, wenn ich Sie frage, was Sie vorher getan haben?«

»Nein. Ich würde es nicht als ungehörig ansehen, aber ich möchte vielleicht nicht antworten wollen. Da ist Mrs. Chubbs Haus, und ich will mich verabschieden.«

»Darf ich auf Sie warten?«

»Oh, das sollten Sie nicht.«

»Ich würde es gerne tun. Dann kann ich Sie zurückbegleiten.«

»Das ist nicht nötig.«

»Bitte . . . es würde mir Freude machen.«

»Aber ich bleibe vielleicht sehr lange.«

Mrs. Chubb, die durch die Gardinen gespäht hatte, öffnete die Tür.

»Da sind Sie ja. Ich dachte, ich hätte Schritte gehört. Ah . . . und nicht allein.«

»Mrs. Chubb, Mr. Randall. Das ist Mrs. Chubb, Mr. Randall – meine sehr gute Freundin, die zu mir so gütig war.«

Mr. Randall verbeugte sich, und Mrs. Chubb besann sich auf ihren Instinkt, gehorchte seinem Befehl und mochte ihn auf der Stelle gut leiden.

»Sie kommen doch auch herein, nicht wahr?«

Thorold Randall erklärte, es würde ihm eine große Freude sein.

Mrs. Chubb drängte sie in ihr Wohnzimmer. Sie warf einen schnellen Blick auf die Daguerreotypie, so als ob sie Mr. Chubb bitten würde, doch ja ihre Besucher zu bemerken.

»Es ist so liebenswürdig von Ihnen«, murmelte Mr. Randall. »Solche Gastfreundlichkeit . . . zu einem Fremden . . .«

Mrs. Chubb verschwand in der Küche, um das Tablett mit den Tassen zu holen.

Er war ein Gentleman. Das hatte sie sofort erkannt. Ein gutaussehender Herr noch dazu, und er konnte vielleicht der richtige Schluß für die Geschichte ihrer Lieblingsmieterin sein. Mrs. Chubbs Instinkt hatte ihr immer noch gesagt, was los ist. Gleich zu Anfang hatte er ihr gesagt, daß Melisande nicht zum Dienen geschaffen war. Hier kam die Antwort: Ein hübscher Mann, der schon halb verliebt in sie war und es sehr bald ganz wäre. Er würde ihr ergeben sein wie Mr. Chubb *seiner* Frau ergeben gewesen war, und darüber hinaus würde er ihr noch ein gut Teil weltlicher Güter bieten, dessen war sich Mrs. Chubb sicher.

Mrs. Chubb kam sich wie die gute Fee im Märchen vor. Sie hatte das zustande gebracht – sie zusammen mit Ellen.

*

Auf diesen Nachmittag folgten andere Begegnungen. Die Gunters wußten davon und freuten sich sehr. Sarah erklärte, es sei wunderbar, und sie müsse jedesmal weinen, wenn sie daran denke. Mrs. Lavender nahm nicht wahr, was geschah, denn sie nahm nur wenig außer ihren eigenen Angelegenheiten zur Kenntnis. Aber Mr. Lavender fuhr fort, die Zofe seiner Frau mit wachsender Aufmerksamkeit zu beobachten.

Thorold Randall war ein eifriger Besucher des Hauses geworden. Es schien, als habe er ein Band zwischen sich und den Lavenders entdeckt. Er konnte Mrs. Lavender genau die Komplimente machen, die sie schätzte, und er wußte über Mr. Lavenders Lieblingsthema − Pferde und ihre Chancen − Bescheid.

Aber er wartete immer gespannt auf Melisandes Erscheinen, und jedesmal, wenn er ins Haus kam, fand er Mittel und Wege, mit ihr zu sprechen.

Melisandes freier Nachmittag war wieder fällig. Sie wußte, daß sie Thorold Randall vorfinden und er auf sie warten würde, wenn sie das Haus verließ. Sie freute sich über seine Gesellschaft. Es kam ihr vor, als ob er immer mehr dem Bild gleichen würde, das sie sich von dem Mann gemacht hatte, der ein wenig wie Fermor, ein wenig wie Léon und ein wenig auch er selbst war.

Zum Beispiel gab es Zeiten, in denen sich eine gewisse Kühnheit bei ihm zu zeigen schien − das war dann Fermor. Zum anderen sprach er von dem einsamen Leben, das er führte. Er war ein Waisenkind und von einem Onkel und einer Tante großgezogen worden, die wenig Zeit für ihn hatten − und das erinnerte sie an Léon. Und dann war er auch er selbst − höflich, beinahe demütig in seinem Wunsch, gefällig zu sein. Sie war sehr glücklich, ihn als Freund zu haben.

Er wartete auf sie, als sie aus dem Haus trat.

»Heute ist ein schöner Tag«, sagte sie. »Lassen Sie uns im Park spazierengehen.«

Sie ging nicht mehr oft dahin. Sie dachte an die Ausfahrten mit Genevra, Clothilde und Lucie, und sie konnte den Park nicht betreten, ohne fürchten zu müssen, ihnen zu begegnen. Außerdem gingen junge Damen nicht allein im Park spazieren, das hieße sich Gefahren aussetzen. Aber jetzt hatte sie keine Angst mehr. Wenn sie jemand aus Fenellas Haus träfe, würde sie sich sicher fühlen, denn allmählich faßte sie festen Fuß in ihrem neuen Leben.

Es war wunderbar, die Serpentine entlangzugehen und mit Thorold zu plaudern. Er nahm ihren Arm und bat sie — wie so oft —, von sich zu erzählen.

Melisande sagte: »Sie sind ungewöhnlich. Die meisten Menschen möchten von ihren eigenen Angelegenheiten reden und nicht von fremden hören.«

»Vielleicht spreche ich von mir, wenn ich mit anderen Leuten zusammen bin. Aber Sie interessieren mich so sehr . . . viel mehr als mich.«

»Ach! Sie schmeicheln mir. Was möchten Sie denn über mich wissen?«

»Ich möchte gern in Ihren Kopf schauen und alles sehen, was darin ist, Ihre Gedanken möchte ich lesen. Was denken Sie zum Beispiel von mir?«

»Ich denke, daß Sie sehr freundlich und immer höflich zu mir sind, wie Sie es von Anfang an waren.«

»Möchten Sie hören, was ich von Ihnen denke?«

»Nein. Es genügt mir, daß Sie mir Ihre Gesellschaft in diesen freien Stunden schenken.«

»Das ist nicht genug. Sagen Sie mir, warum Sie hier sind?«

»Weil ich gerne hier bin.«

»Nein, nein, das meine ich nicht. Ich meine, warum eine junge Dame wie Sie für eine Frau wie Mrs. Lavender arbeitet.«

»Das ist doch ganz einfach. Sie brauchte eine Zofe, und ich brauchte eine Stelle als Zofe. Das paßt . . . vollkommen, wie Sie sehen.«

»Es paßt nicht.«

Melisande war plötzlich auf der Wiese, über die sie gerade gingen, stehengeblieben. Auf dem Kiesweg schob eine Frau einen Rollstuhl, und in dem Rollstuhl saß eine junge Frau.

»Was ist los?« fragte Thorold. »Jemand, den Sie kennen?«

Melisande antwortete nicht. Sie starrte dem Rollstuhl

nach. Weder die Frau im Stuhl noch die Frau, die ihn schob, wandten den Kopf, um in Melisandes Richtung zu blicken.

»Was ist los?« beharrte Thorold Randall. »Was ist passiert?«

»Da ist ... jemand, den ich kenne«, antwortete sie.

»Dann ... möchten Sie nicht mit ihr sprechen? Würde sie sich nicht freuen, Sie zu sehen?«

»O nein ... Sie würden sich nicht freuen, mich zu sehen. Oh, aber ich bin so froh, sie zu sehen.«

»Kommen Sie, und setzen Sie sich. Sie sehen erschüttert aus.«

»Ich danke Ihnen.«

Sie fanden eine Bank. Er beobachtete sie neugierig, aber sie hatte ihn vergessen. Sie dachte an Wenna, wie sie den Rollstuhl schob, an Caroline, die darin saß, matt, blaß ... aber sie war am Leben.

Caroline war also dem Tod entronnen. Melisande brauchte nun nicht mehr die Stimme zu hören, die ihr zuflüsterte: »Mörderin! Mörderin!«

Wenn auch Caroline überlebt hatte, so mußte sie doch in einem Rollstuhl gefahren werden. Warum? War sie bloß zart und nicht in der Lage, weit zu gehen, oder war sie verkrüppelt?

Immerhin ... sie war nicht tot, und sie hatte Fermor. Für Melisande galt, daß sie aufhören mußte, an sie zu denken. Sie mußte Fermor für immer aus ihren Gedanken verbannen; sie mußte ihn Caroline überlassen.

Sie hob den Kopf gegen die Sonne und dachte, daß es ein wunderschöner Tag war.

»Sie haben Sie durcheinandergebracht ... diese Leute?« fragte Thorold.

»Nein, o nein! Ich war froh, sie zu sehen. Ich dachte, sie wäre vielleicht tot.«

»Die Frau in dem Stuhl?«

»Ja. Sie hatte einen Unfall, und ich habe nie erfahren, ob sie ihn überlebt hatte.«

»Gute Freunde von Ihnen?«

»Ich habe sie gut gekannt.«

»Und doch haben Sie nicht mit ihnen gesprochen. Sie haben nie nachgefragt?«

»Es ist alles vorbei. Es betrifft einen Teil meines Lebens, der zu Ende ist.«

»Ach so.«

»Ich bin sehr froh. Es macht mich glücklich, sie gesehen zu haben und zu wissen, daß sie nicht gestorben ist. Ich fühle, daß ich lachen und singen möchte und daß das Leben doch nicht so schlecht ist... selbst für eine Zofe.«

»Sie sind von Geheimnissen umgeben. Sagen Sie mir, was Sie taten, ehe Sie hierherkamen.«

»Ich war in einem Kloster.«

»Das haben Sie mir schon gesagt.«

»Ich war lange Zeit auf dem Lande, dann ging ich fort und ich... Man wollte mich mit jemandem verheiraten, und ich wollte nicht. Dann... bin ich fort. Sollen wir von hier weggehen? Ich möchte jetzt lieber nicht im Park sein. Ich möchte lieber irgendwohin gehen, wo ich noch nie zuvor gewesen bin.«

»Sagen Sie, wohin Sie wollen, und ich bringe Sie hin.«

Sie erinnerte sich, daß Polly ihr erzählt hatte, wie ihr Vater und ihre Mutter sich in einem Vergnügungspark kennengelernt hatten. Sie war nur einmal an einem solchen Ort gewesen, und nun wünschte sie sich, es wieder zu sein.

»In einen Vergnügungspark«, sagte sie.

»Dann wollen wir nach Cremorne gehen.«

»Da bin ich noch nie gewesen. Ich möchte sehr gerne hin.«

»Das ist Grund genug.«

Melisande vergaß nie diese Stunden, die sie dort mit Thorold Randall verbrachte. Der Nachmittag kam ihr wie verzaubert vor. Frühling lag in der Luft, und sie fühlte sich glücklicher als je zuvor in letzter Zeit. Vielleicht verwechselte sie Erleichterung mit Glücklichsein. Sie war froh, unbändig ausgelassen, fröhlich, denn Caroline lebte. Caroline hatte gelitten, aber sie war Fermors Frau, und Melisande konnte jetzt nicht mehr traurig für sie sein.

Thorold Randall sah sie mit wachsender Begeisterung an. Sie war schöner denn je. Ihr Lachen war hell, ihr Witz sprühend. Es war, als entdeckte er in ihr einen anderen Menschen, noch entzückender als das bezaubernde Mädchen, das er bisher kannte.

Sie gingen zur amerikanischen Kegelbahn. Sie saßen und lauschten dem chinesischen Orchester. Sie durchforschten die Kristallgrotte und die Höhle des Eremiten.

»Das ist ein verzauberter Ort!« rief Melisande.

»Ich glaube, Sie sind verzaubert«, antwortete er. »Ich glaube, Sie sind nicht von dieser Welt. Niemand war je so schön, Melisande. Ich muß mit Ihnen sprechen. Sie müssen mit mir sprechen. Wir haben einander viel zu sagen.«

»Aber hier ist so viel zu sehen... so viel zu tun.«

»Was ist Ihnen heute nachmittag geschehen?«

»Ich habe herausgefunden, daß ich gerne lebe.«

»Hat das etwas mit mir zu tun?«

»Ja... mit Ihnen und mit anderen Dingen.«

»Ich will nicht mit anderen teilen.«

»Aber das müssen Sie. Da ist der Sonnenschein und dieser herrliche Ort, zum einen.«

»*Ich* brachte Sie hierher.«

»Aber den Sonnenschein haben Sie nicht gebracht. Sie haben mich zum Park geführt, aber...«

»Es war die Dame in dem Rollstuhl, die Sie glücklich gemacht hat.«

Sie sagte ernst: »Ja, sehen Sie, ich glaubte, sie sei tot, und es machte mich traurig, wenn ich daran dachte. Jetzt weiß ich, daß sie lebt und umsorgt wird, und deswegen bin ich glücklich.«

»Es gibt so viele Geheimnisse um Sie, Melisande. Sagen Sie mir doch, was Ihnen geschah.«

»Was spielt die Vergangenheit für eine Rolle? Wir sind hier, und die Sonne scheint, und ich habe entdeckt, daß ich das Leben gern habe. Ich mache mir nichts mehr aus Mrs. Lavender. Sie mag grob zu mir sein, ihre Haarbürste nach mir werfen ... aber das ist mir egal. Ich finde, daß das Leben, von dem ich nicht glaubte, daß es gut sein könnte, wieder gut ist.«

Ihre Augen waren riesengroß und glänzten: »Und noch etwas: Mag das Leben für mich noch so schlimm sein, und wäre ich noch so traurig, ich würde trotzdem imstande sein, Glück für mich selbst und jene zu schaffen, die es mit mir teilen.«

»Melisande«, sagte er und ergriff ihren Arm. »Sie sind eine Zauberin, glaube ich. Sie sind nicht von dieser Welt. Sie sind nicht menschlich.«

»Das möchte ich gern glauben. Was wäre, wenn ich zaubern könnte, Männer in Schweine verwandelte? Das war Circe, glaube ich. Wenn ich auch Männer nicht in Schweine verwandeln möchte.«

»Aber Sie könnten Männer verwandeln, wie Sie sie haben möchten.«

»Das wäre vernünftiger.«

»Sie hätten den Mann, den Sie auf Wunsch anderer heiraten sollten, in jemand verwandeln können, den Sie gerne zum Mann genommen hätten, Melisande ... hatten Sie einen Vormund?«

»Ja, ich hatte einen Vormund.«

»Ich wünschte, Sie würden mir vertrauen. Alles, was Sie mir sagen, bliebe gänzlich zwischen uns beiden.«

»Ich vertraue Ihnen. Aber ich kann Ihnen nicht sagen, wer mein Vater ist. Ich habe mich entschieden, es niemandem zu sagen. Ich weiß jetzt, daß er ein guter Mensch ist, daß er viel für mich getan hat und mich nur wegen seiner Stellung nicht anerkennen kann.«

Er schwieg eine Weile. Dann ergriff er ihre Hand. »Liebe Melisande, Sie dürfen nicht denken, ich sei unverschämt neugierig.«

»Nein, sicher nicht. Ich bin auch neugierig. Ich möchte so viel über die Menschen wissen, denen ich begegne. Ich möchte mehr von Ihnen erfahren.«

»Aber Ihr Leben ist viel faszinierender, meines ist so gewöhnlich. Über meine Herkunft gibt es keine Geheimnisse. Ich habe Ihnen erzählt, daß ich früh Waise geworden bin und bei einer Tante und einem Onkel lebte, die an ihre eigene Familie denken mußten. Das ist nicht sehr aufregend ... weder zu erleben, noch darüber zu sprechen.«

»Das Leben ist immer aufregend«, wandte sie ein. »Alles, was wir tun, wirkt weiter und berührt das, was andere tun. Denken Sie daran. Mein Vater begegnete meiner Mutter an einem Ort wie diesem ... durch einen Zufall. Und jetzt sitze ich nun hier mit Ihnen. In der Zwischenzeit taten gewisse Leute gewisse Dinge, und jedes Ding war Teil eines Ganzen, und all dieser kleinen Dinge wegen bin ich, was ich bin.«

Er sagte: »Wollen Sie mich heiraten, Melisande?«

Sie war erstaunt. Sie hatte gewußt, daß sie anziehend auf ihn wirkte, aber der Gedanke an Heirat schreckte sie.

Jetzt wurde ihr klar, daß sie noch immer nicht frei von ihren Alpträumen war. An Heirat zu denken bedeutete, sich wieder erinnern zu müssen: an Léon, der ein Schuldgeheimnis hatte, an Beddoes, den ein gewinnsüchtiges Motiv getrieben, und an Fermor, der überhaupt keine Heirat angeboten hatte.

Sie sagte: »Ich möchte nicht heiraten ... jetzt noch nicht. Es ist so schwer zu erklären und erscheint so undankbar. Es ist nicht so, daß ich Sie nicht gern habe. Das habe ich. Ich werde Ihre Güte bei dem Whistspiel nie vergessen. Aber ...

manches ist geschehen. Es ist noch nicht sehr lange her, seit ich vor einer Heirat davongelaufen bin. Sehen Sie, ich dachte, er liebte mich, und in Wirklichkeit war es die Mitgift, die mir mein Vater geben wollte. Das konnte ich nicht ertragen. Es war so gewinnsüchtig . . . solche Heuchelei! Ich möchte noch lange Zeit nicht an Heirat denken.«

»Sie werden mir meine Taktlosigkeit verzeihen?«

»Aber es war keine Taktlosigkeit. Es war sehr freundlich.«

»Darf ich wieder fragen?«

Sie lächelte: »Wenn Sie es dann noch wollen.«

»Ich werde weiter fragen, bis Sie einwilligen. Eines Tages werden Sie es, nicht wahr?«

»Wenn ich dessen sicher wäre, würde ich jetzt einwilligen. Wie können wir sicher sein? So viel ist mir in so kurzer Zeit geschehen. Ich war Jahre im Kloster, wo ein Tag wie der andere verging . . . und dann kam plötzlich er . . . mein Vater, mich holen . . . und alles war völlig anders. Obwohl noch keine zwei Jahre seitdem vergangen sind, liegt ein ganzes Leben an Erfahrung dazwischen, so kommt es mir jedenfalls vor. Deshalb bin ich verwirrt. Zuviel in zu kurzer Zeit, verstehen Sie?«

»Und Sie möchten eine Atempause. Ich verstehe vollkommen. Melisande, rechnen Sie auf mich, verlassen Sie sich auf mich. Wenn dieses schreckliche alte Weib Sie schikaniert, können Sie schnurstracks das Haus verlassen, wenn Sie wollen – und zu mir kommen.«

»Das ist ein Trost. Ich fange an, mich sehr wohl zu fühlen. Aber wieviel Uhr ist es?«

Er zog seine Uhr hervor, und als sie darauf schaute, stieß sie einen leisen Schrei des Entsetzens aus. »Ich habe meine Freizeit überschritten!«

»Was macht das aus?«

»Sie kann mich sofort entlassen.«

»Das ist keine Tragödie mehr.«

»Aber ich bin mir doch noch nicht sicher.«

»Dann kommen Sie. Wir werden so schnell wie möglich zurückkehren. Sie sollen sich frei entscheiden können, mich zu heiraten. Ich möchte, daß Sie sich sicher sind.«

»Ich merke, wie gut Sie mich verstehen, und ich bin dankbar.«

Er nahm ihren Arm, und sie eilten durch die Anlagen und hinaus auf die Straße.

Melisande hörte dem Klippklapp der Hufe zu, als die zweirädrige Droschke sie zu dem Haus der Lavenders trug, und dachte, daß es einer der wichtigsten Nachmittage in ihrem Leben gewesen war.

*

Zitternd vor Angst stieg sie die Treppe hinauf. Sie hatte sich um eine ganze Stunde verspätet. Man würde ihr Vorhaltungen machen. Sie mußte sich beherrschen. Sie durfte jetzt nicht zu einer Entscheidung gezwungen werden. Wenn sie Thorold heiratete, mußte sie sich völlig klar darüber sein, daß es das war, was sie wollte.

Sie ging ins Wohnzimmer und überlegte sich dabei eine Entschuldigung. Sie klopfte.

Eine Stimme rief: »Herein!«, und voller Unbehagen betrat sie das Zimmer, denn es war nicht Mrs. Lavender, sondern Mr. Lavender, der gerufen hatte.

Er saß in einem Sessel, als sie eintrat, und rauchte eine Zigarre. Sein gelbes Haar hing ihm in die Stirn, und er lächelte. Ein Anflug von Furcht überfiel sie. Sie hätte finstere Blicke lieber gesehen.

Er sagte: »Ah, Miß Martin. Sie suchen Mrs. Lavender?«

»Ja«, sagte sie und zögerte an der Tür.

»Treten Sie ein, kommen Sie herein.«

Sie schloß die Türe hinter sich und ging zwei Schritte vor. Dann blieb sie abwartend stehen.

Er holte die schwere goldene Uhr aus seiner Tasche und schaute aufs Zifferblatt.

»Oje«, stellte er fest, »Sie sind überfällig.«

»Es tut mir leid. Ich kam, um zu sagen, daß ich aufgehalten wurde.«

»Oh? Aufgehalten? Ich kann verstehen, wie eine so charmante junge Dame wie Sie aufgehalten werden kann.«

»Ich will in Mrs. Lavenders Schlafzimmer gehen. Ich denke, sie wird mich benötigen.«

»Sie ruht. Es liegt kein Grund vor, weshalb sie erfahren sollte, daß Sie zu spät dran sind. Überhaupt kein Grund . . . es sei denn, jemand sagt es ihr.«

»Oh . . . ich verstehe.«

»Tatsächlich? Aber natürlich haben Sie verstanden. Sie müssen erkannt haben, daß ich Ihnen helfen will, Ihr Freund sein will.«

»Das ist nett von Ihnen, aber . . .«

»Aber? Sie sind zu bescheiden, Miß Martin. Zu zurückhaltend. Ich habe mich gefragt, warum Sie sich so reserviert mir gegenüber verhalten, wenn Sie bereit sind, so überaus freundlich zu Thorold Randall zu sein.«

»Ich habe keinen anderen Wunsch, als freundlich zu jedermann zu sein.«

»Ach, tun Sie nicht so. Absichtlich mißverstehen. Dafür sind Sie zu gescheit. Ich möchte sehr freundlich zu Ihnen sein, Miß Martin. Sehr freundlich, in der Tat. Deshalb möchte ich Ihnen helfen . . . bei Gelegenheiten wie dieser. Sie sollten mir dankbar sein, wissen Sie.«

Sie haßte ihn. In seinem Verhalten war etwas, das sie an Fermor erinnerte. Der Friede des Nachmittags war völlig zerstört. Sie spürte, wie ihr die Röte ins Gesicht stieg, und sagte scharf: »Es bleibt Ihnen überlassen, Mr. Lavender, ob Sie Mrs. Lavender sagen wollen oder nicht, daß ich mich verspätet habe.«

»Soll das heißen, daß Sie nicht ein kleines bißchen dankbar für meinen freundlichen Vorschlag sind?«

»Ich sagte lediglich, daß Sie entscheiden müssen, wie es Ihnen gefällt, ob Sie es Mrs. Lavender sagen wollen oder nicht.«

»Sie könnte sich entschließen, Sie zu entlassen.«

»Wie Sie andeuten, ist das eine Sache, die Mrs. Lavender zu entscheiden hat.«

»Es ist sehr schwierig, wissen Sie, Stellungen ohne Referenzen zu finden. Wenn Sie klug wären, würden Sie sich nicht von ... Freunden ... abwenden.«

Er war aufgestanden und sah sie lauernd an. Sie trat zurück.

»Nun, meine Liebe, wenn Sie nett zu mir sein wollen, will ich nett zu Ihnen sein.«

Ihre Finger hatten den Türgriff gefunden. Sie drehte ihn und sagte rasch: »Ich muß gehen.«

Und ging hinaus.

In ihrer Dachstube verriegelte sie die Tür und lehnte sich gegen sie. Der Nachmittag war verdorben. Mr. Lavender mit seinen scheelen Blicken und Anspielungen hatte sie an die Unerfreulichkeiten dieser Welt erinnert.

*

Vielleicht hatte Mr. Lavender etwas mit ihrer Entscheidung zu tun. Er hatte seiner Frau nichts von der Verspätung ihrer Zofe erzählt. Oft begegnete Melisande seinen Augen, und er tat wie ein Verschwörer, als ob es eine geheime Verständigung zwischen ihnen gäbe. Sie hatte Angst vor Mr. Lavender. Manchmal fuhr sie in der Nacht aufgeschreckt aus ihrem Schlaf hoch. Hatte sie daran gedacht, ihre Tür abzuschließen? Sie pflegte dann aufzustehen und mit ungeheurer Erleichterung festzustellen, daß sie es nicht vergessen hatte. Im Grunde brauchte sie das nicht zu fürchten, denn sie betrat nie mehr ihr Zimmer, ohne an ihn zu denken, ohne sich zu vergewissern, daß sie vor ihm sicher war.

Seine Augen folgten ihr. Sie schienen zu sagen: »Wir werden Freunde sein . . . sehr spezielle Freunde sogar.«

Sie hatte Angst vor ihm, wie auch die Nonnen im Kloster Angst hatten. Sie verschloß ihre Tür. Die Nonnen verschlossen sich vor der Welt.

Während des Tages irritierte er sie nicht mehr als eine Wespe. Wenn sie ihm aus dem Weg ging, sich vergewisserte, daß sie auf seine Stiche vorbereitet war, was konnte da schon groß passieren! Lediglich am Abend kam das Unbehagen, und es drang in ihre Träume.

Thorold war ein häufiger Gast im Haus. Er verbrachte viel Zeit mit Mr. Lavender. Sie besuchten gemeinsam die Rennen. Manchmal sahen sie sich Boxkämpfe an. Sie interessierten sich für alle Sportveranstaltungen. Thorold erklärte, er käme lediglich, um sie zu sehen. Es war gut, meinte er, daß er Archibald Lavenders Interesse zu gewinnen verstand. Er war auch geschickt im Umgang mit Mrs. Lavender, so daß sie stets bereit war, ihn willkommen zu heißen.

Ein paar Wochen, nachdem er Melisande das erste Mal gebeten hatte, ihn zu heiraten, wiederholte Thorold seinen Antrag.

Melisande erkannte plötzlich, wie leer ihr Leben sein würde, wenn sie seine Freundschaft verlor. Mrs. Chubb, der sie sich anvertraut hatte, meinte, es sei das beste, das irgend jemand überhaupt zustoßen konnte, seit sie selbst Mr. Chubb begegnet war. Mr. und Mrs. Gunter sahen, »woher der Wind wehte«, und waren gleichermaßen überzeugt, daß dies eine gute Sache war.

»Tatsache ist«, erklärte Mrs. Gunter, »daß Sie nicht dazu geschaffen sind, für andere Leute zu arbeiten, meine Liebe. Sie sollten eine Dame mit einer eigenen Zofe sein. Das ist meine und Gunters Ansicht.«

Es wäre töricht zu zögern. Die Spannung zwischen ihr und Mr. Lavender hatte sich vergrößert. Sein Lächeln war weniger gefällig. Eine Spur von Ungeduld lag darin. Er war so arrogant, vermutete sie, daß er es einfach nicht glauben konnte, sie könnte ihn wirklich nicht leiden. Ihre Furcht vor diesem Mann wuchs mit jedem Tag.

Und so kam es, daß Melisande seinen Antrag annahm, als Thorold sie erneut bat, sie zu heiraten.

*

Sein Entzücken war so groß, daß es ansteckend wirkte.

Als sie durch den Park gingen, fühlte sie sich froh in der Gewißheit, daß die Zukunft gut sein würde und sie das Rechte getan hatte.

»Wir müssen bald heiraten«, sagte er.

Erst dann war sie ein wenig beunruhigt. »Ich denke, wir sollten eine Weile warten.«

»Aber warum denn?«

»Hm ... um sicherzugehen, daß es richtig ist.«

»Ich weiß, daß es richtig ist.«

»Ja, natürlich, es stimmt, aber ...«

Es kam ihr vor, als ob all die anderen Männer, die sie gekannt hatte, sie verspotteten. Wie kannst du sicher sein? schienen sie zu fragen. Hast du nicht auch bei anderen Gelegenheiten gedacht, du tust das Richtige? Fermor schien zu fragen: Was willst du? Den Lavenders entkommen? Überleg noch einmal, Melisande. *Ich* könnte dich suchen. *Ich* könnte auf dich warten.

Thorold sagte: »Du vertraust mir nicht.«

»O doch.«

»Es quält mich. Es beunruhigt mich. Du tust es nämlich nicht, weißt du? Du willst mir nicht einmal den Namen deines Vaters sagen.«

»Ich bin zu dem Schluß gekommen, daß ich ihn niemals

jemandem sagen darf. Er ist so sehr darum besorgt, daß es ein Geheimnis bleibt.«

»Ich verstehe, wie du darüber fühlst. Aber einem Menschen gegenüber, der dein Ehemann werden soll . . . scheint es mir so eine Kleinigkeit zu sein, es zu sagen.«

Sie erwiderte: »Er ist sehr stolz. Er wollte, daß niemand von meiner Existenz erfuhr. Ich werde es nie vergessen, als er entdeckte, daß die Dienstboten darüber redeten.«

»Das war auf dem Land, nicht wahr?«

»Ja . . . und damals war es, daß ich fortgehen mußte. Weißt du, er ist ein guter Mann, ein achtbarer Mann, und sein einziger Fehltritt muß ihm viel Kummer und Sorge bereitet haben.«

»Vielleicht bereitete es deiner Mutter noch größeren Kummer und größere Sorge?«

»Vielleicht. Aber er hat sich um sie gekümmert, wie er sich um mich gekümmert hat. Er hat für meine Zukunft gesorgt.«

»Das muß ihn sehr viel gekostet haben. Und darüber hinaus wollte er dir eine Mitgift geben.«

»Er ist ein reicher Mann.«

»Und du willst mir seinen Namen nicht anvertrauen?«

»Bitte, versteh mich. Ich will nicht, daß jemand es durch mich erfährt. Bitte, Thorold, frag mich nicht.«

Er küßte ihre Hand. »Alles soll so sein, wie du es wünschst. Jetzt und für immer.«

*

Mrs. Lavender sagte: »Mein Mann und ich gehen für ein paar Tage aufs Land, Martin.«

»O ja, Madam.«

»Ich hatte daran gedacht, Sie mitzunehmen, mich aber dann dagegen entschieden. Ich werde für zwei oder drei Nächte ohne Sie fertig werden.« Mrs. Lavender sah Melisande scharf an: »Natürlich hoffe ich nicht, daß Sie in dieser Zeit müßig sind. Mein Spitzenkleid muß ausgebessert werden, im Rock ist ein Riß. Sie müssen sehr vorsichtig damit sein. Sie könnten alle meine Kleider durchsehen, während ich fort bin. Vergewissern Sie sich, daß alles in Ordnung ist. Und Sie können die Nachthemden und Unterröcke waschen die es nötig haben. Ah ja ... und machen Sie mir ein Blüte aus diesen Samtresten ... mauve und grün.«

»Gewiß, Madam. Aber ich würde gerne eine schwarze Rose für das malvenfarbene Kleid machen.«

»Ein schwarze!«

»Ich meine ja, Madam.«

»Scheußlich!« erklärte Mrs. Lavender. »Wer hat denn schon je von einer schwarzen Rose gehört?«

»Vielleicht gerade, weil man nichts von ihnen hört, dürften sie ganz reizvoll sein. Im übrigen dachte ich daran, wie gut Schwarz auf Mauve aussehen würde.«

Mrs. Lavender schnalzte mit der Zunge; nach einer Weile meinte sie jedoch: »Gut, machen Sie die schwarze Blüte. Wir können es ja versuchen.«

Melisande war glücklich, als sie Mrs. Lavenders Tasche packte.

»Für meinen Mann brauchen Sie nicht zu packen. Das besorgt er selbst.«

»Ja, Madam.«

Sie war so glücklich, sie hätte singen mögen, aber alles, war ihr einfiel, waren Lieder, die sie Fermor hatte singen hören. *Go, lovely rose* und *The Banks of Allan Water* und am ergreifendsten von allen *O, wert thou in the could blast.*

Ein Gefühl der Erleichterung ging durchs Haus, als die Lavenders abreisten.

»Zwei Tage Frieden und Ruhe«, erklärte Mrs. Gunter. »Das wird nett. Wir wollen auf die beiden nächsten Tage mit einem Glas von meinem Ingwerwein trinken.«

Sarah kam auch hinunter, und sie waren recht lustig.

Am gleichen Nachmittag holte Thorold Melisande ab, und sie gingen zusammen im Park spazieren. Er blickte ein wenig traurig, ein wenig melancholisch drein.

»Stimmt etwas nicht, Thorold?« fragte sie.

»Nein . . . nicht, wenn du mich liebst.«

»Aber ich habe dir doch gesagt, daß ich dich heiraten will.«

»Du hast mir einmal von dem jungen Mann erzählt, den du auf Wunsch deines Vaters heiraten solltest. Du warst sehr verletzt, als du festgestellt hast, daß deine Mitgift eine entscheidende Rolle gespielt hatte. Ich habe mich gefragt, ob du, wärst du in einem glücklichen Heim mit gesicherter Zukunft, Brüdern und Schwestern und liebenden Eltern um dich, mich . . . dann auch heiraten würdest?«

»O Thorold«, sagte sie impulsiv, »es tut mir so leid.«

»Vergiß, daß ich es gesagt habe. Wenn ich das Mittel sein kann, damit du Ruhe und Trost findest, werde ich nur allzu froh sein, dir helfen zu können.«

»Aber . . . ich habe dich gern. Dessen bin ich sicher.«

»Du vertraust mir nicht, Melisande.«

»Aber doch. Ganz bestimmt.«

»Nicht ganz. Du willst mir nicht einmal den Namen deines Vaters sagen.«

»Ach, Thorold, das ist es also! Ich verstehe, was du empfindest. Es ist ein häßliches Gefühl. Ich will dir den Namen meines Vaters nennen. Natürlich will ich. Zwischen uns soll es keine Geheimnisse geben. Es ist Sir Charles Trevenning auf Trevenning in Cornwall. Er ist ein bedeutender Mann in seiner Grafschaft und auch in London wohlbekannt. Du verstehst jetzt, warum ich ihn nicht sagen wollte. Nicht, weil ich dir nicht traute, sondern weil ich weiß, daß er sich so sehnlichst wünscht, daß unsere Beziehung geheimgehalten wird.«

»Ich verstehe. Natürlich verstehe ich. Du hättest es mir

nicht sagen sollen, Melisande. Aber ich bin froh, daß du mir jetzt vertraust. Wir werden glücklich sein, mein Liebling. Jetzt wird alles für uns in Ordnung sein.«

*

Das war das Ende ihres kurzen Friedens, das Ende ihres kurzen Traums. Und nun konnte sie sich über ihre eigene Torheit, ihre Naivität wundern, die sie in die Falle gelockt hatte. Dieses Mal gab es keine Entschuldigung. Es war nicht ihr erster flüchtiger Blick auf die Welt. Die Welt war voll von Übel, und sie konnte, wie es schien, ihre Lektion nicht lernen.

Sie trafen sich am nächsten Tag im Park.

Stellte sie den Unterschied sofort fest, als sie sich sahen? War diese Zärtlichkeit, die sie gewärmt und getröstet hatte, durch Härte, Habgier, Gemeinheit... Kriminalität ersetzt worden?

»Mein Liebes«, sagte er, nahm ihre Hand und küßte sie.

Sie gingen Arm in Arm. Sie fühlte, daß er versuchte, ihr etwas beizubringen.

»Melisande«, sagte er schließlich. »Ich muß dir ein Geständnis machen.«

Sie erschrak. Besorgt sah sie ihn an. Er lächelte, aber sie suchte vergebens nach der Sanftheit, die sie geliebt hatte.

»Ich stecke in Schulden. Tief in Schulden. In Wahrheit sitze ich etwas in der Klemme.«

»O Thorold... Geld?«

»Geld, natürlich. Der Narr Lavender ist schuld. Er hat so viele Tips... so viele ›sichere‹ Gewinne. Er ist gut dran. Er hat eine reiche Frau, und er weiß, wie er sie um den Finger wickeln kann. Ich fürchte, Melisande, wenn ich nicht ein paar dieser Schulden tilgen kann, werde ich meinen Abschied nehmen müssen.«

»Sicherlich ist es nicht ganz so schlimm.«

»Es ist so schlimm, wie es nur sein kann.«

»Du hast die Schulden nie vorher erwähnt.«

»Ich wollte dich nicht beunruhigen. Ich hatte Angst, du würdest mich verachten. Das Leben im Garderegiment ist teuer, weißt du, und für einen Mann mit so geringem Einkommen wie ich . . .« Er zuckte mit den Schultern.

»Ich vermute . . . wenn man auf Pferde setzt.«

»Man muß einfach mittun und dazugehören, weißt du.«

»Es tut mir leid, Thorold.«

»Ich wußte, daß es dir leid tun würde . . . Deshalb bin ich auch sicher, daß du mir helfen wirst.«

»Ich . . . helfen? Ich habe doch kein Geld. Wenn ich's hätte, würde ich mit Freuden helfen.«

Er lächelte sie an. »Aber, meine Liebe, du *kannst* helfen. Da ist doch deine Mitgift. Die wird alles ins reine bringen und uns recht nett etablieren.«

»Meine Mitgift? Ich verstehe nicht.«

»Aber dein Vater war doch früher bereit, dir eine Mitgift zu geben. Er wird das auch jetzt tun.«

»Aber . . . ich sehe ihn doch gar nicht. Ich . . . ich könnte sie gar nicht annehmen. Ich . . . es ist alles so anders.«

»Es ist überhaupt nicht anders. Er hat jemand für dich zum Heiraten ausgesucht, und eine Mitgift wartete auf dich. Jetzt hast du deine eigene Wahl getroffen, aber die Mitgift wird trotzdem kommen.«

»Ich glaube nicht.«

»Aber warum nicht, Melisande? Sei vernünftig.«

»Also bist auch du darauf aus, mich zu heiraten, weil ich vielleicht eine Mitgift haben werde!«

»Mein liebes Kind, wie sollte ich wissen, daß dein Vater reich ist? Du hast mir erst gestern gesagt, daß es Sir Charles Trevenning ist.«

»Oh, was für ein Narr war ich, dir das zu sagen!«

»Hör mir bitte zu, Melisande. Ich liebe dich. Ich wollte

dich in dem Augenblick heiraten, in dem ich dich das erste Mal sah. Ich wußte, daß ich Geldprobleme bekommen würde. Das hat mich stark beunruhigt, und deshalb habe ich es aufgeschoben, dir meine Lage zu schildern. Ich wollte dich nicht auch noch beunruhigen. Und dann... dann erzählst du mir, daß du einen reichen Vater hast, der bereit war, dir eine Mitgift zu geben. Siehst du denn das nicht? Das ist, als ob ein Gebet erhört worden wäre.«

»Wie anziehend diese Mitgift ist!«

»Als ich dich bat, mich zu heiraten, hatte ich keine Ahnung, daß es eine Mitgift geben würde. Das weißt du. Ich war bereit, dich zu heiraten — wie dir klar sein muß —, auch wenn du keinen Pfennig auf der Welt besessen hättest. Aber... da es nicht der Fall ist... bin ich entzückt. Wer wäre das nicht — und gäbe es zu, wenn er ein ehrlicher Mann ist?«

»Ich möchte nicht mehr weiter davon sprechen.«

»Laß uns ruhig bleiben. Du glaubst doch, daß ich dich genauso heiraten würde, wenn du keinen Pfennig hättest?«

»Ich besitze keinen Pfennig.«

»Das braucht nicht so zu sein, wenn du einen Vater hast, dessen Gewissen danach schreit, besänftigt zu werden.«

»Ich habe das Gefühl, dir heute das erste Mal begegnet zu sein.«

»Nun hör doch zu, Melisande.«

»Ich will nicht mehr zuhören.«

»Du mußt aber. Du hast die Absicht, mich zu heiraten.«

»Du irrst. Ich werde dich nicht heiraten.«

»Du änderst deine Meinung schnell.«

»Dafür hast du selbst gesorgt.«

»Melisande, ich verstehe, was du empfindest. Jener Mann hat deine Gefühle verletzt. Du bist enttäuscht worden, ich weiß. Ich verstehe. Aber ich liebe dich. Ich möchte dich von dieser unmöglichen Frau wegholen. Aber laß uns doch um

Gottes willen vernünftig sein. Ich sitze auf dem trockenen. Ein bißchen Geld könnte mich retten. Dein Vater ist wohlhabend. Ein Tausender oder so würde ihm nichts bedeuten. Er sollte dir ein Einkommen geben. Das schuldet er dir. Warum sollte er nicht, und warum sollten wir es nicht annehmen?«

»Lebe wohl«, sagte sie bestimmt.

Jetzt war er wütend. »Du bist ein Dummkopf, Melisande. Ein liebenswerter Dummkopf, das ist wahr, aber nichtsdestoweniger ein Dummkopf. Du hast so verrückte Vorstellungen ... er wird froh sein ... froh sein, das tun zu können.«

»Er wird nicht froh sein, und es wird keine Rede davon sein, daß er es tut. Er soll es nie erfahren.«

»Mein liebes Mädchen, verstehst du denn nicht? Er wird erleichtert sein, von dir zu hören. Er fragt sich, was mit dir geschehen ist.«

»Ich verachte dich«, rief sie. »Ich durchschaue dich. ›Du vertraust mir nicht!‹ hast du gesagt. ›Sag mir seinen Namen!‹ Und jetzt, weil ich ein Narr gewesen bin, kennst du ihn ... und du bedrohst mich ... und ihn.«

»Ich? Drohen? Meine Liebe, du wirst hysterisch.«

»Ich hasse dich. Ich hasse alle Männer. Ihr seid alle schlecht ... jeder einzelne von euch. Ich wünschte, ich wäre im Kloster geblieben. Ich wünschte, ich hätte nie jemand von euch getroffen.«

»Meine Liebe, du erregst Aufmerksamkeit. Ich bitte dich, sprich ruhiger ... du siehst die Sache nicht klar.«

Sie gestattete ihm, sie zu einer Bank zu führen, und setzte sich.

»Ich sehe durchaus klar.«

»Aber er schuldet es dir doch. Er würde dir sicherlich gern helfen.«

»Ich werde ihn nicht um Geld bitten.«

»Denk an unsere Zukunft, Melisande.«

»Du und ich haben keine gemeinsame Zukunft.«

»Das meinst du nicht ernst. Ich liebe dich, und du liebst mich. Nun hör zu. Triff mich morgen hier im Park... zu dieser Stunde... an dieser Stelle. Ich bin überzeugt, wenn du ruhiger bist, wenn du darüber nachgedacht hast, wirst du meinen Standpunkt verstehen.«

»Das werde ich nie. Und ich will dich nie wiedersehen.«

»Melisande, ich bitte dich, sei vernünftig.«

»Ich bin vernünftig, und meine Vernunft sagt mir, dich zu verachten.«

»Aber du und ich werden heiraten. Wir sind nicht reich, und ich habe eine Dummheit gemacht. Du hast einen reichen Vater...

»Du wirst die Angelegenheit ohne meinen reichen Vater regeln müssen.«

»Ach, Melisande, bitte...«

»Ich werde niemals dulden, daß du ihn um Geld fragst.«

Ein kurzes Schweigen folgte, dann sagte er langsam: »Ich könnte *ohne* deine Zustimmung fragen, weißt du.«

Sie wandte sich um und sah ihn erstaunt an. »Denkst du, er würde meine Mitgift einem Mann geben, wenn ich mich entschlossen habe, ihn nicht zu heiraten?«

»Nein. Aber er könnte die gleiche Summe wie die Mitgift einem Mann geben, der weiß, daß er eine uneheliche Tochter hat.«

Sie war blaß geworden. Sie stand auf. Sie wollte schnell weggehen, aber ihre zitternden Beine machten es ihr unmöglich.

»Du... würdest das nicht tun!«

»Natürlich nicht, Melisande, natürlich nicht.« Er stand neben ihr auf und ergriff ihren Arm.

»Aber... das ist *Erpressung*!«

Sie wollte ihn von sich schütteln, weglaufen, um nie mehr sein Gesicht zu sehen. Aber er hielt sie fest.

Sie dachte an Sir Charles Trevenning, wie er einen Drohbrief erhielt und glaubte, sie hätte ihre Hand dabei im Spiel gehabt. Und sie hatte! Sie war so dumm gewesen, diesem Mann den Namen ihres Vaters anzuvertrauen.

Sie war verwirrt und erschreckt. Sie fürchtete sich gleichermaßen vor Thorold Randall und Archibald Lavender. Da war jetzt noch ein anderes dieser Ungeheuer, um ihren Schlaf zu stören.

Bleib ruhig, ermahnte sie sich selbst. Dieser Mann ist gefährlich. Er ist schlechter als der Heuchler Andrew Beddoes. Er ist schlechter als der Frauenheld Archibald Lavender. Er ist darüber hinaus ein Erpresser. Alle Männer sind Lügner. Alle Männer sind Schwindler. O Gott, was habe ich nur getan.

Thorold redete jetzt mit der sanften Stimme, die sie so gut kannte.

»Du siehst also, mein Liebling, du bist im Unrecht, wenn du der Sache häßliche Worte unterschiebst. Es ist vernünftig. Es ist nur natürlich. Alle Väter geben ihren Töchtern eine Mitgift, wenn sie das Geld dazu haben. Und denke dran, wie nützlich deine für uns beide sein wird! Wir treffen uns morgen, und dann habe ich den Brief fertig. Ich werde ihn dir zeigen, und du wirst ihn abschreiben. Dann werden wir ihn abschicken. Du wirst ihn mit zärtlichen Beteuerungen deiner Zuneigung unterzeichnen. Und dann... wirst du sehen, wie freundlich, wie hilfsbereit er sein wird.«

Sie gab ihm keine Antwort.

Er fuhr fort, von ihrer Zukunft zu reden, von dem kleinen Haus, das sie haben würden, davon, wie glücklich sie sein würde, wenn er sie aus der Sklaverei der Lavenders gerettet hätte. Er verließ sie an der Haustür.

»Auf Wiedersehen, mein Liebes, bis morgen. Denk dran... die gleiche Stelle im Park. Unsere Bank. Und quäle dich nicht. Ich verstehe, was für ein gradliniger Mensch du bist. Ich weiß, daß du nicht all die harten Dinge meinst, die du gesagt hast. Ich verstehe dich... und *du* verstehst jetzt auch alles, nicht wahr? Nicht wahr, meine Liebe?«

»Ich verstehe alles«, sagte Melisande.

*

Was soll ich jetzt tun, fragte sie sich. Was kann ich tun? Wen kann ich um Rat fragen? Mrs. Chubb? Wie könnte ein so einfältiges Gemüt mit einer derartigen Lage fertig werden? Die Gunters? Sarah? Wie könnten sie helfen?

Niemand war da, zu dem sie hätte gehen können. Sie mußte allein handeln. Noch vor morgen mußte sie ein Mittel finden, um Thorold Randall daran zu hindern, mit ihrem Vater Kontakt aufzunehmen.

Vielleicht könnte sie noch einmal an sein Gefühl für Anstand appellieren? Aber besaß er ein Gefühl für Anstand? Sie glaubte nicht. Sie konnte die Worte hören, die er am Nachmittag gesagt hatte. Sie konnte sie nicht vergessen. Vielleicht könnte sie seinen Drohungen mit Drohungen ihrerseits entgegentreten? Wie? Mit was? Es hatte heute nachmittag bereits Drohungen gegeben, und dabei war eine, die aus dem Rahmen fiel. Wenn sie nicht ihrem Vater schreiben würde, täte er es. Es wäre Erpressung... schlichte Erpressung. Das würde sie nicht dulden. Ihr mußte ein Ausweg einfallen.

Die Gedanken jagten einander wie wild ihn ihrem Kopf. Vor den Gunters und Sarah war sie zurückhaltend. Sie wollte nicht, daß sie Fragen stellten. Sie würde die Mahlzeit mit ihnen in ihrem Kellergeschoß einnehmen müssen wie vorher abgemacht, während die Lavenders verreist waren. Sie fragte sich, ob sie vielleicht nach Cornwall gehen und mit Sir Charles sprechen könnte, um ihm zu erklären, was geschehen war, und ihn um Rat zu bitten.

Vielleicht würde sie das tun, wenn sie Thorold morgen nicht dazu bewegen konnte, Vernunft anzunehmen.

Morgen würde sie versuchen, ihn zu überzeugen. Die Zeit würde noch reichen. Er würde nichts unternehmen, ehe sie sich trafen. Der Gedanke beruhigte sie etwas. Eine kleine Atempause blieb ihr.

Nach dem Abendessen im Souterrain, wo ihr Mangel an Appetit den Gunters Anlaß zur Besorgnis gab, ging sie hinaus zu Mrs. Lavenders Zimmer, um die schwarze Samtblüte anzufertigen. Sie war froh, eine bestimmte Aufgabe zu haben. Sie versuchte, ihre ganze Aufmerksamkeit den schwarzen Blütenblättern zu widmen. Da es allmählich dunkel wurde, zündete sie die Lampe an und zog die Vorhänge zu.

Sie war eifrig bei der Arbeit, als plötzlich die Tür aufging. Ohne aufzublicken, sagte sie: »O Sarah, ich habe die Lampe angezündet. Es war so dunkel, ich konnte kaum sehen.«

»Es wird dunkel«, sagte Mr. Lavender.

Sie erhob sich bestürzt. Er stand an der Tür, Stock und Hut in der Hand, und lächelte sie an.

»Sie sehen überrascht aus, meine Liebe«, sagte er und legte Hut und Stock auf den Tisch.

Der Puls hämmerte in ihrer Kehle und machte es schwierig, Worte zu finden. Sie stammelte: »Oh ... Ich hatte keine Ahnung, daß Sie heute abend zurückkommen würden. Mrs. Lavender ...«

»Ist heute abend nicht zurückgekehrt. Ich mußte mich in der Stadt um Geschäfte kümmern.«

»Ach so ... Ich will die Sachen wegräumen.«

»Es besteht kein Grund zu solcher Eile.«

»Sie wollen sicher ...«

»... einen kleinen Plausch mit Ihnen haben«, unterbrach er sie schmeichelnd.

»Es tut mir leid, Mr. Lavender, aber ich habe keine Zeit. Ich muß ...«

»Oh, Sie wollen doch nicht weglaufen. Das ist nicht nötig, wo doch Mrs. Lavender nicht da ist.«

Sie fühlte, wie Wellen hysterischer Angst sie überkamen. Ein anderes Mal wüßte ich, wie ich reagieren müßte, dachte sie. Aber es passiert zu schnell hintereinander. Es ist zu irrsinnig ... zu verwirrend. Ich fange an zu lachen ... oder zu weinen. Sie hörte sich lachen.

»Das ist besser. Ich schmeichle mir, das sehr gut arrangiert zu haben.«

»Ich zweifle nicht, daß Sie es sehr gut arrangiert haben«, sagte sie, immer lauter lachend. »Ich muß jetzt gehen.«

»O nein. Sie dürfen nicht so abweisend sein. Sie sind schon zu lange abweisend gewesen.«

»War ich das? War ich das?«

»Ja, viel zu lange. Oh, ich verstehe. Sie sind ein anständiges Mädchen ... ein sehr anständiges Mädchen. Aber alles ist sicher, Mrs. Lavender ist auf dem Land.«

»Ich werde bald sicher in meinem Zimmer sein ... und Sie in Ihrem.«

Sie sah das gefährliche Aufleuchten seiner Augen einen Augenblick, bevor er sich rasch umdrehte und die Türe abschloß.

Er steckte den Schlüssel in die Tasche.

Sie sagte: »Schließen Sie die Tür auf, Mr. Lavender.«

»Keineswegs. Wenigstens ... jetzt noch nicht.«

»Wenn Sie es nicht tun, rufe ich um Hilfe.«

»Das würde niemand hören. Die Gunters und Sarah könnten es nie hören. Sie sind unten im Souterrain.«

»Sie müssen verrückt geworden sein, Mr. Lavender.«

»Nun, Sie selbst konnten einen etwas verrückt machen, wissen Sie.«

»Ich bin auch stark. Ich kann beißen und treten, außer schreien.«

Er trat einen Schritt auf sie zu. »Ich bin auch stark«, sagte er. »Ach, kommen Sie und geben Sie dieses Spiel der Zurückhaltung auf. Ich kenne doch Ihre Sorte.«

»Die kennen Sie nicht, Mr. Lavender. Aber ich kenne Ihre. Ich verabscheue Sie. Ich verachte Sie. Ich werde Mrs. Lavender sagen, wie Sie sich aufgeführt haben.«

»Sie würde Ihnen nie glauben.«

»Aber sie muß doch wissen, was Sie für ein Kerl sind.« Sie hatte große Angst. Er kam auf sie zu, langsam, verstohlen.

»Geben Sie mir den Schlüssel!« rief sie hysterisch. »Geben Sie mir den Schlüssel!«

Er hatte aufgehört zu lächeln. Sie konnte die animalische Lust in seinem Gesicht lesen. Sie konnte auch seine Entschlossenheit erkennen, und sie fürchtete sich, wie sie sich in ihrem ganzen Leben noch nicht gefürchtet hatte. Sie trat einen Schritt zurück und stieß gegen den Tisch hinter ihr, und wie sie danach griff, berührten ihre Finger die Schublade. Sie erinnerte sich an die Pistole mit dem Perlmuttgriff. Im Bruchteil einer Sekunde hatte sie die Schublade geöffnet.

Sie hielt die Pistole fest in der Hand.

»Jetzt treten Sie zurück«, sagte sie.

Er schnappte nach Luft und blieb stehen, wo er stand. »Legen Sie das Ding weg, Sie Närrin!« rief er. »Sie ist geladen.«

»Das weiß ich.«

»Legen Sie sie weg. Legen Sie sie weg!«

»Geben Sie mir den Schlüssel.«

»Legen Sie das Ding weg, habe ich gesagt.«

»Und ich sagte: Geben Sie mir den Schlüssel! Wenn Sie es nicht tun, erschieße ich Sie.«

»Das würden Sie nicht wagen.«

»Ich gebe Ihnen drei Sekunden.«

»Bei Gott, ich glaube, Sie würden's tun. Sie sehen wütend genug dafür aus.«

»Ich bin wütend genug. Ich bin in diesem Augenblick

440

wütend genug, um Männer wie Sie zu töten. Geben Sie mir den Schlüssel.«

Er zog ihn aus der Tasche.

»Werfen Sie ihn hierher. Ich gebe Ihnen drei Sekunden. Denken Sie daran.«

Er warf ihn, und sie hielt die Pistole auf ihn gerichtet, während sie ihn aufhob.

Mit vorgehaltener Waffe ging sie zur Tür und öffnete sie vorsichtig.

Sie rannte zur Dachkammer hinauf und drehte hastig den Schlüssel um. Gegen die Tür gelehnt blieb sie stehen und blickte auf die Pistole in ihrer Hand.

*

Wie hatte sie die Nacht überstanden? Sie wußte es nicht. Verzweifelt versuchte sie, einen Ausweg zu finden. Sie war sich ganz sicher, daß sie keine Nacht länger in diesem Haus bleiben durfte. Sie mußte weg, fort . . . irgendwohin.

Zuerst jedoch mußte sie Thorold treffen. Sie mußte verhindern, daß er ihren Vater erpreßte. Das war das wichtigste. Er war die größere Bedrohung. Archibald Lavender war nur ein lüsterner, brutaler Kerl. Sie verachtete ihn, und er versetzte sie in Schrecken, aber Thorold Randall war ein Verbrecher, und darüber hinaus hatte sie in seine Hände gespielt. Sie war beteiligt.

Sie holte die Pistole mit dem Perlmuttgriff hervor. Sie war so klein, daß sie wie ein Spielzeug aussah. Doch was für eine Macht. Wenn sie daran dachte, wie die Pistole sie gerettet hatte, murmelte sie: »Mein Freund!« Und halb lachend, halb weinend: »Mein teurer, kleiner Freund!«

Sie wußte, daß sie nicht schlafen konnte. Sie zog sich nicht einmal aus. Sie lag auf dem Bett und beobachtete die Tür, die Pistole in der Hand.

Nie zuvor hatte sie eine solche Nacht erlebt.

Aber Archibald Lavender unternahm gar nicht den Versuch, zu ihr zu kommen. Er hatte Angst, das wußte Melisande, Angst vor ihrer Entschlossenheit und ihrem teuren, kleinen Freund.

Verzweifelt dachte sie nach. Sie mußte Thorold treffen und alles in ihrer Macht Stehende tun, um ihn zu hindern, an ihren Vater zu schreiben. Sie glaubte, sie könnte das fertigbringen. Sie konnte sich nicht vorstellen, daß Thorold von Grund auf ein schlechter Mensch war. Der Mann, den sie hatte heiraten wollen, war gut und rücksichtsvoll. Gerade wegen dieser Eigenschaften hatte sie zugestimmt, ihn zu heiraten. Aber er hatte Schulden, war in Schwierigkeiten, und deshalb hatte er den Kopf verloren.

Sie würde ihn jetzt nicht mehr heiraten. Das war ganz unmöglich. Aber sie wollte nicht glauben, daß er wirklich ein Verbrecher war. Seine Pläne waren einer spontanen Eingebung entsprungen. Sie waren nicht das Ergebnis einer wohlüberlegten Planung. Sie fürchtete und haßte alle Männer. Die Nonnen hatten recht. Aber sie glaubte, daß manche Männer eher schwach als schlecht waren.

Sie würde ihn morgen treffen und überreden, Vernunft anzunehmen. Sie würde ihn schwören lassen, nicht an ihren Vater zu schreiben. Was aber dann, wohin sollte sie hinterher gehen?

Sie dachte an Fenella, die so freundlich und gut und vor allem tolerant war. Vielleicht würde sie zu Fenella gehen und ihr erklären, warum sie fortgelaufen war.

Dies schien ihr der einzig mögliche Weg zu sein. Sie ließ die Pistole in die Tasche ihres Kleides gleiten und schloß vorsichtig die Tür auf.

Im oberen Teil des Hauses war alles still.

Sie ging zum Frühstück hinunter ins Souterrainzimmer und versuchte, sich normal zu geben. Sie durfte die Gunters und Sarah nicht merken lassen, wie nervös sie war. Sie konnte nicht von ihren Ängsten sprechen, und ihre Freunde würden doch mit Fragen in sie dringen, wenn sie errieten, daß etwas nicht stimmte.

»Er muß gestern abend nach Hause gekommen sein«, erzählte Mrs. Gunter, als Melisande sich an den Tisch setzte. »Kam ganz leise, jawohl, läutete heute morgen und verlangte sein Frühstück. Sarah sagte, er schien irgendwie wütend zu sein. Hat sich wohl mit *ihr* gestritten, nehme ich an, und kam beleidigt nach Hause.«

»Oh!« sagte Melisande.

»Heute abend kommt sie heim, hat er gesagt. Wir sollten das beste aus dem heutigen Tag machen, nicht wahr?«

»O ja«, erklärte Melisande.

Es fiel ihr schwer zu essen, aber es gelang ihr, etwas von der Mahlzeit hinunterzuwürgen.

Nach dem Frühstück kehrte sie auf ihr Zimmer zurück und packte ihre Sachen zusammen. Es war nicht sehr viel. Nachdem sie mit Thorold gesprochen hatte, mußte sie ihre Sachen holen, leise hinauf- und wieder hinuntergehen.

Sie berührte die Pistole in ihrer Tasche. Sie würde sie nicht aus der Hand geben, bis sie sich vor Archibald Lavender in Sicherheit fühlte.

Er war ausgegangen, erzählten ihr die Gunters. Er sagte, er würde nicht vor dem Abend zurück sein.

Aber er könnte unerwartet zurückkommen, dachte Melisande.

Sie hatte mehr als Begierde in seinen Augen gelesen. Sie hatte Rachsucht gesehen, den Wunsch nach Rache.

Der lange Morgen schlich dahin. Sie mußte noch das Mittagessen durchstehen.

»Bei Gott«, meinte Mrs. Gunter, »Sie haben keinen guten Appetit.«

»Ich fürchte, nein.«

»Das geht aber nicht, wissen Sie . . . ein Mädchen wie Sie,

das noch im Wachsen ist. Es ist der Gedanke an ihre Rückkehr, nicht wahr?«

»Ja, vielleicht.«

»Oh, Sie brauchen keine Sorge zu haben. Ich glaube, sie ist mit Ihrer Arbeit zufrieden. Sie sollten sich nichts daraus machen, was sie *sagt*. Sie könnte nie zugeben, daß sie zufrieden ist. Nicht um die Welt.«

Melisande ging auf Mrs. Gunter zu und umarmte sie. »O Mrs. Gunter, ich werde immer daran denken, wie gut Sie zu mir gewesen sind.«

»Na, na!« meinte Mrs. Gunter, und sie dachte: Diese Ausländer. Schweben dauernd in der Luft, lachen in der einen Minute, und in der nächsten weinen sie. Wirklich, man weiß nie, wo man bei ihnen dran ist. Aber sie ist nett. Ich mag sie.

Melisande gab Mrs. Gunter einen Kuß auf jede Backe.

»Oh!« sagte Mrs. Gunter. »Ist ja schon gut! Sie scheinen ein wenig aufgeregt. Jeder würde denken, Sie gingen auf eine große Reise.«

»Ich möchte Ihnen halt nur danke sagen . . . und Mr. Gunter und Sarah, die mich so glücklich in diesem kleinen Zimmer haben sein lassen.«

»Das ist lieb von Ihnen. Wir haben Sie gern bei uns gehabt. Wir hoffen, daß Sie glücklich werden, wenn Sie verheiratet sind, und ich bin davon überzeugt. Einen netteren Herrn kann's nicht geben, und Sie haben ihn verdient. Ich habe noch zu meinem Mann gesagt: Ein netterer Mann ist mir noch nicht begegnet, und Miß Martin hat ihr Glück wahrhaftig verdient.«

»Ich muß gehen«, sagte Melisande. »Ich habe noch viel zu tun. Ich wollte es Sie nur wissen lassen, daß Sie mich in Ihrem Zimmer glücklich gemacht haben.«

»Gern geschehen«, antwortete Mrs. Gunter. »Auf Wiedersehen bis später, meine Liebe.«

Darauf gab Melisande keine Antwort. Sie ging hinauf in

ihr Zimmer. Ihre paar Habseligkeiten befanden sich schon in der Tasche, die sie gekauft hatte und zum Abholen bereit lag. Sie schob die Tasche unter das Bett.

Sie zog den Mantel an, setzte den Hut auf und verließ das Haus, um zu der Verabredung mit Thorold im Hyde Park zu gehen.

*

Er war schon da. Sie sah ihn auf und ab gehen, als sie sich näherte.

»Melisande . . . wie froh bin ich, daß du gekommen bist.« Er ergriff ihre beiden Hände. Sie zog sie schnell zurück.

»Dachtest du, ich würde mein Versprechen nicht halten?«

»Du warst gestern ein bißchen aufgeregt. Du fühlst dich heute besser, wie ich sehe. Du hast darüber nachgedacht, das weiß ich. Du siehst, worum es geht.«

»Ich sehe alles sehr klar«, antwortete sie. »Thorold, du bist in Schwierigkeiten, und du machst dir Sorgen.«

»Das stimmt.«

»Und deshalb bist du auf diesen Gedanken gekommen. Das war gestern nicht dein Ernst, das weiß ich.«

»Aber sieh mal, Melisande, du hast dich töricht verhalten. Es ist doch in Ordnung, daß dein Vater für dich sorgt.«

»Und für dich mit?«

»Nun ja, da wir ja heiraten werden. Ich bin doch dann sein Schwiegersohn.«

»Das wirst du nie!«

»Ich dachte, du sähest die Sache vernünftig an.«

»Ich sehe sie vernünftig an. Ich sehe, daß selbst nach allem, was du mir gestern gesagt hast, ich immer noch ein Narr bin. Ich habe nicht glauben wollen, daß du so schlecht sein kannst, wie es den Anschein hatte.«

»Oh, hör mit dem Unsinn auf. Wer ist schlecht? Wer ist

gut? War dein Vater ein solcher Engel, als er das arme Mädchen verführte?«

»Sei still. Was weißt du von solchen Dingen?«

»Werde nicht wieder hysterisch, Melisande. Setzen wir uns. Hier ist der Brief, den ich aufgesetzt habe. Ich will, daß du ihn abschreibst und an deinen Vater schickst. Lies ihn. Er besagt, daß du einen Mann getroffen hast, in den du dich verliebt hast. Du möchtest heiraten, und du bist sicher, daß er dir jetzt helfen will, wie er es schon einmal tun wollte.«

Sie nahm den Brief und, ohne einen Blick darauf zu werfen, zerriß sie ihn in kleinste Stücke. Sie warf sie hinter sich, und der Wind fing sie auf und spielte damit. Sie erhob sich. Sie nahm seinen Gesichtsausdruck wahr, häßlich in seiner Wut.

»Das ist also alles, was du zu sagen hast?«

»Ich werde nie an meinen Vater schreiben und ihn um Geld bitten«, erklärte sie. »Ich werde dich ab heute nicht mehr wiedersehen. Lebe wohl!«

Er ergriff sie beim Arm und zog sie herum, damit sie ihm ins Gesicht sah. Sein Mund zuckte, seine Augen funkelten böse. Wie verschieden war dieser Mann von dem, den sie, wie sie geglaubt hatte, heiraten würde.

»Du bist ... mir zuwider. Laß mich sofort los.«

»Glaubst du, ich würde dich einfach so laufen lassen?«

»Du hast keine andere Wahl.«

»Glaubst du, das wäre das Ende der Angelegenheit?«

»Es muß das Ende sein«, sagte sie.

»Du bist dumm. Du und ich könnten bequem bis ans Ende unserer Tage leben. Er ist ein reicher Mann.. ein sehr reicher Mann. Ich habe nachgeforscht. Er könnte uns ein regelmäßiges Monatseinkommen zukommen lassen. Wir brauchen nichts weiter zu tun, als das Leben zu genießen. Und warum sollte er nicht? Er würde zahlen, da kannst du sicher sein.

Er würde eher jede Summe zahlen, als daß bekannt würde, er wäre nicht ganz das, wofür ihn die Leute halten.«

»So«, sagte sie, »du sagst mir also, daß du ein Erpresser bist.«

»Warum sollte er für seine Sünden nicht zahlen?«

Als sie sein Gesicht studierte, schien es ihr, als sei er durch und durch böse und ein Symbol für den Mann schlechthin.

Sie sagte ruhig: »Du wirst nie an meinen Vater schreiben. Du wirst ihn nie erpressen.«

»Sei nicht dumm. Wenn du nicht mitmachen willst... dann laß es eben. Meinst du, ich brauche so unbedingt deine Hilfe? Du hast mir alles gesagt, was ich wissen wollte.«

»Nein!« rief sie. »Bitte... bitte, tu das nicht. Bitte nicht.«

»Was? Sich eine solche Chance entgehen lassen? Du bist verrückt! Du bist wahnsinnig!«

Ihr schwindelte. Sie nahm das Geschrei der Kinder in der Ferne wahr. »O Gott«, betete sie, »hilf mir. Hilf mir, ihn davon abzubringen. Er darf das nicht tun.«

Und dann fiel ihr die Pistole ein. Impulsiv, wie sie immer war, dachte sie nun an nichts anderes mehr als an die Notwendigkeit, ihren Vater vor der Verfolgung dieses Mannes zu retten. Die Pistole hatte sie vor Archibald Lavender gerettet. Konnte sie jetzt nicht ihren Vater vor Thorold Randall retten?

Sie holte sie hervor.

»Schwöre«, sagte sie sehr ruhig und sehr entschlossen, »daß du nicht versuchen wirst, mit meinem Vater in Verbindung zu treten.«

»Du Idiot!« rief er. »Was soll das? Sei kein Narr, Melisande.«

»Schwöre!« rief sie hysterisch. »Schwöre! Schwöre!«

»Sei kein Narr. Was ist das für ein Ding? Glaubst du, du könntest mich mit einem Kinderspielzeug schrecken? Melisande, ich liebe dich. Wir werden miteinander glücklich sein, und wir werden unser Leben angenehm verbringen.

Dein Vater wird dafür sorgen. Und wenn du nicht willst ...
siehst du denn nicht, daß ich dich nicht dazu brauche? Aber
es wäre mir lieber, wenn du mittätest, Liebling. Es wäre mir
lieber, du wärst auf meiner Seite und wärst vernünftig.«

»Schwöre«, rief sie. »Schwöre!«

Er hatte seine Hand auf ihren Arm gelegt.

»Glaubst du, ich wäre so wirrköpfig wie du? Ich gäbe nie
eine solche Chance wie diese auf ... nie!«

Sie schleuderte seinen Arm weg und hob die Pistole. Es
war so einfach, weil er so nah stand.

Es gab einen dumpfen Knall, als sie den Hahn zog.

Thorold lag auf der Erde, in seinem Blut.

Sie stand da und hielt die Pistole noch immer in der Hand.

Sie hörte Stimmen. Menschen liefen auf sie zu. Benommen und verwirrt wartete sie.

5. TEIL

Die Todeszelle

1

Sie beobachteten sie, diese Fremden. Sie hatten sie hierher gebracht, aber sie wollten sie nicht in Ruhe lassen.

Sie war teilnahmslos gewesen, als man sie in den mit Kopfsteinen gepflasterten Hof fuhr. Zwei Männer, je einer an ihrer Seite, saßen neben ihr. Sie waren wachsam und darauf gefaßt, sie festzuhalten, falls sie versuchen sollte zu fliehen.

Sie hätten keine Sorge zu haben brauchen. Sie hatte nicht die Absicht zu fliehen, nicht den Wunsch dazu.

Sie steckten sie in einen Raum mit fremden Frauen. Einige von ihnen hatten erschrockene, andere grausame Gesichter. Alle sahen sie neugierig an, aber das war ihr gleich.

Auf dem Boden lag Stroh. Es war kalt und roch nach Schweiß und ungewaschenen Körpern. Zu einer anderen Zeit wäre ihr übel geworden. Jetzt konnte sie nur noch denken: Dies ist das Ende. Meine Schwierigkeiten sind vorbei.

Sie saß auf einer Bank und starrte auf ihre Hände im Schoß. Jemand näherte sich ihr.

»Wegen was bist du drin, Mädchen?«

Andere drängten sich um sie.

Sie sagte: »Ich habe einen Menschen getötet.«

Sie wunderten sich. Überrascht und entsetzt wichen sie vor ihr zurück.

Sie hatte einen Menschen getötet. Sie war eine Mörderin.

*

Man holte sie zum Verhör.

»Sie haben diesen Mann getötet. Warum?«

»Weil ich es wollte.«

»War er Ihr Liebhaber?«

»Es war die Rede von Heirat gewesen.«

»Und er versuchte ... sich davonzumachen? War es das?«

»Er hat es nicht versucht.«

»Aber Sie haben ihn erschossen?«

»Ich erschoß ihn.«

»Aus welchem Grund?«

»Weil es besser war, daß er starb.«

»Wissen Sie, daß Sie ein Kapitalverbrechen begangen haben?«

»Ja.«

»Möchten Sie nicht etwas zu Ihrer Verteidigung vorbringen?«

»Nein.«

»Sie müssen doch eine Aussage machen wollen.«

»Ich habe meine Aussage gemacht. Ich habe ihn erschossen. Es war besser, daß er starb.«

»Sie dürfen einen Menschen nicht erschießen, nur weil Sie denken, er sollte besser tot sein.«

Sie schwieg.

»Hören Sie doch! Wir möchten Ihnen helfen. Sie sollten sich verteidigen.«

»Es gibt nichts zu verteidigen. Ich habe ihn erschossen. Ich würde das gleiche wiedertun. Es war notwendig, daß er starb.«

Mehr wollte sie nicht sagen. Sie wartete jetzt ... wartete auf das Ende und den Strang des Henkers.

*

In der Zelle belästigte sie niemand. Sie nannten sie »die Seltsame«.

Sie hatte einen Mann im Hyde Park niedergeschossen und

wollte nicht sagen, weshalb, nur daß er hatte sterben sollen. Sie war gewiß eine seltsame Person.

Sie pflegte dazusitzen und manchmal vor sich hin zu lächeln.

Es schien erst eine so kurze Zeit her zu sein, daß sie noch im Kloster war. Sie hatte nur eine kurze Zeit gelebt. Achtzehn Jahre. Das war keine lange Zeit. Und doch genug, um enttäuscht und des Lebens müde zu werden und um einen Mord zu begehen.

Ständig begleiteten sie die Gedanken an die Nonne, die sie schon in ihrer Kindheit verfolgt hatten. Jetzt schien eine Bedeutung in dieser Verfolgung zu liegen. Ihr Fall war ähnlich. Man würde sie hinausführen und draußen vor dem Newgate-Gefängnis hängen. Männer und Frauen würden kommen und zusehen, wie sie gehängt wurde. Sie würden sagen: »Das ist Mademoiselle St. Martin, das Mädchen aus dem Kloster, das einen Mann erschossen hat.« Vielleicht würden sie lachen und Schmähungen ausstoßen.

Es war kein ganz so grausames Schicksal wie das, welches die Nonne ereilt hatte. Sie würde nicht eingemauert werden, um eines langsamen Todes zu sterben. Man würde eine Schlinge um ihren Hals legen, und sie würde in ein neues Leben hinübergehen.

*

Einer der Wärter kam zu ihr. Er beugte sich über sie und schüttelte sie am Arm.

»Kommen Sie mit«, sagte er.

Mechanisch erhob sie sich. Noch mehr Fragen? Es war egal. Sie würde nicht sagen, warum sie ihn getötet hatte. Würde sie das tun, wäre sein Tod umsonst gewesen. Niemand sollte erfahren, daß sie Sir Charles Trevennings Tochter war und daß sie getötet hatte, um dieses Geheimnis zu wahren.

Sie folgte dem Mann durch Gänge und Treppen hinauf. Es

war ihr gleichgültig, wohin man sie brachte. Es kümmerte sie nicht. Sie würde standhaft bei ihrem Entschluß bleiben zu schweigen.

Man führte sie in einen Raum und schloß die Tür hinter ihr ab.

Ein Mann erhob sich. Da verließ sie die Ruhe. Sie legte die Hand vor die Augen, um einen Anblick zu verscheuchen, den sie für unwirklich hielt.

»Melisande!« Fermor kam auf sie zu. Er hatte ihre Hände ergriffen. Er hielt sie an sich gedrückt.

Ihre Benommenheit verschwand. Sie wurde wieder lebendig. Leben und Tod schienen sich in diesem Raum zu begegnen — und das Leben schien wieder anziehend zu werden.

»Warum ... warum bist du gekommen?« stammelte sie.

»Warum? Hast du geglaubt, ich käme nicht? Sobald ich es wußte ...sobald ich es erfuhr. Ich habe so nach dir gesucht. Warum bist du fortgelaufen ... und völlig untergetaucht?«

Sie warf den Kopf zurück und sah ihn an. Jetzt konnte sie das ohne Angst tun. Sie war verloren. Der Tod griff bereits nach ihr, und Fermor war das Leben.

»Ich bin froh ... so froh, daß du gekommen bist.«

»Selbstverständlich bin ich gekommen.« Seine Augen blitzten. Sie hatte seine Macht vergessen. »Wir müssen dich aus diesem Dreck herausziehen. Wir müssen dich aus diesem Ort herausholen.«

»Dies ist ein Gefängnis. Man bringt Verbrecher hierher. Wie willst du mich hier herauskriegen? Ich habe einen Mann erschossen.«

»Warum? Wir müssen eine Verteidigung aufbauen. Wir werden die besten Anwälte bemühen, daran zu arbeiten. Du glaubst doch wohl nicht, daß wir es zulassen ... zulassen ...«

»Zulassen, mich zu hängen. Du kannst sie nicht daran hindern, Fermor. Ich habe einen Menschen erschossen. Ich bin eine Mörderin.«

»Warum, Melisande? Du? Zu töten! Das ist unglaublich. Ich glaube es nicht. Es war Notwehr. Man kann dich nicht dafür hängen, was du in Notwehr tust. Wir werden die besten Anwälte von England haben.«

Sie lächelte langsam. »Dann liebst du mich wirklich, Fermor?«

Er nahm ihr Gesicht in seine Hände und küßte es — nicht wie sie erwartet hatte, daß er küssen würde, sondern zärtlich, wie er es ein- oder zweimal schon früher getan hatte.

»Melisande ... Melisande ... warum ist das geschehen? Wie konnte es geschehen? Warum bist du weggelaufen? Ich habe überall gesucht. Ich war verzweifelt ... Ich habe immer noch gesucht ... all diese Monate lang. Wenigstens habe ich dich durch diese Sache gefunden.«

»Wir haben uns zu spät gefunden, Fermor. Wenn wir gewußt hätten, was geschah, würden wir von Anfang an unser Leben anders eingerichtet haben. Aber weshalb jetzt davon sprechen? Ich bin froh, daß du gekommen bist. Ich werde immer daran denken. Wenn ich auf dem Richtplatz stehe ... und die Leute um mich herum mich beobachten, wenn meine letzten Augenblicke gekommen sind, werde ich sagen: Er kam noch zu mir. Es lag ihm genügend daran, daß ...«

Er schüttelte sie. »Um Gottes willen, hör auf! Dahin wird es nie kommen, Du wirst frei sein.«

»Das kann nicht sein. Ich bin schuldig. Ich bin eine Mörderin ... Ich dachte, ich sei eine gewesen, als man Caroline wegtrug, aber dann habe ich sie im Park gesehen und wußte, daß ich keine war. Ich ahnte nicht, daß ich sehr bald eine sein würde ...«

»Laß das!« befahl er. »Du bist hysterisch. Man läßt uns jetzt nicht viel Zeit. Ich will alles wissen. Dann schicke ich dir den besten Anwalt. Ich werde dich da herausholen.«

»Aber wie willst du das können?«

»Geld kann eine ganze Menge.«

»Aber das nicht . . . nicht das.«

»Ich werde alles, was ich besitze, daransetzen, falls nötig. Und dann werde ich Mittel und Wege finden, um mehr zu bekommen.«

»Oh, Fermor, du warst der beste. Ich habe es nicht erkannt. Du lachtest über das Gute, über Tugend. Du warst der Bösewicht, dachte ich. Aber jetzt bin ich nicht mehr so sicher.«

»Für solche Reden haben wir jetzt keine Zeit. Es mag genügen, daß ich dich gefunden habe, und jetzt gibt es kein Davonlaufen mehr. Ich hol' dich da raus. Ich werde es schaffen. Ich schwöre es. Niemand soll mich davon abhalten.«

»Fermor, du bringst mich dazu zu wünschen . . . du bringst mich dazu, leben zu wollen. Und ich hatte mich schon mit dem Sterben abgefunden.«

»Ich dulde nicht, daß du solchen Unsinn redest. Du wirst nicht sterben. Es geschah aus Notwehr. Das ist alles, was du sagen mußt. Er hat dich mit der Pistole bedroht, und der Schuß ging los. Das ist's, was du sagen mußt.«

»Aber so war es nicht, Fermor. Es ist etwas, über das ich dir nichts sagen kann. Ich tötete ihn. Absichtlich habe ich die Pistole hochgehoben, die ich aus der Schublade meiner Arbeitgeberin genommen hatte. Ich richtete sie auf ihn und tötete ihn, weil . . . weil ich wollte, daß er starb.«

»Er hatte dich bedroht. Er hatte gedroht, dich umzubringen. Es war Notwehr.«

»Nein, Fermor. Nein!«

»Hör zu, Melisande. Es gibt einen Prozeß. Alles, was getan werden kann, wird getan. Es gibt Wege – zweifle nicht daran, und ich werde sie finden.«

»Fermor, wozu? Es ist besser, daß ich hier bin. Was gibt es schon Gutes im Leben?«

»Das ist Wahnsinn! Was es Gutes gibt? Du wirst bei mir sein, das ist das Gute, das bei dieser Geschichte herauskommt, und daß ich dich nicht mehr endlos suchen muß.«

»Und Caroline . . . deine Frau?«

»Sie ist betrübt. Sie fühlt sich irgendwie verantwortlich.«

»Sie . . . sie macht sich Vorwürfe? Woher weiß sie? Was weiß sie?«

»Sie weiß, was sie aus den Zeitungen erfährt.«

»Es steht also in den Zeitungen.«

»Die Leute sprechen von einer mysteriösen Schießerei im Hyde Park. Sie sagen alle, er sei dein Liebhaber gewesen, daß er dir die Heirat versprochen und dich dann hat sitzenlassen.«

Sie lachte. »War es so? War es so?«

»Das kann ich beantworten. Es war nicht so.«

»Wie war es dann, Melisande? Sag's mir, mein Lieb. Ich muß die Wahrheit wissen. Wir müssen alles wissen. Wir müssen auf das Kreuzverhör vorbereitet sein. Aber hab keine Angst. Sag mir alles. Ich sag' dir, ich kann dich herausholen. Ich kann dich retten.«

Sie sagte: »Es gibt so vieles, das ich wissen möchte. Ich glaubte nicht, daß ich mir etwas daraus machen würde, aber ich tue es doch. Caroline . . . ist sie sehr krank?«

»Sie wurde schwer verletzt. Sie kann nur mühsam gehen.«

»Ach . . . das habe ich getan.«

»Unsinn! Das tat sie selbst.«

»Und du, Fermor . . . du und Caroline? Was führt ihr für ein Leben miteinander?«

»Wie kann es anders sein, als so . . . wie es immer gewesen ist.«

»Das tut mir leid.«

»Dir sollten nicht andere leid tun. Tu dir selbst leid. Du bist in einer furchtbaren Lage, mein Lieb. Deshalb mußt du auch verständig . . . vernünftig sein. Wir brauchen unseren ganzen Verstand, um es zu schaffen. Wir schaffen es, hab keine Angst. Aber es ist nicht einfach. Wir müssen mit all unserer Macht und Stärke, mit jedem uns zur Verfügung stehenden Mittel daran arbeiten.«

»Du bist so stark«, sagte sie.

»Und hier, um dich zu verteidigen... um alles gutzuma-
chen... dir zu zeigen, daß ich immer zur Stelle sein werde,
wann immer du mich brauchst. Hab keine Angst, Melisande.
Aber du mußt verständig sein... vernünftig.«

»Vernünftig... verständig! Das sagen sie mir die ganze
Zeit. Weil ich so unvernünftig bin... so sehr wenig verständig, daß mir solche Dinge passieren.«

»Hör mir zu, mein Herz. Du hast eine schwere Prüfung
durchgemacht. Jeden Augenblick kann sich die Tür öffnen,
und du wirst zurück in deine Zelle geführt. Ich werde es ein-
richten, daß du eine Zelle für dich allein erhältst. In Zukunft
werde ich alles arrangieren. Aber jetzt laß uns, um Himmels
willen, nicht noch mehr Zeit verlieren. Wir müssen unsere Geschichte parat haben... und sie muß hieb- und stichfest sein.«

Sie lachte wieder mit dem wilden Lachen, das den Tränen
näher stand.

»O Fermor«, sagte sie, »du bist nicht gut, nicht wahr? Du
würdest deine Frau betrügen. Du würdest das Recht betrügen, und doch... ich wünschte, ich dürfte leben... wenn
ich mit dir zusammensein könnte.«

»Lache nicht so. Natürlich wirst du leben. Ich schicke
unseren Mann zu dir, und er wird dir klarmachen, was du
sagen mußt... wie du dich verhalten mußt. Melisande, du
wirst deine ganze Ruhe brauchen, deinen ganzen Verstand.
Und wenn du von unseren Feinden verhört wirst, dann mußt
du daran denken, daß ich auf dich warte. Ich werde dort sein.
Ich werde da sein, wo du mich sehen kannst, und wenn du
mich anschaust, mein Lieb, dann wirst du wissen, daß ich
auf dich warte.«

»O Fermor!« rief sie, und ganz plötzlich fing sie an zu weinen, denn das Leben hatte aufgehört, unerträglich zu sein,
und sie wollte nicht mehr sterben.

Jetzt erkannte sie, was sie hätte tun können. Sie hätte die

Pistole im Haus lassen und zu Fermor gehen können. Sie hätte ihm von ihren Befürchtungen erzählen können, und dann wäre sie jetzt nicht hier.

Sie lag still in seinen Armen, unfähig zu sprechen, unfähig zu denken, unfähig, etwas anderes zu tun als zu weinen. Sie hätte zu ihm gehen können. Und während sie weinte, kam der Wärter, um Fermor zu sagen, daß er jetzt gehen müsse.

*

Andrew Beddoes besuchte sie.

Sie war erstaunt, daß er kam. Er sah adrett aus und genau so, wie sie ihn in Erinnerung hatte. Und doch war da ein besorgter Ausdruck, den sie nie zuvor an ihm gesehen hatte.

Er hatte geheiratet, erzählte er ihr. Er war eine ausgezeichnete Verbindung eingegangen. Aber er hatte sie nicht vergessen. Er war gekommen, um ihr zu sagen, daß er bereit sei, ihre Verteidigung zu übernehmen.

»Aber warum denn?« fragte sie. »Warum sollten Sie das tun wollen?«

»Weil ich etwas für Sie tun möchte. Ich habe ständig an Sie gedacht, seit ich Sie das letzte Mal gesehen habe. Und nun, da dies geschehen ist, möchte ich Ihnen meine Dienste anbieten.«

Sie streckte ihm die Hand entgegen.

»Ich habe Sie falsch beurteilt«, erklärte sie. »Ich habe so viele Fehler gemacht. Aber jetzt dürfen Sie keinen machen. Sie können nichts für mich tun. Ich bin schuldig. Ich habe diesen Mann getötet, und ich muß die Folgen meiner Tat tragen.«

»Wenn Sie in Notwehr gehandelt haben, gäbe es eine Gefängnisstrafe, aber Ihre Jugend, Ihre Schönheit würden gewiß einen günstigen Eindruck auf den Richter und die Geschworenen machen. Niemand würde Sie eines leichtfertigen Verbrechens für schuldig halten. Glauben Sie mir, wir könnten auf Milde hoffen. Wir könnten die Öffentlichkeit auf unserer Seite haben. Sie werden überrascht sein, was öffentliche Unterstützung bewirken kann. Haben Sie keine Angst. Wir werden das gemeinsam durchziehen.«

»Ich werde nie vergessen, daß Sie gekommen sind. Ich hoffe, Sie werden die harten Worte vergeben, die ich zu Ihnen sagte.«

»Da ist gar nichts zu vergeben. Ihre Ideale waren höher als meine.«

»Ich war so unwissend. Ich glaubte, Männer und Frauen ließen sich in Schafe und Wölfe einteilen. Jetzt weiß ich, daß es nicht der Fall ist. Wie schade, daß ich so etwas Einfaches auf eine so gewalttätige Weise lernen mußte. Aber vielleicht auch nicht. Ich werde für meine Erkenntnisse mit dem Leben bezahlen. Aber es wird keine Prüfungen mehr geben, keine Lektionen des Lebens, die ich noch lernen müßte.«

»Bitte, reden Sie nicht so. Sie dürfen nicht mutlos sein. Ihr Fall ist keineswegs hoffnungslos. Glauben Sie mir, ein junges Mädchen wie Sie hat eine Chance. Ich habe Erkundigungen eingezogen. Randall hatte etwas von einem Abenteurer an sich, scheint es. Ich bin sicher, daß wir viel gegen ihn vorbringen können.«

»Ich danke Ihnen. Aber ich habe ihn nun mal getötet.«

»Sagen Sie mir die Wahrheit. Sagen Sie mir alles, und wir werden entscheiden, wie wir plädieren müssen.«

»Hören Sie, Mr. Beddoes. Ich danke Ihnen dafür, daß Sie gekommen sind. Ich werde nie vergessen, daß Sie gekommen sind. Aber Sie können gar nichts tun. Ich hatte meine Gründe, diesen Mann zu töten. Ich tat es mit Überlegung. Ich werde niemandem sagen, warum ich es tat.«

»Wenn wir triftige Gründe für die Verteidigung vorbringen wollen . . .«

»Das tun wir nicht. Ich werde auf der Anklagebank sitzen, und wenn man mich fragt, ob ich schuldig bin oder nicht, werde ich ›schuldig‹ sagen. Ich werde sagen, daß ich Thorold Randall tötete und meine Gründe dafür hatte.«

»Das dürfen Sie nicht tun.«

»Es ist die Wahrheit, und ich werde die Wahrheit sagen.«

»Es muß doch ein guter Grund vorgelegen haben. Nennen Sie mir einfach den Grund. Hat er Sie bedroht? Hat er Sie sitzenlassen?«

»Nein. So einfach liegt die Sache nicht. Leben Sie wohl, Mr. Beddoes. Ich weiß, weshalb Sie gekommen sind. Weil Sie tief im Herzen das Gefühl haben, verantwortlich für die Lage zu sein, in der ich mich jetzt befinde. Sie boten mir die Ehe an, und zwar, weil ich eine Mitgift erhalten sollte . . .«

»Es war nicht nur das. Ich hatte Sie sehr gern. Ich war entzückt über die Aussicht, Sie zu heiraten . . .«

»Ich glaube Ihnen, Mr. Beddoes. Und Sie haben ein unangenehmes Gefühl, daß Sie aufgrund dessen, was Sie taten, in einem gewissen Maß zu dem beigetragen haben, was mir zugestoßen ist. Das dürfen Sie nicht denken. Es hat nichts mit Ihnen zu tun, glauben Sie mir. Sie sind freigesprochen. Ich danke Ihnen, daß Sie hierherkamen und mir Hilfe anboten. Sie haben mir noch etwas mehr beigebracht . . ., etwas, das ich lange Zeit nicht lernen wollte, fürchte ich. Danke fürs Kommen, Mr. Beddoes, und glauben Sie mir, wenn ich sage, daß Sie nichts für mich tun können.«

Widerstrebend und verwirrt ging Mr. Beddoes fort.

*

Noch ein Besucher kam.

Es hatte keinen Sinn mehr zu versuchen, sich vor der Welt zu verbergen. Ganz London . . . ganz England wußte, daß Melisande St. Martin im Gefängnis war und wegen Mordes, begangen an Thorold Randall, vor Gericht gestellt werden sollte.

War es demnach so überraschend, daß Léon sie fand?

Er kam, um ihr zu sagen, daß er sie nie vergessen und Sir Charles und andere auf Trevenning flehentlich gebeten hatte, ihm zu sagen, wo sie war. Er hatte Anzeigen aufgegeben, in denen er sie bat, ihn wissen zu lassen, wo sie sich aufhielt.

»Zuerst war ich verletzt, daß du mich im Stich gelassen hast. Und weil du mir nicht trautest, glaubte ich, wir wären besser getrennt, denn ich hätte dich nie von der Wahrheit überzeugen können. Aber nach einer Weile wünschte ich vor allem, daß ich sie dir begreiflich machen könnte.«

»Die Wahrheit, Léon?«

»Es war ein Unglück, Melisande. Ich schwöre, es war ein Unglück. Er war so eigenwillig. Er wollte an diesem Tag unbedingt hinaus. Ich warnte ihn noch davor, sich auf die Mole zu wagen. Aber du weißt ja, wie starrköpfig er war. Er konnte nie vergessen, daß er in gewissem Sinne der Herr war und ich der bezahlte Begleiter. Ich werde immer an diesen Augenblick des Schreckens denken, an die Erkenntnis meiner Ohnmacht, daß es nichts helfen würde, wenn ich ins Wasser spränge. Alles, was ich tun konnte, ... war um Hilfe zu rennen ... und das tat ich. Danach wußte ich, daß ich keine Ruhe finden würde, bis ich schwimmen lernte. Ich wollte für den Fall bereit sein, sollte ich mich in einer ähnlichen Lage befinden. Ich bildete mir ein, wenn ich einmal einen anderen Menschen vor dem Ertrinken retten könnte, daß ich mich dann von dem schrecklichen Gefühl der Schuld, von dem ich besessen war, befreien könnte. Deshalb mußte ich schwimmen lernen ... sofort. Ich brachte es nicht über mich, jemand zu bitten, es mir beizubringen, und so ging ich in die ruhigste Bucht und warf mich ins Wasser. Ich war entschlossen zu schwimmen ... und fand es gar nicht schwierig. Ich übte jeden Tag. Irgend jemand hat mich gesehen, vermute ich, erzählte es dem nächsten ... und bald hatten mich viele gesehen. Man redete über mich, man verdächtigte mich ... Wie sehr liebt doch jeder eine dramatische Geschichte, selbst wenn sie nicht wahr ist.«

»Léon, Léon, ich habe dich falsch beurteilt. Wie du mich verachten mußt!«

»Es war nur natürlich, mißtrauisch zu sein. Und dann . . .
du liebtest mich nicht, Melisande, nicht wahr? Vielleicht
wäre es anders gelaufen, wenn du mich geliebt hättest.«

»Ich weiß es nicht. Es ist so schwer, das zu wissen. Léon,
was für tragische Menschen wir sind, du und ich!«

»Und ich spreche von meinen Kümmernissen! Weißt du,
warum ich gekommen bin? Ich werde dich retten. Es muß
möglich sein. Ich werde die besten Anwälte bemühen, und
wir werden gegen diese Sache kämpfen. Und ich werde warten, Melisande, wie lange es auch dauern mag. Du sollst wissen, daß ich auf dich warte.« Er nahm ihre Hände und küßte
sie. »Wer weiß, vielleicht ist es Glück im Unglück, denn jetzt
habe ich dich wiedergefunden.«

»Léon, ich werde nicht vergessen, was du gesagt hast. Ich
werde am Morgen meines Todes daran denken.«

»Sprich nicht so vom Tod.«

»Wie habe ich denn davon gesprochen?«

»Endgültig. Als ob es entschieden wäre.«

»Léon, ich glaube, es ist entschieden.«

»Nein, nein! Jeder, der dich anschaut, kann sehen, daß du
keine Mörderin bist.«

»Aber ich bin es. Ich habe ihn erschossen, Léon. Ich habe
ihn getötet.«

»Er hatte dich mißhandelt. Ich habe bereits mit einem
Rechtsanwalt gesprochen. Wir können an das Mitleid des
Richters, der Geschworenen und der Öffentlichkeit appellie-
ren. Er hat dich mißhandelt.«

Sie schwieg.

»Ich weiß es«, sagte er. »Er verdiente zu sterben. Dein Fall
muß den Geschworenen mit der ganzen Sympathie, die dir
gebührt, vorgetragen werden. Du bist so jung und schön, und
jeder, der dich anschaut, kann sehen, daß nichts Böses an dir
ist. Dieser Mann hat den Tod verdient. Melisande, du mußt
nur sagen, warum, und du bist gerettet. Oh, mein Liebstes,

wie wunderbar ist es, dich wiedergefunden zu haben! Vielleicht müssen wir ... einige Jahre warten, aber ich werde warten. Ich werde dir den Ort, wo immer sie dich hinschicken ... so angenehm wie möglich machen. Ich komme dich besuchen, ich schreibe dir ... schmiede unsere Pläne. Erinnerst du dich, wir wollten nach New Orleans ziehen? Dahin wollen wir gehen, Melisande. Die Zeit geht vorbei. Dann heiraten wir und gehen fort in ein neues Leben.«

»Du mußt ohne mich gehen, Léon.«

»Ohne dich! Wie könnte ich! Ich hatte immer geplant, dich mitzunehmen.«

»Du glaubst an mich! Du glaubst an mich, obwohl ich nicht an dich geglaubt habe!«

»Ich liebe dich. Vergiß das nicht. Die Begegnung mit dir hat mein Leben verändert. Ich hatte vergessen, was es heißt, glücklich zu sein, ehe ich dich traf. Und als du weggingst, mir mißtrautest ... wußte ich, daß ich noch nie zuvor unglücklich war, so tief war mein Schmerz.«

»Und ich war schuld daran! Ich bin an allem schuld. Ich war töricht, und ich verdiene keine Güte. Léon, geh weit fort und vergiß mich.«

»Jetzt, wo ich dich gefunden habe! Ich werde nie mehr von dir weggehen!«

»Geh nach New Orleans. Bau dir dort ein neues Leben auf. Ich kann dir nicht helfen, Léon, weil ich einen Menschen getötet habe. Ich muß die Strafe dafür zahlen.«

»Nein, nein! Du verzweifelst zu schnell. Sag mir die Wahrheit. Sag mir, was er getan hat, um zu verdienen, was du ihm angetan hast. Du brauchst es mir nur zu sagen, und ich weiß, daß du gerettet bist.«

Stimmte das? fragte sie sich. Würden die Menschen verstehen, wenn sie ihnen erklärte: »Er wollte meinen Vater erpressen, und ich konnte es nicht ertragen, daß ich ihm das Mittel dazu in die Hand gegeben habe.«

Sie würde ihnen allen leid tun, wenn er sie hätte sitzenlassen. Wie wäre es, wenn sie wüßten, daß sie ihn getötet hatte, um ihres Vaters guten Namen zu schützen?

Sie würde ihnen noch immer leid tun. Man würde sie bestrafen, aber milde, weil Léon und Fermor die besten Leute hätten, um sie zu verteidigen.

Aber wie könnte sie das zugeben, ohne den Namen ihres Vaters preiszugeben! Und wenn sie es täte, dann dürfte sie Thorold Randall wohl umsonst getötet haben.

»Melisande«, sprach Léon auf sie ein, »du mußt nicht verzweifeln. Wir werden gemeinsam kämpfen, und ich werde auf dich warten... ganz gleich, wie lange.«

Sie wollte leben, wie verzweifelt gern sie leben wollte! Aber sie war fest in ihrem Entschluß. Sie würde die Wahrheit nicht sagen. Sie würde den Namen ihres Vaters nicht erwähnen. Und wie konnten sie — alle die besten Rechtsanwälte im Lande —, wie konnten sie für sie arbeiten, wenn sie ihnen nicht helfen wollte?

Wie konnten sie das Mitleid der Öffentlichkeit erregen? Wie konnten sie die Geschworenen überzeugen? Wie konnten Sie den Richter beeinflussen, wenn sie ihnen nicht sagte, weshalb sie Thorold Randall getötet hatte?

*

Sie lag in ihrer Zelle — ihrer eigenen Zelle. Fermor hatte das arrangiert. Léon wollte es auch, aber Fermor war ihm zuvorgekommen.

Briefe kamen von Fermor und Léon. Mehr Besuche fanden statt. Sie hatten recht, als sie behaupteten, Geld brächte fast alles fertig. Es erkaufte ihnen viele Unterredungen mit ihr. Sie baten sie inständig. Sie bestürmten sie. Sie schmeichelten, redeten ihr gut zu und waren schließlich verärgert.

»Dieses Schweigen ist Irrsinn!« rief Fermor.

Er kam mit seinem Anwalt, den besten, den er finden konnte.

»Wir müssen einen das Mitgefühl weckenden Fall haben«, erklärte der Anwalt. »Wenn Sie sich schuldig bekennen und keine Verteidigung vorbringen, steht das Urteil von vornherein fest.«

»Sei keine Närrin!« tobte Fermor. »Sprich ... sprich ... sei nicht töricht! Was hat er dir angetan? Warum hast du ihn erschossen?«

Sie dachte oft an jene kleine Fetzen Papier, die der Wind fortgeweht hatte. Hätte sie jemand finden können und die Schnitzel zusammengesetzt, besäßen sie die Antwort auf das Geheimnis.

Sie würde die Antwort nie geben.

*

Der Tag kam, vor dem sie sich gefürchtet und nach dem sie sich doch gesehnt hatte. Er war der Anfang vom Ende.

Sie sah sie im Gerichtssaal sitzen – Fermor, Léon, Genevra mit Clothilde und Polly – und wahrhaftig, Fenella selbst!

Sie alle schienen so weit weg. Sie war sich ihrer kaum bewußt. Sie gehörten wohl einem anderen Leben an ... dem Leben, ehe sie Thorold Randall traf.

Sie sah den Richter und die Geschworenen gleichgültig an. Sie hörte dem Verfahren zu. Es war kurz. Es mußte kurz sein, weil es keine Verteidigung gab. Sie wurde aufgerufen: »Angeklagte, Sie sind des Mordes an Thorold Randall angeklagt. Bekennen Sie sich ›schuldig‹ oder ›nicht schuldig‹?«

Und sie antwortete so klar, wie sie beabsichtigt hatte: »Schuldig.«

Sie hörte nicht mehr die Worte, die dann gesprochen wurden. Die Erinnerungen zogen an ihren Augen in einer raschen Folge von Bildern vorüber. Sir Charles vor der Auberge, ihre Begegnung im Kloster, Paris und der Modesalon, Trevenning, Fermor und Léon dort, Fenellas Salon, Fermor in dem kleinen Haus, das er für sie besorgt hatte, Fermor liebend, Fermor zärtlich, Fermor grausam, Fermor spottend. Sie sah Mr. Lavender, der ihr lüstern nachstellte, und sie erinnerte sich der Augenblicke, als ihre Finger zum ersten Mal den Perlmuttgriff der Pistole umschlossen — ihr Freund, der sie vor Mr. Lavender verschont hatte und der ihr jetzt den Tod bringen würde. Sie war im Park und stand Thorold gegenüber. »Du sollst nicht... du *sollst* nicht... Schwöre es mir... Schwöre...« Und das war das Ende, das Ende der Geschichte, die in Vauxhall Gardens begonnen hatte.

Zuweilen schien es eine Komödie gewesen zu sein, aber der letzte Akt war entscheidend.

Der Richter setzte die schwarze Kappe auf. Verschwommen hörte sie die furchtbaren Worte »Das Gericht verurteilt dich, von hier zu dem Ort gebracht zu werden, von dem du gekommen bist, und von dort zu dem Ort der Hinrichtung und daß du dort am Halse aufgehängt werdest, bis daß der Tod eintritt... Der Herr möge sich deiner Seele erbarmen.«

Im Gerichtssaal herrschte Schweigen. Sie blickte zu Fermor. Sein Gesicht war zuerst leer; dann wurde es plötzlich zornig und entschlossen. Er war entschlossen, daß sie nicht sterben sollte. Sie wußte es und fühlte große Freude darüber.

Léon hatte das Gesicht in seine Hände vergraben.

Und dann stand eine Wärterin neben ihr und führte sie ab.

2

Fenella lag auf ihrer Chaiselongue. Polly saß neben ihr. Beide sprachen kein Wort. Pollys Augen waren gerötet. Fenella war unfähig, etwas zu sagen, denn sie fühlte, daß ihre innere Bewegung sie bei dem Versuch zu sprechen ersticken würde.

Sie würde sich nie wieder vollkommen glücklich fühlen. Es hätte eine Zeit des Triumphes sein sollen, denn Genevra war kurz davor, ihren Lord zu heiraten. Und das war wirklich ein Grund zu großer Freude, zu Glückwünschen und zu Festen. Aber wie konnte sie Triumph empfinden, wenn eines ihrer Mädchen wegen Mordes gehängt werden sollte?

Und ich bin in gewisser Weise verantwortlich, dachte Fenella. Ich habe sie nicht gekannt. Ich habe sie nicht verstanden. So viele von uns sind verantwortlich, und dieses schöne Kind wird leiden. Für mich kann es keinen rechten Frieden mehr geben.

Polly vergrub ihr Gesicht in dem Schal, den sie über Fenellas Beine gelegt hatte, und begann von neuem zu weinen. Fenella berührte ihren Kopf. Sie sagte nur: »Wein nicht, Polly. Es bringt mich außer Fassung. Warum nur hab' ich es geschehen lassen? Warum konnte sie sich nicht verteidigen. Sie hätte wenigstens ihr Leben retten können. Warum, Polly, warum?«

Polly blickte auf. »Es gab sicher ein Grund, Madam dear. Da muß ein Grund gewesen sein.«

»Ja, sie hatte einen Grund. Fermor konnte sie nicht zum Reden bringen . . . selbst Fermor nicht. Polly, sie wird mich mein Leben lang verfolgen. Ich werde sie nie vergessen. Ich war sorglos bei ihr.«

»Es war nicht Ihr Fehler, Madam dear. Niemand hätte gütiger sein können. Sie lief von Ihnen weg, aber das war wegen des jungen Mannes und seiner Frau. Sie haben nie etwas getan, für das Sie sich Vorwürfe machen müßten.«

»Aber, Polly, wir haben sie gehen lassen.«

»Wir haben doch versucht, sie zu finden«, entgegnete Polly rasch.

»Wir haben es nicht gründlich genug versucht, Polly. Wir haben mit den Achseln gezuckt, nicht wahr?«

Wir sagten:

»Nun, sie will Beddoes nicht heiraten, und da können wir nichts machen. Und, Polly, wir wußten doch, daß sie sich mit Fermor traf? Das hätten wir nicht erlauben dürfen. Aber wir mochten ihn . . . Er war charmant, und wir betrachteten es als unterhaltsam zu beobachten, was geschah. Wir waren wie zwei Kinder, die Spinnen in ein Becken setzen, um zu sehen, was geschieht. Und wir haben es jetzt gesehen. Der eine ist mit einer verkrüppelten Frau verheiratet, die andere wird gehängt.«

»Ach, Madam, das dürfen Sie nicht sagen. Das kann nicht sein. Irgend jemand muß etwas unternehmen.«

Es klopfte an die Tür. Es war Genevra, und auch sie hatte geweint.

Sie sagte:

»Da ist ein Herr, der Sie sprechen möchte. Er will nicht warten. Er muß Sie sofort sprechen.«

»Aber ich kann niemand empfangen.«

»Er sagt, Sie müßten. Er sagt, es ist dringend. Es ist wegen ihr . . . wegen Melisande.«

Er stand bereits im Zimmer. Er sah so verhärmt und alt aus, daß Fenella ihn kaum erkannte.

Dann erhob sie sich und sagte: »In Ordnung. In Ordnung, Polly... Genevra, laßt uns allein.«

Und als sich die Tür geschlossen hatte, sagte sie: »So, Charles, Sie sind also gekommen.«

»Ich habe von dem Urteil erfahren«, sagte er.

»Und?«

»Fenella, wir können das nicht geschehen lassen. Etwas muß getan werden.«

»Viele, die sie lieben, haben es versucht.«

»Aber... es darf nicht geschehen. Wie konnte es dazu kommen?«

»Sie haben lange Zeit gebraucht, hierherzufinden. Ich dachte, Sie würden eher kommen.«

»Ich habe nie geglaubt, daß... dies geschehen würde. Ich dachte... weil sie so jung ist...«

Fenella wandte sich leicht von ihm ab und sagte: »Ich nehme einige Verantwortung dafür auf mich, aber ich möchte nicht in Ihrer Haut stecken.«

»Sie ist meine Tochter, mein eigenes Kind.«

»Ihr eigenes Kind... und es wird am Galgen sterben!«

»Warum hat sie das getan? Warum hat sie so etwas getan?«

»Wir wissen es nicht, und sie sagt es nicht. Aber verlassen Sie sich darauf: Wir alle haben sie auf irgendeine Weise dazu getrieben. Ich mit meiner Sorglosigkeit... Ich habe mich nicht so um sie gekümmert, wie ich es hätte tun sollen. Ich, mit meinem Salon, der halb elegantes Wohnzimmer, halb Bordell ist... Ich, die ich halb Mutter, halb Kupplerin bin... ich bin auch daran beteiligt. Fermor mit seinem Verlangen nach ihr . dieser Narr Beddoes... dieser Franzose, der hier geredet hat, bis ich glaubte, ich werde verrückt... sie alle haben eine Rolle dabei gespielt. Aber Sie, Sie sind der Hauptleidtragende. Auf Ihnen lastet der schwerste Vorwurf.«

»Es begann mit Millie in Vauxhall Gardens. Es war falsch. Es war schlecht. Das ist meine Strafe.«

»Ihre Strafe? Millie begegnet zu sein? So ein Unsinn! Sie hätten eine glückliche Tochter haben können. Arme kleine Melisande! Zuerst war sie die Waise. Dann stellte sie fest, daß sie einen Vater hatte, der so sehr auf seinen Ruf und seine soziale Stellung bedacht war, daß er sie zu einer Frau wie mich schicken mußte, weil ihm kein anderer Weg einfiel, sie loszuwerden.«

»Nein! Halten Sie ein! Ich habe versucht, für sie zu tun, was ich konnte. Ich habe versucht, eine Heirat für sie zu arrangieren . . .«

»Ja, ja. Und sie fand heraus, daß ein junger Mann bestochen wurde, damit er sie heiratet. Das brachte sie dazu, sich Fermor zuzuwenden. Kein Wunder, daß sie der Welt müde wurde. Kein Wunder, daß sie nicht reden will. O Charles, ich habe sie auf der Anklagebank gesehen. Sie schien dem Richter nicht einmal zuzuhören. Sie stand gelassen und ruhig da, als ob ihre Gedanken weit weg wären und sie beinahe sehnsüchtig auf den Tod wartete. Es war ein Bild des Jammers. Sie . . . so jung . . . erst achtzehn! O Charles, so jung zu sterben . . . und sich so tragisch zu sterben wünschen.«

»Fenella, es muß doch etwas geben, das wir tun können.«

»Charles, gehen Sie zu ihr. Das wird sie trösten. Sie sind Ihr Vater. Gehen Sie zu ihr. Ich glaube, sie wünscht sich, Sie zu sehen.«

Er wich vor ihr zurück, und sie lachte plötzlich in spöttischem Zorn auf.

»Das wäre tragisch, nicht wahr? Sie könnten gesehen werden. Weshalb besucht Sir Charles Trevenning ein junges Mädchen, das des Mordes für schuldig befunden und zum Tod verurteilt wurde? O nein. Sie dürfen nicht gesehen werden. Über Sie darf es keine Gerüchte geben. Ihre Tochter darf ruhig hängen, bis daß der Tod eintritt. Was zählt das schon, solange niemand weiß, daß sie Ihr Kind ist.«

»Fenella, ich bitte Sie, seien Sie still. Ich will gehen. Natürlich will ich gehen.«

*

Sie stand auf und starrte ihn an.

Er ging ein paar Schritte auf sie zu und breitete die Arme aus. Sie lief zu ihm und stürzte sich hinein.

Sie weinte.

Er sagte: »Melisande . . . Melisande . . . meine Tochter . . . mein kleines Mädchen.« Sie sah ihn lächelnd an. »Wie damals in Paris. Erinnerst du dich? Da sollte ich so tun, als ob du mein Vater wärst. Als hättest du mich gerade vom Pensionat abgeholt, und wir taten so, damit die Leute nicht redeten.«

»Es war nicht vorgetäuscht«, sagte er.

»Nein«, antwortete sie, »das war es nicht.«

»Ich tat, was ich für uns das beste hielt . . . für uns beide.«

Sie nickte. »Ja, du wolltest, daß ich einen Mann hatte . . . und eine Mitgift.«

»Du zitterst.«

Sie antwortete: »Es wäre soviel besser gewesen, wenn du nicht von einer Mitgift gesprochen hättest.«

Sie sah, wie alt er geworden war. Sorge und Kummer hatten sein Gesicht gezeichnet. Tiefe Schatten lagen unter den Augen.

»Du hättest nicht kommen dürfen«, meinte sie.

»So viel sickert durch. Man schreibt in den Zeitungen über mich.«

»Das ist egal. Das ist jetzt gleich.«

»Aber sie werden sich wundern, warum du . . . ein Mann in deiner Stellung . . . hierherkommst.«

»Dann sollen sie sich wundern.«

»Du darfst nicht wiederkommen.«

»Ich wünschte, ich könnte die ganze Zeit hier bei dir bleiben.«

»O nein, nein. Das würde nicht gut sein. Ich bin glücklich, weil du gekommen bist. Ich habe mir immer einen Vater oder eine Mutter gewünscht. Mutter ... Vater ... es spielte keine Rolle, wer von ihnen es gewesen wäre. Alle Kinder im Kloster waren so. Ein Zuhause! Sie wollten ein Zuhause! Die Nonnen waren gut zu uns, aber ein Heim ... Väter ... Mütter ... Schwestern und Brüder ... das war wie Wasser in der Wüste, Wärme im Schnee, Wasser für die Durstenden, Nahrung für die Hungernden. Verstehst du das?«

»Ja, Melisande. Und ich bin betrübt ... tief betrübt.«

»Warum? Du darfst nicht traurig sein. Ich war eine der Glücklichen. Da war ein kleines Mädchen, Anne-Marie. Ihre reiche Tante holte sie. Aber du kamst mich holen ... mein eigener Vater. Das war besser als eine reiche Tante. Dennoch habe ich nicht gewollt, daß du hierherkommst.«

»Warum nicht? Warum nicht, Melisande?«

»Weil die Leute sagen könnten: ›Warum hat er sie besucht? Was für eine Beziehung besteht zwischen ihnen?‹ Und dann wäre alles umsonst gewesen.«

»Was meinst du damit ... umsonst?«

»Daß die Leute es nicht wissen sollen. Es gäbe einen Skandal. Denke an dein Leben in Trevenning. Dort bist du so sehr geachtet. Denk an deine Freunde ... deine Stellung ... deine Beziehungen ... alle diese Dinge, die dir so viel bedeuten. Es war deswegen, daß ich ihn getötet habe.«

»Du hast ihn darum getötet ... wegen mir ...? Ich verstehe nicht, Melisande.«

»Jetzt spielt es keine Rolle mehr, nicht wahr? Alles ist vorbei und geschehen. Ich weiß jetzt, was du für mich getan hast ... wieviel ... Ich weiß, was es dich gekostet haben muß, zum Kloster zu kommen, draußen vor der Auberge zu sitzen ... du, der so viel von seiner Stellung hielt. Trotzdem bist du gekommen. Du hast für mich einige Risiken auf dich genommen. Ich vergesse das nie. Ich war verletzt, als du mich von Trevenning wegschicktest. Ich war verletzt, weil dir die Meinung der Dienerschaft mehr wert war als meine Anwesenheit dort. Aber jetzt verstehe ich es. Ich verstehe so viel. Ich habe nichts als Güte von dir erfahren. Ich war ja nur deine uneheliche Tochter, nicht wahr? Ich war nicht das gleiche wie Caroline. Und du tatest so viel für mich. Du warst so besorgt. Du versuchtest, für mich einen Gatten zu finden, und hättest mir eine Mitgift gegeben. Und jetzt kommst du hierher, um mich zu sehen, und du wagst so viel! Es macht mir Kummer, daß du so viel riskierst. Es war wegen dir, daß ich ihn getötet habe. Wegen dir ... und vielleicht wegen mir ... um meiner Selbstachtung willen, glaube ich. Ja, ich denke, das war der Hauptgrund. Ich hatte dich verraten. Ich hatte ihm deinen Namen gesagt und was du für mich bist ... und er drohte, Geld zu fordern ... Geld von dir für den Rest deines Lebens.«

Er schwieg und starrte sie an.

Sanft fuhr sie fort: »Du mußt dich nicht aufregen. Es ist alles vorbei. Ich glaube nicht, daß mir das Sterben etwas ausmacht. Es ist alles sehr schnell vorbei, behaupten sie. Und ich denke, sie werden sanft mit mir sein. O nein, bitte, tue das nicht ... Ich kann dich nicht weinen sehen. Du, der du so stolz und voller Würde bist ... Bitte ... bitte ... hör auf ... ich bitte dich.«

Aber er konnte die Tränen nicht zurückhalten.

Er legte die Arme um sie und murmelte gebrochen: »Melisande ... Melisande ... meine Tochter.« Und sie war es, die ihn schließlich trösten mußte.

*

Sie saßen rund um Fenellas Tisch — Fermor, Charles, Léon und Andrew Beddoes.

Fenella blickte von einem zum anderen, ihre Augen waren wachsam. Charles war nach seiner Unterredung mit Melisande zu Fenella gegangen, und Fenella hatte keine Zeit verloren, um die anderen zu sich zu rufen.

»Jetzt wissen wir den Grund«, rief sie. »Wir wissen jetzt, warum sie ihn getötet hat. Mr. Beddoes, Sie sind Anwalt. Was nun?«

Andrew sagte: »Wenn wir das früher gewußt hätten... wenn sie geredet hätte... Aber sie ist zum Tod verurteilt worden...«

»Es hat keinen Zweck zu wiederholen, was geschehen ist«, sagte Fermor grob. »Was können wir jetzt tun?«

»Wenn wir sie vor dem Tod retten könnten...« begann Léon.

»*Wenn* wir sie retten könnten!« rief Fermor. »Natürlich können wir. Wir müssen es. Wenn nötig...«

Fenella legte eine Hand auf seinen Arm. »Fermor, bleiben Sie ruhig, mein Lieber. Sie denken daran, das Gefängnis zu stürmen und mit ihr davonzureiten. Wir leben in modernen Zeiten, und Sie können solche Dinge nicht tun. Aber was wir tun können, ist, das Problem ruhig, logisch und mit der gebotenen Eile betrachten. Wir müssen es auf moderne Weise angehen. Unsere Mittel sind nicht Leitern und Stricke, um über die Mauern zu klettern, sondern Einfluß an der richtigen Stelle. So werden die Dinge in der modernen Welt gehandhabt. Also wollen wir ruhig sein und klar denken.«

»Er war ein Erpresser«, sagte Andrew. »Erpresser werden von allen anständigen Menschen verachtet. Man hat wenig Sympathie für sie übrig, und ihren Angreifern gegenüber wird oft Milde geübt. Und in ihrem Fall ging es nicht einmal darum, sich selbst zu retten, als sie den Mann tötete. Sie dachte an ihren Vater. Wenn sie das gesagt hätte... Oh, wenn sie das doch bloß vor Gericht ausgesagt hätte... es wäre ganz gewiß kein Todesurteil gefällt worden.«

»Es hat keinen Zweck, *wenn* zu sagen!« rief Fermor. »Sie hat nicht! Und was nun? Was tun wir jetzt? Wir sitzen hier herum und sagen wenn... wenn... wenn! Wie kann ihr das helfen? Wir müssen sie herausholen.«

Andrew sagte: »Sie würde natürlich zu einer Gefängnisstrafe verurteilt... gleich, welches Motiv sie bewegte. Niemand kann töten und glatt davonkommen.«

»Wie lange müßte sie...?« fragte Léon. »Wie lange?«

»Zehn Jahre vielleicht. Wer weiß?«

»Zehn Jahre!« riefen Léon und Fermor gleichzeitig.

Fenella erklärte: »Das bringt uns alles nicht sehr weit. Wollen wir uns doch mit dem Wichtigsten zuerst beschäftigen. Sie muß begnadigt werden. In den letzten zwanzig, dreißig Jahren habe ich viele Freunde gewonnen. Ich war immer überzeugt, daß ein Wort am richtigen Ort... ein kleiner diskreter Vorschlag von jemand Hochstehendem...«

Alle blickten sie gespannt an.

»Bitte, hegen Sie keine zu großen Hoffnungen«, fuhr sie fort. »Ich kann nicht sagen, ob ich Erfolg haben werde. Ich kann's nur versuchen. Ich gehe jetzt gleich...sofort... um mit einem alten Freund von mir zu sprechen... jemand, der, das weiß ich, mir helfen wird, wenn er kann. Ich will mit ihm reden... ihn bitten... vor ihm auf die Knie gehen. Ich werde ihm zeigen, wieso ich mich als darin verwickelt ansehe. Ich werde ihm die ganze Geschichte erzählen. Ich werde ihn veranlassen, alles zu tun, was getan werden kann... wenn es mir gelingt. Charles, ich möchte, daß Sie mitkommen. Sie sollen im Wagen warten, während ich mit ihm spreche. Ich werde Sie nicht auffordern, gleich mit mir hineinzugehen, aber vielleicht brauche ich Sie später. Er wird erfahren müssen, wessen Tochter sie ist. Ich darf nichts vor ihm zurückhalten.«

Charles erhob sich, und Fenella, die neben ihm stand, legte ihre Hand auf seinen Arm.

Sie sagte: »Jeder in diesem Zimmer hat sie gern. Ich weiß, daß keiner von uns nicht alles in seiner Macht Stehende tun würde, um sie zu retten.«

»Alles, was ich besitze ...« sagte Charles.

Sie sah ihn an und dachte: Dein Vermögen, deinen Namen ... alles ... So ist es mit jedem von uns. Wir sind sonst so oberflächlich in unserem Leben. Aber im größten Unglück, wenn es notwendig wird, das Beste aus uns herauszubringen, stellen wir fest, daß wir vielleicht ein bißchen besser sind, als wir es von uns selbst gedacht haben.

»Wenn es eine Geldfrage ist ...« sagte Fermor.

Léon warf ein: »Ich habe ein Vermögen geerbt. Ich kann ...«

Sie gebot ihnen zu schweigen.

»Wir haben Geld«, sagte sie dann und blickte dabei auf Fermor und Léon. »Wir haben das Können.« Sie sah auf Andrew. »Und wir haben den Willen eines Vaters, seine Tochter um jeden Preis, was ihn betrifft, zu retten. Und außerdem haben wir meine Wenigkeit ... meine Freundschaften ... meinen Einfluß. Oh, ich habe viele Freunde gehabt, zu viele Freunde, behaupten manche. Aber kann man zu viele Freunde besitzen? Kommen Sie, los, Charles.«

Sie wandte sich in ihrer wohlwollenden Art um und sah die drei Männer an, die ihr und Charles nachblickten. Sie sagte: »Warten Sie hier! Wir kommen zurück und berichten Ihnen das Ergebnis.«

Sie warteten — Fermor, Léon und Andrew. Sie standen am Fenster und sahen den Wagen wegfahren. Dann setzten sie sich hin oder schritten im Zimmer auf und ab, während die Zeit mit aufreizender Trägheit dahinschlich.

*

Die Nachricht verbreitete sich schnell in London und ganz England.

Sie erschoß ihn, weil er drohte, ihren Vater zu erpressen. Die tragische Geschichte wurde enthüllt. Das ganze Land forderte entrüstet Recht und Gerechtigkeit für das junge Mädchen, das einen Mann getötet hatte, um ihres Vaters Namen zu retten. Eingaben an den Innenminister folgten. Viele einflußreiche Personen baten ihn, Milde walten zu lassen. Fenellas Freunde standen auf ihrer Seite, und Sir Charles sparte keine Mühe, seine Tochter zu retten.

Die Begüterten und Einflußreichen, die Armen und die Mitfühlenden forderten, daß die Todesstrafe nicht vollzogen werde.

Und so kam endlich die Nachricht: Begnadigung für Melisande St. Martin. Ihr Fall müßte in einem neuen Licht betrachtet werden. Sie hatte getötet, aber unter mildernden Umständen. Und sie war keine gewöhnliche Mörderin.

Die Nachricht wurde Melisande überbracht.

Sie mußte nicht sterben. Sie mußte für einige Jahre ins Gefängnis gehen, denn niemand durfte ungestraft ein Leben vernichten. Das Leben eines Menschen war heilig — selbst das Leben eines Erpressers.

Sie sollte also leben.

»Die Zeit geht vorüber«, sagte die Aufseherin. »Sie werden sich daran gewöhnen. Und für gutes Betragen erhalten Sie Strafverkürzung. Und mit Freunden außerhalb, die für Sie tätig werden, dürften Sie in sechs oder sieben Jahren draußen sein... vielleicht sogar weniger.«

Sechs oder sieben Jahre! Mit achtzehn schien das eine Ewigkeit. Vor zwei Jahren war sie noch im Kloster gewesen und hatte eines Tages, als sie an der Auberge vorüberging, ihren Holzschuh zu Füßen eines Engländers fallen gelassen. Sie hatte das für den Anfang gehalten.

Jetzt würde man sie in ihre Zelle bringen, und sie mußte Gefängniskleidung tragen und Gefängniskost essen für eine Zeit, die ihr lebenslänglich vorkam.

»Es geht vorbei«, sagte man ihr. »Sie sind glücklich dran. Wissen Sie eigentlich, wie glücklich? Noch vor kurzer Zeit wären Sie auf ein Deportationsschiff gebracht worden. Außerdem haben Sie draußen Freunde, die Ihnen Ihr Los erleichtern, während Sie hier drin sind . . . und Freunde, die auf Sie warten, wenn Sie wieder herauskommen.«

Jahre lagen vor ihr, in denen sie über die Zukunft nachdenken konnte.

Sir Charles hatte ihr gesagt: »Du darfst keine Angst mehr haben. Ich werde alles tun, um dir den Aufenthalt . . . da drin . . . so angenehm wie möglich zu machen. Und wenn es vorbei ist, werde ich dasein . . . auf dich warten . . . darauf warten . . . alles wiedergutzumachen . . . warten mit einem Zuhause für dich, in das du kommen kannst . . .«

Sie hatte also einen Vater, der auf sie wartete. Sie war in der Tat eine der Glücklichen.

Léon hatte gesagt: »Ich will auf dich warten. Die Zeit wird schnell vorübergehen. Wir werden heiraten. Wir gehen nach Amerika, wie wir es immer vorhatten. Ich werde warten und dasein, wenn die Zeit um ist . . .«

Es gab nicht viele Menschen, die so geliebt wurden, auf die ein Heim und ein Gatte wartete.

Fermor hatte gesagt: »Glaube ja nicht, daß ich das ruhen lasse. Ich werde alles tun, was ich kann, um dich freizubekommen. Und du weißt . . . wenn alles vorbei ist . . . ich warte auf dich . . .« Es war tröstlich, an sie alle zu denken.

Von der Welt auf viele Jahre abgeschlossen sein! In gewisser Weise war es wie lebendig begraben . . . aber nicht in einem steinernen Sarg. Sie konnte atmen, essen und denken in diesen Jahren. Sie würde während dieser Zeit ihre Mädchenjahre hinter sich lassen und eine Frau werden. Jahre, die sie durchstehen und in denen sie versuchen sollte, alle die Menschen zu verstehen, die eine solche Wirkung auf ihr Leben gehabt hatten.

»Kommen Sie«, sagte die Aufseherin.

Und wie sie gingen, hallten ihre Tritte hohl von dem Steinboden des Ganges zurück.

Es würde sein, als ob sie durch einen dunklen Tunnel gehen und viele Jahre brauchen müßte, um hindurchzukommen. Aber am Ende warteten jene, die sie liebhatten.

Sie konnte nicht wissen, was ihr in diesen Jahren zustoßen würde. Aber wenn sie frei war, standen ihr drei Lebenswege offen. Welchen würde sie gehen?

Sie fühlte sich irgendwie getröstet. Hier gab es keinen Anlaß zu impulsiven Handlungen. War also an allem etwas Gutes? Während der Jahre, die sie im Gefängnis verbringen mußte, würde sie Zeit haben, an die Zukunft und an die Menschen, die sie liebten, zu denken.

Sie schien das Echo ihrer Stimmen von den Mauern des Ganges zu hören. Es waren die Stimmen derer, die sie liebten, die auf ihre Weise eine Rolle dabei gespielt hatten, sie dahin zu bringen, wo sie sich jetzt befand — die aber auch ihr Leben gerettet hatten.

Charles, der Vater, der seiner Tochter ein Heim bot, Léon, der ihr Gatte, und Fermor, der ihr Geliebter sein wollte.

Eine Aufseherin öffnete eine Zellentür.

Dies war ihr neues Heim. Hier würde sie sitzen und träumen und an die Vergangenheit, die Gegenwart und die Zukunft denken.

Die Tür schlug hinter ihr zu. Der Schlüssel drehte sich im Schloß.

Sie machte die Augen zu. Von überall um sie herum schien sie ihre Stimmen zu vernehmen: »Melisande! Wir warten auf dich, Melisande.«

Ein psychologisch feinsinniger Roman

Als Band mit der Bestellnummer 11 624 erschien:

Um der Einsamkeit zu entfliehen, teilt sich Jinny Bronlow nach dem Tod der Eltern die Wohnung mit einer anderen Frau. Eines Tages jedoch verliert sie ihren Freund an die Mitbewohnerin. Der nächste Schicksalsschlag widerfährt ihr, als ihr Chef nach einem Autounfall querschnittgelähmt bleibt. In ihrer Verzweiflung versucht Jinny eine alte Bekanntschaft zu erneuern. Doch der völlig hilflose Mann, den sie im Stich gelassen hat, geht ihr nicht aus dem Sinn . . .

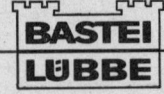